김성동 소설집

눈물의 골짜기

김성동소설집

눈물의 골짜기

2020년 7월 13일 제1판 제1쇄 발행

지은이   김성동
펴낸이   강봉구

펴낸곳   작은숲출판사
등록번호   제406-2013-000081호
주소   10880 경기도 파주시 신촌로 21-30(신촌동)
전화   070-4067-8560
팩스   0505-499-8560
홈페이지   http://cafe.daum.net/littlef2010
이메일   littlef2010@daum.net

ⓒ 김성동

ISBN 979-11-6035-096-8 03810
값은 뒤표지에 있습니다.

※이 책은 저작권법에 따라 보호받는 저작물이므로 무단 전재와 무단 복제를 금합니다.
※이 책의 전부 또는 일부를 이용하려면 반드시 저작권자와 '작은숲출판사'의 동의를 받아야
  합니다.
※이 책은 대전문화재단의 발간 지원을 받았습니다.

한국전쟁 70주년 특별판

피어린 한국 현대사를 꿰뚫는 김성동의 아픈 집안 이야기

김성동 소설집

눈물의 골짜기

작은숲

일러두기

- 이 책에서 본문 표기는 '한글 맞춤법'(2017. 3. 28)에 따르되, 경우에 따라 글지(작가) 원칙을 따랐다. 대화문은 가능한 한 그 시대 말투나 발음에 가깝도록 적어줌을 원칙으로 하여 살아 있는 우리말을 전달하고자 하였다.
- 낯선 어휘나 방언은 본문 아래 뜻풀이를 달아 이해를 돕고자 하였다.
- 이 책의 본문에서 ° 표시된 인명·고유명사는 부록에서 가나다순으로 자세하게 다룸으로써 소설을 이해하는 데 도움을 주고자 했다.

목차

6 **작가의 말**

12 엄마와 개구리

37 잔월(殘月)

65 오막살이 집 한 채

85 풍적(風笛)

219 눈 오는 밤

246 바람 부는 저녁

268 비 내리는 아침

295 그해 여름

320 민들레꽃반지

351 고추잠자리

429 멧새 한 마리

520 **부록** 인명 및 고유명사 풀이

548 **작품 해설**

배고프고 외롭고 그리웠습니다

이 많이 모자라는 중생을 소설가로 만들어준 사람은 우습게도 대천경찰서 대공과 사찰계 형사였으니, 1958년 찔레꽃머리였습니다. 그때 열두 살 난 국민학교 5학년이었던 소생은 할아버지 손에 이끌려 옛살라비 떠나 한밭이라는 대처로 부자리를 옮겼던 것인데, 그만 집을 잃어버렸던 것이었지요. 이사한 날 도청 곁 법원청사 앞에 아그려쥐고 앉아 하염없이 아버지 생각을 하다가 그만 날이 저물었던 것이니, '아버지는 어디로 가셨다는 말인가?'

길을 잃고 한참을 가리산지리산 하다가 집으로 갔는데, 철 늦은 가죽잠바 걸치고 완강한 어깨에 눈매 사나운 그 사내는 할아버지 잡고 일장훈시를 하던 것이었습니다. "왜 여기로 이사를 왔느냐?"고 물이 못 나게 종주먹을 대다가 누가 찾아오는지 한 달에 한 차례씩 경찰서 대공과에 반드시 자진신고를 하라는 것이었지요. 아니면 불고지죄不告知罪로 잡아가겠다는 으름장이었습니다. 송진구멍 숭숭 뚫린 송판쪼가리로 두른 울 밖까지 배웅 나간 어린아이를 삶의 눈으로 돌아보며 씹어뱉던 그 한마디 말이 평생 화두話頭가 되었으니, "붉은씨앗이로군!"

　등줄기로 식은땀이 흐르면서 입천장에 적이 앉는 것이었습니다. 어디론가 끌려가신 채 상기도 돌아오지 않는 아버지는 생이지지生而知之한 두남재斗南才였다는 말씀이었지요. 일송삼백日誦三百이니, 하루에 3백 자를 외워 사흘 만에 책 한 권을 떼어마쳤다는 것이었습니다.

　"봉생봉鳳生鳳이요, 용생용龍生龍이라구 헸넌듸……. 호부虎父에 견자犬子 날 리 읎다던 옛으른 말씀두 증녕 허언虛言이더란 말인가……."

봉황새는 봉황새를 낳고 용은 용을 낳게 마련이며, 범 같은 아비한테서 가히 같은 자식이 태어날 리 없다는 그 말씀이야 물론 원통하고 절통하게 땅보탬시킨 자식을 그리는 애잡짤한 마음이 녹아든 것이겠지만, 도둑처럼 8·15를 맞고 벼락처럼 6·25가 터지면서 생때같은 장차長次 두 자식을 생으로 잃은 그 늙은 유생儒生은 그렇게 허희탄식歔欷歎息을 하며 빛바랜 창호지로 좀책을 매어주시던 것이었습니다.

"문즉인文則人이라, 문즉인이요 문긔스심文氣書心이라. 글은 곧 사람이라. 글은 곧 긔요 글씨는 곧 마음이니, 다다 그 긔를 똑고루게 모으구 그 마음을 올바르게 다스릴 수 있넌 사람만이 올바르게 글을 짓구 또 글씨를 쓸 수 있너니……."

할아버지 성음聲音은 가느다랗게 떨려 나오던 것이었습니다.

"애통쿠나, 하날은 그 재조를 투긔허야 츤재년 일쯕 데려가

시구…… 무지렝이덜만 남어서 시상을 더구나 난세루 맨드넌
고녀.”

"삼절오장이여.”

저저금 제 투쟁경력을 뽐내는 자리에서였습니다. 이른바 문민
정권이 들어서면서 '빵잽이'를 머리로 한 세상에서 말하는 바 '민
주화인사'들이 모여 곡차일배穀茶一杯 하며 씩뚝깍뚝하던 '서울
의 봄' 때 이 중생이 한 말이었으니―

'삼절三節'은 나라의 안녕과 인민대중의 행복한 삶을 위하여
침략자와 맞서다 대나무가 쪼개지듯 그렇게 쪼개져 버린 선원仙
源 중시조中始祖 할아버지와, 경술국치 때 곡기 끊고 자진自
盡으로 왜제에 앙버티신 증조할아버지와, 왜제 고빗사위와 해
방공간에서 항왜 · 항미투쟁을 벌이다 꽃잎처럼 떨어져 버리신

아버지를 말하고, 오장五長은 모두가 일매지게 평등하고 자유로
와서 행복한 삶을 살자던 '백일천하 인민의 나라'에서 이지가지
위원장을 맡았던 할아버지와 아버지와 어머니와 큰삼촌과 그리
고 진보문인 동아리인 <민족문학작가회의>에서 소설분과 위원
장을 맡았던 이 중생을 말합니다.

  <잊지 않겠습니다.
  새 세상을 그리워하며 '민들레꽃반지'를 닦던 제 어머니 열반
에 향을 사뤄주신 어른들께 엎드려 큰절 올리나이다.>
  어머니를 다비茶毗 저쑵던 불구덩이 속으로 반돈짜리 민들레
꽃반지 던지며 불렀던 것은 "아버지!"였습니다.
  왕생극락하실 "어머니 아버지!"였습니다.
  이 많이 모자라는 중생 삶을 한 문장으로 줄인다면—

‘배고프고, 외롭고, 그리웠다’일 것입니다.

그런데 배고픔보다 견디기 어려운 것은 외로움이었고, 외로움보다 더구나 견디기 어려운 것은 그리움이었습니다. 그리움을 찾아가는 배고프고 외로운 오솔길이 문학인 듯합니다.

2020년 6월
김성동 손곧춤

엄마와 개구리

오늘 밤에도 엄마는 느닷없이 벌떡 몸을 일으키더니 등잔 심지를 올리고 나서 서둘러 면경 앞에 다가앉는 것이었다.

터질 듯 팽팽하게 부푼 젖가슴으로 해서 더욱 좁고 얇아 보이는 어깨가 잔물결처럼 가늘게 흔들리고 있었다. 그림자는 밑으로 내려올수록 점점 홀쭉하니 가늘어지더니 갑자기 보름달처럼 넓고 둥글게 퍼져나가는 것이었는데, 이상도 하지. 금방이라도 벽 속으로 빨려 들어갈 듯 좁고 얇은 어깨를 받쳐주고 있는 것은 나락 석 섬을 펼쳐 놓고도 오히려 귀가 남는 우리집 마당처럼 넓고 튼튼한 궁둥이일 것이라는 새삼스러운 깨달음에 스르르 잠이 오는 것이었으니. 엄마의 궁둥이를 볼 때마다 나는 까닭 모르게 기분이 좋아져서 스르르 스르르 눈이 감기고는 하는 것이었다. 하지만 잠들어서는 안 된다. 무겁게 찍어 누르는 눈꺼풀을 힘주어 밀어 올리며 나는 뚫어져라 그림자를 노려보았다. 보아줄 테다. 오늘 밤에는 내 두 눈으로 똑똑히 보아줄 테다. 그리하여 더러운 헛소문을 퍼뜨려대며 낄낄거리는 마을 여편네들 낯짝에 복수의 침을 뱉아줄 테다. 나는 싸움닭처럼 빳빳하게 귀를 세우고 움켜쥔 주먹에 힘을 주었다.

벌써 며칠째를 나는 번번이 속았던 것이다. 개 짖는 소리도 끊어지고 먼 골짜기에서 승냥이가 울부짖는 깊은 밤이 되면 엄마는 느닷없이 벌떡 일어나 등잔 심지를 올리고 나서 서둘러 면경 앞에 다가앉는 것이었는데 그때마다 나는 눈을 부릅뜨고 벽에 비치는 엄마 그림자를 노려보는 것이었고, 좁고 얇은 어깨와 회초리처럼 가느다란 허리께까지 끓어올랐던 울음 덩어리는 그러나 보름달처럼 넓고 둥글게 퍼져나가는 궁둥이를 보는 순간 설탕물처럼 녹아버려 깊은 잠에 빠져버리고는 했던 것이었다. …… 숨이 막히고 가슴이 터질 것처럼 답답해서 눈을 떠보면 언제 돌아왔는지 엄마는 내 모가지를 끊어져라 끌어당기고 있는 것이었다. 밤이슬에 젖어 축축해진 엄마 젖가슴에선 그리고 내 것이 아닌 밤 두억시니들 땀 냄새와 비릿한 밤꽃 냄새가 코를 찌르는 것이어서 힘주어 나는 밀어내고는 했는데, 그때마다 엄마는 무서운 힘으로 내 모가지를 끌어당기며 부르르 진저리를 치고는 하는 것이었다. 엄마는 그리고 한 손으로 내 바지 단추를 끄르고 나서 오디처럼 조그맣게 오그라붙은 내 잠지를 조물락거리는 것이었는데, 부끄러워라. 그때마다 내 조그만 잠지는 빳빳하게 곧추서고는 하는 것이었으니. 그러면 또 엄마는 영복이 아부지, 영복이 아부지, 하고 숨넘어가는 소리로 불러대며 부르르 부르르 진저리를 치고는 하는 것이었다. 영복이는 내 이름이니까 영복이 아버지라면 내 아버지, 그러니까 엄마에게는 남편이 되는 것인데 어째서 엄마는 나를 아버지라고 부르는 것인지 도무지 나는 까닭을 알 수 없는 것이었다. 아아 칠뜨기 같은 엄마. 엄마는 어째서 아버지 하나도 제대로 알아보지 못하는 것인지, 참으로 알 수 없는 엄마인 것이었다.

갑자기 그림자가 크게 일렁이기 시작했다. 나는 알고 있다. 엄마는 밤단장을 하고 있다는 것을. 제비처럼 빠르고 어김없이 두 손을 움직여 바르고 문지르고 두드리고 그리고 또 바르고 문지르고 두드리는 똑같은 손놀림을 마치 손목에 실을 감듯 그렇게 흐트러짐 없이 이어가고 있다는 것을. 모두 잠든 깊은 밤에 홀로 거울 앞에 앉아 밤단장을 하고 있는 엄마 모습은 제삿날 밤 큰집에 모인 어른들 얼굴처럼 차라리 엄숙하고 슬퍼 보여서 나는 갑자기 오줌이 마려워지는 것이었다.

언제부터인가 마을 사람들은 엄마를 보고 미쳤다고 했다. 처음에는 우물가에서, 정자나무 밑에서, 부엌 뒤란에서, 그렇게 논두렁을 날아다니는 반딧불처럼 소리죽여 떠돌던 그 말은 그러나 요즘 들어서는 거의 얼굴에 침 뱉듯 마구잡이로 내갈겨지고 있는 것이다. 시상에 그 요조허구 음전턴 홍성각시가 실성허다니…… 시월이 미친 시월이여, 라고 혀라도 츳츳거리는 것은 대개 할머니 또래 늙은 여자들이었고 젊은 여편네들은 숫제 고소하다는 듯 입을 비쭉거리며 방앗간 새떼처럼 찧고 까불어쌓는 것이었다. 그중에서도 병득이 엄마는 언제나 입에 침을 물었다. 인물값 헌다구 방뎅이 내두르며 깨춤을 추더니 과보를 받은겨, 과보를. 그리고 그 여자는 눈썹을 세우는 것이었다. 아 세는 짧어두 침은 질게 뱉더라구, 양지가 음지 되구 음지가 양지 되넌 게 시상 이치니께. 병득이 엄마가 왜 그렇게 엄마를 욕해쌓는지 나는 까닭을 모르겠다. 병득이 아버지는 언제나 풀기 빳빳한 국방색 작업복에 계급장 없는 군모를 쓰고 시커먼 가죽 군화를 신고 다녔는데 얼굴이 늘 술 취한 사람처럼 붉었고 눈동자에는 핏발이 서 있었다. 병득이 아버지는 그리고 군인은 아니었는데 대장이라고 했다. 병득이는 그 말을 할 때마다 늘 입술을 오므려 혀를 홈통처럼 만들어가지고 휙휙 침방울을 날렸다.

우라부진 대장이란 말여, 대장.

나는 궁금했다.

군인두 아닌디 워치게 대장이랴.

병득이는 내 머리통을 쥐어박았다.

비응신아. 우라부진 청년대장이란 말여, 청년대장.

병득이는 나보다 세 살이 많은데 공부는 늘 꼴찌였지만 힘이 세다. 하긴 진짜로 힘이 센 것인지는 잘 모르겠다. 저보다 나이 적은 내 또래 아이들 앞에서만 늘 큰소리치니까. 병득이네는 닭을 백 마리도 넘게 키웠다. 그래서 마을 사람들은 병득이네를 닭집이라고 불렀다. 지금은 열 마리 정도밖에 안 남았지만 사람들은 여전히 닭집이라고 부른다. 하루는 병득이가 말했다.

얀마. 오늘버텀 깨구락지 열 마리씩 잡어다 바치넌겨. 알 것지.

깨구락지는 뭐헌댜.

닭 멕인단 말여, 닭.

병득이 손에는 잎을 훑어버린 참죽나무 가지가 들려 있었다.

개구락지 잡으먼 할머니헌티 혼나넌디…….

뭐여!

병득이는 회초리를 치켜들었다.

요노무 뿕겡이 색기 봐라. 말 안 들을껴.

회초리가 어깨에 떨어졌다.

잡을텨. 잡어다 줄텨. 쌔리지 마러.

나는 빠르게 말했다. 매질이 무서워서는 아니었다. 빨갱이 새끼…….

그렇다. 나는 사람들이 침 뱉고 발길질하고 그리고 아무나 찢어 죽여도 좋은 빨갱이 새끼였던 것이다. 나는 왜 빨갱이 새끼로 태어났을까. 그때처럼 아버지가 미웠던 적도 없다. 아버지는 어쩌자고 사람들이 침 뱉는 빨갱이가 되어가지고 하나밖에 없는 아들을 풀기 빠진 핫바지처 럼 주눅 들게 만드는 것일까. 할머니는 말했다. 엄마도 말했다. 영복아. 사람덜헌티 뿕겡이 자석이란 소릴 들어선 안혀. 알것지. 그때마다 나는 알겠다고 고개를 끄덕거리고는 했는데 글쎄, 어떻게 하는 것이 잘하는 것일까. 어떻게 하는 것이 사람들로부터 빨갱이 새끼 소리를 듣지 않게 되는 것일까. 개구리를 잡는 것일까. 개구리를 하루에 열 마리씩만 잡아다 병득이에게 바치면 빨갱이 새끼가 안 될 수 있는 것일까. 좋다. 그렇다면 개구리 따위야 열 마리 아니라 백 마리라도 잡아다 바치겠다.

그날부터 나는 개구리를 찾아 논둑과 들판 외진 풀섶을 더투기 시작했다. 개구리는 지천으로 흔해빠졌지만 그러나 잘 잡혀주지 않았다. 하루에 열 마리를 잡는 것이 내게는 벅찼다. 그렇다고 병득이한테 숫자를 줄여달라고 사정하기는 싫다. 논둑이나 밭고랑 사이 또는 방아깨비 날아다니는 들판 풀섶을 헤치면 개구리가 있었다. 나는 숨을 죽이고 발뒤꿈치를 치켜들고 조심조심 소리 나지 않게 다가간다. 개구리는 커다란 눈을 껌벅이며 아무것도 없는 하늘을 올려다보고 있다. 개구리 눈을 보면 웬일인지 슬퍼져서 나는 눈을 감는다. 내뺘. 싸게싸게 내뺘란 말여. 눈을 떠보면 그러나 개구리는 그 자리에 있고 하늘엔 한 조각 붉은 새털구름이 느릿느릿 지나간다. 나는 회초리를 치켜든다. 개구리는 숨을 쉬고 있다. 허연 뱃구레가 풍선처럼 부풀어 올랐다가 이내 오그라지고 부풀어 올랐다가는 또 오그라지고는 한다. 회초리 든 손에 힘이 빠진다. 개구리를 잡는 게 싫다. 금방 죽을 것도 모르면서 슬픈 눈을 껌벅이고 있는 불쌍한 개구리. 할머니는 말했다. 산 목심 쥐이넌 게 아녀. 아무리 미물이라지면 저저금 한 시상 살것다구 나온겨. 내 목심 중헌 만치 남이 목심두 중헌지 알어야 사람인겨. 병득이가 볼때기를 쥐어박는다. 빩겡이 색긔. 너는 빩겡이 색긔란 말여. 아아. 나는 힘껏 회초리를 내려친다. 회초리는 쌕쌕이 소리를 내며 땅을 때린다. 개구리는 갸굴하며 펄쩍 뛰어 저만큼 떨어진 곳에 쭈그리고 앉아 힐끔 나를 쳐다본 다음 이내 고개를 돌린다. 나는 다시 숨을 죽이고 발뒤꿈치를 치켜들고 조심조심 소리 나지 않게 다가간다. 그리고 숨을 모아 힘껏 내려치면 아, 싸악 하니 바람을 찢는 소리와 함께 회초리는 개구리 등짝에 떨어지는 것이었고, 개구리는 펄쩍 한 번 뛰어올랐다가 이내 뱃구레를 뒤집은 채 땅 위에 떨어져 파르르 파르르 사지를 떠는 것이었고, 그때마다 나는 터질 듯 오줌보가 부푸는 것이었다. 그렇게 뜨거운 오줌을 질금거리며 나는 개구리를 잡는 것이었는데 열 마리를 잡은 적은 한 번도 없다. 대개 대여섯 마리가 고작이었고 기껏해야 여덟 마리 정도였다. 그래서 늘 서너 대씩 병득이 회초리를 맞아야 했다. 오늘은 다섯 마리밖에 잡지 못했다. 그래서 다섯 대를 맞은 손바닥이 상기도 따끔거린다. 하지만 어쩌랴. 병득이는 나보다 힘이 센 것을. 병득이 아버지는 대장인 것을. 그리고 아아, 무엇보다도 나는 아무나 침 뱉고 발길질하고 찢어 죽여도 상관없는 빨갱이 새끼인 것을.

그림자는 이제 더욱 빠르게 흔들린다. 엄마 밤단장은 마침내 끝마무리를 향해 치달리고 있는 모양이다. 이제 엄마는 아버지를 만나러 갈 것이었다. 연지곤지 찍고 녹의홍상 떨쳐입고, 그렇게 귀신도 홀릴 것 같이 어여쁜 새각시 모습으로 아버지를 만나러 갈 것이었다. 그리하여 닭이 울고 새벽이 와서 내가 새벽오줌이 마려울 때쯤이면 엄마는 걸레처럼 풀어진 몸뚱이를 끌고 술취한 듯 비틀거리며 돌아올 것이었다. 돌아와서는 끊어져라 내 모가지를 끌어당기며 오디처럼 오그라붙은 내 잠지를 조물락거리며 영뵉이 아부지, 영뵉이 아부지, 하고 숨넘어가는 소리로 부르짖으며 부르르 부르르 진저리를 칠 것이었다. 그림자는 물결처럼 흔들린다. 좁고 얇은 어깨가. 사시랑이처럼 길고 가느다란 허리가. 그리고 보름달처럼 둥글고 넓은 궁둥이가. 나는 까닭 모르게 기분이 좋아져서 스르르 스르르 눈이 감긴다. 언제나 이 대목쯤 해서 나는 무너지고는 했다. 안 돼. 나는 어금니를 꽉 앙다문다. 잠들어선 안 돼. 나는 몇 번이고 힘주어 눈을 감았다 뜨기를 되풀이하면서 잠을 쫓는다.

　내가 개구리를 찾아 풀섶을 더투기 시작한 것은 그러니까 거짓말처럼 갑자기 할머니가 돌아가시고 그리고 엄마가 느닷없이 밤단장을 시작하고부터니까 한 달쯤 된 것 같다. 그날 나는 감나무 잎새들이 서늘한 그늘을 만들어주고 있는 뒤란 장독대 옆에서 혼자 공기놀이를 하고 있었다. 감자가 눌는 고소한 내음이 부엌에서 풍겨오고 있었고 놋주발처럼 번쩍이는 해가 오서산 중턱쯤에 걸려 있었다. 갑자기 누렁이가 불에 덴 듯 짖었다. 부서질 듯 거칠게 사립문이 열리면서 국방색 작업복 차림 사내들이 들이닥쳤다. 끝을 뾰족하게 깎은 죽창을 든 병득이 아버지와 어깨에 장총을 멘 순사였다. 사립 쪽으로 내닫다 말고 나는 해바라기와 맨드라미가 우거진 꽃밭에 엎드렸다.

　끌어내시오.

　순사가 쉰된 소리로 말했다. 병득이 아버지가 부엌으로 뛰어들어 엄마 어깻죽지를 잡아끌고 나온 것과 건넌방으로부터 할머니가 구르듯 뛰쳐나온 것은 거의 함께였다.

왜 이러넌규. 워째덜 이러넌규.

문창호지처럼 햇노랗게 질린 얼굴로 할머니가 소리쳤다. 병득이 아버지는 침을 뱉더니 군홧발로 비볐다.

물러서 묻넌대유. 아 뽉겡이질 헌 조이가 있으니께 잡어가넌 것 아니것남유.

할머니가 병득이 아버지 손목을 잡았다.

시키는 대루 헌 것두 조이가 된다나. 말 안 들으면 쥑일 판이니께…… 목심 살자구 헌 일 아닌가.

병득이 아버지는 다시 침을 뱉더니 죽창으로 긁었다.

앗따 영복이 할머니두. 아 아들은 왜정 때버텀 오여손잽이루 호가 났구 메누리는 인공 때 여으맹위원장질 헤먹었넌디, 워째 조이가 읎다넌겨, 조이가 읎길.

저저금 지 목심 살자구 헌 일인디…… 남헌티 행악헌 일 읎넌 건 자네두 알,

병득이 아버지가 거칠게 할머니를 뿌리쳤다.

앗따 조이가 있구 읎구는 지서 가서 따져유.

순사가 누런 포승줄로 엄마 팔목을 묶었다. 할머니가 고꾸라지듯 순사 옷자락에 매달렸다.

왜 이러넌규. 워째 이러넌규.

순사는 입술을 비틀며 짧게 웃었다.

죄가 없다면 걱정할 것 없죠. 부역자는 일단 연행하라는 상부의 지시니까요. 조사해봐서 죄가 가볍다면 곧 방면될

것입니다.

할머니는 치맛귀에 코를 풀었다.

조사해보시먼 알것지먼, 야이는 조이가 읎슈. 조이가 있다먼 시월이것쥬. 미친 시월 탓이것쥬.

갑시다. 시간이 없소.

순사가 엄마 등을 밀었다. 할머니가 엄마 팔목을 잡았다.

가먼 워디루 간대유.

순사가 짧게 말했다.

청라 지서요.

그때까지 엄마는 마치 벌 서는 아이처럼 고개를 숙인 채 다소곳이 서 있었는데, 갑자기 고개를 들었다.

어머님, 너무 심려 마세유. 영복이는 워디,

하는데 병득이 아버지가 엄마 어깨를 떼밀었다.

아 싸게싸게 가슈. 헐 말 있으면 지서 가서 허구.

청라까지는 어른 여늬 걸음으로 시오릿길이라고 했다. 밥통과 옷 보퉁이를 머리에 인 할머니 손을 잡고 걷는 산길에는 피처럼 붉은 산딸기가 무더기로 피어 있었다. 구슬처럼 하늘은 맑았고 숲에서는 산비둘기가 울었다. 할머니는 연방 관세음보살, 관세음보살, 하고 가래 끓는 소리로 중얼거렸다. 수리조합 모퉁이를 돌아 신작로에 나섰을 때 내 동무 대식이 큰형을 만났다. 그는 자루가 없힌 지게를 지고 있었다.

영복이 할먼님께서 꿱정이 많으시것습니다유.

대식이 형이 말했다.

다 시월 탓이것지. 수원수굴허것나.

할머니 치맛귀가 눈께로 올라갔다.

자네 춘부장께서두 그 숭헌 꼴을 당허시구…….

물루것슈. 왜덜 서루 쥑이넌지. 워째덜 한백성찌리 서루 쥑이넌지…….

대식이 형은 핏물 고인 눈으로 허공을 쏘아보며 작대기 끝으로 땅을 찍었다. 할머니 치맛귀가 다시 눈께로 올라갔다.

관셔어엄보살.

대식이 아버지는 인민군에게 총 맞아 죽었다. 인민군 선발대가 트럭을 타고 동구 앞 신작로를 지나가는데 마침 길 옆 논배미에서 살포로 물꼬를 트던 대식이 아버지가 대하인밍국 만서이, 하고 두 손을 번쩍 치켜들며 목청껏 소리쳤다는 것이었다. 푸장나무로 가리워진 트럭 앞대가리에는 분명히 태극기가 꽂혀 있었다고 그때 옆 논에서 물꼬를 보고 있었다는 방앗간집 육손이 아버지가 말했다. 그래서 대식이 아버지는 마음 놓고 대한민국 만세를 불렀던 거라고 했다, 만세만 잘 부르면 산다더라고 수군거리던 마을 사람들은 그때부터 갑자기 벙어리가 되었고 서로 눈치만 살폈다. 늙은이들은 말했다.

워너니 구시홰병인겨. 난시에는 그저 입조심허넌 게 상순겨.

대식이 형이 혼잣말처럼 말했다.

물루것슈. 워치게 되넌 시상인지. 땅뙈기나 뒤져먹넌 농사꾼덜이 뭐신 새상가라구 오른손 오여손 따지넌 건지…….

등에 멘 책보를 달랑거리며 내가 사립문을 들어서자 두루마기에 횃다벙거지 쓴 아버지가 잠바차림에 키가 땅딸한 낯선 아저씨와 마당에 서 있었다. 엄마와 할머니는 부엌 문설주 앞에 서 있었는데 나를 보고도 웬일인지 웃지 않았다. 여느 때 같으면 아이구 내 색긔야 하고 쫓아나올 할머니였는데 이상하다고 생각하며 내가 쭈뼛거리는데,

이리 온.

하고 뜻밖에도 다정한 목소리로 아버지가 나를 부르는 것이었다. 나는 쭈뼛거리며 다가갔다. 아버지가 내 머리를 쓰다듬었다.

궁구 잘해야 한다. 할머니 말씀 잘 듣구.

워디 가세유, 아부지.

아버지는 희미하게 웃었다.

음. 읍내 좀 다녀오마.

김 선생, 그만 가시죠.

낯선 아저씨가 말했다. 아버지는 벙거지를 벗더니 할머니께 허리를 숙였다. 그리고 잠깐 엄마를 향해 짧은 눈길을 던졌다. 엄마 눈에 반짝 하고 물기가 어렸다. 그리고 아버지는 돌아오지 않았다. 난리가 터졌다는 소문이 나돈 다음 날이었다.

인민군이 들어온 것은 그 며칠 뒤였다. 그날은 그러나 총소리 한 방 나지 않았다. 콩을 볶고 보리를 볶아 미숫가루를 만들던 마을 사람들은 해도 지기 전에 사립문을 닫아걸었고 미친 듯이 개들만 짖었다. 대식이 아버지를 총 놓아 죽인 인

민군 선발대가 트럭을 타고 지나간 뒤를 이은 것은 우습게 도 소며 당나귀가 끄는 구루마 부대였다. 구루마에는 식량 이며 건건이서껀 이따금 다리에 붕대를 감은 군인들이 실려 있기도 했다. 그 뒤를 딱콩총을 멘 군인들이 걸어서 지나갔 다. 그런데 한 가지 이상한 것은 인민군들도 마을 사람들과 똑같이 생겼다는 점이었다. 마지막 종례시간에 선생님은 말 했던 것이다. 내일부터는 당분간 학교에 나오지 말고 집에 서들 놀도록 해요. 인민군들이 쳐들어 왔어요. 전쟁이 난 거 예요. 통지가 갈 때까지 몸 성히들 잘 있어요. 아이들이 물었 다. 인민군은 워치게 생겼대유. 선생님이 말했다. 음, 인민군 은 나쁜 오랑캐예요. 그러니까 사람이 아닌거예요.

우리집은 갑자기 '애국자의 유가족' 이 되었다. 왜정 때부 터 좌익이었던 아버지는 예비검속에 의해 처형되었다는 것 이었고 아버지는 그래서 애국자이며 그 가족인 우리는 위대 한 혁명투사의 자랑스러운 유가족이라는 것이었다. 김잇쎄 이 원수께서 내리시는 광영된 소임임메, 위원장 동무. 도리 우찌를 쓴 아저씨가 엄마 팔뚝에 붉은 헝겊을 채워주며 말 했다. 엄마는 '위원장 동무'가 되었다. 갑자기 마을 사람들 이, 특히 아낙네들이 엄마 앞에서 굽신거렸다. 할머니 앞에 서도 괜히 똥 마려운 강아지처럼 쩔쩔매었다. 병득이는 나 만 보면 구슬이나 딱지를 내밀었고 또 새알이 있는 곳을 알 려주겠다고 알랑방귀를 뀌었다. 인민군들은 이따금 마을 소 나 돼지, 닭 따위를 잡고는 했는데 그때마다 쇠갈비나 돼지 다리를 우리집에 보내왔다. "김잇쎄이 원수께서 애국자의 유가족에게 내리시는 선물"이라고 했다. 할머니는 그런데 웬일인지 한 번도 그 침 넘어가는 쇠갈비나 돼지다리를 받지 않는 것이었다.

　태백산에 눈 내린다 총을 메어라…… 한 번은 내가 노래를 불렀는데 엄마 얼굴이 백지장처럼 하얘지면서 내 따귀를 갈기는 것이었다. 이느믜 자슥. 그런 노래 허넌 게 아녀. 왜 엄마가 그처럼 불같이 화를 내는 것인지 나는 알 수가 없었다. 씨이. 그럼 엄니는 왜 사람덜헌티 그런 노래를 가르쳐준 대유. 엄마는 마을 여자들을 느티나무 아래 모아 놓고 노래를 가르치거나 연설을 하고는 했던 것이다. 엄마는 대답 대신 내 모가지를 끌어안고 볼에 볼을 부비는 것이었다. 연설할 때 엄마는 또 얼마나 멋져 보이던지 모른다. 하얀 종아리가 살짝 보이는 검정 치마에 흰 저고리를 입고 팔뚝에 붉은 완장을 찬 엄마 모습은 담임선생님보다도 더 예쁘고 멋져 보여서 얼른 학교가 문을 열어서 동무들에게 자랑하고 싶어 나는 안달이 날 지경이었다. 새 시상이 왔습니다. 어둡던 암흑의 시상이 물러가고 태양처럼 밝은 광명의 날이 찾아온 것입니다. 해방된 조국에서 우리 여성들은…… 사람들은 짝짝짝 박수를 쳤는데, 이상도 하지. 꼭 화난 사람처럼 엄마는 얼굴을 찌푸리는 것이었으니. 읍내 쪽에서 하늘이 무너지는 듯한 소리가 들려오기 시작했다. 호좃기가 폭탄을 던진다고 했다. 삐이십구라고도 하고 쩨뜩끼라고도 했다. 해도 떨어지기 전에 불을 꺼야 했고 갑자기 어디론가 끌려가는 사람들이 늘어났다. 끌려간 사람들은 그리고 아버지처럼 돌아오지 않았다. 어느날 아침, 도리우찌를 쓴 아저씨 모습은 보이지 않았다. 다시 세상이 뒤집어졌다고 했다.

안 된다니까 그러쇼. 취조 중엔 누구도 면회가 안 된단 말요. 이 양반이 어디서 떼를 쓰는 거야.

순사는 사납게 할머니를 뿌리치며 발을 굴렀다. 어깨에 멘 장총이 철그럭거렸다.

그럼 이거라두 전해얄 텐디…….

할머니는 옷 보자기와 밥통을 가슴께로 들어 올렸다. 그때였다. 비단폭을 찢는 것처럼 날카로운 여자 비명 소리가 들려온 것은. 나는 할머니 옆구리로 바짝 붙어섰다.

아줌씨는 뿛갱이 새끼들이 들어오니께 사루마다 벗어들구 춤췄다며.

굵직한 사내 목소리가 문틈으로 새어나왔다. 여자가 뭐라고 대꾸하는 것 같았는데 잘 들리지 않았다. 사내 목소리가 조금 낮아졌다.

그럴만두 허지. 서방님께서 이쪽 손에 돌어가셨으니께. 그점은 나두 이해헌다구.

………….

사내 고함 소리가 다시 귀를 찢었다.

불어! 이 뿛갱이년아. 죄 불란 말여!

숟갈로 주발 밑바닥을 긁는 것 같은 여자 외마디 비명이 뒤를 이었다.

그래서 서방늠 웬수 갚겠다구 설친 겨.

사내 목소리가 다시 낮아졌다.

이 X구멍으로 그래 인민군 몇 명이나 받았나? 늬들 뿕겡 이년덜은 X지두 해방헌다며? 그래서 돌아가면서 벌려준다며?

쥐울음 같은 여자 신음소리가 뒤를 이었다.

낯짝배기가 죽사발 개 훑어 놓은 것처럼 생겨가지구, 네년 두 되게 밝히게 생겼구먼. 그래, 갸덜 X맛이 어땠나?

갑자기 여자가 악을 썼다.

이 짐승같은 늠! 난 웬수 갚은 일두 사람 쥑인 일두 읎다. 이 백장……

여자는 다시 자지러지는 비명을 질렀는데 아아, 무서워라. 그리고 그것은 엄마 목소리였던 것이다. 짐승 같은 외마디 소리를 지르며 할머니가 문을 향해 몸을 날렸다. 밥통과 옷 보따리가 바닥에 나뒹굴었다.

엄마는 마치 회초리 맞은 개구리처럼 배를 뒤집은 채 마룻바닥에 널브러져 사지를 버둥거리고 있었다. 풀어헤쳐 새 둥우리가 된 머리칼, 오랏줄에 묶인 윗도리, 갈갈이 찢겨진 적삼 사이로 피멍 든 흰 살이 드러나 있었는데, 아아 끔찍해라. 무엇보다도 아랫도리는 실오라기 하나 걸치지 않은 맨 살이었다. 웃통을 벗어붙인 사내가 이쪽을 바라보았는데 핏 물을 뿌린 듯 벌겋게 달아오른 얼굴이 미끈거리는 기름땀 으로 번쩍이고 있었다. 그 사내 손에는 짤막한 막대기가 들 려 있었다.

악아!

돌이 굴러가듯 할머니가 엄마에게 달려들었다. 사내가 벌떡 일어났다.

뭐야!

사내는 날카롭게 소리치며 구둣발로 할머니 아랫배를 내질렀다. 헉, 하고 외마디 숨을 삼키며 할머니가 고꾸라졌다. 나는 선 채로 오줌을 싸버렸다.

박 순경은 뭐허는 거야. 취조실에 잡인을 들여보내면 어쩌냔 말야.

막대기로 순사 이마를 찌르며 사내는 짜증스럽게 내뱉았다.

끌어내.

대식이 형 지게에 얹힌 할머니 뒤를 따라 집으로 오는 밤길에는 달이 밝았다. 부엉이는 숲에서 울었고 먼 골짜기에서 승냥이가 울부짖었으며 길가에는 달빛처럼 흰 달맞이꽃이 무더기 무더기로 피어 있었다.

아아.

한 손으로 허공을 가리키며 엄마가 낮게 부르짖었다.

우우. 바람이 불었다. 찢어질 듯 문풍지가 흔들리면서 등잔불이 춤을 췄다. 부엉이가 울었다. 승냥이가 울부짖었다. 쥐가 찍찍거렸다.

아부지가 오셨어.

엄마는 벌떡 몸을 일으켰다. 그리고 급하게 장롱을 뒤져 노란 회장저고리와 복사빛 분홍치마를 꺼내더니 칙칙한 검정치마와 땀에 절은 광목적삼을 벗어 팽개치고 나서 서둘러 갈아입는 것이었다. 엄마는 몇 번이고 요리조리 몸뚱이를 비틀며 앞모습, 옆모습. 뒷모습을 면경에 비춰보는 것이었는데 그때마다 엄마 얼굴은 금방 찢어진 생채기처럼 싱싱한 생기로 칠갑이 되는 것이었다. 엄마는 밤마다 상여집으로 간다고 마을 여편네들은 말했다. 밤도깨비와 두억시니와 귀신들이 들끓는 그 어둡고 축축한 상여집에서 춤을 춘다는 것이었다. 옷을 홀딱 벗어버리고 머리를 풀어 산발한 채 상여집 속 수많은 귀신들과 어울려 흘레를 붙는다는 것이었다. 정말일까. 정말로 엄마는 미쳐버린 것일까. 미쳐서 밤마다 연지 곤지 찍고 녹의홍상 떨쳐입고 그리하여 귀신도 홀릴 것 같은 어여쁜 새각시 모습으로 그 귀신들과 흘레를 붙기 위하여 상여집으로 달려가는 것일까.

아아.

엄마가 다시 부르짖었다.

아부지가 오셨어.

나는 안타깝게 엄마 치맛자락을 잡고 흔들었다.

아부지가 워디 오셨다구 그레쌓넌규, 그레쌓길.

엄마 입은 장마 끝 채송화처럼 봉긋하니 벌어졌고 허공에 던져져 있는 눈은 밑을 향해 깊게 깔려 있는 속눈썹 사이로 꿈꾸듯 눈부시게 빛나고 있었으며 얼굴은 그리고 입고 있는 치마 색깔처럼 분홍빛이었다.

퉁수 소리여. 아부지가 부넌 퉁수 소리여.

아녀유. 아뭇 소리두 아니란 말여유.

내 귀에는 아무런 소리도 들리지 않았다. 바람 소리였다. 뒤란 장독대 위에 풋감이 떨어지는 소리였다. 부엉이 소리였다. 쥐울음 소리였다. 잠 못 이룬 산짐승들이 몸을 뒤채이는 소리였다. 암내 난 뱀들이 키를 넘는 마당 잡초를 뒤집으며 짝을 찾아 헤매이는 소리였다. 그런데 바보 같은 엄마는 자꾸 아버지가 부는 퉁소 소리라고 우겨쌓는 것이었다.

깊은 밤이면 아버지가 거처하는 사랑방 쪽에서 퉁소 소리가 들려오고는 했다. 낮에는 마치 골난 사람처럼 잔뜩 찌푸리고 앉아 두꺼운 책만 읽던 아버지는 밤이 깊어지면 스스로 대나무를 깎아 만든 퉁소를 잡는 것이었다. 추적추적 궂은비가 오거나 삽짝이 부서져라 바람이 불 때 또는 창호지를 뚫을 듯 찢어지게 달이 밝은 밤이면 퉁소 소리는 들려오는 것이었다. 그렇지 않은 날 아버지는 자욱한 담배연기 속에 책상다리를 틀고 앉아 이마에 깊은 골을 파면서, 내가 땅떔도 할 수 없는 한숨 소리와 함께 퉁소 알몸을 어루만지고 있는 것이었다. 퉁소 소리는 마치 뒤란 대숲에서 댓잎들이 서로 뺨을 부벼대며 흐느끼는 것 같고 어쩌면 뜨락에 쓰러져 뒹구는 오동잎을 벌떡 일으켜 세운 다음 시치미 떼고 지나가는 바람 소리 같기도 했다. 그 야릇하게 슬픈 소리는 금방이라도 끊어질 듯 끊어질 듯 그러나 끊어지지 않고 다시또 이어져 들려오고는 했다. 나는 엄마 무릎에 누워 달빛처럼 뽀얀 엄마 젖을 만지면서 한소리 긴 탄식처럼 길게 이어지다가 갑자기 짧게 끊어졌다가 다시 길게 이어지다가 문득또 짧게 끊어져서 그리고 마침내 조각조각 부서져 달빛 속에 잔비늘로 묻히고는 하는 그 소리를 들으며 잠이 들고는 하는 것이었다. 그러면 엄마는 살그머니 나를 무릎에서 내려놓고 저 황토 속살처럼 부드럽고 다순 손바닥으로 내 가슴께를 몇 번 다둑이고 나서 서둘러 면경에 얼굴을 비춰본 다음 귀밑을 붉히며 살그머니 문을 미는 것이었다. 짐짓 잠든 척 나는 눈을 감고 엄마 서두름을 살피고는 했는데 정작 잠이 드는 것은 엄마 발소리가 들리지 않고 퉁소 소리가 끊어진 다음부터인 것이었다. 자다 깨어보면 언제 돌아왔는지 엄마는 우두커니 내 곁에 앉아 있는 것이었다. 그러면 나는 슬그머니 손을 뻗어 잠투정하듯 치맛자락을 잡아끄는 것이었고 쓰러지듯 엄마는 자리에 누우면서 포옥하니 긴 한숨을 뽑는 것이었는데, 그때마다 엄마 입에서는 잘 익은 밤꽃 내음이 나는 것이었다.

기다리세유.

소리치며 엄마는 무서운 힘으로 나를 뿌리치고 문을 밀었다. 나는 모잽이로 쓰러졌다가 이내 벌떡 일어났다. 보아줄 테다. 오늘 밤에는 내 두 눈으로 똑똑히 보아줄 테다. 상여집 속 수많은 귀신들과 옷을 홀딱 벗어버리고 머리를 풀어 산발한 채 어우러져 흘레를 붙는 엄마 모습을. 그러나 만일 엄마가 두억시니와 밤도깨비들과 흘레를 붙지 않는다면 나는 낄낄거리며 더러운 소문을 퍼뜨려대는 마을 여편네들 낯짝에 침을 뱉아줄 테다. 그리하여 엄마를 내 엄마로 만들 것이다.

뜨락에 내려선 엄마는 잠시 우두커니 서 있었다.

우우. 바람이 불었다. 오동잎이 굴렀다. 툭, 툭, 뒤란 장독대 위로 풋감이 떨어지고 있었다. 키를 넘는 잡초가 물결처럼 흔들렸다. 뒤꼍 대숲에서는 댓잎들이 서로 어깨를 비벼대며 소리죽여 흐느끼고 있었다. 부엌에서 뛰쳐나온 쥐들이 잡초 속으로 몸을 날리고 있었다. 부엉이가 울었다. 물레방앗간 쪽에서 컹컹 개가 짖었다. 멀리서 승냥이가 울부짖었다. 그 소리는 갓난아이 목 맺힌 울음소리처럼 꺼윽 꺼윽 길게 이어지다가 껔, 하고 갑자기 자르듯 짧게 끊어지고 있었다.

엄마는 천천히 움직이기 시작했다. 걸음을 옮길 때마다 엄마 발치에서는 꽈리 터지는 소리가 났다. 치맛자락이 잡초에 부딪칠 때마다 사르륵 사르륵 눈 내리는 소리가 났다.

사립을 나서고부터 갑자기 엄마 걸음이 빨라지기 시작했다. 나는 숨을 죽이며 뒤를 따랐다. 집들마다에는 불이 꺼져 있었다.

구름이 밀렸다. 달이 얼굴을 내밀었다. 갑자기 엄마는 걸음을 멈추었다. 자벌레처럼 몸을 접으며 나는 풀섶에 엎드렸다. 그리고 살그머니 고개를 들다 말고 꿀꺽, 뜨거운 침을 삼켰다. 엄마는 반쯤 내 쪽으로 몸을 비틀고 돌아서서 한 손을 이마에 대고 달을 쳐다보고 있었는데, 눈부셔라. 문득 소리쳐 울고 싶도록 어여쁜 엄마인 것이었다. 그렇다. 그래서 그날도 나는 갑자기 울음을 터뜨려 버렸던 것이었다. 학예회 날이었다. 소곤거리듯 바람이 살랑거렸고 운동장 가에는 엄마 젖빛처럼 희디흰 벚꽃이 가지가 찢어지게 피어 있었다. 일학년 김영복 군이 학부모님 여러분께 인사 말씀 올리겠습니다. 교장선생님이 말했다. 자, 영복이 차례예요. 겁내지 말고. 담임선생님이 내 어깨를 두드리며 등을 밀었다. 나는 여러 차례 연습해서 입에 익은 인사말을 다시 한 번 외워본 다음 무대 위로 올라갔다. 강당을 빽빽하게 메운 사람들 눈길이 내게로 쏠리고 있었다. 나는 뽐내는 마음으로 머리를 숙였다. 그리고 고개를 들다 말고 갑자기 울음을 터뜨려 버렸던 것이다. 거 뉘집 자슥인지 똑똑헌디. 얼라, 쟈가 갑재기 왜 운댜. 낯가림허넌개벼. 강당 안은 삽시간에 웃음으로 출렁거렸고, 얼굴을 붉히며 무대 위로 뛰어오른 엄마는 얼른 나를 안아 올렸는데, 나는 젖 먹는 아이처럼 엄마 저고리 섶을 파고들며 깨끗이 빨아 다려 입은 세라복 앞섶이 축축해지도록 섧게 울어댔던 것이었다. 내가 고개를 드는 순간 강당 맨 앞줄 오른쪽에 앉아 있는 엄마 얼굴이 눈에 들어왔고 그리고 아버지 까만 두루마기 자락이 눈에 들어왔던 것인데, 슬펐다. 사위스러워라. 어쩌면 그날 나는 이미 아버지 죽음과 그리고 엄마 미침을 짐작하고 있었던 것은 아니었는지.

엄마는 이마에 대었던 손을 떼더니 치맛자락을 모아 잡았다. 그리고 마치 나래짓하는 새처럼 한 팔을 내젓기 시작했다. 퍼부어 내리는 달빛이 엄마 어깨에 부딪쳐 수은방울로 부서져 땅 위에 흩어지고 있었다. 자욱한 달빛을 가르며 쑥쑥 앞으로 나가고 있는 엄마 그림자는 마치 넘실거리는 물길을 헤쳐 가는 쪽배와도 같았다. 언젠가 나는 엄마와 함께 청라 저수지에서 쪽배를 탔던 적이 있었다. 아버지는 그때 긴 풀이 우거진 저수지 한켠에서 낚싯대를 드리우고 있었다. 엄마는 지금 쪽배를 저어 저 아버지를 만나러 가는 것이었다. 나는 괜히 신이 나서, 엄마 손을 잡고 소풍 가던 날처럼 신이 나서, 잰걸음을 놀리는 것이었다. 들판에는 새 빨아먹은 이

삭들이 허옇게 쓰러져 있었다. 들판이 점점 좁아지고 있었다. 족배는 어느덧 산길로 접어들고 있었다.

무엇인가 물컹하고 밟혔다고 느낀 순간, 나는 그 자리에 주저앉아 버렸다. 이마가 선뜻해지며 가랑이 사이 방울 두 쪽이 딱딱하게 굳었다. 저만치 논둑 밑 둠벙으로 무엇인가 툼벙하고 떨어졌다. 개구리였다. 나는 둠벙을 똑똑히 보아두었다. 내일이면 나는 참죽나무 회초리를 치켜들고 이곳으로 달려올 것이었다. 달려와서는 숨을 죽이고 발뒤꿈치를 치켜들고 조심조심 소리 나지 않게 다가갈 것이었다. 그리고 숨을 모아 힘껏 내려치면 아, 싸악하니 바람을 찢는 소리와 함께 회초리는 개구리 등짝에 떨어질 것이고 개구리는 펄쩍 한 번 뛰어올랐다가 이내 뱃구레를 뒤집은 채 땅 위에 떨어져 파르르 파르르 사지를 떨 것이며, 병득이는 그리하여 후이후이 징그러운 웃음을 터뜨리며 비응신아 우라부진 대장이란 말여 대장, 내 골통을 쥐어박을 것이었다.

치맛자락이 잔솔밭 사이로 빨려 들어가고 있었다. 나는 달렸다. 바람이 쌕쌕이 소리를 내며 귀를 물어뜯었다. 별들이 쏟아지고 있었다. 소낙비처럼 쏟아져 내리는 별무리를 이마로 받아넘기며 내가 솔푸데기 우거진 잔솔밭에 이르렀을 때 엄마는 보이지 않았다. 이상하게도 배가 고팠다. 목이 말랐다. 타는 목마름으로 목젖이 뻣뻣해왔다. 솔밭 사이를 뒤져 단단한 차돌멩이 한 개를 움켜쥐었다. 한결 목마름이 가셨다. 아주 가까운 곳에서 부엉이가 울었다. 솔가지를 헤치며 앞으로 나아갔다. 송진 묻은 손바닥이 끈적거려서 바짓가랑이에 자꾸 손바닥을 문질러야 했다.

 저만큼 꺼무하게 엎드린 헛간 같은 게 보였다. 나는 걸음을 멈추었다. 상여집이었다. 상여집 앞에는 그리고 희끄무레한 짚단 같은 게 웅크리고 앉아 있었는데, 엄마였다. 나는 솔푸데기 사이로 얼른 몸을 숨겼다. 엄마는 땅바닥에 쪼그리고 앉아 있었다. 무릎을 세우고 세운 무릎 위에 턱을 올려놓은 채 엄마는 두 손으로 무릎을 끌어안고 있었는데 마치 옛날부터 그 자리에 박혀 있는 바위처럼 꼼짝도 하지 않는 것이었다. 뱀처럼 나는 땅바닥에 배를 붙였다. 그리고 배밀이로 조금씩 조금씩 나아갔다. 솔밭이 끝나는 곳에 이르자 엄마 모습은 좀 더 똑똑하게 보였다. 엄마는 여전히 두 손으로 무릎을 끌어안은 채 꼼짝도 하지 않았다. 바람이 불었다. 부엉이가 울었다. 승냥이가 울부짖었다. 그때마다 엄마는 번쩍번쩍 고개를 치켜들고는 했는데 그것은 잠깐, 이내 다시 바위가 되는 것이었다.

 이상한 소리에 나는 눈을 떴다. 어느 틈에 나는 솔밭에 엎드린 채로 잠이 들었던 모양이었다. 나는 귀를 세웠다. 이상한 소리는 잇달아 들려오고 있었다. 풀벌레 울음소리 같고 심하게 끓는 가래 소리 같기도 한 그 소리는 끝없이 이어져 들려오고 있었다.

 나는 살그머니 몸을 일으키다 말고 급하게 숨을 삼켰다. 엄마였다. 엄마는 마치 회초리 맞은 개구리처럼 배를 뒤집은 채 땅바닥에 널브러져 사지를 버둥거리고 있었다. 엄마 배 위에는 그리고 시커먼 두억시니가 엎드려 있었다. 두억시니

등허리가 바람 부는 날 문풍지처럼 크게 흔들리고 있었다. 아아 엄마. 불쌍한 우리 엄마. 나는 이를 웅송그려 물고 돌멩이를 쥔 손을 치켜들었다. 그리고 막 두억시니 대가리를 향하여 돌멩이를 날리려는 참이었다.

영뵉이 아부지. 영뵉이 아부지.

뜻밖에도 엄마는 두억시니 모가지를 끊어져라 끌어당기며 숨넘어가는 소리로 부르짖는 것이었다. 엄마 배 위에 엎드려 가래 끓는 소리를 내고 있는 두억시니는 병득이 아버지 같기도 하고 지서에서 봤던 사내 같기도 하고 또 어떻게 보면 도리우찌를 썼던 사내 같기도 했는데, 어쨌든 우리 아버지가 아닌 것만은 뚜렷했다. 나는 갈라 터지는 입술에 급하게 침 칠을 해가며 소리쳤다.

아부지가 아녀. 우라부지가 아니란 말여.

그런데 웬일인지 내 소리는 입안에서만 뱅뱅이를 칠 뿐 도무지 말이 되어 나오지를 않는 것이었다.

아아 칠뜨기 같은 엄마. 엄마는 어째서 아버지 하나도 제대로 알아보지 못하는 것인지, 참으로 알 수 없는 엄마인 것이었다.

『한국문학』 1979년 10월호

잔월殘月

영마루 너머로부터 새벽놀이 짙어오고 있었다. 어둠을 밀
어내며 희끄무레하게 밝아오는 하늘 아래 산 것들이 하나
둘 깨어나고 있었다. 허리띠처럼 좁고 긴 오솔길이 끝없이
이어져 있는 산길을 머리에 보퉁이를 이고 한 손으로 아이
손을 잡은 아낙이 영마루 쪽을 향하여 걷고 있는 중이었다.
개울물 흐르는 소리가 고즈넉한데, 이따금 벌써부터 잠 깬
새들이 깃을 치며 날아올랐고, 그때마다 나뭇가지에 매달려
있던 밤 잔 이슬이 빗방울처럼 쏟아져 내렸다. 가쁜 숨을 몰
아쉬며 잰걸음을 놀리던 아낙이 문득 진저리를 치며 자기
어깨에다 얼굴을 부볐다.

"싸게싸게 걸어. 해뜨기 전이 재를 넘어야 혀."

아낙 손에 매달려 종종걸음을 치던 아이가 칭얼거렸다.

"발 아퍼. 업구 가잔 말여."

"얼릉얼릉 가자니께, 조오기 가서 업구 가께."

"배두 고푸구…… 졸립단 말여."

아이는 잡힌 손을 내두르며 칭얼거리다 말고 갑자기 "엄

니!" 하고 소리치며 아낙 다리통을 끌어안았다. 저만큼 앞쪽에서 무엇인지 요란한 소리를 내며 날아올랐던 것이다.

"아이구머니나, 간 떨어지것네."

아낙은 하마터면 떨어뜨릴 뻔했던 보퉁이를 바로 세우며 마른침을 삼켰다.

"아무것두 아니라니께. 봐라, 날짐승 아녀."

아이는 슬그머니 고개를 들고 앞을 바라보았다. 꿩이었다. 짙은 하늘색 가는 목에 눈부시게 흰 목댕기를 두른 장끼 한 마리가 잔솔밭 사이로 천천히 걸어가고 있었는데, 철사처럼 빳빳하게 세운 꼬리가 이슬에 젖어 반짝 빛났다. 아이가 아낙 손을 잡으며 코맹맹이 소리를 냈다.

"무서워, 엄니."

아낙은 보퉁이를 한번 추스른 다음 다시 걸음을 재촉했다.

"무섭긴 뭐가 무섭다넌겨, 무섭길."

스스로 다짐을 두는 듯 아낙은 목소리를 높였다.

"날짐승 길짐승은 무섭잖은겨. 사람이 즈이덜 해꼬지 안 허먼 사람헌티 해꼬지 안 허니께."

"그럼 뭐가 무서."

아낙이 다시 진저리를 치며 어깨에다 얼굴을 문질렀다.

"인짐승."

"그게 뭔디?"

아낙이 짧게 한숨을 뽑았다.

"양중이 크먼 알게 뎌."

아이가 입을 크게 벌리며 하품을 하다 말고 손등으로 눈께를 문질렀다.

"엄니, 오주움."

"아이구 삭신이야. 전신이 죄깃대갈 저며논 거 같으네."

아낙은 보퉁이를 내리면서 주먹으로 등을 두드렸다. 그리고 아이 앞에 쪼그리고 앉아 바지 단추를 끄르고 탱탱하게 약 오른 고추를 꺼냈다. 아낙 입이 벙긋 벌어졌다.

"얼라. 승난것 점 봐. 여적 참은겨."

아이 고개가 외로 꼬였다.

"이잉……."

"싸게 눠."

작은 팔매선을 그리며 흰 물줄기가 솟구쳐 올랐다. 더운 김이 뽀얗게 피어오르면서 땅바닥이 엷게 주름졌다. 아이 입이 다시 활짝 벌어지면서 주먹이 눈께로 올라갔다.

"인저 업구 가넌겨, 이."

"싸게싸게 누라니께. 발써 해가 뜨것구먼."

불을 지핀 듯 벌겋게 타들어 오는 영마루 쪽에 눈길을 주면서 아낙은 다시 한숨을 내쉬었다. 아이가 다짐을 두었다.

"재만 넘으면 오이갓집인겨."

아낙이 고개를 끄덕였다.

"난 하나두 생각 안 난단 말여. 오이갓집이."

아이 조그만 어깨가 부르르 부르르 흔들렸다. 아낙은 잡고 있던 고추를 몇 번 털고 나서 단추를 채웠다. 그리고 아이를 돌려세운 다음 치마를 올리고 속곳을 내렸다. 손톱만큼 남아있던 잔월殘月이 구름에 가리워지면서 속삭이듯 낮게 흘러가던 개울물 소리가 문득 멎었다.

…… 아낙은 지나간 석 달이 지금까지 살아온 이십구 년 세월만큼이나 길게 느껴졌다. 적의에 찬 주민들 따가운 눈길이 아니라도 마을에서 살 수는 없었다. 초여름에 어디론가 끌려간 남편은 만산홍엽이 우수수 우수수 쏟아져 내리는 가을이 깊도록 돌아오지 않는데, 바람막이였던 시어머니마저 짚단처럼 힘없이 쓰러져버리고 난 시집에는 조석을 가리지 않고 찬바람이 불었고, 주민들은 흉가집이라고 발길을 끊었으며, 손보는 이 없어 키를 넘는 마당 잡초에서는 대낮에도 시잇시잇 하고 풀 먹인 옷자락 스치는 소리를 내며 능구렁이가 울었던 것이었다.

"꼭 붙잡어. 졸지 말구, 이."

치마를 내리면서 아낙은 아이에게로 등을 돌렸다. 아이는 아낙 등에 배를 붙이면서 모가지를 단단히 붙잡았다. 아낙은 보퉁이를 머리에 인 다음 끙 하고 힘을 썼다. 구름이 걷히면서 잔월이 다시 얼굴을 내밀었다. 아낙이 걸음을 옮길 때마다 잔월은 뒤로 물러날 듯 물러날 듯 뒤처지고는 하였는데, 그러나 또 이내 따라와 그 여자 머리 위에 머무르고 있었다.

"여적 먼겨?"

아이는 발장난을 치면서 아낙 모가지를 흔들었다.

"흔들지 마러. 엄마 글력 팽기는구먼."

"오이갓집이 가면 누가 있넌겨?"

"많지. 풀솜할아부지. 풀솜할머니. 오이삼춘……."

아이 목에서 꼬르륵 하고 침 넘어가는 소리가 났다.

"거기 가면 먹을 것두 많것지?"

"그러엄."

갸름하게 선이 고운 아낙 옆 얼굴이 월광月光을 받아 뽀얗게 빛났다.

"거기 가면 동무덜두 많것지?"

"그러엄."

"아부지이."

"뭐여?"

"아부지 말여. 아부지두 그럼 오이갓집으로 오넌겨?"

아낙이 문득 걸음을 멈추더니 깊숙이 허리를 숙여 아이가 떨어지지 않게 하면서 팽 하고 맑은코를 풀었다. 아이가 아낙 목을 흔들었다.

"그런겨?"

아낙은 다시 허리를 펴고 걸음을 옮겼다.

"그러엄."

"엄니."

"응."

"음…… 할머니는 워디루 갔으까?"

"새꼽 빠지게 뭔 소리랴."

"생여두 안 타구 갔으니께 말여."

"극락 가셨것지."

"극락?"

"응."

"거긔가 워딘디?"

"거긔…… 거긔가 워딘고 허먼."

아낙은 긴 한숨을 내쉬었다.

"거긔는 펭등헌 곳이래여. 할머니께서 밤낮 안 그러시담.
거긔는 착헌일 헌 사람이 죽어서 가넌 디라구. 부자두 가난
뱅이두 잘난이두 못난쟁이두, 기룬 것두 서룬 것두 읆구, 오
여손 바른손 패 갈러서 쌈박질허지두 않구…… 콩 한 쪽두
서루 나눠 먹구, 존 일 있으면 하냥 웃구, 서룬 일 있으면 하
냥 울구…… 거긔는 증말 사람덜만 사넌 곳이래여. 진짜 사
람덜만."

하다가 문득 눈앞이 침침해 와서 아낙은 다시 팽 하고 맑
은코를 풀었다. 가래 끓는 소리로 나약하게 울어대는 풀벌레
소리와 도란거리며 흘러가는 개울물 소리로 해서 주위가 더
욱 고요한 느낌이었는데, 자기 발자국 소리가 너무 크게 들
린다고 생각하며 아낙은 등을 흔들었다.

"자넌겨? 시방."

아이는 입맛을 다시면서 손가락을 꼼지락거렸다. 아낙이
목을 흔들었다.

"간지럽다니께."

"이…… 잉."

"자지 말어. 엄마 혼자 심심혀."

"이…… 잉."

"옛날 얘기 헤주까."

…… 사람들은 잘난 신랑 얻어간다고 모두들 부러워했다.
인물 좋고 말 잘하고 학식 많고 똑똑하고, 그야말로 신언서

판身言書判을 두루 구족한 일등 새서방이라는 것이었다. 가난한 것 한 가지가 흠이지만 인물 하나 출중했으면 그만이지 문제도 아니라는 것이었다. 사실이 그랬다. 그래서 처음 어른들 어깨 너머로 그 남자 얼굴을 훔쳐본 그 여자는 온몸이 쥐가 오른 듯 저려오고 터질 듯 가슴이 두근거려 내내 얼굴을 못 들었던 것이었다. 옥으로 깎은 듯 준수한 얼굴이었는데 무엇보다도 슬픈 듯한 눈매가 좋았고 꽉 다문 입은 깊은 신뢰를 일으켰다. 남편은 언제나 사랑방에서 책상다리를 틀고 앉아 두꺼운 책만 읽었다. 그 슬픈 듯한 눈매에 이따금 짙은 그늘이 어리는 것으로 봐서 남편은 어떤 깊은 고민에 잠겨 있는 듯하였는데 그 고민의 정체가 무엇인지는 꼬부랑 글자로 된 남편 책을 그 여자가 읽을 수 없는 만큼 알 도리가 없었다. 살뜰하게 잔정을 쏟아주지는 않았지만 남편 사랑은 점잖으면서도 깊었다. 볏백이나 하는 집안에서 손끝에 물 한 방울 안 묻히고 자란 그 여자였지만 옹색한 살림을 스스로 손으로 꾸려간다는 즐거움이 있었다. 손이 귀한 집에서 아들을 낳았고, 시어머니 사랑 또한 도타와서 그 여자는 행복하였다. 그런데 언제부턴가 갑자기 남편 출입이 잦아지기 시작하였다. 평소에는 읍내 나들이도 드문 편이었는데 도청이 있는 대전이며 먼 서울까지도 오르내리는 눈치였다. 이따금 낯선 손님들이 찾아와 며칠씩 묵고 가기도 하였다. 그런 밤이면 사랑방에는 이슥토록 불이 꺼지지 않았고 그 여자는 까닭 모를 불안감으로 잠을 이루지 못하는 것이었다.

"자넌겨? 시방."

"…………."

등이 점점 무거워 오고 있었다. 아낙은 끙 하고 힘을 쓰며 등을 추슬렀다.

"자지 말어. 엄마 혼자 심심혀."

"…………."

"옛날 얘기 헤주까."

…… 난리가 터졌다는 소문이 돌았다 한 우물 나눠먹고 사는 구렛굴 사람들은 그러나 포 소리 한 방 못 들었고 군인 그림자도 못 보았다.

삼팔선이 터졌댜. 북선 빙대가 거시기 땅끄라나 뭐라나루 디립다 밀구 네려오며 철포를 놓넌듸, 아 귁방군은 일패도 지라넌겨. 시방.

남선 백성은 죄 죽인다던디, 우리게는 워치게 되넌겨.

앗따, 이 사람덜 보소. 우리네 무지렝이 넝사꾼덜이야 저 저금 땅 파먹구 산 조이밖에 옰넌디, 왜 쥑인다니. 쥑이길.

아, 즌쟁이 터졌넌디, 조이구 거시기구 따져가며 쥑이겄어.

그거야 식자 들구 거시기 새상 가진 이덜 소관이것지, 우리네 넝사꾼덜이야…….

놀란 토끼처럼 쪼그리고 앉아 손가락이 노래질 때까지 봉지담배를 말아 피우면서도 사람들은 날이 밝으면 어제처럼 논에 물꼬를 살피고 밭에서 호미질을 했으며, 지게를 지고 뒷산으로 올라갔다. 그 여자는 마당에서 절구질을 하고 있었다. 텃밭에서 캔 햇감자였는데 남편이 좋아하는 감자떡을 만들 참이었다. 그 감자떡이 익기 전에 남편은 집을 나갔다. 눈썰미가 사나운 남자를 따라간 남편은 그리고 밤이 깊도록 돌아오지 않았다. 바람소리만 들려와도 그 여자는 벌떡벌떡 일어나 사립 쪽으로 내달았고, 시어머니는 새벽같이 쌀자루를 이고 오서산으로 달려갔다. 하늘을 찢어발길 듯 매미가 울어쌓던 칠월 초순 어느날, 머리에 도리우찌를 눌러 쓴 사내들이 마을에 들어왔다. 구렛굴 사람들은 서로 눈치를 살피면서 목이 찢어지라고 만세를 불렀다. 인미인꿩화구욱 만서이. 새 시상 만서이. 사내들은 그 여자 팔뚝에 붉은 완장을 채워주며 말했다.

위대한 혁명투사의 자랑스러운 유가족을 충심으로 위로하오. 동무의 남편은 압박받는 인민의 해방을 위하여 영웅적으로 투쟁하다 일신의 피를 민족의 제단 위에 뿌렸던 것이오. 자, 이제부터 동무의 원쑤를 갚으시오.

그 여자는 그러나 알 수가 없었다. 해방이니 투쟁이니 민족의 제단이니하는 어려운 말들을 이해할 수 없었을 뿐더러 도대체 허구헌날을 그늘진 얼굴로 두꺼운 책만 읽던 남편이 무엇을 위하여 그리고 구체적으로 어떤 일을 한 것이며 왜 죽어야 했는가를, 그 여자는 더욱 알 수가 없는 것이었다. 어째서 자기들은 갑자기 '애국자 유가족'이 되어야 하며 갚아야 할 '원쑤'는 누구인가를. 가장 뚜렷한 실감은 남편이 돌아오지 않는다는 것이었고, 긴 밤을 홀로 새워야 된다는 것일 뿐이었다. 시신도 보지 못한 남편 죽음을 그 여자는 그리고 믿을 수가 없었는데, 그들은 부드럽게, 그러나 거부

할 수 없는 위력으로 등을 밀었다.

자 나가시오. 나가서 원쑤를 갚고 애국자의 유족답게 열렬히 혁명과업 수행에 매진해주시오. 이 마을은 여맹위원장 동무만 믿소.

그 여자가 남편 '원쑤'를 갚고 '애국자 유족'답게 '혁명과업 수행'에 매진했던 것은, 수류탄을 움켜쥔 소년 병정이 탱크 위에서 절규하고 있는 포스터며, 처음 보는 사람 얼굴이 박힌 사진, 그리고 "모여라 여성들아 붉은 깃발 아래로!" 따위가 적힌 백로지를 공회당 담벽에 붙이고, 부녀자들에게 그들이 일러준 노래를 가르치고, 마을을 돌며 곡식이며 가축 같은 것들을 공출해오는 일이 고작이었다. 그들은 공출해온 것에서 얼마큼 떼어 이따금 그 여자 집에 디밀어주고는 했는데, 그 여자 시어머니는 펄쩍 뛰었다.

남이 눈이 눈물 한 방울이먼 내 눈이 피 한 사발인디. 우리가 무슨 골리루 이걸 먹겄수. 애비를 븨명이 저승 보내구 우리가 무슨 심사루 쌀밥이 괴깃국을 먹넌단 말유. 그것두 남이 것을. 관셔어엄보살.

"자넌겨? 시방."

아이는 대답이 없는데. 아낙은 등짝이 천 근이나 되는 듯 무거워서 발걸음이 자꾸 느려지고 있었다. 영마루 쪽 놀은 이제 진한 핏빛으로 가까워오고, 벌레 소리 개울물 소리 높이 떠서 지저귀는 새 울음소리 아득한데, 지는 달빛 아래 만산 단풍은 놀빛으로 쓰러지고 있었다. 아낙은 이따금 생각난 듯이 진저리를 치며 하염없이 걷고 있었다.

"자지 말어. 엄마 혼자 심심혀."

…… 송편 한 쪽 변변히 못 빚고 추석을 넘긴 며칠 뒤, 갑자기 도리우찌를 쓴 사내들이 보이지 않았다. 다시 세상이 뒤집어졌다고 했다. 한 우물 나눠먹고 사는 구렛굴 사람들은 이번에도 역시 포 소리 한 방 못 들었고 군인 그림자도 못 보았다.

즌쟁이 끝났댜. 서양 븽대가 거시기 호줏긴가 뭐라나루 디립다 몰구 올라오며 폭탄을 던지넌디 아 북선 븽대년 일패도지라넌겨. 시방.

만서이 부른 사람은 죄 죽인다넌디, 우리게는 워치게 되넌겨.

앗따 이 사람덜 보소. 우리네 무지렝이 농사꾼덜이야 저 저금 지 목심 살자구 부른 만서인디, 무슨 조이가 있다나. 조이가 있길.

그레두 앞대가리 나섰던 사람은 온전허지 뭇헐 거라넌디. 끙.

사람들은 힐끔 힐끔 그 여자를 바라보았는데, 어느덧 싸늘한 눈초리로 변해 있었다. 만세를 부르지 않았거나 도리우찌를 쓴 사내들이 시키는 일을 한 가지라도 안 했던 사람은 구렛굴에서 한 명도 없었는데. 사람들은 모든 잘못을 그 여자에게로 몰아붙이려는 눈치였다. 마침내 총 멘 순사들이 들이닥쳤다. 구렛굴 사람들은 서로 눈치를 살피면서 목이 찢어지라고 만세를 불렀다. 대하인밍국 만서이. 새시상 만서이. 그 여자는 포승줄에 묶여서 개처럼 끌려갔다. 대낮인데도 알전

등을 밝힌 취조실에는 자지러지는 비명이 왁자하였고, 그 여자는 벌써 반정신은 나간 상태였다.

아줌니, 우리 글력 팽기지 않게 헙시다요.

사내는 물 먹인 쇠좆몽둥이를 슬슬 쓰다듬며 노랗게 웃었다. 고문을 시작할 것도 없이 그 여자는 만세를 부르고 포스터를 붙이고 노래를 가르치고 또 공출에 앞장섰다는 것을 모두 토설했는데, 사내는 그 이상 것을 듣고 싶어하였다.

그러구우─

쇠좆몽둥이가 허공을 찢었다. 적삼이며 치마가 갈갈이 찢어졌다.

그리고 또 무엇을 토설할 것인가, 그러구우─ 하고 길게 늘여 빼는 사내 충청도 사투리가 그 여자는 배암처럼 몸서리쳐졌다.

허참, 팔자에 옰년 이발쟁이 노릇까지 헤야 허니.

사내는 쇠좆몽둥이를 집어던지며 츳츳 혀를 찼다. 그리고 벤치를 들고 그 여자 발치에 쭈그리고 앉으며 허옇게 웃었다.

기밀셍이헌티 충성을 맹세했지?

아녀유.

했을 텐디─

으으…… 헤, 혔유.

그 여자 하체는 바람 부는 밤 문풍지처럼 파르르 파르르 경련했다.

그 다음부터는 모든 질문에 네, 였다. 상피를 붙었다고 몰아도 네, 할 판이었다.

늬 서방은 왜정 때버텀 골수 좌익이지?

네.

늬 서방은 예비금속으루 처형됐구, 그래서 네년은 민국 정부에 앙심을 품었지?

네.

붉은 사상이 평생 갈 줄 알었지?

네.

갸덜헌티 군경 가족을 찔러박었지?

네.

서방 웬수 갚넌다구 날쳤다며? 그래서, 그래서 몇 명이나 쥑인겨.

아, 아녀유. 웬수 갚은 일 읎유. 사람 쥑인 일두 읎구.

허, 이 아줌니 독종일세.

사내가 허옇게 웃으며 벤치를 잡은 손에 힘을 주었다.

그쪽 면서 이쪽 사람이 다섯이나 당했단 말여, 다섯이나. 이 뽥겡이년아.

으으…… 그랬유. 다, 다 헸유.

온몸이 항아리에 담가놓은 곤쟁이젓이 되어가지고 돌아온 그 여자는 시어머니가 걸러다 준 황금탕을 일곱 사발이나 마시고 나서야 굴신을 할 수가 있었다. 황금탕이란 뒷간에서 퍼올린 곰삭은 똥물이었는데 대통을 박고 빨 것도 없이 그대로 들고 오뉴월에 냉수 마시듯 들이켰던 것이었다. 그러면서도 그 여자는 벤치자루로 '토설'을 강요하던 사내가 원수라는 생각이 들지 않았다.

원망스러운 것은 오직 남편일 뿐이었다. 어째서 그 잘난 인물 똑똑한 머리를 가지고 나라에서 금하는 책을 읽고 나라에서 금하는 사상인가 뭔가를 가졌던 것인지 야속할 뿐이었다. 그 여자는 그러나 젊은 삭신이라 회복이 빨랐는데 정작 힘없이 쓰러져버린 것은 시어머니였다. 마을 사람들이 집으로 몰려왔던 것이다. 부역자 재산은 집어가는 사람이 임자이며, 따라서 죄가 되지 않는다는 것이었다. 눈에 벌건 핏발을 세운 사람들은 느려터진 말소리와는 달리 날렵하게 몸을 움직여 자기들끼리 아귀다툼을 벌이면서 반반한 것이라면 하다못해 살강에 얹어둔 간장종지까지 죄 훑어가 버렸다. 그 여자는 이상하게 변해버린 마을 사람들을 멍하니 바라보고만 있었는데, 쌀독을 안고 뒹굴던 시어머니는 어느 발길에 채였는지 가르릉 가르릉 가래를 끓이다가 짚단처럼 쓰러져버렸던 것이었다.

난리가 터지기 전 구렛굴 사람들은 제 땅에 제 씨 뿌려 제 식구들 입치레하는 재주밖에 몰랐고, 여름에는 보리 곱삶아 먹고 겨울에는 시래기국 먹으며 어느 집에서 보리감자만 쪄도 집집이 돌리며 웃음으로 나눠먹었으며, 기껏해야 국방군이 들어오면 대하인밍구욱 만서이를 인민군이 들어오면 인미인꿩화구욱 만서이를 눈치껏 부를 줄밖에 몰랐던 것이었다.

"자넌겨? 시방."

아이는 깊이 잠들었는지 대답이 없고. 벌써 날은 밝아오는

데 지척으로 보이는 영마루가 아득하여서 아낙은 다시 코를 풀어야 했다. 팔을 바꿔 등을 추스르고 난 아낙이 간신히 걸음을 재촉하는데, 여태도 남아 있는 잔월이 그 여자 뒤를 끈질기게 따라가고, 꿈속에서 무엇을 먹는지 아이는 자꾸 입맛을 다시면서 몸을 뒤채이고 있었다.

……꿈결인가. 아이는 언뜻 새를 본 듯하였다. 백설처럼 몸통이 희고 머리에 빨간 점이 박힌 황새였다. 그 새는 이따금 논바닥을 날아다니며 우렁이며 미꾸라지를 잡는 일 말고는 언제나 동구 앞 늙은 홰나무 꼭대기에 앉아서 긴 목을 늘여 하늘을 바라보고는 하였다. 그런데 난리가 터졌다는 소문이 나돌고, 어디론가 끌려간 아버지가 돌아오지 않고, 엄마 땅이 꺼지는 한숨 소리와 금방이라도 숨이 넘어갈 듯 자지러지게 불러대는 할머니 관세음보살 소리가 귀를 멍멍하게 하면서부터 그 새는 보이지 않았던 것이었다. 아아. 아이는 반가워서 힘껏 소리치며 그 새에게로 달려갔는데, 그 새는 힘차게 나래를 펄럭이며 하늘 높이 솟구쳐 오르더니, 너울너울 구만 리 장천을 날아가는 게 아닌가. 아니 그것은 할머니였다. 할머니는 새각시처럼 곱게 머리 빗어 쪽을 찌고 잠자리 날개 같은 나들이 모시옷을 떨쳐입고 있었다.

가자.

머리에 쌀자루를 인 할머니가 치맛자락을 모아 잡으며 소리쳤다.

워디, 워디루 가넌겨?

아이는 눈곱을 쥐어뜯으며 종종걸음을 쳤다.

가자. 오탁악세 내 싫다. 서방정토루 가자, 극락정토루 가
자.

뭔 소리여, 이?

가자.

할머니 목소리에는 어느덧 가락이 묻어 있었다.

불쌍허다이내일신

인간하직망극허다

밍사십리해당화야

꽃진다구서러마라

밍년삼월봄이되면

너는다시픠려니와

인생한번돌아가면

다시오기어려워라

어찌갈꼬심산흠로

증처읎넌질이로다

할머니는 후유 하고 긴 한숨을 내쉬며 털썩 바위에 주저
앉아 버렸다.

아이구. 서방증토가 왜 이리 머냐. 사바탁세 떠나기가 왜
이다지 심이 드너냐.

할머니, 절이 가넌겨?

애븨를 만나러 가넌겨. 애븨를.

아부지넌 저쪽이루 갓넌듸.

아이는 저 아래로 보이는 신작로를 가리키며 할머니 치맛
자락을 흔들었다. 아버지는 낯선 아저씨와 함께 신작로를 따

라 곧바로 걸어갔던 것이었다. 아버지는 걷다가는 뒤돌아보고 다시 걷다가는 또 뒤를 돌아보느라고 산자락 너머로 사라질 때까지 어쩌면 한나절이나 걸렸는지도 모를 일이었다.

가자.

할머니는 그러나 마음만 바빴지 걸음이 느려서 새벽에 떠난 길이 오서산 중턱에 있는 만불사에 도착했을 때는 한낮이었다. 절에는 아무도 없었다. 법당 문짝에는 주먹 같은 쇠통이 채워져 있고 뜰에는 잡풀이 수북하였다. 할머니는 법당 뒷켠으로 난 오솔길로 접어들었다. 한참을 올라가자 문득 땅이 펀펀해지면서 사람처럼 생긴 바위가 나타났다. 그것은 돌부처였는데 오랜 세월을 두고 비바람에 깎여 자세히 보지 않으면 여느 바위로 보일 지경이었다. 할머니는 떡갈나무 잎사귀를 몇 잎 뜯어다가 그 앞에 깔고 쌀을 부었다. 그리고 두 손을 모아 턱 밑에 댄 다음 자꾸 허리를 꺾었다.

비나이다비나이다

부처님전비나이다

어리석은사바중생

일자소원축수허니

굽어살펴주옵소서

사바세계차사천하남섬부주해동조선국충청도땅김가성대주정사생……

활등같이굽은길을

살대같이달려와서

츠자식에손을잡구

만단슬화나누먼서

....

할머니는 끝없이 허리를 꺾으며 가래 끓는 소리로 연신 중얼거리는 것이었는데, 아이는 자꾸 졸음이 와서 견딜 수가 없었다. 그래서 슬그머니 할머니 치맛자락을 잡아 흔들면, 그때마다 할머니는 머리통을 찍어 누르는 것이었다.

절혀, 그레야 애븨가 돌아오넌겨.

아이 눈이 반짝 빛났다.

증말? 절허먼 증말 아부지가 오넌겨?

관셔어엄보살. 할미가 운제 그짓부렁 허더냐.

아이는 할머니처럼 두 손을 턱 밑에 대고 허리를 꺾었는데, 그러다가는 그 자리에 엎드려 슬그머니 잠이 드는 것이었다. 얼마나 시간이 흘렀을까. 이상하게도 아이는 으스스 몸이 떨려와서 눈을 떴는데, 으으 징그러워라. 돌부처 밑 벌어진 틈바구니에서 시커멓고 길다란 끈 같은 게 또아리를 틀고 있는 게 아닌가. 배암이었다. 그 배암은 대가리를 빳빳이 쳐들고 불 같은 혀를 떨고 있었다.

"뱌, 뱌, 뱜."

아이는 갑자기 경기 난 듯 몸을 떨며 외마디 소리를 질렀다. 아낙이 걷던 자리에 주저앉으며 아이를 끌어안았다.

"왜 그려. 이. 아가, 왜 그러넌겨?"

눈앞에 있는 것은 엄마임이 분명해서 아이는 비로소 주먹으로 눈을 부비며 코먹은 소리를 냈다.

"할머니를 만났넌디……."

아이는 아낙 가슴에 얼굴을 묻었다.

"먀, 먐……."

"숭업게 뭔 소리랴. 꿈꿨넌가베."

아낙은 아이 궁둥이를 토닥이며 보퉁이를 뒤져 개떡을 꺼냈다.

"츤츤히 먹어. 목 맥히잖게."

멀리서 개 짖는 소리가 들려오고 있었다. 오솔길은 벌써 벗어났고, 밋밋하게 펼쳐진 등성이가 저만큼 앞쪽에 높다랗게 솟아 있는 영마루까지 곧장 이어져 있었다. 영마루 밑 양옆으로는 마을이 아득하게 자리 잡고 있었다. 날은 이제 완전히 밝아서 높이 떠서 지저귀는 새 울음소리가 아득하였다. 아낙이 힘없이 중얼거렸다.

"워치건댜. 날이 밝었넌디……."

아낙은 밝은 날에 길을 가다가 사람을 만나는 게 무엇보다도 겁이 났고, 그래서 밤을 타서 재를 넘을 작정이었던 것이다. 할 수 없이 아낙은 아이 손을 잡았다.

"츤츤히 먹으라니께. 목 맥히잖게."

어른 손바닥만 한 개떡은 벌써 반 넘어 줄어 있었다. 아이는 급하게 입안엣 것을 삼키면서 아낙 팔을 흔들었다.

"엄니."

"왜."

"인저 으이원장 동무 안 허넌겨?"

얼어붙듯 아낙 발길이 멎으면서 얼굴에 핏기가 가셨다.

"뭐여. 시방 뭐라구 헌겨?"

"왜, 왜 그런댜."

입이 미어지게 개떡을 베어 물던 아이 눈이 크게 벌어졌다. 아낙 목소리가 가늘게 떨렸다.

"다시 한 번 그 소리 헤봐라. 여기다 떼놓구 갈테니께."

아이는 엄마가 화를 내는 까닭을 알 수가 없었다. 엄마가 위원장동무를 할 때는 얼마나 신이 났는지 몰랐다. 동네 사람들 모두 엄마 앞에서 굽신거렸고 아이들은 부러운 눈길로 바라보았으며 도리우찌를 쓴 아저씨들은 그리고 눈깔사탕을 주며 '소년영웅'이라고 칭찬해주었던 것이었다. 엄마 말끝마다 사람들은 짝짝짝 박수를 쳤고 그때마다 수줍은 듯 얼굴을 붉히던 엄마 얼굴은 또 얼마나 고와보이던지 몰랐다. 그런데 엄마가 위원장동무를 안 하게 되면서부터 신나는 일은 하나도 없었던 것이다. 엄마는 순사에게 끌려갔고, 걸레처럼 늘어진 엄마가 지게에 실려 돌아왔을 때 마을사람들은 두억시니처럼 사납게 집 안을 뒤져 살림살이를 가져갔으며, 할머니는 거적에 말려 뒷산에 묻혔고, 배가 고팠고, 그리고 무엇보다도 아이들이 '빩겡이 자식'이라고 놀리며 함께 놀아주지 않았던 것이었다. 아아 엄마가 다시 위원장동무를 하게 된다면, 동네 사람들은 다시 엄마 말끝마다 짝짝짝 박수를 치며 굽신거릴 것이고, 아이들은 부러운 눈길로 자기를 바라볼 것이며, 그리고 무엇보다도 배가 고프지 않고 또 이렇게 밤길을 걷지 않아도 될 것이었다. 아이는 개떡과 함께 뜨거운 침을 삼켰다.

"싸게싸게 걸어. 사람들 눈이 안 띄구 마실을 지나야 혀."

아낙이 아이 손을 다잡으며 잰걸음을 놀리는데,

"거기 스쇼!"

어디선가 느닷없이 날카로운 목소리가 들려왔다. 아낙은 소스라치게 놀라 아이 어깨를 끌어안았고, 아이는 코딱지만큼 남아 있는 개떡을 떨어뜨렸다. 다시 한 번 날카롭게 외치는 소리가 바람을 갈랐다.

"거기 스쇼!"

아낙이 벌렁거리는 가슴을 가까스로 진정시키며 앞을 바라보니. 풀색 작업복 차림 사내가 행길 앞 나뭇가지 사이에서 뛰어나오고 있었다. 사내는 예리하게 끝을 쳐낸 죽창을 들고 있었는데 팔뚝에 흰 완장을 두르고 있었다.

"어디 가는 거요?"

사내가 아낙 아래위를 훑었다. 아낙은 아이 어깨를 더욱 힘주어 끌어안으며 떨리는 목소리로 더듬거렸다.

"치, 친정이 가넌디유. 친정이 점……."

사내는 다시 찬찬히 아낙 아래위를 훑어보고 나서 등을 돌렸다.

"따라오쇼."

아낙이 끌려간 곳은 왜정 때 파놓은 방공호였다. 방공호는 행길 옆 잡목 숲 뒤쪽에 언덕 밑을 파고 들어앉아 있었다. 그곳은 어둡고 습했으며 비릿한 물 냄새가 났다. 불빛이 밖으로 새어나가지 않도록 양철로 갓을 씌운 남포불이 드날목 벽 쪽에 걸려 있고 그 아래 조그만 책상과 의자가 놓여 있었다. 안쪽으로는 짚단이 깔려 있었는데 역시 풀색 작업복 차림 사내가 잠들어 있었다. 사내 코고는 소리가 요란했다.

"이봐보쇼."

사내가 의자에 앉으며 턱 끝으로 불렀다. 아낙은 보퉁이를 땅바닥에 내려놓고 아이 손을 꼭 잡았다.

"어디서 오는 거요?"

"구렛굴유."

"어디로 갑니까?"

"개울유. 거기가 친정여유."

사내가 하품을 하면서 손으로 얼굴을 문질렀다.

"구렛굴이면 청라 쪽인데, 밤새 산길을 걸었단 말요?"

"그, 급헌 일이 생겨서유."

사내가 궐련에 불을 붙이면서 다시 하품을 했다.

"이 아줌니 간뗑이 한번 크네 그려. 시방이 어느 때라고 밤길을 다녀."

"양식이 떨어져서⋯⋯."

"그래요?"

사내는 입이 깔깔한지 두어 모금 빤 담배를 책상다리에 눌러 껐다.

"통행증 좀 봅시다."

아낙이 마른침을 삼켰다.

"퇴, 퇭행증유?"

"그쪽 치안대장이 발행한 통행증이 있을 거 아뇨."

아낙이 대답을 못하고 머뭇거리는데 갑자기 아이가 뽐내는 어조로 말했다.

"으렄니는 으이원장 동문디."

아낙 얼굴에 핏기가 가셨다. 사내가 주먹으로 책상을 찍으면서 벌떡 몸을 일으켰다.

"옳시, 당신 빨갱이구먼!"

아낙이 급하게 한 발 뒤로 물러서며 목안엣 소리를 냈다.

"아녀유. 나는 뽥겡이가 아녀유."

"어이, 일어나라구. 반가운 손님이 오셨어."

사내가 안쪽으로 걸어가며 소리쳤다.

"아녀유. 나는 뽥겡이가 아니란 말여유."

아낙이 구르듯 쫓아가며 사내 옷자락을 움켜잡았다. 사내가 거칠게 뿌리쳤다.

"기구 아니구는 조사해보면 알아."

"뭐여."

자고 있던 사내가 벌떡 일어서며 짜증스럽게 소리쳤다. 잠이 부족한 듯 그의 눈은 붉게 충혈되어 있었는데 이제 막 코밑에 수염발이 잡히기 시작하는 애송이 청년이었다. 사내가 코웃음을 쳤다.

"이 아줌니가 위원장동무라네."

"뭐시, 뽥겡이!"

청년 눈썹이 꿈틀하면서 이마에 굵은 골이 패였다. 사내가 하품을 하면서 짚단 위에 주저앉았다.

"그려. 짯짯이점 조사해봐."

청년이 침을 뱉았다.

"앗따 병덕이 성님두. 뽥겡이 잡구 무슨 얘기래유. 뽥겡이덜은 그저 작신 조겨놔야 되넌겨. 조사구 자시구 할 것 읎이."

사내가 말했다.

"보따리점 끌러봐."

청년이 보퉁이를 끌렀는데, 옷가지 몇 점과 사진 한 장 그리고 개떡 한 개가 전부였다. 누렇게 색 바랜 사진 속에는 이마가 넓고 콧날이 반듯한 신랑과 수줍은 듯 아미를 숙이고 있는 복스런 얼굴 각시가 나란히 상반신을 맞대고 있었는데, 한켠에 〈영원히 그대와 함께〉라고 씌어 있었다.

사내가 말했다.

"뭐가 있나?"

청년이 보퉁이를 팽개치며 씹어뱉듯 말했다.

"지긔미, 뽥겡이가 워디 광고하구 다니것어."

사내가 아이에게로 다가왔다.

"늬 엄마가 위원장동무 했냐?"

아이는 아낙 다리통을 끌어안으며 입술을 비쭉였다. 아낙이 입술을 깨물며 간신히 말했다.

"그렇지먼 다 츠벌받구 나왔유."

청년이 거칠게 아낙 어깨를 움켜잡았다.

"뽥겡이는 죄 쥑여야 혀. 죄."

아낙 입술이 퍼렇게 변색되면서 어깨가 심하게 흔들렸다. 청년이 뽀드득 소리가 나게 이를 갈았다.

"뽥겡이라면 갈아마셔두 션찮어. 우라버지두 뽥겡이한티 돌아가셨단 말여. 우라버지두."

사내가 두 팔을 활짝 벌려 기지개를 켜면서 의자에 앉았다.

"어이, 대강 족쳐서 지서루 넘겨."

청년이 왈칵 아낙 어깨를 잡아당겼다. 아낙 몸이 앞쪽으로 쏠리면서 아이가 아낙 치맛자락에 걸려 옆으로 넘어졌다.

"엄니이."

"아가. 영복아."

아낙이 샛된 소리로 부르짖으며 아이에게로 몸을 돌리는데 청년이 양손으로 아낙 어깨를 잡아 돌리며 안쪽을 향해 힘껏 밀어붙였다. 아낙이 샛된 비명을 지르며 짚단 위로 나가 자빠졌다.

"엄니. 엄니이……."

아이가 자지러지는 울음을 터뜨리며 아낙을 향해 달려갔다.

"시끄러. 새꺄."

청년이 아이 목덜미를 잡아 젖혔다. 아이가 뚝 울음을 그치고 벽 쪽으로 바짝 붙어 섰는데, 목에 걸린 울음소리가 딸꾹질로 이어져 계속되었다. 아낙이 간신히 몸을 일으키며 부르짖었다.

"이런 벱이 워딨대유. 사람을 이렇게 허넌 벱이 워딨대유."

"법. 뿕겡이헌티 벱은 무슨 얼어죽을 벱여."

청년이 아낙 양어깨를 거머잡으며 이를 갈았다.

"웬수여. 우라버지 쥑인 웬수란 말여. 우라버지 쥑인."

우두둑 소리와 함께 적삼 깃이 틀어지면서 언뜻 흰 속살이 드러났다. 아낙이 그곳을 손바닥으로 가리며 목안엣 소리를 냈다.

"나는 웨. 웬수 같은 일 읎유."

"우라버지는 누가 쥑인겨. 누가."

청년 핏발 선 눈에 문득 핑그르 물기가 돌면서 잡고 있던 아낙 어깨를 뿌리치듯 밀쳤다. 아낙은 다시 힘없이 짚단 위로 나자빠졌다. 걷혀 올라간 치마 밑으로 허연 속살이 드러났다. 청년 고개가 밑으로 꺾어지면서 심하게 어깨가 흔들렸다. 청년이 부르짖었다.

"누가, 누가아 –."

사내가 피우고 있던 담배를 발로 밟고 나서 청년에게로 다가갔다. 사내가 청년 어깨를 두드렸다.

"그만해둬. 집에 가서 조반이나 들고 오지. 자, 어서."

청년 어깨를 밀어내는 사내 눈이 가늘게 좁혀지고 있었다.

아낙이 방공호를 나왔을 때, 마을 지붕들 위로는 연기가 오르고 있었다. 중천에 걸린 해를 이고 재를 넘자 이내 놀이 졌다. 개월 친정 마을에 도착했을 때는 깊은 밤이었다. 집들마다에는 불빛이 보이지 않았고, 낯선 발자국 소리에도 개들이 짖지 않았으며, 만공에 가득한 달빛 아래 마을은 그저 죽은 듯이 엎드려 있었다. 아낙은 태어나서 꽃두레 시절까지를 보낸 낯익은 고샅길을 더듬어 대문이 실한 기와집 앞에 섰다. 아이가 아낙 손을 흔들었다.

"다온겨, 인저."

"이."

"여기가 오이갓집인겨."

"이."

"야, 굉장히 부잣집인디. 인저 여기서 사넌겨?"

아낙은 잠시 마음을 진정시키고 나서 대문을 흔들었다.

"엄니, 엄니."

한참 만에 신발 끄는 소리가 나고, 조심스러운 노파 목소리가 들려왔다.

"밖에 누가 왔소?"

아낙 얼굴이 술 취한 듯 붉게 상기되었다.

"뉘기여. 뉘가 왔넌감?"

아낙 입술이 심하게 씰룩였다.

"어, 엄니. 저예유. 점순이……."

"뉘, 뉘기라구. 점순이……."

급하게 빗장이 열리면서 구르듯 노파가 뛰쳐나왔다.

"엄니!"

아낙 머리에서 보퉁이가 떨어졌다. 노파 두 팔이 앞으로 무너지는 아낙 몸을 받았다. 하나로 합쳐진 두 여자 어깨가 오랫동안 크게 흔들리고 있었다. 아이는 멀뚱히 눈을 뜨고 두 사람을 올려다보았다.

이윽고 두 사람 몸이 떨어지면서 노파가 아이를 안아 올렸다.

"어이구 내 새끼야……."

노파가 서둘러 지어온 밥을 먹고 나서 아이는 이내 잠이 들었다. 두 여자는 밥상을 미뤄놓은 채 밤이 새도록 이야기를 나눴는데, 말하다가는 소리죽여 흐느끼고 말하다가는 다시 소리죽여 흐느끼느라고 제대로 말을 잇지 못하였다.

짓무른 눈께를 치맛자락으로 찍어내며 노파가 말을 이었다.

"…… 그렇게 늬 오래비는 학살당허구, 늬 아버지는 홧병이루 돌어가셨다. 땅마지기나 있다넌 게 죽을 조이가 된다먼 이 강산에 목심 부지헐 백성이 뗳이나 되겄냐. 책권이나 읽은 게 죽을 조이가 된다면 이 강산에 책 읽을 백성이 뗳이나 되겄냐. 시상에 이런 긔맥힐 일두 있너겨. 시상에 이런 긔맥힐 일두."

아낙은 울음을 삼키느라 말을 못했는데 노파가 잠든 아이 궁둥이를 토닥이며 중얼거렸다.

"어이구 내 새끼야. 씨 종자 새끼야. 너는 그저 무지렝이루 살거라. 책 읽을 생각두 말구 제 땅 가질 생각두 말구…… 오여손 바른손 옳넌 새 시상 올 때까지는……."

『문예중앙』 1980년 봄호

오막살이 집 한 채

어서 오라 그리운 얼굴
산 넘고 물 건너 발 디디러 간 사람아
댓잎만 살랑여도 너 기다리는 얼굴들
봉창 열고 슬픈 눈동자 태우는데
이 밤이 새기 전에 땅을 울리며 오라
— 李時英 「序詩」 중에서

1. 行 碁

문풍지가 펄럭였다.

창문을 할퀴며 지나가는 메마른 겨울 북풍이 끊임없이 휘 파람새 소리를 내고 있었다. 휘파람새 소리가 날 때마다 금 방이라도 찢어질 것처럼 문풍지가 펄럭였고, 문풍지가 펄럭일 때마다 심지를 올린 등잔불이 가냘프게 흔들렸는데, 그 때마다 천장이 낮은 흙벽에 어려 있는 길고 짧은 두 그림자가 시나브로 함께 흔들리고는 하는 것이었다.

따악, 하는 가붓한 갈이소리와 함께 중년사내 오른손 검지와 중지 사이에 끼워져 있던 흰돌 한 개가 판 위에 떨어졌다. 칫수 높은 비자목 바둑판을 사이에 두고 마주앉은 소년이 기다렸다는 듯이 궁둥이를 들어 올리며 검은돌 한 개를 판 위에 올려놓았고, 잠시 판을 둘러보던 중년이 돌을 놓았다. 두어 번 고개를 끄덕이고 난 소년이 손에 들고 있던 돌을 놋주발로 된 바둑통 속에 넣고 한 쪽 무릎을 세웠다. 그리고 세운 무릎 위에 팔꿈치를 올려놓고 손바닥으로 턱을 받쳤다. 바둑은 포석을 지나 중반전으로 접어들고 있었다.

소년 돌놓기를 기다리던 중년이 등잔불에 담배를 붙였다. 불빛에 어린 중년 양볼은 까칠했고, 일렁이는 불빛 때문인가, 담배를 끼우고 있는 손가락이 가느다랗게 떨렸다. 그는 등잔불빛에 팔목시계를 비춰보고 나서 안경 밑으로 손가락을 넣어 눈께를 눌렀다. 그의 무릎 옆에는 끈이 긴 비닐백이 놓여 있었고 오바 위에 목도리까지 두른 나들이 차림이었다. 그는 다시 한 번 등잔불빛에 팔목시계를 비춰보고 나서 힘껏 연기를 빨아들였다. 빠른 속도로 궐련이 타들어가면서 빨간 불기둥 길이가 늘어났고, 창백한 이마에는 굵은 이랑이 패여지고 있었다. 그는 길게 연기를 내뿜으면서 창문께로 눈길을 던졌다. 아직도 서천에 걸려 있는 잔월殘月과 밤새도록 내린 눈빛으로 해서 군데군데 기워진 채로 누렇게 빛바랜 문창호지가 우윳빛으로 부유스름했다.

"됬유."

턱을 받치고 있던 손을 떼면서 소년이 훌쩍 소리가 나게
코를 들이마셨다.

"뒀다니께유."

소년이 허리를 곧게 펴면서 늙은이처럼 주먹으로 등을 두
드렸다. 그러자 무엇인가 골똘한 생각에 잠겨 있던 중년이
주발 뚜껑에 담배를 눌러끄면서 판 위로 눈길을 옮겼다. 먼
골짜기로부터 갓난아기 울음소리 같은 산짐승 부르짖음이
들려왔고, 창문이 덜컹거리면서 꺼질 듯 등잔불이 잦아들었
다가는 다시 살아나고는 하는 것이었다.

"증말루 가실 꺼유."

저고리 소매로 코밑을 훔치면서 소년이 말했다. 턱없이
큰 어른 신사복 윗벌을 입고 있어 마치 오바를 걸친 것 같았
는데, 접어 올린 소맷자락이 빤닥종이처럼 윤이 났다. 판 위
에 고개를 숙인 자세로 중년이 두어 번 고개를 끄덕였고 소
년이 다시 물었다.

"증말유, 증말루 이 신새벽에 가시년규?"

돌을 놓고 난 중년이 허리를 펴면서 입가에 살푸슴을 머
금었다.

"정말이지 않구."

소년 얼굴에 언뜻 안타까운 그늘이 스치고 지나갔다. 소년
이 마른침을 삼켰다.

"아저씨."

"응."

소년은 무슨 말인가를 할듯할듯 입술만 쫑긋거렸고, 중년

이 소년을 바라보았다. 주름이 많은 이마가 넓었고 두드러진 광대뼈 아래 양볼이 까칠해서 언뜻 강인해 보이는 얼굴이었는데, 안경 속 눈빛이 따스했다. 소년이 힘겹게 입을 뗐다.

"저 거시기…… 하냥 살면 안되나유. 여기서 하냥……."

중년이 꺼두었던 꽁초를 펴서 입에 물었다. 그는 등잔불에 불을 당기고 나서 천장을 향하여 길게 연기를 내뿜었다.

"영복아."

"예."

그는 무슨 말인가를 할 듯하다가 한 번 더 힘껏 연기를 빨아들이고 나서 필터만 남은 궐련을 주발 뚜껑에 대고 눌렀다. 솔가지 꺾어지는 소리와 함께 아낙네 잔기침 소리가 부엌 쪽으로부터 들려왔고, 중년이 시계를 들여다보았다. 그는 누군가를 기다리는 듯 자주 창문 쪽에 눈길을 던지면서 밖을 향하여 귀를 기울였다. 빛바랜 창호지 색깔이 보일 만큼 창문이 밝았고 바람에 꺾여져 떨어지는 고드름 소리가 긴 뒷맛을 남기며 잦아들고 있었다. 중년은 등잔불 심지를 낮추고 판 위로 고개를 숙였다.

"내가 둘 차롄가…… 아무래도 계가바둑이지?"

중년이 돌을 놓았고 곧바로 소년이 맞받았다. 두 사람은 묵묵히 돌을 놓아갔는데, 팽팽하게 어울린 판세여서 백이 한 점 놓으면 백이 좋아 보이고 흑이 한 점 놓으면 흑이 좋아 보였다.

"아저씨."

빠른 손길로 돌을 놓아가던 소년이 바둑통 속으로 가져

가던 손길을 멈추었다. 중년이 눈으로 대답했고 소년이 물었다.

"워디루 가신대유?"

중년 입가에 잔물결 같은 살푸슴이 어렸다. 그는 줄이 맞지 않는 돌들을 가지런하게 다독거렸다.

"왔던 곳으로…… 가야지."

소년 목에서 꿀꺽하고 침 넘어가는 소리가 났다. 탁탁, 타다닥 탁, 하고 솔가지 타는 소리가 들려왔고, 밥이 익는 구수한 내음이 풍겨왔다. 소년은 다시 한 번 꿀꺽하고 생침을 삼켰다.

"그럼 거시긔…… 다시 산을 넘어서 가신단 말유, 높은 산을."

여전히 살푸슴을 머금은 채로 중년이 고개를 끄덕였고, 소년이 소맷자락으로 코밑을 훔쳤다. 소년은 헤아릴 수 없다는 얼굴로 중년을 바라보았다.

"증말루 이상허시네유, 아저씨는. 워째 너른 신작로를 놔두구 높은 산을 넘어가신대유."

"왔던 곳이니까…… 왔던 곳으로 다시 돌아가야지."

"아저씨는 워디서 오셨는데유?"

"산 너머."

"산 너머……."

하고 되받아 중얼거리며 소년은 문득 꿈꾸듯 아련한 눈길로 중년을 바라보았다.

"산 너머에는 뭐이가 있넌데유?"

"뭐가 있느냐구? …… 그렇지. 뭐가…… 있지."

소년 눈이 반짝 빛났다.

"그게 뭔데유?"

"얘기해 줘도…… 너는 아직 모른다."

"얘기혜 줘유."

"영복아."

"예."

"사람은 말이다. 사람은…… 누구나 어디론가 떠나가고
자 하는 욕망을 갖고 있는 거란다. 그곳이 어디라는 뚜렷한
이름도 모르면서…… 늘 어디론가 떠나고 싶다는 마음으로
한평생을 살게 되는 거란다. 그게 사람의 숙명이라는 거야."

"으른덜은 누구나 다 그렇대유? 으른덜은 다 높은 산을 넘
어 워디룬지 자꾸 떠날라구 허넌 거래유?"

"어른이라고 해서 누구나 다 똑같은 것은 아니지. 누가 편
한 신작로로 가려고 하지 험한 산길을 가려고 하겠니? 스스
로 산길을 택하는 사람은 그렇게 많지 않아."

"그럼 산길을 가넌 사람은, 거시긔…… 훌륭헌 사람인가
유?"

중년은 머뭇거렸고 따지듯 소년이 물었다.

"그런디 워째서 집을 놔두구 대이구 떠날라구 헌대유, 으
른덜은."

2. 높은 산, 먼 길

길이 끝나는 곳에는 산이 있었다.

언제부터인가 사람들은 그 산을 가리켜 높은 산이라고 불렀다. 아무도 그 산 높이와 골 깊이를 모른다고 했다. 그 산 꼭대기에는 한 여름에도 흰눈이 덮여 있었는데 햇빛이 비칠 때면 꼭 무슨 보석처럼 눈부시게 번쩍이는 것이었다. 산 어귀에는 상수리나무며 떡갈나무 같은 넓은잎나무들이 빽빽하게 숲을 이루고 있었고, 대낮에도 하늘이 보이지 않는 숲을 지나면 몇 백년씩 묵은 죽은나무들이 뒹굴고 있는 가파른 멧등이었는데, 거기서부터는 변해된바위로 이루어진 거대한 바위벼랑이 피라밋 꼴로 차츰 아득해지는 것이었다. 멧등과 멧등 사이 골짜기에서는 대낮에도 승냥이며 개호지 같은 맹수들이 울부짖었고, 숲에서는 사나운 날짐승들이 깃을 치는 소리가 소낙비처럼 쏟아지는 것이어서, 사람들은 단지 먼 빛으로 그 산을 바라보기만 할 뿐, 누구도 그 산을 올라가 볼 마음을 내지 못하는 것이었다.

산 밑에는 집이 있었다.

우물정자 꼴로 굵은 통나무를 맞추어 층층이 얹고 그 틈을 흙으로 메운 삼간 귀틀집이었다. 억새풀이며 갈대로 이엉을 올린 지붕은 눈 무게를 이기지 못하여 군데군데 주저앉았고, 시커멓게 썩은 물은 고드름이 되어 땅에 스칠 듯 낮게 드리워져 있었다. 집 둘레로는 수수깡으로 울타리를 둘렀는데 몇 해를 두고 손을 보지 않았는지 여기저기 쓰러지거나 구멍이 나 있어서 언뜻 버린집처럼 보였다. 밋밋하게 이어져 내려온 산자락을 등지고 앉아 있는 오막살이 면바로는 시늉만 사립문이 달렸고, 사립문을 나서면 저 아래로 아득하게 마을이 보였는데, 마을 너머로 보이는 허리띠처럼 가느다란 줄은 읍내로 가는 신작로였다.

오막살이 부엌에 잇대어져 뒤란 쪽으로 붙어 있는 골방 앞 토방 위에는 어른 손으로 한 뼘이 채 못되는 검정고무신 한 켤레가 놓여 있다. 바람이 지나갈 때마다 백로지처럼 밑창이 얇은 고무신 속에 고여 있던 햇살 한줌이 엷은 주름을 잡으며 출렁인다. 볕바른 골방 앞 수수울 너머에는 잎새가 하나도 없는 늙은 감나무 한 그루가 서 있고, 나뭇가지 꼭대기에는 홍시 한 개가 달랑 앉아 있다. 문 열리는 소리를 들었는가, 홍시에 부리를 박고 있던 까치 한 마리가 화들짝 깃을 치며 날아오른다. 소년은 눈이 부신 듯 한 손으로 이마를 가리우고 날아오르는 까치를 올려다보다가, 울 밑에 놓인 오지 항아리 앞에서 바지단추를 끄른다. 하얀 물줄기가 더운 김을 뿜으며 작은 팔매선을 그리는데, 소년 눈길은 높은 산 쪽으로 쏠려 있다. 온통 산을 덮고 있는 흰눈이 눈부신 듯 소년은 자꾸 손등으로 눈께를 부빈다. 알밤처럼 야물어 보이는 머리통 정수리에는 허연 도장밥이 찍혀 있고 계집아이처럼 갸름하니 선이 고운 얼굴에는 비늘처럼 마른버짐이 돋아 있는데, 부르르 진저리를 치면서 질끈 감았다 뜨는 눈동자가 물빛으로 해맑다. 단추를 여미고 나서도 오랫동안 높은 산 쪽으로 던지고 있던 눈길을 거둘 줄 모르던 소년은 짧은 한숨을 쉬고 나서 다시 골방으로 들어가고, 그때까지 감나무 위를 바장이던 까치가 기다렸다는 듯 홍시에 부리를 박는다. 잘 익은 옥수수 빛깔 햇살이 물감처럼 번져드는 골방에는 대물림으로 보이는 묵직한 바둑판이 놓여 있고, 바둑판 옆에는 필사본으로 된 고기보古碁譜 한 권이 놓여 있다. 바둑판 위 한쪽 귀퉁이에는 희고 검은 돌들이 묘수풀이 사활문제 꼴을 이루고 있는데, 얌전하게 무릎을 꿇고 바둑판 앞에 앉아 있는 소년 오른손에는 검은돌 한 개가 들려 있다. 흰돌에 둘러싸인 검은돌 무리가 두 집을 못 내고 있어 곧 잡힐 판국이다. 뚫어져라 바둑판을 노려보고 있던 소년이 고기보 쪽으로 가져가던 손길을 얼른 거두더니, 무릎 위에 놓고 꽉 주먹을 쥔다. 단정한 이마에 파란 힘줄이 돋으면서 조그만 입이 해거름녘 나팔꽃처럼 오무라드는데, 영복아, 영복아, 하고 부르는 엄마 목소리가 들려온다. 응, 응, 하고 건성으로 대꾸하면서 소년은 여전히 바둑판으로부터 눈길을 떼지 않는다. 엄마 밭이루 헤서 우물이 댕겨올 테니께, 할머니 점 봐디려, 이. 소년은 여전히 응, 하고 건성으로 대꾸하면서 바둑판만 들여다보는데, 솥뚜껑 닫히는 둔중한 소리가 나면서 발자국소리가 멀어진다. 할머니 진지 찾으시걸랑 솥 속이 감자 쪄논 거 갖다디려, 짐치국물허구. 목 멕히시잖게, 이.

옥수수빛으로 창문을 물들이던 햇살은 아까보다 한 뼘쯤 더 밑으로 내려와 있다. 바둑판 위 돌들은 아까와 똑같은 모습으로 놓여져 있는데, 바둑판 반 넘어가 그늘로 덮여 있다.

쥐고 있던 돌을 통 속에 던지면서 소년이 문득 몸을 일으킨다. 소년은 허리를 굽히고 주먹으로 두 무릎을 두드린다. 소년이 허리를 폈을 때, 아랫배에서 꼬로록하고 물빠지는 소리가 나면서 픽하고 힘도 내음도 없는 방귀가 나온다. 고요하다. 이따금 들려오는 낙숫물 소리로 해서 네둘레가 더욱 고요한 느낌이다. 잠깐 낙숫물소리에 귀를 기울이던 소년은 방을 나온다. 감나무 가지에는 아무것도 달려 있지 않고, 밭고랑에 떨어져 있는 푸성귀가닥이며 헝겊쪼가리가 바람에 나부끼며 이따금씩 번쩍이는 빛을 내고 있는데, 밭둑 너머로 보이는 산자락에는 벌써 엷은 그늘이 깔리기 시작한다. 소년은 버릇처럼 높은 산 꼭대기를 한 번 바라보고 나서, 잠깐 망설이다가 부엌으로 들어간다. 귀떨어진 흑철솥 한 개가 달랑 걸려 있는 흙부뚜막, 솥전 뒤에 숨어 있던 생쥐 한 마리가 쪼르르 솥가지 틈으로 숨는다. 따스한 온기가 남아 있는 솥뚜껑을 벗기자 찐 감자 서너 알이 담겨 있는 양재기, 소년은 그 중 한 개를 집어 얼른 한 입 베어물며 부엌을 나온다. 할머니가 누워 계신 안방에서는 아무런 소리도 들리지 않는다. 소년은 문틈에 귀를 대어본다. 아주 가녀린 풀벌레 울음소리가 들린다. 할머니, 하고 불러본다. 대답이 없다. 할머니이, 하고 소년은 이번에는 조금 크게 불러보지만 여전히 가냘프게 떨리는 것 같은 풀벌레소리만 들려온다. 가만히 문을 잡아다닌다. 그러자 사개가 맞지 않는 문짝이 왈칵 열리면서 요란한 소리가 난다. 소년은 가슴이 철렁 내려앉아서 얼른 문을 닫지만 냉큼 닫혀지지가 않는다. 할머니가 누워 계신 안방에는 점심때만 지나면 햇볕이 뒤란으로 돌아가는 것이어서 언제나 컴컴하다. 컴컴한 방 안에는 늘상 이부자리가 펼쳐져 있다. 누더기지만 호청이 깨끗한 이불이 꿈틀거린다. 깨벌레처럼 잔뜩 사지를 오그리고 벽 쪽으로 누워 있던 노파가 끙 소리와 함께 몸을 돌리며, 애븨냐, 하고 소리친다. 애븨가 온겨. 깻잎처럼 조그맣게 오그라진 주름투성이 얼굴, 빨갛게 진무른 눈께를 부비며 노파는 자꾸 두 팔로 허공을 끌어당긴다. 간신히 아귀가 맞게 문을 닫고 소년은 문짝에 등을 기댄다. 가르릉가르릉 목 안에서 끓는 가래소리에 섞여 노파 쉰목소리가 들려온다. 이년, 이 천하에 쥑일 년. 즈이 색긔허구만 만난 것 처먹구, 시에미헌티는 밥두 굶기년 년, 내가 안 이를 줄 알구. 애븨 오면 내가 안 이를 줄 알어…….

꿀꺽, 하고 목 안엣것을 삼키고 난 소년은 땅에 스칠 듯 낮게 늘어져 있는 추녀끝 고드름을 꺾어 쥐고, 뾰족한 아래쪽을 조금 베어문다. 눈깔사탕 깨무는 소리가 나는데 입안에 고이는 물은 웬일인지 찝찔하고 써서 퉤퉤, 자꾸만 침을 뱉으며 소년은 쥐고 있던 고드름 작대기를 팽개치고, 바짓가랑이에 손바닥을 문지른다. 갑자기 눈앞이 뿌옇게 흐려옴을 느끼며, 소년은 사립문 밖을 향하여 마구 내닫는다.

"할머니 진지 안 찾으시담. 시장허시다구 안 허셔."

노파 똥빨래를 막 끝내고 저녁거리 죽에 넣을 시래기다발을 행구던 아낙이, 달음박질쳐 오고 있는 소년을 향하여 소리쳤다. 가쁜 숨길을 잡으며 아낙 앞에 쪼그리고 앉은 소년은 고개를 내젓는데, 달려오면서 자꾸 소매 끝으로 문질렀는지 눈께가 빨갛다.

"뭘 줏어 먹으러 나온댜, 할머니 혼저 낙성허시면 워척헐라구우."

입으로는 꾸짖으면서도 그 여자 얼굴에는 어쩔 수 없이 웃음이 어렸다. 소년은 살 틈 깊숙이 손을 찔렀다.

"엄니."

"이."

"할머니는 왜 대이구 날더러…… 아부지냐구 물어쌓넌댜."

아낙은 오른손으로 목자배기 한 쪽 귀를 잡고 왼쪽 손바닥을 자배기 속에 넣어 시래기가닥이 쏟아지지 않게 하면서 물을 기울였다. 흙검불이 섞인 탁한 물이 소년 고무신 콧등을 적시며 흘러갔다.

"저만치 점 떨어져 앉어. 양말 젖것구먼."

소년은 궁둥이걸음으로 조금 비켜앉으며 재우쳐 물었다.

"왜 그러너냐니께."

아낙은 새 물을 퍼담으며 하얗게 눈을 흘겼다.

"그런 소리 묻넌 게 아니라니께. 아 싸게싸게 집이 가봐. 할머니 뜰팡이루 떨어지시면 워쩔라구 그려. 저번이두 한번 난리쳤었잖어."

"갈쳐. 간다니께."

소년은 여전히 일어날 생각을 하지 않았고, 아낙이 다시 소리쳤다.

"얼르응. 얼릉 뭇 가넌 겨."

"엄니."

"왜 대이구 불러쌓넌댜. 에미 숨 안 떨어졌구먼."

소년은 얼른 고개를 숙였다. 눈물 한 방울이 고무신코 위에 떨어졌고, 소년은 손가락 끝으로 그것을 찍어 동그라미를 그렸다. 아낙이 말했다.

"빌꼴. 위째서 불러놓구 말을 안 헌댜."

"엄니."

"에믜 숨 안 넘어간다니께 그레쌓네. 왜 대이구 불르기만 헤쌓넌겨, 불르기만 헤쌓길."

"이담이 크먼…… 난 뭐이가 될라나."

아낙이 픽하고 웃었다.

"바둑쟁이 되것지. 밤낮 바둑으루 일종허넌 사람이 뭐이가 된다니, 되기를."

아낙은 팽 소리가 나게 코를 풀었다. 그 여자는 치맛자락에 손가락을 문지르면서 가볍게 진저리를 쳤다.

"생사람 목심 끊기를 산냇기 끊듯 끊구, 몽뎅이루 후려서 발질루 쩍여서 비응신 맨들구, 잡어가구 끌어가구…… 쓸 만헌 살림살이라먼 하다뭇혜 숟가락몽뎅이까지 압순지 몰순지 헤가던 인사덜이, 새꼽빠지게 만불사 부처님 맴이루 그느믜 바둑판인지 장기판인지넌 안 압수헤 갔넌지 물러. 급살."

소년은 여전히 고개를 숙인 채로 고무신코에 동그라미를 그렸다. 고무신 코에서는 뽀드득뽀드득 하고 꽈리 터지는 소리가 났다. 그 아이 눈앞에 문득 혼자서 바둑을 두지 않아도 놀 일도 많고 함께 놀아 줄 동무들도 많던 날들이 빗살처럼 스치고 지나갔다. 땅뺏기, 딱지치기, 구슬치기, 자치기, 팽이치기, 제기차기, 연날리기, 쥐불놀이…… 사랑채에서 들려오던 할아버지 기침 소리, 천자문을 배우다가 서산대로 종아리를 맞던 일, 넓고 따뜻하던 할머니 등, 언제나 골방에서 혼자 바둑만 두던 아버지, 까만 양복에 각진 모자를 쓰고 예쁜 아줌마와 함께 왔던 큰삼촌, 읍내 여학교에 다니던 고모…….

"바둑쟁이 되면…… 우리나라서 젤루가넌 바둑쟁이가 되면…… 아부질 만날 수 있을라나."

하고 들릴 듯 말 듯 혼잣소리를 하던 소년은 힘껏 도리질을 했다.

"안 둘쳐. 인저버텀 바둑 안 둘쳐."

"빌꼴."

"안 둔다니께. 아무리 잘 둬봐야 무신 소용이냔 말여. 하냥 둘 사람두 읎넌디."

"혼자 두면 되잖여. 원래 혼자 두넌 게 늬 집안 내력이니께. 급살. 무신느믜 팔랑개븨 재줄 가졌다구 높은 산 속이루 래두 숨지 않구 골방서 혼자 바둑만 두다가 끌려가넌겨, 끌려가길."

소년이 벌떡 몸을 일으켰다.

"인저 아부지허구 맞둬두 이길 수 있단 말여. 그란듸…… 아부지가 오셔야 둬볼 수 있을 거 아녀, 아부지가 오셔야."

아낙이 고개를 돌렸다. 그 여자는 짐짓 물을 퍼올리는 시늉을 하면서 어깨에다 얼굴을 문질렀다. 아낙이 엄한 얼굴로 소년을 노려보았다.

"증말루 집이 안 갈껴."

"갈쳐. 간단 말여."

하고 말하면서도 소년은 뒷걸음질을 치다 말고 산 쪽을 향하여 몸을 돌렸다. 어느덧 벌써 날은 저물어서 눈 덮인 산자락에는 땅거미가 짙게 깔려 있었고, 타는 듯 붉은 놀이 점점 낮아지고 있었는데,

"갈쳐. 산 너머 갈쳐. 아부지 찾으러 산 너머루 간단 말여."

소리치며 소년은 마구 달려갔고, 아낙이 허둥지둥 몸을 일으키며 두 손으로 허공을 긁어내렸다.

"영븩아, 영븩아아…… 얼릉 뭇 돌어오넌겨, 얼릉."

그때였다. 산자락을 달려 올라가던 소년 발길과 허공을 긁어내리던 아낙 손길이 동시에 멎은 것은. 소년 눈에는 좀 더 가까이, 아낙 눈에는 저만큼 멀리 웬 사람이 자욱하게 깔려 있는 붉은놀을 헤치며 산기슭을 돌아 오고 있는 게 보였던 것이다. 한 쪽 어깨에 여행용 비닐가방을 메고 한 손에는 지팡이를 짚고 있는 그 사람은 자축자축 한 쪽 발을 절면서 천천히 산길을 내려오고 있었다. 어느 틈에 소년은 엄마 곁으로 뛰어왔고, 두 모자는 손을 꼭 잡고 서서 점점 가까이 다가오고 있는 그 사람을 두려움과 호기심에 찬 눈길로 바라보았다. 그 사람은 시름어린 눈길로 자신이 걸어내려온 산길을 한 번 돌아보고 나서, 아낙을 향하여 깊숙이 고개를 숙여보았다.

"안녕하십니까."

"누, 누구세유?"

떨리는 목소리로 물으면서 아낙은 앞에 서 있는 남자를 물음에 찬 눈길로 바라보았다. 안경을 끼고 턱수염이 꺼칠한 중년 사내였는데 몹시 지치고 고단한 모습이었다. 산중에서 호신용으로 꺾어 짚은 듯 다듬어지지 않은 물푸레나무 지팡이에 몸을 기대고 그 사내는 서 있었는데 금방이라도 땅바닥에 주저앉고 싶은 기색이었다. 중년이 다시 고개를 숙여보였다.

"예, 지나가던 과객이올시다. 그저 정처없이 떠돌아다니는 나그네지요. 그런데 이렇게 외딴 곳에서 사시다니…… 바깥어른은 안 계십니까?"

아낙은 좀더 바짝 소년을 끌어당기면서 팔목을 잡은 손에 힘을 주었다.

"우덜이야 전버텀 살던 데지면…… 이 엄동이 저 흠헌 산을 무신 연유루……."

"과객이라구 말씀드렸지요. 산이 하도 좋다기에 그저 구경삼아 넘어보았습니다. 정말 대단한 산이올시다."

중년은 다시 한 번 시름 어린 눈길로 높은 산을 돌아보았고, 아낙이 츳츳 혀를 찼다.

"신수두 부실허신 것 같은디…… 이 설중이……."

"산이 하도 험해서, 넘어오다 그만 발목을 삐엇……."

하다가 중년 사내는 괴로운 듯 얼굴을 찌푸리며 무너지듯 섰던 자리에 주저앉았다. 얼라, 얼라, 하면서 아낙은 어쩔 줄을 몰라하는데 소년이 중년 팔을 잡았다.

"아저씨, 아저씨이."

"미안하다. 나 좀…… 일으켜 주련."

소년이 두 손으로 힘껏 중년 팔을 끌어당겼고, 아, 아, 하고
입을 딱딱 벌리면서 중년은 간신히 몸을 일으켰다.

"죄송합니다, 아주머니. 보시다시피 몸이 이 지경이니, 하
룻밤만 유하게 해주시면 백골난망이겠습니다."

"워척헌댜, 이 일을 워척혀."

하고 중얼거리며 난처해 하던 아낙이 마침내 중년 비닐가
방을 받았고, 소년 부축을 받으며 그 사내는 오막살이를 향
하여 비틀거리며 걸어갔다.

3. 흰돌 하나

"두 집인가, 세 집?"

하고 중얼거리며 중년은 마지막 공배 자리에 흰돌을 메
웠다.

"한 집일 텐디유. 아저씨가 한 집을 이기셨을규."

소년 얼굴에 언뜻 혼자만 아는 살푸슴이 스치고 지나갔다.
소년 계가는 정확했다. 집을 헤어보니 백이 꼭 한 집을 남기
고 있었다. 중년이 놀란 얼굴로 소년을 바라보았다.

"너…… 대단한 실력이구나. 혹시 아저씨를 봐준 건 아니
겠지? 먼 길 떠나는 사람이라고."

소년이 빙글거렸다.

"에이 아저씨두. 바둑 두먼서 봐주넌 게 워딨대유. 깜냥대루 두넌 거지."

부엌 쪽에서 그릇 부딪치는 소리가 들려왔다. 창문이 부옇게 밝아 있었다. 중년은 시계를 한 번 들여다보고 나서 서둘러 흰돌을 걷어냈고, 소년도 묵묵히 검은돌을 통 속에 담았다. 그 아이는 무슨 말인가를 할 듯 입술을 쫑긋거리다가 가만히 아랫입술을 깨물었다.…… 실토정이루 말씸혜 주세유, 선상님. 엄마 목소리는 가느다랗게 떨리고 있었다. 무엇을 말씀인지?…… 다 알어유. 선상님이 아무 말씀 안 허셔두 즈인 다 알어유. 애 아부지 소식을 선상님이 알구 기시다넌걸. 침묵이 흘렀고, 다시 엄마 소리 죽인 목소리가 떨려나왔다. 생사나 점 일러주세유, 생사나 점. 한참 만에 아저씨가 말했다. 훌륭한 뜻을 품은 사람은…… 그렇게 쉽게 죽는 법이 아닙니다.…… 지금까지도 훌륭하게 기다리시지 않았습니까.

마지막으로 한 개 남아 있던 판 위 흰돌을 집던 중년 손이 못박힌 듯 그 자리에 멎었다. 아낙 샛된 소리가 들려왔던 것이다.

"누, 누구세유. 누구……."

두 사람 눈길이 똑같이 마주쳤고, 거칠게 달려오는 구둣발 소리와 함께 벌컥 방문이 열렸다. 소년은 갑자기 눈을 뜰 수가 없어서 벽 쪽으로 배를 붙였다. 한 사내가 중년 얼굴에 날카로운 전짓불을 들이댔고, 다른 사내가 재빨리 수갑을 채웠다. 중년은 잠깐 놀란 얼굴이었는데, 이내 착 가라앉은 목소리로 소년을 불렀다.

"영복아."

멈칫거리며 소년이 고개를 돌렸고, 중년이 수갑찬 손으로 소년 손을 꼭 잡았다. 그는 아무런 말도 하지 않았다. 사내 둘이 중년 겨드랑이를 양쪽으로부터 껴안고 방을 나갔다. 마당 쪽으로부터 아낙 비명소리가 들렸다. 비명소리는 점점 멀어지고 있었다.

"내가 무신 조이를 졌다구 잡어가넌겨, 내가 무신 조이를 졌다구…… 불상헌 과객사람 하나 밥 멕여주구 잠 재워준 조이밖이 읎넌디. 아이구 영복아, 영복아아……."

"엄니이."

소리치며 달려가던 소년은 무엇엔가 걸려 앞으로 푹 고꾸라졌다. 자벌레처럼 몸을 접으며 배밀이로 마당을 기어가던 노파가 꿈틀하고 허리를 뒤틀었다. 그 늙은 여자는 필사적으로 두 손을 뻗쳐 소년 몸뚱이를 끌어안았다.

"애븨냐, 애븨가 온겨."

소년은 숨이 막혀서 캑캑거렸고, 노파가 조막만한 얼굴을 흔들며 가래 끓는 소리로 중얼거렸다.

"이년, 이 천하에 쥑일 년. 즈이 색긔허구만 만난 것 처먹구, 늙은 시에믜헌티는 밥두 켕기넌 년. 내 안 이를 줄 알구. 애븨 오먼 내가 안 이를 줄 알어……."

자식 이름을 부르는 아낙 울부짖음이 점점 작아져서 마침내 허공을 베며 지나가는 바람소리가 되었을 때, 소년은 꽉 움켜쥐고 있던 주먹을 폈다. 막 구름 속으로 들어가던 잔월

아래 무엇인지 반짝하고 빛났다.

흰 바둑돌이었다.

「현대문학」1981년 2월호

풍적風笛

서장

그해 6월도 며칠 남겨놓지 않은 어느 날 황혼 무렵, 서둘러 총살형을 집행당하게 된 수인번호囚人番號 526번은, 마침내 한 이름을 생각해낼 수 있었다.

총알이 심장에 박히고, 총알이 박힌 자리로부터 비어져 나온 죽처럼 뜨겁고 끈끈한 피가 넓적다리를 적셨을 때, 그는 소리쳤다.

"영복아!"

가물거리는 의식 속에서 그는 혼신의 힘을 다하여 두 번 더 소리 쳤다.

"영복아! 영복아!"

한 달 전에 이미 사형선고를 받은 526번이었으나, 아직 상급 법원에 재판이 계류중인 터여서, 간수를 따라 소장실로 갈 때까지도 그는 자신이 처형處刑되리라고는 꿈에도 생각지 못하고 있었다.

수인번호가 불려지면서 감방문이 열리고, 수갑이 채워지고, 채워진 수갑 위로 다시 포승줄에 묶여지면서도, 그는 줄곧 첫아들 이름만을 생각하고 있었다. 벌써 두 돌이 지난 아이 이름을 아직까지 못 지어주고 있는 것이었다. 아이 돌잔치도 치르기 전에 그는 정신각성소精神覺醒所로 끌려왔는데, 정신각성소로 끌려오던 날까지 첫손주인 장손長孫 이름을 짓느라고 주역周易이며 시전詩傳 서전書傳 같은 고서古書들을 더듬던 부친이 "애비가 나온 뒤 애비 손으로 짓도록 하겠다."며 펼쳤던 서책을 덮었다고, 안해가 말했다. 안해는 한 달 전에 면회를 왔었고, 한 달에 한 번씩 허용되는 면회 날짜가 이번 달에는 바로 내일이어서, 오늘중으로는 무슨 일이 있어도 아이 이름을 지어놓을 작정이었다.

이상한 아이였다. 참으로 이상한 아이였다. 열두 남매를 낳아서 육 남매를 어려서 잃고 아들 다섯에 딸 하나를 건진 다산성多産性 모친이 첫손주를 받으려고 산모 방에 들어간 지 사흘이 지나도록 도무지 아이 울음소리가 들리지 않아서, 마침내 견디지 못한 그가 혼자서 두던 바둑판을 밀쳐놓고 골방을 뛰쳐나와 아래채 산모 방 앞에 이르렀을 때, 낡은 고가古家 흙벽을 우수수 우수수 떨어지게 만들던 산모 비명소리가 문득 멎으면서, 왈칵 방문이 열렸다.

"꼬추여!"

조막만한 핏덩어리 두 발목을 거꾸로 움켜쥔 모친이 부

르짖었다.

"꼬추라니께!"

그러면서 모친은 철썩 소리가 나게 손바닥으로 아이 궁둥이를 두드렸는데 웬일인지 그 아이는 울지를 않았던 것이다. 아니, 울지를 않았을 뿐만 아니라 말똥말똥 뜬 눈으로 아비를 올려다보면서 거기다가 비시시 웃기까지 하는 것이어서, 순간적으로 그는 이빨이 솟구쳐올라오는 느낌이었다. 사람이 이 세상에 태어날 때는 모름지기 울면서 나오게 마련이고, 그것이 흑암黑暗과도 같은 어미 자궁 속에서 인고忍苦의 열 달을 견뎌낸 끝에 마침내 쪼이게 된 세상 빛이 낯설고 또 눈부셔서 터뜨리게 되는 울음이든, 아니면 역시 흑암과도 같은 인고의 사바세상을 살아가야 할 일이 막막하고 또 힘겨워서 질러대는 비명이든, 아무튼 울면서 이 세상에 첫발을 내딛게 되는 것이 사람만이 가지고 있는 특성일 것인데, 무슨 까닭으로 울지를 않고 웃으면서 태어난 아이 앞날이 도무지 짐작되지를 않았던 것이다. 이것이 길조인지 아니던 흉조인지를 언뜻 헤아릴 길이 없는 식구들은 불안한 눈빛으로 아이 할아버지만을 바라보았고, 노인은 헛기침을 두어 번 한 다음 오수경烏水鏡을 꺼내 쓰더니 때 절고 빛 바랜 주역책을 펼쳐들었다.

"모두들 듣거라."

침중한 어조로 노인이 말했다.

"우선 대문을 꼭꼭 잠그도록. 아직 금줄두 치지 말 것이며."

그러나 소문은 바람처럼 담을 넘고 고샅길을 빠져나가 온 마을에 울려퍼져서, 산모가 아이에게 첫 젖꼭지를 물려주기도 전부터 몰려들기 시작한 사람들이 다음날 아침에는 사방 백 리 안팎에서까지 도무지 울지를 않을 뿐만 아니라 말똥말똥 눈을 뜨고 거기다가 비시시 웃기까지 하면서 자기를 구경하려고 몰려드는 사람들을 오히려 구경하려고 덤벼든다는 그 이상한 아이를 보려고 몰려드는 바람에, 그 집은 대문이 부서지고 담장이 무너지고 화단이 짓밟히고 문짝이 떨어져나갔는데, 웃으면서 눈을 뜨고 태어난 아이를 보아두면 평생을 두고 행복하게 웃을 일만 생긴다는 속설俗說을 철석같이 믿는 사람들이 저마다 구경값으로 던져놓고 간 돈이 집채만큼 쌓여서, 무너진 집을 손보고도 오히려 남는 돈으로는 그후 정신각성소로 끌려간 아비 옥바라지에 보태 쓰게끔 되었을 만큼이었다.

아이에게 첫 젖꼭지를 물려주려던 산모는 아이가 도무지 울지를 않을 뿐만 아니라 말똥말똥 뜬 눈으로 바라보며 거기다가 비시시 웃기까지 하는 바람에 그만 까무라쳤고, 무릎을 치면서 주역책을 덮고 일어난 할아버지는 필시 큰 인물이 될 조짐이라며 할머니 손을 잡고 덩실덩실 춤을 췄는데, 아이 아버지는 긴 한숨을 내쉬며 골방으로 들어가 다시 바둑돌을 잡았다. 타고나기를 처음부터 벙어리로 타고난 것이라면 제 팔자소관인지라 다만 측은히 여겨 마음이 아플 뿐이겠으나, 처음부터 똑바로 뜨고 나온 그 눈이며 야릇한 살푸슴이 어쩐지 마음에 걸렸던 것이다. 그 아이는 또 보통 여느 아이들과는 달리 코며 입이 보이지 않을 정도로 커다란 눈을 가지고 있었는데, 그 놀란 것처럼 커다란 눈 가득히 고여 있는 것은 뭐랄까, 그리움이라고나 할까? 그러나 그리움인 것 같아서 다시 보면 그리움도 아니고, 슬픔이라고나 할까? 그러나 슬픔인 것 같아서 다시 보면 슬픔도 아니고, 고독이라고나 할까? 그러나 고독인 것 같아서 다시 보면 고독도 아니었다. 굳이 이름을 붙여야 되는 것이라면 어떻게 간신히 허무라고나 해볼 수 있을 것인데, 그러나 허무인 것 같아서 찬찬히 다시 살펴보면 이번에는 정작으로 허무도 아닌 것이어서, 바라보는 자로 하여금 깊은 혼란에 빠지게 하는 것이었다.

아이는 구경꾼들이 몰려간 다음부터는 그 야릇한 살푸슴을 거두고 깊숙하게 눈길을 내려깐 채로 굳게 입을 다물었는데, 그런 그 아이 얼굴은 마치 반가부좌半跏趺坐를 틀고 깊은 사유思惟에 잠겨 있는 미륵彌勒 모습과도 같았다.

몇 차례 소장 면담을 한 적이 있는 526번은 평소와는 다르게 어수선한 소장실 분위기에 이상한 느낌을 받았다. 집기며 기물들이 거지반 치워져서 휑뎅그렁한 소장실에는 포장하다 만 상자들이 서류뭉치 따위 내용물을 보여주며 어지럽게 널려 있었고, 긴장된 얼굴의 간수들이 빠른 걸음으로 드나들며 뭔가 소장 지시를 받고 있었다. 소장은 머리를 단정하게 빗어넘긴 신사복 차림 사내와 머리를 맞대고 무슨 말인지를 나누고 있었고, 그들 옆에는 혈색이 좋고 비대한 몸집 중년

승려가 무표정한 얼굴로 창 밖을 바라보고 있었다. 그 승려는 알이 굵은 단주短珠를 느릿느릿 굴리고 있었는데 이따금 입술을 달싹이는 것으로 봐서 아마도 무슨 염불念佛을 외우고 있는 것 같았다. 유리창 너머로 내려다보이는 각성소 마당에는 덮개를 씌운 군용 트럭들이 죽 잇대어 있었고 그 옆으로는 수십 명 민간인 죄수들이 열을 지어 쪼그리고 앉아 있었다. 죄수들 양 옆으로는 집총을 한 병정들이 부동자세로 서 있었는데, 병정들 모습이 꼭 나무로 깎아 세운 제웅 같다는 생각을 하던 526번은, 문득 입천장에 소금기가 앉는 느낌이었다. 자기가 여느 때처럼 각성覺醒과 전향轉向을 꼬드김받기 위해 소장실로 불려온 게 아니라는 사실을 깨달았던 것이다. 그는 순간적으로 온몸에 힘이 빠지면서 견딜 수 없게 솟구쳐오르는 갈증을 느꼈다. 입 안에 침이 마르면서 목젖이 타는 것 같았다. 목젖이 타는 것 같았는데, 늙은이는 여전히 살푸슴하고 있었다. 그 늙은이는 소장실로 들어올 때마다 어김없이 만나게 되고는 하는 '위대한 영도자 할아버지'였는데, 언제나 자비로운 살푸슴을 지으며 그를 굽어보는 것이었다. 그는 부르르 진저리를 쳤다.

신사복 차림 사내가 허리를 폈다. 무더운 여름철임에도 아랑곳없이 그 사내는 단정하게 넥타이를 매고 가느다란 금테 안경을 끼고 있었다.

"오백이십육번!"

그 사내는 날카로운 눈빛으로 526번을 쏘아보았다.

"선생이 오백이십육번 김일봉 씨가 맞습니까?"

526번이 그렇다고 대답했고 사내가 가까이 오라는 손짓을 했다.

"지금부터 묻는 말에만 대답하시오."

사내는 서류를 넘기며 감정이 없는 음성으로 빠르게 말했다.

"수인번호?"

526번은 단전에 힘을 주었다.

"오백이십육번이오."

"성명은?"

"김일봉이외다."

"생년월일?"

"단기 사천이백오십년 시월 십사일입니다."

"직업은?"

526번은 잠깐 망설였고 사내가 다시 한 번 물었다.

"직업은?"

"무직이외다."

사내는 힐끗 526번을 바라보고 나서 다시 서류에 시선을 던졌다.

"본적?"

"충청남도 예산군 대흥면 상리."

"번지까지 말하시오."

"삼십일번지."

"현주소?"

"XX정신각성소."

하고 526번이 대답하는데 안경 속에서 사내 눈이 번쩍 빛났다.

그 사내는 하관이 빤 얼굴에 살결이 희어서 신경질적인 성격으로 보였는데 잠이 부족한지 눈이 붉게 충혈되어 있었다.

"선생, 지금 농담하시오?"

사내는 가늘고 긴 손가락으로 안경테를 밀어올렸다.

"농담이 아니라 사실이외다."

526번은 진지하게 말했고 사내는 들고 있던 서류뭉치로 책상을 한 번 쳤다.

"입소 전의 주소를 말하시오."

"충청남도 보령군 청라면 장현리 삼백삼십오번집니다."

"죄명은?"

526번은 잠깐 망설였고 사내가 다시 한 번 물었다.

"죄명은?"

526번은 짧은 한숨을 내쉬었다.

"사랑과 평화를 위한 임시 정신통제법 위반이오."

"묻는 말에 틀림이 없는지 다시 한 번 대답하시오."

사내가 처음부터 다시 한 번 물었고, 틀림이 없음을 확인하고 나서 들고 있던 서류를 놓고 다른 서류를 집어들었다. 사내는 짧은 하품을 한 번 하고 나서 주먹을 입에 대고 마른기침을 했다.

"사랑과 평화를 위한 임시 정신통제법 위반 혐의로 XX지방재판소로부터 단기 사천이백팔십이년 X월 X일 사형선고를 받은 김일봉 피고인이 청구한 상고심이 X월 X일자로 기각되었음을 통보합니다."

526번은 지그시 눈을 감았고 사내는 다시 한 번 하품을 했다.

"비상시국인 만큼, 궐석재판으로 처리되었음을 통보합니다."

사내는 힐끗 제 팔목시계를 들여다보고 나서 건조한 음성으로 빠르게 서류를 읽어나갔다.

"사랑과 평화를 위한 임시 정신통제법 위반 혐의로 단기 사천이백팔십일년 X월 X일 국가평화부 소속 정신각성원에게 검거된 피고인 김일봉은······."

526번은 지그시 눈을 감은 채로, 끊임없이 읽어대는 제 죄상을 들었다. 이상하게도 차분하게 마음이 가라앉으면서 사내가 읽어대는 제 죄상이라는 것들이 자신과는 아무런 관련도 없는 다른 사람 이야기처럼 들렸다. 제일 먼저 떠오르는 것은 식구들 얼굴이었고, 그는 태어난 지 두 돌이 지나도록 울지 않는 아이와 시집온 지 삼 년이 채 못되는 안해를 생각했다. 늦잠떨이가 깨어지라고 장죽을 두드려대며 허연 수염발을 떨던 부친과 끊임없이 아이를 낳았다가 죽이고 다시 또 낳으면서 살아온 키 작은 모친을 생각했다. 잡혀오던 날 밤에 미처 끝내지 못한 안해와 잠자리가 떠올랐고 후행後行도 못 해준 누이 혼인이며 철없는 아우들 얼굴이 떠올랐다. 동지들 얼굴이 떠올랐다. 부당하게 굶주리고 부당하게 병들고 부당하게 옥에 갇혀 신음하고 있는 사람들을 그 고통으로부터 벗어나게 해줄 수 있는 새 세상이 올 때까지 그 뜻과 행동을 함께 하기로 맹서했던 동지들 강인한 얼굴이 떠올랐는데 그것은 잠깐, 다시 또 식구들 얼굴이 떠오르는 것이었다. 모두가 더불어 함께 울고 함께 웃을 수 있는 새 세상을 만들기 위하여, 라는 짐짓 아름답고 거룩한 명분으로 어둠 속에 산 세월들이었지만 진실로 자기가 사랑했던 것은 가정과 식구들이었다는 것을 그는 뒤늦게 깨달았다. 그는 짧은 한숨을 내쉬었다. 사내가 뭐라고 묻는 것 같았는데, 잘 들리지 않았다. 사내가 다시 한 번 물었다.

"마지막으로 할 말은 없습니까?"

526번은 여전히 눈을 감은 채로 가만히 있었고 사내는 다시 시계를 들여다보았다. 짧은 침묵이 흐른 다음 526번이 눈을 떴다.

"날은 저물고 시루는 이미 깨어진 것을……."

그는 가만히 고개를 내저었다.

"할 말이 여산如山인들 무슨 소용이 있겠소."

사내는 손수건으로 안경 밑을 눌렀다.

"가족에게 전할 말은 없습니까?"

"자식놈을 보게 해주시오."

그는 다시 말했다.

"그 녀석이 우는 소리를 듣고 싶소."

사내는 다시 손수건으로 안경 밑을 눌렀다. 그 사내는 짐짓 슬픈 듯한 얼굴로 그러나 여전히 메마르고 딱딱한 음성으로 빠르게 말하였다.

"비상시국인 만큼 선생의 소청을 들어줄 수 없음을 대단히 유감스럽게 생각합니다. 그럼."

서류뭉치를 챙겨든 사내가 승려를 돌아다보았다.

"나무지장보사알."

승려는 526번을 향해 합장을 해보인 다음 느릿느릿 말했다.

"시주께서는 사바에서 죄업을 참회하시어 부디 청정한 열반에 드십시오."

그는 가만히 있었고 승려가 다시 말했다.

"사바에서 죄업을 참회하십시오."

그 승려는 여전히 무표정한 얼굴로 느릿느릿 단주를 굴리고 있었는데, 그는 아무런 생각도 떠오르지 않았다. 526번은 오랫동안 식은땀을 흘리며 참회할 죄업을 생각했지만 죄업이 너무 많은 것도 같고 하나도 없는 것도 같아 도무지 갈피를 잡을 수가 없었다. 아마도 참회해야 할 죄업이 너무 많아 언뜻 생각이 나지 않는 것이라고 그는 생각했는데, 승려가 다시 재촉했다.

"참회를 하십시오."

"………."

"마지막 길이신데……."

그는 묵묵히 서 있었고 승려가 다시 한 번 합장을 했다.

"심중으로라도 죄업을 참회하시어 부디 왕생극락하십시오. 나무지장보살."

그 승려는 책을 읽듯이 단조로운 음성으로 염불을 하기

시작하였다.

"마하반야바라밀다심경관자재보살행심반야바라밀다……."

사내가 간수를 향해 눈짓을 했고, 간수가 526번을 돌려세웠다. 소장실을 나온 526번이 긴 복도를 돌아 각성소 마당에 내려설 때까지 반야심經般若心經을 읊조리는 승려 염불소리는 끈질기게 그 뒤를 따라왔다.

맨땅에 첫발을 디뎠을 때, 아, 하고 짧은 신음을 삼키며 526번은 눈을 감았다. 비틀하고 쓰러지려는 그를 간수가 부축했고, 그는 힘껏 머리를 흔들었다. 그가 땅을 밟았을 때, 아직도 서천에 걸려 있던 여름날 하오 잔양殘陽 한 점이 그 눈을 찔러왔던 것이다. 다리가 후들거렸고 나무뿌리 같은 섬광이 자꾸만 눈에 어려 그는 눈을 꼭 감은 채로 비틀거리며 걸어갔다.

"내 자식놈에게 전해주시오."

시동이 걸려 있는 트럭에 오르면서 526번이 간수에게 말했다.

"중이 되라고 전해주시오. 반드시 중이 되어서 불경 이외 책은 한 가지도 읽지 말라고 전해주시오."

풀빛 천막으로 덮개를 씌운 짐칸에 열 명 죄수를 태우고 뒷문을 달아 건 군용 트럭이 헤드라이트를 켠 채로 각성소 정문을 빠져나갔다. 대다수 시민들이 소개疎開되어 텅 빈 시가지를 트럭은 요란한 사이렌을 울리며 미친 듯이 질주했다. 죄수들은 머리를 차 바닥에 박고 궁둥이를 높이 치켜든 자세로 엎드렸고 안전장치를 푼 장총을 꼬나쥔 열 명 병정들이 다섯 명씩 그들 양 옆을 둘러싸고 있었다. 병정들은 충혈된 눈으로 끝없이 하품을 하면서 처형조로 배당받게 된 자신들 불운에 대하여 불평을 터뜨리고 있었는데, 운전석 옆에 앉아 있던 인솔장교가 소리쳤다.

"이게 무슨 냄샌가?"

장교는 짐칸과 운전석 사이를 가로막은 손바닥만한 유리창을 두드리며 한 손으로 코를 싸줘었다.

"야, 이게 무슨 냄샌가?"

그 소리에 병정들은 일제히 코를 싸줘며 얼굴을 찌푸렸다. 어디선가 지독한 냄새가 풍겨왔던 것이다. 그들은 찌푸린 얼굴로 서로 얼굴을 둘러보며 코가 썩을 것 같은 지독한 냄새 진원을 찾다말고, 갑자기 긴장한 얼굴로 장총을 움켜잡았다. 어디선가 포소리가 들려왔던 것이다. 포소리는 계속해서 들려왔다. 대포소리 같았는데 대포소리도 아니고, 타이어가 터지는 소리 같았는데 타이어가 터지는 소리도 아닌 그 이상한 소리는, 머리를 차 바닥에 박고 궁둥이를 높이 치켜든 자세로 엎드려 있는 죄수들이 뀌고 있던 방귀소리였다.

"그쳐라!"

병정들이 소리쳤다.

"그치지 않으면 쏜다!"

병정들은 일제히 죄수들 궁둥이를 향하여 총구를 겨누었는데, 그러나 죄수들이 끊임없이 뀌고 있는 절망과 공포의 방귀소리는 그치지 않아서, 금방이라도 쓰러질 것처럼 트럭은 비틀거렸다.

"방독면 착용!"

칸막이 유리를 두드리며 장교가 소리쳤고 병정들이 일제히 복창했다.

"방독면 착용!"

그렇게 금방이라도 쓰러질 것처럼 비틀거리며 시내를 벗어나서도 한참을 더 달리던 트럭이 처형장에 도착했을 때는 어둑어둑 땅거미가 내리고 있었다. 가파른 능선이 양쪽으로 죽 잇대어 있는 산 밑 골짜기였는데, 이미 처형된 이천 여구 시체가 나뭇단처럼 쌓여 있었고 그들 몸뚱이에서 흘러내린 피가 막 도착한 죄수들 발등을 덮었다. 트럭을 내려서도 죄수들 방귀소리는 그치지 않았고 그들이 끊임없이 터뜨려대는 절망과 공포의 방귀소리로 해서 그곳은 마치 격전이 벌어지고 있는 전쟁터 같았다. 입회 간수 호명에 따라 수갑과 포승이 벗겨진 죄수들은 대신 뒷짐을 진 자세로 철사줄에 손목이 묶였는데, 그 과정에서 몇 명 죄수가 헛된 도주를 시도하다가 즉석에서 사살되었다.

"더러운 새끼들."

나머지 죄수들 손목을 묶은 철사줄을 펜치로 조이며 병정들이 침을 뱉었다.

"냄새나는 새끼들."

인솔장교가 소리쳤다.

"일도옹 뒤로 돌앗!"

방독면을 쓰고 있는 탓인지 장교 구령은 우는 소리 같았다.

"십보 앞으로이 갓!"

죄수들은 무거운 짐을 지고 해저문 고갯길을 넘어가는 사람처럼 아주 힘들게 천천히 걸어갔는데, 옆 사람이 526번을 불렀다.

"노형."

그는 수인번호 518번을 달고 있었는데 비 오듯 땀을 흘리고 있었다.

"분합니다."

526번은 묵묵히 걸음을 옮겼고 518번이 다시 말했다.

"분하고 원통합니다. 이제 곧 새 세상이 올 텐데, 새 세상을 못 보고 죽다니……."

죄수 하나가 주저앉으며 생똥을 쌌고, 달려온 병정이 군홧발로 죄수 똥 묻은 궁둥이를 걷어찼다. 그 죄수는 울음 섞인 목소리로 나약하게 어머니를 부르며 간신히 몸을 일으켰고 이번에는 서너 명 죄수가 동시에 주저앉았다. 죄수 숫자대로 병정들이 달려와 등허리에 총구를 박으며 군홧발로 걷어차고서야 그들은 간신히 열 발짝을 옮길 수 있었다. 장교가 소리쳤다.

"일도옹 뒤로이 돌앗!"

골짜기를 등지고 돌아선 526번 눈에 제일 먼저 들어온 것은 놀이었다. 타는 듯 붉은 놀이 저 멀리 지평선에서부터 핏빛으로 대지를 물들이며 해일처럼 빠르게 덮쳐오고 있었다. 518번이 다시 526번을 불렀다.

"노형, 노형은 왜 말이 없으시오? 개죽음을 당하면서 원통하지도 않단 말이오?"

"쉿!"

526번은 입술을 오무려 바람소리를 냈다.

"조용히 하시오. 뭘 좀 생각하는 중이니까."

"생각?"

"조용히 하라니까."

"돌았구나."

518번이 탄식했다. 그의 눈은 이미 526번을 보고 있지 않았다. 장교가 소리쳤다.

"어깨애 총!"

한일자로 늘어선 병정들 총구가 일제히 죄수들을 향해 겨누어졌고 518번이 어두워오는 허공을 바라보며 들릴 듯 말듯 가느다란 목소리로 중얼거렸다.

"새 세상…… 새 세상……."

"발사 준비!"

철커덕 하고 노리쇠를 뒤로 당겼다가 놓는 소리를 아득하게 들으면서 526번은 저만큼 타는 놀 속에 엎드려 있는 인가人家를 바라보았다. 희미하게 개 짖는 소리가 들려왔고 아이들 지껄임 소리며 도란거리는 내외간 속삭임 소리도 들려오는 것 같았는데, 저녁밥을 짓는가. 굴뚝마다에서는 실낱같은 연기가 피어오르고, 피어오르는 연기에 밀려 이제 완전히 대지를 덮어버린 핏빛 놀이 잔물결처럼 가늘게 흔들리고 있었다. 아, 하고 그는 단음을 삼켰다. 서른세 해를 두고 그토록 타는 목마름으로 찾아헤매었던 것 정체正體를 비로소 똑똑하게 본 느낌이었다. 아름다움이었고 평화였다. 세상에서는 그에게 혁명가라는 짐짓 거창한 이름을 붙여주었고 스스로도 그렇게 믿으며 살아온 일생이었지만, 아름답고 평화스러운 땅에서 다만 사람답게 살고 싶다는 욕망밖에는 없었다고 그는 생각했다. 날카롭고 차갑게 번쩍이며 눈앞을 막아서는 총구가 보였다. 낮게 드리워진 놀 위로 병정들 붉게 물든 상반신이 보였다. 목젖이 타는 것 같았고 견딜 수 없게 목이 마르면서 담배 생각이 났다. 장교 오른팔이 위로 올라갔다 526번은 한눈에 세상을 담으려는 듯 크게 눈을 부릅떴고, 장교 팔이 허공을 갈랐다.

"발사!"

새까맣게 날아오는 총알을 피해보려고 순간 죄수들은 몸을 비틀었는데, 비틀었지만 그러나 총알은 어김없이 날아와 틀림없이 그들 심장에 박혔다. 그들은 저마다 어머니를 부르고 만세를 부르고 또 뭐라고 뭐라고 소리쳤는데, 526번 입에서는 엉뚱하게도 아이 이름이 튀어나왔다. 한 많은 이 세상과 작별을 하는 찰나 순간에, 자기를 대신해서 이 한 많은 세상을 살아가게 될 자기 자식 이름이 마침내 생각났던 것이었다.

총소리와 함께 어머니를 부르고 만세를 부르고 마침내 생각해낸 아들 이름을 부르면서 죄수들은 일제히 기도하는 자세로 땅 위에 엎드렸다. 천지가 무너지는 소리를 내며 다이너마이트가 터졌고, 그리고 능선이 무너져내렸다.

그렇게 골짜기는 갑자기 평지가 되었는데, 그로부터 그곳은 풀 한 포기 자라지 못하는 박토가 되었고 코가 썩는 방귀 냄새며 피가 역류하는 화약 냄새가 어찌나 지독하던지 그곳으로부터 백리 안팎 사람들은 견디지 못하고 모두 이사를 가야만 했다. 전쟁이 끝나고 나서 정부에서는 특별히 도가 높다는 고승들을 초빙해서 천도재를 지냈고 유명하다는 신부며 목사를 모셔다가 기도를 드렸으며 그리고 이름난 무당과 박수를 동원해서 진혼굿을 걸판지게 벌였지만 그 고약한 방귀 냄새며 화약 냄새는 사라지지 않았다. 그래서 자연히 그 일대는 인축人畜 그림자가 끊어진 폐허가 되었는데, 가뜩이나 좁아터진 국토에서 사방 백리 안팎이나 되는 넓은 땅을 그대로 버려둘 수도 없는 노릇이어서, 정부에서는 고심 끝에 특별조치법을 만들어 그곳으로 가서 사는 사람에게는 무상으로 집을 지어주고 모든 세금을 평생토록 면제해준다고 몇 달을 두고 신문이며 방송으로 홍보를 했지만, 아무도 가는 사람이 없었다. 그럴 리가 없다며 확인행정을 하러 현장으로 갔던 고위관리 하나가 그 고약한 냄새를 묻혀가지고 돌아갔다가 부인으로부터 내소박을 당했다는 소문이 떠돌고부터는 더구나 누구도 그 얼안 모두에 다가들 생각을 하지 않았다. 그로부터 스무 해 가까이 지난 후 법운法雲이라는 이름 승려증도 없는 한 떠돌이 중이 그곳에 토굴을 묻고 십 년 간 지장기도地藏祈禱를 드린 뒤에야 간신히 그 냄새가 사라졌다고 했는데, 그러나 무슨 까닭으로 어디에도 머물지 못한 채 구만리 장천을 외롭고 서러운 넋으로 떠돌고 있는 중음신中陰身들이 밤낮으로 터뜨려대는 호곡 소리가 끊어지지 않는다는 것이어서, 웬만큼 담이 세지 못한 사람은 감히 그 근처에 다가설 생각을 내지 못한다고 하였다.

526번 처형 소식을 가족들이 듣게 된 것은 그의 처형이 있은지 근 한 달이나 되어서였다. 갑자기 전쟁이 격화되면서 나라에는 무서운 계엄령이 내렸고 각성소 자체가 후방으로 소개된 터여서 자연 통지가 늦어졌기 때문이었다.

만약을 위하여 자식이 생전에 입던 저고리 한 닢을 품에 간직한 526번 부친은 망팔望八 노구를 청려장靑藜杖에 의지하고 야음을 타서 집을 떠났다. 그 노인이 밤을 타서 아무도 몰래 집을 나섰던 것은 나라에 죄를 짓고 죽은 죄인인지라 그 시신마저 뼈가 잘리우고 살이 발라질까 두려워서가 아니라, 시신을 수습해왔다는 것이 사람들에게 알려지면 그 혼백이라도 행여 또다시 불온한 무리들과 어울려 돌아다니며 사랑이 어떻고 평화가 어떻고 자유가 어떻고 평등이 어떻고 압박이 어떻고 해방이 어떻고 새 세상이 어떻다고 떠들어댈까 두려웠던 때문이었다. 떠들어대다가 그 넋이라도 또 다시 잡혀갈까 무서웠기 때문이었다.

그때는 세상이 잠깐 자식이 품었던 생각과 그 뜻을 함께 한다는 사람들이 득세한 세상이 되어 있었고, 마침내 새 세상이 온 것이라고 그들은 소리쳤는데, 노인 생각으로는 그것이 새 세상일 수는 결코 없었다. 아니, 새 세상이란 영원히 올 수가 없는 것이었다. 다스림을 당하는 자는 언제나 똑같은데 다만 다스리는 자 얼굴이 바뀌었을 뿐이다. 한 가지

공통된 점이 있다면 다스리는 자 머리 위에는 똑같이 '위대한……'이라는 황금 관冠이 씌워진다는 것이었다. '위대한 영도자' '위대한 지도자' '위대한, 위대한…….'

어느 쪽이든 백성들 뜻과는 거리가 먼 것이라는 게 그 노인 생각이었다. 바라는 것은 오직 사람사람 뜻대로 살아가도록 그냥 놔두어달라는 것이었다.

그랬다. 진실로 뻑뻑이 새 세상이 되기 위해서는 다스리는 자도 다스림을 받는 자도 없이 사람사람이 모두가 나라 주인이 되어 스스로 말미암은 뜻대로 보고 듣고 생각하고 말하고 쓰고 움직일 수 있어야 될 것이었다. 보고 듣고 말하고 쓰고 움직이는 데 털끝 한 올 걸림이라도 있는 세상이라면 그런 세상은 이미 새 세상일 수가 없는 것이었다.

그런데 그런 세상이라면 저 석씨釋氏 문도門徒들이 말하는 미륵정토요 노씨老氏 도도道徒들이 말하는 신선세계이며 또 야소耶蘇 신도들이 주장하는 천당세계일 것이고, 노씨며 야소는 명토박아 그 햇수를 말한 바 없다니 그만두고 석씨 문도들이 주장하는 미륵정토만을 보더라도 그들 말대로라면 석씨 타계 후 56억 7천만 년이 지나야 올 것이 아닌가? 아득한 얘기였고, 새 세상이 진실로 아득한 세상인 것이라면 하늘로 머리를 두고 두 발로 땅을 딛고 사는 풀잎사람들로서는 그저 눈 가리고 귀 닫고 입 막고 그저 주면 주는 대로 먹고 때리면 때리는 대로 맞으면서 죽은듯이 살아야 할 것이었다. 그렇게 명철보신明哲保身으로 그 몸을 보전하고 집을 다스리면서 자손을 길러 조상 향화香火나 끊어지지 않게 해야 할 것이었다.

그 노인이 생각하는 이상적인 세상은 요순堯舜같은 성천
자聖天子에 의하여 다스려지는 세상이었고 백성이란 그저
어진 성군聖君의 하해와 같은 은덕 아래 그 목숨을 부지하는
여린 풀잎이었다. 여린 풀잎이 백성인 것이라면 백성이란 그
저 바람 부는 대로 그 몸뚱어리를 눕히고 일으키는 여린 목
숨일 것이었다. 바람이 불면 몸을 눕히고 바람이 그치면 몸
을 일으키는 여린 목숨으로서 치자治者 뜻을 거슬려 다른 생
각을 품는다는 것은 언감생심, 하늘을 이고 도리질을 하겠
다는 어리석은 짓이었다.

그렇게 어리석은 짓을 하다가 서른을 조금 넘긴 애통한
나이로 총하지혼銃下之魂이 된 자식 시신을 거두러 떠난다
고 생각하니, 첫째로 아비 절절한 타이름을 거역한 그 불
효不孝가 괘씸했다. 괘씸했는데, 어인 일로 눈물은 흘러 앞
을 가리고 늙은 삭신은 후둘거려, 비 오듯 쏟아지는 포탄이
며 천지가 무너지는 것 같은 방포 소리를 헤치고 그렇게 엎
어지며 자빠지며 형장에 도착했을 때는 집을 나선 지 꼭 이
레 만이었다. 묻고 또 물어서 간신히 찾아간 형장은 벌써 평
토가 되어 있었고 평토가 된 골짜기는 저마다 혹은 삽을 들
고 혹은 곡괭이며 혹은 또 호미를 든 유가족들로 해서 이미
벌건 속흙을 드러내고 있었다.

노인도 그들을 따라 짚고 있던 명아주대로 흙을 뒤적거렸
는데, 마침내 드러난 시체들은 나뭇단 쌓이듯이 차곡차곡 뒤
엉킨 채로 벌써 육탈肉脫이 되고 있어 어떤 것이 뉘 집 자식

시신이며 어떤 것이 뉘 집 서방 시신인지 도무지 분간을 할 도리가 없었다. 유가족들은 남편과 자식 이름을 소리쳐 부르며 혹은 금이빨로 그 특징을 삼고 혹은 속살 깊이 찍혀 있는 무슨 점이나 흉터로 그 증표를 삼아 내 남편 내 자식 시신을 찾겠다고 까마귀떼처럼 우짖으며 눈물바다를 이루고 있었는데, 멀쩡한 시신이라도 찾기가 난감하겠거늘 하물며 벌써 오래전에 살점이 문드러져 나가고 눈알이 빠진 채로 항아리 속 추젓처럼 뒤엉켜 있는 가장 작게 잡아 팔천여 구 시쳇더미에서 무슨 재주로 내 자식 시신을 찾을꼬…….

허희탄식을 하며 갈라터져 피가 나오는 메마른 입술로 오랫동안 장죽만 빨고 있던 노인은 이윽고 품속에 간직했던 자식 저고리를 꺼내들고는 시쳇더미가 한눈에 보이는 산언덕으로 올라갔다. 그 노인은 후둘거리는 두 팔을 활짝 벌려 저고리를 펼쳐들고는, "봉아, 봉아, 봉아."하고 울음 소리로 세 번 망자亡子 이름을 불렀다. 그리고 휴우– 하고 장탄식 한숨을 내쉰 다음 펼쳐들고 있던 저고리를 꼭 오므려 가슴에 끌어안고 산을 내려왔다.

그렇게 저고리 한 닢에 망인亡人 혼백을 담아 안은 노인은 다시 왔던 길을 되짚어 이번에는 열흘 만에 역시 야음을 타서 집으로 들어갔는데, 밤이 깊어 개 짖는 소리도 끊어진 시각에 손수 호미 한 자루를 들고는 아무도 모르게 뒷산으로 올라갔다. 그 늙은이는 밤을 새워 땅을 파고 자기만 아는 허총虛塚 속에 망자 넋을 담은 저고리를 묻은 다음 기어서 간신히 산을 내려와서는, 시집온 지 삼 년도 채 못 되어 남편을 생으로 잃고 실성하다시피 반 정신이 나가 있는 새아기를 불러 "독서지유환지시讀書之有患之始니라. 알겠느뇨? 이 세상 만 가지 근심걱정이 다 책을 읽는 데서 비롯되노니, 아이한테는 결단코 서책을 읽히거나 동무를 사귀게 하지 말구 그저 무지렁이루 살게 하거라." 하고 신신당부를 한 다음, 가르릉 가르릉 피가래를 끓이기 사흘 만에 눈을 감았다.

심장에 총알이 박히는 순간, 그러니까 갑자기 격화된 전쟁으로 인해 서둘러 총살형을 집행당하게 된 수인번호 526번이 마침내 짓게 된 아들 이름을 부르며 숨져가던 그해 6월도 다 저물어가는 어느 날 황혼 무렵, 울지 않고 웃으면서 어미 자궁을 빠져나옴으로써 산모를 까무러치게 만들고 두 돌이 지나도록 한 번도 울지 않던 그 이상한 아이가 마침내 입을 열었다. 모깃불이 매캐한 연기를 피워주고 있는 마당 멍석 위에 모여앉은 식구들은 저마다 돌아오지 않는 언니와 돌아오지 않는 오라버니를 걱정하며 저녁상을 기다리고 있었고,(그가 사형선고를 받은 사실을 노인은 식구들에게 비밀로 하고 있었다) 오늘도 측간에 들어가 몰래 우느라고 늦어진 저녁상을 든 새댁이 막 부엌 문지방을 넘는데, 멍석가를 기어다니며 흙을 주워먹던 아이가 문득 고개를 젖혔다.

"아버지!"

그 아이는 타는 듯 붉은 놀이 깔려 있는 허공을 바라보며 두 번 더 부르짖었다.

"아버지! 아버지!"

그렇게 분명한 발음으로 세 번을 소리쳐 아버지를 부르고
난 아이는 잦혔던 고개를 꺾으며 앙 하고 울음을 터뜨렸던
것이다. 어마지두에 밥상을 떨어뜨려 박살을 낸 새댁이 구
르듯 뛰어와 아이를 안았고, 식구들은 아이가 입을 뗀 것이
다만 신통해서 저녁을 굶고도 배고픈 줄을 몰랐는데, 그렇
게 한번 울기 시작한 아이 울음은 석달 열흘이나 계속되어
서 식구들은 물론이고 사방 백 리 안팎 사람들이 모두 촛물
먹인 솜뭉치로 귀를 막아야만 하였다.

　제일 먼저 아이 목소리를 들은 것은 아이 아버지였다.
　어디선가 자기를 부르는 소리가 있어 눈을 뜬 526번은, 기
도하는 자세로 저 아래 땅 위에 엎드려 있는 웬 사내를 발견
하고 순간 호흡이 멎는 느낌이었다. 시퍼런 죄수복을 입고
상반신이 철사줄로 꽁꽁 묶이운 그 사내는 질펀한 핏물 속
에 코를 박은 채로 엎드려 있었는데, 바로 자기 자신이었던
것이다. 창자가 뒤집힐 것처럼 역한 피비린내가 코를 찔러
서 그는 얼른 코를 싸쥐며 눈을 감았다. 눈을 감았는데, 웬일
로 자기는 여전히 흥건한 핏물 속에 코를 박은 채로 미동도
하지 않았고 자기 양 옆으로는 역시 자기와 비슷한 사내들
이 똑같은 자세로 엎드려 있는 것이었다. 놀이 잦아든 골짜
기로는 어둠이 깔리고 있었고 저만큼 방독면을 둘러쓰고 총
을 든 병정들이 트럭을 향해 뛰어가고 있는 게 보였다. 자기
는 여전히 핏물 속에 엎드려 있었다.
　이상한 일이었다. 알 수 없는 일이었다. 자기는 이만큼 허

공중에 떠 있는데 또 하나 자기는 저만큼 땅 위에 엎드려 있는 것이었다. 그렇다면 저 아래 엎드려 있는 나는 누구이고 나를 내려다보고 있는 또 다른 나는 누구란 말인가, 하고 이상하게 생각하던 그는 자신이 조금 전에 총을 맞고 죽었다는 사실을 깨닫고, 깜짝 놀랐다. 나는 분명히 죽었는데, 그렇다면 죽었다는 사실을 알고 있는 또 다른 나는 누구란 말인가? 그렇다면 나는 살았다는 말인가?

그는 생각하며 총맞은 자리를 만져보려고 가슴에 손을 대어보았는데, 그러나 아무런 감촉도 느낄 수 없었다. 그는 얼른 제 손을 들여다보았다. 손을 들여다보았는데 손은 보이지 않았고, 손만이 아니라 가슴도 얼굴도 그리고 또 아무런 몸뚱이도 보이지 않는 것이었다.

그랬다. 느낌뿐이었다. 자신은 오직 느낌으로만 존재하고 있었다. 느낌…… 마음은 분명히 있는데 그 마음을 담고 있던 육신은 마음과는 관계없이 저 아래 핏물 흥건한 땅바닥 위에 꼼짝도 하지 않고 엎드려 있는 것이었다. 보고 듣고 냄새맡고 말하고 느끼고 생각하면서 움직일 수 있는데, 다만 만져지는 것이 아무것도 없는 것이었다.

그렇다면 나는 육신은 없고 정신만이 있는 넋이란 말인가? 정녕 나는 죽은 것인가? 죽은 것이라면 죽었다는 사실을 알고 있는 '나'는 도대체 무엇이란 말인가?

그러나 스스로가 스스로 시체를 아무런 고통도 없이 내려다볼 수 있다는 사실이야말로 자신이 죽었다는 가장 분명한 증거일 것이어서, 그는 자기 죽음을 인정하지 않을 수 없었다. 그런데 정말로 자기가 죽은 것이라고 생각하니 견딜 수 없게 허무하고 쓸쓸한 느낌이었다. 이 세상에 태어나서 이 세상 햇빛과 물과 공기를 마시며 구체적으로 이 세상 한 공간을 점유하고 있던 육신은 죽어 저렇게 엎드려 있고, 아무런 형태도 없고 이름도 없는 마음만이 남은 것이라고 생각하니, 울고 싶었다.

그는 땅 위로 내려가서 자기 육신을 흔들어 보았다. 흔들어 보았지만, 육신은 꼼짝도 하지 않았다. 어이. 그는 소리쳤다. 일어나라구. 일어나라니까. 그는 자꾸만 소리치며 안타깝게 자기 육신을 흔들었는데, 그러나 그가 아무리 소리쳐 자기 이름을 부르며 자기 육신을 흔들어도 육신은 대꾸가 없었고 또 미동도 하지 않는 것이었다. 가만히 보니 자기만이 아니라 함께 총살 당한 다른 사내들 또한 자신들 육신을 흔들고 있었는데, 그들 경우도 마찬가지였다. 그들 모습은 살아 있을 때와 똑같았는데 다만 시퍼런 죄수복 대신에 아지랑이처럼 엷고 투명한 막 같은 것으로 된 옷을 입고 있는 게 달랐다.

여보시오들!

그는 소리쳤다.

여기들 좀 보시오!

그는 소리쳤는데, 그러나 아무도 그를 바라보지 않았고 그리고 아무도 한마디 대꾸도 하지 않았다.

노형!

옆에서 자기 육신을 흔들고 있던 사내가 518번인 것을 알아보고 그는 다시 소리쳤다.

　도대체 우리가 어떻게 된 거외까?

　반갑고 궁금해서 그는 518번 어깨를 잡고 흔들었는데, 그러나 518번은 그에게 일별도 던지지 않았고 그리고 한마디 대꾸도 하지 않았다. 할 수 없이 그는 다시 자기 육신을 흔들며 혼자서 소리치는 수밖에 없었다.

　어이, 일어나라구. 일어나라니까. 여기는 내가 누워 있을 데가 아니야. 내가 누워 있을 데가 아니라니까.

　그러나 아무리 소리치며 흔들어도 질펀한 핏물 속에 코를 박고 엎드려 있는 육신은 꼼짝도 하지 않았고, 고개를 들어 보니 모두들 어디론가 사라져버린 골짜기에는 자기 혼자서만 남아 있는 것이었다. 혼자만 남았다고 생각하니 견딜 수 없이 쓸쓸하고 허전해서 잠깐 어떻게 할까 하고 망설이던 526번은, 갑자기 천지가 무너지는 소리와 함께 깜깜한 흑암 속에 파묻히고 말았다. 다이너마이트가 폭파되면서 좌우 능선이 무너져내렸던 것이다.

　그런데 깜깜한 흑암 속에 파묻혔다고 생각한 526번은 웬일인지 허공중에 높이 떠서 저 아래로 평지가 되어버린 골짜기를 내려다보고 있는 것이었다. 흙 속에 묻혀버린 육신은 이제 보이지 않았고 대신 지독한 화약 냄새가 코를 찔러와서 심장이 터질 것만 같았다.

　그는 좀더 높은 곳으로 올라가서 화약 냄새를 피해야겠다고 생각했는데, 벌써 까마득한 높이 공중으로 올라와 있었다. 저 아래로 구름이 보였고 가없는 허공이 끝없이 펼쳐져 있었다. 어디로 가야 할지 막막한 느낌이었다. 다시 견딜수 없게 육신에 대한 그리움이 일어났다. 그래서 다시 밑으로 내려가봐야겠다고 생각했고, 그는 아까처럼 다시 내려와 있었다.

화약 냄새가 코를 찔렀다. 화약 냄새가 견딜 수 없어 그는다시 그곳을 떠나야겠다고 생각했는데, 어디선가 자기를 부르는 소리가 들려왔던 것이다. 어디서 들려오는 소린가 하고사방을 두리번거리는데 저 아래로 한 줄기 길이 보였다. 가만히 보니 허리띠처럼 가느다란 그 길은 피였고 그 피는 평지가 된 골짜기 속에 묻혀 있는 자기 육신 가슴으로부터 흘러나와 땅을 적시며 어디론가 흘러가는 것이었다. 소리는 핏길을 거슬러 들려오고 있었다. 그는 핏길을 따라갔다. 소리는 점점 똑똑하게 들려오고 있었다. 산자락을 돌아 재를 넘고 내를 건넌 핏길은 들판을 가로질러 곧바로 이어진 철길로 접어들었고 철길은 끝없이 이어지고 있었다.

그는 철길을 지나 강을 건너서 붉은 흙먼지 숨막히는 황톳길을 따라 하염없이 걸어가다가 산길로 접어들었는데, 어쩐지 눈에 익어 가만히 다시 보니 삼 년 전 각시를 맞으려고 조랑말 타고 넘던 새재고개가 아닌가. 아, 하고 그는 숨을 삼켰다. 애기나리꽃 한 송이 꽂혀 있는 사모抄帽를 바로하려고 머리 위에 손을 올렸는데 아무것도 잡히는 것이 없었던 것이다.

아, 그렇지. 나는 벌써 죽은 것이고, 나는 벌써 죽어서 죽은넋으로 이 고개를 넘는 것이지.

생각하니 쓸쓸하고 고적해서 몸뚱이가 오그라드는 것 같아 궐련이라도 한 대 태우고 싶었지만, 그러나 아무리 주머니를 뒤져보아도 담배는 보이지 않는 것이어서, 그는 목젖이 타는 것 같았다. 목젖이 타는 것 같으면서 견딜 수 없게 담배 생각이 났는데, 어쩌자고 또 날은 저물어서 골짜기 이곳저곳에서는 벌써부터 밤새들이 깃을 치며 날아오르고, 발을 휘감는 풀섶에서는 가냘픈 목소리로 밤벌레가 울고 있었다.

꿍 하고 힘을 쓰면서 그는 두 손으로 무릎을 짚었다.

고개를 넘으면 성황당. 부엉이 우는 성황당을 지나면 잔솔밭. 멧꿩이 깃을 치는 잔솔밭을 지나면 저만큼 한눈에 마을이 보였다. 깊은 밤 숨 죽인 채 스며들고 스며나던 고샅길을 더듬어 야트막한 산자락 밑에 자리잡은 낡은 고가 대문을 열고 마당으로 들어섰는데, 마른 쑥 태우는 냄새 향긋하면서 그는 멍석 가에 엎드려 울고 있는 아이를 보았다. 핏길은 아이 발치에서 끝나고 있었다.

영복아!

소리치며 달려가서 그는 아이를 부둥켜안았다. 부둥켜안았는데, 어쩐 일인지 아이는 꼼짝도 안 했고 어디선가 구르듯 달려온 아낙이 얼른 아이를 안아올리는 것이었다. 안해였다. 여보, 하고 그는 소리쳐 안해를 불렀다. 소리쳐 안해를 불렀는데, 그러나 안해는 대답이 없었다.

여보, 나요. 내가 왔소. 산 넘고 물 건너 당신을 만나려고 내가 왔소.

그는 거듭 떨리는 목소리로 안해를 불렀는데, 안해는 돌아앉아 적삼을 헤치고 박속 같은 젖을 꺼내어 아이에게 물리면서 응구대척이 없었다. 그때서야 그는 자기가 이미 이승 사람들과는 이야기를 나누거나 그 살을 함께 부벼볼 수 없는 저승의 넋이라는 것을 깨닫고, 말할 수 없는 고독과 슬픔을 느꼈다.

아, 죽음이란 이렇게 완강한 침묵이고 절벽 같은 단절인 것이구나.

그는 자꾸 마른침을 삼켰다. 마른침을 삼켰는데 삼켰다고 느꼈을 뿐 삼켜지는 것은 그러나 아무것도 없었다. 그는 소리쳐 아이를 부르고 어머니를 부르고 아버지를 부르고 아우들을 부르고 누이를 불렀지만, 아무도 대답이 없었다.

어디선가 첫닭이 홰를 치면서 힘껏 목청을 뽑아올렸다.

그로부터 십 몇 년 뒤, 세상이 온통 전쟁으로 들끓던 시절 서둘러 총살형을 집행당한 어떤 사형수한테서 자기 자식에게 꼭 전해주라던 유언을 그제서야 생각해낸 지독한 건망증 간수가 눈이 큰 소년을 찾아왔다.

"애야, 늬아버지가 말이다. 캴캴."

늙은 간수는 변색된 산프라 의치를 시커멓게 벌리며 허리를 비틀었다.

"너한테 꼭 전해주라고 말이다. 캴캴."

그 늙은 간수는 눈물을 질금거리며 오랫동안 웃던 끝에 이렇게 말했다.

"너보고 꼭 중이 되라고 말이다. 캴캴. 중이 되어서 불경 이외의 책은 한 권도 보지 말라고 말이다. 캴캴. 세상에 제

자식보고 중이 되라는 사람도 다 있구나 글쎄. 이렇게 살기 좋은 세상에 말이다. 캴캴."

소년은 웃지 않았다. 그 아이는 늙은 간수가 웃으면서 전해주는 말을 마음에 꼭 새겨두었고, 그리고 그로부터 몇 해 뒤 부친 유언에 따라 산으로 갔다. 법운法雲이 그 산에서 이름이었다.

제1장 삼도천三途川

소리쳐 식구들 이름을 부르며 그렇게 하염없이 집 안을 배회하던 526번은, 새벽닭이 우는 소리를 듣고서야 할 수 없이 그곳을 떠났다. 떠났는데, 떠나면서도 그는 식구들 얼굴이며 자기 집이며 고향마을이며 나라 모습이며 그리고 땅 위 산과 내와 풀과 나무와 꽃과 새와 강과 바다와 또 그곳에서 살아 숨쉬고 있는 온갖 것들 모습을 돌아보고 또 돌아보고 하느라고, 하마터면 마침 떨어져내리는 별똥별에 머리를 맞아 큰일날 뻔하였다. 새벽닭이 운다고 해서 목타는 그리움과 슬픔과 분노가 서리서리 맺혀 있는 그 땅을 쉽게 떠날 그가 아니었으나, 웬일인지 닭울음 소리가 들리고 나서는 어떤 알 수 없는 힘에 끌려 자기도 모르게 그만 허공중으로 높이 솟아오르게 되었던 것이다. 그랬다. 까마득히 높다란 저 허공중 어딘가에는 어떤 거대한 힘이라고 해도 좋고 뜻이라고 해도 무방할 그런 존재가 있는 것만 같았다. 그곳이 어디쯤이고 그 힘 또는 뜻 소유자가 누구인지는 도무지 바이 짐작조차 할 수 없었지만, 스스로 힘으로는 어쩔 도리가 없는 불가사의한 아예 그 무엇이 있는 것만 같았다.

따뜻하고 포근한 햇솜 위에 누워 있는 기분이었다. 언제부터인가 땅 위 모습은 보이지 않았고, 한없이 위로만 올라가고 있었다. 꼭 성능 좋은 초고속 승강기를 타고 있는 느낌이었다.

오랜 시간이 흐른 것 같기도 하고 또 바히 시간이 흐르지 않은 것 같기도 했다. 분명한 것은 어디론지 자꾸만 올라가고 있다는 느낌이었다. 어디론지 자꾸만 올라가고 있다는 느낌이었는데, 갑자기 눈앞을 흐리게 하던 뿌연 막이 걷히면서 희미한 줄 같은 게 드러났다. 가만히 보니 줄이라고 보았던 것은 길이었고, 그 길은 아주 좁아서 겨우 사람 하나가 지나갈 만하였다.

소롯길은 아득하게 이어져 있었고, 그는 길을 따라 걸어갔다. 발에 밟히는 것은 아무것도 없었다. 그렇다고 쓰러지거나 밑으로 떨어질 것 같은 불안감이 드는 것도 아니었다. 튀길심 좋은 스폰지 위를 걷고 있는 기분이었고, 쑥쑥 앞으로 나아갔다. 나아갈 때마다 길은 마치 주름이 잡히는 것처럼 앞으로 당겨지고는 하였는데, 당겨졌는가 싶으면 다시 펼쳐지고 펼쳐졌는가 싶으면 다시 또 당겨져서, 그렇게 끝없이 이어져 되풀이되고 있었다. 꼭 그네를 타고 있는 느낌이었다.

귀를 세웠다. 어디선가 이상한 소리가 들려오고 있었다.

얼마 동안이나 걸었는지 도무지 짐작도 되지 않았다. 이상한 소리는 어디선가로부터 계속해서 들려오고 있었는데, 그 소리는 바람소리 같고 바람에 떨어지는 나뭇잎 소리 같고 나뭇잎이 굴러가는 소리 같고 소리 죽여 흐느끼는 울음소리 같았다. 새삼스럽게 주위를 둘러보았지만 눈에 들어오는 것은 아무것도 없었다. 주위는 온통 우윳가루 같고 안개 같은 뿌연 막으로 둘러싸였는데, 희미하게 소롯길이 뚫려 있고 그는 길을 따라 걷고 있었다. 막이 흔들리지 않는 것으로 봐서 바람이 불지 않는 것이 분명했고, 주위에는 나무도 없고 꽃도 없고 새 울음소리 하나 들리지 않았다. 움직이는 것은 아무것도 없었다. 그런데 그 이상한 소리는 계속해서 들려오고 있었다. 그는 좀 더 걸음을 빨리 하다가 이윽고는 힘껏 달리기 시작했다. 달리기 시작했는데, 여전히 제자리를 걷고 있는 느낌이었다. 숨도 가쁘지 않고 땀도 나지 않았다.

언제부터인가 소롯길이 조금씩 넓어지고 있다는 느낌이었다. 진짜로 넓어지고 있었다. 달리고 있는 자리는 여전히 좁은 소롯길이었는데, 우윳가루 같고 안개 같은 뿌연 막이 조금씩 조금씩 양쪽으로 벌어지더니 눈앞 길은 부채가 펼쳐지듯 점점 벌어지기 시작해서, 마침내는 쫙 펼쳐졌다. 이상한 소리는 좀더 가까이서 들려왔고, 저멀리 아득하게 지평선이 보였다. 지평선은 자욱한 광망光芒에 덮여 있었다. 빛은 희미했는데, 아지랑이처럼 희미하게 가물거리던 그 빛은 점점 밝고 환한 빛살로 커지는 것이었다. 참으로 아름답고 쨍하게 빛나는 빛살 끝이었다. 햇빛은 아니었다. 어디에도 태양은 보이지 않았고 지금이 대낮인지 밤중인지도 그는 알 수 없었다. 달빛도 아니었고 그렇다고 별빛도 아니었다. 처음 보는 이상한 빛이었고 참으로 굉장하다고밖에 말할 수 없는 빛살이었다. 그렇다고 눈이 부시거나 어지럽지도 않았다. 따스하고 포근한 훈기마저 느껴졌다. 마치 어머니 젖가슴에 얼굴을 묻고 있는 기분이었다. 빛 색깔은 노르끼리한 백색이었는데 노란빛보다는 흰빛이 좀더 강했다. 그는 그 빛을 향하여 힘껏 달려갔다. 엄청난 힘으로 빛이 그를 끌어당기고 있었다.

문득 발바닥에 닿는 딱딱한 감촉을 느끼고 그는 걸음을 멈추었다. 흙이었다. 허리를 굽혔다. 손으로 만져보았다. 어느 길에서나 볼 수 있는 여느 흙이었다. 검정고무신 코가 눈에 들어왔고 소창으로 된 푸른색 바지가 보였다. 발을 움직여보았다. 신발 속에서 흙덩어리 부서지는 소리가 났다. 딱딱하게 응고된 선지였다. 허리를 폈다. 가슴이 온통 검붉은 선지빛깔이었고 찢어진 옷자락 사이로 526이라는 아라비아 숫자가 희미하게 보였다. 가슴에 손을 대어보았다. 굵은 피딱지가 엉겨붙어 있는 가슴으로부터 심장이 고동치는 소리를 똑똑하게 느낄 수 있었다. 믿을 수 없었고 있을 수 없는 일이었다. 꿀꺽 하고 뜨거운 침이 넘어가는 소리를 그는 분명하게 들었다.

달렸다.

아아.

달리면서 그는 소리쳤다.

나는 살아 있는 것이구나.

소리는 메아리가 되어 다시 귀를 두드렸다. 나무가 보이고 풀이 보이고 꽃이 보이고 새울음 소리가 들렸다. 산길이었다. 산길은 완만한 경사를 이루며 곧장 아래로 이어지고 있었다. 아주 가까운 곳으로부터 물 흐르는 소리가 들려왔다. 이상한 소리는 바로 물 흐르는 소리였던 모양이었다. 언젠가 이 길을 지금처럼 달려서 내려갔었다는 느낌이 들었다. 그것이 언제였던가는 알 수 없지만 어쩐지 그랬었다는 느낌이 들었고, 그래서 그런지 주위가 눈에 익은 것 같았다. 속도를 줄였다. 숨이 가쁘고 식은땀이 흘렀다. 숨이 가쁘고 식은땀이 흐른다는 사실이 바로 살아 있다는 분명한 증거라고 생각하니, 알 수 없는 힘이 솟았다. 그는 한달음에 뛰어 산길을 내려갔다.

산길이 끝나는 곳에는 내[川]가 있었다. 내는 세 갈래였고, 세 갈래 내는 모두 한 곳으로부터 그 흐름이 비롯되고 있었다. 냇가에는 나룻배 한 척이 휘어진 버드나무 가지에 줄을 매고 있었는데, 나룻배 속에는 윗통을 걷어붙인 늙은이 하나가 잔뜩 허리를 꼬부려 붙인 채로 적삼을 들여다보고 있었다. 그는 가쁜 숨길을 고르며 이마 땀을 훔쳤다.

"노인장."

늙은이는 대꾸가 없었고 그는 다시 한 번 불렀다.

"노인장."

들었는지 못 들었는지 늙은이는 여전히 대꾸가 없었다. 혹시 가는귀가 먹었는지도 모르겠다고 생각한 그는 이번에는 좀더 큰 소리로 "노인장!" 하고 불렀는데, 역시 마찬가지였다. 해는 서천에 걸려 있었고 산그늘이 발뒤꿈치까지 밀려와 있었다. 초조해진 그는 성큼 나룻배 속으로 발을 들여놓았고, 출렁하고 배가 기울어지는 바람에 하마터면 그는 물에 빠질 뻔하였다. 그는 뱃바닥에 궁둥방아를 찧으며 간신히 뱃전을 움켜잡았는데 그제서야 늙은이가 짓무른 눈을 부비며 그를 바라보았다. 늙은이는 이를 잡고 있었던 듯 갈비뼈가 앙상하게 불거진 옆구리를 긁는 손톱이 빨갰다.

"뉘슈?"

늙은이는 이빨이 몇 개 없는 입을 활짝 벌리며 하품을 했다.

"보면 모르슈."

하마터면 냇물에 빠질 뻔했던 그는 올곧지 않게 소리쳤다.

"내를 건너려는 행인 아뇨."

"아."

늙은이가 두 손으로 귀를 막았다.

"귀청 떨어지겠어. 듣고 있으니 살살 좀 말하라구."

"듣고 있으면서 아깐 왜 대꾸가 없었소?"

"그랬나. 이 잡는 재미에 그만 못 들었던 모양이우. 아흠."

늙은이는 다시 한 번 동굴 같은 입을 벌려 하품을 하고 나서, 잠방이를 펼쳐들고 탁탁 털었다. 늙은이 남다른 역한 냄새와 함께 이가 얼굴에 튀는 것 같아 그는 얼른 두 손으로 앞을 막았다.

"어어, 거 사람 얼굴에 대고 털면 어쩝니까."

못 들은 척 잠방이를 걸친 늙은이는 솔방울처럼 오그라붙은 주먹을 들어 어깨를 두드렸다.

"어디루 가우?"

"아 저쪽 언덕으로 가지, 가긴 어딜 가요."

여러 가지로 심기를 상한 그는 퉁명스럽게 대꾸했는데, 늙은이가 묘하게 웃었다.

"보시교, 가는 길이 세 군덴데…… 어느 내로 건널 거냐 이 말이우."

"아무 내면 무슨 상관이오. 어쨌든 저쪽 언덕으로 댈 것 아뇨."

"들어보교."

늙은이는 손을 들어 세 갈래 내를 가리켰다.

"보다시피 여긴 내가 셋이우. 물론 어느 쪽으로 가든 다 저 언덕에 대지. 헌데…… 하나는 물살이 거칠고 빠르며, 하나는 느리고 온순한데, 다른 하나는 늘상 흐르지 않고 괴어 있단 말씀야."

"그런데요?"

"그렇다는 얘기외다. 나야 뭐 나그네가 원하는 대로 저어주는 사공이니까…… 의향대로 택허슈."

그는 어이가 없어서 웃음이 나왔다.

"원 영감님도. 그거야 물으나마나 느리지만 물살이 온순한 쪽이지 어디겠소."

"분명히 당신 입으로 말했겠다."

늙은이가 다시 묘하게 웃으며 다짐했고 그는 짜증이 났다.

"갑시다 빨리, 해 저무는데."

"해 저무는데 빨리 가세."

후렴처럼 그 말을 되받으며 늙은이가 버드나무 가지에 매었던 줄을 끌렀다. 늙은이는 다시 한 번 되풀이했다.

"해 저무는데 빨리 가세, 끙."

버드나무 밑둥치에 노를 대고 늙은이가 힘을 쓰자, 천천히 배가 밀리면서 뱃전에 밀린 물결이 부챗살처럼 쫙 갈라졌다. 앙상하게 야윈 늙은이 어디서 그런 힘이 나오는지 늙은이가 노를 저을 때마다 배가 쑥쑥 앞으로 나아갔다. 냇바람이 서늘했고 쫙쫙 갈라지는 물결에 부서지는 잔양이 따스했다. 이제 내를 건너고 저 언덕을 넘어 집으로 간다고 생각하니 그는 빠르게 저어가고 있는 나룻배가 기어가는 것처럼 느껴졌는데, 늙은이가 후유 하고 긴 한숨을 내쉬었다. 늙은이는 소리를 뽑기 시작했다.

"가는구나 간다, 이 배를 저어서 저 언덕으로."

소리에는 가락이 들어 있었고 구슬프기 이를 데 없는 육자배기 시나위였는데, 아마도 뱃노래인 듯싶었다. 늙은이는 다시 한 번 되풀이했다.

"가는구나 간다, 이 배를 저어서 저 언덕으로."

늙은이 초성은 탁한 듯하면서도 궁글어서 더욱 구슬프고 애달픈 느낌이었다.

내는 흘러 세 갈랫길
어느 내로 가야 할지
산은 높고 물은 깊고

해는 져서 어두운데
부모형제 일가친척
슬피 우는 저 중생들
가지 마오 가지 마오
내 발목을 잡는구나

"거 청승맞은 소리 좀 그만두고 노나 빨리 저으슈."

그는 퉁명스럽게 소리쳤다. 가락을 뽑으면서도 늙은이 노질은 어김이 없어 나룻배는 살같이 달렸는데, 구슬픈 가락이며 가락에 실린 구절들이 웬일인지 마음에 걸렸던 것이다.

"빨리 젓고 있시다, 끙."

늙은이는 허리춤에 찔렸던 곰방대를 뽑더니 익숙한 솜씨로 잎담배를 다져넣었다.

"어디서 오는 객이슈?"

늙은이는 노질을 계속하며 한 손으로 부시를 당겼다.

"각성소."

하고 생각 없이 대꾸하다 말고 그는 흠칠 어깨를 떨었다. 그는 잔뜩 경계하는 눈초리로 늙은이를 쏘아보았다. 늙은이는 무심한 얼굴로 노를 저으며 노에 밀려 쫙쫙 갈라졌다가는 엷은 주름을 잡으며 다시 합쳐지고는 하는 물결을 바라보고 있었다. 조금도 그를 이상하게 여기고 있는 얼굴이 아니었다. 그는 순간 안도의 한숨을 내쉬었는데, 그렇다고 경계를 늦출 수는 없다고 생각하며 늙은이를 쏘아보는 눈길을 거두지 않았다. 그는 어깨를 잔뜩 오그리고 두 팔로 무릎을 끌어안았다. 바늘로 찌르는 것처럼 총맞은 자리가 쑤시면서 진땀이 솟았다.

　끊임없이 윙윙거리는 소리가 귀청을 후벼댔다. 이빨이 솟구치고 목덜미 솜털이 곤두서는 소음이었다. 소리는 끊임없이 들려왔다. 이 방으로 들어온 지 며칠이 지났는지, 지금이 밤인지 대낮인지도 알 수가 없었다. 눈앞에는 언제나 눈부신 백열등이 밝혀져 있었다. 사면이 하얀 벽돌로 되어 있는 방에는 창문이 한 군데도 없었다. 시멘트 바닥을 때리는 날카로운 구둣발 소리가 점점 가까워지더니, 기분 나쁜 금속성을 내면서 철문이 열렸다. 그는 얌전하게 두 손을 무릎 위에 얹은 자세로 앉아 있었다. 그 앞에는 아무런 장식이 없는 사방탁자가 한 개 놓여 있었다. 얼굴이 희고 가느다란 금테안경을 낀 사내가 맞은편에 앉았다. 빨강 바탕에 하얀 꽃무늬가 수놓여진 넥타이를 매고 칼날처럼 줄을 세운 바지를 입고 있었고 잘 닦여진 구두는 얼굴 비칠 듯 윤이 났다. 사내 좌우에는 가면처럼 무표정한 얼굴 청년 두 명이 부동 자세로 서 있었다. 그들은 짧게 치어깎은 머리에 완강한 가슴을 하고 있어 한눈에도 오랜 기간을 두고 운동으로 단련된 육체임을 알 수 있었다.

　기분이 어떠십니까?

　사내는 빙그레 살푸슴하였다. 마치 환자 용태를 살피러 온 의사 같았고, 언제나 깍듯한 경어를 썼다. 어떤 경우에도 화를 내거나 언성을 높이지 않았으며 더구나 손찌검을 하는 법이 없었다. 단정한 정장 차림 사내는 언제나 사근사근하고 예의 바른 신사였다.

기분이 어떠십니까?

그는 침묵했고 사내가 다시 물었다. 그는 사내 윗주머니에 꽂혀 있는 눈처럼 흰 손수건을 바라보았다. 기분이 어떠냐고 사내는 거듭 묻고 있었는데, 그는 자기 기분을 잘 알 수가 없었다. 채이고 비틀리고 뽑히우고 꺾여지고 짓이겨져서 젓갈처럼 푹 곰삭아진 육체는 무감각했고, 무엇보다도 잠을 좀 자고 싶었다.

아직도 기분이 안 좋으신 모양인데…… 그럼 실례하겠습니다.

사내는 고개를 조금 숙여 보인 다음 자리에서 일어났다. 사내 말소리가 들려왔다.

제군, 선생 기분이 불편하신 모양일세. 편히 모시도록.

벌려진 구둣발이 일직선으로 합쳐지면서 절도 있게 올라가는 팔꿈치가 보였고, 철커덕 하고 철문이 닫혔다. 심장이 고동치고 숨이 막히면서 금방이라도 터져버릴 것처럼 방광이 부풀어올랐다. 언제나 이 순간이 견디기 어려웠다. 철문이 닫히고 구둣발 소리가 점점 멀어지기 시작할 때마다 그는 사내가 다시 돌아와서 기분이 어떠냐고 물어봤으면 하는 나약한 마음이 들고는 하였다. 그러나 사내는 돌아오지 않았고, 구둣발 소리가 완전히 끊어지고 나면 숨막히던 공포도 사라지고 차라리 평안한 마음이 되는 것이었다. 기다림 시간, 그 일 분도 채 못 되는 시간, 기다림이란 어떤 경우에도 견디기 어려운 형벌이었다. 뭉툭한 구둣발이 정강이에 박

히고, 목뼈를 내려찍는 수도手刀, 명치끝을 강타하는 정권正
拳, 손톱 밑을 파고드는 대바늘, 벌거벗긴 넓적다리를 난타
하는 철봉, 생식기에 와닿는 담뱃불, 요도와 항문에 쑤셔박
히는 전선줄…… 선새앵, 기분이 어떠십니까? 사지가 뒤틀
리면서 눈알이 튀어나오고, 항문이 마비되면서 아무렇게나
쏟아져나오는 배설물…… 어허, 점잖으신 체면에 이러시면
쓰나. 이런 츳츳. 배설은 화장실에 가서 하셔야지. 그만 그만.
이빨이 딱딱 마주치면서 눈을 찌르는 불빛, 끊임없이 윙윙거
리는 소음, 불쾌하게 끈적거리는 육체, 찝찔하고 비릿한 입
안, 마디마디 관절이 튀어나오는 것 같은 통증, 빠개질 듯 욱
신거리는 머리통, 무수히 떨어져내리는 노오란 꽃잎, 저승
에서 들려오는 것 같은 말소리, 말소리는 속삭이듯 다정하
게 귓속을 파고든다.

기분이 좀 어떠십니까?

빙그레 살푸슴하는 하얀 얼굴.

선생, 우리 인간적으로 대화를 하십시다.

여자처럼 희고 가느다란 손가락 사이에 끼워진 펜대가 톡
톡 책상을 두드리며,

말씀하시지요.

무슨 말을 더 원하시오?

이거 왜 이러십니까? 우린 그래도 선생의 인격을 존중해
서 인간적으로 대접해드리고 있다는 것을 아셔야죠. X와 만
난 게 언젭니까?

X가 누구라는 건 그도 잘 알고 있다. 그러나 실제로 만났

던 적은 한 번도 없다.

톡톡. 펜대가 다시 이번에는 조금 세게 책상을 두드린다.

X와 만난 게 언젭니까?

만난 적이 없소.

그렇지 않습니다. 선생은 X와 만나셨습니다. 선생은 X의
비밀 맹원이며 아주 중요한 직책을 맡고 있는 참모지요.

그래서요?

X는 사랑과 평화를 파괴하는 인민의 적이며 국가의 반역
잡니다.

여보시오, 원하는 게 뭐요?

여기에 서명하고 날인을 하시지요.

그는 웃었고 사내가 몸을 일으켰다.

제군, 선생을 ○○실로 모시도록.

넷.

○○실이 뭐하는 데요?

가보시면 압니다. 아주 근사한 곳이지요.

그렇다. 그들은 다시 찾아낼 것이다, 하고 그는 생각했다.
땅끝까지라도 쫓아와서 나를 체포하고, 고문하고, 허위자백
을 받아 투옥했다가, 처형할 것이다. 마을마다 집을 뒤지고
산을 허물고 강물을 퍼내고 골짜기를 훑고 땅속까지라도 파
헤쳐서, 마침내는 찾아낸 나를 총살시킬 것이다. 사냥개처럼
예민한 후각의 정신각성원들은 벌써 전국적으로 깔렸을 것이
며 그들 정보원 또한 자기들 주인보다 더 많은 숫자로 전
국을 뒤지고 있을 것이다. 저 무심한 듯 보이는 늙은이도 어

쩌면 각성원이나 각성원 끄나풀일지도 모른다는 생각이 그 머릿속에 번쩍였다. 으으, 하고 몸서리를 치면서 그는 무릎 속에 얼굴을 묻었다. 그들 눈길을 피해 도망칠 곳은 없다고 생각했다. 결국은 붙잡히게 될 것이고, 참혹하게 고문을 당해서 인간적인 품위가 무참히 짓이겨진 다음, 어김없이 총살을 당하게 될 것이었다. 영복아. 그는 입 속으로 조그맣게 아이 이름을 불러보았다. 안해 얼굴이 떠올랐고 부모님과 아우들 얼굴이 스치고 지나갔다.

무릎으로부터 얼굴을 떼었다. 결국은 피할 길이 없고, 피할 길이 없는 죽음이라고 생각하니 이윽고 공포에 떨리던 어깨가 진정되면서, 오히려 차분한 마음이 되었다. 그는 어깨에다 눈을 문질렀다.

"영감님."

늙은이는 여전히 무심한 얼굴로 노 끝을 바라보고 있었다. 저것은 그들 상투적인 표정이다, 하고 그는 생각했다. 각성원과 각성원 끄나풀들은 언제나 무심한 표정을 짓고 있었다. 그들 얼굴은 가면처럼 무표정했고 아무런 감정도 드러내지 않았다. 오히려 다정하고 상냥했으며 따스하게 살푸슴하였다. 그러다가 고빗사위를 잡아챘다 싶으면, 이마는 갑자기 번들거리고 검처럼 날카롭게 코끝을 세우면서 광적인 열정으로 눈빛은 번쩍이는 것이었다.

"영감님."

그는 다시 한 번 불렀고, 그때서야 늙은이는 고개를 돌려 그를 바라보았다.

"날 불렀소?"

역시 무심한 얼굴이었다. 아니, 무심하다기보다는 차라리 쓸쓸해 보이는 얼굴이었다. 성긴 머리는 백발이었고 눈은 짓물렀으며 깊게 파인 이마 고랑에는 짙은 그늘이 드리웠는데, 이빨이 없어 홀쭉한 양볼에는 추연한 수심이 어려 있었다. 어쩌면 지나친 상상을 하고 있는 것인지도 모른다고 생각하니 갑자기 그는 말문이 막혔다. 문득 놋재떨이가 깨어지라고 장죽을 두드리며 허연 수염발을 떨던 늙은 아버지가 떠올랐고, 늙은이가 아버지처럼 생각되었다. '정신'을 버리지 않으면 의절義絶하겠다는 최후통첩을 남기고 아버지는 사랑방문을 안으로부터 잠그었다. 세 번째로 각성소에서 풀려나는 길이었고, 대낮에도 햇빛이 들지 않는 골방문은 밖으로부터 쇠가 채워졌다. 골방에는 대를 물려 내려오는 비자목榧子木 바둑판 하나가 달랑 놓여 있었고 그는 혼자서 바둑을 두었다. 오른손으로는 백돌을 잡고 왼손으로는 흑돌을 쥐고 바둑을 두었는데, 백이 이길 때도 있었고 흑이 이길 때도 있었다. 도저히 화국和局은 이루어지지 않았다. 화국을 이룰 수 있을 때까지 햇빛을 쪼일 생각을 말라는 엄부嚴父 추상 같은 명이었는데, 정신각성원 손에 문이 열렸다. '비상시국'이므로 전례에 따른 예비검속을 하는 것일뿐, 곧 돌아오게 될 것이라고 그들은 오히려 식구들을 안심시켰다. 밤중이었고 막 안해와 잠자리를 함께하려던 참이었다. 그들은 언제나 밤에 왔다. 개 짖는 소리도 끊어진 깊은 밤에 도둑처럼 갑자기 나타나서는, 웃으면서 친구처럼 다정하게 그 겨드랑이에 팔을 끼던 것이었다.

"뭘 그리 생각하시오?"

그는 흠칫 어깨를 떨었고 늙은이는 새가 우는 소리로 야
릇하게 웃었다.

"각시 생각이라도 하셨던 모양인가, 불러놓고 말이 없는
걸 보니."

순간적으로 호흡이 가빠옴을 느끼며 그는 머리를 흔들었
다.

"아닙니다, 아니에요."

"어디 편찮으슈? 안색이 안 좋은데."

"여기가…… 어디쯤 되나요?"

"어딘 어디겠소. 뱃길이지."

"한 번 다녀간 곳 같은데…… 아무래도 눈에 익은데, 영 생
각이 안 납니다."

"한 번이 아니라 무량대수無量大數로 다녀갔지."

늙은이가 중얼거렸다.

"네?"

늙은이는 고개를 내저었다.

"혼잣소리외다. 그건 그렇고, 날 저문데 어딜 바삐 가시
나?"

"집엘 가지요, 집."

집, 하다 말고 그는 얼른 입을 다물었다. 아무래도 늙은이
정체를 알 수 없었고 경계를 늦춰서는 안 된다는 생각이었
다. 그러나 그리움에 찬 표정만은 감출 수 없어서 그는 자꾸

입이 벌어졌다.

"짐작하시겠지만……."

참지 못하고 그는 말해버렸다.

"전 쫓기는 몸입니다."

그는 마른침을 삼켰다.

"총살당한 사람이에요."

"………."

"보세요, 자."

그는 깍지를 껴서 끌어안고 있던 팔을 풀고, 총 맞은 자리
를 가리켰다.

"분명히 총살을 당했고 총알이 여기를 꿰뚫어서 숨이 끊
어졌는데…… 보니까 살아 있더란 말입니다."

"그렇겠지."

늙은이는 곰방대를 입에 물었다.

"이 내를 건너는 사람들은 누구나 그런 식으로 말하니까."

"네?"

"혼잣소리외다."

곰방대에서는 연기가 나지 않았고 늙은이는 뱃전에 대고
곰방대를 탁탁 두드렸다.

"살인을 하셨던가?"

"아닙니다."

"그럼 남 계집을 훔쳤던 게로구먼."

"간통죄로는 사형까지 안 받습니다."

"호오. 요즘 법은 그렇게 됐나. 그럼…… 역적질을 하셨

던가?"

그는 이를 악물고 충혈된 눈으로 허공을 바라보았다.

"훌륭한 세상을 만들고 싶었습니다."

그는 부르짖었다.

"훌륭하고 아름다운 세상을 그리워했을 뿐이에요."

늙은이는 새가 우는 소리로 야릇하게 웃었다.

"위험한 생각을 했었구먼. 그런 생각을 먹었다면 죽게 마련이지."

그는 늙은이를 쏘아보았다.

"그게 어째서 위험하고 죽어야 할 생각입니까?"

"옛날부터 그런 생각을 먹은 사람이 많았지. 그런데 모두 제 명에 못 죽었어."

"그게 어째서 위험하고 죽어야 할 생각입니까?"

따지듯이 그가 되물었고 늙은이는 빈 담뱃대를 입에 물었다.

"계속해보시게. 맺힌 게 많은 것 같은데."

"사람을 죽인 적이 없습니다."

"진실로?"

늙은이가 물었다.

"진실입니다."

그가 대답했고 늙은이가 다그쳤다.

"심중으로도?"

그는 잠깐 망설였다.

"마음으로야 죽이고 싶은 자도 있었습니다만."

"그럼 마찬가지가 아닌가?"

"어째서 그게 마찬가집니까?"

"마찬가지야 결국. 마음이 모여서 뜻이 되고 뜻이 뭉쳐서 행동이 되는것이니."

그는 힘껏 고개를 내저었다.

"사람만이 아니라 금수나 미물까지도 의식적으로 그 생명을 없이한 적은 한 번도 없습니다."

늙은이는 입에 물고 있던 곰방대를 뽑아 거칠게 뱃전을 두드렸다.

"마찬가지래두, 그예. 진실로 실답게 혼을 기울여 그것들을 좋아하지 않았을진대, 살생과 무엇이 다른고?"

"………"

"자네 육것을 하는가?"

"즐기지는 않지만…… 금하지는 않습니다."

"자네가 먹지 않을진대, 그것들이 왜 죽을꼬?"

"그거야 어차피 사람들이 먹고 살게끔……."

"어떤 생명이든 생명은 다 마찬가지로 귀중하고 한 번뿐인 목숨이 아니던가?"

"………"

"동대보시게."

언제부터인가 하게를 하기 시작한 늙은이는 심문관처럼 재촉했고, 그가 말했다.

"도적질을 한적이 없습니다."

"반드시 남에 것을 훔쳐야만 도적질이던가?"

"마음으로도 남 재물을 욕심낸 적이 없습니다."

"자네 재물이 얼마나 되는고?"

"재물이라고 할 수 있는 건 아무것도 없습니다. 끼니를 잇기가 어려운 형편이니까요."

"가난하다는 말이렷다. 그럼 남보다 잘 살아보고 싶다는 욕망은 있었겠지?"

"더불어 함께 살고 싶었습니다. 나 혼자 잘 살겠다는 생각은 추호도 해본 적이 없습니다. 가난하면 가난한 대로 평등하게 살 수 있는 세상을 원했습니다."

"기특한 생각을 했었구면. 허나, 강을 건널 땐 말을 잘 해야 하리. 일호라도 차착이 있을 시엔 용서가 없을 테니."

"네?"

"아닐세."

늙은이가 재촉했다.

"다음은?"

"음행을 한 적이 없습니다."

"진실인가?"

"진실입니다."

"진실로 정녕 음행을 한 적이 없단 말이지?"

"내 계집 하나도 천신을 못 하는 세월이었습니다."

"육신으로 사통한 적은 없다 해도 심중으로야 욕심을 낸 계집이 있었겠지?"

섬광처럼 인례仁禮 얼굴이 떠올랐다. 인두로 지지는 것처럼 가슴이 저려오면서 전신에 쥐가 올랐고, 그리움과 회한

이 범벅이 되어 전신을 옥죄어왔다.

"누구, 누구요?"

그는 소리쳤다.

"누구신데 자꾸 따져묻는 거요?"

늙은이가 웃었다.

"클클클. 괴롭다면 그만두시게."

"도대체 영감님은 누구십니까?"

"그만두시오. 댁에서 스스로 말을 꺼냈지 누가 듣자 했소. 더 듣자고 했다가는 큰 봉욕을 하겠구먼, 끙."

늙은이는 허리춤에 곰방대를 찌른 다음, 두 손으로 노를 저었다.

노여움을 탄 것 같은 말투였으나 여전히 무심한 얼굴이었고 눈길은 강심에 던져져 있었다. 침묵이 깔렸다. 늙은이는 묵묵히 노질을 계속했고 배는 살같이 달렸다. 그런데 무슨 까닭으로 도무지 내는 끝나지 않는 것이었다. 저만큼 바라보이는 나루언덕은 잡힐 듯 가까워 보이건만, 어쩌자고 배는 아직도 강심을 벗어나지 못하고 있었다. 지는 해는 이미 하늘 끝으로 잦아갔고, 벌써부터 깔리기 시작하는 낙조落照에 물든 주위는 온통 핏빛이었다.

"빨리 좀 갑시다."

"다 와갑녠다."

"벌써 어두워지는데…… 이거 큰일났는걸."

그는 등살달아 중얼거렸고, 끙 하고 늙은이는 힘을 썼다.

"피차 일반이오. 빨리 건네드리고 나서 이 늙은 것도 발 닦고 자얄 테니까."

"빨리 좀."

"선가는 있소이까?"

"네?"

"뱃삯 말이외다. 뱃삯도 모르슈?"

"아, 네."

그는 얼굴을 붉히며 더듬거렸다.

"죄송합니다. 보시다시피 이런 형편이라서…… 집에 닿는
대로 즉시 보내드리겠습니다. 뭣하시면."

"그만두시오. 금생에 못 받으면 내생에 받지. 잊지나 마
슈."

"그럴 리가 있겠습니까."

"끙. 이놈의 내가 왜 이리 머냐. 해는 저물고 갈 길은 먼
데, 어영 차."

늙은이는 다시 목소리에 가락을 넣었다. 늙은이는 곰방
대로 진양조 장단에 맞춰 뱃전을 두드리며 소리를 뽑기 시
작했다.

잡는구나 잡아
계집은 멱살을 잡고
자식은 발목을 잡고
부모형제 등을 잡아
하루이틀 사흘나흘
한달두달 석달넉달

일년가고 십년가니
　　어제청춘 오늘백발
　　저승길이 어드메냐
　　나혼자선 못가겠네

　　놀이 잦아들면서 밤이 깔렸다. 달은 만월滿月이었고 만
공滿空에 가득 찬 달빛이 시나브로 뱃전에 부딪혀 고기비
늘로 잘게 부서지고 있었다. 배가 달리면 달도 달렸고 달
이 달리면 배도 달렸다. 배가 가고 있는 것인지 달이 가고
있는 것인지, 구름이 밀리고 물결이 밀렸다. 늙은이는 여전
히 구슬프고 애달픈 가락으로 뱃노래를 부르는데, 그는 잠
시 제 처지를 잊고 마치 밤뱃놀이라도 나온 사람처럼 짐짓
여유 있는 기분으로 늙은이 노끝에 닿아 부서지는 달을 바
라보고 있었다. 조촐한 소리라도 한 자락 펼쳐보고 싶은 마
음이었다.
　　문득 가슴이 울렁거리면서 비감悲感 한 자락이 명치끝을
스치고 지나갔다. 안해에게는 집에서 십 리면 갈 수 있는 만
불사萬佛寺 절구경 한번 시켜주지 못한 그였다. 철저하게 반
상班常에 법도를 따지는 완고한 시아버지와 억척스럽고 손
끝 맵짠 시어머니 봉양에 여섯이나 되는 시동생 시누이 보
살핌에 남편 수발에 자식 기르기에 무명 잣는 길쌈에 보리
방아에…… 진실로 신 벗을 사이가 없는 안해였다. 생각하
니 안해에게 너무 일상적인 삶의 즐거움 같은 것을 못 주었
다는 자책이 들었다. 늘 쫓기면서 살아온 어둠 속 세월이었

다고는 하지만, 너무 무심했다는 느낌이었다. 불평을 말해온 적은 한 번도 없었다. 안해는 순종과 인내를 최대 미덕으로 여기는 여자였다. 그러나 입을 열어 말을 하지 않는다고 해서 어찌 불만이 없었을까. 지아비는 밭 갈고 지어미는 씨 뿌리고, 지어미는 풍구질하고 지아비는 망치질하고…… 그렇게 필부필부匹夫匹婦로 범용하게 살면서 그 범용한 삶 속에서 삶의 행복을 구하고 또 맛보는 그런 생활을 원했을 것이었다. 모두 함께 평등하게 살 수 있는 훌륭한 세상이 될 때까지 사사로운 낱몸 삶을 덮어두자는 말 속에는 얼마나 모순된 독선이 숨어 있는가. 울컥하고 뉘우침 같은 그리움이 솟구쳐올랐다. 그는 눈을 감았다.

이제 집으로 갈 것이었다.

밤 뱃길을 저어 내를 건너고 저 언덕을 넘어, 신작로를 달리고 고샅길을 지나, 자욱한 밤안개를 헤치고 소리쳐 식구들 이름을 부르며 대문을 박차고 들어가, 부모님께 우선 불효를 사죄하는 큰 절을 올린 다음 외로워서 울지 않는 아이를 안아 올려 입을 맞추고, 그리고 궁둥이를 철썩철썩 갈겨 울게 만들고 나서, 낮은 목소리로 안해를 불러 밤바람에 식은 그 여자 싸늘한 손을 잡고 방문을 닫고, 기다림으로 메마른 그 여자 입술에 그리움 입술을 부비면서, 그렇게 밤새도록 오열을 터뜨릴 것이었다. 서러운 등잔불을 끌 것이었다.

그렇게 처음부터 다시 시작할 것이었다. 아주 하찮고 사소한 일상 잡사로부터 진실로 진실을 기울여 충실하게, 막연하고 추상적인 사랑이 아니라 분명하고 구체적인 사랑으로 비롯된 사랑이 마침내 한 가정에 차고 넘쳐서 이웃으로, 이웃에서 사회로, 사회에서 나라로, 나라에서 세계로, 세계에서 우주로, 그리하여 한 작은 빗방울이 모여 내를 이루고 강이 되어 바다가 되는 것처럼 마침내는 온 우주에 꽉 찬 사랑이 될 것이었다. 사랑으로 숨을 쉬고 사랑으로 밭 갈고 씨 뿌리고 사랑으로 보고 듣고 냄새 맡고 맛보고 느끼고 움직이고 사랑으로 밥을 먹고 사랑으로 배설해서 마침내는 이윽고 사랑 그 자체가 될 것이었다.

이웃 고통을 내 고통으로 느껴 더불어 함께 고통 없이 살 수 있는 세상을 만들기 위하여라는 짐짓 아름답고 거룩한 명분 아래 산 세월이었으나, 생각하면 부끄러웠다. 가짜였다. 어느 것 한 가지도 진실로 진실되게 혼을 기울여 순수하게 사랑했던 것이 없었다. 사랑을 주기 전에 먼저 사랑을 받기를 원했고, 남 허물을 용서하기 전에 내 허물이 용서되기를 바랐으며, 스스로에게는 한없이 관대하면서 타인에게는 가차없이 엄격했다. 사람사람들 자유를 억압하는 것이야말로 이 세상에서 첫 번째로 물리쳐야 할 독재인 것이라고 날카로운 목소리로 부르짖으면서 자기 자신이 다른 이들 자유를 억압하는 독재를 하고 있다는 사실은 티끌만큼도 생각하지 않았다. 가난하고 병들고 옥에 갇힌 이들 고통을 내 고통으로 해서 그들 병들고 가난하고 억압당하는 삶을 그 억압으로부터 해방시켜주겠다고 밤 깊은 고샅길을 소리 죽여 스며들고 스며났지만, 진실로 자기 자신만은 가난하지 않고 병들지 않고 억압당하지 않는 삶을 원했다. 반찬이 입에 맞지 않는다고 짜증을 부렸고 이부자리가 포근하지 않다고 신경질을 부렸으며 스스로 손으로는 감자 한 톨 만들어본 적이 없으면서 그 감자가 맛이 없다고 투덜거렸다. 당연히 입에 들어오고 몸에 감는 것으로 여겼을 뿐, 자기가 입에 넣고 몸에 감는 것들을 만들어내는 사람들 땀에 대해서는 진실로 한 번이라도 뼈빠지게 생각해본 적이 없었다. 입에 발린 소리였고, 결국은 입에 발린 소리로 사랑을 얘기하고 이웃들 고통에 동참했던 것이었다. 투쟁이며 투옥 또한 구린내나는 자기현시욕이요 치사한 우월감이며 돼먹지 않은 선민의식 발로는 아니었을까. 세상이 바뀐다 해도 바뀐 세상에서 자기는 어떤 보상을 받고자 했던 것은 아니었을까. 그리하여 세상을 위하고 세상 사람들을 위한다는 명분 아래 세상과 세상 사람들 위에 다시 군림하려고 했던 것은 아니었을까. 목젖이 따가와지면서 그는 몹시 담배 생각이 났다.

늙은이는 여전히 낙이 없는 얼굴로 노끝에 부서져 잔 비늘로 흩어지고 있는 달빛을 바라보고 있었는데, 벌써 밤이 기울었는가. 노에 밀려 이지러지는 달은 손톱 같은 잔월殘月이었다.

"영감님."

명치끝이 타는 것 같아 그는 마른 혀끝으로 입술을 빨았다.

"도대체 얼마나 더 가야 됩니까?"

"여기는 그래도 짧은 편이지."

늙은이는 쳐다보지도 않고 말했다.

"젊은 사람이 왜 그렇게 조급허슈."

"아니 그럼…… 건너야 할 내가 또 있단 말씀입니까?"

휴 하고 늙은이는 긴 숨을 내쉬었다.

"건너야 할 데가 어찌 여기뿐이겠소. 산 넘어 산이요 물 건너 물이지."

뱃길이 천리나 되는 것 같아서 그는 입술이 탔는데, 느릿 느릿 가락이라도 뽑는 어조로 늙은이는 유유자적이었다. 그는 다시 입술을 빨았다.

"저, 담배 가지신 것 있으면 좀……."

늙은이가 힐끗 그를 바라보았다.

"궐련은 없소이다."

"엽초라도 한대…… 영 입이 써서요."

늙은이는 다시 한 번 힐끗 그를 바라보고 나서, 허리춤에 꽂았던 곰방대와 쌈지를 던졌다.

"입에 안 맞을거외다."

"이거 염치가 없습니다."

참으로 오랜만에 만져보는 담배였다. 각성소 끌려오던 날 밤, 그러니까 안해와 잠자리를 하기 전 뒤를 보면서 피워본 측간에서 담배가 마지막이었다. 자꾸 손끝이 흔들려서 곰방 대에 담기는 것보다 뱃바닥에 떨어지는 것이 더 많았다. 간 신히 잎담배를 담아 손끝으로 누른 다음 늙은이가 쳐주는 부시에 불을 당겼다. 한 모금 첫 연기를 빨아들이던 그는 우 욱 하고 손바닥으로 입을 막았다. 울컥하고 헛구역질이 치밀 어오르면서 눈앞에 마른번개가 지나갔다. 그는 몇 번이고 마 른침을 뱉고 나서 조심스럽게 연기를 빨아들였다. 눈앞이 가

물거리면서 눈물 한 점이 볼을 타고 흘러내렸다.

　꿈결인가, 그는 언뜻 안해 모습을 본 것 같았다. 그 여자와 혼인을 하게 된 것은 그 나이 스물일곱 살 때였다. 갓 스물도 되기 전에 시집가고 장가들던 시속時俗으로 보면 만혼晚婚이었다. 특별히 무슨 빌미가 있어서가 아니라 아무래도 혼인을 해서 가정을 이루고 나면 제 뜻을 펴는 데 불편할 것 같았고 안정된 가정을 꾸려나갈 자신이 없어 장가들기를 단념하고 있었는데, 엄부 불호령을 견뎌낼 수가 없었던 것이다. 물론 중매였고 맞절을 나누던 초례청에서 정식으로 자세히 보게 된 각시였는데, 그 여자는 시골 색시로서는 드물게 키가 크고 뼈대가 곧은 몸매에 동작이 민첩하고 과묵했으며 살결이 희고 고왔다. 얼굴은 복스럽게 둥글고 허리는 가늘었는데 무엇보다도 크고 탄력이 넘치는 궁둥이를 갖고 있어 제일로 기꺼워한 것이 모친이었다.

　자고로 지집은 그저 방치가 실혜야 복이 있구 생산을 잘 허너니.

　찢어지게 빈궁한 살림이 허물이었지만 그래도 내력 있는 냉족冷族이요 신랑 하나 똑똑한 것 믿고 준 딸이라고 양반에 한이 맺힌 몰락 양반 장인이 나중에 말했다. 집안이 빈궁한 거야 앞으로 살아가기 나름이지만 허구헌날 잡혀가고 쫓겨다니는 꼴은 차마 볼 수 없으니, 어떻게 할 거냐고 종주먹을 대던 장인이었다. '정신'을 버리든지 각시를 도로 무르든지 양자택일을 하라고 그 노인은 소리 죽여 다그쳤는데, 각시는 다소곳이 아미를 숙인 채로 노란 회장저고리에 달린 자주색 고름만 만지작거렸다. 면경 앞에서 머리를 빗고 있는 안해 손길이 가늘게 흔들리고 있었다. 그 여자는 결따라 고르게 빗겨진 머리를 빗고 또 빗고 하느라고 벌써 몇 번째 등잔 심지를 올렸다. 아직도 웬일인지 울지 않는 아이는 초저녁에 벌써 잠이 들었는데, 먼 골짜기에서 들려오는 산짐승 울음소리로 해서 주위가 더욱 고요한 느낌이었다. 측간에 다녀오는 길에 보니 사랑에는 불이 꺼져 있었고 모친과 동생들이 거처하는 안채에도 불빛이 없었다.

에미헌티 가봐. 젊으나 젊은 것이 오죽이나 고적허것냐.

슬그머니 골방 쇠를 따주며 모친은 등을 밀었다.

에미헌티두 귀띔헤뒀으니께, 이.

밤세수를 한 안해 얼굴에서는 희미하게 지분 내음이 풍겼고 빗어올려 쪽을 찐 머리에서는 싸아하니 동백기름 내음이 났다. 치마허리를 끄르자 더운 김이 솟았다. 앞가슴이 펀펀해 보이게끔 꼭꼭 졸라맨 치마허리였지만 스물다섯 새각시 젖가슴은 터질 듯이 부풀어서, 솜뭉치를 넣은 것처럼 불룩한 가슴이 출렁하고 물결쳤다.

더웁지 않습디까?

겉저고리를 벗기자 속적삼이 드러났다.

가만히 점 기세유.

떨리는 손끝으로 그 여자는 등잔 심지를 눌렀다.

이런 것 좀 벗고 살면 안 되오. 원 이 염천에.

즘잖지 뭇허게 왜 이러신대유.

기할게 뭐 있소. 내외지간에.

아번님이 아시면 큰일 날라규.

큰일 좀 납시다.

속적삼을 벗기고 단속곳을 벗겼다. 자꾸만 밑으로 꺾여지는 얼굴이 숯불처럼 뜨거웠다. 고쟁이를 벗기고 속속곳에 손이 닿자, 그 여자는 새새끼처럼 몸을 떨며 가슴에 얼굴을 묻어왔다.

무서워유.

무섭긴 뭐가 무섭소. 어린애처럼.

바지를 벗고, 안해 무릎에 걸려 있는 속속곳을 발가락으로 밀어내었다.

가지 마세유.

뒤란에서 목물을 했는가, 풀칠한 도배지처럼 붙여오는 알몸은 불덩어리였다.

인저 안 가시는 거쥬? 인저 아무 디루두 안 가시는 거쥬?

확인하듯 하나하나 등뼈를 짚어내려가던 손길이 잘록한 허리를 거쳐 갑자기 높아진 언덕에 머물렀다.

아직도 울지 않소?

손길도 언덕도 함께 경련했다.

아…… 인저 울겠쥬. 늦 우년 애두 있…… 아.

언덕을 배회하던 손길이 언덕 사이로 깊게 파인 골짜기로 들어갔고, 꿈틀하고 허리가 뒤틀렸다.

바, 바둑은…… 인저 끝나신규?

……응.

그럼 인저버텀은…… 아, 골방이 아, 안 들어가셔두 되넌규?

……응.

아.

하고 낮게 비명을 지르며 그 여자는 끊어지라고 새서방 모가지를 끌어당기었는데, 그러나 아직도 화국和局은 이루어지지 않고 있었다.

계가計家를 하는 경우가 드물었고 거의가 대마大馬를 잡고 잡히는 불계不計로 끝나고는 했다. 화국이란 어쩌면 금생에는 이룰 수 없는 꿈, 영원히 도달할 수 없는 피안被岸인지도 몰랐다. 사람사람이 더불어 함께 자유롭고 평등하게 살 수 있는 새 세상은 그리하여 책 속에서나 올 수 있는 것인지도.

뭐라구 말씀 점 허세유. 뭐라구.

머리밑으로 받쳐준 팔에 힘을 주어 당겼다. 싸아하니 코끝에 감기는 동백기름 내음. 속속들이 와닿는 살내음. 땀내음. 아아, 언덕을 내려가면 눈물의 골짜기. 물이 끓는가, 숯잉걸에 닿는 것처럼 손이 뜨거운데, 문득 골짜기가 얼어붙었다. 숨넘어가는 소리로 누렁이가 짖으면서 부서져라 대문 두드리는 소리.

무서워유.

장면이 바뀌었고, 눈을 꼭 감고 있는 제 모습이 보였다.

기분이 좀 어떠십니까?

사내는 빙그레 살푸슴하며 똑바로 그 얼굴을 들여다보았는데, 그는 사내를 바라보지 않았다. 그는 눈을 찌르는 백열

등 밝은 불빛 아래 걸상에 묶여 있었다. 등받이 어섯이 머리 높이와 꼭 같게 되어 있는 육중한 쇠걸상이었고 몸 전체가 걸상에 고정되게 묶여 있어 고개를 돌리거나 숙일 수도 없었다. 눈은 언제나 정면을 바라보게 되어 있어 앞을 보지 않으려면 눈을 감고 있는 수밖에 없었고, 눈을 감거나 뜨는 것만이 스스로 의사로 할 수 있는 유일한 행동이었다.

눈을 뜨시지요.

사내가 말했다. 은근하고 상냥한 음성이었다. 그는 가만히 있었고 사내가 말했다.

아마 뜨시게 될 겁니다.

눈을 뜨거나 감는 것은 내게 허용된 마지막 자유다, 라고 그는 생각했다. 어떤 경우에도 자유는 지켜져야 된다고 그는 거듭 생각했다.

유감스럽게도 선생에겐 눈을 감을 자유가 없습니다.

그 마음을 읽은 것처럼 사내가 말했다.

자유는 그것을 누릴 수 있는 힘이 있는 자에게만 허용되는 특허품입니다. 선생은 그럴 만한 힘이 있습니까?

그는 가만히 있었다.

X와 만난 게 언젭니까?

그는 가만히 있었고 사내가 다시 물었다.

X와 만난 게 언젭니까? 눈을 감고 침묵한다고 해서 선생의 죄상이 은폐될 수 있다고 생각하십니까?

다 알고 있다면서, 다 알고 있는 일을 왜 묻는 거요?

우린 선생의 육성이 필요합니다. 선생 스스로의 육성으로 밝히는 진실을 원합니다.

그는 침묵했고 사내가 말했다.

곧 말씀하시게 됩니다. 우리는 물론 물리적인 방법으로 선생의 입을 열게 할 수도 있습니다. 하지만 그것은 신사적인 방법이 못 된다는 것을 알고 있습니다. 우리는 신사적인 방법을 사랑합니다.

그는 여전히 침묵했고 사내가 다시 말했다.

"한 번 더 질문하겠습니다. 분명히 말씀드려서 이번이 마지막 질문입니다. 이번에도 답변하지 않으신다면 대단히 유감스럽습니다만 우린 선생을 인격적으로 모시지 못하게 될지도 모릅니다. X와 만난 게 언젭니까?"

모르오. 난 그분과 만난 적이 없소.

제군.

사내가 몸을 일으켰다.

선생을 편히 모시도록.

여전히 조용한 목소리였다. 그는 눈을 감고 있었지만 벌려진 구둣발이 일직선으로 합쳐지면서 절도 있게 올라가는 청년들 팔꿈치를 볼 수 있었고, 철컹 하고 철문이 닫히면서 점점 멀어져가는 사내 발자국 소리를 들었다. 가슴이 뛰면서 호흡이 가빠져왔다.

언제나 이 순간이 제일로 견디기 어려웠다. 육체에 가해지는 고문은 구체적인 현실이었고 고문을 기다리는 시간은 추상적인 환상이었다. 환상이 현실보다 더 고통스럽다는 것은 참으로 이상한 노릇이었지만 그 경우 그것은 정말이었다. 기다림 시간에는 갖가지 환상이 그를 괴롭혔다. 사람이 사람에게 가할 수 있는 온갖 형태 모욕이 상상되면서 그는 전율했고 전율은 잠시 후 어김없는 현실로서 나타나고는 했다. 환상은 현실이었고 현실은 환상에 충실한 복사였다.

육신 고통 앞에 정신이 무너지려는 순간이면 그는 먼저 죽은 이들 얼굴을 떠올렸다. 한 번도 만나보거나 이야기를 나눈 적이 없는 그들 정신을 떠올렸다. 무릎이 부서지고 사지가 찢겨지고 생살이 타는 참혹한 형벌에도 굽혀지지 않았던 그들 절개를 생각했다. 효수梟首되어 장대 끝에 매달린 수급首級을 생각했다. 천 년을 두고 감지 못하는 그들 부릅뜬 눈을 생각했다. 혁명가를 생각했다. 반역아를 생각했다. 역적을 생각했다. 화적을 생각했다. 비적을 생각했다. 미륵당을 생각했다. 동학당을 생각했다. 천주학당을 생각했다. 의병을 생각했다. 독립군을 생각했다. 유격대를 생각했다. 열사를 생각했다. 의사를 생각했다. 어머니를 부르며 죽어간 이름 없는 민병들을 생각했다.

자존심을 생각했다. 어떤 경우에도 떳떳한 사람이 되는 게 그 소원이었다. 하늘을 우러러 한 점 부끄러움이 없기를 서원하며 적국 감방에서 죽어간 식민지 시대 한 시인이 생각났고, 그 시인이야말로 떳떳한 사람이 되고자 노력했던 사람 중 하나였다는 생각이 들었다. 떳떳한 인간이 되기 위해서는 무엇보다도 첫 번째로 자기 자신에게 떳떳할 수 있어야 할 것이며, 자기 자신에게 떳떳할 수 있기 위해서는 어떤 경우에도 스스로 양심과 신념에 위배되는 행동과 말을 해서는 안 될 것이었다. 이 세상에서 제일로 무서운 것은 자기 자신이다. 라고 그는 생각했다. 다른 사람은 속일 수 있고 어쩌면 세상까지도 속일 수 있을지 모르지만, 어떤 경우에도 자기 자신만은 속일 수 없는 것이라고 생각했다. 그는 이를 악물었고, 공포가 사라지면서 차분하게 마음이 가라앉았다.

철커덩 하고 철문 열리는 소리와 함께 사람들 발자국 소리가 들려왔다. 무엇인지 무거운 물체를 바닥에 내려놓는 소리가 들렸고, 그리고 조용했다. 기분 나쁜 고요가 일 분쯤 이어지더니 묘한 소리가 들려왔다. 쥐울음 소리 같고 병든 짐승 신음소리 같고 문풍지가 떠는 소리 같았는데, 사람 신음소리였다. 그는 이를 악물고 자꾸만 떠지려는 눈꺼풀에 힘을 주었다. 그때였다. 생철이 찢어지는 것 같은 여자 비명소리가 들려온 것은.

안 돼요!

여자가 부르짖었다.

안 돼, 아, 안…….

비명소리는 점점 작아지기 시작해서 이윽고는 쥐울음 같은 신음소리만 가냘프게 들려오고 있었다.

곧 눈을 뜨시게 됩니다, 하고 사내는 말했었다. 결국 그는 눈을 떴다. 눈을 떴는데, 떴다가 진저리를 치며 얼른 감았다가, 다시 떴다.

제일 먼저 그 눈에 들어온 것은 벌건 속흙을 드러낸 채로 시커멓게 입을 벌리고 있는 동굴이었고, 그리고 그것은 여자 음부였다. 여자는 실오라기 하나 걸쳐 있지 않은 전라全

裸였는데 그 여자는 특수하게 제작된 것으로 보이는 걸상에 가랑이를 최대한으로 벌린 자세로 비스듬히 누워 있었다. 양 발목과 두 손이 걸상과 함께 묶여 있었고 눈에는 검정색 가죽으로 된 안대가 씌워져 있었다. 머리를 바짝 치어깎고 근육이 튀어나온 청년 하나가 여자 발치에 쪼그리고 앉아 있었다. 청년 손에는 짤막한 철봉이 들려 있었는데 그것으로 여자 음부를 쿡쿡 쑤셨고 그때마다 여자 입이 쩍쩍 벌어지면서 하얀 넓적다리가 푸들거렸다.

무슨 짓이오!

그는 소리쳤다.

무슨 짓들을 하는 거요!

청년은 묵묵히 철봉을 움직였고 다른 청년이 안대를 벗겼다. 실신을 했는지 여자는 눈을 감고 있었는데, 어쩐지 낯익은 얼굴이었다. 낯은 익었지만 알몸이어서 그런지 얼른 생각이 나지 않았다. 그 여자 나신에 옷을 입혔다. 옷이란 사람 자존심을 지켜주는 마지막 보루일 것이고 그것이 더구나 여자인 경우라면 마음으로라도 서둘러 옷을 입혀줘야 할 것이었다. 우선 속속곳을 입히고 속적삼을 입혔다. 호흡을 고르며 그는 고쟁이를 입히고 단속곳을 입혔다. 속치마 위에 다홍치마를 입히고 치마허리를 꼭꼭 졸라맸다. 그리고 서둘러 속적삼 위에다 적삼을 입힌 다음 남색 끝동에 자주색 고름이 달린 노란 회장저고리를 입히자, 얼굴은 복스럽게 둥글고 터질 듯 가슴은 부풀었는데 잘록한 허리에 갑자기 둥글고 넓은 궁둥이를 한 새각시가 나타나는 것이었다. 아, 하고 그는 숨을 삼켰다. 그럴 리가 없다고 생각하며 다시 보았는데, 그 여자는 안해가 아니고 인례였다.

인례!

금방이라도 튀어나올 것처럼 눈알이 불거지면서 옷이 찢어질 듯 근육이 부풀었는데, 육중한 쇠걸상에 결박된 그 몸뚱이는 미동도 하지 않았다.

책임자를 불러라!

그는 부르짖었다.

빨리 책임자를 불러!

그러자 기다렸다는 듯이 철문이 열리면서 사내가 들어왔다. 사내는 살푸슴했다.

기분이 좀 어떠십니까?

이게 무슨 짐승 같은 짓이오.

그는 흐느꼈다.

나를 죽이시오.

아아.

사내가 한 손을 들어 그 말을 제지했다.

흥분은 건강에 해롭습니다. 우린 어디까지나 신사적인 대화를 원할 뿐, 선생의 기분을 상하게 해드릴 의사는 추호도 없습니다.

사내는 여전히 웃음기를 거두지 않은 채로 상냥하게 물었다.

X와 만난 게 언젭니까?

그는 울부짖었다.

나는 그분을 만난 적이 없다.

제군.

사내가 몸을 돌렸다.

선생의 기분이 안 좋으신 모양이다. 선생의 기분을 상하게 해드려선 안 된다. 알겠나?

넷! 알겠습니다.

여자 발치에 쪼그리고 앉아 있던 청년이 용수철이 튕기듯 발딱 일어서며 복창했고 철문 쪽으로 걸어가며 사내가 말했다.

알았으면, 알아서 모시도록. 알겠나?

넷! 알아서 모시겠습니다.

청년은 뒷주머니에서 펜치를 꺼내더니 다시 여자 발치에 쪼그리고 앉았다. 한움큼 거웃이 펜치에 물렸다.

이놈들!

그는 혈떡였다.

이 짐승 같은 놈들!

뭉텅 거웃이 뽑히면서 여자가 쥐울음 소리를 냈다. 펜치가 다시 거웃을 물었고 다른 청년이 여자에게로 다가왔다. 그 청년 손에는 라이터가 들려 있었고 배암 혀처럼 날름거리는 불꽃이 거웃에 닿았다. 쥐울음 소리가 커지면서 누린내가 코를 찔렀다.

잠깐!

그가 외쳤고 사내가 걸음을 멈췄다.

뭐, 원하는 게 뭐냐?

그는 헐떡였다.

원하는 대로 해, 해줄 테니…….

"이거 보슈. 이거 봐요."

뭉툭한 것이 허리를 찔벅거리는 바람에 그는 눈을 떴다. 송진처럼 끈끈하고 누런 침이 턱을 타고 흘러내려 목덜미를 적시고 있었고 온몸이 식은땀으로 축축했는데, 불꺼진 곰방대를 잡고 있는 그 손이 가냘프게 경련하고 있었다.

"악몽을 꾸셨던 게로구먼. 가위에 눌리셨던가?"

허리를 찔벅거리던 노끝을 거두며 늙은이는 아함 하고 하품을 했다. 뱃전에 박고 있던 머리를 드는데 눈이 부셨다. 해는 중천에 걸려 있었고, 햇살이 따가워서 그는 눈살을 찌푸렸다.

"아니…… 벌써 날이 밝았나?"

"사흘이 지났소이다."

"뭐라구요? 사흘씩이나…….

"일일일야에 만사만생인데, 꿈길 사흘이면 환지본처지. 어영차!"

뜻모를 소리로 중얼거리며 늙은이는 노에 힘을 주었고, 그는 곰방대를 건넸다.

"그런데…… 아직도 멀었습니까?"

"다 와갑녜다. 조오기 나루가 안 보이우?"

늙은이가 턱끝으로 가리키는 곳을 보니 바로 눈앞에 보이는 것이 나루가 분명했다.

"무슨 놈의 뱃길이 사흘씩이나 걸리나. 빤히 보이는 곳인데."

마침내 건너게 된 내가 반가워서 그는 짐짓 투덜거려보았
는데 늙은이가 혼잣말로 중얼거렸다.

"사흘이면 빠르지. 삼백생을 두고도 건너지 못하는 이도
있다오, 끙."

늙은이는 버드나무 밑둥에 노를 대고 발길로 배 중심을
잡았고, 배 밑창에 모래 닿는 소리가 나면서 배가 멎었다. 늙
은이는 배를 내려 버드나무 가지에 끈을 매었다.

"안 내리슈? 다 왔어요."

늙은이가 재촉했고 이상하다고 생각하며 그는 땅을 밟았
다. 그리고 나룻배를 매어놓은 버드나무며 발끝에 닿는 산
자락이며 산자락에 이어져 완만하게 경사진 산언덕이며를
둘러보던 그는 털푸덕 섰던 자리에 주저앉았다. 사흘밤낮에
걸쳐 마침내 닿게 된 나루는 바로 사흘 전에 그가 떠났던 곳
이었던 것이다.

"이럴 수가……."

하고 중얼거리던 그는 "여, 여보슈!" 하고 소리쳤는데, 어
느새 배에 오른 늙은이는 적삼을 벗어들고 이를 잡고 있었다.

"이봐요, 영감!"

그는 멱살이라도 잡을 듯 험한 기세로 나룻배 속으로 뛰
어들었고 늙은이는 졸리운 눈으로 그를 올려다보았다.

"왜 그러슈?"

"아니, 이게 무슨 지경이요? 저 언덕에 대달라고 했지 누
가 떠났던 곳으로 다시 오자고 했소?"

늙은이가 새소리로 웃었다.

"왜 그러슈! 다왔는데."

그는 기가 막혀서 말이 안 나왔다.

"여기는 처음 떠났던 데가 아니냔 말요? 떠났던 데가."

"떠났던 곳으로 다시 돌아가는 게 천지 이치어늘, 웬 화증인고?"

"아니…… 이 영감이!"

늙은이가 일어서며 삿대질을 했다.

"가자는 대로 배를 몰아줬는데 궐자가 어디서 목자를 부라려, 목자를 부라리길."

그는 늙은이가 자기를 희롱하는 것이라고 생각했다. 아니면 자기 정체를 알게 된 늙은이가 정신각성소에 신고하려는 것이라고 생각하자, 참을 수 없는 분노가 솟구쳤다. 고단하고 가엾은 신세를 보고 동정은 못 해줄망정 속이고 희롱하려 들다니…… 세상은 이런 자들 때문에 자꾸 어지러워지는 것일 터였다.

"에이 고약한 영감탱이 같으니라구!"

소리치며 그는 늙은이 멱살을 잡았다. 그런데 멱살을 잡았다고 생각한 순간, 늙은이가 한 손으로 가볍게 그를 밀쳤고, 그는 맥없이 뱃바닥에 궁둥방아를 찧고 말았다.

"이 늙은 자가!"

소리치며 그는 다시 늙은이 멱살을 잡았는데, 역시 먼저와 마찬가지로 뱃바닥에 주저앉고 말았다. 왈칵 공포가 밀려왔다. 늙은이는 특수한 교육을 받고 도망자를 감시하기 위해서 사공으로 변장하고 나루에 잠복해 있는 각성원이 틀림없다는 생각이 들었다. 백발인 머리며 주름지고 쪼그라진 얼굴 또한 신분을 감추기 위하여 가면을 쓰고 변장을 한 것인지도 몰랐다. 백발 속에는 검은 머리칼이 감춰졌고 짓무른 눈 속에는 맹목적인 충성과 고문 쾌락으로 이글거리는 눈동자가 들어 있으며, 주름지고 쪼그라진 가면 속에는 대리석처럼 빈틈없고 차가운 피부가 숨겨져 있는지도 몰랐다. 실제로 그가 만났던 각성원들 가운데는 대부분 졸립고 권태로운 눈에 지치고 피곤해 보이는 노쇠한 얼굴을 한 자들이 많았던 것이다. 그 다리는 눈에 띄게 후들거렸다.

"누, 누구요? 당신은."

늙은이는 탁탁 손바닥을 털더니 다시 잠방이를 들고 앉아 이를 잡기 시작했다.

"누구십니까, 누구세요?"

"사공이오. 탯가 받고 손님 건네주는 뱃사공이외다."

"나를…… 신고할 겁니까?"

"자작자수요 자업자득인 것을…… 오불관언이외다."

"………?"

"앉으슈. 몸도 부실하신데."

"영감님."

그는 힘없이 주저앉으며 늙은이 무릎을 잡았다.

"부탁드립니다. 내를 좀 건네게 해주세요. 저는 꼭 집으로 가야 합니다."

"그러기에 내 뭐랍디까? 숙념해서 택하라고 안 했소."

"제발 좀, 영감님."

"이 늙은 것은 그저 손님 청에 따라 배를 젓는 사공일 뿐이
외다. 의중대로 따를밖에."

"경솔한 행동을 접어주시고…… 영감님."

"택허슈. 이제 두 군데가 남았으니."

늙은이는 잠방이를 걸치고 버드나무 가지에 매었던 끈을
풀었다.

"하나는 빠르고 거센 내요, 하나는 물살은 온순하나 장 고
여 있는 낸데…… 어느 쪽으로 모릿까?"

그는 잠시 망설였다. 눈으로 보기에는 세 갈래 내가 모두
똑같았던 것이다. 어디서나 흔히 볼 수 있는 내였고 특별히
다른 점은 찾아볼 수 없었다. 물결은 잔잔했고 하늘은 푸르
렀다. 냇물은 투명하게 맑아서 냇바닥에 깔려 있는 조약돌
이며 모래가 손에 잡힐 듯 뚜렷했는데 엷은 무늬를 이루며
흔들리고 있는 수면은 퍼부어내리는 중천 햇살을 받아 무슨
사금처럼 번쩍이는 것이었다. 전혀 이상한 점은 느낄 수 없
었다. 그저 흔한 여느 내였다. 거칠고 빠르며 느리고 온순하
고 또 흐르지 않고 늘 고여 있다는 세 내 특성은 어쩌면 늙은
이가 지어낸 말인지도 몰랐다. 늙은이가 각성원이나 각성원
끄나풀이 아니라면 무슨 마술이나 요술을 하는 자인지도 몰
랐고, 자기를 시험하고 있는 것이라고 생각했다. 망설이다가
그는 마음을 정했다.

"빠른 쪽으로 갑시다. 거세지만 빠른 쪽으로."

"당신 입으로 분명히 말했겠다?"

묘하게 웃으며 늙은이가 다짐했고 그는 치밀어오르는 울분을 지그시 누르며 뱃전에 걸터앉았다.

"갈 길이 구만리요, 빨리 좀 갑시다."

"갈 길이 구만리라네, 빨리 좀 가세."

그 말을 되받아 중얼거리며 늙은이는 버드나무 가지에 매었던 줄을 끌렀다. 늙은이는 다시 한 번 되풀이했다.

"갈 길이 구만리라네, 빨리 좀 가세. 끙."

배가 밀리면서 물살이 갈라졌다. 하늘은 맑고 물결은 잔잔했다. 늙은이가 겁주던 것과는 달리 물결은 거칠지 않았고 미끄러지듯 쑥쑥 배는 나아갔다. 속았다고 생각하자 견딜 수 없는 분노가 솟구쳐올랐다.

"영감님."

"왜 그러슈?"

그는 어금니에 힘을 주며 분노를 가라앉혔다.

"여기서 사공 노릇 하신 지가 얼마나 됩니까?"

"하도 오래돼놔서 가물가물합넨다. 억겁이 지난 것 같은데 찰나고 찰나 것 같은데 또 억겁이우."

"네?"

"일념즉시 무량겁이요 무량겁이 일념인 것을…… 낸들 무슨 재주로 알겠소."

"좀 알아듣게 말씀하실 수 없습니까? 도무지 무슨 말씀을 하는 건지 알아들을 수가 없습니다."

"나도 모르는 걸 댁이 어찌 알겠수. 그저 늙은이 혼자 염불하는 소리로 아슈."

"영감님은 불도를 숭상하시는 모양이지요?"

"불도는 무슨…… 당구삼년에 폐풍월이라고 그저 오가는 행인들한테 들은 풍월입넨다."

문득 아이에게 중이 되라고 유언을 했던 기억이 떠올랐고, 아이 생각을 하자 갑자기 목이 메이면서 눈앞이 뿌옇게 흐려왔다. 그는 손바닥으로 얼굴을 씻는 척하면서 눈께를 문질렀다.

"영감님."

"왜 그러슈?"

"금년에 춘추가 어떻게 되십니까?"

"가물가물하다니까. 삼도천에 온 게 그러니까 몇 겁이냐."

늙은이는 짓무른 눈을 깜박이며 손가락을 꼽았고, 그는 말머리를 돌렸다.

"식구들은 안 계십니까?"

"식구라니……식솔 말이우?"

"네."

"처성자옥妻城子獄이란 말 들어봤소?"

"………."

"풀 끝에 이슬이요 바람 앞에 등불이라, 끙."

"………."

"무슨 재주로? 내 몸 하나 건사하기도 힘든데 항차 처자를 거느려? 동타지옥同墮地獄 하자는 겐가?"

"그 안에서……해내야지요."

그는 아랫배에 힘을 주었다.

"함께 살면서, 더불어 함께 이뤄야지요. 그쪽이 더 가치 있고 위대한 게 아닐까요?"

"어느 세월에? 세월은 살 같고 기회는 다시 오지 않는데도?"

"그렇기 때문에 더욱 그렇지요. 혼자서는 누구든지…… 이룰 수 있겠지요. 하지만 혼자서 이룬다고 한들 그게 무슨 의미와 가치가 있겠습니까?"

늙은이가 코웃음을 쳤다.

"말이야 좋지. 허나 호구하기 바빠서 어느 세월에?"

"먹고 사는 게 위대하지요. 먹고 사는 일 자체가 뭔가를 이루는 것 아닐까요?"

"자네 면총각은 했는가?"

"물론이지요. 남매를 뒀습니다."

아이들 생각을 하자 그는 다시 목이 메었는데 늙은이가 묘하게 웃었다.

"이 사람아. 갈 길은 구만린데 저승은 코앞일세."

"네?"

"내려앉어!"

갑자기 늙은이가 소리쳤고, 그는 영문을 몰라 멀뚱하게 늙은이를 바라봤는데 늙은이가 다시 소리쳤다.

"아, 내려앉어! 배 뒤집혀!"

기우뚱하고 한편으로 배가 쏠리면서 그는 뱃바닥에 머리를 부딪치며 나뒹굴었다. 이번에는 반대쪽으로 배가 쏠리면서 굵은 빗방울이 얼굴을 때렸다. 왈칵 냇물이 넘쳐 들어왔다.

"단단히 잡아요. 놓치면 용궁여."

늙은이가 뱃머리에 달린 밧줄을 던졌고 그는 간신히 밧줄을 움켜잡아 몸을 지탱했다. 거센 바람과 함께 퍼부어내리는 폭우에 눈을 뜰 수 없었다. 휘몰아쳐오는 파도에 나룻배는 금방이라도 뒤집힐 듯 흔들렸다. 늙은이는 필사적으로 노를 젓고 있었는데 배는 한 발짝도 나가지 못하고 있었다.

"영감님. 아이구…… 영감님."

"내 뭐랬소. 이 내는 거칠고 험하다고……."

비바람 소리에 먹혀 늙은이 말소리는 잘 들리지 않았다.

"아이구…… 영감님."

"어쩔 테요. 이래도 가겠소?"

그는 대꾸할 정신도 없었는데, 늙은이가 다시 외쳤다.

"돌립시다. 우선 살고봐야지."

그는 초주검이 되어 간신히 숨을 쉬고 있었고, 늙은이가 물었다.

"어쩌시려오? 이래도 내를 건너려오?"

선택의 여지가 없었다. 세 내 중에서 이제 다만 한 내가 남은 것이었다.

"제발."

그는 헐떡였다.

"제발 좀 건네주시오. 나는 꼭 집에 가야 합니다. 영감님."

"글쎄…… 낸들 무슨 수가 있어야지."

"제발……."

"진정이오? 진정으로 집에 가고 싶소?"

"진정입니다."

"가슈."

"네?"

"그렇게도 가고 싶은 집이라면 걸어서라도 가란밖에."

"어떻게 저 내를……."

"아, 진정으로 사무치게 집엘 가고 싶은즉…… 이까짓 물길이 무에 겁나며 산길이 무에 겁나오?"

"하지만 어떻게……."

"가라니까!"

소리치며 늙은이가 그 가슴을 밀었다.

어어…… 하며 뒷걸음으로 밀리던 그는 그만 텀부덩 하고 물에 빠지고 말았다. 물에 빠지고 말았는데, 그는 잠깐 제 눈을 의심하지 않을 수 없었다. 냇물은 겨우 발목을 적셨던 것이다.

겨우 발목을 적시는 얕은 냇물이어서 526번은 두 주먹을 불끈 쥐고 달음박질쳐 달려갔는데, 잡힐 듯 잡힐 듯 저 언덕은 잡히지 않고 끝날 듯 끝날 듯 끝나지 않고 냇물은 다시 또 이어져 흘러가는 것이어서, 봄날 아침 무렵 옛살라비 집 사립문 위로 뻗어 올라간 호박잎을 적시던 가시랑비처럼 자욱하게 깔려 있는 저 언덕 아지랑이 속에 마침내 발을 딛게 되었을 때는, 막 어둑새벽이 걷힐 무렵이었다. 사흘이 걸렸던 것이다. 달이 뜨고 달이 지고 놀이 잦아들고 놀이 깔리고 잔월이 걷히고 해가 뜨기를 꼬박 삼세번을 되풀이하였던 것이었다.

소년 시절 바짓가랑이를 무릎 위로 걷어올리고 송사리며 모래무지며 붕어를 잡던 옛살라비 마을 어귀 모듬내[合川]와 다를 바 없는 삼도천三途川을 건너기 위하여 그토록 노심초사를 하며 명치끝을 졸였던 것을 생각하니 은근히 부아가 치밀어오르지 않는 것이 아니었으나, 어쨌든 그래도 별탈 없이 내를 건너게 해준 것이 고맙고 또 고마워서 526번은 달음박질쳐 내를 건너면서도 뒤를 돌아보고 또 돌아보고는 하였는데, 사공노인은 처음처럼 무심하게 뱃바닥에 주저앉아 이를 잡고 있었다. 그는 소리쳤다.

"감사합니다."

그는 다시 한 번 소리쳤다.

"감사합니다, 영감님. 영감님, 감사해요."

늙은이는 그러나 여전히 꼼짝도 하지 않았고, 그는 두 손을 입에 대고 다시 한 번 힘껏 소리쳤다.

"오래오래 사십시오. 선가는 꼭 보내드리겠습니다. 집에 닿는 대로 우체국에 들러 소액환으로라도……."

소리치면서도 그는 여전히 달음박질을 멈추지 않았는데, 잠방이를 벗어들고 이를 잡고 있는 삼도천 늙은이 모습은 점점 작아지기 시작해서 이윽고 콩알만큼 까만 점이 되었다가, 마침내는 아무것도 없는 허공이 되었다.

제2장 흑백강 黑白江

내를 벗어나자 언덕이었다.

어디서나 흔히 볼 수 있는 야트막한 언덕이었고, 언덕을 넘자 들판이었다. 들판 이곳저곳에는 김을 매고 피사리를 하는 농군들 굽은 등이 보였다. 526번은 사방을 둘러보았다. 526번은 농군들 굽은 등짝을 볼 때마다 터져나오고는 하는 한숨을 내쉬며 사방을 둘러보았는데, 피를 뽑고 김을 매는 농군들 옆으로 허리띠처럼 좁고 가느다란 신작로가 긴 짐승 꼬리처럼 산모퉁이를 돌아가고 있을 뿐, 어디에도 자동차는 보이지 않았다.

526번은 마음이 급해서 자꾸만 사방을 둘러보았는데, 자동차는 보이지 않았고 하루에 한 번씩 다니는 여객자동차만이 아니라 군정청 관공리를 끼고 해먹느라 연락부절로 달려가는 산판트럭도 보이지 않는 것이어서, 할 수 없이 그는 신작롯길을 따라 달음박질쳐 달려가는 수밖에 없었다. 신작롯길을 따라 달음박질쳐 달려가면서도 그는 자꾸만 두리번거리며 정거장을 찾아보았지만 자기가 집에를 갈 때면 타고는 하던 기차도 기차정거장도 기찻길도 보이지 않았다. 비 오듯 쏟아져내리는 땀을 훔치며 그는 걸음을 멈추었다.

"말씀 좀 여쭙겠습니다."

장딴지에 달라붙는 거머리를 떼어내고 있던 중년 농군이 허리를 폈다. 그 농군은 저만큼 거머리를 던지고 나서 피묻은 손으로 뒷목 땀을 훔쳤다.

"물으슈."

"이 근방에 정거장이 없습니까? 기차 정거장."

"허 그 양반. 정거장 갈라면 예서 조오기 산 넘어서두 삼십 리 질이 짱짱헌디…… 워디서 오시넌 양반이랴?"

"각성소."

하고 대답하려다 말고 526번은 주먹을 입에 대었다.

그는 짐짓 헛기침을 하면서 점잖게 말했다.

"서울서 옵니다. 대전에 들려 볼 일을 보느라고 그만 기차 시간을 놓쳤지요."

"대전은 워치게 됐습디까유? 시방."

"예 에?"

"대전까지 쳐내려 왔더냔 말씸유? 북선빙대가."

"북선빙대라뇨?"

"아 인믿군 말씸유. 기밀셍 장군이 부린다넌 인믿군."

울렁거리는 가슴을 진정하느라고 526번이 아랫배에 힘을 주는데, 농군이 다시 물었다.

"아, 양력이루 지난 스무닷새날 북선빙대가 거시기 땅끄라나 뭐라나를 몰구 디립다 밀구 네려와서 귁방군이 일패도 지허구 거시기 이박사가 한강다리를 넘어 야반도주를 헸다넌디, 대전은 시방 워치게 됐더냔 말씸유?"

"아."

하고 526번은 숨을 삼켰다.

호흡이 멎는 것 같았다. 뿌연 안개가 걷히면서 아리송했던 의문들이 한꺼번에 풀리는 느낌이었다. ……사랑과 평화를 위한 임시정신통제법 위반 혐의로 XX지방재판소로부터 단기 사천이백팔십이년 X월 X일 사형선고를 받은 김일봉 피고인이 청구한 상고심이 X월 X일자로 기각되었음을 통보합니다. 무더운 여름철임에도 불구하고 단정하게 넥타이를 매고 가느다란 금테 안경을 끼고 있던 사내 모습이 떠올랐고, 그 사내가 건조한 음성으로 빠르게 내뱉던 말이 떠올랐다. 비상시국인 만큼, 궐석재판으로 처리되었음을 통보합니다. 예비검속 명목으로 정신각성원한테 검거되어 사형 선고를 받았다고는 하나 상급법원에 재판이 계류되어 있는 자기를 서둘러 총살시킨 이유를 비로소 분명하게 알게 된 526번은, 새삼스럽게 총 맞은 자리가 아파와서 얼굴을 찌푸렸다. 그는 어금니에 힘을 주면서 힘껏 눈을 감았다가는 떴다.

"낭설이겠지요. 삼팔선 충돌이야 어제 오늘 일이 아니잖습니까?"

농군이 혀를 찼다.

"허, 그 양반 소식이 깡통일세. 장 있어왔던 여늬 쌈박질이 아니라니께 그러네. 즌장이 터졌단 말유, 즌장이. 인민군허구 궉방군이. 이승만 박사허구 기밀셍 장군이."

"그럴 리가 있겠습니까. 동족간에."

"허."

"붙는다면 왜놈들과 붙어야죠. 왜놈 대신 차고앉은 양놈들과."

"즌장이 났다니께, 날리가."

"민족은 일통되야지요."

농군이 삿대질을 했다.

"당신 오여손잽이여 바른손잽이여? 도대처 워느 편여?"

"곧은손잽이올시다."

526번이 살푸슴했고, 농군이 혀를 찼다.

"그 양반 시절 가는 줄 물르구 삼월춘풍일세. 난 또 대처이서 온다구 허길래 새 소식이래두 들을라나 했더니, 핑."

농군은 손가락 하나를 세우더니 그 끝으로 눌러 핑 소리가 나게 코를 풀고 나서 허리를 굽혔고, 526번이 물었다.

"여기서 보령까지 몇 리나 됩니까? 이 길로 가면 되나요?"

"그 질루다 쭉 가슈. 쭉 가다보면 보령한내가 나올 테니. 싸게싸게 가보슈. 해 떨어지기 전이."

농군은 쳐다보지도 않고 말했고, 526번은 하늘을 쳐다보았다. 놀이 깔리고 있었다. 검붉은 선지빛깔로 하늘을 덮어오는 놀 사이로 까마귀 우짖는 소리가 들려오고 있었다. 526번은 달음박질쳐 달려갔다.

어떤 경우에도 동족간 상잔은 피해야지. 우리가 힘을 합쳐 이 세상에서 영원히 발을 못 붙이게 물리쳐야 할 것은 제국주의국가요 제국주의국가를 이루게 하는 제국주의자들일 뿐. 동족은 아니야.

박선생이 말했다. 차돌처럼 단단해 보이는 박선생 얼굴에 일순 짙은 그늘이 스치고 지나가는 것을 본 김일봉金壹鳳이 조심스럽게 물어보았다.

미국을 제국주의국가로 보지 않으신다는 말씀이신지요? 북조선분국측에서는 침략자로 규정하는 것 같은데요…….

아직은…… 해방자지. 붉은군대와 함께 왜제 사슬로부터 조선반도를 해방시켜줬으므로.

선생님, 합중국 군대는 이 땅에서 군정을 펴고 있습니다. 더구나 그들은 저희 당이 주도하여 수립한 조선인민공화국 정부를 인정하지 않고 있습니다.

김일봉은 안타깝게 박선생을 바라보았고, 박선생 입술이 언뜻 비틀리는 것 같았는데 그것은 잠깐, 이내 확고한 어조로 말했다.

소약한 민족의 비애가 아닌가. 그러나, 그럼으로 그것을 최단시간으로 단축시키고 우리 민족 스스로 주체적 역량으로 새조선·자유조선·평등조선·민주조선·해방조선을 건설해야지. 그것이 우리 당과 우리들에게 부과된 역사적 책무인 거야.

우익들은 벌써 국방경비대를 창설했고 북조선분국에서도 창군을 했습니다. 한번 만들어진 물건은 반드시 사용되어지며 그것이 인간세상 이치라는 옛 성현의 말씀을 선생님께서도 잘 아시겠지요.

언제나 쏘는 것 같은 안경 속 눈빛이 풀어지면서 박선생이 김일봉 손을 잡았다.

알지. 그래서 합작을 하려는 것 아닌가. 상잔을 막아보려고.

이박사는 한민당과 손잡고 단독정부를 세우려고 합니다. 김장군은 일국일당 원칙을 무시하고 조선공산당 북조선분국을 만들었고.

박선생 눈빛이 다시 쏘는 것 같은 평소 모습으로 돌아갔다.

김군 책무가 무엇인가?

네.

김일봉이 자세를 바로했다.

전농의 확대개편입니다. 전국농민조합총연맹 산하 충청남도 지부 조직을 확대개편하여 민주주의민족일통전선으로 전환시키는 것입니다. 아울러 반파쇼 공동투쟁위원회 충청남도 지부 결성도 함께.

내려가시게. 중앙당 사업은 중앙당 전배동지들한테 맡기고 어서 빨리 군 지역으로 내려가서 군 책무에 만전을 기하도록.

네.

김일봉이 고개를 숙였고, 박선생이 몸을 돌렸다. 고개를 숙인 채로 그는 전국농민조합총연맹 강령을 떠올렸다.

일, 우리 농민은 대동단결하여 불합리한 사회제도의 변혁을 기함. 이, 우리 농민은 단결의 힘으로써 우리 농민대중의 경제적·문화적·사회적 제부면의 급속한 향상을 기함. 삼, 우리 농민은 근로대중과 제휴하여 압박과 착취 없는 사회의 건설을 기함.

그는 또 자기가 몸 담고 있는 당의 주장을 떠올렸다.

일, 조선의 노동자·농민·도시빈민·병사·진보적 인텔리겐치아 등 일반 근로인민의 정치적·경제적·사회적 이익을 옹호하여 그들의 생활의 급진적 개선을 위하여 투쟁한다. 일, 조선민중의 완전한 해방과 모든 봉건적 잔재를 일소하고 민주주의적 자유발전의 길을 열어주기 위하여 끝까지 투쟁한다. 일, 근로인민의 이익을 존중하는 혁명적·민주주의적 정부를 확립하기 위하여 싸운다. 일, 프롤레타리아트 독재를 통하여 조선 노동계급의 완전해방으로써 착취와 억압이 없고 계급이 없는 사회의 건설을 최후의 목적으로 하는 인류사적 임무를…….

춘부장께도 안부말씀 전해 올리게.

부장급 간부들에게 무엇인가를 지시하던 박선생이 말했다. 김일봉이 조선공산당에 입당하게 된 결정적 구실을 한 경성콤그룹 핵심 삼인 가운데 일인이며 조선공산당 총무부장 겸 재정부장인 리관술李觀述 선생은 보이지 않았다. 부드러운 목소리로 박선생이 다시 말하였다.

참, 내자는 홍주 규수라고 했던가? 왜놈들이 홍성이라고 바꿔버린.

네.

조선일통이 되면 제일 먼저 해야 될 일이 왜놈들에게 빼앗긴 우리 이름을 되찾는 일이야. 조선 이름을.

박선생이 그 어깨를 두드렸다.

사랑해주시게. 맹목적인 굴종과 현모양처주의의 봉건유제를 탈피하여 창조적인 여성이 되도록. 새조선·민주조선·자유조선·평등조선·해방조선은 가정에서부터 이루어야 하는 걸세. 사회의 최소 구성단위인 가정에서부터.

선생님, 옥체를 보중하십시요.

김일봉은 깊숙이 허리를 숙여 작별 인사를 드린 다음, 서둘러 그곳을 나왔다. 선대先代부터 얼마쯤 세의世誼가 있었다고는 하나 평소에는 전혀 내색이 없던 당 총비서總秘書 박헌영朴憲永 선생한테서 새삼스럽게 개인적인 안부 말을 듣고 보니 문득 눈앞이 뿌옇게 흐려왔던 것이다.

다동에 있는 해방일보사 건물을 뒤로 하고 서울역으로 향하면서 그는 무상몰수·무상분배를 결의한 당의 토지정책을 다시 떠올렸고, 움켜쥔 주먹에 힘을 주었다. 경자유기전耕者有其田.

실제로 논밭에서 땀 흘려 땅을 일구는 농민들에게 토지는 돌아가야 할 것이었다. 조선민족의 철천지 원수인 일본제국주의자와 일본제국주의자에게 빌붙어 동족의 피와 땀을 착취하고 수탈한 민족반역자들 토지를 무상몰수하여 무상분배하고, 조선인 지주 토지에 대해서도 우선은 대지주와 고리대금업자 같은 악질지주 토지를 무상몰수해서 노동력은 있는데 토지가 없거나 노동력에 비하여 토지가 적은 소작농민과 빈농민과 농촌노동자에게 골고루 분배해 줘야 할 것이었다. 합방에 공헌했던 매국노 또는 매국노 후계자와 합방 후 일본제국주의의 강도적·야수적 시책에 협력한 자 토지를 무상으로 몰수하여 민족적 운동자·계급적 운동자·민족해방 운동자 및 그 유가족과 국내외를 막론하고 항일 빨치산 운동자 및 그 유가족과 일본제국주의 침략전쟁에 의하여 희생을 당한 자 및 그 유가족으로서 농업을 경영하려는 이들에게 무엇보다도 우선적으로 분배되어야 할 것이었다. 삽과 낫을 든 이들에게 땅은 돌아가야 할 것이었다. 소작제도는 그리하여 영원히 조선반도에서 사라져야 할 봉건유제이고 식민유제일 것이었다. 새농촌·자유농촌·평등농촌·민주농촌·해방농촌이 되기 위하여는 반민중적이고 반민주적인 봉건식민유제임이 분명한 소작제도의 완전철폐가 궁극적인 목표일 것이나, 그러나 그것이 하루아침에 이루어지기 어려운 천년 악습인 것이라면, 우선은 아쉬운 대로나마 삼칠제가 실현되어야 할 것이었다. 모든 공조공과公租公課 세금은 지주가 지불하고, 종자와 비료값은 지주와 소작인이 균등히 부담해야 하며, 흉작이나 토지가 경작되지 못했을 경우에는 소작료를 면제해줘야 할 뿐만 아니라, 왜제와 민족반역자에 대한 부채는 무효로 하고 기타 부채는 이자율을 연 오부로 삭감하여, 국가는 모든 농민들에게 최소한 생활을 보장해 줘야 할 것이었다

그런데 피압박민족 해방자라는 미합중국과 미합중국 군대는 일본제국주의자 대신 이 땅에 틀고 앉아 군사정치를 펴면서 삼일제 소작제도를 군정법령 제구호로 공포하여 시행하고 있는 것이었다. 삼칠제는 소작료를 수확고 삼할 이내로 하는 것인데, 삼일제는 수확 삼분지 일을 소작료로 바치는 것으로서 실제로는 삼할 삼푼 삼리 고율인 것이었다.

소작제도 완전한 철폐가 궁극 목적이나 악질적 지주계급의 결사적인 반대와 미군정의 제국주의적 토지정책 때문에 중앙당에서는 삼칠제 토지정책을 채택한 것인데, 현물제가 아닌 금납제로 삼칠제나마 우선 실현되기 위하여는 전국적으로 줄기찬 농민투쟁이 전개되어야 할 것이었다. 삼칠제 실현을 위한 농민투쟁은 그리하여 억압과 착취와 수탈을 이

땅으로부터 궁극적으로 몰아내는 반파쇼민주화 민중공동
투쟁으로 이어져야 할 것이었다. 이 땅에 살고 있는 노동
자·농민·도시빈민·민족병대·진보적 인텔리겐치아가 더불
어 함께 힘을 합쳐 최후의 일인까지 최후의 일각까지 줄기
차고도 억센 투쟁을 벌여야 할 것이었다. 그리하여 일본제
국주의자와 민족반역자와 또 모든 외국 세력을 이 땅으로부
터 몰아내고 마침내 드디어 이루어진 순결하고도 아름다운
민주주의 새 조선 땅에서 모든 인민대중들은 영원히 행복하
게 살 수 있어야 할 것이었다.

살아야 한다.

김일봉은 두 주먹을 불끈 쥐었다.

살아야만 된다. 영광된 새조선·자유조선·평등조선·민주
조선·해방조선 품안에서 자손만대를 두고 영원히 행복하게
살 수 있다.

다동 골목을 벗어났다. 남대문통 정자옥丁子屋 비판신문
사 옆 서사書肆에서 몇 권 책을 샀는데 개조사판改造社版 맑
스『자본론』과『철학의 빈곤』레닌『국가와 혁명』, 그리고 이
시첸코『철학사전』과 이다말『사적유물론』이었다.『스탈린
전집』은 몇 번을 집어들고 목차를 훑어보며 망설이다가 서
사를 나왔다. 그리고 망백望百 할머니가 좋아하시는 눈깔사
탕 한 봉지와 부모님께 드릴 내복과 누이 버선과 아우 넷 양
말과 이제 겨우 돌이 지난 계집아이 순복이 주전부리감으
로 비과 한 곽을 사고 나니, 찻삯이 빠듯했다. 그는 몇 번을
망설이고 또 망설이던 끝에 크림 한 통을 샀다. 천안에서 장

항선으로 갈아타고 대천에서 기차를 내려 신작롯길 삼십리를 달려가든가 아니면 광천에서 기차를 내려 새재고개 삼십 리를 걸어 올라갈 작정을 하고 크림 한 통을 샀는데, 수줍게 아미를 비틀어 숙이며 자꾸만 등 뒤로 감추던 안해 갈라터져 엉그름진 손등이 눈에 밟혔고, 달음박질쳐 그는 기차에 올랐다.

련희!

눈을 감았다. 눈을 꼭 감고 가만히 입 속으로 안해 이름을 불러보면서 그는 책과 눈깔사탕과 내복과 버선과 양말과 비과와 그리고 크림이 들어 있는 보자기를 힘껏 끌어안았다.

……생각사록 그대의게 대한 애착심이 더 깁허질 뿐이오. 당신이 이곳 나의 유일한 생명선인가 하오. 허위와 모순만으로 얼킨 부평같은 인생에서 순결한 사랑만이 오즉 아름다웁고 행복될 것으로 밋어요. 물질에서 구하는 행복은 다만 인생의 가치를 저락식힐 뿐이오. 공명으로 인연된 행복도 허영에 벗어나지 못하는 것으로 밋어요. 물질과 영화를 멀니하고 순결하고 진실한 사랑을 주고밧으며 정신적으로 유쾌하고 만족한 생애를 누린다면 이것이 가장 숭고한 행복일 것이요. 미물이 안인 사람의 당연한 의무라고 안이할슈 없을것이지요. 이렇다면 행복이라 하는 것은 곳 자긔 마음여하에 달렸을뿐, 마음을 떠나 구할 곳이 업슬줄노 밋어요.

매사를 물론하고 근거가 굿지 못하면 틈이 나기 쉬운 것이니, 사랑의 근거는 즉 德이요 덕의 근원은 즉 日常의 수양이라 할 것이오. 평시에 수양이 부족한 사람은 덕이 박약할 것이오, 덕이 깁지못한 사람은 따라서 그 사랑도 깁지못하고, 야비하기 쉬웁고 일시적인 유희에 불과할가하오. 갓흔 사랑에도 야비한 사랑과 숭고한 사랑의 구별이 잇고, 유약한 사랑과 견고한 사랑의 구별이 잇스니, 피차의 차별은 가히 하날과 싸에 비할 수 잇슬가하오. 덕으로써 남편을 사랑한다면 그 사랑이 웃지 남편의게만 긋칠니가 잇나요. 우흐로 부모의 효양과 아래로 동긔간의 우애, 자질의 교육에 일으도록, 도리와 자애에 그 올흔곳을 일치 안이할 것이니 웃지 아름답지 안이하겠소.

런희!

명랑한 안색을 잠시라도 버리지 말어요. 런희가 웃는 얼굴노 부모를 뫼시면 부모의 마음이 즐거우실 것이오 런희가 긔분이 조치못하면 부모이하 어린 동긔싸지 그 영향이 밋칠 것이니 부듸 웃는 낫으로 그날〃을 명랑하게 지내주시요. 부탁안이한들 범연하실니 업지만 런희를 깁히 사랑하는 마음에 자연 이런말을 쓰게되는 것이오. 도리를 먼저 하고 욕심을 뒤에 하면 후회가 업고 마음이 윤택하야진다함니다. 연약한 몸에 고단하실터히지만 될슈잇는대로 여가에 책을 보시요. 그리고 각금 편지를 전하야주시요. 객디에 있는 사람의 제일 반가워하고 위안되는 것은 집에서 오는 편지람니다. 더구나 사랑하는 안해의 편지는.

안해에게 보냈던 편지였다. 해방 전전해에 스물일곱 나이로 장가를 든 그가 충청남도 도청에 근무할 때였다. 양정과糧政課 촉탁이었는데, 위로는 할머니와 부모님과 아래로는 다섯 명 동생과 그리고 이제 막 시집을 온 새각시 호구糊口를 책임 맡은 가장으로서, 갈등과 번민 끝에 택한 생활의 방편이었다.

백수白手 서생書生인 부친과, 갑오년 마지막 과거에 팔백사십 명 중 삼등으로 입격入格한 진사進士였던 조부와, 구한국 때 외부주사外部主事였던 증조부와, 정육품 사과司果벼슬을 한 고조부와, 정삼품 절제사節制使와, 음직蔭職으로 제수받은 종구품 미관말직인 목릉참봉穆陵參奉을 거절하고 야인野人으로 보낸 육대조와, 종육품 고을원인 현감縣監과, 역시 불취不就 장릉참봉長陵參奉과, 정오품 공조좌랑工曹佐郎과, 현감과, 종이품 이조참판吏曹參判과, 병자호란 당시 강화도에서 화약궤를 끌어안고 순절殉節한 정일품 우의정右議政을 지낸 문충공文忠公 선원仙源 김상용金尙容 선생을 그 가계家系 뿌리로 하고 있는 그 집안은, 송곳 꽂을 땅 한뼘 갖고 있지 못한 적빈赤貧 냉족冷族이었다. 식구는 많고 벌어들이는 사람은 없어 끼니를 잇기가 어려운 형편이어서 그는 보통학교만을 졸업하고 사숙私塾에서 진서眞書를 익혔다. 그리고 조도전早稻田대학 중학강의록과 일본대학 보문강의록으로 신학문 기초를 닦은 다음, 조도전대학 대학강의록으로 대학과정을 마쳤다. 순전한 독학이었으나 재주가 뛰어나 유성기留聲器 판으로 영어를 배워 영어로 된 서

적을 읽고 자작한시自作漢詩를 영역英譯할 수 있을 만큼 실력을 갖췄다.

서음書淫이라고 할 만큼 그는 책을 좋아했는데, 책이야말로 그에게 있어서 유일한 스승이었다. 책은 그에게 인간과 현실과 세계를 먼저 회의하고 부정함으로써 인간과 현실과 세계를 올바르게 바라볼 수 있는 시각을 주었고, 인간과 현실과 세계 모순과 갈등에 대한 일깨움을 주었으며, 무엇보다도 제국주의와 자본주의 이데올로기 본질을 깨우치게 해주었다.

개인주의와 이기주의였다. 개인주의와 이기주의로부터 비롯된 증오와 착취와 억압과 불평등이었다. 내 나라와 내 민족만이 잘 먹고 잘 입고 잘 자고 잘 살기 위하여 다른 나라와 다른 민족 문화를 증오하고 경제를 착취하고 자유를 억압하고 삶 질서를 깨뜨려서 마침내는 숨통이 막혀 죽게 만들거나 죽음보다도 못한 삶을 죽지 못해서 살게 만드는 것이 자본주의와 제국주의 본질이었다. 그것은 나라와 나라 사이, 민족과 민족 사이 관계만이 아니라 같은 민족과 같은 나라 안에서도, 그리고 개인과 개인 사이에도 적용되는 것이었다. 아흔아홉 섬을 소유한 부자가 가난뱅이 한 섬을 빼앗아 백 석을 채우려고 하며 그것이 가진 자 속성이라는 옛말은 나라와 나라 사이에도 적용될 수 있는 만고불변 진리였다.

생산수단을 소유하지 못한 노동자는 자기 노동력을 상품으로써 자본가에게 팔 수밖에 없는데, 그렇게 착취한 노동력으로 상품을 만든 자본가는 그 상품을 팔아 자본을 집중하게 되며, 눈덩이 원리와 같이 자본은 더 큰 자본에게 먹히게 마련이어서 이렇게 독점된 자본은 트러스트·카르텔 등으로 연결되어 상품가격과 모든 문화기구와 정치기구를 독점하게 되고, 이와같은 독점 과정에는 노동계급에 대한 무제한 착취가 따르게 마련이어서 필연적으로 대중들 빈곤을 초래하게 되는 바, 이처럼 대중들 빈곤을 전제로 독점된 자본은 포화된 국내시장을 떠나 해외시장에서 그 상품 판로를 구하게 마련이지만, 해외시장은 그러나 이미 선진자본주의 국가에 의하여 분할되어 있어 시장 재분할을 위하여 국가간에 치열한 투쟁이 벌어지게 되고, 마침내는 그리하여 전쟁이 벌어지게 되는 것이었다. 이처럼 자본주의는 그 체제가 갖고 있는 내부적 모순에 의하여 필연적으로 제국주의로 나가게 마련이고, 소약민족을 무력으로 침략하여 식민지로 만들게 되는 것이다. 제 나라 상품을 팔아먹는 시장바닥과 그 상품 원료를 공급받는 원자재 창고로서.

생산수단을 고르게 나눠가짐으로써 생산물을 고르게 분배할 수 있으며, 생산물을 고르게 분배함으로써 가난하고 부유한 차별이 없어지고, 차별이 없어짐으로써 더불어 함께 고르게 살 수 있는 무계급 평등사회가 이룩될 수 있다는 공산주의 사상은 그를 감동시켰다. 이 세상 온갖 고통 근원은 불평등한 물질 배분에 있으므로 평등한 물질 배분을 이룩함으로써 더불어 함께 똑같이 살아야하며 또 살 수 있다는 가르침이야말로 고통스러운 현실을 벗어날 수 있는 진리 말씀이라고 생각했다.

이 세상에 존재하는 모든 것들은 끊임없이 살아 움직이고 있는 생명체로서 자기자신 속에 내포되어 있는 대립과 모순을 극복하고 지양함으로써 보다 높은 차원 완성을 이룰 수 있다고 하였다. 모든 것은 상호작용하고, 모든 것은 운동하고, 양에서 질로 변화하고, 투쟁함으로써, 대립물은 일통된다고 하였다.

진리를 검증할 수 있는 유일한 길은 현장에서 실천이라고 보는 유물론사상은 그를 매혹시켰다. 올바르다고 믿는 생각들을 현실 현장에서 구체적인 행동으로 옮기는 것이야말로 곧 진리며 적어도 진리에 가까워질 수 있는 것이라고 생각했다. 부정을 통하여 긍정에 이르고 그것을 다시 부정함으로써 더 큰 긍정에 이르는 길을 마련할 수 있고, 그리하여 완성을 향하여 끊임없이 앞으로 나아가야 된다는 유물변증법이야말로 잘못된 현실과 세계를 개조할 수 있는 지름길이라고 생각했고, 개인은 물론이고 사회와 국가와 세계 변혁에 적용될 수 있는 법칙이라고 생각했다.

'지금까지 모든 사회 역사는 계급투쟁 역사였다'로 시작되어 '프롤레타리아가 잃을 것이란 쇠사슬밖에 없으며 그 대신 전세계를 얻게 된다'는 『공산당선언』을 그는 밤새도록 읽고 또 읽었다. 계급과 계급이 대립하는 낡고 썩고 병든 부르조아사회 대신 사람사람 자유로운 발전이 모든 사람 자유로운 발전조건이 되는 공동사회가 출현하게 된다는 맑스와 엥겔스 『공산당선언』은 그 피를 끓게 했다.

이러한 생각들은 물론 그가 스스로 혼자 배워 책을 읽음으로써 얻게 된 것들이었으나, 그 생각들을 다져 확고부동한 신념으로 만들어준 것은 항왜투사들이었다. 나라 안과 나라 밖에서 조국과 민족 해방을 위하여 줄기찬 투쟁을 벌이고 있는 항왜투사들 거룩한 이름과 빛나는 행적을 그는 복자覆字로 뒤덮인 신문에서 읽고 또 바람결에 듣고 있던 것이다.

그가 태어나기도 훨씬 전인 단기 사천이백사십이년 만주 하얼삔 역두에서 겨레 원쑤 이등박문伊藤博文을 처단한 안중근安重根 장군을 비롯하여 의병들 구국활동이며 그가 두 살 때 일어난 3·1운동이며 6·10 만세운동이며 북만주 홍범도洪範圖 장군이며 이동휘李東輝 장군이며 홍성출신 안김족숙安金族叔인 백야白冶 장군이며 연안 약산若山 장군이며 무정武亭 장군이며 장백산 김일성金日成 장군이며 상해에 있다는 대한민국임시정부 김구金九 선생이며 미국 리승만李承晚 박사며 덕산德山 출신이라는 윤봉길尹奉吉 선생이며 적도敵都에서 일황日皇 대정大正이라는 자를 폭살暴殺시키려 했다는 박렬朴烈 선생이며 조국광복을 위하여 모스크바에서 활약중이라는 김단야金丹冶 선생이며, 그리고 무엇보다도 동향 전배인 박헌영 선생이며…….

그들 이름과 활약상을 복자로 뒤덮인 신문 행간에서 읽고 또 바람결에 들을 때마다 그는 피가 끓어올랐고, 그들처럼 조국광복과 민족해방을 위하여 온몸으로 부딪쳐 싸우지 못하는 제 무능함과 소심함과 왜소함에 부끄러워했다. 당장이라도 만주벌판이나 연안이나 상해로 달려가서 독립군 일원이 되어 왜적과 싸우고 싶었지만 그때마다 천근 쇠사슬이 되어 발목을 잡는 것은 식구들이었다. 망백 조모와 부모와 어린 아우들이었다.

호구조사 나온 왜순사 따귀를 갈기거나 공출을 반대하고 동척東拓 하수인 얼굴에 침을 뱉었다가 주재소에 끌려가고 헌병대에 잡혀가고 경찰서에 구류되는 것으로 부끄러움이 사라질 수는 없었다. 만주벌판과 장백산 줄기줄기에서 풍찬노숙風餐露宿으로 왜적과 싸우고 있는 독립운동가들이라고 해서 부모형제와 처자권속이 없지는 않을 것이었다. 그들 또한 자기와 똑같은 조건 속에서 그 조건 사슬을 박차고 대의大義를 위하여 소아小我를 버리고 있는 것이라고 생각하면 견딜 수가 없었다. 거기다가 호구를 위한 방편이라고는 하나 일제 총독부 하부기관인 도청에 촉탁으로나마 발을 들어놓는다고 생각하면, 죽고 싶었다. 그런 이유로 해서 혼인을 미루고 있었는데, 장손長孫 출생을 갈망하는 엄부嚴父 소망을 거부할 수 없었던 것이다. 그런데…… 그곳에서 그는 한 이상한 엿장수를 만났던 것이었다.

천안역에서 장항선 기차를 바꿔타고 대천역에 내렸을 때는 아침나절이었다. 밤새도록 기차는 달려왔던 것이다. 아침나절인데도 정거장에는 많은 사람들이 모여 있었다. 그들은 저마다 혹은 솥단지를 머리에 이고 혹은 옷보퉁이를 가슴에 안고 혹은 삿자리를 등에 지고서 기차를 기다리고 있었다. 살 길을 찾아간다고 하였다. 코쟁이들이 들어왔다고 하였다. 코 크고 눈 파란 군인들이 몰려와 그들이 세운 인민위원회를 강제로 해체시켰다고 하였다. 대부분이 남부여대男負女戴한 농군들이었는데, 왜제 때 읍내 정거장에만 오면 얼마든지 볼 수 있었던 광경이었다. 해방이 되었다고는 하지만 달라진 것은 하나도 없었다. 땅을 빼앗긴 그들은 대를 물려 살아오던 고향마을을 떠나 북쪽으로 가는 것이었다. 천안에서 경부선을 기다려 경성에서 경의선으로 갈아타고 신의주에서 내려 북풍한설 몰아치는 압록강 철교를 걸어 넘어 북간도北間島로 가는 것이었다. 젊은 아낙 등에 매달린 아이가 숨넘어가는 소리로 울고 있었다. 어느 시인이 노래한 〈北方의 길〉이라는 시가 떠올랐다.

  눈덮힌 鐵路는 더욱 싸늘하엿다
  소반귀퉁이 옆에앉은 農軍에게서는 송아지의 냄새가 난다
  힘없이 우스면서 車만 타면 北으로 간다고
  어린애는 운다 철마구리울 듯
  車窓이 고향을 지워버린다
  어린애가 유리窓을 쥐어뜯으며 몸부림친다

  신작로는 산허리를 돌아 끝없이 이어지고 있었다. 빠듯한 차비를 나눠 안해한테 줄 크림을 샀으므로 집까지 삼십리길을 걸을 수 밖에 없었다. 삼십 리가 짱짱한 길이었으나 눈을 감아도 선한 길이었고, 언제나 걸어서 다녔던 것이다. 말을 타고 달려왔던 왜적 무리들이 걸어서 쫓겨간 이 길을 해방된 나라 백성으로 자유롭게 걸어간다고 생각하니 조금도 힘든 줄을 몰랐다. 식구들에게 줄 물선과 그리고 더구나 사랑하는 안해에게 선사할 크림을 사갖고 가는 길임에랴. 그는 걸음을 빨리했다.

그런데…… 이 길을 양이洋夷 무리들이 트럭을 타고 달려왔다고 생각하니 착잡한 마음이었다. 박선생은 그들을 해방자라고 하였고 그 또한 우선은 해방자라고 믿고 싶었지만, 그러나 그들이 우리 조선민족에게 있어 해방자일 수가 있는 것일까. 진실로 그들이 해방자인 것일진대 어찌하여 군정을 계속하고 있다는 말인가. 더구나 단 한 번 굴종이나 훼절이 없이 평생을 두고 조국광복과 민족해방을 위하여 왜적 무리들과 싸워온 박선생과 몽양夢陽 선생을 위시한 민족의 양심적 지도자들이 세운 조선인민공화국을 한낱 불법단체로 무시하고 있지 않은가. 군정장관 아놀드 소장이라는 자는 '북위 38도선 이남의 조선에서는 오직 미합중국의 군사정부 하나가 있을 뿐이며 소위 조선인민공화국정부라든가 조선인민공화국내각의 고관대작을 사칭하는 자들은 흥행적 가치조차 의심스러운 배우들'이라고 불요불굴의 위대한 애국투사들을 욕보였던 것이다. 조선인 독립을 도와주고 조선인들 자유로운 선택에 따라 민주적 정부를 수립하게 해주겠다던 미합중국과 미합중국 군대들이 왜 조선인 스스로 뜻으로 세운 정부를 인정하지 않는가. 그렇다면 그들이 왜제와 다른 점은 누렇고 하얗다는 피부색깔 뿐인가.

충청남도 경우만 보더라도 총독부 마지막 도장관이었던 박재홍朴在鴻으로부터 도정을 인계받은 카프라는 미군 대령이 군정장관으로 부임하였는데, 그가 제일 먼저 실시한 것은 하오 일곱 시부터 통행금지였던 것이다. 그와 그가 데리고 온 제칠사단과 특별히 훈련된 군정중대 미군들은 인민 대중들이 합의하여 조직한 인민위원회를 해체시키고 인민 대중들 생명과 재산을 지키기 위하여 조직한 치안대를 해산 시켰으며, 그리고 그들은 미국에서 교육을 받았거나 미국에 호감을 갖고 있는 조선인들을 고문으로 앉히고 행정관으로 앉혀 도민들을 다스렸던 것이다. 왜제 하수인으로 동족을 탄압하고 억압하고 수탈하던 지주와 관공리와 경찰관들은 행정 경험이 있거나 그들 정책에 협력한다는 이유로 고스란히 왜제시대 권리와 특권을 유지하게 되었다. 그들 반민족적 친왜부역자들은 그들이 누려오던 특권을 유지하게 되었을 뿐만 아니라 그 특권은 더욱더 확장되고 공고하여진 것이었다. 거지반 왜노들이 자기들이 소유하고 있던 경작지·탄광·공장·상업시설·삼림·부동산·자동차·은행예금·문화재들을 미군이 진주하기 전에 팔아버리거나 증서를 보유하거나 그것들 판매와 관리를 자기들과 가깝던 조선인에게 대리로 위임시키고 자기들 나라로 돌아갔던 것이다.

왜노들이 돌아갔다고 하지만 왜노 대리인인 민족반역자들은 여전히 지주였고 관공리였고 경찰이었고 법관이었고 자본가였고, 인민대중들은 여전히 그들에게 압제받고 수탈당하면서 헐벗고 굶주리고 있었다. 달라진 것은 아무것도 없었다. 코가 크고 눈이 파란 군인들이 총을 들고 들어왔을 뿐이었다.

그는 힘껏 고개를 흔들었다. 힘껏 고개를 흔들면서 련희! 하고 불러보았다. 달음박질쳐 달려가면서 그는 소리쳐 안해 이름을 불렀다.

련희!

련희는 그가 지어준 이름이었다 안해 호적 이름은 한희 전韓熙傳이었는데 그는 자기만 애칭으로 그렇게 지어 불렀고, 당호黨號가 된 것을 안해 또한 좋아하였다. 연꽃이었다. 연꽃은 그가 세상에서 제일로 좋아하는 꽃이었다. 더러운 진흙창 속에서 홀로 피어나 아름다운 연꽃. 그는 안해가 연꽃처럼 아름다운 여인이기를 바랐고 그것은 또 연꽃처럼 아름다운 사람이 되고 싶다는 자기자신 꿈이기도 하였다.

당신은 꽃이 되거라. 나는 그 꽃을 피워내는 진흙이 되리라. 안해여. 사랑하는 안해여. 우리 함께 진흙이 되자. 이 세상은 더러움이다. 온갖 모순과 갈등과 악과 추가 삼실처럼 뒤엉켜 있는 진흙밭이다. 사바세계다. 더러운 땅이다. 냄새 나는 땅이다. 예토穢土다. 그러나 아는가, 안해여. 더러운 진흙 속에서 홀로 피어나 아름다운 연꽃보다는 그 아름다운 연꽃을 피워내는 진흙이 더 아름다울 수도 있다는 것을. 아름답다는 것을. 진실로 내가 당신을 련희라고 부르는 까닭은 이 더럽고 냄새나는 세상에서 당신만이 홀로 꽃처럼 피어 아름답기보다는 당신 또한 이 세상 모든 사람들을 한송이 연꽃으로 피어나게 해줄 수 있는 진흙이 되라는 것이오. 그런 깊은 뜻이 담겨 있는 것이오. 진흙이 연꽃일 수도 있다는 이 기막힌 역설을 알아야 하오. 죽음이 바로 삶이라는 것을. 어둠이 바로 밝음이라는 것을. 절망이 바로 희망이라는 것을. 부드러움이 강한 것이라는 것을. 물이 불이라는 것을. 지는 것이 이기는 것이라는 것을. 배고픈 것이 배부른 것이라는 것을. 가난한 것이 부유한 것이라는 것을. 우는 것이 웃는 것이라는 것을. 슬픔이 기쁨이라는 것을. 빼앗기는 것이 빼앗는 것이라는 것을. 겨울이 바로 봄이라는 것을. 깜깜한 밤중이야말로 빛나는 아침이라는 것을. 마침내는 그리하여 죽는 자만이 비로소 살 수 있다는 이 신묘한 이치를 당신은 알아야 하는 것이오. 그것이 당신을 살리고 나를 살리고 우리들 아이를 살리고 식구를 살리고 이웃을 살리고 사회를 살리고 국가를 살리고 민족을 살리고 세계를 살리는 길이라는 것을 당신은 알아야 하는 것이오. 사랑하는 안해여.

그런데…… 전쟁이 터졌다는구려. 난리가 났다는 말이외다. 왜놈이나 되놈이나 저 몽고 군대가 또다시 쳐들어온 것이 아니라, 북선 병대가. 북조선 인민군이. 한 핏줄 한 겨레끼리 서로 죽이고 죽는 동족상잔同族相殘 참극이. 우리 조선민족 위대한 지도자이신 복잠치覆潛治 박선생께서 그렇게도 염려하셨던 동족간 상잔이 이윽고는 벌어졌다는 말이외다. 들판에서 일하는 농군들 말이 그러하고 무엇보다도 일천구백사십팔년 늦가을 예비검속 이름 아래 일년 반 넘어 각성소에 수감되어 있던 끝에 영문도 모르고 총살을 당한 나인 만큼, 이것은 사실일 것이오. 꿈이면 좋겠고 소설책 이야기라면 얼마나 좋으리오만 아마도 이것은 틀림없는 사실일 것이오. 슬프지만 어김없는 현실일 거란 말입니다. 그러니 이 노릇을 어쩌면 좋겠소. 어떻게 하면 이 난리를 피할 수 있겠느냐는 말이외다.

나오시오. 우선 나오시오. 우선은 영복이를 업고 순복이를 안고 그리고 한 손으로는 늙으신 어머니와 아버지 손을 잡고 시동생들한테는 저마다 힘에 닿는 대로 혹은 쌀자루를 지게 하고 혹은 이불 보따리를 들게 하고 혹은 솥단지를 안게 하고 혹은 된장항아리를 이게 하고서 어서 빨리 집을 나오시오. 어서 빨리 집을 나와서 우선은 뒷산으로 올라가시오. 뒷산 꼭대기로 올라가서 저 아래 신작로를 바라다보시오. 신작로에서 눈을 떼지 말고 잘 살펴보시오. 낭군이 오는지를. 소리쳐 당신 이름을 부르고 영복이를 부르고 순복이를 부르고 부모님을 부르고 아우들을 부르면서 당신 낭군이 오고 있는지를.

아니오. 그대로 계시오. 한 발자국도 집을 나오지 말고 그대로 가만히 계시오. 당신은 그대로 밥하고 빨래하고 밭매고 명 잣고 바느질하고 틈틈이 책을 보고 또 내가 써준 체본을 보고 붓글씨를 쓰면서 영복이놈한테 젖주고 순복이년한테 보리죽이라도 먹이고 어머님 아버님께 진지공궤 잘 해드리고 시동생들 뒷바라지해주고 당신도 보리밥 쑥개떡이라도 배곯지 않게 자시면서 그냥 그렇게 살으시오. 신작롯길은 쳐다보지도 마시오. 행여 먼 빛으로라도 신작롯길엘랑 눈 한번 주지 말고 그냥 그렇게 여느 때처럼 살아가시오. 그저 그렇게 여느 때처럼 보고 듣고 말하고 느끼고 생각해서 여느 때처럼 움직이시오. 그러다가 행여 눈매가 사납고 체격이 완강한 사람이 와서 김아무개라는 사람이 어디 갔소 하고 물으면 예 책 사러 서울 갔습니다, 남편이 무엇하는 사람이냐고 물으면 예 책 읽는 사람입니다, 라고 대답하시오. 행여 또 누가 와서 당신 남편이 주의자요 하고 묻거든 예 그렇습니다. 도대체 무슨 주의자요 하고 묻거든 예 온세상 사람들이 더불어 함께 똑같이 평등하게 살고자 하는 생각으로 그 생각을 실천으로 옮기던 공산주의자요, 라고 대답하시오. 그러면 됩니다. 감출 것도 없고 보탤 것도 없고 뺄 것도 없소이다. 사실이 그러하니까 말이오. 그런 생각을 먹는 것이 죄가 된다기에 나는 잡혀왔고, 그리고는 총살을 당한 것이오. 그런 생각을 먹는 것이 죽을 죄가 된다고 생각하는 사람들 손에 죽임을 당했단 말입니다.

그러나 당신은 살아야 합니다. 어떤 어려움이 있더라도 당신은 살아서 아이들을 키우고 더구나 영복이란 놈을 사내로 만들어야 합니다. 튼튼한 사내로. 그렇게 사세요. 그냥 그렇게 여느 때 당신처럼 부모에게 효양하고 동기간에 우애 있고 이웃간에 다정하게 오손도손 콩 한쪽도 서로 나눠 먹으면서.

눈에 익은 길이었다. 태어나서 서른세 해를 두고 보통학교를 다니고 장을 보러 다니고 나뭇짐을 팔러 다니고 책을 사러 다니고 주재소를 다니고 헌병대를 다니고 경찰서를 다니고 각성소를 다니던 길이었으므로 두 눈을 꼭 감고도 얼마든지 걸어갈 수 있는 길이었다. 신작로는 산자락을 돌아 끝없이 이어지고 있었다.

중보를 지났다. 독정이를 지났다. 복병이를 지났다. 서원말을 지났다. 옥계를 지났다. 그릇점을 지났다. 용머리를 지났다. 아랫장밭을 지났다. 윗장밭을 지났다.

왜제 때 부역을 나가서 동네 사람들과 함께 팠던 방공구덩이가 있는 솔밭을 끼고 돌자 논이 보였다. 때맞춰 하늘에서 비가 내리고 때맞춰 바람이 불어주지 않으면 실농失農을 하게 되는 천수답이었는데, 사람들이 보였다. 한동네 사람들이었다. 사립문을 스치는 목소리만 듣고 당산나무 가지 사이로 옷자락 끝만 비쳐도 아무개라는 것을 이내 알 수 있는 이웃사람들이었다. 육손이 아버지. 대식이 형. 점순이 오라비. 김몽돌이. 이갑돌이. 박장손이. 복득이. 쇠돌이. 덕석이…… 김형 이형 형님 아우님 자네 이사람 어쩌고 점잖게 부르기보다 쇠돌이 복득이 장손이 하고 삘기 뽑아먹고 우렁 캐먹던 시절 이름으로 부르는 것이 더 정겨운 불알동무들이었다.

두리둥둥 꽹매꽹 어널널널 상사뒤여—어—여—루 상사뒤여.

대삿갓 쓰고 도롱이 입은 농군들 이앙성移秧聲이 낭자하게 들려오는 것이었다.

대장부 한세상에 할 일이 많건마는 우리 농군들은 일만 하고 밥만 먹고 술만 먹고 잠만 잔다. 어—여—루 상사뒤여. 이 논배미를 어서 매고 장구배미로 건너가자. 어여루 상사뒤여. 서마지기 한 배미가 반달만큼 남았네 네가 무슨 반달이냐 초생달이 반달이지. 어여루 상사뒤여. 담배 먹세 담배

먹세 담배 먹고 다시 매세. 두리둥둥 꽤갱맥 어널널널 상사루뒤여…….

526번은 손을 흔들었다. 손을 흔들어 달려가며 소리쳤다.

"어이, 여보게들."

그러나 그들은 돌아보지 않았다. 그는 한걸음 더 논배미로 다가서며 소리쳤다.

"날쎄, 나야."

아무도 돌아보지 않았고, 그는 숫제 논두렁으로 올라가서 다시 한 번 소리쳤다.

"나라니까. 나 일봉이라구. 김일봉이."

여전히 아무도 돌아보지 않았고, 그는 마른침을 삼켰다. 목 타는 갈증으로 마른침을 삼키며 가쁜 숨길을 다잡았는데, 빠른 손놀림으로 김을 매면서 그들은 수군거렸다.

"디립다 방포를 쐬대면서 밀구 네려온다넌디…… 우리게는 워치게 될라나?"

"워치게 되기는 뭐이가 워치게 된다나? 워치게 되기는."

"아 귁방군은 일패도지허구 거시긔 이박사가 쬣겨갔넌디…… 왜정 때 높은 자리 있었구 양늠 군정 때 관공리질헌 이덜은 죄 쥑인다넌디…….

"끙. 아 우리네 뇡사꾼 생일꾼덜이야 뇌동품 팔구 소작 부처먹은 조이밖이 읎넌디…… 시상이 뒤집어졌다구 혜서 뭔 일이 있다넌겨."

"그레두 거시긔 바른손잽이덜은 온전치 못헐 거라던디. 믠국증부 사람덜 말여."

"오여손이 올러가먼 바른손이 네려가구 바른손이 올러가면 오여손이 네려가넌 게 시상 이치 아닌가베. 맞부딛치면 요란헌 소리가 날 게구."

"접때 물퍼니 너머서 콩 볶던 소리는 뭔소리랴?"

"화성 있던 양늠덜이 쏴댄 거 아녀. 오여손잽이 잡넌다구."

"그래서 워치게 됬댜? 오여손잽이덜은."

"아 오여손잽이덜은 굉일이겄어. 핏종발이나 있던 이덜은 그전이 발씨 산이루 텄구, 고연이 조이 읍넌 늙은이덜허구 여편네들허구 애덜만 죽었지."

"급살맞일늠덜. 금살엠병이나 맞다 거우러나질 인짐승늠덜. 아 무신 골리루 서양오랑캐가 죄선백성을 쥑여."

"일벵이는 워치게 됬을라나? 잽혀간 지 이태가 다되두룩 소식이 읍넌디 날리가 터져버렸으니……."

"일벵이야 인저 심폈지. 살어만 있다먼야 저쪽 사람덜이 좀 알어서 대접해줄껴. 왜정 때버텀 그 고상을 헌 애국잔듸. 애국자구 헥멩간듸. 대접을 받어야지. 암 대접을 받어야 허구말구."

"그 사람 자식은 요새 워떻댜? 접때버텀 울기 시작혔다넌디."

"인자 그쳤잖어. 그치기 다행이지. 아 한 사날만 더 그렇게 호되게 울었단 봐. 가근방이서 아마 귓청 안 떨어진 사람 읎었을걸."

"뙹돌이!"

하고 526번이 소리쳤다.

"뵉돌이!"

하고 526번이 소리쳤다.

"덕쇠이!"

그들은 그러나 대답이 없었고, 몇 번을 더 그렇게 안타깝게 동무들 이름을 불러보던 526번은 집을 향하여 달려갔다. 집은 저만큼 산비탈 밑에 있었고, 손을 뻗으면 닿을 듯 가까운 거리였다.

달렸다. 논두렁을 넘고 밭두렁을 넘고 워리가 흘린 개똥이며 황소가 퍼질러놓은 누런 쇠똥을 넘어 그는 달렸는데, 그러나 아무리 달려도 저만큼 뻗치면 손에 닿을 듯 가까운 곳에 있는 집은 언제나 그 자리에 있을 뿐, 아무리 기를 쓰고 달려가도 거리는 좁혀지지 않는 것이었다.

꿈길인가, 하고 팔뚝을 꼬집어 보았지만 꿈길은 아니었다. 그런데 아무리 기를 쓰고 달아나도 늘 그 자리여서 안타깝던 어렸을 적 꿈길에서처럼 집과 거리는 조금도 좁혀지지 않는 것이었다.

"영복아!"

하고 그는 소리쳐 아들 이름을 불렀다.

"영복아!"

하고 그는 또 소리쳐 아들 이름을 불렀는데, 무슨 까닭으로 숨이 막혀 말이 되어 나오지를 않았다.

"영복아!"

그는 자꾸 마른침을 삼키며 그렇게 목 안엣 소리로 총알이 심장에 박히는 순간 마침내 생각해낸 아들 이름을 불렀지만 아들은 대답이 없었다. 그는 또 영복이만이 아니라 순복이를 부르고 련희를 부르고 아버지를 부르고 어머니를 부르고 누이를 부르고 아우들을 불렀지만 그들은 대답이 없었고, 밤 깊은 고샅길을 소리 죽여 스며들고 스며날 때마다 발등을 핥으며 컹컹거리던 누렁이도 뒤란 횃대 위에서 구구구 꼬꼬댁꼭 반갑게 맞아주던 장닭도 뒷간 옆 꿀꿀돼지도 토방 밑 풀벌레도, 대답이 없었다. 대답이 없었는데, 온 삭신 힘이 다 빠져서 간신히 어떻게 눈을 뜨고 숨가쁘게 달려왔던 길을 돌아보니 조금 아까까지 갑자기 터져버린 동족간 전쟁에 대하여 어둡고 걱정스러운 얼굴로 수근거리던 불알동무들도 보이지 않았다.

목 안에 잠겨 있는 울음의 소리로 '몽돌이' '복돌이' '덕석이'를 부르던 그는 울음맺힌 딸꾹질을 하며 할 수 없이 또 고개를 돌렸는데, 무슨 까닭으로 이번에는 집이 보이지 않는 것이었다. 들판이었다. 들판이 일망무제로 펼쳐져 있었다.

털푸덕, 그는 섰던 자리에 주저앉았다. 숨이 막히면서 목젖이 타는 것 같았다. 숨이 막히고 목젖이 타는 것 같으면서 참을 수 없게 담배 생각이 났다. 담배 생각이 났지만 명치끝이 졸아들고 억장이 무너지는 것처럼 그립고 안타깝고 슬프고 쓸쓸하고 외롭고 허무한 마음을 달래줄 한 가치 담배도 끓는 물을 들어부은 것처럼 타는 목젖을 식혀줄 한 바가지 샘물도 보이지 않았다.

몸을 일으켰다. 몸을 일으켰지만 끝간 데 없이 막막하게 일망무제로 펼쳐져 있는 들판을 바라보니 저절로 한숨이 나와서 다시 주저앉았다. 다시 일어났다. 다시 주저앉았다. 다시 일어났다. 다시 주저앉았다. 그렇게 일어났다가 앉았다가 바른편을 봤다가 왼편을 봤다가 땅을 봤다가 하늘을 봤다가 앞을 봤다가 뒤를 돌아보며 땅이 꺼지는 한숨을 내쉬던 그는, 앞을 향하여 걸어갔다. 울음섞인 딸꾹질을 되풀이하며 할 수 없이 그렇게 터벅터벅 하염없이 들판을 걸어갔다.

들판이 끝나는 곳에는 강이 있었다.

그냥 흔한 여느 강이 아니라 바다처럼 넓고 깊어 보이는 대하大河였는데, 어디에도 다리는 보이지 않았고 타고 건널 수 있는 배도 보이지 않았다. 막막한 심정으로 주위를 둘러보는 526번 눈에 저만큼 강가 한켠에 무엇인가 움직이고 있는 물체가 보였다.

가까이 가보니 그것은 사람이었고, 그리고 두 사람 늙은이였다. 두 사람 늙은이였는데, 한 늙은이는 눈빛처럼 하얀 색깔 도포로 보이는 옷을 입고 있었고 한 늙은이는 옷칠처럼 새까만 색깔 역시 도포로 보이는 옷을 입고 있었다. 흰 옷 늙은이는 옷 빛깔처럼 희고 관후해 보이는 얼굴에 풍성한 수염이 가슴 언저리에까지 드리워 있어 언뜻 옛날 이야기책에 나오는 신선 모습이었고, 검은 옷 늙은이는 옷 빛깔처럼 검고 비틀어짠 오이장아찌 얼굴에 창대 같은 수염이 듬성듬성 뻗쳐 있어 역시 옛날 이야기책에 나오는 귀신 모습이었다.

526번은 잠깐 망설이던 끝에 우선 흰 옷 늙은이가 풍겨주는 넉넉함에 안심하고 검은 옷 늙은이 또한 먼저 나이가 많은 노인이라는 것으로 스스로를 위안하며 그들 곁으로 다가섰다. 두 노인 사이에는 가운데가 움푹 파여진 돌절구가 놓여 있었다. 흰 옷 노인은 척추를 반듯이 펴고 결가부좌를 튼 좌선坐禪 자세로 지그시 눈을 감고 있었고 검은 옷 노인은 두 팔을 잔뜩 오그려 무릎을 끌어안은 자세로 뚫어지게 돌절구를 내려다보고 있었다. 흰 옷 노인은 공안公案을 들고 좌선삼매에 든 선승禪僧처럼 미동도 하지 않는데, 검은 옷을 입은 노인 얼굴은 처참하게 일그러져 있었다. 비틀어짠 오이장아찌 같은 얼굴이 술취한 사람처럼 붉게 달아오르면서 끌로 판 듯 날카롭게 이랑이 진 이마에 굵은 땀방울이 맺히고 있었다. 시퍼렇게 죽은 입술이 위로 비틀려 올라가면서 대패로 민 듯 납작한 두 볼이 푸들푸들 떨리고 있었다. 악물고 있는 입술 사이로 이따금 신음이 터져나왔는데, 무엇인지 마음 속으로 격렬한 싸움을 벌이고 있는 것 같은 노인 얼굴은 지옥문 앞에 서 있다는 나찰羅刹 것이 그럴까 싶게 무서운 악귀 형상이었다. 흰 옷 노인은 여전히 무심한 좌선삼매 모습이었고, 그는 숨을 삼키며 검은 옷 노인을 바라보았다. 노인 입술이 비틀렸다.

"역시 한 집인가."

그 노인이 혼잣말로 중얼거리며 돌절구 한켠을 가리켰다.

"끊어잡은 것이 패착이었소이다."

흰 옷 노인이 엷게 살푸슴했다.

"세고취화勢孤取和라 않더이까. 평범하게 어복魚腹으로

한 칸 뛰셨어야지."

검은 옷 노인이 고개를 끄덕였다.

"탐심이었소이다. 사소취대捨小取大 할 것을 목전 소리小利에 맹목盲目이 되었으니…… 이래가지고야 어찌 득석得石을 하리오. 득석을 하고 득심得心을 하리오. 가탄可嘆 가탄可嘆이오이다."

검은 옷 노인이 스스로 탄식하며 머리를 흔들었고, 흰 옷 노인이 그를 풀쳐주었다.

"고장난명孤掌難鳴이라. 화국和局을 이루지 못함이 어찌 이녁 흑모黑某만 실책이릿까. 나 백모白某 불찰이며 미흡함 또한 이녁보다 더하면 더했지 한치도 모자라지 않을 것인 즉……."

526번이 들어보니 그들은 바둑에 대하여 이야기를 나누고 있는 것 같았다. 그래서 가만히 살펴보니 처음에 그냥 흔한 여느 돌절구라고 생각했던 돌멩이는 바둑판인 모양이었고, 그래서 다시 한 번 자세히 살펴보니 돌절구라고 보았던 돌멩이에는 희미하게나마 가로세로 줄이 쳐져 있어 돌로 깎아 만든 바둑판임이 분명했다. 그런데 기이하게도 가운데가 절구처럼 움푹 파여 있는 것이었다. 526번이 조심스럽게 입을 열었다.

"어르신들께서는 바둑을 두시는 모양인데…… 어찌하여 돌이 보이지 않는지요?"

두 노인이 동시에 그를 바라보았고, 그가 다시 물었다.

"돌도 없이 어찌 바둑을 두시며 승부는 또 어찌 가리시는지요?"

"기는 심이어늘, 어찌하여 구차히 돌을 늘어놓겠느뇨."

흑로가 말했고 백로가 뒤를 이었다.

"기즉심棋卽心이요 심즉기心卽棋며 심기즉세心棋卽世인
것을…… 구차히 돌을 벌여놓는다는 것은 진세화택塵世火
宅 어린아해들이나 하는 치희痴戱려니……."

"무슨 말씀이신지요?"

"바둑이 곧 마음이요 마음이 곧 바둑이며 바둑두는 마음
이 또한 곧 세상을 사는 이치라는 말일세. 연인즉, 한 쪽은 흰
돌을 잡고 한 쪽은 검은 돌을 잡고 번갈아 두어서 그 차지한
집수 많고 적음을 가려 이기고 짐을 가린다는 것은 티끌세
상 불타는 집에 살고 있는 사바탁세娑婆濁世 아해들이나 할
치졸한 장난이란 말이야."

"그런데 어찌하여 어르신네들께서는 바둑을 두시는지요?
마음으로나마 바둑을 두고 또 승부를 가리시는지요?"

"화국을 만들고자 함일세."

"화국이라면…… 빅 말씀이신지요?"

"얽혀 있는 사슬을 풀고 맺혀 있는 한을 풀어서 서로 함께
살아가야 할 것이 아닌가?"

"무슨…… 말씀이신지요?"

"살고자 하는가? 죽고자 하는가?"

"……?"

"같이 살겠는가? 같이 죽겠는가?"

"…… 같이 살아야지요. 더불어 함께 똑같이."

"화국을 만들어야 할 게 아닌가?"

"어떻게 말씀입니까? 무슨 재주로?"

"힘을 합쳐야지."

"…… 어르신네들은 국수이신지요?"

"국수라니? 면 말인가?"

"나라 안에서 첫째로 바둑을 잘 두는 어른 말씀입니다."

"어허. 이 아희가 상기도 화택 습기習氣를 못 버렸고녀."

백로가 혀를 찼고, 흑로가 물었다.

"기객인가?"

"네?"

"바둑을 아는가 말일세."

"…… 밭가는 것이나 겨우 알지요."

526번은 열적게 웃으며 뒷머리를 만졌는데, 꿈 많던 도령시절 한때가 어제인 듯 선하게 떠올랐던 때문이다. 보통학교를 마치고 진서서당眞書書堂에 입문하여 경經·사史·자子·집集을 수학하던 때였다. 등너머 이문장李文章으로 불리우던 죽재竹齋 선생 사랑채에는 망국 비애를 달래려는 식민지 유생儒生이며 시인묵객詩人墨客이며 떠돌이 연희演戲패며 당장 요기療飢와 어한御寒이 아쉬운 과객過客들 출입이 잦았는데, 그 중 하나인 유랑기객流浪棋客한테서 행마법行馬法을 배웠던 것이다. 돌을 잡은 지 돌이 채 못 되어 인근에 겨뤄볼만한 맞수가 없는 군기郡棋 소리를 듣게 되었고, '불세출不世出 기재棋才'라며 그 기객은 그에게 국수國手 자리를 놓고 강호江湖 상수上手들이 용쟁호투龍爭虎鬪를 벌인다는 경성京城으로 가서 그 기예棋藝를 닦아볼 것을 권하였는데, 죽재 선생이 장죽으로 놋재떨이를 두드렸다.

아무것도 안 하는 것보다는 그래도 바둑이라도 두는 것이 낫다고 하였지, 성현께서 언제 바둑을 두라고 하셨던고? 자고로 혁기奕棋라는 것은 선비 파적破寂으로나 쓰일 잡기雜技, 몽학蒙學 아희에게 그 무슨 해괴한 언사인고.

죽재 꾸짖음은 추상 같았고, 그 기객은 손바닥을 맞부비며 송구해 하였다.

워낙 기재가 출중하기에 한번 해본 말씀이지요. 반드시 그 기예를 익혀 국수가 되라기보다 문물이 개명한 경성, 하는데 죽재가 거칠게 타구唾具를 끌어당겨 가래를 뱉았다.

어허, 고이허다. 아조我朝 서울인 한양을 가리켜 왜인이 강개強改 한 이름으로 부르다니.

용서하십시요. 진사님. 뜻없이 지껄인 것이오니…….

듣기 싫소이다. 몽학 아희한테 잡긔인 혁기로써 출분出奔을 충동이질 않나, 왜인 언사를 입에 올리지를 않나…… 고이허다. 고이허고 해괴하고녀 크흐흠. 그 기객은 그날부터 죽재 사랑으로부터 절문絶門을 당하였고 일봉 또한 바둑과는 멀어지게 되었는데, 그러나 그것이 꼭 죽재 호령 때문만은 아니었다. 자기에게 진실로 그만한 기재가 있는지도 의문이었을 뿐만 아니라 설혹 또 그만한 기재가 있다고 하더라도 바둑과 같은 놀이에 일생을 던지기에는 학문에 대한 열정이 너무 깊었고 그것도 보수적인 구학문보다는 진보적인 신학문에 대한 갈증과도 같은 호기심과 탐구심을 억누를 길이 없어 한적漢籍을 덮고 중학강의록을 펼치게 되었던 것이다.

의경아.

사숙을 자퇴할 뜻을 밝혔을 때 죽재가 불렀다. 의경儀景은 그 자字였는데, 그것은 열 다섯 나이로 갑오년 마지막 과거에서 죽재와 함께 진사로 입격하고 경장更張 이후 낙백落魄 나날을 보내다가 스물아홉에 요절한 조부가 지어놓은 것이었다. '사룽칠월이화락四降七月李花落이라. 융희 사년 칠월에 오얏꽃이 떨어졌고녀'라고 한 소리 긴 장탄식 끝에 북쪽을 향하여 사흘을 울고 나서 문밖 출입을 끊고 돌아가실 때까지 글씨만 쓰셨다는 조부는 여섯 살 때 쓴 '석귀石龜' 두 글자로 이미 신동神童 소리를 들었다고 하였다. 어른 키로도 한 길이 가까운 그 장강대필長杠大筆 옆에는 증조부 발문拔文이 붙어 있었다.

이삼만李三晩은 김생金生 이후 오랫동안 끊어졌던 저 왕우군王右軍 필법을 이어받은 명필이다. 내가 일찍이 이삼만한테서 붓 잡는 법을 배웠으나, 터럭이 희여진 지금에 이르러서야 비로소 붓 쥔 손이 떨리지 않을 만큼이 되었다. 그런데 돈아豚兒 아희가 여섯 살에 쓴 이 석귀 두 글자가 벌써 이러하니, 아깝고녀. 이삼만이라도 여섯 살에는 오히려 이처럼 쓰지 못하였으리니 이 아희 획력이 이와 같거늘, 하늘은 어이하여 그 목숨을 짧게 하였느뇨. 애통한 아비 마음을 이에 적어두노니, 글을 아는 자손이 나오거든 족자簇子로 만들어 걸어두기 바라노라.

유묵遺墨으로만 전해지는 할아버지 그리움에 일봉은 고개를 숙이며 어금니를 깨물었고 죽재가 짧은 한숨을 내쉬었다.

정녕 국수가 되고저 하나뇨?

아닙니다.

일봉은 도리질을 했는데, 죽재가 고개를 끄덕였다.

성현 또한 시세를 어쩌지 못한다 하셨거늘…… 진실로 국수가 되고자 할진대 멀리 한양까지 갈 것 없느니라.

착잡한 심정이어서 일봉은 침묵했고 죽재가 말을 이었다.

내 일봉서찰을 내어줄 것인즉, 부여로 가거라. 아직 생존 중이신가는 모르겠다만 생존해 계시다면 슬하에 두고 지도해 주시리니. 그곳에 국수가 계시느니라. 백남규白南圭 백국수라고 진위현감振威懸監을 지낸 어른으로 아조 황제폐하로부터 황공하옵게도 국수 칭호를 받은 어른이시니…….

삼배를 드리고 뒷걸음으로 물러나 가만히 장지문을 닫는데 안에서 죽재 장탄식이 들려왔다.

오호 애재哀哉요 오호 통재痛哉라. 왜적 무리가 이 강산을 짓밟는고녀.

죽재 목소리가 점점 작아졌다.

의경아. 바둑을 배우되 우리 조선 순장巡丈바둑을 배우거라. 잔나비같이 경경輕輕한 왜바둑을 배우지 말고…….

일봉은 가만히 그 기객 얼굴을 떠올렸다. 죽재 사랑을 떠나던 날 그 유랑기객은 구슬픈 계면조界面調 가락으로 춘향방春香房 그림가歌를 부르며 산자락을 돌아갔던 것이다.

동편이 어드메냐 동편 해동땅 조선국을 바라보니 상산사호商山四皓 네 노인이 송하암상松下巖上에 바둑판을 놓고 앉았는데

동원공東園公 왜국사람 백기 한 점 손에 들고 흑기를 다 쳐낼듯이 요만하고 앉어 있고

하황원夏黃園 청국사람 흑기 한 점 손에 들고 백기를 다 쳐낼듯이 요만하고 앉어 있고

기리계綺里季 아라사는 훈수를 하다가 무색을 당한 후 바둑판을 안 보려고 요만하고 돌아앉고

각리선생角理先生 미국사람 세상사를 모다 잊고 백우선白羽扇으로 낯을 가리고 반만 비껴 요만하고 앉어 있고

청의동자靑衣童子 조선사람 쌍상투 꽂고 색등거리 호로병 차고 유리대 앵무잔에 불로초 가득히 부어들고 각리선생전에 술진지 하느라고 요만하고 서서 있고…….

"바둑을 아는 자가 이곳에 웬일인고?"

잠깐 도령시절 회상에 잠겨 있던 526번은 머뭇거렸고, 흑로가 다시 다그쳐 물어왔다.

"바둑을 아는 자가 이곳엔 웬일이냐니까?"

"예. 집에를 가는 길입니다. 집에를…….

"어디서 오는고?"

"각성소."

하고 대답하려다 말고 526번은 얼른 두 팔을 오무려 가슴을 가렸다. 두 팔을 오무려 가슴을 가리면서

"삼도천에서 옵니다. 삼도천 내를 건너오는 데 꼬박 이레가 걸렸어요. 밤낮을 걸어서 이레씩이나."

하고 말했고, 흑로가 입술을 비틀어 올리며 야릇하게 웃었다.

"이레씩 걸리는 데가 어찌 삼도천뿐일까."

"네?"

"아닐세. 그냥 해본 혼잣소리야. 그건 그렇고, 그 늙은이는 여전한지 모르겠구먼."

흑로가 혼잣말로 중얼거리며 백로를 돌아보았고, 백로가 빙긋이 웃었다.

"역부여전亦復如前이지 제가 별 조 있겠소이까. 허구한 날을 두고 이나 잡겠지."

"클클. 그자도 무료할 거외다. 혼자서 내를 지키고 있으려니 우리처럼 바둑이라도 둘 수가 있나 말동무가 있나. 도리천에서는 아무 기별도 없을 테고."

"허허. 그러니까 갈 길이 바쁜 중음신들 붙잡고 그 애를 먹이는 것 아니겠소이까. 면무료라도 하고자."

"우리가 한 집을 가지고 승부를 다툰 게 벌써 몇 겁째외까? 두 집 승부에서 한 집 승부로 넘어온 게 엊그제 같은데……"

"가만있자…… 그러니까 어언 백 겁이 지났나 보오이다."

"어허 무정쿠나. 어즈버 백 겁이나……"

"일촌광음一寸光陰이 역여전亦如電이지요. 우리가 도리천忉利天에서 득죄得罪하여 이곳 흑백강黑白江으로 오게 된

게 벌써 언제외까? 허허. 아까는 삼도천 늙은이가 면무료 하기 위하여 갈 길 바쁜 중음신들 붙잡고 그 애를 먹이고 있다고 했소이다만, 우리 또한 무료함을 달래고자 바위를 깎아 바둑판을 만들지 않았소이까."

"그렇지요. 바위를 깎아 바둑판을 만들고 흰 조개껍질과 검은 조약돌을 주워 대마를 잡고 잡히는 만방싸움을 벌이기만도 백 겁은 넘었을 거외다. 어허, 참으로 아득하고 또 아득한 세월이었고녀."

"그러다가 조약돌과 조개껍질을 강물에 던져버렸지요. 마음이 움직이는 바에 따라 움직이는 게 돌일진대 뻑뻑이 그 마음 근원을 찾고자 하는 자에게 돌을 들어 바둑을 둔다는 것은 이미 무용한 짓이라는 당연하면서도 쉬 깨닫기 어려운 이치를 깨우치고 심중으로 대국을 벌였지요."

"처음에는 단 열 수를 넘기가 어려웠지요. 가까스로 어떻게 계가를 할 수 있게 되기까지에는 또 몇 겁이 흘렸는지 모르며……"

"진실로 난형난제였소이다. 흑형께서 이기시면 소제가 슬프고 소제가 이기면 흑형께서 애통해 하시고…… 어느 쪽이 이기든 이기는 자가 있으면 지는 자가 있게 마련이고 그것이 사생세계 피할 길 없는 숙명이니…… 배부른 자가 있으면 배고픈 자가 있고, 추워하는 자가 있으면 따뜻한 자가 있고, 슬퍼하는 자가 있으면 기뻐하는 자가 있어…… 언제나 화평할 수가 없었지요."

"그러기에 말입니다. 그러기에 어서 빨리 화국을 이뤄야지요. 피차에 힘을 합쳐 화국을 이루어야만 다시 도리천으로 올라갈 수 있지 않겠소이까."

"말이 좋아 흑백강 판관判官이지 결국은 나졸羅卒에 불과한 이곳을 떠나서 도리천으로 돌아가야지요. 도리천으로 돌아가서 하늘사람들과 함께 살아야지요. 하늘사람들과 함께 가릉빈가 노랫소리를 듣고 우담바라화며 만다라화 향기를 맡으면서……."

"괴롭소이다. 그러니 어서 빨리 힘을 합쳐 화국을 이루도록 하십시다. 한 집을 가지고 다툰 지도 벌써 백 겁이 지났으니……."

두 노인은 때로는 탄식하고 때로는 쓸쓸하게 웃고 또 때로는 비장한 다짐을 보여주면서 끝없이 자기들이 두고 있는 바둑에 대한 이야기를 나누고 있었는데, 526번은 자꾸 미주알이 졸밋거리면서 금방이라도 오줌이 나올 것만 같았다. 그는 무릎걸음으로 다가앉으며 조심스럽게 입을 열었다.

"저어…… 집으로 가는데요. 저는 집에를 가야만 합니다."

두 노인은 어느덧 다시 바둑판을 사이에 두고 마주앉아 있었다. 526번은 한 무릎 더 다가앉으며 조금 크게 말했다.

"집으로 간다니까요. 저는 집에를 가야만 한단 말씀예요."

지그시 눈을 감고 결가부좌를 튼 좌선삼매 자세로 두 노인은 꿈쩍도 하지 않았고, 526번은 다시 한 무릎 더 나가앉으며 안타깝게 소리쳤다.

"식구들이 기다린단 말입니다. 이제나 저제나 하고 숨죽여 봉창 문에 귀를 댄 채로 밤새도록 저를 기다리고 있다니까요.”

“어허, 시끄러워서 어디 바둑을 두겠나.”

흑로가 눈을 떴다. 그 늙은이는 부릅뜬 눈으로 526번을 쏘아보며 짜증스럽게 소리쳤다.

“웬 소란인고? 어른들 바둑 두시는데.”

526번이 흑로 옷깃을 잡았다.

“집에를 가야 한다니까요, 집에를.”

흑로 입술이 야릇하게 비틀렸다.

“누가 말렸던가?”

“어떻게 건넙니까? 자 넓고 푸른 강을.”

비틀려 올라간 흑로 입술에 조롱하는 것 같은 웃음이 어렸다.

“그 사람 젊은 사람이 청맹과니인 모양일세. 스스로 건너지 못하고 왜 노부老夫에게 매달리는고.”

“네?”

하고 되묻다가 말고 526번은 얼른 고개를 돌렸다.

삼도천에서 뱃사공 늙은이로부터 어이없게 당했던 일이 떠오르면서 늙은이 말에 무엇인가 짚히는 것이 있어 고개를 돌려 강을 바라보았는데, 강은 여전히 끝간 데 없이 펼쳐진 대하였고, 아무리 살펴보고 또 살펴봐도 다리도 배도 보이지 않아 그는 다시 고개를 돌렸다. 고개를 돌리면서 이번에는 흰 옷 입은 늙은이 옷자락을 부여잡았다. 옷자락을 부여잡으며 울음 소리로 부르짖었다.

“보내주세요, 제발. 제발 좀 저 강을 건너 집으로 갈 수 있게 해주세요, 네. 영감님."

"어허, 누가 이 노부 운석運石을 방해하는고."

하고 짜증스럽게 내뱉으며 눈을 뜨던 백로가 츳츳 혀를 차며 흑로를 바라보았다.

"아니, 아직도 옷을 입은 채로가 아니오? 패국을 한 편에서 도강증을 끊어주기로 약조가 되어 있지 않소이까?"

어색하게 웃으며 흑로가 머리를 긁적였다.

"내 정신 좀 보게…… 이거 미안하게 됐소이다. 패국에 상심하느라 그만 깜빡 약조를 잊었구료."

흑로가 526번 두 어깨를 잡았다. 너무 뜻밖에 짓둥이었으므로 526번은 "어어." 하며 입을 벌렸는데, 늙은이가 끙하고 힘을 쓰자 딱딱하게 솔은 가슴팍 선지 부서지는 소리와 함께 담박 수의囚衣가 벗겨졌다. 526번은 얼른 두 팔을 오무려 총맞은 자리를 가렸고, 그 늙은이는 입술을 비틀어 올리며 허리에 손을 대었다.

"어어, 왜 이러십니까? 이거 왜 이래요?"

526번은 다리를 비틀어 꼬면서 몸부림을 쳤지만 늙은이 끙 소리와 함께 수의는 이내 하의까지 벗겨졌고, 하의만이 아니라 하의 속 때절은 속옷까지 벗겨졌다.

"어어……."

하고 526번은 반벙어리처럼 다른 말을 잇지 못하고 가슴을 가리고있던 두 손으로 얼른 샅께를 가렸고, 늙은이가 철썩 소리가 나게 그 등을 갈겼다.

"가보시게. 업 따라서."

늙은이는 다시 바둑판 앞에 결가부좌를 틀고 앉으며 지그시 눈을 감았다. 흰 옷 늙은이가 말했다.

"가보시라고 하지 않는가."

526번은 두 손으로 샅을 가린 자세로 쪼그리고 앉으며 세운 무릎 위에 가슴을 얹었다. 그가 소리쳤다.

"이런 법이 어딨습니까? 도대체 이런 무도한 법이. 당신들은 도대체 무엇하는 사람들이오."

"바둑 두는 사람들이라네."

검은 옷 늙은이가 말했다. 그는 침을 뱉었다.

"바둑을 둔다길래 예의와 염치를 아는 사람들인 줄로 알았던 내가 어리석었소. 난세에 함부로 사람을 믿어버린 내가. 하지만 무고한 행인 옷을 강탈하고도 괜찮을 줄 아시오. 아무리 난세라지만 여기는 경찰서도 없습니까? 정신각성원도."

하다 말고 526번은 얼른 입을 다물면서 부르르 어깨를 떨었다.

경찰은 누구이고 정신각성원은 누구인가. 언제나 지배하는 자들 편에서 그들 괴뢰傀儡가 되고 주구走狗가 되고 응견鷹犬이 되고 앞잡이가 되어 그들이 던져주는 밥찌꺼기를 핥으며 그들 밥그릇을 지켜주기 위하여 인민대중들을 때리고 차고 밟고 비틀고 뽑고 주리를 틀고 기름을 짜서 결국은 죽게 만들고 또 죽음보다도 못한 삶을 영위하게 만들던 게 그들이 아니던가.

526번에게 있어 첫째가는 주적主敵은 무엇보다도 정신각성원이었는데, 그에게 총을 쏜 것은 군인이었으나 그를 군인에게 넘겨 준 것은 정신각성원이었던 것이다. 진저리를 치면서 그는 무릎 사이에 얼굴을 묻었다.

그들은 내 적이다. 온몸으로 부딪쳐서 타도해야 될 내 주적이다. 그들 정신각성원과 정신각성원 보조원들은 제국주의자와 식민주의자와 민족반역자와 반동지주와 악질자본가와 지배자와 압제자와 독재자와 파시스트 하수인이다. 앞잡이다. 주구다. 괴뢰다. 응견이다. 나를 탄압하고 감시하고 체포하고 고문해서 마침내는 죽게 만든 자들이다. 적이다. 그러나…… 그렇다고 해서 그들이 과연 내 주적일 수 있는가. 그들만이 전부인가. 아니다. 그렇지 않다.

그는 힘껏 고개를 흔들었다.

더 높은 곳에 있다. 그들 머리 위 저 높은 곳에서 그들 목에 줄을 매고 그들을 개처럼 사냥매처럼 꼭두각시처럼 허수아비처럼 부려먹고 있는 자들. 그자들이다. 그자들이야말로 바로 내 주적이다. 그자들을 찾아내야 한다. 그자들을 찾아내서 그들 목에 걸려 있는 올가미를 풀어줘야 한다. 올가미를 풀어줘서 그들 또한 한 사람 인간으로서 인간답게 살게 하기 위하여, 인민대중들과 함께 살 수 있게 하기 위하여, 올가미 끈을 쥐고 있는 자들을 찾아내야 한다. 찾아내서는 그 끈을 빼앗아 버려야 한다. 그 끈을 빼앗아 불태워버려야 한다. 그것이 그들을 살리는 길이고 나를 살리는 길이고 우리 모두를 살리는 길이고 더불어 함께 사는 길이고 그리하여 마침내는 내 원수를 갚는 길이 된다. 그렇다. 그래서 나는 집으로 가야 하는 것이다.

알 수 없는 힘이 솟구쳐올랐다.

그는 벌떡 몸을 일으켰다. 526번은 두 눈을 지그시 감은 채로 결가부좌를 틀고 앉아 심기心棋인지 기심棋心인지를 하고 있는 늙은이한테 딱하다는 눈길을 한번 던져주고 나서 몸을 돌렸다.

그 두 손은 이제 샅을 가리고 있지 않았고 바짝 굽혀서 오그라붙었던 어깨도 활짝 펴져 있었다. 이제는 두렵지도 않고 부끄럽지도 않았다. 옷이라는 것은 단지 추위를 막아주고 피부를 보호해주며 사람과 사람 사이 예의를 지켜주는 겉껍데기 가리개에 지나지 않을진대 때와 곳과 형편에 따라서 그것은 얼마든지 열고 닫을 수 있는 자유에 문일 것이었다. 쳐다보는 사람이 없는 곳이니 부끄러울 것도 없었고 또 가는 길에 사람을 만나게 된다고 하더라도 오히려 그 사람에게 사정을 말하여 한 벌 누더기를 구하면 될 것이었다. 이웃 기쁨과 슬픔에 함께 울고 함께 웃으면서 감자만 쪄도 집집이 돌려먹고 콩 한쪽도 서로 나눠 먹으면서 더불어 함께 살던 것이 동방예의지국인 조선민족·백의민족·배달겨레가 아니던가. 알 수 없는 힘이 자꾸만 솟구쳐오르면서 그는 이제 옷을 벗었다는 사실이 조금도 부끄럽지 않았고 넓고 넓은 대하가 가로막혀 있다는 사실이 조금도 두렵지 않았다.

오너라. 산이라면 넘어주마 강이라면 건너주마. 산을 넘고 강을 건너 내 나라로 가련다. 내 마을로 가련다. 내 집으로 가련다.

"노량으로 건너가슈. 달려가도 결국은 이레가 걸릴 테니. 그리고 옷은 강을 건넌 다음에 찾게 될 거요."

막 힘찬 첫발을 내딛으려는데 등뒤로부터 늙은이 중 한 목소리가 들려왔고, 526번은 눈을 떴다. 눈을 떴는데, 그는 눈을 떴다가 힘껏 감았다가, 다시 떴다. 다리였다. 저만큼 모래며 자갈밭이 끝나는 강에는 다리가 놓여 있었던 것이다.

강은 여전히 끝간 데 없이 펼쳐진 넓고 푸른 대하였는데, 조금 아까까지도 아무리 눈을 씻고 보고 또 씻고 봤어도 보이지 않던 다리가 놓여 있는 것이었다. 그는 한달음에 뛰어 다리 위로 올라갔다. 석교石橋였다. 열 사람이 팔을 벌리고 함께 걸어가도 충분할 만큼 넓고 튼튼한 돌다리가 끝없이 이어져 있었다. 처음에는 두 줄로 이어져 나가다가 조금씩 점점 좁아지기 시작해서 아스라히 먼 저 끝에 가서는 한 줄로 이어져 이윽고는 까만 점 하나로 보이는 철로처럼 돌다리는 끝없이 강을 따라 이어지고 있었다.

526번은 일단 안도의 한숨을 한번 내쉰 다음, 난간을 짚고 강물을 내려다보았다. 저 아래로 강바닥에 깔려 있는 조약돌이며 수초 사이를 헤집고 다니는 붕어며 빠가사리며 모래무지며 새우 같은 물고기들이 손에 잡힐 듯이 보여서 문득 도령시절 멱을 감고 반두질로 고기를 잡던 고향마을 모둠내가 생각났다.

맑고 푸른강물이었다. 난간 양옆으로는 무지개꼴 궁륭穹窿이 잇달아 세워져 있었는데, 거기에는 대금大琴과 생황笙簧과 젓대를 불며 너울너울 춤을 추는 선녀들 모습이며 나는 새와 기는 짐승과 스스로 피었다가는 지고 졌다가는 또다시 피어나는 온갖 아름다운 꽃들 모습이며 일해서 거두어들여 먹고 잠자는 사람들 모습이며 일하고 먹고 잠자는 데 쓰이는 온갖 살림살이 모습이며 풀밭에서 배를 깔고 엎드려 되새김질을 하고 있는 누런 황소며 황소 등에 등을 대고 풀피리를 불고 있는 동자 모습이며 하여간에 사람과 자연이 서로 어울려 살아가는 온갖 평화로운 모습들이 금방이라도 살아서 움직일 듯 생생하게 조각되어 있었다.

파란 하늘에는 대붕 봉황 공작 백합 원앙 꾀꼬리 두루미 기러기가 너울너울 춤을 추고 늘어진 낙락장송과 펑퍼진 떡갈나무와 참나무 상수리나무 도토리나무 벗나무 황경피나무 물푸레나무와 엉클어진 댕댕이 으름넝쿨 사이로는 소쩍새 따오기 떠저구리 까마귀 까치 참새들이 저마다 다른 목소리로 지저귀고 콸콸 촤르르 도란도란 흘러가는 물가에는 진달래 철쭉 모란꽃 복사꽃 살구꽃 능금꽃 같은 붉은 꽃 푸른 잎 온갖 꽃들이 만발하였고 누렇게 고개 숙인 벼 이삭이 출렁이는 들판에는 손에손에 낫을 든 농군들이 두리둥둥 쟁매쨍 어널널널 상사뒤여—어—여—루— 상사뒤여 북치고 장구치고 징치고 새납 불면서 알곡을 거두어들이고 거두어들인 알곡이 집채만큼 쌓여 있는 집집마다 방 안에는 자개함농 반다지 용장 봉장 귀두주 대금들이 삼층장 게자다리 옷걸이며 쌍룡 그린 비접고비 용두머리 장목비 놋촛대 백통유기 샛별 같은 요강타구가 줄줄이 놓여 있는데 손발 씻고 저녁 먹고 아이들을 재우고 난 내외는 햇솜 넣은 원앙금침 속에서 도란도란 하제 일을 의논하며 이윽고는 슬그머니 촛불을 눌러 끄는 것이었다.

나라는 평화로웠고 농사는 풍년이었으며 행동은 자유로와서 살림은 고르게 넉넉한지라 사람들은 행복하였다. 행복하고 또 행복하여서 사람들 입에서는 노랫소리와 웃음소리가 끊어지지 않았다. 아름다운 모습이었다.

아, 저렇게 아름다운 곳에서 살고 싶다. 저렇게 아름다운 곳에서 살고 싶다. 저렇게 아름다운 곳에서 오래오래 행복하게 살고 싶다.

그는 고개를 흔들었다.

아니다. 저곳은 인간 세상이 아니다. 사람세상이 아니다. 사람들이 일하고 싸우고 병들어서 죽어가는 인간 마을이 아니다. 신선 세계다. 극락이다. 천당이다. 아니다. 그렇지 않다.

그는 또 고개를 흔들었다.

저것이 바로 인간 세상이다. 사람 세상이다. 웃으면서 일하고 웃으면서 밥을 먹고 노래하고 춤추면서 꽃과 나무와 새와 짐승들이 더불어 함께 사는 사람 세상이다. 사람 세상이었는데 자기들만이 잘 먹고 잘 입고 잘 자고 잘 살고자 다른 이들 자유를 억압하고 노동을 착취하고 생산물을 수탈하는 억압자 무리들 때문에 살 수 없는 곳이 되었을 뿐이다. 억압자들을 물리쳐 사람세상을 만들어야 한다. 인민세상을 만들어야 한다. 해방세상을 만들어야 한다. 평등세상을 만들어야 한다. 자유세상을 만들어야 한다. 그리하여 마침내는 스스로 말미암아 그곳에 있는 자연 그대로 보고 들고 냄새맡고 맛보고 생각하고 말하고 쓰고 움직여서 사람사람이 모두 나라 주인이 되고 세계 주인이 되고 우주 주인이 될 수 있는 세상을 만들어야 한다. 만들 수 있다. 만들고야 말리라. 새 세상.

어금니를 꽉 깨물고 아랫배에 힘을 주면서 526번은 난간으로부터 몸을 떼었다. 그리고 막 집을 향하여 달려가려고 하는데, 어디선가 사람 소리가 들려왔다. 수천 수백 사람들이 울부짖는 소리였고 아우성치는 소리였고 몸부림치는 소리였다.

밀가루는 싫다 쌀을 달라! 강제공출 결사반대! 군정은 싫다 미군 물러가라!

군정반대·공출반대를 외치는 인민들 함성소리인가 했는데, 강나루 쪽에서 들려오는 소리였다.

강나루에는 수많은 사람들이 몰려와 있었다. 흰 옷과 검은 옷을 입은 두 늙은이가 억세고 재빠른 손놀림으로 그들 옷을 벗기고 있었다. 옷을 벗기운 사람들은 벌써 강을 달려오고 있었고 아직 옷을 입은 채로인 사람들은 늙은이들 손길을 피해 이리저리 도망다니느라고 강나루 일대는 마치 격전이 벌어지고 있는 전쟁터같았다. 늙은이도 있고 젊은이도 있고 남자도 있고 여자도 있고 어린애도 있고 526번처럼 푸른 죄수복을 입고 있는 사람들도 있었는데, 피로 물들인 군복을 입고 있는 젊은 사내들이 제일로 많았다. 제각기 팔이 떨어져나가기도 하고 다리가 잘려나가기도 하고 머리가 으깨어지기도 하고 눈알이 뽑히기도 하고 가슴에 구멍이 뚫리

기도 하고 정통으로 폭탄을 맞았는지 몸뚱이가 박살이 나기도 해서 한주먹 핏덩어리로 굴러다니고 있었다. 울부짖고 아우성치고 몸부림치며 필사적으로 도망다니던 그들은 그러나 이내 어김없이 늙은이들 손에 잡혀 옷이 벗겨졌고, 실오라기 하나 걸치지 않은 알몸뚱이가 된 그들은 저마다 늙은이들을 향하여 침을 뱉고 욕설을 하고 주먹질을 해보이면서 자갈밭을 달려왔다.

강물 앞에 이른 벌거숭이들은 526번이 서 있는 다리를 바라보며 일제히 한숨을 내쉬었다. 그들은 땅이 꺼지는 한숨을 내쉬며 왼쪽을 쳐다보고 바른쪽을 쳐다보고 앞을 보고 뒤를 보고 하늘을 보고 강물을 보며 다리를 향하여 조심조심 다가왔다. 그들은 다시 땅이 꺼지는 한숨을 내쉬며 뒷걸음질쳐 물러났다. 다시 다가왔다. 다시 물러났다. 그렇게 그들은 다리를 향하여 다가왔다가는 물러나고 다가왔다가는 물러나기를 되풀이하며 뭐라고 혼잣소리들을 중얼거리는 것이었는데, 근심과 걱정과 불안과 초조와 절망과 공포에 잠겨 있는 얼굴들이었다. 526번이 소리쳤다.

"아니, 왜들 안 올라오십니까?"

"에이 여보슈. 어떻게 올라간단 말요."

사람들이 일제히 소리쳤고, 526번이 되물었다.

"아니, 왜요? 왜 못 올라온단 말입니까?"

"늙은 사람 희롱하지 마슈."

"누구 약 올리는 거요?"

"공병 일개중대만 있다면 이까짓 강쯤이야."

"비행기만 있다면."

"엘에스티, 엘에스티."

저마다 한마디씩 소리쳤고, 526번이 다시 안타깝게 소리
쳤다.

"도대체 왜 못 올라온다는 겁니까?"

"겁나서 그래요."

사람들 중 하나가 말했다. 비대한 살집인 중년여자였다.

"무섭고 떨려서."

"겁나다니요. 무엇이 겁난다는 말씀인지?"

"어떻게 건넌단 말유? 그렇게 실낱 같은 다리를."

"허. 실낱 같다니요? 이렇게 튼튼한 다리를."

"피. 거짓말 말아요."

"거짓말이라뇨?"

"누가 속을 줄 아슈. 거미줄같이 가느다란 다리를 어떻게
건너란 말예요?"

"어허 참. 몇백 명이 한꺼번에 건너도 괜찮을 넓고 튼튼한
돌다리를 보고 거미줄 같다니…… 그렇다면 저는 어떻게 이
곳에 올라 와 있겠습니까?"

"댁이야 저 늙은 것들과 한패겠죠 뭐. 강 지키는 간수. 아
니면 저 늙은이들한테 빽을 쓰고 쫑을 얻었던가."

"허."

여자가 한발 다가서며 목소리를 낮췄다.

"쫑 좀 끊어줘요. 쫑만 끊어주면 내 우리 영감한테 얘기
해서 한 자리 시켜줄 테니. 원하는 게 뭐유? 한자리를 시켜

달라면 한자리를 시켜주고 돈을 달라면 돈을 주고 후방으로 빼달라면 후방으로 빼줄께. 우리 영감 빽이면 안 되는 게 없다구."

"무슨 말씀을 그렇게……."

"흥. 싫으면 그만둬요. 요즘 세상에 빽 써서 안 되는 게 어딨어."

"……."

"나중에 후회마슈. 내 집에만 가면 영감께 일러서 그냥 안 놔둘테니까."

표독스럽게 내뱉으며 여자는 물 속으로 들어갔고, 망설이던 사람들이 일제히 그 여자 뒤를 따라 물 속으로 들어갔다. 그들은 그렇게 물 속으로 들어갔는데, 저마다 다른 물길을 잡아 강을 건너는 것이었다. 어떤 사람은 목까지 잠기는 깊은 물 속에서 허우적거리며 아주 힘들게 조금씩 천천히 강을 건넜고, 어떤 사람은 허리까지 차거나 허벅지가 잠기거나 무릎이 잠기거나 장딴지가 잠기거나 발목만 잠기는 얕은 물길을 잡아 그 물 깊고 얕음에 따라 혹은 느리고 혹은 빠르게 강을 건너가고 있었다.

물 속으로 들어간 사람들이 다리 위에 서 있는 자기보다 저만큼 멀리 앞서갈 때까지 망연히 서 있던 526번은 잠깐 잊고 있던 집 생각을 떠올리고, 깜짝 놀라 달려가기 시작하였다.

가자 어서 가자 이 강을 건너 내 나라로. 이 물을 건너 내

고향으로. 이 다리를 건너 내 집으로. 어서 가자 바삐 가자 산천초목 함께 가자. 꽃피고 새 우는 내 고향 내 집으로. 달도 가자 해도 가자 별도 함께 너도 가자. 붉은 꽃 푸른 잎새 저마다 활짝 피고, 우는 새 날으는 나비 봄빛은 가득하다. 앞산도 춤을 추고 뒷산도 너울너울. 나를 반겨 짖는구나 워리개도 짖는구나, 독립만세 자유만세 해방조선 자유조선 평등조선. 함께 일해 함께 먹자 공산세상 평등세상. 함께 살자 같이 살자 고루고루 공평하게. 소자 문안드립니다 아버지전 어머니전. 기체후일향만강 복모구구무임하성. 아우들아 동생들아 내가 간다 언니 간다. 여보여보 내가 왔소 당신 낭군 돌아왔소. 얼마나 기다렸소 낭군 원망 그 얼마요. 에구 그 손 이리 주오 갈라터진 그 손 주오. 영복아 순복아 내 새끼 내 딸년아. 애비 왔다 애비 왔다 먼길 돌아 이제왔다. 함께 살자 같이 살자 오래오래 행복하게.

『문예중앙』 1983년 봄호에 서장.

같은 해 가을호에 잡지사에서 솎아낸 제1장 삼도천.

『문학과 사회』 창간호 2000년 가을에 제2장 흑백강이 실렸음.

— 편집자 말

눈 오는 밤

어디에도 머물 곳 없이 쫓기는 이여
오늘 밤에는 눈이 내린다
새벽이 올 때까지 불을 밝혀 기다리마
밤새워 달려오너라, 눈이 멈추기 전에
— 宋基元 詩 중에

바람소린가, 하고 귀를 기울였는데 바람소리는 아니었다.
두루마기 동정에 인두질을 하던 아낙 손길과 나뭇가지로
화로 속 재를 쑤석이던 아이 손길이 동시에 멎었다. 두 사람
눈길이 마주치면서 아이가 아낙 무릎을 잡았고 아낙 목에서
꼴깍 하고 침 넘어가는 소리가 났다. 아이는 아낙 무릎을 잡
은 손에 더욱 힘을 주었고 아낙은 고개를 갸웃하며 좀더 귀
를 기울였는데, 개 짖는 소리였다. 목 안으로 삼키면서 길게
끄는 개 짖는 소리는 사립 쪽으로부터 일정한 간격을 두고

잇달아 들려오고 있었다. 화로에 인두를 꽂는 아낙 손길이 가늘게 흔들렸고 아이는 무너지듯 윗몸을 기울여 아낙 치맛 자락을 움켜 잡았다. 아낙은 다시 한번 침을 삼켰다.

"누, 누구세유?"

개 짖는 소리만이 들려왔고 아낙은 아이 손을 더듬어 꼭 잡았다.

"누가…… 오신규?"

여전히 개 짖는 소리만이 들려왔고 아낙은 무릎걸음으로 다가가 봉창에 귀를 대었다.

"밖이…… 누가 오신규?"

풀벌레 울음소리를 내며 문풍지가 떨고 있을 뿐 밖에서는 아무런 소리도 들려오지 않았다. 잠시 숨을 삼키며 귀를 기울이던 아낙은 아이 손을 잡은 손에 힘을 주면서 가만히 봉창을 밀었다. 사개가 맞지 않는 문짝이 요란한 소리를 내며 열렸고 왈칵 찬바람이 밀려들어 오면서 꺼질 듯 등잔불이 낮게 잦아들었다. 아낙은 저도 모르게 얼른 눈을 감았다가는 떴다. 정월 대보름날 밤 달빛처럼 환한 빛이 울컥 넘쳐들어오면서 견딜 수 없게 눈이 부셨던 것이다. 눈이었다. 잘 말려 부풀린 햇솜처럼 희고 탐스러운 함박눈이 펑펑 쏟아져내리고 있었다. 주위는 온통 깨끗하게 빨아 넌 옥양목 호청 색깔이었는데 워리란 놈이 허공중을 향하여 뛰어오르며 대중 없이 짖어대고 있는 중이었다.

"빌꼴, 내둥 갱기찮더니먼 원제버텀 눈이 오신댜. 저녁 먹구 뒷간이 갈 때까지만 헤두 뽀송뽀송허니 바람 한점 읎더니먼…… 눈 오시넌 것 보구 짖었던개벼."

아낙은 짧은 한숨을 내쉬었고 아낙 등짝에 얼굴을 묻고 있던 아이가

"눈 오신단 말여? 눈?"

하고 소리치며 아낙 겨드랑이 사이로 머리를 디밀었다.

"워디루 나올라구 그런댜, 나올라구 그러길. 셕류두 읎구 탱자두 읎구 새양두 읎넌디 고뿔 들면 워쩍헐라구."

아낙이 아이 머리통을 찍어누르며 힘없이 가히를 불렀다.

"워리. 워어리."

워리란 놈이 토방 앞으로 달려와 봉창에 앞발을 걸치며 꼬리를 흔들었고 아낙이 소리쳤다.

"얼릉 뭇 들어가넌겨, 뷕이루 얼릉. 대중읎이 짖어대서 사람 간 떨어지게 점 허지 말구 싸게싸게 들어가서 뭇 자넌겨, 시방."

주인에게 꾸중을 들은 워리가 샅 사이에 꼬리를 말아넣으며 거적문을 후벼 부엌으로 들어갔고 아낙은 저 아래로 아스라이 꼬물거리는 마을 불빛을 바라보다가 짧은 한숨을 삼키며 문을 닫았다. 그 여자는 등잔 심지를 올리고 나서 다시 인두를 잡았는데, 벌써 오래 전에 다림질이 끝난 두루마기 동정에서는 인두가 지나갈 때마다 뽀드득 뽀드득 하고 꽈리 터지는 소리가 났다.

"증말루 오실라나?"

붙여세워 가슴에 받친 무릎 위에 턱을 올려놓은 채로 아

이는 봉창을 바라보았다. 그 아이는 때에 전 봉창에 어리는 제 그림자를 아련한 눈길로 바라보며 혼잣말처럼 중얼거렸다.

"증말루 오실라나?"

아낙은 힘주어 인두를 눌렀다.

"너두 들었잖여. 식전버텀 뒤란 감나무 꼭대기서 까치 울던 소리를."

그 아이는 다시 한번 중얼거렸다.

"증말루 오늘 밤이…… 오늘 밤이 새기 전이 아부지가 오실라나?"

아낙 목소리가 높아졌다.

"까치가 울었다니께. 식전 아침버텀 까막까치가."

아이 턱이 조금 들려졌다.

"까치만 울먼 뭐헌댜."

"까치가 울먼 반간 손님이 오신다잖어, 반간 손님이. 우덜 모재 단 두 식구헌티 반간 손님이라면 누가 있것냐, 반간 손님이라면 누가 있것어."

하고 아낙이 낮은 목소리로 중얼거리는데 아이가 나뭇가지로 화로 속 재를 꾹 눌렀다.

"까치만 울먼 뭔 소용이냔 말여, 까치만 울먼."

아낙은 말없이 인두를 밀었고 아이는 자꾸 재를 쑤셨다.

"까치는 상년이두 울었잖어. 상년이두 울구 그러께두 울었잖어. 그러께두 울구 그그러께두 울었잖어. 그런디두 아부지는 안 오시잖냔 말여, 아부지는."

벌써부터 식어버린 인두를 화로에 꽂으며 아낙은 엄한 얼굴로 아이를 바라보았다.

"불장난 허지 말라니께. 불장난 허먼 오줌싼다니께. 오줌싸개 된단 말여. 오줌싸개 되서 치 쓰구 집집마다 소금 받으러 댕기먼 꼴 좋것다."

"걱정 말어. 걱정 말란 말여. 오줌싸개 안될 테니께. 오줌싸개 되더래두 소금 줄 집이 읎다넌 건 나두 안단 말여. 아무 집이서두 우덜은 상대 안헤준다넌 건 나두 안단 말여. 누가 물를 중 알구."

아이 뒷말에는 물기가 묻어 있었고 아낙은 자꾸 터져나오려는 한숨을 꼭 깨물었다.

"그러니께 자란 말여. 청승맞게 쪼글띠리구 앉어서 마위 읎넌 소리만 허지 말구 졸리면 자란 말여."

"자지 말라메. 슨달 그믐날 밤이 자먼 눈썹 센다메. 하얀 할아배마냥 눈썹이 하얗게 센다메."

"그러니께 그런 소리 허지 말란 말여. 마위 읎넌 소리."

아이는 화로재를 쑤시던 막대기를 놓고 두 손으로 다시 무릎을 끌어안으며 끌어안은 무릎 위에 턱을 올려놓았고, 아낙은 버릇처럼 또 귀를 기울였다. 고요했다. 워리개도 이제는 잠이 들었는지 봉창 밖에서는 아무런 소리도 들려오지 않는데 밖에는 아직도 눈이 내리는가. 여름밤 풀벌레 울음처럼 가냘프게 문풍지가 떨리면서 귀를 기울이면 등잔불 심지 졸아드는 소리 명치 끝을 태우고, 좀더 귀를 기울이면 두루마기자락 스란치맛자락 스치는 소리만이 시나브로 들려오는 것이었다. 그 여자는 포옥하고 다시 한숨을 뽑았다.

"왜 그러구 앉어 있다? 워째 그렇게 청승맞게 쪼글띠리구 앉어서 건밤을 새넌겨?"

"심심헤서 그려. 심심허구 배두 고프구."

"개떡 준 거 발써 다 먹었냐?"

"코딱지만침 냉겼어. 낼 아침이 먹을라구."

"낼 아침이는 밥 먹을 텐디, 개떡은 뒀다 뭐헌다?"

"밥이라구 헤야 감자 놓구 얼버무린 스슥밥일 텐디⋯⋯ 보리개떡이래두 냉겨둬얄 거 아녀."

"아, 아부지 오시면 헤준다니께. 아부지 오시면 밥두 헤주구 떡두 헤주구 슬빔두 헤주구⋯⋯ 다 헤준다니께."

"증말?"

"증말이잖구. 두구 봐라. 인저 오늘 밤 안이루 늬 아부지가 하얀 쌀 한 섬 지구 오실 테니께. 내 늬 집이루 시집와서 슬 한번 제대루 뭇 쉔 건 고사허구 쌀밥 한 그릇 제대루 뭇 은어먹어 봤다만."

그 여자는 꿀꺽 소리가 나게 생침을 삼켰다.

"슬날 아침이 차례를 지낼 때는 술 빚구 떡 찌구 누런 황소를 잡어서 삼간 대청이다 진설을 허넌디, 주과포라구 우선 술허구 삼색 실과허구 근명태·뷕어포·탕·적·지즤미며 윙갖 나물이다 찹쌀 멥쌀루 빚은 떡을 올리넌디 떡이면 가래떡 한 가지간듸, 인절믜·시루떡·개픠떡·숑편·절편이며 슬빔은 또 워떻구. 내 늬 집이루 시집온 후 흰 광목 적삼 한닢 뭇 은어 입어봤다만, 친정집이선 해마다 철철이 비단이며

공단이며 모본단이루 연두색이나 노랑색 저고리에 빨강 치
마에 금실 는 갑사댕기 매구 은실 는 옷고름 나풀대며 늘 뛰
던 생각을 허면……."

"엄닌 맨날 오이갓집 잘 살었다넌 얘기여."

"늘만 떻간디. 대보름날이먼 다섯 가지 곡식이루 오곡밥
을 헤서 아홉 번을 먹구, 입춘대길 근양다킹 한식 삼질날이
먼 뒷산 모이마당이 진달래꽃 뜯어다가 쌀가루에 반죽헤서
챙지름 발러 지저먹구, 초파일이 만등불사 단오날 그네 뛰
구 유월 유둣날 창포 삶은 물이 머리 감구 칠월 칠석 백중날
백중장 귀경 팔월 추석 햇곡식이루 쉥쀤 빚어 시월 상달 고
사 지내구 됭짓달 됭짓날 팥죽 쒀서 찹쌀루 굉굴린 새알심
느가지구……."

"오이갓집두 인저 홀딱 망헸잖어. 오이삼춘 돌어가시구
홀딱 망헸잖어."

아낙이 지그시 눈을 감고 유족하게 살던 친정에서 처녀시
절을 회상하는데 아이가 오금을 박았고, 그 여자는 어깨에
다 눈을 문질렀다.

"그려. 시집두 망허구 친정두 망허구 난리통거리 홀딱 망
헤뻔졌으니…… 이 노릇을 워척헌다네. 이 노릇을 워척혀."

막막한 침묵이 흘렀다. 한참 만에 아이가 물었다.

"워디쯤 오실라나?"

인두를 미는 아낙 손길이 잔물결처럼 가늘게 흔들렸고 아
이는 부은 목소리로 다시 물었다.

"워디쯤 오시것너냐니께?"

아낙은 소리나지 않개 코를 들이마셨다.

"시방 한참 오실겨. 우리 영벅이 보구 싶으셔서 시방 한참 줄달음질쳐 오실겨."

아이 턱이 다시 무릎 위로 떨어졌다.

"워디쯤?"

"조오기 신작로쯤."

"신작로쯤?"

하고 되받아 묻던 아이가 턱을 들어 똑바로 아낙을 바라보았다.

"뭔 소리랴? 새꼽빠지게."

"뭐가 새꼽빠진다구 그런댜? 새꼽빠지길."

"신작로쯤 오실 거라메?"

"그려?"

"산 넘어 오신다구 그렜잖어? 아부지는 원제구 높은 산 넘어 오신다구 엄니가 장 그렜잖어?"

아낙은 말없이 인두질만 했고 아이가 따지듯 되물었다.

"아부지는 높은 산을 넘어가셨다구 그렜잖어? 높은 산을 넘어가구 높은 산을 넘어오넌 사람은 거시기 훌륭헌 사람이라구 그렜잖어? 그레서 아부지는 훌륭헌 사람이라메? 아부지는 거시기 새 시상을 맨들기 위헤서 높은 산을 넘어갔구 그레서 원젠가넌 다시 높은 산을 넘어오실 거라구 그렜잖냔 말여? 그런디 워째서 신작로질루 오신다넌겨? 왜늠덜이 말 타구 달려오구 양늠덜이 도라꾸 타구 달려오구 거시기 북선 빙대허구 남선 빙대가 몰려오구 몰려가면서 서루 칭질헌 디루?"

아이는 쏜살같이 물어붙이며 똑바로 아낙을 노려보았고 아낙은 힘주어 인두를 밀었다.

"높은 산 높은 산, 그느믜 높은 산 소린 입이 올리지두 말어. 높은 산이구 얕은 산이구 산 소리만 들으먼 꿈속이서두 숨이 맥히니께."

"빌꼴. 내둥 높은 산 높은 산 허구 산 창갈 불러쌓더니 느닷읎이 왜 그런댜?"

인두를 미는 아낙 손등에 시퍼런 힘줄이 돋으면서 그 여자는 부르르 진저리를 쳤다.

"찢어 육포를 뜰 늠덜. 급살 옘빙이나 맞다 거우리나질 늠덜. 설중이 높은 산 넘어온 과객 하나 잠 재워주구 보리곱살믜 스슥밥이다 감자두 갱신히 삶아먹넌 집이서 애 아부지 돌어오면 헤줄라구 보꾹이 매달어놓구 사자 어금니 애끼덧 애끼던 쌀봉지 터쳐서 밥 헤준 조이밖이 읎넌 지집사람을 잡어다가 주먹이루 져지르고 발질루 쵝이구 대침이루 쑤시구 몽뎅이루 후려서 짐장 때 광천 독배서 받어온 조긧대갈 저미듯 온 삭신을 짓뭉여놔서 갱신을 뭇허게 헤노니, 이노믜 시상이 무신느믜 시상여. 이느믜 시상이 무신느믜 해방 시상이구 무신느믜 민쥐지여."

아낙은 뽀드득 소리가 나게 이를 갈며 표가 나게 어깨를 떨었고, 아이가 조심스럽게 물었다.

"시방두 쑤신댜? 시방두 갱신을 뭇허것남?"

"갱신이 다 뭐여? 아까두 뒷간이 갔다오다 핑지 낙상헐

뻔헸구먼."

아이가 픽하고 웃었다.

"갱신을 뭇헌다메 무신 글력이루 인두질은 헌댜?"

아낙이 하얗게 눈을 흘겼다.

"인두질 헐 글력두 읎으면 땅속이루 들어가란 말이네? 이
럴수룩 이를 옹쳥그려 물구 새 됭정을 잇어놔야지. 그레야
아부지가 오시면 입으실 거 아녀. 그레야 아부지가 슬날 아
침이 입으시구 차례두 지내시구 으른덜헌티 시배두 댕긔시
구 승묘두 댕긔실 거 아녀."

아련한 눈길로 봉창을 바라보던 아이가 한참 만에 다시
입을 열었다.

"긔는 워치게 됬댜?"

"긔라니?"

"아 그날 새뵉이 엄니랑 하냥 붙잽혀간 아저씨 말여. 나랑
바둑두다 잽혀간 과객사람."

"왜 대이구 그 얘기는 물어쌓넌댜, 물어쌓길. 아 겡찰서버
덤 더 높은 디루 끌려갔다니께."

하고 쏘아붙이며 그 여자는 부르르 진저리를 쳤다. 엄마
가 핀잔을 주는 바람에 무추룸하게 고개를 떨어뜨리고 있
던 아이가

"워디쯤 오실라나?"

하고 다시 물었고, 아낙은 지그시 입술을 깨물었다.

"신작로쯤 오실 거라니께."

"애개. 상기두 신작로쯤."

"신작로만 지나먼 금방이잖어. 신작로만 지나먼 생엿집, 생엿집만 지나먼 물방앗간, 물방앗간만 지나먼 둥구나무, 둥구나무 밑이만 들어스먼 동녠듸."

"동네서두 예까장은 까마득허잖어. 동네서 여기 산 밑 막 집까지 올라먼 산모랭이 지나서 서낭당을 지나서……."

"동네가 멀먼 월마나 멀다네. 동네가 아무리 멀대두 장정 걸음이루 줄달음질쳐 오먼 담배 한 대전거리두 안될 텐디."

"깜깜혀서 워치게 오신댜? 달두 읎이 깜깜헌 그믐밤인 듸."

"눈이 오시잖남. 밤눈이 하얗게 오셔서 대낮같이 질이 밝잖남. 대낮같이 질이 밝어서 츠녀 총각 미아이래두 허게 좋은 밤이잖남. 츠녀 총각 미아이,"

하고 되뇌다 말고 아낙은 얼른 어깨에다 얼굴을 문질렀다. 꺼질 듯 낮게 잦아들던 등잔불이 되살아오르면서 불빛에 드러난 아낙 볼에 언뜻 홍조가 어렸고, 그 여자는 다시 한번 어깨에다 얼굴을 문질렀다. 아이가 물었다.

"워치게 찾어오신댜?"

"왜 뭇 찾넌댜? 자긔 처자식이 사넌 자긔 집을."

"여긘 우덜 집이 아니잖어. 아부지랑 할아부지랑 할머니랑 삼춘이랑 고모랑, 그러구 누렁이랑 퇴깽이랑 벵아리랑, 그러구 또 잠자리랑 풍뎅이랑 나븨랑 개미랑 하냥 살던 우덜 본집이 아니잖냔 말여."

"조석간이두 시상이 멫 번씩 뒤집어지넌 이 숭악헌 난리 통거리에 고향집 지키구 사넌 사람이 멫이나 된다네. 광천

쪽다리 밑이 사넌 그지 안된 게 그나마 천만다행이지."

"그지버덤 날 게 뭐 있댜. 그러구 발써 몇 번씩이나 윙겨 댕겼잖어. 구렛굴서 밤도망 떠나서 개울 오이갓집이루 갔다가 민국정부서 시켜준 민장질 허던 오이삼춘이 오여손잽이덜헌티 맞어죽구 그 바람이 오이할아부지 속 끓이다 돌어가셨다넌 말 듣구 숙뱅이 고모네루 갔다가 고모네 시집 식구덜이 찔러박넌다넌 바람이 큰 이모네 사넌 자라내루 갔다가 즉은 이모네 사넌 한나루루 갔다가 광천 진오이가루 갔다가 새재고개 넘어 밤중이 구렛굴루 갔다가 할아부지가 인공 때 토지분배 으이원장질 허구 삼춘이 청년동맹 으이원장질 했다구 할아부지허구 삼춘이 바른손잽이덜헌티 맞어죽었다넌 말 듣구 여기루 왔잖어. 청년대늠덜 무서서 꼭두새벽이 도망질쳐서 여기 높은 산밑이루 왔잖어."

아이는 숨도 쉬지 않고 7대를 물려 살던 고향 마을로부터 쫓겨나 강근지친을 찾아 떠돌아다녔던 이야기를 주워섬겼고, 아낙은 잠깐 인두를 놓고 주먹을 들어 어깨를 두드렸다.

"찢어 육포를 뜰 늠덜. 급살 옘벵이나 맞다 거우러나질 늠덜이 조이 읎넌 지집사람을 짐장 때 광천 독배서 받어온 조긋대갈 저미듯 짓뉘여놔서 온 삭신이 안 쑤시넌 디가 읎다니께. 아 무신 조이가 있너냔 말여, 조이가 있기를. 또 조이가 있다구 헤두 당자헌티 있구 사내꼭대기덜헌티 있지 부모 횡제 일가친척 처자식헌티야 무신 조이가 있너냔 말여. 한 사람이 역적이루 몰리먼 삼쳑이 절딴나던 고릿적 임금시절두 아니것구. 그러구 아번님허구 되렌님이루 말헤두 스사로 그렜간듸. 인공 사람덜이 대이구 시켜대니께 헐 수 읎이 나스긴 했지먼 아 긔덜이 아듯님허구 언니 웬수 갚으라구 웬수 갚으라구 헤쌓넌 것두 인뭥은 재천이라며 손톱 하나 까딱 안헸넌듸. 그러구 또 긔왕 말이 나왔으니께 말이지먼 당자루 말허드래두 그렇지. 아 그 사람이야 골방이서 혼자 책만 읽구 오여손 바른손 웡겨가며 혼자서 바둑만 두구 달 밝은 밤이먼 뒷산이서 혼자 퉁수만 불던 선븨루 온 시상 인민대중덜이 똑같이 팽등허게 사넌 새 시상을 맨들것다구 밤을 낮삼어 뇌심초사허기를 왜정 때버텀 뇌심초사허너라구 뷕이서 밥이 끓넌지 죽이 끓넌지 오불관원이던 사람인듸, 아 왜정 때버텀 주재소며 굉찰서며 혼병대며 가막소 드나들기를 고자 처갓집 드나들덧기 드나들던 사람인듸, 왜정 때야 날강도 같은 왜늠덜 시상이니께 그렜다구 허더래두 시방은 조선사람 시상이 아니냔 말여. 급살 옘병이나 맞다 거우러나질 덴노헤이까 반자인지 만서인지 안 불러두 되구 사내 사람덜 보국대 안끌려가두 되구 지집사람덜 데이신따이 안 끌려가두 되구 나락 공출 넷주발 공출 안헤두 되넌 해방 시상 아니냔 말여. 대 물려가머 왜늠덜헌티 문서이 읎넌 종노릇 허며 압제받구 스름받던 조선사람이 조선땅이서 인제버텀이래두 팔다리 쭉 뻗구 살게 헤보것다구 밤을 낮삼어서 뇌심초사허던 사람을 무신 잘못을 저질렀다구……."

아낙은 연신 주먹으로 어깨며 허리를 두드리며 푸념을 늘어놓았는데, 아이는 종주먹을 대었다.

"워치게 찾어오시너냐니께?"

아낙은 흥 하고 한번 코웃음을 친 다음 자신에 찬 목소리로 말했다.

"림려두 많네, 림려두 많어. 그런 림렬랑은 호랑이다 느냐. 골백 번을 욍겨댕겼어두 틀림읎이 찾어올 테니께. 아 고향집이 가봐서 읎으면 우선 처갓집이루 가볼 테구 처갓집이 가봐서 읎으면 자긔 뉘 시집간 디루 가볼 테구 자긔 뉘 시집이 읎으면 여편네 떨거지덜 찾어서 자라내루 한나루루 광천이루 가볼 테구, 그렇게 눈물자죽 핏자죽 따러 절국 예까장 뒤밟어오잖구 배긔것남. 항차 여긔가 워딘디? 여긔가 워디냔 말여?"

아낙 뒷말에 물기가 어리면서 그 여자는 스르르 눈을 감았다.

"여권 자긔가 처갓집이 가서 새각시 데리구 올 때 쉬가던 디 아니냔 말여. 다리덜 아플 텐디 쉬가자구 허먼서 후행 오시던 오라버니가 저쪽에서 짐꾼덜허구 약주 자시넌 틈이, 뷜꼴. 남부끄럽게 워느 틈이 진달래꽃 한 셍이를 꺾어들구 있다가 자긔 각시 귀밑이다 꽂어주던 바루 그 자리가 아니냔 말여. 귀밑이다 무신 금노리개 은노리개래두 되넌 것마냥 진달래꽃 꽂어주며 이응원히 뷘치 말구 장구허니 향복허게 살자구 허던 바루 그 자리가 아니냔 말여. 급살. 허기야 시방 생각허면 이 고상을 시킬려구 그때버텀 다짐헸던 줄 알아채렸어야 허넌 건디. 거시기 뭐라더라 응, 그렇지. 이제 새날이 밝어왔구 영광된 새 조선 새 시상이 왔으니께, 새 조선 핑등 조선 새 시상이 올거라던가, 하여간이 심들구 글력 팽긔더

래두 쬐끔만 참구 전디자구 쬐송쬐송헤쌓던 걸 그때가 마침
왜늠덜이 쬦겨가구 해방이 된 담 해 봄이었으니께 이 믜련
허기가 똥이 멱까지 찬 지집이 해방된 나라 얘길 허년 중만
알었지 아 나라이서 국뀝이루다 금허년 오여손잼이 허자년
소린 중 워치게 알었을꾸. 허기야 그때는 국뀝이루다 금허
지두 않구 오여손잼이덜이 애국자구 헥멩가라구 손뼉받던
때였지먼. 하여간에 그저 신언서판이 구족허구 얼굴이 관옥
같은 새신랑이 꽃 꽂어주던 것만이 남부끄러먼서두 고맙구
황첨해서 그저 고개만 팍 쉭이구 있었으니께."

"증말루 찾어오실 수 있을라나?"

"꿍. 왜 뭇 찾어오것냐. 각시허구 첫 맹서이 헌 디루 안 오
구 자긔가 워디루 가것어. 게다가 자긔 엄니 자긔 아부지 자
긔 큰동상까장 자긔 때메 당신덜 멍이 뭇 돌어갔넌디. 아 자
긔 엄니년 자긔 때메 실성까지 헤서 꿈속이서두 애븨냐 애
븨가 온겨 바람소리만 들려두 애븨냐 애븨가 온겨 허구 부
르짖으며 심설 손자새끼보구두 애븨냐구 헤쌓다가 돌어가
셨넌디, 높은 산 쪽이루 머리를 돌리구 돌어가셨넌디, 하얗
게 눈을 뜨구 돌어가셨넌디, 자긔가 인두겁을 쓴 사람이라
먼 와야지. 반다시 와서 자긔 엄니 자긔 아부지 자긔 큰동상
원 풀어주구 살어야지."

"살어 기셔야 올 거 아녀?"

"왜 안 살어 있어?"

"죽었을지두 물른다메? 거시기 북선이루 넘어갔을지두
물른다메? 아부지가 선상님이라구 불르며 왜정 때버럼 쫓

어댕기던 이가 북선이루 내뺏다메? 그러니께 아버지두 그
쫓어서 북선이루 갔넌지 물르잖어?"

"긔야 유명짜허게 두목 노릇 허던 이니께 두목찌리 글력
저루다가 글력 팽겨서 쬦겨간 거겠지먼 늬 아부지야 긔 긘
마잽이 허던 인디 뭣 줏어먹으러 쫓어간다네? 자긔 집 자긔
식구덜 놔두구 뭣 줏어먹으러 북선이루 가? 흥. 옛날버텀 남
남북녀라구 북선 땅이는 여수 같은 지집년덜이 많다니께 새
각씨 은을라구 북선이루 가남? 항차 죽기는 왜 죽넌다네?
처자식은 워치게 허라구 자긔만 죽어? 죽어두 하냥 죽구 살
어두 하냥 살어야지 무신 철천지 억하심뽀루 자긔만 죽어?"

"그런디 그렇게 엄니 말대루 집은 찾어오신다구 혜두······
아부지가 날 물러보먼 워척헌다?"

"별 옴뚝가지 같은 소리 다 허네."

아낙이 하얗게 눈을 흘겼고 아이는 손등으로 눈을 문질
렀다.

"난 한나두 생각 안 난단 말여. 아부지 생각이 한나두 안
난다니께."

"시 살이나 먹었었넌디, 왜 생각이 안 난댜. 망지막이루 아
부지 본 게 시 살 때였넌디 왜 생각이 안 나."

"시 살이래두 두 살 맞침이라구 그랬잖어. 스른 살 먹어서
두 살 맞침이라구. 두 살 때 생각이 워치게 난댜."

"바둑은 그렇게 잘 두구 말은 그렇게 소진장이루 잘허넌
애가 워째 그렇게 총긔가 읎댜. 할아부지헌티 한문두 많이
배구 긕 아부지 닮어서 다긔차기가 마른 건천이 돌팍 같은

애가 왜 그렇게 총기가 읎어."

아낙이 오금을 박았고 아이는 세 살 때 기억을 더듬는 듯 고개를 외로꼬며 눈을 깜박이다 말고 동그랗게 눈을 떴다.

"얼라, 참. 시 살두 아니잖어? 난리 터지기 해 반 전이 거시 기 예비금속이루 잽혀갔다메? 그때는 그럼 한 살 때 아녀? 한 살 때 생각이 워치게 난댜?"

"아 그때 믠회 갔었잖어? 난리 터지던 해 봄이 가막소로 망지막 믠회 갔었잖어? 그때 쇠창살 틈이루 똑똑히 본 애가 왜 생각이 안 난다넌겨?"

"빌꼴. 엄니는 왜 대이구 인두질만 헤쌓넌댜, 인두질만. 발 써 초저녁이 다 대려졌을 텐디."

"졸리면 자라니께. 건하품만 헤쌓지 말구 졸리면 자란 말 여."

"안 졸리다니께. 한나두 안 졸립단 말여. 그란디 엄니."

"왜 대이구 불러쌓넌댜, 불러쌓기를. 에믜 숨 안 넘어가 너먼."

"아부지가 뭐 사가지구 오신다구 그랬지?"

"또 잊어먹응겨. 아침버텀 골백 번두 더 얘기헤줬을 텐 디."

"한 번만 더 헤달라니께. 한 번마안."

"까그매 괴기를 먹었나베. 금방 잊어먹구 금방 잊어먹구 허넌 걸 보면."

입으로는 핀잔을 하면서도 아낙 입은 어쩔 수 없이 벙긋 벌어졌다.

"새옷두 사오시구, 신발두 사오시구, 또 먹을 것두 잔뜩 사
오시구……."

"옷은 뭘라나?"

"난닝구허구 낙가산 기지루 된 사루마다허구 털 돋친 오
바허구 털 실루 짠 모자허구……."

"그거 말구우."

"응, 세라복?"

"그려."

"넓직헌 에리 달리구 에리에 백테 쳐진 세라복이라구 했
잖어. 내년이 핵교 들어가면 입을 세라복이라니께. 방울 달
린 니꾸사꾸랑."

하는데 아이가

"핵골 들어갈 수 있을라나? 핵교서 날 받어줄라나?"

하고 걱정스럽게 되물었고, 아낙 목소리가 가늘게 떨려
나왔다.

"아 왜 안 받어준다네? 핵교 갈 나이가 찼넌디 왜 안 받어
줘? 이느믜 나라 국삡은 그런 뷥이라네? 그렇긔 허라구 대
즌튕편이 써 있다네? 대밍률이 써 있어? 사상뷤 보관찰령이
써 있구 양늠 포고령이 써 있어?"

"새꼽빠지게 무신늠의 대즌튕편이구 대밍률이랴. 무신늠
의 보관찰령이구 포고령여. 아 시방은 야끄기며 삐시꾸며 호
줏기 같은 서양 뱡기가 날러다니며 폭탄을 던지구 인믠이
나라이 쥔이라넌 공산쥐가 됐다가 자본쥐가 됐다가 하루아
침이두 몇 번씩 뒤집어지넌 시상인디, 대밍츤지 밝은 시상

인디, 엄니는 으른이먼서 그런 것두 물른댜."

"아 대밍츤지 밝은 시상이구 개밍된 시상이라 애븨가 조
인이라구 자식까정 츠벌헌다네?"

"아부지가 워치게 조인이랴? 조인이먼 도대처 무신 조이
를 진겨? 접때 아저씨들 말룬 혁멩가구 애국자라던디."

"아 핵멩가구 애국자먼 왜 자긔 집이루 뭇 들어오구 싸다
니넌겨. 이 설중이 워디루 싸다니너라구 슫달 그믐날 밤이
두 올 생각을 안허넌겨. 올 생각을 안혜서 처자식 밍줄을 말
리넌겨."

"관두구 뒤나 대봐."

"뭘 대라니?"

"신발 말여."

"운동화라니께."

"아, 운동화."

하고 되받아 다짐하며 아이는 스르르 눈을 감았고, 아낙
이 말했다.

"그렇다니께. 찰고무루 바닥 대구 알록달록헌 홍겁이루
뚜껑 씐 운동화라니께."

"증말여? 증말루 찰고무루 바닥 대구 알록달록헌 홍겁이
루 뚜껑 씐 진짜 운동화란 말여? 왜늠덜 신던 지까다븨가
아니구?"

"마위욾게 무신 지까다븨랴? 서양애덜 신넌다넌 운동화
라니께."

"그럼 인저버팀은 돼지불알이다 바람 느서 공마냥 거시

괴허구 놀어두 되구 아무 디루나 달음박질쳐 댕겨두 된단
말이지? 흥겁신이나 거먹고무신마냥 잘 벗겨지지두 않넌단
말이지?"

"그렇다니께."

"…… 난 말여."

"그려."

"난……."

"왜 그려?"

아낙이 무심히 재촉했고, 이윽고 아이가 말했다.

"산이루 갈쳐."

"산이루 가다니. 내력읎이 깎은머리 중 된단 말여?"

아이는 힘껏 도리질을 했다.

"야산대 나갈쳐."

"뭐시?"

인두를 밀던 아낙 손길이 못박힌 듯 그 자리에 멎었고, 아
이는 아랫입술을 꼭 깨물었다.

"야산대 나간다니께."

아낙 손이 눈에 띄게 흔들리면서 아이를 바라보는 낯빛이
창백하게 바래졌는데, 아이는 꼿꼿하게 허리를 펴면서 분명
하게 말했다.

"산이루 가서 야산대 헐쳐. 아부지가 사오넌 운동화 신구
방울 달린 니꾸사꾸 메구 산이루 가서 야산대 헐쳐."

"영복아."

침묵 끝에 아낙이 아이를 불렀고 아이는 말없이 아낙을

바라보았다. 아낙이 말했다.

"너…… 야산대가 뭔중 아네? 뭔중이나 알구 허넌 애긴
여? 시방."

"누가 물를 줄 알구."

"뭐냐니께?"

"압제받구 스름받구 굶주리구 흘벗넌 거시긔 뇌동자 닝
민덜 위해서 거시긔헌 사람덜허구 싸우넌 사람이지. 인뮌
유긱대."

"그런 소리 누구헌티 들었네? 그 급살맞일 과객이 그러
담?"

"아 엄니가 그렛잖어."

"뭐시?"

"빌꼴. 자긔가 그레놓구선 딴소리 허넌 것 점 봐. 자긔가
그레 놓구선 조이 읊넌 과객사람 욕허넌 것 점 봐. 아 자긔
가 인공 때 여으맹으원장."

하는데 아낙이 급하게 손바닥으로 아이 입을 틀어막았다.
인두가 질화롯가에 부딪쳐 얼음장 갈라지는 소리를 내며 방
바닥에 떨어졌고 아이는 숨이 막혀 캑캑거렸다. 그 여자는
봉창께를 한번 바라보고 나서 소리죽여 말했다.

"이느믜 자슥, 또 그런 소리 헐쳐? 또 그런 숭악헌 소리
헐쳐?"

아이는 몸부림을 쳐 아낙 손을 잡아떼며 다시 말했다.

"자긔가 그랬잖어. 동네사람덜 앞에서 자긔가 그렇긔 린
설헸잖어. 아부지두 밤낮 그랬다메. 밤낮 그런 겅구만 헷기

때메 왜증 때버텀 가막소만 댕겼다메."

"이느믜 자슥이 그레두."

하고 낮게 소리치며 아낙은 아이 모가지를 끌어당겨 물 부어 샐 틈 없이 입을 틀어막았다.

"또 그런 소릴 헐래? 또 그런 소리 헐쳐? 접때두 오이갓집이 갈 때 층년대 앞에서 그런 소리 헤가지구 그 몸서리나던 졸킹 치뤄놓구선 또 그런 소리 헐쳐?"

"으 으 으……."

아이가 숨 넘어가는 소리로 캑캑거리며 낯빛이 사색이 되어서야 아낙은 손을 떼었고, 그 여자는 다시 한번 봉창께를 바라보며 진저리를 쳤다. 한참만에 아이가 조심스럽게 물었다.

"야산대 사람덜은 그럼 거시긔헌 사람이랴?"

"………."

"나쁜 사람이냔 말여? 왜늠덜이랑 양늠덜마냥?"

"왜늠덜이야 멩토 박어 나쁜 늠덜이구 양늠덜은……."

하다가 아낙은 불안한 눈빛으로 봉창께를 바라보았다.

"아 할아부지가 장 안 그러시담. 미국늠 믿지 말구 쏘련늠 쪽지 마라 지나늠 지랄허구 일번늠 일어난다 조선사람 조심헤라."

"존 사람여 나쁜 사람여?"

"……나쁜 사람여."

"존 사람이라구 그랬잖어? 글력 읎구 골력 읎구 돈 읎넌 불쌍헌 인민대중덜 위혜서 싸우넌 존 사람이라구 린설 때 그렛잖어?"

"또 그런 소리 헌다, 또 그런 소리 혀."

"물르니께 물어보넌 거잖어."

"아 살살 말혀. 남 들으면 워쩍혈라구."

아낙은 다시 한번 불안한 눈빛으로 봉창을 바라보았고 아
이가 목소리를 낮추었다.

"살살 헐께. 살살 헐 테니께 대답혀봐. 왜 륀설 때 그랬
댜?"

"그거야 그 사람덜이 시키넌 대루 헌 소리지 내 소리간
듸. 그 사람덜이 혁멩동지라메 그렇게 륀설허라구 혀서 그
런 거지."

"엄니가 무신 혁멩가랴?"

"나보구 헌 소리간듸. 늬 아부지보구 헌 소리지."

"자긔 소리두 아닌디 왜 그런 륀설을 헌댜?"

"너두 점 생각혀봐라. 늬 아부지 닮어서 다긔차구 공굴차
기가 마른 건천이 돌팍 같은 애니께 너두 점 생각혀봐. 아무
리 이치가 그렇다구 혜두 그렇지…… 그런 새 시상이 원제
온다넌겨? 어느 하세월이 그런 부자두 가난뱅이두 읎구 지
주두 소객인두 읎구 거시기 자본가두 뇌동자두 읎구 그렇
게 똑같이 땅 노놔갖구 똑같이 일혀서 똑같이 나눠먹넌 그
런 펭등헌 시상이 온다넌겨? 그런 팽등헌 시상이 와서 콩 한
쪽두 서루 노놔먹으면서 오순도순 장구허니 향복허게 산다
넌겨? 그런 꿈 같은 소리는 다 책 속이만 써 있넌 소린겨. 지
렝이 겨가넌 것 같은 꼬부랑 글자루 된 책 속이만. 그래서 그

나마 주면 주는 대루 먹구 쌔리면 쌔리넌 대루 맞어주면서 쥐죽은 듯기 엎어져 살면서 씨보전이나 허넌 무지렝이 백성덜 제 멩이 뭇 죽게 맨드넌 소린겨."

"즌향했남? 킹찰서 갔다오더니 바른손잽이루 즌향헌겨?"

"내가 무신 새상가구 주이자냐? 즌향허게. 다 몸떵이루 적은 남저지 얘기지."

"내둥 안허던 소릴 허니께 말여. 내둥 오여손잽이가 옳다구 허던 사람이 민국 사람덜 같은 소리만 허니께 말여."

"그런 소릴랑 허덜 말라니께. 그런 소릴랑 아이여 입밖이두 내지 말란 말여. 그러구 너두 점 생각헤봐라. 너두 점 생각헤봐. 우덜은 뭐냔 말여. 아 뇌동자 넝민이 쥔 노릇 허넌 새시상 맨들겄다구 밤을 낮삼어 뜨다니다가 총맞어 죽었넌지 북선이루 넘어갔넌지 다서 해가 다 되두룩 콧배기두 안 븨치니, 그래 그 처자식은 뭐냔 말여. 워치게 살란 말여. 그러구 또 우덜이 뇌동자냐 넝민이냐. 양반이지 두반인지 찌끄레기 잔반이라지면 반상이 옰어진 개멩시상에 송곳 박을 땅 한 뼘 옰으니 넝민이 뭇되구 생일헐 글력이 옰으니 뇌동자가 뭇되넌 우덜은 그래 뭐냔 말여. 너르나 너른 조선팔도 사방천지 몸 뉠 데 옰이 이리 쬦기구 저리 쬦겨서 산고랑탱이루만 산고랑탱이루만 숨어 다니넌 우덜은 그래 뭐냔 말여. 워치게 살란 말여. 또 갱신히 워치게 숨이 붙어 살어남넌다구 혜두 핑생을 두구 뿕겡이 지집 뿕겡이 색긔란 소리가 붙어 다닐 우덜은 그래 뭐냔 말여. 워치게 살란 말여."

아낙은 치맛귀를 들어 팽 소리가 나게 맑은 코를 풀었고,

한참 만에 아이가 또 물었다.

"그럼 토벌대 되까?"

아낙이 주먹을 들어 아이 머리통을 쥐어박았다.

"으이구 이늠아, 이 철읎넌 늠아. 야산대구 토벌대구 자본쥐구 공산쥐구 그느믜 댓자 들구 쥧자 붙은 말만 들으면 사지가 블벌 떨린다. 만서이 부르는 소리 듣구 총찬 늠 그림자만 봐두 오뉴월이 당학 들린 늠처럼 사지가 블벌 떨려."

"그럼 아까 얘기나 더 헤봐."

"뭘 말여?"

"아부지가 사오신다넌 거."

"얘기했잖어. 새옷두 사오시구 신발두 사오신다구. 방울 달린 니꾸사꾸랑."

아이 목에서 꼴깍하고 침 넘어가는 소리가 났다.

"먹을 거는?"

"글강 웨듯 또 웨보라넌겨."

"얼르응."

"눈깔사탕·요꼬시·셈베이·미루꾸·카라메루·끔……."

아낙이 주전부리 이름을 주워섬길 때마다 아이는 졸린 눈을 깜박이며 머리를 주억거리는데, 아낙은 문득 숨을 삼켰다. 개짖는 소리가 들려왔던 것이다. 그러나 잠결에 짖었던 것인지 개짖는 소리는 두어 번 공허하게 들려오다가 이내 잠잠해졌고, 그 여자는 포옥 하고 다시 한숨을 삼켰다.

아낙은 앉은 자리에서 고개를 외로 꼰 채로 잠들어 있는 아이를 끌어당겨 무릎에 눕혔다. 아이는 꿈속에서도 무엇이 불안한지 자꾸 엄마 손을 끌어당겨 샅 사이에 넣고 꼭 눌렀다.

…… 맘 다져먹으라니께. 아 향방불명된 지 다서 해먼 인내장이 콩 팔러 간 사람인디, 원제까장 지둘린다넌겨? 애 아부지는 와유. 꼭 온다니께유. 앗따 홍성댁두 답답허기는. 아 아니헐 말루 왜정 때버텀 오여손잽이 허다가 향방불명된 사람이 다시 온단들 무사헐까. 그렇게 뜨건 정을 다시구두 아즉 정신을 못 채려? 온다니께유. 꼭 다시 온다구 약조헷단 말유. 원젠가는 반다시 꼭 다시 온다구. 그러지 말구 한 나이래두 즉을 때 팔자 고치라니께. 홍성댁두 내년이면 서른 아녀. 아 지집 나이 서른 고개만 넘으면 머슴방이서두 괄세받넌다넌 옛 말이 있넌디. 인물이 아까서 허넌 소리여, 인물이. 항차 여늬 자리여. 아 킹찰 사람이먼 골력 있겄다 이 난중이 더 볼 거 뭐 있넌겨. 아 담배 점 그만 펴유. 애 숨맥혀 죽겄네. 웬 독헌 수연을 대이구 펴댄댜. 독헌 담배래두 펴야 살지. 이 흠헌 난셀 살라먼 독헌 담배래두 대이구 펴야 산다구. 어려서버텀 독헌 냄샐 쒜구 크먼 양중이 커서두 엥간헌 비바람 앞이선 끄떡두 안헐 테니께. 온다니께유. 원젠가는 반다시 꼭 오겠다구 약조했단 말유. 맘 다져먹으라니께. 재취자리라지먼 아 킹찰사람헌티루 가먼 우선 신분보장두 되겄다, 좀 좋아. 아무리 그렇다지먼 애아부지가 바루 킹찰사람헌티 끌려갔넌디. 아 그러니께 더 좋지. 더 완구이 신분보장이 될거 아녀. 긔는 더구나 왜정 때 흔빙 보조원 댕기다가 해방되구 순사루 올러섰다넌 사람인디. 그런 무색 읋넌 소리 말어. 긔 계급

이 시방 뭔 중 알어. 그러구 흔병 보조원은 그만두구 주재소 고쓰가이 댕기던 이덜두 죄 관공리루 올러서서 흰목 잦히구 사넌 시상 아녀. 아 이런 촌간이는 그만두구 대처 한양이서 정칙허넌 이덜두 거즈반 다 왜늠 양늠 밑이서 고쓰가이질허던 이덜인디. 온다니께유. 반다시 꼭.

아낙은 힘껏 도리질을 하면서 잠든 아이를 꼭 끌어안았다. 밖에는 아직도 눈이 내리는지 먼 골짜기에서 설해목 넘어지는 소리가 짐승들 울부짖음처럼 들려오는데, 시나브로 일렁이던 등잔불이 금방이라도 꺼질 듯 낮게 잦아들었다. 그 여자는 서둘러 등잔 심지를 올렸고, 아이는 꿈속에서도 무엇을 먹는지 자꾸 마른입맛을 다시며 잠꼬대를 하였다.

"아부지 오시면 깨줘야 뎌. 새벽이라두 아부지 오시면 꼭 깨줘야 뎌, 이."

『창비 신작 소설집』 1984년

바람 부는 저녁

"또 내려갈껴?"

보퉁이에 손을 얹은 채로 아낙이 다짐을 두었고, 아이는 내려깐 눈길로 말없이 발 밑만 바라보았다. 아낙이 다시 다짐을 두었다.

"또 내려갈 거냔 말여?"

숙이고 있던 고개가 좀더 밑으로 내려가면서 아이는 오른쪽 엄지발가락 끝에 힘을 주었다. 가물 때 논바닥처럼 갈라터져 엉그름진 검정고무신 코가 비틀리면서 꽈리 터지는 소리가 났고, 아낙이 다시 한번 종주먹을 대었다.

"또 내려갈 거냔 말이라니께? 오늘 아침이두."

아이는 더욱 빠르게 발가락만 오므렸고, 아낙은 포옥하고 한숨을 내쉬었다. 그 여자는 보퉁이를 끌어당기며 진저리를 쳤다.

"너는 그느믜 소리가 몸서리나지두 않넌겨. 오여손잽이란 소리. 뻘겡이색긔란 소리. 임집것덜헌티 그 폭백을 받구 아색긔덜헌티 그 종애골림을 당하면서두 진저리쳐지지두 않너냔 말여. 급살옘벙이나 맞다 거우러나질 인짐승늠덜."

아낙은 다시 한번 표가 나게 어깨를 떨고 나서 물빠진 소 창 치맛귀를 들어 팽 소리가 나게 맑은코를 풀었다.

"위째 그렇긔 창심을 뭇허너겨. 아무리 어린애라지면 그 쬘경을 치뤄놓구서두 위째 그렇긔 창심을 뭇허너냔 말여. 쬐 금만 더 참구 전뎌보자구 안 그려. 여태까지두 전뎠으니 쬐 끔만 더 참구 전뎌보자구. 아 인저 갈두 다갔으니께 긜 보내 구 해동이나 허먼 여길 뜨잔 말여. 이 지긋지긋헌 산고랑탱 이를 떠나서 워디 대처루 나간보잔 말여. 너르나 너른 대전 이나 서울 같은 대처루 나가서 살어보잔 말여. 애븨하구 큰 삼촌이 오여손잽이 혰던 집안이라구, 할아부지가 토지분배 으이원장질 혰구 에믜가 여맹으이원장질 혰던 집 색긔라구 마빡이다 써붙인 것두 아닐 테니, 대처루 나가면 월마던지 살 수 있잖것냔 말여. 암 살다마다."

아낙은 스스로 다짐을 두는 듯 스르르 눈을 감으면서 목 소리를 높였다.

"암 살 수 있구말구. 핵교두 월마던지 들어갈 수 있구, 핵 교뿐여. 쌀밥두 먹을 수 있구, 괴깃국두 먹을 수 있구, 뜨건 물이다 목간두 혈 수 있구, 목간뿐여. 목이루 된 사루마다두 입을 수 있구, 내복두 입을 수 있구, 세라복두 입을 수 있구, 털 돗친 오바두 입을 수 있구, 운동화두 신을 수 있구, 운동 화뿐여."

하는데 아이 고개가 번쩍 들려졌다. 밤송이 같은 머리통에 군데군데 도장밥이 찍혀 있고 마른버짐이 피어 있는 얼굴이 었는데, 눈동자가 해맑았다. 그 아이 아침 이슬처럼 해맑은 눈동자에 맺혀 있던 눈물 한방울이 댑싸리로 얽은 사립틈을 비집고 들어온 아침햇살을 받아 반짝 빛났다.

"아부지는 워치게 허구?"

"뭔 소리랴?"

"아 아부지는 워치게 허너냔 말여? 우덜이 대처루 윙겨 가버리면 아부지는 워치게 찾어오너냔 말여? 주소두 물를 텐디."

"살었으면 찾어올 테지. 총 맞어 죽잖구 북선이루 안 넘어 갔으면 찾어올 테지. 자긔 처자식이 사넌 디루 찾아오잖구 배기겄어. 핏줄이 있구 천륜이 있넌디. 훌륭헌지는 물르지먼 잘나구 똑똑헌거루 치먼 읍내는 그만두구 도청 있넌 대전이 며 서울이서까지두 쳐준 인물이었으니께."

"잘났넌디 왜 죽었댜? 잘나구 똑똑헸넌디 왜 죽어?"

아이가 오금을 박았고, 보퉁이를 잡고 있던 아낙 손이 잔 물결처럼 가늘게 흔들렸다.

"뭐여?"

아낙 목소리가 높아졌다.

"뭐라구 헌겨? 시방."

아이 고개가 외로 비틀렸다. 그 아이는 입안엣 소리로 중 얼거렸다.

"죽었으니께 안 오지 왜 안 온댜. 죽잖었으면 왜 다서 해 가 늠두룩 여태 안 돌어오너냔 말여. 수전두 되구 거시기 슨

거두 끝났다넌디……."

아이를 노려보는 아낙 눈에 핑그르르 물기가 돌면서 그 여자는 입술을 꼭 깨물었다.

그 여자는 보퉁이를 머리에 얹고 끙하고 힘을 썼다. 그 여자는 잠시 그렇게 우두망찰하게 서 있다가 사립 쪽으로 발을 떼었다.

"해 떨어지기 전이 올 테니께 꼼짝 말구 있넌겨. 꼼짝만 했다간 저녁은 굶을 테니께."

아이는 여전히 쪼그리고 앉은 채로 발 밑만 바라보았고, 아낙이 말했다.

"신작로질루 내려가지 말란 말여. 임집것덜허구 핵교 댕기넌 아색긔덜두 무섭지먼 용천뱅이덜이 더 무서니께. 용천뱅이덜이 애덜만 보면 잡어다가 배 갈르구 간 빼먹넌단 말여, 간. 급살맞게 이 날리통거리에 무신느믜 용천뱅이덜이 그렇게 들끓넌지 원."

아낙 뒷말에 물기가 어리면서 그 여자는 어깨에다 얼굴을 문질렀다. 그 여자는 고개를 비틀며 팽 소리가 나게 다시 한번 맑은코를 풀었다.

"심정 상허넌 소리 허지 말구 산 밑이루 네려가지 말란 말여. 산 밑이루. 산 사람은 살어야니께. 향방불명된 사람 지둘리다가 생이루 말려죽을 수는 읎으니께. 여봐란 듯기 살어야지. 암 살어야 허구말구. 그레야 그 사람두 안심헐 테니께. 아 그래서 이렇게 식전 아침버텀 장사 나가넌 거쟎여. 식전 아침버텀 산이슬 맞어가머 오가구 백릿질을 짓투디려 가며 댕기년 거쟎여. 간땅꾸 한 개라두 팔구 한소데 한 개래두 팔어서 돈 사볼라구. 그러니께 지발덕분 불쌍헌 에믜 하나 살리넌 셈 치구 오늘버텀은 산 밑이루 네려가지 말란 말여. 급살맞게 받어주지두 않넌 핵교 간다구 산 밑이루 대이구 네려가진 말란 말여."

아이가 힘껏 도리질을 했다.

"훌륭헌 사람 될라구 그런단 말여. 훌륭헌 사람이 되야 아부지를 만날 수 있다구 그랬쟎어. 훌륭헌 사람이 될라면 궁구럴 헤얄 거 아녀. 궁구럴 헐라면 거시기 핵교를 댕겨얄 거 아녀, 핵교를."

"꼭 핵교를 댕겨야만 훌륭헌 사람이 된다네."

아낙은 흥하고 코웃음을 쳤다.

"늬 아부지를 봐라. 그 잘났다넌 늬 아부지라넌 사람을 봐. 핵교라고는 소핵교밖이 안 나왔어두 강의록 보구 독궁구 헤서 서울 있넌 대학 선상까지 헌 늬 아부지라는 사람을 봐."

"픠. 용천뱅이래두 만났으먼 좋겠네. 용천뱅이 아니라 호랭이래두. 용천뱅이 아니라 호랭이래두 만나서 하냥 동무 헤서 놀었으먼 좋겠단 말여."

아이는 입술을 비쭉이며 혼잣말로 중얼거렸다.

"픠. 누가 가갸 뒷다리 배구 셈본 밸라구 핵교 가넌 중 아넌 모냥이지. 그까짓 건 혼자서두 월마던지 헐 수 있단 말여. 구구단두 옛날이 뗬구 한문두 맹자까장 읽다 말었넌디……."

사립을 벗어난 아낙이 산길로 접어들면서 소리쳤다.

"이따가 시장허걸랑 뷕이루 가봐. 솥 속이 보리개떡 쪄논 거 있으니께. 꼭꼭 씹어서 먹넌겨, 이. 목 맥히잖게 짐치국물 허구, 이."

아낙 목소리가 점점 작아졌다.

"알었지이. 알었으면 얼릉 방이루 들어가란 말여. 방이루 들어가서 방문 꼭꼭 걸어잠그구우."

소리쳐 제 이름을 부르며 신작로길을 달려오는 아버지를 향하여 산길을 달려 내려가다가 돌부리에 걸려 넘어지는 바람에 잠이 깬 아이는, 자꾸 마른입맛을 다셨다. 봉창 밑으로 내려온 햇살은 이제 한 뼘쯤 남아 있었고 오슬오슬 한기가 돌았다. 아이는 점심으로 보리개떡을 먹다가 그만 깜빡 잠이 들었는데, 손에는 아직도 코딱지만큼 남아 있는 보리개떡을 쥔 채였다.

아이는 늘어지게 기지개를 켜고 나서 손에 쥐고 있던 것을 입에 털어넣었다. 보리개떡을 씹다 말고 아이는 문득 귀를 기울였는데, 멧비둘기 우는 소리였다. 멧비둘기는 뒤란 쪽에서 다시 한번 길게 울었다.

아이는 봉창을 열고 토방으로 내려섰다. 그리고 버릇처럼 마을 쪽을 내려다보다가 거적문을 들추고 부엌으로 들어갔다. 흙벽에 걸려 있는 구럭망태를 내리고 엉그름진 검정고무신에 마른 칡덩굴로 감발을 쳤다.

구럭을 어깨에 멘 아이는 잠깐 무엇인가를 생각하다가 다시 봉창문을 열고 삿자리 밑을 더듬어 물푸레나무 막대기를 손에 쥐었다. 제 키만한 물푸레나무 막대기를 지팡이삼아 손에 쥔 아이는 저 아래로 점점이 엎드려 있는 마을과 마을 너머로 아득하게 보이는 신작로를 바라보다가 힘껏 도리질을 하고나서 산길로 접어들었다.

겨우 사람 하나가 지나갈 만큼 좁좁한 오솔길에는 이질풀 구절초 금강초롱 동자꽃 메꽃 개상사화 꽃무릇 패랭이꽃 같은 메꽃들이 무더기로 피어 있었고 나뭇가지에서는 방울새 개똥지빠귀 턱멧새 곤줄박이 같은 멧새들이 뒤섞여 저마다 다른 목소리로 지저귀고 있었다. 시든 멍석딸기를 씹어넘기던 아이는 얼굴을 찡그리며 서낭당 앞에서 걸음을 멈추었다. 구럭과 지팡이를 한 편에 놓고 제 주먹만한 돌을 집어들었다. 서낭당에는 아이 키만한 높이 돌무덤이 쌓여 있었는데 오가는 사람이 드문 궁벽한 산길이어서 순전히 아이와 아낙 두 모자가 던진 돌들이었다. 아낙은 보따리 장사를 다니면서 오가며 한 개씩 돌을 던졌고 아이는 새알을 줍거나 산딸기를 따거나 상수리를 주우러 갈 때마다 한 개씩 돌을 던졌던 것이다. 아이는 숨을 삼키며 조심스럽게 돌을 던졌다. 돌멩이는 돌무덤 맨꼭대기에 틀림없이 떨어졌고 그 아이는 숨을 내쉬었다. 아이는 두 손을 모아 가슴에 댔다. 그리고 두 눈을 꼭 감고 조그맣게 중얼거렸다.

"서낭님, 서낭님, 우라부지 점 오시게 헤쥐유. 반다시 꼭 점 살어서 돌어오시게 헤쥐유, 야. 숭악헌 총두 안 맞구 거시긔 북선이루 넘어가지두 않구, 꼭 점 얼릉 점 돌어오시게 헤달란 말유. 내년 봄되면 엄니하구 나는 대처루 윙겨갈 거란 말유, 서낭님."

싹싹 비벼대던 손바닥질을 멈춘 아이는 손바닥을 코끝에 대어보았다. 손바닥에서는 닭똥냄새가 났고 아이는 얼굴을 찡그리며 다시 구럭을 메고 지팡이를 잡았다.

서낭당을 끼고 돌자 미륵바위가 나왔고 아이는 다시 구럭과 지팡이를 내려놓았다. 그리고 다시 두 손을 모이 가슴에 대고 눈을 꼭 감았다. 바위는 그냥 여느 바위였는데 위쪽이 사람 머리모양을 하고 있어 아이는 미륵바위라고 혼자 이름을 지었다. 옛살라비집에 살 때 할머니를 따라 만불사 절을 다니던 기억이 떠올랐던 것이다. 그 아이는 할머니가 그랬던 것처럼 깊숙이 허리를 숙이며 조그맣게 중얼거렸다.

"미륵님, 미륵님, 우라부지 점 오시게 헤줘유. 반다시 꼭 점 살어서 돌어오시게 헤줘유, 야. 우라부지가 살어오셔서 엄니랑 나랑 아부지랑 우덜 옛살라븨집에서 거시기 장구허니 향복하게 살게 점 헤줘유, 야. 미륵님."

아이 목에서 꼴깍 하고 침 넘어가는 소리가 나면서 그 아이 해맑은 눈에 물기가 어렸다.

"증말루 그렇게 점 헤줘유. 나랑 엄니랑 아부지랑 할아부지랑 할머니랑 삼촌이랑 고모랑 그러구 거시기 누렝이랑 빙아리랑 퇴깽이랑 그러구 또 거시기 잠자리랑 풍뎅이랑 나븨랑 개믜랑 하냥 그렇긔 옛날마냥 오순도순 향복허게 살게 점 헤줘유. 장구허니 향복허게 지발덕분, 미륵님."

아이는 옷소매에 눈을 문지르며 다시 구럭을 메고 지팡이를 잡았다. 미륵바위를 끼고 돌자 이내 상수리나무 숲이 나왔고 아이는 제 머리통만한 돌을 들어 상수리나무 밑둥을 쳤다. 나무가 흔들리는 소리에 멧꿩이 깃을 치며 날아올랐고 우수수 우수수 소나기 쏟아지는 소리가 나며 상수리가 쏟아져 내렸다. 아이는 팔뚝으로 이마 땀을 문지르며 구럭에 상수리를 주워담았다. 잠시 후 가득해진 구럭을 메고 지팡이를 잡는데 어디선가 이상한 소리가 들려왔다. 가만히 귀를 기울여보니 멧비둘기가 우는 것 같고 멧꿩이 깃을 치는 소리 같고 흐느끼며 흘러가는 개울물 소리 같은 그 소리는 사람 소리였고 그리고 노랫소리였다. 아이는 지팡이를 잡은 손에 힘을 주었다. 아이는 고개를 갸웃하며 잠깐 생각하다가 구럭을 내려놓고 가만가만히 소리나는 쪽으로 나아갔다. 상수리나무 숲을 벗어나자 버덩이었는데 키를 넘는 참억새밭이 멧등을 따라 쫙 펼쳐져 있었다. 산날맹이 밑으로부터 바람이 불어왔고 늦가을 저녁 하늬바람을 받아 참억새가 물결처럼 흔들리고 있었다.

물결처럼 흔들리고 있는 참억새밭 앞에 웬 사내 하나가 앉아 있었다. 그 사내는 찢어진 벙거지를 깊숙이 눌러 쓰고 때에 절고 낡은 입성을 하고 있어 한눈에도 동냥아치로 보였다. 노랫소리가 들려왔다.

고오향이 그리이워어도 못가아는 시인세
저어 하아늘 저산아아래 아득하안 처언리이
어언제나 외로워어라 타향에서 우으느은몸
꾸음에에본 내애고햐앙이 마냥 그으리이워어

구성진 가락으로 노래를 부르고 난 사내가 어깨에다 얼굴을 문질렀다. 그리고 나서 그 사내는 코를 풀었는데, 아이는 문득 숨이 멎는 것 같았다. 코를 잡고 있는 손가락이 엄지와 검지를 빼놓고는 반토막이 뚝 떨어져나간 것이었다. 벙거지를 깊숙이 눌러 쓰고 있어 똑똑히 볼 수는 없으나 아마도 눈썹도 떨어져 나가고 없을 것이었다.

"용천뱅이."

하고 중얼거리며 아이는 얼른 마른침을 삼켰다. 아이는 자꾸 마른침을 삼키며 아랫배에 힘을 주었다. 아랫배에 힘을 주었는데 아랫배에 너무 힘을 주는 바람에 삑하고 그만 방귀가 나왔고, 당황한 그 아이가 미주알에 힘을 주어 막는 바람에 삑, 삑, 삑하고 잇달아 줄방귀가 터져나왔다. 사내가 고개를 돌렸고, 아이는 물푸레나무 지팡이를 잡은 손에 힘을 주며 잽싸게 도망갈 자세를 취했는데, 사내가 벌떡 몸을 일으켰다. 아이가 연속해서 줄방귀를 뀌고 있는데 사내가 천천히 다가왔다. 아이 얼굴이 문창호지 색깔로 변했고 사내가 껄껄 웃음을 터뜨렸다.

"괜찮다. 잡아먹지 않을 테니 안심해라."

사내가 다시 껄껄 웃음을 터뜨렸는데, 예상대로 눈썹이 없었고 한쪽 손 손가락 마디가 세 개나 몽땅 떨어져 나간 것이어서 아이들을 잡아 배를 가르고 간을 빼먹는다는 용천뱅이가 분명했다. 이미 피할 수 없게 된 아이는 어쩔 수 없이 사내를 바라보았는데 눈썹은 없었지만 콧날이 반듯했고 햇볕에 타고 야위었으나 그런대로 끼끗한 얼굴이었다. 무엇보다도 눈빛이 날카로왔고 아귀센 엄장이었다. 용천뱅이 입가에 살푸슴이 떠올랐다.

"너 산 밑 막집 살지? 엄마하고 둘이."

아이는 한 발 뒤로 물러서며 지팡이를 꼬나쥐었다. 여차하면 구럭도 팽개치고 도망칠 작정이었는데 용천뱅이가 섰던 자리에 무심하게 주저앉았다. 용천뱅이가 고개를 끄덕였다.

"역시 핏줄은 속일 수 없는가보다. 암 그래야지. 사내란 모름지기 자기를 방어할 수 있는 힘이 있어야 하는 거야. 힘이 없다면 적어도 정신만이라도. 김선생이 그래도 자식농사만은 잘 해놨구먼. 아직 유한은 많겠지만."

"뭐라규? 시방 뭐라구 헌규?"

아이가 지팡이를 팽개치고 용천뱅이 앞으로 다가서며 따지듯 물었고 용천뱅이가 윗주머니를 뒤져 쓰럭초가 담긴 봉지를 꺼냈다. 아이가 다시 야무지게 따져물었다.

"뭐라구 헌규? 시방. 시방 아저씨가 뭐라구 했너냔 말유?"

마분지 쪽에 침을 발라 쓰럭초를 말던 용천뱅이가 아이를 바라보았는데 눈썹이 없는 눈가에 따뜻한 웃음을 담고 있었다.

"왜 내 말이 잘못됐나? 모름지기 그래야 하지 않겠어? 사내란 힘이 있어야지. 힘과 정신이 있어야지. 강한 정신에서,"

"그 뒤 말유. 그 뒷말."

"응…… 난 또 뭐라구. 아 그렇지 않은가? 농사를 잘 지으려면 힘이 강해야 할 게 아니겠어?"

"아저씨가 워치게 우라부지를 아너냔 말유? 워치게 우라부지를?"

"소문을 들었지. 늬 아버지로 말하면 충청도 일원에서 모르는 사람이 없을 만큼 유명한 분이니까. 동냥 다니면서 들은 소문이야. 자고로 동냥아치는 귀가 보배니까."

짧은 한숨을 내쉬며 용천뱅이는 성냥불을 담배에 붙였고, 무너지듯 아이가 사내 발치에 쪼그리고 앉았다.

"그럼 거시기 소문두 들었겄네유? 즌장 나기 그러께 예비금속이루다 끌려간 우라부지 소식두. 끌려간 담이 워치게 됬년지두."

아이는 마른침을 삼키며 타는 듯한 눈빛으로 용천뱅이를 올려다보았고, 용천뱅이는 길게 연기를 내뿜었다. 아이가 재우쳐 되물었다.

"우라부지는 워치게 된규? 도대처 생사는 워치게 됬으며 시방 워디 지신규."

잇달아 담배만 빨던 용천뱅이가 천천히 연기를 내뿜었다. 용천뱅이가 말했다.

"…… 기다릴 줄 알아야지. 꾹 참고 기다릴 줄 아는 게 강한 사내야."

"원제까지 지달린다년규? 도대처 원제까지. 수전두 되구 슨거두 끝났다년디."

눈썹이 하나도 없는 용천뱅이 사내 눈매에 짙은 그늘이 어리면서 턱 근처가 가느다랗게 흔들렸다. 용천뱅이는 혼잣말처럼 중얼거렸다.

"휴전이라고? …… 그러나 싸움은 정작 지금부터야. 새 세상을 만들기 위한 싸움은 정작으로 지금부터라니까. 민주조선 자유조선 평등조선 해방조선을 만들기 위한 싸움은."

"빌꼴, 맨날 쌈박질만 허먼 워척헌댜. 맨날 오여손 바른손 패갈러서 쌈박질만 허먼 워척혀. 아부지는 워치게 되넌 거구 엄니랑 나랑은 또 워치게 되넌겨. 우덜은……."

아이가 입안엣 소리로 중얼거리며 고개를 외로 꼬는데 용천뱅이가 담배를 발로 부비면서 벌떡 몸을 일으켰다. 아이가 고개를 돌려보니 웬 사내 하나가 억새밭 가장자리를 따라 올라오고 있었다. 그 사내는 잠깐 자기가 올라온 산길을 되돌아보고 나서 성큼성큼 다가왔다. 그 사내는 지꾸를 바른 하이칼라 머리에 신사복을 입고 있어 한눈에도 대전이나 서울 같은 대처에 사는 신사로 보였다. 용천뱅이와 악수를 나누고 난 신사가 날카로운 눈길로 아이를 쏘아보았다.

"웬 아이요?"

용천뱅이가 아이 머리통을 쓰다듬었다.

"요 너머 막집에 사는 아이요. 김모 선생의 자제되는."

신사가 놀란 눈빛으로 다시 아이를 살펴보았다. 신사가 말했다.

"호오, 그래애. 너 이름이 뭐냐? 몇 살이지? 아버님 함자는 어떻게 되시고?"

"영복이유. 길영짜 복복짜 김영복이. 여덟 살이구유. 엄니하구 둘이 살어유. 엄니는 간땅꾸 팔러 갔슈. 아부지 함자는 일짜 봉짜구유."

"똑똑한데,똑똑하고 당찬 놈이야."

신사가 고개를 끄덕이며 아이 머리통을 쓰다듬었다.

"네가 바로 인민의 아들이로구나. 혁명가의 자식이야. 어서 빨리 커서 아버님의 혁명유업을 훌륭하게 계승해야지. 자유조선 평등조선 민주조선 해방조선을 위하여 평생을 바치란 말야. 그것이 아버님의 유업을 계승하는 길이고 민족을 위하는 길이고 인민을 위하는 길이니까."

"우라부지는 원제 오신대유?"

아이가 조심스럽게 물었고 신사 얼굴에 언뜻 어두운 그늘이 스치고 지나갔다. 신사가 다시 아이 머리통을 쓰다듬었다.

"우선 열심히 궁구하는 거야. 어머님 말씀 잘 듣고 열심히 궁구해서 훌륭한 사람이 되면 아버지를 만날 수 있을 테니까."

"궝구럴 헐라구 헤두 핵교이서 받어줘야 말이쥬. 오여손잽이 자식이라구 핵교이서 받어줘야 궝구럴 헤서 훌륭헌 사람이 될 거 아니냔 말유?"

신사와 용천뱅이가 난감한 얼굴로 서로를 바라보았고, 용천뱅이가 말했다.

"영복아. 아저씨가 아까 얘기해줬잖아. 기달릴 줄 알아야 된다구. 사내는 모름지기 참고 기다릴 줄 알아야 된다구."

신사가 말했다.

"그래. 기다리는 거야. 묵묵히 참고 기다리면 반드시 좋은 세상이 온다. 멀지 않은 장래에 훌륭한 새 세상이 오고야 만다."

신사가 용천뱅이에게 말했다.

"시간이 없소. 오늘 중으로 대둔산 지구까지 가야 합니다."

"저기로 들어갑시다."

용천뱅이가 억새밭을 가리키며 걸음을 옮겼고 신사가 아이에게 말했다.

"영복이라구 그랬지? 영복이는 이제 집으로 가라. 아저씨들은 할 얘기가 있으니까. 그리고 아저씨들을 만났다는 얘기를 하면 안되는 거야. 알겠지?"

"그러 건 뤼려를 말어유. 뤼려를. 그것버덤두 하냥 가면 안되나유? 저두 하냥. 저두 아저씨들 말씀 듣고 싶은듀."

신사가 잠시 망설이다가 웃음을 머금었다.

"그러자. 어쩌면 마지막이 될지도 모르고. 또 김선생의 유자라면 제삼지구당 임시간부회의에 참석할 자격이 충분하니까."

세 사람은 키를 넘는 억새풀을 헤치고 깊숙이 들어가 앉았다. 늦가을 저녁 억새밭 속은 짙은 그늘이 드리워 컴컴했고, 바람이 불 때마다 억새가 부딪치는 소리가 마치 물 흘러가는 소리 같았다. 신사가 말했다.

"작년 칠월 이십칠일 휴전협정이 조인됐는데, 그 사흘 뒤인 칠월 삼십일 우리 당의 핵심 인물인 리승엽 동지를 비롯해서 리강국 림 화 설정식 조일명 리원조 맹종호 백형복 조용복 윤순달 배철 박승원 동지 등 십이 명이 기소됐고, 팔월 삼십일 리승엽 조일명 림 화 리강국 배철 백형복 조용복 맹종호 설정식 동지가 처형당했고, 윤순달 동지는 징역 십오년에 재산몰수, 리원조 동지는 징역 십이 년에 재산몰수를 당했으며……."

"거기까지는 나도 알고 있소. 그 후 상황설명을 해주시오."

용천뱅이가 날카로운 눈빛으로 신사를 바라보며 착 가라앉은 음성으로 말했고, 신사가 한숨을 내쉬었다.

"계속하겠소. 동년 구월 십구일 우리 당의 제오지구당 위원장이며 남부군단 사령관이신 리현상 장군께서 전사하셨고, 올 일월에는 전북도당 위원장이며 덕유산지구 사령관인 방준표 장군께서 전사하셨고, 대구시내에서 남도부 장군께서 피체되셨고, 이월에는 제삼지구당 위원장이시며 충남지구 사령관으로 우리가 모시고 있던 남충렬 장군께서 전사하셨고, 지리산지구의 조병하 장군이 피체되셨고, 삼월에는 박영발 장군이, 사월에는 김선우 장군이 전사하셨소."

신사는 다시 한번 긴 한숨을 내쉬고 나서 속주머니에서 담배곽을 꺼냈다. 샛별담배였는데 용천뱅이는 고개를 저었고 신사 혼자서 불을 붙였다. 용천뱅이가 여전히 착 가라앉은 음성으로 물었다.

"충남사령부의 잔여 병력은 몇 명입니까?"

"정확한 통계를 잡을 수 없습니다. 문건레포가 단절되고 각 지구 오르그가 파괴된 상황이니 겨우 어림으로 추측할 수 있을 뿐이지요."

"대강 어림하면?"

"글쎄요. 사령부 직속인 공병부대 통신중대는 벌써 깨졌고······ 정찰중대 소속 병력이 십여 명 남아 있을 뿐이오. 그 밖에 대전부대 일백 명 대덕부대 일백 삼십 명 한둔산부대 일백 명 압록강부대 일백 명 청천강부대 일백 명 가야산부대 일백 삼십 명은 거의 몰살당했고······ 마지막으로 남은 것이 최동지가 지도하는 용천부대일 것이오. 최동지의 병력이 몇 명입니까?"

용천뱅이는 그 말에는 대답을 하지 않고

"박헌영 선생은 어떻게 되실 것 같습니까?"

하고 물었다. 그때까지 가만히 앉아서 두 사람 이야기를 듣고 있던 아이가 꼴깍 소리가 나게 생침을 삼켰고 신사가 후유하고 담배연기를 내뿜었다.

"결국 돌아가시겠지요. 분하고 원통하지만 빨치산파한테 완전히 밀렸으니까. 연안파 갑산파와 연합전선을 편 빨치산파와 정치투쟁에서 결국 밀린 거요. 입북 자체가 이미 패배를 안고 들어간 것 아닙니까?"

신사는 힘껏 연기를 빨아들이고 나서 혼잣말처럼 중얼거렸다.

"남조선에서 부볐어야지. 남조선에서 부비면서 승부를 냈어야지. 기본계급 인민대중의 지지기반이 없고 물적 인적 지리적 제조건이 취약한 북조선에서 무슨 재주로 배겨낼 거요? 동만항일련군 출신들을 너무 과소평가했다 이런 말입니다."

아이가 말했다.

"박흐넝 슨상은 나두 아넌디유. 뵙지는 못했지먼 우라부

지가 그 쪼쳐댕기며 왜정 때버텀 독립운동두 허구 거시기
헥멩투쟁두 헀다던디……."

두 사내가 똑같이 한숨을 내쉬었고, 신사가 말했다.

"이렇듯 이제 우리 당의 기반은 남북조선 양쪽에 걸쳐 철
저히 붕괴되었소. 남조선 출신 핵심간부들이 모두 처형당하
고 불요불굴의 혁명투사이며 조선인민의 위대한 지도자이
신 박헌영 선생마저 결국은 북로당 아이들한테 구금되어 처
형의 날만을 기다리고 계신 형편인데다가 유격대 지도자들
이 모두 전사했으니…… 이제 중앙당으로부터 지도나 연락
은 그만두고 지방당 조직은 완전히 파괴당했고 재산현지당
조직 또한 풍전등화 처지가 되었다는 말입니다. 따라서 당조
직 재건이나 유격투쟁은 고사하고 최소한의 생존을 위한 보
급투쟁마저도 지난하게 되었다는 말입니다. 인민대중들은
이제 전쟁이나 전투에 신물을 내고 있어요. 거기다가 휴전
이 성립되었고, 남조선에 소위 3대 민의원 선거가 치러졌고,
지난 여름에는 리승만이 미제의 수도를 방문코 미제의 대리
인인 유엔 감시하의 남북조선 총선거에 의한 통일방침을 트
루먼이란 자와 공동으로 성명했소. 이렇듯 미제와 그 주구
들의 조선반도 분열의지가 확고하고 기본계급 정당인 남로
당이 완전 붕괴된 지금 우리가 할 수 있는 일이 무엇이겠소?
우리 제3지구당만 해도 사령관 이하 간부들이 전원 전사 또
는 피체되고 산지사방으로 흩어져 겨우 나날의 생존을 위한
보급투쟁만을 전개하고 있는 기십 명 병력으로 과연 무엇을
할 수 있다고 생각하시오?"

"길은 세 가지가 있소. 현단계에서 우리가 택할 수 있는 길은."

"세 가지라니?"

신사가 다급하게 되물었고 용천뱅이가 팔짱을 꼈다. 용천뱅이가 천천히 말했다.

"첫째는 끝까지 싸우는 것이오. 최후의 일인까지 최후의 일각까지."

"그건 너무도 무모한 짓이오. 불을 보듯이 빤한 결과를 알면서도 뛰어드는 어리석음을 범할 수는 없소. 그것은 진정한 용기가 아니오. 진정한 혁명가의 길도 아니며……."

용천뱅이가 아이를 바라보았다.

"반드시 우리가 이루지 않더라도 좋은 것 아니겠소. 뒤에 오는 사람들을 위한 씨앗만 될 수 있다면."

아이가 다시 방귀를 뀌었고 신사가 말했다.

"두 번째는 무엇이오?"

"두 번째는 전향이오. 전향을 하여 전비를 뉘우치고 민국 정부 품안에서 살아보는 것이오."

신사가 강하게 도리질을 했고 용천뱅이가 웃었는데, 소리는 나지 않고 입술만 비틀어 올리는 묘한 웃음이었다. 용천뱅이가 말했다.

"싸우지도 못하고 전향도 못한다면 방법은 딱 한 가지요."

"세 번째를 말해보시오."

"용천뱅이가 되는 것이오."

담배를 잡고 있는 신사 손가락이 가늘게 흔들렸고 아이

는 참지 못하고 그만 뻑하고 방귀를 뀌었다. 신사가 말했다.

"용천뱅이를 가장한 것은 최동지가 제안한 전술이 아니었소? 사람들이 모두 무서워하여 접근을 하지 않는 점을 이용해서 요소요소에 잠복해 있다가 결정적인 시기에 도화선이 되겠다는."

"그랬지요."

"그런데 지금에 와서 그게 무슨 말이오?"

"나와 뜻을 같이하여 스스로 눈썹을 뽑고 스스로 손가락을 끊어 용천뱅이로 가장한 동지들이 모두 서른 명이오. 그들은 지금도 요소요소에 잠복하여 혁명의 결정적 도화선이 될 날을 기다리고 있소."

"그런데……."

"정동지는 내 말을 못 알아듣는구만."

"………."

"진짜로 용천뱅이가 되자는 말이오. 가짜가 아니라 진짜로. 우리 스스로 진짜 용천뱅이 마을을 찾아가 그들과 함께 살다보면 우리 또한 진짜 용천뱅이가 될 게 아니겠소?"

"………."

"용천뱅이 또한 사람이며 또한 사람인 이상 어떻게든 살아가게 될 게 아니겠소? 남과 북에 걸쳐 우리 남로당이 완전 괴멸된 이 마당에 우리가 살 수 있는 방법이 무엇이겠소? 섶을 치고 불로 들어갈 수도 없고 그렇다고 전향을 할 수도 없는 것이라면, 어쨌든 살아견뎌야 하는 것이라면, 살아견디면서 새 세상의 그날을 기다려야 하는 것이라면, 세상 사람 누구도 건드리지 않는 용천뱅이가 되는 것밖에 또 무슨 방법이 있겠소?"

"그렇게 살아서 무엇하겠소? 그렇게 사는 삶이 무슨 의미와 가치가 있느냐는 말이오?"

"이미 가치와 의미를 따질 때는 지났소. 현단계의 우리에게는 이미 선택의 여지가 없소. 죽느냐 사느냐 두 가지 길뿐인 것이오. 싸워도 죽고 전향을 해도…… 결국은 죽게 될 것이오. 재산인민유격대의 일선 지휘자인 우리가 전향을 한다고 해서 살기를 바란다는 것은 너무 염치 없는 짓이오. 또 먼저 죽은 동지들에게 면목도 없는 일이고. 그렇다면 길은 하나요. 삶을 택한다면."

오랫동안 말없이 앉아 있던 신사가 몸을 일으켰고 용천뱅이도 따라 몸을 일으켰다. 아이도 그들을 따라 일어났다.

억새밭을 벗어난 두 사람이 아이를 바라보았다. 산그늘이 발등을 덮고 있었고 골짜기에서 밤새가 깃을 치는 소리가 들려왔다. 신사가 아이 머리를 쓰다듬었다.

"훌륭한 사람이 되거라. 훌륭한 사람이 되어서 이 세상을 훌륭한 세상으로 만들어라."

신사가 돌아섰고 용천뱅이가 아이 손을 잡았다.

"어떤 경우에도 아버지를 잊어서는 안되는 거야. 온세상 사람들과 더불어 함께 똑같이 평등하게 살고자 했던 아버지 정신을. 알겠지?"

용천뱅이가 아이 손을 잡은 손에 한번 더 힘을 주고나서 등을 돌렸고 아이는 갑자기 눈앞이 뿌옇게 흐려와서 손등으

로 눈께를 문질렀다. 아이가 눈에서 손을 떼었을 때 두 사내
는 벌써 까무룩이 잦아드는 놀을 헤치며 저만큼 산길을 달
려 내려가고 있었다. 참억새밭에서 물결치는 소리가 나면서
놀이 출렁였고 출렁이는 놀 사이로 언뜻 용천뱅이 사내 벙
거지가 보였다. 벙거지는 이내 놀 속에 묻혀 보이지 않았는
데 어느 골짜기에선가 승냥이가 울부짖는 소리가 들려왔다.

그 아이는 구럭이 놓여 있는 상수리나무 숲을 향하여 힘
껏 달음박질쳐 올라갔다.

『동아일보』 1984년 12월

비 내리는 아침

"잘 오시넌디……."

아낙은 입안엣 소리로 중얼거렸다.

"증말루 잘 오셔서 올 농사 잘 되겄넌디……."

아낙은 한쪽 무릎을 바꿔 세우며 손바닥으로 턱을 받쳤다.

"증말루 때맞춰 잘 오셔서 올 논농사 밭농사 잘 되겄넌
디……."

"그런디이?"

아낙 곁에 쪼그리고 앉아 봉창 밖으로 떨어지고 있는 빗
줄기를 바라보고 있던 아이가 퉁명스럽게 되물었다. 아낙이
포옥 하고 한숨을 내쉬었다.

"이 노릇을 워척헌다네, 이 노릇을 워척혀."

"워척허긴 뭘 워척헌다구 대이구 그렜쌓넌 겨, 그렜쌓기
를."

아낙은 다시 한번 포옥 하고 한숨을 내쉬었다.

장사를 나갈 수가 윲잖여, 장사를. 오시기는 때맞춰 잘 오

시년 비지먼 이렇긔 아침버텀 비가 오시니 워치게 허너냔 말여, 워치게."

"왜 믓 나간댜, 가랑빈디. 갓난쟁이 오줌발버덤 더 즉게 내리넌 가랑빈디 왜 믓 나간다넌 겨, 믓 나가기를."

아낙이 아이를 향하여 하얗게 눈을 흘겼다.

"아 아무리 갓난쟁이 오줌발 같은 가랑비구 사뷘팅이 생이루 서방 잃구 혼자 된 청상과부 한숨마냥 시나부루 내리넌 가랑비라지먼 옷보따리 이구 워치게 나가. 새 찍어먹을 물 한 방울만 떨어져두 얼룩이 져서 본전두 밋가는 간땅꾸며 한소데 같은 옷보따리를 이구 워치게 나가. 너두 점 생각혜봐라, 너두 점 생각혜봐. 아무리 어린애라지먼 너두 점 생각혜봐. 워째 그렇게 인정머리가 읎다네. 즤 아부지 닮어서 다긔차구 공굴차기가 마른건천이 돌팍 같은 애가 워째 그렇게 인정머리가 읎어. 바둑은 그렇게 잘 두구 말은 그렇게 소진장이루 잘허넌 애가 워째 그렇게 인정머리가 읎어. 맹자까장 읽었다넌 애가."

아이가 픽 하고 웃었다.

"또 시작헌다, 또 시작혀."

"에미 말이 틀리남. 에미 말이 틀려."

"장사는 나가서 뭐혀. 밤낮 옷보따리 이구 장사는 나가서 뭐혀. 운동화 한 컬레두 믓 사다 주먼서 밤낮 소부랄만헌 옷보따리 이구 장사는 나가서 뭐허너냔 말여."

"장사래두 안 나가먼 워치게 산다네. 식전아침버텀 이슬 헤치구 백릿길 걸어서 장사래두 안 나가먼 워치게 산다넌

겨. 이 숭악헌 산고랑탱이서 뭘 먹구 산다넌 겨. 그레두 오가
구 짖투디려가며 백릿길 걸어서 간땅꾸 하나래두 팔구 한소
데 하나래두 팔어서 보릿되래두 팔어와야 살 거 아녀. 그레
야 모재 목심 부지헐 거 아녀.”

“아 아부지가 오신다메. 아부지가 쌀 한 섬 지구 오신다메.
밤 자구 나서 새뵉이 되면 아부지가 하얀 입쌀 한 섬 지구 오
신다메. 아 아부지가 낼 새뵉이 눈솅이마냥 하얀 입쌀 한 섬
지구 베락같이 오시먼 그걸루 거시기 밥두 헤먹구 떡두 헤
먹구 그러구 거시기 송화가루 늫구 다식두 헤먹을 텐디, 뭣
허러 장사는 댕겨. 심들구 글력 팽긔게.”

아이가 오금을 박았고, 아낙은 포옥 하고 한숨을 깨물었
다. 그 여자는 어깨에다 얼굴을 문질렀다.

“오실 때까지는 살어얄 거 아녀. 아부지 오실 때까지는 튼
튼허구 꿋꿋허게 살어얄 거 아니냔 말여.”

아이는 힘껏 도리질을 했다.

“안 오시잖여. 열밤 지나구 백밤 지나두 안 오시잖여. 슬
날이 되두 안 오시구 우수가 되두 안 오시구 경칩이 되두 안
오시구 칡뿌리 알백이넌 양춘가절 새봄이 되두 안 오시잖
냔 말여.”

탱탱하게 부은 목소리로 쏘아부치며 아이는 옷소매에다
코를 문질렀다. 그 아이는 턱없이 큰 어른 신사복 상의를 입
고 있어서 마치 오바를 걸친 것 같았는데, 반으로 접어서 걷
어 올린 소맷자락이 빤닥종이처럼 윤이 났다.

“새뵉이 오늘만 있다네. 냘두 있구 모레두 있구 글피두 있

구 그글피도 있구 그그글피두 있넌디…….”

아낙이 나약하게 중얼거렸고 아이는 붙여 세워 가슴에 받친 무릎 사이에 얼굴을 묻었다. 코맹맹이 소리로 아이가 말했다.

“난두 인저 안 속넌단 말여. 누가 속을 줄 알구. 난두 인저 어린애가 아니란 말여.”

아낙이 짐짓 명랑하게 말했다.

“아부지 오셔두 그럼 안 깨줘두 뎌? 낼 새븍이라두 아부지 오셔두 안깨줘두 된단 말여? 찰고무루 바닥 대구 알록달록헌 홍겁이루 뚜껑 쐰 운동화 사오실 텐디두?”

“증말여?”

하고 소리치며 아이가 고개를 들었다.

“증말루 아부지가 운동화 사오시넌 겨?”

“증말이잖구. 아 하나 밖이 읎넌 당신 자식인디 그까짓 운동화뿐이겄남.”

아낙은 스스로 다짐을 두는 듯 목소리를 높였다.

“운동화뿐이겄어. 아 아부지 오시면 그까짓 운동화짝뿐이겄난 말여. 옛말 이르구 살어야지. 대처루 나가서 유리창 달린 양옥집 짓구 살어야지. 향복허게 살어야지. 장구허니 향복허게…….”

아이는 짐짓 관심없다는 표정으로 봉창 밖을 바라보았다. 머리카락 같고 파뿌리 같은 가랑비가 내리고 있었다. 뒤란 쪽에서 산꿩이 깃을 치는 소리가 들려왔다. 키 작은 댑싸리를 얼기설기 엮어 둘러세운 사립문 위로 활짝 벌어진 호박

꽃이 잔물결처럼 가늘게 흔들리고 있을 뿐, 워리개도 어디로 갔는지 사방은 고즈넉했다. 저 아래로 아득하게 엎드려 있는 마을을 바라보던 아이가 혼잣말처럼 중얼거렸다.

"구만 점 오셨으면 좋겠네. 구만 점 비가 오셔서 우렴니 장사 나가게 헤줬으면 좋겠네."

아낙이 픽 하고 웃었다.

"빌꼴. 낼 아침이는 해가 서쪽에서 뜨겄네. 우리 영복이가 에믜걱정을 다 헤주넌 걸 보면."

아이는 참지 못하고 아낙 쪽으로 돌아앉았다. 그 아이는 꼴깍 소리가 나게 생침을 삼켰다.

"엄니."

"왜 그려."

"엄니이."

"왜 그러너냐니께."

"엄니이."

"빌꼴. 왜 대이구 불러쌓넌댜. 에미 숨 안 넘어가너먼. 급살 엠빙이나 맞다 거우러나질 늠덜이 갈 짐장 때 광천 독배서 받어온 추젓마냥 온 삭신을 짓뉙여나서 안 쑤시넌 디가 읎지먼 그레두 안즉 숨 안 끊어지구 살어 있구먼, 악착같이 살어 있구먼, 왜 대이구 불러쌓넌댜. 불러쌓기를."

아이가 무릎걸음으로 한 발 다가앉았다.

"운동화 사다주넌 거지? 요번 장이는 운동화 사다주넌 거지, 이?"

벌어졌던 입이 꽉 다물어지면서 아낙 눈매에 짙은 그늘

이 어렸다.

"또 그느믜 소리 혈라구? 그 숭헌 소리."

아이는 혀끝으로 입술을 핥았다.

"사다줄 쳐 안 사다줄 쳐?"

"그느믜 소리만 안허먼 사다줄 쳐. 그느믜 숭악한 소리만 안허먼 과부 쟁빈을 내서래두 사다줄 테니께. 과부쟁빈."

하고 되뇌다 말고 아낙은 부르르 진저리를 쳤다.

"찢어 육포를 뜰 늠덜. 급살 옘병이나 맞다 거우러나질 늠덜. 조이라구는 이 시상 모든 인뮌대중덜이 한 식구마냥 살수 있는 펭등헌 시상을 맨들어 보겄다구 밤을 낮 삼어서 뛰다닌 조이 밖이 읎넌 사람을 잡어가서 멀쩡헌 애를 애븨 읎년 자식 맨들구 멀쩡헌 지집사람을 생과부 맨들어노니, 워치게 살라넌 겨. 철 읎년 어린것허구 지집사람 혼자서 워치게 살라넌 겨. 산고랑탱이루만 산고랑탱이루만 찢겨댕기며 워치게 뭘 먹구 살라넌 겨. 증치가 도대처 뭐구 새상이 도대처 뭐 말라 비틀어진 무꼬시래기라넌 겨. 꿩산쥐가 뭐구 자본쥐가 도대처 뭐라넌 겨. 오여손잽이가 뭐구 바른손잽이가 뭐라넌겨. 해방이 뭐구 즌장이 뭐라넌 겨."

아낙은 연신 진저리를 치며 표독하게 되뇌었고, 아이가 아낙 무릎을 흔들었다.

"안 그러께. 다시는 운동화 신구 야산대 나간다넌 소리 안 헌다니께. 그런 소리 안헐 테니께 그만두란 말여."

아낙은 어깨에다 얼굴을 문질렀다. 그 여자는 충혈된 눈으로 봉창 밖을 바라보았다.

"볏백이나 허년 집안 막내딸루 태어나서 손끝이 물 한 방울 안 묻히구 살던 지집이 양반인지 두반인지 급살맞일 개다리 소반인지 허년 찌끄레기 잔반 집안이루 시집와서 비로도 치마 숙고사 저고리, 항라 적삼 비단 속치마는 그만두구 물 빠진 소창 치마 광목 사루마다 하나 뭇 은어 입어 보구 징글징글헌 시집살이만 허너라구, 시아버지 시어머니 시뉘 다섯이나 되년 시동상에다가 시할머니 시이종할머니까지 뫼시구 징글징글헌 시집살이만 허너라구, 봄이면 밭 매구 여름이면 명 잣구 갈이면 베 찧구 결이면 가마니짜구 아침저녁이루 보리방아 찧구 쑥 뜯구 자운영 뜯구 청기 벳기구 상수리 줏구 도토리 줍너라구 뒷간이 갈 틈두 읎이 살었넌디, 잠 한번 실컨 자보넌 것이 핑생 소원여서 뒷간이서 졸먼서 살었넌디, 그레두 서방 하나 잘났다구 서방 하나 믿구 살었넌디, 잘난 서방 은어 간다구 우럼니 울아부지 그렇게두 좋아허시더니, 말 잘허구 글 잘허구 신언서판이 구족허구 똑똑헤서 한 자리를 헤두 큰 자리를 헐 거라구 그렇게두 좋아허시더니, 삼동네 가근방은 물론이구 읍이며 도청 있넌 대전이서까지두 짐아무개라면 물르넌 사람이 읎구 동무덜두 많구 따르던 사람덜두 그렇긔 많더니, 왜정 때버텀 흔병대며 주재소며 큉찰서며 가막소 댕기기를 고자 처갓집 드나들덧기 드나들구 풀방구리 쥐 나들덧기 드나드너라구 얼굴 맞대구 동품한 게 삼시번 시번 곱헤서 열번두 안되지먼 그레두 잘났다넌 서방 하나 믿구 살었넌디, 서방인지 남방인지 급살맞일 큉찰 사람헌티 두 손목이 한 손목 되서 끌려간

지 일고 해가 늠두룩 돌어올 생각을 안허니, 핏덩어리 한번 만저보구 끌려간 지 일고 해가 넘어 그 핏덩어리가 여덟 살이 되두룩 돌어올 생각을 안허니, 도대처가 죽었넌 겨 살았넌 겨. 살았다먼 자긔 처자식 있넌 자긔집이루 돌려 보내주구 쥑였다먼 시신이래두 돌려 보내줘얄 거 아니냔 말여. 아이구 이년의 팔자는 무신느믜 팔자여. 무신느믜 조이를 진 겨. 전생이 무신느믜 조이를 져서 이 과보를 받넌 겨. 삼신할매가 무신 억하심정이루 이년을 시상에 내보내서 이 고통을 받게 허넌 겨."

아낙은 소리죽인 울음 사이사이로 메마른 딸꾹질을 하며 끝없는 신세한탄을 늘어놓았고, 아이가 두손으로 아낙 무릎을 흔들었다.

"그만 점 헤둬. 인저 그만 점 헤두라니께. 운동화 사다줘두 그거 신구 야산대 안 나갈 테니께. 야산대 안 나가구 핵교 가서 핵교서 거시긔허게 공부헤서 훌륭헌 사람 되서 새 시상 맨들 테니께. 운동화 신구 아니 맨발루래두 달음박질 쳐 핵교 가서 굉구 헤서 거시긔헌 사람 될 테니까 림려를 말란 말여. 림려를."

아이는 아낙 무릎을 흔들던 손을 오무려 주먹을 꼭 움켜쥐었는데 아낙이 한쪽 무릎을 세웠다. 그 여자는 물빠진 소창 치맛자락을 들어 팽 소리가나게 맑은코를 풀었다.

"핵교…… 핵교서 받어줘야 가지. 핵교서 받어줘야 굉구럴 할 거 아녀. 굉구럴 헤야 훌륭헌 사람이 될 거 아녀. 훌륭헌 사람이 되야 새 시상을 맨들거 아녀. 새 시상,"

하다말고 아낙은 힘껏 도리질을 했다. 그 여자는 다시 치맛자락을 들어 코를 풀었다.

"새 시상을 맨들다니…… 그런 소리넌 허덜 말어. 아이여 그런 끔찍헌 소리넌 입이 올리지두 말라니께."

"그게 왜 끔찍헌 소리랴? 아부지두 밤낮 그랬다메? 밤낮 새 시상 맨든다구 뛰댕겼다메?"

"그러니께 말여. 그러니께 못이 백혀서 허넌 소리 아녀. 흔 시상을 둘러엎구 새 시상 맨든다구 밤을 낮 삼어 가지구 뛰댕기다가 종내에는 향방불명이 되버렸으니께 허넌 소리 아녀. 총 맞어 죽었넌지 북선이루 넘어갔넌지 일고해가 늠더룩 도대처 나타나덜 않으니께 허넌 소리 아녀. 그런 느믜 깅구럴 뭣허러 헌다네. 생목심 끊어지넌 깅구럴 뭣허러 허너냔 말여."

"그레두 나는 헐쳐. 그레두 나는 악착같이 깅구 헤서 악착같이 훌륭한 사람 될 쳐. 악착같이 새 시상 맨들 쳐."

아이는 두 주먹을 꽉 움켜쥐고 단호하게 말했고, 아낙은 할 수 없이 한숨을 내쉬었다.

"뵝생뵝이구 용생용이라넌디 워척허겄네. 내력이 그렇구 씨가 그렇다면 워척허겄어. 말린다구 될 일이며 잡넌다구 될 일이겄네. 너두 늬 아부지 닮어서 다긔차구 공굴차기가 마른건천이 돌팍 같은 애니께. 호부에 긴자 날리 읎을 테니."

아이는 붙여 세워 가슴에 댄 무릎을 두손으로 꼭 끌어안으며 봉창 밖에 내리는 빗줄기를 바라보았고, 아낙이 한쪽 무릎을 바꿔 세웠다.

"그런디 받어줘야 가지, 급살맞일 화상덜이 받어 줘야 핵교를 댕길 거 아녀."

"림려 말어, 증 핵교서 안 받어주먼 혼자서 헐 테니께. 혼자서 뙤겅구 헤서라두 훌륭한 사람 될 테니께. 아부지두 그렜다메. 아부지두 혼자서 강의록 가지구 뙤겅구 헤서 다 께쳤다메. 진서두 깨치구 유성긔판 틀어놓구 해행문자두 깨치구 산수두 깨치구 거시기 혼자서 그림두 그리구 바둑두 두구 퉁수두 불어서 대학 슨상까장 헷다메. 서울 있넌 대학서 슨상 노릇까장 헷다메. 난두 그렇기 헐 테니께 림려를 말란 말여. 난두 그렇게 헐 테니께."

"그느믜 겅구 소리 허덜 마라. 생사람 목심 끊넌 그느믜 겅구 소리 허덜 말어. 그느믜 겅군지 구멍분지넌 뭇헤두 좋구 훌륭헌 사람은 안되두 좋으니께 지발 덕분 사상인지 오상인지 그느믜 서루 쥑이구 쥑넌 주의자 겅구넌 하덜 말어. 그느믜 양늠 글짠지 꼬부랑 글짠지넌 아이여 배울 생각을 말란 말여."

입으로는 타박을 놓으면서도 그 여자 입은 어쩔 수 없이 벙긋 벌어졌는데, 아이가 무릎걸음으로 다가앉으며 아낙 무릎을 잡았다. 아이는 놀란 눈빛으로 사립께를 가리켰다.

"누구랴? 저게 뉘기여?"

아낙이 아이 어깨를 끌어안으며 낮게 속삭였다.

"가만 있어. 아뭇 소리 말구 쥐죽은 듯긔 있어."

웬 여자가 사립을 밀치며 마당으로 들어서고 있었다. 아낙 또래로 보이는 젊은 여자였는데 그 여자는 남빛 끝동이

달린 노랑 저고리와 분홍색 치마를 입고 있었다. 저고리가 터무니없이 작아서 젖가슴이며 허리가 드러났고 치마 또한 터무니없이 짧아서 무릎이 보였다. 마당으로 들어선 여자는 자꾸만 사립 밖을 뒤돌아보며 천천히 걸어왔는데, 아랫배가 바가지를 엎어놓은 것처럼 불룩해서 한눈에도 임신부로 보였다. 아낙이 벌떡 일어나 열어놓은 봉창문 고리를 잡았고 아이가 삿자리 밑을 더듬어 짤막한 물푸레나무 막대기를 잡았다. 문고리가 딸그락 소리를 내면서 아낙 목소리가 떨려나왔다.

"누, 누구세유?"

여자는 말없이 뜰팡으로 올라섰고, 아이는 막대기를 잡은 손에 힘을 주었다.

"누구유? 아줌니는 누구냔 말유?"

여자는 뜰팡에 쭈그리고 앉으며 부르르 진저리를 쳤다. 머리칼에 묻어 있던 빗방울이 잔비듬처럼 얼굴이며 어깨에 떨어졌고, 그 여자는 두 손바닥으로 얼굴을 훑어내렸다. 비를 맞으며 산길을 걸어왔는지 양볼이며 팔뚝에 좁쌀 같은 소름이 돋아 있었고 파랗게 변색된 입술이 가느다랗게 흔들렸다. 자주빛 저고리 고름 같은 것으로 이마를 둘러 머리를 질끈 묶었는데 나뭇가지에 긁혔는지 이마며 뺨에 상채기가 나 있었다. 아낙이 아이 손을 더듬어 잡으며 엄하게 말했다.

"봐 허니 실성헌 아낙 같은디, 말루 내려가시게. 여기는 자네 같은 사람이 올 디가 아녀. 정상은 가긍허나 적선헐 입성두 읎구 요긔시킬 대궁밥두 읎네."

여자는 촛점 풀린 눈으로 두 모자를 바라보았고, 아이가 아낙 옆구리를 찔벅했다.

"개떡 있잖여. 솥 속이 쑥개떡 냉겨논 거 있잖여. 아까 먹다 냉긴 시래기 죽두 있구."

아낙이 한쪽 눈을 찔끔해 보이며 낮게 말했다.

"가만 있으라니께. 너는 아뭇 소리 말구 가만 있으란 말여."

무추름해진 아이가 입안엣 소리로 중얼거렸다.

"가엾잖어. 가엾구 불쌍허잖어."

아낙이 다시 엄하게 소리쳤다.

"말이 말같잖은가. 싸게싸게 말루 네려가라니께. 예서 암만 쭈글띠리구 앉었어두 소용읎단 말여. 얼른 내려가라니께. 모재 단 두 식구 산다구 깐보구 뎀볐다간 큰코 다칠 테니께. 우덜두 이 흠헌 날리통거리 산전수전 다 젂었단 말여."

여자가 무너지듯 아그려쥐고 앉았던 자리에 무릎을 꿇으며 두 손바닥을 맞부벼댔다. 그 여자는 흰창이 많은 눈을 크게 뜨며 울먹였다.

"용서해 주세요. 잘못했어요. 다시는 안 그럴께요."

아낙과 아이가 놀란 얼굴로 서로를 바라보았고, 여자가 말했다.

"자수할께요. 자백할께요. 전부 다 말씀드릴 테니까 제발 때리지 마세요. 저는 일천구백사십팔년 유월경 혼인을 약조한 박모의 권유로 민주여성동맹에 가입하고 동년 십이월 이십오일경까지 수차에 걸쳐 무허가집회 및 불온비라 활동을 감행하여 민국정부를 전복시키고 공화국정부를 수립코자 암약하던 자이나 일천구백사십구년 팔월 일일 법령 제십호 사조 나항 위반으로 영등포경찰서 주재 치안관으로부터 구류 이십오일 벌금 오천 원의 처벌을 받고 동년 구월에 국민보도연맹에 가입했어요. 보련에 가입하여 전비를 뉘우치고 있었어요."

"아니, 뭔 소리랴? 도대처 시방 댁이서 뭔 소리를 허구 있넌겨?"

아낙 목소리가 떨려나오며 불안한 눈빛으로 사립께를 바라보았는데, 여자가 두 팔을 번쩍 치켜올렸다.

"리승만 박사 만세!"

"얼라……."

여자가 다시 두 팔을 번쩍 치켜 올리며 소리쳤다.

"위대한 민족의 영도자 리승만 대통령 만세!"

"얼라, 얼라……."

"한민당 만세! 대한청년단 만세!"

"얼라, 얼라, 얼라……."

아낙은 벌어진 입을 다물지 못하는데, 여자가 한쪽 주먹을 움켜쥐고 허공을 내질렀다.

"미합중국은 조선인민의 은인이다."

"빌꼴."

아낙이 입술을 비쭉였고 여자는 다시 두 팔을 번쩍 치켜 올리며 목쉰 소리로 부르짖었다.

"맥아더 원수 만세!"

"허."

"트루먼 대통령 만세!"

"시상에……."

아낙이 츳츳 혀를 차며 방바닥에 주저앉았고, 아이가 아낙 귀에 대고 속삭였다.

"뭔국정부 사람인 모냥이지. 바른손잽이."

아낙이 가라앉은 목소리로 말했다.

"봐 허니 그만허면 뭔두 반반허구 식자깨나 들었던 것 같은디…… 워쩌다가 이 지경이 됐수? 워쩌다가 상성을 했너냔 말유?"

여자가 다시 두 손바닥을 맞부비며 울먹였다.

"자백할께요. 말씀드릴 테니까 때리지 말아요. 고문하지 마세요."

아낙이 여자 부푼 배를 힐끗 바라보며 안타깝게 소리쳤다.

"뜯지 마유. 우덜은 킹찰사람이 아니니께. 댁이를 고문헐 킹찰사람두 아니구 거시기 헐 사람두 아니니께. 뜯지 마유. 빌지두 말구."

아낙이 젖은 목소리로 말했지만 여자는 여전히 두 손을 맞부비며 빠르게 말했다.

"저는 이십 세시 서울 소재 모여자전문학교를 가정사정으로 중퇴하고 연애에 실패하여 방황하다가 일천구백사십칠년 칠월경부터 여급으로 근무하던 자인 바, 일천구백사십칠년 시월 중순 오후 다섯시경 서울시 중구 충무로 일가 번지 불상 소재 아파트 제이호실 내에서 애인관계인 남로당 서울시 제삼지구 오르그인 상 진술 박모의 권유로 남로당 입당 원서에 서명하여 남로당에 입당한 사실이 유하고, 동년 십 이월 중순 오후 네시부터 동일 오후 다섯시까지 한 시간에 걸쳐 상기 진술 박모 서울시 중구 충무로 일가 세포책인 이 모 동 세포원인 김모 등과 무허가 집회하여 국내 정세에 관 한 토론과 조선여성과 소련여성에 대한 토론 등에 대한 사 항을 모의한 사실이 유하고, 동년 팔월 십오일 해방기념일 남산공원에서 개최한 인민대회에 참가한 사실이 유합니다."

아낙은 숫제 외면을 하였고 아이는 눈을 반짝이며 귀를 기울였는데, 여자가 말했다.

"저는 자본주의적 특권계급을 초월하여 근로인민을 토대 로 한 공산주의적 소위 진보적 민주주의사상을 포지하고 현 대한민국정부를 전복 파괴할 목적으로 불법결사인 남로당 에 가입한 자로서 상 진술 박모의 아지트에서 일박하고 동 인의 지령으로 일천구백오십년 일월 중순경 남로당 충청남 도당 제일지구 문건 레포로 임명되어 동년 일월 이십구일 충청남도 공주군 거주 전문학교 동창 정모의 가에서 일박 한 후 현금 일만 칠천 원을 인수하여 익일 오후 다섯시경 대 전 시내 번지 불상 시장에서 갱지 열 권, 연초 열 봉, 묵지 일 백 매, 색연필 다섯 개, 만년필 두 본, 골필 다섯 본 등 열한 점을 부정 사용임을 지실하고도 차를 구입하여 야산대원 최 모에게 부정 전달하고 동년 삼월 이십삼일 백미 육승과 지 하족대 열족을 제공하고, 동년 유월 이십오일 북조선인민군 의 불법 남침 이후 그들의 수족이 되어 움직이다가 국방군과 유엔군의 반격으로 그들이 패주한 후 패잔 빨치산 유격대에 가담하여 포스터 슬로우건 작성과 음악투쟁 등에 종사하여 맹렬히 지하공작을 감행하던 자로서, 위대한 민족의 영도자이신 대통령 리승만 박사께서 지도하시는 불요불굴의 영용한 군대인 국방군과 경찰토벌대에 일망타진되어 갈 바를 잃고 충청남도 일원의 산악지대를 배회하던 자입니다.”

경찰관이 신문조서를 낭독하는 것처럼 낮고 건조한 목소리로 빠르게 말하던 여자가 꽉 움켜쥔 바른쪽 주먹을 머리 위로 치켜올렸다.

“남로당을 타도하자!”

조금 굵어진 빗방울이 사립문 위로 뻗쳐 올라간 호박잎을 두드리는 소리뿐, 사방은 고요했다. 아이는 불안한 눈빛으로 사립께를 바라보았다.

“아줌니.”

“인민유격대를 박멸하자!”

“목청이 커유. 유격대 사람덜이 오먼 워척헐라구 그런댜?”

“민애청을 타도하자.”

“살살 허라니께……”

“민주청년동맹을 타도하자!”

“살살……”

“여성동맹을 타도하자!”

“살……”

“스탈린과 모택동은 조선인민의 원수다!”

아이는 자꾸 마른침을 삼키며 불안한 눈빛으로 사립께를 바라보았는데, 여자는 부르쥔 주먹으로 허공을 내지르며 목쉰 소리로 부르짖었다.

"리승만 대통령 만세!"

여자가 주먹을 내지르고 두 팔을 머리 위로 치켜올릴 때마다 서낭당에서 걷어 입은 듯 터무니없이 작은 저고리깃이 위로 말려 올라가면서 알젖이 드러났고, 물오른 애호박처럼 탱탱한 젖가슴이 크게 출렁였다. 빗물에 젖고 여기저기 시커멍게 멍이 든 젖가슴에는 좁쌀 같은 소름이 돋아 있었다. 여자는 진저리를 치며 샅 사이에 두 손을 찔러넣었는데 좁고 얇은 두 어깨가 바람 부는 날 문풍지처럼 심하게 떨리고 있었다.

"엄니."

하고 부르며 아이가 아낙을 돌아보았고 끙 하고 두 손으로 무릎을 짚으며 아낙이 몸을 일으켰다. 아낙은 뭐라고 하는지 알아들을 수 없는 소리를 혼잣말로 중얼거리며 시렁 위를 더듬어 낡은 고리짝을 내렸다. 무명베를 걷어내자 얌전하게 다림질이 된 남자 두루마기가 나왔고 그 여자는 포옥 하고 한숨을 삼켰다. 두루마기 밑에는 깨끗하게 빨아 접은 내의가 있었고 그 여자는 다시 한번 한숨을 삼켰다. 지그시 눈을 감고 몇 번 내의를 쓰다듬어 보던 아낙은 내의 밑에서 오바를 꺼냈다. 낡고 색바랜 남자용 겨울 오바였는데 그 여자는 잠깐 망설이다가 오바만 꺼내고 네 귀퉁이를 꼭꼭 눌러 베보자기를 덮은 다음 고리짝을 다시 시렁 위에 얹었다. 그리고 문지방을 넘어 고무신을 발에 꿰었다. 여자가 숙이고 있던 고개를 들고 아낙을 올려다 보았는데 잔뜩 겁을 먹은 얼굴이었다. 여자가 두 손바닥을 맞대고 싹싹 부볐다.

"용서해 주세요. 다 자백할께요."

그 여자는 울음섞인 목소리로 빠르게 주워섬겼다.

"김일성 장군 노래와 인민항쟁가를 소년소녀들에게 가르쳐줬어요. 의용군을 지원하고 인민군 원호금을 갹출하고 인민군에게 위문편지를 발송케 했어요. 연합군의 군사행동에 관한 정보를 수집 제공하고 우익 인사의 죄상을 밀고하여 인민군에게 협력했어요."

아낙이 어깨에다 얼굴을 문질렀다.

"갱기찮유, 갱기찮다니께유. 여기는 댁네를 잡어갈 사람두 읎구 또 깅찰이다 찔러박을 사람두 읎유. 항차 찔러박넌 단들 대수겠남유, 다 끝난 일인디…… 아 인저 즌장두 끝나구 수전이 됐넌디…… 츠벌 받을 만침 츠벌 받구 졸경 치를 만침 졸경 치뤘넌디……."

아낙은 떨고 있는 여자 어깨에다 오바를 씌워 주며 부르르 진저리를 쳤다.

"급살옘빙이나 맞다 거우러나질 늠덜. 찢어 육포를 뜰 늠덜. 마른 하늘이 베락이나 맞구 뒈질 늠덜. 이 지집사람이 무신 조이를 월마침이나 졌넌지는 물르지먼 월매나 주리를 틀었으면 실성까지 했을꾸…… 들어보니 실성까지 허두룩 닥달질을 당헐 만침 몹쓸 조이를 진 것두 아니구먼…… 아 온 시상 인민대중덜이 한 식구마냥 펭등허게 살자넌 것이 무신 죽을 조이란 말여. 무신 죽을 조이를 졌다구 이 지경을 맨드너냔 말여. 워떤 급살맞을 늠이 실성한 아낙헌티……."

여자는 두 손으로 오바깃을 당겨 불룩한 아랫배를 꼭 오무렸다.

"유언비어를 유포했어요. 인민군은 점령지 통행을 용이하고 친절하게 해준다. 인민군은 낮에 민가에서 취침하고 밤에 침입한다. 중공군은 미군의 공습 같은 것은 문제시하지 않는다. 친왜도배 민족반역자를 숙청는데 무시무시하다. 머지 않은 장래에 행복이 온다. 새조선 자유조선 평등조선 일통조선이 이루어진다."

여자가 울먹이며 빠르게 주워섬겼고, 아낙은 잠깐 실한 면발처럼 굵어진 빗줄기가 내려꽂히는 마당을 바라보다가 뜰팡 옆에 처진 거적을 들추고 부엌으로 들어갔다. 아이는 그때까지 쥐고 있던 물푸레나무 지팡이를 슬그머니 삿자리 틈에 넣고 문지방을 짚었다.

"아줌니. 아줌니는 서울서 핵교 댕겼다면서 왜 산속이루만 댕긴대유?"

여자가 가슴에 모아쥐고 있던 오바깃 사이로 주먹을 내밀었다. 그 여자는 주먹으로 허공을 내지르며 건조하게 소리쳤다.

"밀가루는 싫다. 쌀을 달라!"

여자는 계속해서 소리쳤는데 갈라진 쇳소리가 났다.

"토지는 농민에게 무상 분배하라! 무상 몰수하여 무상 분배하라!"

"증말루 실성했나베."

"남조선 단독정부 결사반대!"

"새꼽빠진 소리 다허네."

"인민은 봉기하라! 여덟 시간 노동제를 실시하라! 친왜 민족반역자를 처단하라! 역산을 몰수하라!"

아이가 윗몸을 기울였다.

"거시기 오루구가 뭐이래유?"

"농민 노동자는 한데 뭉쳐라!"

"오루구나 뭐냐니께유?"

"자본가에게 반항하고 인민을 위하여 투쟁하자!"

"뭘러유?"

"노동자에게 쌀을 달라!"

"뜻두 물르넌규?"

"녀남평등 이룩하자!"

"빌꼴."

"박헌영 선생 만세!"

여자가 두 팔을 치켜올렸고, 아이 눈이 반짝 빛났다.

"박흐녕 슨상은 나두 알어유."

"막부 삼상회의를 절대 지지한다!"

"나두 안다니께유."

"미군정 결사반대!"

"우라부지가 긔보구 슨상님이라구 그랬대유."

"단정수립 결사반대!"

"슨상님이라구 부르며 쪼처 댕겼다니께유."

"유엔은 미제의 대리인이다!"

"긔 근마잽이 헀대유."

"만국 노동자 만세!"

"오루구가 뭐냐니께유?"

"애국투사들의 최후를 본받자!"

"애국투사넌 죽넌디."

"식량캄파를 하자!"

"감빠가 뭐이래유?"

"삐라투쟁을 감행하자!"

"삐라는 나두 알어유. 종이쪽지다가 뭐라구 뭐라구 쓴 거 잖어유."

"봉화전을 감행하자!"

"답답혜 죽겄네."

"하곡수집을 절대 반대하자!"

"문건이 뭐이래유?"

"토지개혁을 실시하자!"

"렙뽀가 뭐이래유?"

"여맹은 단결하자!"

"여으맹, 여으맹은 나두 알어유."

아이 눈이 반짝 빛났다. 아이는 뽐내는 어조로

"우럼니두."

하다 말고 힘껏 도리질을 했다. 아이가 침을 삼켰다.

"인저 그런 소리 안 헐튜. 나는 인저 그런 소리 안 헌단 말유."

"볼쉐비키 만세!"

아이 고개가 갸웃해졌다.

"보루세, 보루세빗그가 뭐이래유?"

"강제공출 절대반대!"

"개갈 안 나서 뭇 듣겄네."

아이가 몸을 일으켰다. 아이는 주먹으로 무릎을 두드렸다.

"뭇넌 소리는 대답두 뭇허먼서 대이구 개갈 안 나넌 소리
만 헤싸니 증말 재미읎어 뭇 듣겄네."

"보고를 신속히 하자. 당비를 납부하자. 조직을 강화하자.
선을 연결시키자. 당사업에 투쟁하자."

부엌에서 솔가지 타는 소리가 났고 아이는 퍼부어내리는
빗줄기를 바라보았다. 빗줄기에 가려 마을은 보이지 않았고
골짜기를 흘러가는 물소리가 요란하였다. 감정이 들어 있지
않은 건조한 억양으로 여자가 말했다.

"보수반동을 물리치자. 악질 지주의 대변자인 한민당을
구축하자. 인민을 위하여 결사 투쟁하자. 피끓는 청년은 민
청 깃발 아래로. 무산자는 노동조합 깃발 아래로. 농민은 농
민동맹 깃발 아래로. 여성은 여성동맹 깃발 아래로. 여성동
맹은 단결하자."

아낙이 거적문을 밀치고 나왔다.

"뒷술 떠보우. 보리곱살미에다 시래기 늫구 끓인 거지먼
어한은 될규."

아낙이 여자 앞에 소반을 내려놓았다. 칠이 벗겨지고 철사
로 테를 맨 개다리 소반 위에는 투가리가 놓여 있었다. 귀떨

어진 질그릇 투가리에서는 더운 김이 솟아나고 있었고 투가리 옆에는 쑥개떡 몇 점이 담긴 대접이 놓여 있었다.

"한술 떠보우. 뜨건 국물허구 개떡 점 씹으면 아시 요기는 될규."

여자는 불안한 눈빛으로 아낙을 바라보았고 아낙이 여자 턱 밑으로 투가리를 들어주었다. 아낙이 한숨을 내쉬었다.

"과객 대접이 박절허다구 욕허지 마슈. 우덜 모재 즘심밥이니께. 내 집이 온 손을 대접허넌 법도를 물르는 배 아니구 인정 쓸 줄 물르는 배 아니지먼 워쩐대유. 이 흠헌 날리통거리를 쫓겨댕기넌 살림살이라 도대처 부지된 게 있어야 말이지. 박절허다구 숭보지 말구 어여 들우. 어여 들구 글력 채려서 마실루 내려가봐유. 거기 가먼 그레두 보리밥이래두 밥 귀경 헐 수 있을 테니께."

그렇게 말하면서 아낙은 여자 부른 배를 바라보며 얼굴을 찌푸렸다. 살기 위해서는 어쨌든 마을로 내려가야 할 것이나 정신이 온전치 못한 데다가 배까지 부른 여자가 사람들 곁으로 가는 것이 어쩐지 불안하여 아낙은 난감한 심정이었는데, 여자가 빼앗듯이 투가리를 받아들었다.

"츤츤히 들우. 불어서 식혀 가며."

아이 목에서 꼴깍 하고 침 넘어가는 소리가 났고, 아낙이 말했다.

"개떡 하나 주까? 죽 점 줘?"

아이는 얼른 손바닥으로 얼굴을 쓸어 내렸다.

"내비둬. 갱기찮으니께. 그란디…… 엄니."

"이."

"이이는 워디서 왔을라나?"

"아 아까 안 그러데. 서울서 왔다구. 서울서 높은 핵교 댕기던 이라구."

"그건 나두 알어. 그건 나두 안단 말여. 그란듸 서울서 거시기헌 핵교두 댕긴 이가 워째서 온정신이 아니랴? 워째서 실성을 헌 겨? 배까지 불러가지구."

"그런 소리 허넌 게 아녀. 아무리 온정신이 아닌 사람이라지먼 믠전이서 그런 소리 허넌 게 아니라니께."

아낙은 엄하게 꾸짖으며 얼른 여자를 바라보았는데 여자는 바닥에 붙은 죽을 긁으며 한 손으로 개떡을 집고 있었다. 아낙이 말했다.

"그러니께 너두 그느믜 겡구 소리 말어. 핵교 뭇 들어간다구 원통헤 허지 말란 말여."

아낙은 부르르 진저리를 쳤다.

"겡구 겡구 그느믜 육실헐 겡구 때메 숱헌 사람이 절딴 난다니께, 책 많이 읽구 겡구 많이 헌 사람덜은 죄 총 맞어 죽거나 행방불명되거나 실성헌다니께. 제밍이 뭇 죽넌단 말여."

"워째서 그런다넌겨? 워째서 책 많이 읽구 겡구 많이 배면 거시기 허게 된다넌 겨?"

"너두 점 생각헤봐라. 늬 아부지 닮아서 너두 다기차구 공굴차기가 마른건천이 돌팍 같은 애니께 너두 점 생각헤봐. 아 이치가 안 그런 겨?"

"뭔 이치가 워떻다넌 겨? 천지횐황이구 우주홍황인디, 하늘은 까맣구 땅은 누른디, 집은 넓구 집은 또 거칠은디, 무신 이치가 워떻다넌 겨?"

"너는 할아부지헌티 맹자까정 배다 만 애니께 생각 점 해 봐. 아 책이라넌게 그러니께 시상 만물의 이치를 적어놓은 건디, 아 책 속이 써진 대루 시상이 안 돌아가넌디 워치게 전디겠어? 책 읽어서 시상 돌아가넌 이치를 아넌 사람이 책 속이 써진 대루 돌아가지 않넌 이 흠헌 난세 시상에서 워치게 전뎌나겠냔 말여?"

아이는 가만히 있었고 아낙이 말했다.

"그러니께 아 접때 오이갓집이 갔을 때 안 그러시담. 풀솜 할머니께서 안 그러셔."

"밥 많이 먹으라구 그랬지. 밥 많이 먹구 빨리 크라구. 빨리 커서 한 풀으라구. 한 풀구 원 풀으라구. 그란듸 먹을 밥이 있어야 먹지."

"책 읽을 생각두 말구 제 땅 가질 생각두 말라구 그랬잖여. 그냥 무지렝이루 사넌 게 상수라구 그랬잖여. 오여손 바른손 옰넌 새 시상 올 때까지는 그냥 쥐죽은 듯긔 엎어져 목심 부지허넌 게 상수라구."

"엄니나 그렇게 살어. 엄니허구 풀솜할머니나 그렇게 살란 말여. 빙신맨키루. 나는 그렇게 안 살 테니께. 나는 그렇게 빙신맨키루 엎어져 안 살구 악착같이 궝구헐 테니께. 악착같이 책 읽구 악착같이 궝구헤서 새 시상 맨들 테니께. 악착같이 새 시상 맨들어서 떳떳허구 광밍좋게 살 테니께. 엄니

마냥 산고랑탱이루만 산고랑탱이루만 쬦겨댕기머 살지 않
을 거란 말여. 나는……."

아이는 두 주먹을 꽉 움켜쥐고 입을 앙 다물며 다짐하는
데, 여자가 벌떡 몸을 일으켰다. 그 여자는 입 안에 들어 있
던 개떡을 꿀꺽 삼키고 나서 마당으로 내려섰다. 빗발은 더
욱 굵어져서 앞이 잘 안 보였고 미친 듯이 바람이 불었다.
여자는 두 손으로 오바깃을 오무려 꼭 가슴에 대었다. 여자
가 말했다.

"이제 용서해 주시는 거죠? 이제 석방시켜 주시는 거죠?
이제 집으로 가도 되는 거죠?"

두 모자는 서로 얼굴을 바라보았고, 여자가 깊숙이 머리
를 숙였다.

"감사합니다. 감사합니다. 감사합니다. 토벌대장 선생님.
유격대장 동지. 경찰관 아저씨. 빨치산 동무. 안녕히 계십시
요. 안녕히 계십시요. 안녕히 계십시오."

아낙이 치맛귀를 들어 코를 풀었고 아이는 두 주먹을 꽉
움켜쥐었다. 아낙이 손을 내저었다.

"어여 가보우. 어여 집이루 가서 빙 고쳐서 유자생녀허구
장구허니 향복허게 사시우, 어여."

여자가 다시 한번 깊숙이 허리를 숙여 인사를 하더니 사
립문을 나섰다. 아낙이 소리쳤다.

"말루 네려가슈. 산질루 올러가지 말구 말루 네려가아."

여자는 잠깐 마을 쪽을 내려다보더니, 몸을 돌렸다. 그리
고 달음박질쳐 산길을 올라가기 시작했다. 천지를 삼킬 듯이

퍼부어 내리는 빗줄기 사이로 노랫소리가 들려왔다.

　"장백산 줄기줄기 피 흐른 자욱
　압록강 구비구비 피 흐른 자욱
　오늘도 자유조선 꽃다발 위에
　명석히 비춰주는 거룩한 자욱
　아 그 이름도 빛나는 김일성 장군
　……………………………………."

『민족문학』1985년 6월

그해 여름

1.

"올 여름이두 가이 안 잡년 모냥이네."

놋주발 밑에 붙은 보리죽을 긁던 소년이 볼이 부어 중얼 거렸고, 곁 소년이 토를 달았다.

"올 여름뿐여. 작년이두 안 잡었넌디."

그 곁 조금 큰 소년이 하얗게 눈을 흘겼다.

"분수읎넌 소리덜 허구 있네. 작년만이 아니라 그러께두 안 잡었잖어."

간장 종재기에 숟갈을 넣던 노인이 두어 번 헛기침을 했 다. 이제 막 코밑에 수염발이 잡히기 시작하는 청년이 아우 들을 꾸짖었다.

"큰언니 잽혀가신 뒤루 가이 잡년 것 봤어? 잡을 가이두 읎지민 항차 또 있다구 헤두 그렇지. 무신 정신이루 가이를 잡너냔 말여. 잽혀간 큰언니가 돌아가셨넌지 살어기신지 소식이 돈절인 이 난리통거리에."

무추룸해진 소년들이 고개를 외로 꼬며 죽사발에 얼굴을 묻었고, 청년이 엄한 얼굴로 말을 이었다.

"아 밥 다 먹었으면 냇갈이 가서 발이나 닦어. 빈 밥그릇만 긁지 말구. 아무리 어린 애덜이라지면 집안 정황을 요량헐 중 알어야지. 아 싸게싸게 뭇덜 일어나넌겨. 아버지 어머니 심구 상허시게 허지 말구."

"둘째 언니는 밤낮 지청구만 혀. 밤낮 보리죽만 주먼서."

탱탱하게 부은 목소리로 중얼거리며 소년 하나가 명석 곁 검정고무신에 발을 꿰었다. 그 소년은 사립 쪽으로 뛰어갔고, 두레반 밑에서 계집아이에게 죽을 떠 넣어주던 아낙이 몸을 일으켰다.

"영색무저항寧塞無底缸이언정 난색비하횡難塞鼻下橫이라더니……."

노인이 입안엣 소리로 중얼거렸다. 정신없이 보리죽을 퍼넣고 있는 어린 자식들과 명석 가를 기어다니고 있는 손자손녀와 노처老妻 버짐 핀 얼굴과 부엌으로 들어가는 며느리 야윈 어깨를 바라보며 노인은 한숨을 내쉬었다.

"차라리 밑 빠진 항아리는 막을 수 있어두 코 아래 가로 걸린 것만은 막기 어렵다던 옛 승현에 말씀이 헛되이 전해진 것이 아니고녀…… 끙."

그 늙은이는 타는 듯 붉은 놀이 깔리고 있는 서천西天을 바라보며 다시 한번 한숨을 내쉬었다.

"그러구 보니 오늘이 복날이우그려."

멍석 가에 피워놓은 모깃불 곁으로 기어가는 손자를 끌어 당기며 노파가 말했다.

"초복."

그 늙은 여자는 말린 쑥 타는 연기가 눈에 들어갔는지 손 등으로 눈을 부볐고, 노인은 입맛을 다셨다. 노파가 말했다.

"푹 삶은 가이에다 닭이나 죽순허구 파를 느서 끓인 개장 국이다 고춧가루 듬뿍 늫구 하얀 쌀밥을 말어서 땀을 쭉 빼 구 나면……."

소년들 목에서 꿀꺽 하고 생침 넘어가는 소리가 났고 노 인이 기침을 했다.

"아희들 회동허라구 무슨 소리요."

"말허자먼 그렇다는 말이지유. 더위두 쫓구 허한 여름몸 을 보헐 수 있다넌……."

노인이 쩝쩝 입맛을 다셨다.

"어. 예긔禮記 월령月令에 보면 진덕공秦德公 이 년에 시초 삼복 지사를 지내넌디…… 승 안 사대문서 가이를 잡어 충 재蟲災를 막었다구 헸지. 그러므루 가이 잡넌 일이 곧 복날 의 옛 행사요, 시재 풍속에두 개장이 삼복중의 첫째 좋은 음 식이 된 것이겠거니……."

"개장뿐이것유? 붉은 팥이루 죽을 쒀서 초복 중복 말복 이 모두 먹지유."

소년들이 입을 벌린 채로 노파를 바라보았고 그 늙은 여 자 눈 가에 잔주름이 모아졌다.

"팥죽뿐인감유? 밀루다가 국수를 말어서 통배추의 이은

헌 잎새를 데쳐내서 간장 초장 긔자를 쳐서 무친 나물허구 닭괴긔허구 섞어서 으저귀국이다 말어 먹넌 건 또 워떻구유? 뿐인감유? 닭괴기 섞은 멱국이다 국수를 늫구 맑은 물을 약간 쳐서 익혀 먹넌 건 또 워떻구유? 그러구 또 도야지 괴기허구 호박허구 버무려서 흰 떡을 쓸어 느서 볶어 먹구 거시긔 굴븨 대가리를 섞어 지저 먹기두 허구…… 대홍 살 때만 헤두…….”

며느리가 부엌에서 나오는 바람에 노파는 그만 입을 다물었다. 소년들은 아쉬운 듯 자꾸 입맛을 다셨고 노인은 수저를 내려놓았다.

“오늘 저녁 죽은 유난히 빌믜로구나.”

이윽한 눈길로 며느리를 바라보던 노인이 시선을 내리깔았다.

“보리죽이라두 나우 먹어야 젖이 나올 텐데…… 먹는 게 부실허니 걱정이구나.”

“밥이 아니라서 숭늉이 션찮유. 날 장이 가면 스슥이래두 좀 팔어올 테니께유.”

“노잣돈 챙기구 나먼 스슥 팔 돈이 워딨,”

숭늉 대접을 받들어 올리던 아낙 두 손과 대접을 받던 노인 한 손이 문득 멎었다. 아낙 손이 크게 흔들리면서 노인 손등으로 뜨거운 숭늉이 넘쳤고, 막 입으로 들어가려던 노파와 청년과 소년들 손길이 동시에 멎었다. 숟가락으로 놋주발 밑바닥을 긁어대는 것 같은 날카로운 파열음이 들려왔던 것이다. 총소리였다. 총소리는 계속해서 들려왔다. 불에 덴 것처럼 아이들이 울음을 터뜨렸고 아낙이 속적삼을 헤쳐 아이에게 젖꼭지를 물렸다. 노파가 두 팔로 계집아이를 끌어안았다. 공포에 질린 눈길로 서로 얼굴을 바라보던 식구들 얼굴이 사방으로 돌려졌다. 손등을 문지르는 노인 목소리가 가늘게 떨려나왔다.

"이 무슨 방포소린고?"

어마지두에 숟가락을 떨어뜨렸던 노파가 계집아이 궁둥이를 다독거렸다. 노파가 더듬거렸다.

"워, 워디서 나는 포소리여? 워디서……."

"으, 읍내 쪽인개뷰. 대천……."

아낙이 기어들어가는 소리로 더듬거리는데 소년들이 소곤거렸다.

"박살믜 아녀?"

"장밭 쪽 아니구우?"

"울띄 쪽 같은디……."

"쉬잇!"

하고 손가락 하나를 입에 대어 아우들 소곤거림을 제지시키고 난 청년이 고개를 비틀어 귀를 기울였다. 총소리는 콩볶는 것 같았고 미친 듯이 개들이 짖었다. 나오지 않는 젖을 빨던 아이가 고개를 재끼며 다시 울음을 터뜨렸고 계집아이는 할머니 품 속에 얼굴을 묻었다.

"워느 쪽이냐?"

노인이 손등을 문질렀다. 청년이 고개를 바로했다.

"물퍼니 쪽 같은듀. 아무래두 물퍼니고개 너머 화성

쪽……."

"읍내 쪽이 아니구?"

"예. 읍내라면 이렇게 가차이 들릴 리가 읎잖겠유?"

"북선빙대가 워디까지 왔다구 그렜지?"

"조최원유."

"남선빙대는?"

"그 근방일 테쥬 뭐."

"조최원은 발써 떨어졌구 읍내까지 왔다던듀."

아낙이 말했고 청년이 꿀꺽 생침을 삼켰다.

"발써유? 대전 있던 미군덜이 금강이다가 방어선을 쳤다
던듀."

"누가 그류? 지가 듣기룬 미군덜두 일패도지라넌디……."

"믠소 댕기넌 몽딕이 아부지가 그러던듀."

"믠 고쓰까이 댕기넌 이가 워치게 안대유?"

"관청이 댕기넌 사람 말 안 믿으면 누굴 믿넌대유. 거긔는
나지오두 있구 거시긔 굉문두 오넌디."

"관공리덜 말을 워치게 믿넌대유. 대통령이라넌 이두 백
성덜을 쇡이구 야반도주 했다던디……."

총소리는 계속해서 들려왔고, 수숙嫂叔간 대화를 듣고 있
던 노인이 두어 번 기침을 했다.

"듣거라."

그 노인은 엄한 얼굴로 식구들을 둘러보았다.

"모두 여기를 떠나야 헌다. 북선빙대든 남선빙대든 왜늠
빙대든 청국빙대든 아라사군이든 화적떼든 난리가 쳐들어

온 것이 분명한 이상은, 우선 이곳을 피허구 봐야 헌다."

"가면 워디루 간대유? 피란을. 밤이 되넌디……."

어두워오는 하늘을 바라보며 노파가 한숨을 내쉬었다. 끙 소리와 함께 몸을 일으키며 노인이 청려장靑黎杖을 잡았다.

"산이루덜 올러가자. 우선 뒷산이루."

"살림살이는 워척헌대유? 밥상두 뭇 쳤넌디…… 숭편 빚 어논 건 워떡허구……."

"이 지집사람이 시방 정신이 있넌겨 읎넌겨? 싸게싸게 산 이루덜 올러가자니께."

노인이 낮지만 단호하게 쏘아붙였고 노파가 계집아이를 안아올렸다. 아낙이 아이를 들쳐업었다. 청년이 아우들 손 을 잡았다. 그때 언니에게 꾸중을 듣고 개울로 갔던 소년이 숨이 턱에 차서 달려왔는데 총소리가 들려오는 곳이 물퍼니 고개 너머임이 분명해졌다. 명아주대로 만든 지팡이를 짚 은 노인이 앞장을 섰다. 아이를 업은 아낙이 뒤를 따랐다. 계 집아이를 안은 노파가 그 뒤를 따랐다. 세 명 어린 아우들을 앞세운 청년이 참나무 몽둥이를 꼬나쥐고 맨 뒤에 섰다. 총 소리에 쫓겨 그들은 그렇게 엎어지며 자빠지며 어두워오는 산길을 올라갔는데, 뜨겁게 달구어진 번철燔鐵 위에 올려놓 고 콩을 볶는 것 같은 총소리는 계속해서 들려오고 있었다.

2

"뷜꼴. 남선 백성덜을 구해주러 왔다넌 믜국빙대가 워째서 총질을 헐꾸?"

안고 있던 계집아이 얼굴에 떨어지는 밤이슬을 저고리 소매로 찍어내며 노파가 말했고, 아낙이 겉치마를 뒤집어올려 아이를 감쌌다.

"쁜허지유 뭐. 오여손잽이덜 잡을라구."

참나무 몽둥이를 꼬나쥐고 노송 밑에 쭈그리고 앉은 식구들 주위를 돌던 청년이 말했다.

"형수님두 참. 오여손 허넌 이덜은 꿩일이겄유. 발써 산이루 튔겄지."

"그럼 워따 대구 총질을 헌다넌겨? 시방."

노파가 손바닥으로 허벅지를 때려 모기를 잡았고 청년이 꼬나쥐고 있던 몽둥이로 땅을 찍었다. 청년은 부르르 어깨를 떨며 어깨에다 얼굴을 문질렀다.

"물르겄유. 워따 대구 쏴대넌 건지⋯⋯."

"그럼 헛방질 허넌 거란 말여? 공중이다 대구."

"헛방질두 한두 번일 테쥬."

"도대처 워따 대구 쏜다넌 겨? 누구헌티."

손뼉을 쳐서 모기를 잡으며 아낙이 진저리를 쳤다.

"빨치산덜허구 붙넌지두 물르잖유? 야산대덜허구."

총소리는 계속해서 들려왔다. 콩을 볶는 것처럼 계속해서 총소리가 들려오는 물퍼니고개 너머를 바라보며 청년이 이를 옥물었다.

"야산대가 시방도 있것유. 민국정부 들어스구 나서 죄 절
딴났지"

"야산대가 결국 넝민덜인디…… 긔덜은 그럼 워치게 됐
대유?"

"죽었을 테쥬."

"홀랑유?"

"저 밑이 지리산 워디나 태백산 쪽은 물러두 이 근방이는
그류. 언니처럼 책 많이 읽은 이덜이나 말깨나 허던 이덜은
죄 넘어가거나 예비금속이루 잽혀갔쟎유. 핏종발이나 있넌
젊은사람덜은 죄."

하는데 노인이 주먹을 입에 대고 기침을 했다. 그 노인은
치마를 걷어올려 아이를 싸안고 있는 며느리와 시선이 마
주치지 않게끔 돌아앉아 있었는데, 밤이슬이 추운지 책상
다리를 틀고 앉은 어깨가 가느다랗게 흔들리고 있었다. 노
인이 말했다.

"서양빙대가 둔 치구 있넌 걸 봤너냐?"

"둔 쳤넌지넌 물르지먼 고개 너머 가는 걸 봤유. 오늘 낮
이."

"저두 봤넌듀. 얼굴 하얗구 눈 파란 양사람 군대덜이 신작
로 질루 가넌걸."

아낙이 말했고 소년들이 다투어 떠들었다.

"저두 봤유. 도라꾸 타구 가던듀."

"쌸라거리면서 가던듀. 새까만 토인두 있었유."

"맨 앞대가리는 찌뿌차였유."

노인이 청년에게 물었다.

"양군들이 증녕 화성에 있으렷다?"

"아마 그럴규. 그쪽이는 워느 쪽이던 군대사람덜이 읎으니께유."

"남선빙대는 시방 워디쯤 있다구 했지?"

"조칙원 근방이라구 들었유."

"북선빙대는 워디쯤 네려왔고?"

"그 근방 워디겄쥬. 그런디 대이구 밀구 네려오넌 중이래유, 시방."

"모를 일이고녀."

깜깜한 허공을 바라보며 노인은 머리를 흔들었다.

"북선빙대두 남선빙대두 아직 가근방에는 안 온 모양인데…… 서양빙대가 지나갔다는 말은 무슨 말이며 방포소리는 또 무슨 연유란 말인고?"

총소리는 계속해서 들려왔다. 총소리 사이로 개 짖는 소리가 들려왔다. 마을에는 불빛이 보이지 않는데 저 아래로 천수답 논두렁 위를 날아다니는 반딧불 몇 점이 아련하였다. 총소리는 계속해서 들려왔는데 콩 볶는 듯한 소리로 미루어 대단히 치열한 전투가 벌어지고 있는 것 같았다. 총소리가 가까와지거나 멀어지지 않는 것으로 봐서 전투는 팽팽한 접전인 것 같았다. 청년이 노인 곁으로 다가왔다.

"잠깐 네려갔다 와야겠유."

"네려가다니?"

놀란 목소리로 두 양주가 동시에 소리쳤고, 청년이 말했다.

"아무래두 밤을 새얄 것 같은디…… 야긔가 너무 차유."

노파가 청년 바짓가랑이를 잡았다.

"저 총구뎍이 속이루 워치게 간다넌겨. 아무리 밤이슬이 차다구 헤두 그렇지, 워디를 간다넌겨. 죽어두 하냥 죽구 살어두 하냥 살어야지."

"릠려 마세유. 예서 화성까장은 오 리두 늠넌디 당장 쳐들어오넌 것두 아니잖유. 싸게싸게 댕겨올 테니께유."

청년은 떨고 있는 부모님과 형수와 조카들과 아우들을 다시 한번 살펴본 다음 몸을 돌렸다. 노인이 말했다.

"야불답백夜不踏白이니라. 밤에는 희게 보이는 것을 조심헤야 허너니…… 살펴 다녀오거라."

"릠려들 마시라니께유. 싸게 댕겨올 테니께."

청년이 잔뜩 상체를 숙이며 몽둥이로 풀숲을 헤치기 시작했고 노파가 목안엣 소리로 관세음보살을 불렀다.

"관셤보살. 관셤보살. 관셤보살……."

청년이 가져온 밀대방석 위에 둘러앉은 식구들은 말이 없었다. 밀대방석과 함께 청년은 홑이불을 갖고 왔는데 홑이불에 둘러싸여 아이들은 이내 잠이 들었고 어른들은 연방 손뼉을 쳐서 모기를 잡았다. 총소리는 계속해서 들려왔고 콩 볶는 것 같은 총소리 사이로 하늘을 찢어발길 것처럼 개들이 짖었다. 오랫동안 한숨만 내쉬고 있던 노인이 끙 소리와 함께 입을 열었다.

"도라꾸 타구 신작로 질을 달려간 것이 증녕 양인들이렷다?"

"틀림읎다니께 아버지는 대이구 그러시네. 한두 사람이 본 것두 아니구 틀림읎이 양늠덜이라니께유."

밀대방석 주위를 돌며 벗어든 적삼을 휘둘러서 모기를 쫓고 있던 청년이 퉁명스럽게 대꾸했고 노인이 장탄식 긴 한숨을 내쉬었다.

"양이 무리들이 이 강산을 짓밟는고녀. 스면단구鼠面短軀 왜인倭人 무리 대신 차구 앉은 백믠청안白面靑眼 양이洋夷 무리가."

계속해서 총소리가 들려왔고 계속해서 개들이 짖었다. 노인이 말했다.

"비긔秘記에 이르기를 호승虎性이 재산在山이라구 혰다. 쇠승품이 산에 있다는 말이렷다. 긘인즉창궐見人即猖獗허구 긘송즉지見松即止라. 사람을 본즉 미쳐 날뛰구 소나무를 본즉 그친다구 혰구나. 뿐인가, 이재송송송하지利在松松松下止라구 혰지. 이가 솔과 솔 사이에 있으니 솔 아래 그치란 말이렷다. 그칠 짓자 있는 곳이 사는 곳이라, 모두가 솔을 얘기혰구나. 활아자活我者는 십팔공十八公이라. 나를 살리는 것은 십팔공이란 말인데, 십팔공인즉 솔 송자 파자破字가 아니구 무엇이더뇨? 고송顧松이라. 소나무를 잊지 말라구 혰구나. 솔을 돌아보라구. 모두가 솔이로구나."

노인이 추연한 표정으로 새삼스럽게 주변 우거진 노송들

을 둘러보았다. 어린 남매와 소년들은 홑이불 속에 잠들어 있었고 노파와 아낙과 청년이 노인을 따라 우거진 낙락장송들을 둘러보았다. 노인이 말했다.

"연인즉, 나를 죽이는 것은 무엇이더뇨? 일렀으되, 살아자殺我者는 여인대화女人戴禾라. 지집사람이 벼를 였으니 나라 왯자라. 왜늠이로구나. 인부지人不知라. 사람인 중 물렀다구 헸으니 더구나 왜늠이 적실하고녀."

"임진난리 때 소나무 밑이루 간 사람은 살었단 말씀이지유?"

청년이 물었고 노인이 고개를 끄덕였다.

"암, 살다마다. 깊은 산중이루 간 사람덜은 죄 살었지. 게다가 십팔공 대국장수 이여송李如松이 왜빙덜을 쫓어냈구. 이러니 어찌 비기를 허언虛言이라 허겠느뇨."

총소리는 계속해서 들려왔는데, 처음보다는 사이가 떴다. 삼키면서 길게 끄는 개 짖는 소리가 아득하였다.

"임진난리는 임진난리구 당장 워척헌대유? 밤이 야심혜지넌다……."

노파가 노인을 바라보았는데 노인은 혼잣말을 중얼거렸다.

"소두무족小頭無足, 소두무족이라……."

노파가 아낙을 바라보았다.

"청편 비져논 건 워척헌다네. 예서 밤을 새게 되면 날 장을 워척혀."

"즉을 솟자 대가리요 읊을 못자 발이라……."

노인은 여전히 혼잣말을 중얼거렸고 아낙이 말했다.

"글쎄 말유. 도대처 워치게 헤야 될런지 대중이 안 가네유, 시방."

"청편을 돈 사야 노잣돈을 장만헐 텐디……."

노파가 어깨에다 얼굴을 문질렀다.

"관시엄보살. 노잣돈을 장만헤야 늬 아번님이 대전을 댕겨오실 텐디…… 관시엄보살. 대전을 댕겨오셔야 애븨 소식을 알 수 있을 텐디……."

지그시 아랫 입술을 깨물고 있던 아낙이 노인을 바라보았다. 그 여자는 떨리는 목소리로 입을 열었다.

"난리가 터졌어두…… 재판은 받넌대유?"

꿍 소리와 함께 노인은 팔짱을 꼈고 아낙이 다시 물었다.

"도대처 워치게 됐을라나유? 재판 받으면 쬐끔 있다가 가막소를 나온다구 헸넌디…… 난리가 터져번졌으니."

노인은 묵묵히 어둠 속 노송만 바라보았고 노파가 팽 소리가 나게 맑은코를 풀었다.

"관시엄보살. 조이 읎이 잽혀간 사람은 해 반이 늠더룩 소식이 돈절인디 난리가 터져버렸으니 이 노릇을 워척혀. 난리가 터져서 그이엄령인지 가이엄령인지가 네렸다니 워치게 헌다넌겨. 그래두 워치게 뚫구 가볼라구, 뚫구 가서 생사래두 알어볼라구, 금쪽 같은 멥쌀 닷되 꿔다가 방아 쪄서 체루 쳐서 팥고물 느가지구 청편을 빚었넌디, 청편을 빚어서 장이 나가 돈 사불라구 헸넌디, 급살맞일 양늠인지 믜국늠인지, 아름다울 믯자 믜국사람인지 쌀믯자 믜국사람 귀축믜

영鬼畜米英인지덜이 총질을 헤댄다니, 워치게 허너냔 말여. 워치게 장을 보너냔 말여, 어이구 관시엄보살."

아미를 비틀어 숙인 채 옷고름으로 눈께를 찍어내고 있던 아낙이 고개를 들었다. 그 여자는 떨리는 목소리로 그러나 단호하게 말했다.

"댕겨올튜. 총소리 그치면 촹편 이구 장이 댕겨올튜. 워치게 허던지 노잣돈 장만혜 드릴 테니께 댕겨오세유. 아무려면 가막소서 주리틀리구 당근질 당허넌 사람두 있넌디······ 이까짓 헛방 쏘넌 총소리가 무에 무서우며 잠자리 같은 뱡기서 떨어뜨리넌 폭탄이 무에 겁난대유."

아낙은 주먹을 부르쥐며 입술을 깨물었다. 총소리는 좀더 줄어들어 있었다. 노파가 손바닥으로 입을 가리며 하품을 했고, 청년이 말했다.

"네려가시지요, 아버지. 총리가 줄어드는 걸 보면······ 이제 난리가 가라앉는 것 같습니다. 아무래두 긔 동네까지는 안 올 것 같구."

"하기는 방포소리가 좀 줄어든 것 같기는 허다만 좀더 하회를 보기루 허자. 븨상시에는 항상 처음 시작할 때와 끝날 때가 중요한 법이니, 자고로 난리 때 무고헌 인밍이 상하넌 것은 항상 시초와 종국 어름이었거늘······."

장죽 생각이 나는지 노인은 두어 번 잔입맛을 다셨다.

"비긔에 일렀으되 구승狗性이 재가在家라 혯느니라. 가이 승픔이 집에 있다는 말이겠다. 견설즉창궐見雪即猖獗허구 견가즉지見家則止라. 눈을 본즉 미쳐 날뛰구 집을 본즉 그친다. 이재가가가하지利在家家家下止라. 이가 집과 집 사이에 있은즉 집 아래 그쳐라. 모두가 집을 얘기했구나. 살아자殺我者는 우하횡산雨下橫山이요, 활아자活我者는 시상관豕上冠이라. 나를 죽이년 것은 비 아래 빗긴 산이요. 나를 살리는 것은 도야지 머리에 갓을 씌운 것이로구나. 비 아래 빗긴 산은 눈 설자요 도야지 머리에 갓을 씌우고 보면 집 갓자가 아니더냐. 천부지天不知라. 하늘인 중 물렀다구 했구나."

"빙자란 때 난리를 피헌다구 산이루 간 사람덜은 모두 눈을 맞어 얼어 죽었으되 집안에 있었던 사람덜은 살었다넌 말씀이지유?"

청년이 물었고 노인이 무릎을 쳤다.

"옳거니."

"그러니께 집이루 가유. 집 아래 그쳐유."

총소리는 이제 완전히 그쳐 있었다. 저 아래로 내려다보이는 마을 집들마다에는 하나둘 불빛이 보이기 시작했고 개 짖는 소리도 들려오지 않았다. 노인이 청려장을 손에 쥐었다. 아낙이 아이를 들쳐업었다. 노파가 계집아이를 품에 안았다. 청년이 소년들을 깨웠다. 노인이 끙 소리와 함께 몸을 일으켰다.

"가자. 이재가가가하지라구 헸으니 집이루덜 네려가자."

3

산자락 밑에 엎드려 있는 마을 지붕들 위로 연기가 오르
고 있었다. 야트막한 초가집들 굴뚝마다에서 피어오르고 있
는 연기는 하늘 위로 곧게 올라가고 있었는데 이따금 가느
다랗게 흔들리는 것이었다. 마을 이곳저곳에서는 산 것들이
다투어 깨어나고 있었다. 키 작은 댑싸리로 엮어놓은 사립
문 위에 앉아 지저귀던 새 한 마리가 깃을 치며 날아올랐고
그 바람에 댑싸리 끝에 맺혀 있던 밤 잔 이슬방울들이 빗방
울처럼 쏟아져내렸다. 새 울음소리가 아득하였다.

　아낙이 허리를 폈다. 아낙은 저 아래로 허리띠처럼 가느
다랗게 뻗어나간 신작로를 바라보며 아랫입술을 꼭 깨물었
는데 두 볼에 찍어 바른 재로 해서 꼭 우는 것 같았다. 허리
춤에서 조그만 쪽거울을 꺼내어 얼굴을 비춰보던 아낙은 잿
간을 떠나 뒤란 굴뚝 밑으로 갔다. 흙 틈에 엉겨붙어 있는 그
을음을 떼어 두 볼과 이마에 문질렀다. 그리고 턱이며 모가
지를 몇 번 문지르고 나서 다시 거울을 보았다. 잘난 신랑을
만나 시집을 간다고 연지 찍고 곤지 찍던 시절이 떠올라서
그 여자는 눈물이 나왔는데 아랫입술을 꼭 깨물어 참으면서
억지로 웃어보았다. 재와 그을음으로 칠갑을 한 얼굴은 영
락없는 두억시니여서 그 여자는 다시 눈앞이 부옇게 흐려왔
다. 아낙은 먹물 들인 베보자기를 쓰고 나서 목자배기를 머
리에 얹었다. 그리고 허리춤에 단단히 질러넣은 은장도를 한
번 만져보고 나서 사립을 나섰다.

물퍼니고개에 도착했을 때는 햇살이 따가왔다. 아낙은 고개 한켠에 솟아있는 느티나무 밑으로 갔다. 목자배기를 내려놓고 손등으로 이마를 훔쳤다. 저 아래로 손에 잡힐 듯 가깝게 보이는 장터는 쏟아져 내리는 햇살 아래 고즈너기 엎드려 있었는데, 고요했다. 닷새마다 한 번씩 열리는 장날이면 연락부절로 다니던 장돌뱅이도, 저마다 돈살 곡식자루를 이고 진 삼동네 이웃 사람들도, 늙은이들을 태운 소달구지도, 나무꾼 총각도 보이지 않았다. 사립문을 나와 신작로를 걸어 고개에 이를 때까지 개미새끼 한 마리 보지 못했다는 생각을 떠올리고 아낙은 새삼스럽게 주위를 둘러보았다. 고요했다. 이따금 높이 떠서 지저귀는 새 울음소리로 해서 주위가 더욱 고요한 느낌이었다. 극력으로 만류하는 식구들을 뿌리치고 그 여자가 집을 나온 것은 오직 떡을 팔기 위해서였다. 총소리가 들려왔던 장터까지 가는 것이 위험하다면 물퍼니고개까지만이라도 가서 오가는 장꾼들을 상대로 송편을 팔아 어떻게 노잣돈을 장만해 오겠다고 식구들을 안심시키고 집을 나섰던 것인데, 장꾼은 고사하고 하다못해 그 흔한 동냥아치 하나 보이지 않는 것이었다. 해반 전에 예비검속으로 끌려간 뒤로 난리가 터지는 바람에 도무지 생사를 알 길이 없는 남편을 생각하면 보리죽이나마 입에 넣기가 송구스러웠고 계엄령이 내렸고 노잣돈이 없다지만 그것도 핑계인 것만 같아서 시아버지가 원망스러웠다. 해방되기 전전해에 혼인을 한 그 여자는 남편과 꼭 네 해를 살았는데, 주의자인 남편이 헌병대며 주재소며 경찰서며 감옥에 드나들기를 고자 처갓집 드나들 듯이 드나드는 바람에 남편과 한 이부자리 속에서 동품을 한 것이 삼세 번 세 번 곱해서 열 번이 채 못되었다. 그러나 세 살 터울인 남매를 생산하였고, 남편은 돌아오지 않는 것이었다. 그리고는 달포 전에 난리가 터져 버린 것이다.

아낙은 다시 한번 허리춤을 만져 은장도를 확인하였다. 시집 오기 전날 밤 친정어머니가 단속곳 속에 달린 주머니에 넣어주며 '정절을 지킬 때 쓰도록' 했던 것이다. 아낙은 목자배기를 머리에 얹고 끙 소리와 함께 몸을 일으켰다. 할 수 없이 장터까지 내려가볼 작정을 하고 몸을 일으켰는데, 몸을 일으키다 말고 그 여자는 그만 '아이구머니나!' 하고 목 안엣 소리로 부르짖으며 털푸덕 주저앉고 말았다. 웬 사내가 굴참나무숲을 헤치고 나왔던 것이다. 사내는 황토물 배인 핫바지에다가 취덩굴로 감발을 친 지까다비를 신고 있었는데, 손에는 날카롭게 끝을 쳐낸 죽창을 들고 있었다. 사내가 걸음을 멈추었다.

"아줌니는 워디 살유?"

허리춤에 손을 찌르며 혀끝으로 입술만 핥던 아낙이

"구, 구렛굴유. 조 너머 구렛굴."

하고 간신히 말했는데, 사내가 고개를 갸웃했다.

"구렛굴이면 누구랴? 구렛굴 살먼 알아볼 텐디……"

입 속으로 중얼거리며 사내가 한 발 더 다가왔다. 궁둥이를 뒤로 빼면서도 아낙은, 얼굴은 하얗고 눈은 파란 미군이 아닌 것에 우선 안심하며 똑바로 사내를 바라보았다. 사내는 새둥우리 같은 머리칼에 충혈된 눈을 하고 있었는데 어디서 본 듯한 얼굴이었다. 사내가 죽창 든 주먹으로 입을 가리며 하품을 했다.

"구렛굴 워느 댁이래유?"

죽창은 들었으나 사내 태도에 악의가 없어 보여 아낙은 침착하게 말했다.

"진사댁유. 짐진사댁."

"진사댁유? 얼라, 그럼 일붱이 성님댁 아녀?"

"그류. 지가 그 집 메누리유. 영벅이 에믜."

사내가 아낙 앞으로 좀더 다가오며 꾸벅 고개를 숙였다.

"아줌니 그간 별고 읎으셨유?"

"누, 누구시래유?"

궁둥이를 뒤로 빼내며 아낙이 되물었는데 사내가 씩 웃었다.

"저유, 화성 사넌 용근이유. 일붱이 성님 잽혀가시기 전이 뒤 번 갔었잖남유, 거시기 넝맹 일루."

아낙 입이 벙긋 벌어졌다. 그 여자는 허리춤에서 손을 빼며 참았던 침을 삼켰다.

"그류 그류. 알구말구유. 화성 햅싸리서 소작 부친다넌 총각…… 넝맹 일루 한민당 사람덜허구 싸우던……."

"그런디 얼굴이다가 숯검댕이를 발러노니 알 수가 있어야지유. 워디 가시넌 질이래유?"

"장이 가볼라구 나왔지면 총각은 웬일이래유? 겁나게 죽창을 다 들구……."

"장이는 뭇 가유."

"왜 뭇 간대유?"

"하여간 뭇 가세유. 그런 중 알구 이롸 보세유. 믄빛이래두 사람덜 눈이 띌지 물르니께."

청년이 아까 나왔던 굴참나무숲으로 들어갔고, 잠깐 망설이던 아낙이 목자배기를 다시 이고 뒤를 따랐다. 청년이 목자배기를 받아 내려주고 나서 조금 떨어져 앉았다. 청년이 말했다.

"어젯밤 총소리 뭇 들으셨유?"

"왜 그렀대유? 워떤 사람덜이 그런규?"

"장터는 시방 난리 났유."

"왜 그렀너냐니께유? 누가?"

청년은 장터 쪽을 한번 바라보고 나서 뽀드득 소리가 나게 이를 갈았다.

"양늠덜이쥬. 인민군헌티 쫓겨온 늠덜이 그 분풀이 허너라구 총질헌 거쥬. 오여손잽이 잡넌다는 핑계 대구, 가이색긔덜."

"그, 그레서…… 워치게 됐대유?"

떨리는 목소리로 아낙이 물었는데 충혈된 눈으로 장터 쪽을 바라보던 청년 눈에 핑그르르 물기가 돌았다. 청년이 손등으로 눈께를 문질렀다.

"무고헌 양믠덜만…… 조이읎넌 백성사람덜만 죽었쥬…… 여남은 명이나. 저녁밥 짓다 말구 구경나왔던…… 아줌니덜허구…… 애덜만……."

아낙이 치맛귀를 들어올려 팽 소리가 나게 맑은코를 풀
었다.

"젊은 사람덜은 뭐헌규? 무고헌 양믠덜이 죽던디…… 젊
은 사람덜은 그래 뻔히 서서 귀경만 헸단 말유?"

청년이 죽창으로 땅을 찍었다.

"그늠덜이 들온다넌 소문 듣구 핏종발이나 있던 젊은이
덜은 벌써 산으로 튀였쥬. 남어 있던 무지렝이덜이 쇠시랑허구
낫 들구 쫓어나갔지먼…… 총 든 늠덜을 워치게 당허겄유.
가이백정 같은……."

"그늠덜은 그럼 시방두 있대유?"

"아마 그럴규. 우덜이 그 중 한 늠을 쇠시랑이루 찍어 넹
겼넌디…… 공포 쌔리먼서 밤새 집뒤짐허구 난리였으니께."

침묵이 깔렸다. 고개를 사이에 두고 양쪽으로 이어진 신
작로에는 여전히 사람 그림자도 보이지 않는데 중천에 높이
솟은 해에서 퍼부어내리는 햇빛이 쏘는 것 같았다. 아낙이
저고리 소매끝으로 이마를 찍었다.

"총각은 시방 워디루 가넌규?"

목자배기에 던져져 있던 눈길을 거두며 청년이 손등으로
뒷목 땀을 훔쳤다.

"증찰 나왔유."

"증찰…… 증찰이 뭐이래유?"

"동무덜허구 패를 짰유. 군정 때 넝맹 일 보던 동무덜
이서."

청년이 뽐내는 어조로 말했다.

"우덜두 인저 무지렝이 넝민이 아니란 말유. 저두 인저 야산대라니께유."

"……"

"도라꾸 지나가나 볼라규. 엊저녁이 대천까지 들왔다니께…… 아마 오늘 중이룬 예까지 올규."

"…… 예까지 들오면 워치게 되넌 거래유?"

"해방이 되넌 거쥬."

"해방은…… 팔일오 때 됐넌디……."

"그건 가짜구…… 진짜루 되넌 거쥬. 진짜루 해방시상이."

"진짜루 해방이…… 거시기 진짜루 해방시상이 되면 워치게 되넌 거래유?"

"새 시상이 되넌 거쥬."

"새 시상…… 새 시상이 워떤 시상이래유?"

"나쁜 늠덜을 쫓어내넌 시상이쥬. 민족반역자덜을. 왜늠 양늠 밑이서 고쓰까이질 허구 종질 허면서 착헌 백성덜을 홀태질허던 친왜파 악질반동 지주늠덜허구 관공리늠덜을 쫓어내넌."

"그런 거 말구 말유. 팔일오 해방 때 근준허구 인공허구 거시기 남로사람덜이 떠들던 그런 말 말구 말유."

"인민위원회를 맹글어야쥬. 군정서 읎애버린 인민위원회허구 치안대를 다시 맹글어야쥬. 인공이서 맹글었던."

"그런 거 말구 말유?"

"에이 아줌니두. 그거야 아줌니가 더 잘 아실 테쥬 뭐. 일뵝이 성님이 왜정 때버텀 밤낮 그 궁구만 허셨으니께."

청년이 멋쩍게 웃으며 뒷목을 훔쳤고 한참만에 아낙이 말했다.

"난리 전이 잽혀간 사람은 워치게 되너냔 말유? 예비금속 이루다 잽혀간 사람은……."

대답이 궁해진 청년은 죽창으로 땅만 찍었고 아낙은 고개를 떨어뜨렸다.

그 여자는 무릎에다 눈께를 문지르며 혼잣말로 중얼거렸다.

"새 시상 맨들겄다구 죽창 들구 싸우다가 죽은 사람덜이야 팔자소관이라구 치구…… 책만 읽다가 잽혀간 사람은 워치게 되너냔 말여. 부모형제 일가친척 처자식 놔두구 잽혀간 사람은……."

아낙이 몸을 일으켰다. 청년이 따라서 몸을 일으켰고 그 여자는 실성한 사람처럼 허공을 바라보며 혼잣말로 중얼거렸다.

"그나마 인저 떡장사두 뭇허게 됐으니…… 이 노릇을 워척헌다. 이 노릇을 워척혀."

"아줌니."

청년이 불렀으나 아낙은 대꾸없이 걸음을 옮겼다. 아낙은 여전히 뭐라고 하는지 알아들을 수 없는 목소리로 중얼거렸는데, 목소리에는 어느덧 가락이 들어 있었다.

"대전 질이 몇 리냐 가막소가 워디냐."

"아줌니. 영복이 엄니."

"노자 읎인 뭇 가랴 걸어서는 뭇 가랴."

"자배기 가지구 가유. 떡 목판."

청년이 소리쳤는데 아낙은 여전히 들은 척도 하지 않고 고개마루로 올라섰다. 아낙은 장터 쪽을 한 번 바라보고 나서 몸을 돌렸다. 그리고 그 젊은 여자는 울음의 소리로 흥얼거리며 뙤약볕이 퍼부어내리는 신작로 길을 하염없이 걸어갔다.

"산이라면 넘어주마 물이라면 건너주마. 대전이루 가련다 가막소루 가련다. 내 낭군을 찾아서 애 아부질 찾아서. 왜늠두 가거라 양늠두 가거라. 청국늠두 가거라 로스께두 가거라. 제 나라루 가거라 내 땅 두구 가거라. 인민군두 뵈기 싫다 귁방군두 나는 싫다. 굉찰사람 치떨린다 관공리덜 뭇 믿겄다. 방포소리 긔맥힌다. 화약냄새 코 썩는다. 여보 여보 제가 가요 당신 각시 제가 가요. 우리 엄니 친정 엄니 당신 장모 혜준 이불. 삼시 번 시 번 곱헤 열 번두 뭇 핀 이불. 햇솜 느서 꾀맨 이불 밍주 이불 필쳐 덮구. 유자생녀 만수다복 오래오래 향복허게. 어와둥둥 내 사랑아 관옥 같은 내 낭군아. 신언서판 구족헸다 모두 부뤄허던 신랑. 시집이라 와서 보니 주의자가 웬 말이유. 무신 책을 잘못 읽어 밤낮 쫓겨댕기넌규. 그렇지만 나는 좋아 내 낭군이 나는 좋아. 여보 여보 제가 가요 당신 각시 제가 가요. 살어 기슈 죽어 기슈 입 있으면 말 좀 혜유. 살었으면 달려오구 죽었으면 혼이래두. 혼이래두 달려와서 당신 식구 지켜줘유."

『창비 신작 소설집』 1985년 7월

민들레꽃반지

 칼바람 소리만 귀를 물어뜯는 것이었다.
 한참 동안 아무것도 없는 하늘만 바라보다가 얼크러지고
설크러진 고무딸기 가시며 두릅 가시 피하여 발뽐발뽐 아
래채 뒤란 돌아 부엌켠 흙벽에 귀를 대어보던 김씨는 흡, 숨
을 삼키었다. 우우-우우- 아우성치며 달음박질쳐 가는 골
바람 소리만 귀를 물어뜯는 것이었고, 아무런 소리도 들려
오지 않는다. 다시 한 번 숨을 삼키며 귀를 붙여보았지만 부
엌 안에서는 아무런 소리도 들려오지 않았고, 큰일 났구나.
졸졸-졸졸- 눈자라기• 오줌발 떨어지는 것 같은 소리일망
정 물 나오는 소리가 들려오지 않는 것이니, 마침내 아래채
마저 수돗물이 끊어져버린 것이었고, 아아. 세굴차게 도머리
치던 김씨는 어금니에 힘을 주며 부엌으로 들어갔다. 그리고
군데군데 금이 가고 파여 식은 떡덩어리같은 거스렝이가 일
어나는 흙장판 위를 발뽐발뽐 걸어 개수대 위에 달린 수도
꼭지를 바라보았다. 어제저녁에 받쳐놓았던 비닐자수통에

는 물이 가득하였고, 그렇다면 오늘 아침에 끊어졌다는 말인가? 에멜무지로 수도 손잡이를 올려보는데, 푸앙-푸앙- 물애기가 옹알이는 것 같은 소리가 나더니 눈자라기 오줌발처럼 떨어져 내리는 물인 것이었고, 살았구나. 어머니가 또 수도꼭지를 내려버린 것이었다.

"왜 대이구 수도꼭지를 내린대유. 그러지 마시라니께 증말."

"아까워서 그려."

"아깝다뉴?"

"아깝잖여. 아깐 물 버리넌 게."

"그나마 여긔까지 물 끊어지면 워척헐라구 대이구 잠근대유, 잠구길."

"무섭잖여."

"뭐이가 무섭대유?"

"수돗세. 수돗세가 월매나 무선디."

"새꼽빠지게 뭔 말씀이래유?"

"아, 수돗세가 월매나 무선디. 다락같이 올러만 가넌 물간디, 수돗세락두 애껴야지."

"여건 수돗물이 아니잖유."

"물 한방울이 픽 한방울인디. 넝사꾼덜헌틴 물이 픤디. 아, 예전 육니오 때 야산대 사람덜 보니께 토굴 속이 숨어서

────
• 눈자라기 아직 꼿꼿이 앉지 못하는 어린아이.

물 떨어지니께 심설 자기 오줌을 받어 먹더라니께. 물이란 게 자고루 한울님인겨."

"아이구, 어머니. 홀러가넌 물이라 갱기찮다니께 그러시 네. 아, 우덜이, 젤 꼭대기 사넌 우덜 집이서 물을 흘려줘야 저 아랫말 넝군덜두 넝사를 짓넌다니께 그러시네."

김씨는 들창문을 닫고 창호지가 찢겨 너덜거리는 덧문을 닫았다. 그리고 보일러실에 들러 어머니방 칸에 파란불이 켜 있는 것을 다시 한 번 확인하고 나서 물매진 언덕길을 올 려다보며 어금니에 힘을 주었으니, 아득한 것이었다. 한 이 십미터쯤밖에 안 되는 가까운 거리인데, 여간 조심스러운 것이 아니다. 물매가 심한 것이야 산등성이를 까뭉개고 앉 힌 집이라서 그렇다고 하더라도 잣눈 덮힌 길 한쪽 가생 이로만 길을 뚫어놓았는데 유리알처럼 미끄러운 빙판길 위 로 뿌려진 자욱눈이어서 여간 바드러운 것이 아니다. 사람 하나가 겨우 지나다닐 좁쫍한 가생이 길 옆으로는 애두름 이 이어졌는데 창날처럼 뻗쳐나온 가시나무들이다. 아무리 급하다고 하더라도 손 뻗쳐 잡아볼 것 하나 없고, 오늘두 안 올 모냥일세. 눈자라기 오줌발 같을망정 아직은 물이 나 오니 살았지만 부르르 한번 진저리를 치고 나서 바지 단추 를 여미는 아이처럼 그나마 물이 끊어져버린다면, 아흐. 죽 음이라고 부르자.

화불단행禍不單行이요 복무쌍지福無雙至라든가? 나쁜 일 은 홀로 오지 않고 좋은 일은 겹쳐서 오지 않는다고 하는 데, 아래채마저 물은 마침내 끊어질 수 있다. 아니, 끊어질 것

이다. 대동강 물도 풀린다는 우수雨水가 지났어도 무슨 조홧
속으로 날은 더욱 추워지기만 하니, 그렇게 될 것으로 보아
야 한다. 그렇다면 어떻게 할 것인가? 나 혼자 몸이라면 하
루에 라면 한봉다리씩만 끓여 먹으며 날이 풀릴 때까지 어
떻게 견뎌볼 수도 있겠지만, 어머니를 어떻게 할 것인가? 방
을 얻으려면 마을로 내려가야 한다. 그러나 언젠가 전 이장
한테 들은 대로 마을에 군식구 들일 만한 여윳방 있는 집은
없는 것 같았고, 그렇다면 소재지로 내려가야 한다. 십리쯤
떨어진 마을에서 십리쯤 더 가야 소재지가 나오는데, 변변
한 여관은 그만두고 여인숙도 보지 못한 것 같다. 그렇다면
민박을 들어야 하는데, 달세가 사십만원이라던가. 그것도 몇
해 전 이야기니 이제는 더 올라서 아마 오륙십 만원은 달라
고 할 텐데…… 좋다. 민박집 방을 얻어 들어간다면 매끼를
사 먹을수는 없는 일이고 방 안에서 밥을 해 먹어야 할 텐데
우선 솥단지와 밥그릇은 어떻게 하나. 이 그릇들을 챙겨 내
려갈 수도 없는 일이고, 반찬은 또 어떻게 하나. 명색이 면소
재지라는데 이지가지 젓갈과 김치 깍두기에 무엇보다 싸전
이 없으며 그리고 목간통이 없다. 전에는 쇠시장이 섰던 대
처여서 색시 둔 술집에 따기꾼이며 노름꾼에 깡패까지 득시
글거렸다는데 옆댕이로 강원도 가는 고속화도로가 뚫리면
서부터 바짝바짝 오그라들어 가는 소재지가 되어버렸다고
한다. 아직도 닷새마다 한번씩 장이 서기는 하나 장꾼보다
장사꾼이 더 많다. 살 만한 게 별로 없다는 말이다. 그래서 농
협에서 세웠다는 하나로마트인가 하는 데서 비닐봉다리에

든 동태도막 갈치도막도 사고 청양고추며 콩나물에 두부서 껀 그리고 비닐봉다리에 든 쌀이며 보리쌀에 검정서리태도 사는데, 목간을 하려면 시외버스를 타고 한 삼사십 리는 나가야 한다. 같은 면소재지지만 그곳에 가면 사람도 많고 없는 것이 없다. 뜨거운 물이 콸콸 쏟아지는 사우나탕에 온탕 냉탕이 따로 있는 목간통만 두 군데이니, 꼭 강남에 간 것 같다. 같은 장날이라도 그곳에만 가면 없는 것이 없다. 매일같이 먹는 배추김치, 겉저리김치, 파김치며 총각김치, 깍두기에 물김치와 고들빼기김치까지 살 수 있고 어머니가 좋아하시는 인절미는 물론이고 송편에 절편, 시루떡이며 백무리까지 언제라도 살 수 있다. 한봉다리에 이천원씩이니 만원 주고 다섯봉다리만 사면 효자에 더해 부자가 된 것 같다. 손으로 빚은 두부며 도토리묵에 새악시 볼따구니 같은 홍시감에 밤 대추며 주전부리할 막과자와 제과점 생과자에 통닭이며 갓 쪄낸 호빵도 있으니 먹을거리는 그곳에서 사 나르면 되지만, 골칫거리는 돈이다. 쩐. 허나 또 어쩌겠는가. 마이너스 통장을 헐어서라도 버틸 때까지는 버틸 수 있을 것이고, 한 달이면 되겠지. 아무리 충청도에서 사과가 열리고 서울에서 대나무가 살아가는 이상기온이라지만 한달만 버티면 얼음이 녹으면서 물이 쏟아지겠지.

맘밑을 눅이면서, 그리고 될 수 있는 대로 좋은 쪽으로만 생각하는 김씨가 정작으로 막막해하는 것은 어머니다. 어떻게 어머니를 모시고 내려가느냐는 것이다. 어녹이치는 빙판길 이백여미터를 내려가는 데 십오분은 걸린다. 발몸발

몸 조심조심 꼭 잠자리 잡으려는 아이처럼 게걸음쳐 내려가
야 되는데 아무리 조심을 한다고 해도 한두번은 꼭 엉덩방
아를 찧는다. 비록 다 털어낸 깻단 같은 몸피여서 한주먹밖
에 안 된다지만 어머니를 업고 내려가볼 자신이 없다. 젊은
뼈다귄디, 돌팍두 씹어 색일 젊은 뼈다귄디, 그깐느믜 호박
죽 한그릇 더 뭇 색인댜. 맛있는 별미라며 당신이 키워 쑨 호
박죽을 자꾸만 더 먹으라고 했을 때 비쎄자• 어머니가 했던
소리다. 어머니가 돌멩이라도 씹어 삼킬 수 있는 젊은 뼈다
귀라고 하는 김씨도 이제는 경로우대석 처지다. 어찌다 서
울에 갔을 때 전철을 타면 떳떳하게 노약자석에 앉아도 되
는 법정연령이 된 것이다. 예순다섯 살. 일흔 아니 일흔다섯
은 되어야 겨우 노인 취급을 해주는 세상이 되어 예순다섯
이면 경로당에서 아이 취급을 받는 나이라지만 어쨌든 노인
은 노인인 것이다.

그렇다면 손을 잡고 내려가야 하는데 또한 자신이 없다.
자가 넘게 쌓여 있어 미끄럽지 않은 쪽으로 내려가면 될는
지 모르지만, 해산미역이 되어버린 극노인이 어떻게 그 눈
구덩이를 헤쳐간다는 말인가. 그렇다면 업고 내려갈 사람을
구해야 되는데 누가 그 일을 하려고 하겠는가. 이백미터쯤
내려가면 대문인데, 택시가 거기까지는 안 온다. 눈이 조금
만 쌓여도 헛바퀴만 돈다며 오지 않는다. 대문에서 다시 삼

• **비쎄다** 사양하다.

백미터쯤 내려가야 비로소 콘크리트로 포장된 일차선 농로
가 나오는데 또한 어떻게 내려간다는 말인가. 택시 운전사
한테 부탁하면 들어줄까? 물론 시간이 돈인 사람들한테 아
무리 극노인이라고 해도 삼백미터를 눈구덩이 뚫고 올라와
업고 내려가달라고 할 수는 없으니, 삯을 줘야겠지. 택시비
가 소재지에서 대문 앞까지 왕복 이만원이니, 왔다 갔다하
는 시간비에 업어 나르는 삯까지 쳐줘야겠지. 이만원쯤이면
될까? 콜비까지 합쳐 한 사만원이면 될라는가? 택시 운전사
한테 어떻게 조닐로•부탁을 해볼 수는 있겠지만, 골칫거리
는 어머니다. 어머니를 어떻게 대문까지 모시고 내려간다는
말인가. 모래밭 지나가는 긴짐승처럼 구불텅구불텅 물매 심
한 이백여미터를 무슨 재주로 내려간다는 말. 내려가는 것
도 그렇지만 매일같이 되풀이되는 싱갱이에 영 진력이 나는
김씨였다. 적어도 하루에 한번씩은 꼭 어머니 방을 들여다보
는 김씨인데, 그때마다 되풀이되는 일이다.

"지발덕분 불 점 꺼줘."

"예에?"

"지발덕분 불 점 꺼달라니께. 여긴 시방 뜨거서 발을 댈
수 읎다니께."

그럴 리가 없다고 생각한 김씨는 어머니 방으로 들어가보
았는데, 그러면 그렇지. 발끝을 타고 올라오는 냉기를 밀어
내고 요 밑에 손을 넣어보면, 사위어가는 난로처럼 밍그지
근한 것이 었다.

"워뗘? 뜨겁쟈? 손두 뭇 느케 팔팔 끓잖여."

"뜨겁네유. 손두 뭇 느케 팔팔 끓넌구먼유."

뒤란에 있는 보일러실로 간 김씨는 온도를 더 올렸는데, 장 되풀이 되는 일이 있었다. 그때도 그러하였다.

"불 점 줄여줘. 단내가 막 나잖여. 까스불이 뭘 올려났나 싶어 뷔이루 대이구 가볼 만침 단내가 막 난다니께."

삼십여 년 전이었다. 충청남도 대덕군 산내면 낭월리 속칭 뼈잿골 옆댕이에 살 때였다. 아버지 백골이 묻혀 있을 뼈잿골이 건너다보이는 산자락 마을에 스물다섯평짜리 양옥집을 지어 어머니를 모시고 살 때였다. 그때에 김씨는 본채 위에 댓평쯤 되는 사랑채 명색을 들여 살고 있었는데, 방이 뜨겁다는 것이었다. 그때도 칼바람 몰아치는 한겨울이었는데 방이 뜨거워서 살 수가 없다는 것이었다. 깜박 잊고 온도를 최대치로 올려놓았나 싶어 보일러실로 달음질쳐 가보았는데, 빨간불이었다. 불이 들어가지 않는데도 자꾸 방이 뜨거워 못 살겠다는 것이었고, 숫제 보일러를 꺼버렸다. 그런데도 여전히 방이 뜨겁다는 것이었고, 별꼴이다 싶어 들어가 봤더니 진짜로 방이 펄펄 끓고 있었다. 밤새도록 참나무 장작 지펴 쇠죽을 끓여내던 예전 시골 머슴방처럼 펄펄 끓는 것이었다. 심야전기 보일러를 아무리 온도 높여 땐다고 하더라도 그처럼 펄펄 끓는 방이 될 수는 없는 것이니, 그야말로 귀신이 곡할 노릇이었다. 어머니가 주무시는 안방은

• **조닐로** 제발 빌어서.

밤낮을 가리지 않고 펄펄 끓어오르는 것이었고, 이것이 무슨 조홧속이라는 말인가? 겁이 난 김씨는 알고 지내던 사이인 그 고장 무슨 공업전문대학 교수한테 말하였고, 보일러에 빠삭한 도사들이라는 전문가 두 명이 출장을 나왔다. 기계공학 전공이라는 그 전문대학 교수들은 한시간이 넘게 보일러를 짯짯이 살펴보며 온도를 올렸다 내렸다 해보았는데, 마찬가지였다. 손잡이를 올려도 방은 뜨거웠고 손잡이를 내려도 방은 뜨거웠다. 이마에 깊은 골을 파며 고개를 갸웃거리던 그들은 숫제 계량기 전원을 꺼버렸는데, 또한 마찬가지였다. 다시 또 보일러를 짯짯이 살펴보고 방으로 가보기를 몇차례 되풀이하던 그들은 말없이 김씨를 바라보았는데, 공포를 먹은 낯빛이었다. 공구가방을 챙겨 들고 보일러실을 나서며 그들이 한 말이었다.

"이건…… 우리가 아는 기계공학으로 해명될 사안이 아닌 것 같습니다."

보일러를 틀지 않아도 방이 뜨거우니 기름값이 안 들어 좋기는 했지만 이게 무슨 조홧속인가 싶어 어쩔 줄 몰라하던 김씨는 턱 끝을 주억이었으니, 아버지! 아버지인 것이었다. 아버지 넋이 오신 것이었다. 피 같은 기름값이 아까워 동동거리는 당신 각시가 안쓰러워 기름을 때지 않아도 방이 뜨거워지게 한 것이었다. 더구나 당신이 마지막 숨을 거두었던 곳이 건너다보이는 곳으로 와 집을 짓고 살며 아침저녁으로 정화수 떠놓고 비손하는 당신 각시를 추위에 떨게 해서는 안 될 것이었다. 그렇게 풀쳐생각•할 수밖에 없는 김씨였는데, 그해 겨울이 끝날때까지 어머니 방은 식지 않았던 것이다.

그런데 이번에는 가리*가 다르다. 아니, 가리가 다르고 무엇이고 할 것 없이 무엇보다도 먼저 물이 나오지 않는 것이다. 눈자라기 오줌발처럼 졸졸거리며 찔끔거리는 물일망정 끊어지지만 않는다면 밥을 지어 먹을 수 있고 위채에서는 힘들지만 아래채에서 받아다 먹으면 된다. 물이 나오지 않아 첫째로 두려운 것은 보일러를 켤 수 없다는 것이다. 보일러실 물통에 물이 차 있어야 보일러가 돌아가며 그 물이 덥혀져 방 밑으로 깔아놓은 파이프를 타고 흐르면서 방이 더워지는 것인데, 아흐. 수도에서 물이 나오지 않는다. 위채는 보일러 물탱크에 사다리 걸치고 올라가 손을 넣어보니 손이 적셔지는 것이어서 적어도 올겨울은 물이 더 올라가지 않아도 보일러를 돌리는 데 아무런 하자가 없을 것이고, 아래채가 골칫거리인 것이다. 그런데 물이 얼마나 담겨 있는지 알아보려고 아무리 보일러실을 둘러봐도 물탱크가 보이지 않는다. 물탱크처럼 생긴 쇠통이 있어 열어보았더니 무슨 단추 같은 것만 여러 개 달려 있지 아무리 짯짯이 톺아봐도 물이 담겨 있을 두멍 같은 것은 보이지 않는다. 보이지 않는 것은 물탱크만이 아니다. 이른바 컴본주의 세상이 되어서 그런지 편지도 보이지 않는다. 얼추 다 전화로 하거나 문

• **풀쳐생각** 맺혔던 생각을 풀어버리고 스스로 위로함.
• **가리** 경우. 마당. 때. 곳.

자를 날리지 편지라는 것은 거의 사라져버렸다. 있다고 해도 무슨 기계로 찍은 것이지 어지간해서는 펜을 들어 종이에 쓰지 않는다.

우편함은 위채에서 이백미터쯤 밑 녹슨 철대문 바로 안쪽에 놓여 있었다. 플라스틱 옷상자로 된 우편함을 열어보던 김씨는 낙이 없는 얼굴이 되었다. 이미 구문이 되어버린 어제치 신문 한 부만 달랑 들어 있을 뿐이었다. 물매가 심한 이백미터를 올라가려면 어제가 다르게 여간 힘이 드는 게 아니어서 김씨는 늘 올라가면서 구문을 펼쳐들고는 하였는데, 얼라! 신문지 틈에 끼워져있던 무슨 편지 한 통이 툭 하고 떨어지는 것이다. 집어 보니 수신인이 '한전희'로 되어 있었다. 한전희라면 어머니 함자인데 누가 보낸 편지라는 말인가? 이제까지 살아오면서 단 한차례도 어머니 함자 앞으로 된 편지가 온 적이 없었다. 발신인은 그냥 'ㅇㅇ 1234부대'라고만 되어 있었다. ㅇㅇ은 김씨가 머무는 곳 바로 옆댕이에 있는 군 이름이었고, 빌꼴이 반쪽일세. 뭔느믜 군부대서 어머니헌티 핀지가 다 오구? 내용물은 더구나 야릇하게도 천연색으로 된 사진이 앞뒤로 박혀 있는 한장짜리 무슨 전단지 같은 것이었다. 「6·25 전사자 유해 소재 제보접수」라는 제목이었다. '육군 병장 아무개'라고 새겨진 빗돌 앞에 하염없는 얼굴로 앉아 있는 허연 수염발에 쳇다벙거지•쓴 영감님과 온갖 깃발 든 국군 의장대며 '국방부 유해발굴 감식단'이라고 써진 무슨 가죽점퍼 같은 옷 입고 확대경처럼 생긴 기구로 해골을 비춰 보고 있는모습, 그리고 '육군 하사 아무개'라고 새겨진 빗돌 앞에 태극기 들고 아그려쥐고 있는 어린이 모습이 박혀진 천연색 사진 아래 이렇게 적혀 있었다.

우리 마을의 이름 모를 산하에서 6·25 전쟁 시 나라를 지키시다 목숨을 바치시고 묻히신 선배전우들을 가족의 품으로 보내드리려고 합니다

□ 전사자 유해가 묻히신 장소를 제보해주십시오
※발굴유해에 따라 포상금 차등 지급(20~70만 원)

1구 기준	1구 추가시	12구 이상
20만원	5만원	70만 원

□ 제보접수 담당/연락처
0267-보여단 주임원사 최철재: 011-9705-XXXX
0222-기보대대 주임원사 석지류: 011-2805-XXXX
○ 전화 인사참모처 : 301 077-0016~5
○ 제80기계화보병사단

뒷면에는 무슨 군번줄 같은 것을 손가락에 끼고 눈물을 흘리며 들여다보고 있는 사람 얼굴과 태극기에 덮인 유골함 같은 그림이 깔려 있는 위로 이렇게 적혀 있었다.

● 휏다벙거지 우묵모자. '중절모자中折帽子'는 왜말임.

우리 마을의 이름 모를 산하에서 6 · 25 전쟁 시 나라를 지키시다 목숨을 바치시고 묻히신 선배전우들을 가족의 품으로 보내드리려고 합니다

□ 전사자 유해가 묻히신 장소를 제보해주십시오
※발굴유해에 따라 포상금 차등 지급(20~70만 원)

1구 기준	1구 추가시	12구 이상
20만 원	5만 원	70만 원

□ 제보접수 담당/연락처
○ 중령 남병금: 010-4805-XXXX
○ 대위 이혁진:010-4805-XXXX
○ 전화 인사참모처 : 130 077-0016~4
○ 제20기계화보병사단

어머니 앞으로 온 그 편지가 아닌 공지사항을 들여다보던 김씨 낯에 핏기가 사라졌으니, 왜 이런 것을 보내왔다는 말인가? 6·25때 인민군 손에 죽은 국방군도 아니고 자위대 손에 죽은 악질반동 하앵이도 아니며 더구나 6·25가 일어나기해 반 전에 예비검속으로 잡혀갔다가 6·25가 터지던 해 7월 첫때쯤 학살당한 남편을 둔 안해한테. 그것도 그냥 여느 안해가 아니라 남조선노동당 외곽단체인 남조선민주여성동맹 면당 위원장을 지내며 '공산세상을 이루고자 견결히 투쟁해온 사람'한테. 이른바 국가보안법에 걸려 6년 징역을 살

앉고 더하여 한차례 집행유예 전과까지 있는 사람한테. 이른 바 '국보 전과'까지 있는 사람한테. 거처를 옮길 때마다 반드시 찾아오는 매롱매롱한 눈매 신사복들로 봐서 강고한 연좌제 쇠사슬에 동여매져 있다는 것을 잘 알고 있는 김씨였다. 연좌제에 묶인 사람들 가운데서도 아주 기분 거시기한 경우였으니, 육군 기무사령부 소속이었던 것이다. 서울과 경기도와 강원도는 '접적구역'에 가까우므로 군 정보기관에서 관리하고 충청도와 경상도와 전라도와 제주도에 사는 사람은 국가정보원에서 관리한다는 것이다. 연좌제면 다 똑같은 것으로 알고 있던 김씨로서는 운동권 출신으로 무슨 혁신정당 운동을 하고 있는 사람한테서 그 이야기를 듣고는 영 후꾸룸한* 기분이었던 것이다. 관리 대상자 신상명세가 입력된 프로그램이 오작동을 일으킨 것이라면 더구나 우스운 노릇이었다. 그렇다고 하더라도 어떻게 연좌제에 걸려 있는 사람이 6·25 때 전사한 국방군 전몰장병 유가족으로 바뀔 수 있다는 말인가? 이른바 남조선 국가정보기관에 있다는 자들 엉터리 같은 업무 태도에 쓴웃음을 짓던 김씨가 정작으로 두려워 하는 것은 적바림이었다. 공식적으로는 이른바 연좌제라는 말도 안 되는 악법이 없어진 지 삼십년이 다 된다고 하지만 속으로는 더욱더 완강하게 관리되고 있었으니, 이만 명이라고 하였다. 10·26 사건이 일어나기 직전 청와대 경호

---

* **후꾸룸한** <u>으스스</u>한.

실장이라는 자가 "우선 이만명만 처단하면 된다. 쓸어 없애야 할 진빨 이만명만. 캄보디아 폴포트 정권에서는 이백만 명을 죽였다는데, 까짓것 가빨까지 합쳐 모두 이십만명쯤은 조족지혈이다"라고 했다는데, 무엇보다도 먼저 '쓸어 없애야 할 진빨'들인 그 이만명이라는 숫자는 어디서부터 나온 것일까? 8·15 직전까지 계급해방을 이룬 바탕 위에서 민족해방을 이루고자 뜨겁게 싸웠던 좌익 쪽 인사들이 이만 명이었고 그 반수가 감옥에 있었다고 하는데, 거기서부터 나온 숫자인가? 어떤 권력자가 처단하겠다는 이십만명 가운데 '가장 악질적인 공산주의자'는 이만 명이라는것이었다.

하기야, 김씨는 생각하였다. 온갖 이상하고 또 요상한 기술이 자꾸 늘어나는 세상이라 보일러도 자꾸 신형이 나오니 요즈막은 물탱크 없이도 방이 더워지는 새로운 보일러가 나온 것인지도 모르겠다. 그래서 십리쯤 밑 마을에 있는 예전 이장한테 전화를 하였더니 자기는 보일러 관계는 잘 모른다면서 일러준 소재지에 있는 어떤 철물점에 전화를 하였다. 철공소 주인 말이 위채는 구형 보일러인 것 같은데 탱크에 물이 가득하다니 염려할 것 없고 아래채 것은 신형인 것 같은데 아무래도 직접 살펴보지 않고는 알 수 없다는 것이었다. 철공소 사람을 부르면 적어도 출장비는 주어야 하므로 하루에 세 번만 다니는 마을버스를 타고 소재지로 갔다. 전화로 물었을 때 주인 영감은 직접 보지 않고서는 무어라고 말할 수 없다고 했고, 그러면 보일러 기술자라도 소개

해달래서 알게 된 전화번호였다. 몇번을 걸어보았지만 전화를 받지 않는 것이었고, 겨울이면 보일러 기술자들이 세가 난다는 말을 들었던 터라 눈앞이 캄캄하였는데 전화가 왔던 것이다. 철공소 주인이 전화로 김씨집 사정을 말해주었던 모양이었다.

"갈훈리 어디라고요?"

손전화기를 귀에 대자마자 들려오는 소리였고, 마침 늦은 아침을 먹느라고 입 안엣 것을 씹던 김씨는

"예에? 뉘신지이?"

하고 물었고, 곧바로 들려오는 목소리였다.

"수돗물이 안 나온다고 하셨잖아요."

"아, 예에."

입 안엣 것을 꿀꺽 삼키고 난 김씨는 말하였다.

"갈훈리가 아니구 갈현린데유."

"갈현리 어디쯤이지요?"

"우벗고개라구 있잖남유, 븝화사란 절 있넌디 위쪽."

"그쪽은 안가봤는데요."

"아, 예에. 찾기 쉽거던유. 소재지서 읍내켠이루 오다보면 갈현리 들어가넌 이정표가 있잖유. 거기서 한 칠팔키로 쭈욱 오다보면 포장이 끊나면서 븝화사라구 돌팍이다 새겨논 게 있넌디, 거기서 븨포장이루 한 삼백메다쯤 올러오면 바른켠이루 녹슨 철대문이 있넌디 찾기 쉬어유."

"거기서 다시 전화하지요."

"아뉴. 지가 마중나갈 테니께 동네 들을 때 즌화 주세유."

보일러쟁이가 세가 난다는 말 듣고 소재지 철공소에 갔다 온지 사흘째 되는 날 낮전이었다.

"안되겠는데요."

"예에?"

"내가 가지고 있는 기계론 한 이삼메다밖에 뚫어볼 수 없는데, 여기 수도 뽑아논 거 보니까 아무래도 땅을 파보지 않고서는 알 수가 없겠는데요."

"땅을 파서래두 물이 나오게 헤야지유."

김씨 목소리에 힘이 빠지는데 보일러쟁이는 픽 하고 콧소리를 냈다.

"땅을 누가 파요?"

"땅을 누가 파다니?"

보일러쟁이는 담배에 불을 붙였다. 그는 한심하다는 표정으로 김씨를 바라보았다.

"땅이 꽝꽝 얼어붙어서 아무도 이런 때는 일을 안 하려고 한다 이런 말씀이지요."

"날삯을 주넌디두 일을 안 헌단 말유?"

"사장님도 참. 요새는 이런 일 하려는 사람 없어요."

"이 사람은 사장이 아닌데유."

깜짝 놀라 손사래 치는 김씨에게 웃음기를 보이는 보일러쟁이였다.

"그런데 날삯이란 말이 무슨 뜻인가요?"

궁금하다는 눈빛으로 물었고, 김씨는 어이가 없었다.

"아니 조선사람이 날삯이란 말두 물르슈?"

"처음 듣는 말 같아서……."

"하루 일헌 품삯을 말허넌거유. 하루 품삯."

"아, 일다잉!"

"일당은 왜말이구 날삯은 우리말이지. 날품이나 날품삯이라구두 허구."

김씨가 혼잣말처럼 말하는데 보일러쟁이는 담배연기를 길게 내뿜었다. 그리고 혼잣말처럼 말하였다.

"파이프 열어보는 건 날 풀린 담 하더라도 우선 물이 나와얄 테니……."

실개울 건너편 애두름으로 길게 드리워진 플라스틱 파이프 몇 군데를 출렁여보던 보일러쟁이가 말하였다.

"파이프나 몇 군데 잘라보지요."

"빠이뿌를 짤르다뉴?"

"파이프가 얼어서 그런 것 같으니 잘라놓고 물을 받아다라도 쓰셔야지요."

"빠이뿌를 짤르넌 것 말구는 뭔 방법이 읎으까유?"

"읎음다. 파이프 자르는 것도 사장님보다 내가 해드리는 것이 나을 것 같아 그러니, 무슨 톱 같은 것 있으면 갖다주세요."

"난 사장이 아니라니께유."

김씨가 말하였는데 보일러쟁이는 들은 척도 하지 않았고, 김 씨는 집 안에서 접이톱을 찾아가지고 나왔다. 당뇨와 관절염 잡는 데는 동쪽으로 뻗은 소나무 뿌리 넣고 담근 독주를 장복하는 게 좋다는 말 듣고 접때 챙겨둔 것이었다.

"줘보세요. 저건 또 특수 파이프라서 잘 잘릴까 모르겠네."

"…… 빠이뿌는 냅두지유."

"예에?"

"특수 빠이뿌면 새루 구허기두 어려울 테니께 말유. 여긔는 냅두구 저 아래채나 가보쥬."

"좋도록 하세요."

선의를 자빡맞았다고 느꼈는지 보일러쟁이는 담배꽁초를 밑으로 패대기친 다음 장화발로 짓이겼고, 김씨는 몸을 돌렸다. 그리고 아래채로 내려간 김씨는 부엌 바깥 흙벽에 귀를 대보던 평소와 달리 곧장 부엌으로 들어갔다.

개수대 위로 뽑혀 올라온 수도에서는 아무런 소리도 들려오지 않았고, 마침내 플라스틱으로 된 특수 파이프를 잘라야 된단 말인가? 파이프 자르는 것이야 골치 아픈 일이 아니라고 할지라도 곧 다가올 봄에 얼음이 풀려 물이 콸콸 쏟아질 때는 어떻게 할 것인가? 잘린 파이프를 어떻게 이어놓는다는 말인가? 더구나 잣물이 아닌가. 장뼘도 훨씬 넘게 깔린 낙엽을 적시고 깊숙이 박힌 잣나무뿌리 휘감으며 줄먹줄먹한 바위너덜 밑으로 욜그랑거리고 살그랑거리며 흘러내리던 산골물이었다. 저 아래 산밑 동네 사람들 말로는 잣물이라는 것이었다. 전에는 부대기•들이 살던 곳이라고 하였다. 그 아주 예전에는 무슨 암자 같은 것이 있었던 모양이었다. 깨어진 돌확이며 무슨 사천왕상 깨어진 조각들이 땅속에서 나오는 것으로 봐서 그렇다. 사십여 년 전 그러니까 칠십년대 첫때쯤 군사정권에서 부대기들 흩어버린 부대앝• 자리에

잣나무를 심었던 곳이다. 그래서 잣물이라고 부른다고 한다. 김씨는 또 생각하여본다. 제 아무리 날마다 더 새로운 기술이 나오는 컴본주의 시대라고 할지라도 잘려진 파이프를 새 것처럼 잇는 솜씨는 없을 것이고, 마침내 새 파이프로 바꿔 깔아야 될 것이었다. 그러자면 천상 사람을 사서 백미터가 넘는 파이프를 새로 구해다가 깔아야 되는데, 파이프 삯이며 삯꾼들 품삯은 또 어떻게 할 것인가. 어떻게 돈이야 장만한다고 하더라도 그 특수 파이프라는 것을 쉽게 구할 수나 있을 것인가. 마음속으로 세굴차게 도머리를 치고 나서 에멜무지로 수도꼭지를 올려보았는데, 졸졸졸. 꼭 눈자라기 오줌발 같은 물이 나오는 것이었고, 살았구나! 파이프를 자르지 않더라도 어떻게 날이 풀릴 때까지 버텨볼 수 있을 듯하였다.

골프장 때문일 겁니다.

서울 여성이 한 말이었다. 이곳에 살게 된 것이 팔년째지만 이제까지 이런 일이 없었는데 참 별꼴을 다 본다고 김씨가 말했을 때 김씨와 알음이 있는 그 젊은 여성은 아주 딱 잘라 말하는 것이었다. 김씨가 사는 집과 한 십리쯤 떨어진 곳에 골프장이 들어선 것이 서너 달 전쯤 되는데 그곳에서 다량으로 물을 빼어 쓰기 때문이라는 것이다.

에이 설마아?

아무리 물을 많이 쓰는 골프장이라고 하더라도 십리씩이

• **부대기** 화전민.
• **부대앝** 화전.

나 떨어져 있는 곳에서 어떻게 물을 끌어다 쓸 수 있느냐? 그
것도 땅 속 깊은 곳에서 흐르는 지하수에서? 김씨가 도머리
를 쳤을 때 얼마든지 그럴 수 있다고 하는 서울 여성이었다.
우리가 살고 있는 땅속으로는 수많은 물길이 나 있는데 그
물들이 흐르는 방향에 따라서 십리 아니라 백리라도 얼마든
지 끌어다 쓸 수 있다는 것이었다. 몇백마력짜리 고압 모터
로 빨아들인다고 하였다. 그 골프장은 그리고 김씨 집보다
낮은 곳 애두름을 뭉개버리고 들어앉은 것이어서 그리고 보
면 그럴 수도 있겠다는 생각이었다.

"예는 그레두 쬐끔씩이래두 물이 나오넌구먼유."

수도꼭지 밑에 플라스틱 자배기를 받쳐놓고 나서 부엌을
나왔다. 그리고 정랑淨廊이 있는 칸 바깥을 돌아 어머니가
계신 방 쪽으로 가던 김씨는 흡, 숨을 삼키었다. 노랫소리가
들려왔던 것이다.

"철새에 발목 잽혀 어둠속이 잠자던 우덜
동해에 해 뜨구 철새는 끈허져간다
다가치 일어나라 새조선 근설 위헤
우리덜 일흠은 여청……"

저 깊은 땅속에서 물이 흘러가는 소리 같고, 어떻게 들으
면 깊은 밤 먼 데서 여인이 옷 벗는 소리 같으며, 또 어떻게
들으면 소리 죽여 흐느끼는 속울음과도 같은 그 노래는 「여
청가」였다. 8·15 해방이 되던 해 끝 무렵 림 화가 노랫말을

짓고 김순남이 곡을 쓴 「조선여자청년동맹가」.

며칠 전이었다. 쿵 하는 소리와 함께 무엇이 무너지는 것 같은 소리가 들려왔고, 김씨는 방을 나왔다. 문간문을 열면 손님맞이방으로 쓰는 큰방으로 곧바로 들어가게 되어 있었는데, 어머니였다.

"어머니 웬일이세유?"

김씨가 어머니 두 어깨를 잡았다.

"뭔 일루 여길 오셨댜? 이게 도대처 워치게 된겨?"

비닐돗자리가 깔린 방바닥에 엎드려 있던 어머니는 한참을 가만히 있다가 끙 하는 소리와 함께 허리를 폈는데,

"왜 이러신댜?"

사시랑이처럼 야윈 두팔로 김씨 바짓가랑이를 잡는 것이었다.

그리고 울음 섞인 소리로 말하였다.

"워디 갔다가 인저 오셨대유?"

"예에? 뭔 말쩜을 이렇게 허신대유, 시방."

김씨는 어이가 없어 같은 말만 되풀이하는데 어머니가 고개를 쳐들었다. 그리고 눈물주머니가 그렁그렁 매달린 눈으로 김씨를 올려다보는 것이었다.

"펭양 있다 오신규? 아니먼 지리산 있다 오신규?"

"어머니!"

"박동무°넌 펭안허시구, 리흰상 슨상님두 강령허시쥬?"

"왜 이러신대유, 증말."

김씨는 울상이 되었는데 어머니는 자꾸 붙잡고 있는 바지

자락을 흔들었다.

"인저 저허구 사넌 거쥬? 우덜 시 식구 하냥 사넌 거쥬? 유자생녀 만수다복 향복허게 하냥 사넌 거쥬?"

"어머니, 절 물러유? 아들두 물러본단 말유? 시바앙!"

김씨는 안타깝게 소리치며 움켜잡힌 바지 자락을 빼내려고 하였는데, 별꼴. 이제 달포만 있으면 망백望百이 되는 그 늙은 여자는 두 팔을 높이 치켜올리며 이렇게 소리쳤다.

"죄선공산당만서이!"

아마도 8·15 바로 뒤라고 생각하는 모양이었다. 그래서 아들을 보고 이미 땅보탬이 된 지 육십년도 지난 남편이라고 생각하는 모양이었는데 아아, 그렇다면 그러니께 망령이 드셨다넌 말인가? 왜식말루 치매? 김씨는 어머니 두 어깨를 잡고 흔들었다.

"전 냄편이 아니구 아들유, 아들. 아들두 물러보신단 말유? 시방."

김씨는 울먹이며 말하였는데, 그 늙은 여자는 아들 말이 안들리는지 두 팔을 높이 치켜올리며 소리쳤다.

"위대헌 지도자 박흔영 됭무 만서이!"

"친왜 친팟쑈 및 민족반역자럴 제외헌 죄선민쥐지이 림시증부 수립칙진 만서이!"

김씨 어머니는 족보에 오른 '진빨'이었다. 1969년 대검찰청 수사국에서 비매품으로 박아낸 『좌익사건실록』이라는 책에 나와 있다. 모두 12권으로 되어 있는 그 책은 각각 삼백면이 넘는 두께였는데, 「여맹원 한전희 북괴 고무찬양 사건」이라는 제목이다.

한전희씨는 모르고 있지만 김씨는 그 책을 본 적이 있다.

피의자 한전희는 1946년 7월경에 남로당 외곽단체인 부녀동맹에 가맹한 자인바 동 여성동맹이 국헌을 위배하여 국가를 변란할 목적으로 조직된 비밀결사인 점을 충분히 지실함에도 불구하고 현재까지 재맹 중이며 거리에서 농업 겸가사에 종사하고 있는 자로서 1946년 7월 하순경에 피의자 자택에서 남로당원 양인병에게 부녀동맹 투쟁기금으로 현금 10원을 갹출한 사실이 있고, 1946년 10월경에 피의자 자택에서 남로당원 양인병에게 부녀동맹 투쟁비로 백미 2승 가량을 갹출하여 민중의 복리를 위한 미군정계획에 반한 불온음모를 획책토록 방조하고, 1947년 10월 중순 오후 9시경에 피의자 자택에서 남로당 ㅇㅇ군책 이점석에게 남로당 투쟁비로 백미 5승 가량을 자진 공급하여 이 등의 행위를 용이하게 방조하고, 평소에 적색사상을 포지하고 암암리에 지하공작을 기도하던 자인바 1948년 8월 15일 대한민국정부가 수립되면서 일제치하부터 소위 조선독립운동을 한다며 망동하던 악질 공산주의자였던 남편 김일봉이 피체되어 대전 형무소에 수감되면서 남편의 사상을 받들어 공산주의 사상을 반포하고자 암약하다가 6·25 사변 돌발과 함께 총살된 남편의 원한을 복수코자 여맹위원장에 취임코 당지에 침공한 북한괴뢰군과 호응하여 부락민 약 30명을 동원하여 동부락회관에 집합시켜놓고 약 1시간 30분에 걸쳐 북한괴뢰군 집단의 정치이념인 남녀동등권 법령 실시에 대한 각종 선전 「슬로우건」을 동 부락민 등에게 고취한 사실이 있고, 범의를 계속하여 동년 8월 16일 오후 8시경 부락민 10여명과 인민학교 아동 10여명을 동 부락회관에 집합시켜놓고 약 2시간에 걸쳐 소위 인민공화국의 정치이념인 남녀동등권 법령 실시 및 대한민국의 부패상을 지적하여 인민군에게 물질적 원조 등을 역설 선전하고 동시에 학생 아동들로 하여금 괴뢰 괴수 김일성 찬가,

장백산 줄기줄기 피 흐른 자욱

압록강 굽이굽이 피 흐른 자욱

오늘도 자유조선 꽃다발 위에

명석히 비춰주는 거룩한 자욱

아— 그 이름도 빛나는 김일성 장군

이상과 같은 찬가를 고창케 하여 민심을 교란케 한 사실이 있고, 계속하여 1950년 8월 일자불상 자진하여 괴뢰군 10명에게 식사를 제공한 사실이 있고, ○○리 후산에서 봉화전을 감행하고, 50년 9월 괴뢰군 위문품으로 「독립만세」라고 수를 놓은 손수건 10매 양말 2족 보릿가루 5포를 갹출하여 괴뢰군에게 직접 제공한 사실이 있고,

북조선인민공화국은 노동자 농민이 잘 살고 있다!

농민에게 무상으로 토지를 분배하여 주고 있다!

노동자 농민이 잘살 수 있는 정부는 인민공화국이다!

인민군 만세!

스따린 대원수 만세!

김일성장군 만세!

같은 구호를 외치게 하고 또 「삐라」에 박아 사람들이 많이 모이는 곳에 뿌렸고, 동년 9월 10일경 ㅇㅇ면 18개 부락 여맹위원장 등에게 지시하여 괴뢰군 등에게 제공할 목적으로 면포제 국방색 군복(상하) 1착씩을 제작 납부토록 할당 군복 18착(싯가 약 9만 원)을 징수하여 ㅇㅇ군 여맹본부에 조달 납부한 사실이 있고, 범의를 계속하여 동면 3개 부락 여맹위원장 성명불상자에게 지시하여 동 부락민으로부터 부식물인 된장, 고추장, 고추, 마늘 등 싯가 약 1,500원 상당을 할당 징수케 하여 전술 ㅇㅇ군 여맹본부에 조달 납부한 사실이 있고, 범의를 계속하여 동년 10월 8일 오전 10시경 군경이 당지에 진주함을 계기로 계속 지하운동을 감행할 목적으로 거주면 ㅇㅇ리 후산에 비설된 소위 ㅇㅇ면 노동당 「아지트」에 기피입산하였으며, 식량 등을 약탈할 목적으로 동면 ㅇㅇ리에 침입 도중 동 부락 후측에서 잠복 중인 경찰에 체포당한 자임.

선고
피의자 한전희는 1950년 11월 21일 대전지방법원에서 국가보안법 위반으로 다음과 같이 선고되었다.
한전희 : 징역 4년, 7년간 집행유예

한전희라는 이름이 나오는 꼭지는 한 군데 더 있었다. 「여맹원 북괴 찬양고무 사건」이라는 제목이었다.

관련자 인적사항

피의자 한전희는 1936년 충남 홍성군 홍동면 소재 홍동소
학교를 졸업하고 1943년 김일봉에게 출가하여 일제시대부터
조선공산당 수괴인 박헌영의 비선참모로 맹약 중이던 김일봉
의 사주로 부청과 여청 여맹에 가맹하여 대한민국정부를 전
복시키고자 암약하다가 1948년 10월경 김일봉이 서울시경 소
속 특별경찰대에게 체포되어 대전형무소에 수감되어 있다가
1950년 7월 초순경 처형되자 대한민국정부에 증오감을 포지
하고 정부 전복을 위하여 암약하던 중 인민공화국 정권이 수
립되었던 ① 1950년 8월 20일경 동면 ㅇㅇ리 김병모가에 피
난 중인 ㅇㅇ면 병사계원 이순우, ㅇㅇ리 거주 우익요원 유남
수 양인을 악질 반동분자라 하여 분주소로 인치케 하고

② 동년 8월 25일경 인민군의 승리를 일반에게 주지시킬 목
적으로 허위화상•을 1매 작성하여 동 부락 강기봉 자택 벽에
다 첩부한 악질적 행동을 기화로 괴뢰도당이 말하는 소위 투
쟁경력을 축적하여 혁명정신을 고취코저 1950년 8월 말경에
ㅇㅇ면 내에 산재하여 있는 11개 리에 긍하여 여성동맹을 조
직 결성시켜 동원 133명에 달하는 세포를 조직한 후 동 맹원들
로부터 수건 80매, 양말 20족, 현금 6만원을 갹출하여 이적의
목적으로 전기 금품을 괴뢰군에게 직접 제공하여 이적행위를
감행하고, 조선민주주의인민공화국 만세, 토지개혁 성공 만
세 등의 내용이 기재된 불온 벽보 50여매를 ㅇㅇ리 여맹원들
로 하여금 부락 각 요소에 첩부하여 일반민으로 하여금 대한
민국에 적개심을 환기하여 김일성 괴뢰집단에 협력하게 하고

동 기간 내 부역군 모집 및 여맹원 포섭을 목적으로

　① 의용군에 참가하자

　② 피 끓는 여성은 여맹 기빨 아래로 등의 내용이 기재된 「비
라」를 면소재지 일대에 뿌리며 인민공화국 세상이 이루어지기
를 기원하였던 자로

　① 미군은 철퇴하라!

　② 토지를 무상으로 농민에게 분배하라!

　③ 모든 여성들은 여성동맹 기빨 아래로!

　④ 머지않은 장래에 행복이 온다!

　⑤ 미제의 주구인 매국역적 리승만 김성수를 타도하자!

　⑥ 지주와 자본가의 대변자인 한민당을 박살내자!

　⑦ 위대한 영도자 박헌영 동무 만세!

　같은 불온「비라」 200여매를 등사하여 일반 부락민들에게
배부한 자로서 인민군이 후퇴하고 사세 불리하게 되자 이북
으로 갈 것을 결의하고 북쪽으로 40리가량 가다가 청년단원
들에게 체포된 자임.

　처분결과

　피의자 한전희는 1951년 4월 26일 대전지방법원에서 다음
과 같이 선고되었다.(괄호 안은 구형량)

　한전희: 징역 6년(징역15년)

● **허위화상** 맥아더 장군이 이 대통령을 양다리 사이에 놓고 트루먼 대통령
에게 전과 보고하는 형상.

노랫소리를 들었는지 못 들었는지 보일러쟁이는 김씨 어머니가 있는 방 밖을 돌아 마당 쪽으로 가고 있었고, 김씨는 얼른 어머니 방으로 들어갔다. 그 늙은 여자는 마치 화두를 좇아가는 선승처럼 팽댕이를 치고 앉아 있었다. 마당 쪽 벽 앞이었는데 별꼴, 자기가 무슨 갓 시집온 홍색짜리라고 그야말로 녹의홍상으로 떨쳐입고 있는 것이었다. 어머니가 시집올 때 가지고 왔다는 무명으로 된 붉은 치마와 노랑 저고리 차림이었고, 초례청에 선 새악시처럼 정성껏 단장을 하고 있었다. 틀어올려 쪽을 진 머리칼은 눈처럼 하얬는데 무엇을 발랐는지 꼭 동백기름 내음이 났고, 무엇으로 그렇게 하였는지 연지 찍고 곤지 찍는 성적成赤을 한 얼굴에서는 분가루 내음이 났다. 어머니는 아들이 들어온 것을 모르는지 왼손으로 쥐고 있는 무엇을 다후다 조각으로 닦아내고 있었는데, 무엇인지 번쩍번쩍 빛을 내고 있었다.

어머니가 홍색짜리였던 시절 그러니까 남조선민주여성동맹 ○○면당 위원장이 되었을 때 새서방님한테서 받은 것이었다. 등허리에 민들레꽃 무늬가 새겨진 것으로 내외지간이나 정인이 된 여성 손가락에 남성이 끼워주던 금반지였다. 사회주의운동에 몸과 마음을 던진 사람들이 하였던 무슨 하냥다짐과 같은 것이었다. 달포가 넘게 끔찍한 족대기질을 당하고 나서 반십년이 넘는 옥살이를 할 때도 오른손 약지에 끼고 있던 것이었다. 형무소 당국에 영치시키라는 것을 삼칠일이 넘는 단식투쟁 끝에 얻어낸 것이었다.

어머니는 무슨 노래인가를 부르며 기와가루 묻힌 다후다 조각으로 반지를 닦고 있었는데, 「해방의 노래」였다. 천재 시인으로 조선문학가동맹 중앙집행위원이던 림 화가 노랫 말을 짓고 또한 천재 음악가로 조선음악동맹 작곡부장이었 던 세계적 작곡가 김순남이 곡을 붙인 것이었다. 그때에는 좌익 쪽만이 아니라 인민 얼추가 죄 이 노래를 불렀으므로 애국가 마침었다고 하였다. 어머니는 무슨 제삿날 쓰일 제 기라도 닦는 것처럼 민들레꽃반지를 닦고 또 닦는 것이었는 데, 지그시 눈을 감고 있었다.

사람은 누구나 이제까지 살아온 세월 가운데 가장 빛났던 순간 또는 시절을 떠올리며 그때로 돌아가고 싶어 한다는데, 어머니 또한 많은 사람들 손뼉소리를 받으며 연설을 하고 노래를 가르치고 또 정의로운 일에 몸과 마음을 다 바치는 아름다운 사람들 뒷바라지를 하는 틈틈새새로 『자본주의의 한계』 『레닌주의의 기초』 같은 책을 읽으며 궁구를 하던 세 월로 돌아간 것 인가. 아니면 숫제 그 시절을 살고 있다고 잘 못 생각하고 있는 것인가. 김씨가 그렇게 생각해서 그러한 것인지 등꼬부리에 버커리인 어머니 조붓한 얼굴 두 뺨에는 붉은 기운이 어리는 것 같았다.

서둘러 방을 나온 김씨는 잰걸음을 쳤다. 그럴 리는 없지 만 만에 하나라도 보일러쟁이가 알아들을까 봐서 어머니 방 에서부터 멀어지려고 하는 것이었는데, 무슨 소리가 들려왔 다. 몇달만 있으면 망백이 되는 그 늙은 여자가 부르는 노랫 소리였다. 「해방의 노래」 2절이었다.

"뇌동자와 넝민덜은 심을 다혜서
늠덜헌티 빼앗겼던 퇴지와 공장
증이에 손이루 탈환하여라
제늠덜에 심이야 그 무엇이랴"

「창작과비평」 2012년 여름호

고추잠자리

제망부가祭亡父歌

안동安東후인後人 김봉한金鳳漢은 이 중생 아버지이니, 석연石淵 또는 설화雪華가 스스로 지은 호號이며, 의경儀景은 그 자字이다.

내 선고先考께서는 박동무朴同務와 이웃 마을에서 태어나 귀가 열리고부터 부집父執인 박동무 발자취 들으며 자라났으니, 열 살 전부터 벌써 박동무 동지가 되었음이라. 약관 나이에 이미 조선공산당에 들어갔고, 해방이 되면서 남조선노동당원이 되었으니, 옛살라비*전배인 박동무와 같은 길을 가고자 함에서였다.

선고는 박동무 비선秘線으로 한밭을 두리로 한 충청남도

_____

• 옛살라비 고향

얼안• '야체이카•'였으니, 어육이 되어가는 농군들 삶을 똑바로 세우고자 두 주먹 부르쥐고 일떠섰던• 것으로, 조선공산당 강령 좇아 3·7제를 이뤄내자는 것이었다. 뿐인가. 독궁구•로 깨친 속힘으로 숙명여자전문학교에서 수학강사를 하였는데, 그 학교를 머리지은 •몇몇 학교에서 독서회라는 이름으로 반제국주의동맹을 얽어냈던 것은 애오라지 경성콤그룹 얼개를 넓혀나가자는 것이었어라.

성균진사成均進士 손자요 포의유자布衣儒子 맏이로 똥구녁이 찢어지는 애옥살이 태어나 열여섯 살에 보통학교 마치고 성리학 밝은 죽재竹齋 선생 문하에서 진서眞書를 갈닦다가 열여덟 살에서 스물한 살까지 조도전대학早稻田大學 중학강의록과 일본대학日本大學 보문강의록을 보아 마쳤으니, 무사독학無師獨學한 조선 청년이었다.

할아버지는 이 중생이 의젓지 않은 짓을 할 때면 언제나 망망연한 눈길로 보꾹을 올려다보시던 것이었다.

저것이 무엇이냐고 '해'를 보고 물었을 때 '불'이라고 대답하는 선고였다는 것이다. 무슨 까닭이냐고 묻자 "어두운 것을 밝혀주는 것이 불밖에 더 있겠느냐"고 하였다니, 다섯 살 때였다고 하였다. 한번은 증조할머니께서 뒷방 대접을 가져오라고 하셨는데, 칠흑 같은 오밤중에 어쩌나 보자는 것이었다고 한다. 뒷방 한가운데 놔둔 대접에는 물이 가득 담겼는데 한 방울도 안 흘리고 갖고 오더라는 것이었으니, 모두가 한 자리 숫자 나이 때였다고 하였다.

"애통쿠나. 생이지지生而知之헌 츤재넌 하늘이 그 재조를 투긔妬忌허야 일쯕 데려가시구, 무지렝이덜만 남어서 시상을 더구나 난세루 맨드넌고녀."

우뚝한 키에 뛰어난 풍골이며 마음이 넓었으니, 겉으로는 부드러웠으나 안으로는 굳세었다고 하였다. 옳고 그름과 아름다움과 더러움을 판별하는 성품이 굳게 곧아서 지선至善과 공도公道만을 오로지 하였으므로 옛사람이 말한 소리 없을 때에 듣고 형체가 나타나기 전에 본다는 것이라, 사람들이 모두 옛 군자 풍도가 있다고 일컬었다는 것이었다.

아, 조물주가 하는 일이 이다지도 야박하다는 말인가? 계급해방을 이룬 바탕 위에서 민족해방을 이룸으로써 아름다운 인민나라를 만들고자 하였던 훌륭한 뜻이 친왜친미親倭親尾 민족반역자들 총칼 아래 사라졌으니, 천명인가? 이 겨레 인민들 복이 없는 것인가? 푸른 하늘을 어디에 가서 찾을 수 있다는 말인가? 아아, 저 하늘 이치를 헤아리기가 어렵고녀.

호미와 쇠스랑 든 농군들에게 그 씨 뿌릴 밭을 주어야 한다는 한울법칙 좇아 토지개혁을 이루고자 신 벗을 사이 없었으니, 책에서 읽은 바를 그때 그곳에서 이루고자 함에서였

● **얼안** 테두리 안쪽.
● **야체이카** 세포조직, 기본 세포단체.
● **일떠서다** 봉기蜂起하다. 벌떼처럼 일어서다.
● **독궁구**獨窮究 스승 없이 혼자서 하는 궁구. '공부功夫'는 왜말임.
● **머리짓다** 어떤 일 처음이나 비롯됨.

고, 전국농민동맹 강령 좇아 확성기를 잡았음이어라.

일찍이 세상을 구제하겠다는 큰 뜻을 품었으나 그 뜻한 바를 만분에 일도 다하지 못한 채 저뉘로 가고 말았으니, 아! 슬프다. 낫과 망치 든 농민과 노동자들이 다정한 동무로 여겨 함께 울고 함께 웃었건만, 동무들은 죄 떠나가버렸구나. 아, 대들보와 서까래가 무너졌고녀. 인민들은 앞으로 누구를 본받으며 어디에 의지하겠는가. 한 줄 실오라기에 달아 놓은 구슬처럼 위태로운 무궁화동산과 단군할아버지 자손들은 어이할거나.

시루는 이미 깨어졌는 것을 돌아본들 무슨 소용이 있으리요마는, 하늘에 사무치는 한을 풀지 못하고 중유中有 넋이 되었으니, 못난 이 자식은 피눈물로 먹물 삼고 저고리섶을 종이 삼아 선고 짧은 생을 적는 바이다.

죽을고에 든 잘난 자식을 살려보고자 당대 권귀權貴인 매부에게 당판唐板 칠서七書와 완질 강희자전康熙字典 맡기며 조닐로 비대발괄하였더니, 한번 그 마음을 돌려 공산사상을 버릴 것 같으면 정형正刑을 감하여 시나브로 자유를 준다고 하였으나, 씁쓸히 살푸슴•하며 왼고개 치는 선고였다고 한다. 아, 천리를 나는 봉鳳이요 구연九淵에 잠기는 용龍은 마침내 죽고 말았구나. 이것은 다 12대조 선원仙源 순절정신殉節精神과 할아버지 만취晩翠 선비정신을 잊지 않았던 까닭에서일레라.

가짜 해방이었던 8·15가 그 참모습을 드러낸 것은 다음 해 5월이었으니, 미군정이 '조선정판사위폐사건'이라는 올무를 쳐놓은 것이었다. 8할이 넘는 인민대중들 뜨거운 손뼉소리 받으며 조선공산당이 햇빛 아래 움직였던 것은 겨우 8개월에 지나지 않았던 것이다.

선고께서 들짐승처럼 숨고 날짐승처럼 달아나서 옛살라비에 이르렀으니, 1948년 늦가을이었고, 이빨도 솟기 전에 철창 사이로 몰록 보았을 뿐인 아들 녀석을 한 번 보고자 함에서였어라.

그때에 선고께서 가려잡을 수 있는 길은 딱 두 가지밖에 없었으니, 박동무 미좇아 평양으로 가는 것과 리현상李鉉相선생 조좇아● 지리산智異山으로 가는 것이었다. 두 길 다 한 치 앞도 내다볼 수 없는 암야행로暗夜行路였는데, 아! 분하다. 옛살라비 오막살이 사립문 들어서는 선고를 맞는 것은 남조선단독정부가 들어서면서부터 거미줄 느리우고 있던 서북청년단 출신 서울시경찰국 특별경찰대였던 것이다.

아, 슬프다. 분단된 세월에도 광음光陰은 머물지 아니하여 선고께서 이 욕계화택欲界火宅에 태어나신 지 백년이 되었고녀. 변변찮은 제물을 베풀어 놓았으니, 아! 아버지시여. 앎이 있으시거든 못난 자식이 올리는 깨끗한 술잔을 흠향하소서.

● **살푸슴** 살풋웃음. '미소'는 왜말임.
● **조좇아** '좇다' 높임말.

僊紀 9286년 음 시월 열나흘
불효자 聖東 분향재배

1

광천읍내 쪽에서 오포午砲 소리가 들려오고 있었다. 영마루 밑에서부터 몰아쳐 올라오는 바람이 사내 머리칼을 끊임없이 흩날리게 하고 있었다. 열두고개 저 아래로 마안하게* 보이는 빈 논바닥 위에 짐승처럼 엎드려 있는 것은 아직 볏가을도 못한 나락더미일 것이었다.

사내는 눈살을 잔뜩 으등그려 붙인 채 옆으로 뚫린 외자욱산길*을 바라보다가 매찌*가 희끔희끔 말라붙어 거무튀튀한 바윗전에 궁둥이를 붙였다. 사람들 눈길을 피하려는 듯 아무렇게나 들쓴* 헷다벙거지 밑으로 눈썹이 반듯하고 가을물같이 눈이 맑은 사내였다. 왜노*들이 '국민복'이라고 부르던 달걀빛 평상복에 거무스름한 물을 들인 것이었는데, 우뚝한 키에 반듯한 이목구비를 한 갸름한 얼굴로 마흔 살 이쪽저쪽으로 보였다. 사내는 등에 메고 있던 구럭 같은 망태기를 벗으며 손등으로 이마에 밴 땀을 훔쳤는데, 왜군 병

- **마안하게** 끝없이 아득히 멀게.
- **외자욱산길** 사람 다닌 자취가 잘 드러나지 않는, 나무꾼·약초꾼이나 겨우 다닐 만한 희미한 길.
- **찌** 새나 짐승 똥.
- **들쓰다** 머리에 들어얹듯이 아무렇게나 쓰다.
- **왜노**倭奴 독립운동가 집안에서는 일본을 '왜', 일본인을 '왜노'라고 부르는데, 임진왜란을 겪으면서부터 생겨난 말로 '왜노'를 힘주어 말하면 '왜놈'이 된다.

정들이 메고 다니던 군용 배낭에 검정물을 들인 것이었다.

사내는 배낭을 한번 두드려본 다음 무궁화에 불을 붙였다. 힘껏 담배를 빨아들이는 양 볼이 꺼칠했고, 길게 연기를 내뿜는 나룻*이 거뭇한 것으로 봐서 수염을 깎지 못한 것으로 보였다. 퍼들껑*하는 소리에 찔긋하던 사내가 얼른 배낭끈을 잡았는데, 저만치 앞쪽에서 무엇인지 푸두둥 소리를 내며 날아올랐던 것이다. 짙은 하늘빛 긴 모가지에 잘 바랜 옥양목 호청 빛깔로 흰 목댕기를 두른 장끼 한 마리가 보득솔푸데기 사이로 느릿느릿 걸어가고 있었고, 철사처럼 꼿꼿하게 세운 꼬리 위로 날아오르는 것은 고추잠자리였다.

멧꿩이 깃을 치는 소리에 수꿀하였던 가슴을 가라앉히며 새삼스럽게 네둘레를 살펴보던 사내가 얼른 노루목 쪽을 바라보았다. 무엇인가 눈을 찔러오는 것이었고, 나뭇가지로 보였던 뚜께머리가 쑥 들어갔다. 사내는 길게 궐련을 빨아들였다.

2

"워너니 매나니라지면…… 시울나붓이* 담은 진지럴 이렇긔 뭇 잡수셔서야……."

새댁이 민주스러운 낯빛으로 사내를 바라보았다. 까마무트름한 얼굴이 수련한 그 젊은 여자가 무슨 말을 할 듯 할 듯 여짓거리는데, 사내가 마른기침을 한번 하였다.

"아주 달게 먹었소이다. 그버덤두 어젯밤 먹던 것이 남었을 텐디……."

"저 흠헌 새재고갤 늠으실라먼 글력이 즉짢이 팽긔실 텐디…… 갱긔찮으실랑가 물르것네유."

"릠려헤주넌 건 고맙소이다만…… 해정 뒤 잔은 외려 발질을 붓게 허니께……."

도리암직한 새댁이 사내와 새서방이 어젯밤 말말 끝에 마시다 남긴 소주병을 들고 왔는데, 발자국을 옮길 때마다 자축자축•한 쪽 어깨가 밑으로 기울어졌다.

"전이두 말헸지먼……."

새댁이 두 손으로 받쳐 올려주는 술잔을 얼른 두 손으로 받은 사내는 큼큼 헛기침을 하고 나서 "인간은 원래 원시생활 속에서 공산주의를 익혀 왔습니다그려."하고 잔을 뒤집었으니, 여맹 교양강좌를 하는 것이었다.

새댁은 조선민주여성동맹 맹원이었다. 그 여자는 열여덟살 때 혼인하였으나 지주 도마름인 늙은 남편이 술병으로 한 해가 못되어 죽고, 타끈하기 짝이 없는 지주집 엎저지

• **나룻** 입가와 턱과 볼에 난 털 총칭.
• **퍼들껑** 새나 물고기가 날개나 꼬리를 치는 소리를 한번 내는 것.
• **시울나붓이** 시울(가장자리)에 겨우 찰 만하게.
• **자축자축** 한쪽 다리가 짧아 걸을 때 한쪽 어깨가 조금씩 기울어지는 것.

와 인간노리개•와 요강담살이•를 겸한 식모 같은 막서리•
로 있다가, 스물세 살 때인 지난 여름 광천읍내에서 목수일
을 하던 변판대卞判大가 싸데려가 조선민주여성동맹 충청
남도동맹 산하 홍성군맹 밑 광천읍맹위원회에 가맹하게 된
것이 한가위 때였다. 목수동맹 관계로 신랑과 연비를 맺고
• 있던 사내 권유에 따른 것이었는데, 군맹에서 내려온 「미
제의 강아지 매국국회와 괴뢰단정을 타도하자!」, 「쌀을 왜
놈에게 주지 말고 우리에게 배급하라!」, 「공출한 쌀을 미국
에 보내지 말고 농민에게 배급하라!」, 「미제의 주구 리승만
정부를 분쇄하자!」, 「전조선여성은 여성동맹에 가입하라!」,
「조선여성동맹원은 무산대중을 위하여 투쟁하라!」 같은 벽
보 6장을 상부 최아무개한테서 받아 광천읍내 소재 정미소
및 주막 벽에 첩부한 혐의로 홍성주재 치안재판소에서 포고
령 제2호 위반으로 지난달 5일간 구류처분을 받은 바 있는
열성 맹원이었다.

경찰관서에서 작성한 그 여자 방귀녀方貴女 집안은 '가족
적으로 공산주의 사상에 침투된 자로서 항상 북한 괴뢰정권
인 인민공화국을 수립하려고 암암리에 지하공작을 하고 있
는 악질 공산주의자'였다. 조실부모한 애옥살이에서 오라버
니와 단둘이 살았는데, 무기징역을 받아 대전형무소에 수감
된 오라버니 방귀남方貴男 '범죄사실'이다.

1946년 3월경 포고령 제2호 위반으로 홍성경찰서에 피검
시 알게 된 김일봉(미검)의 권유로 공산당에 입당하였고, 조

선공산당 충남 홍성군당 조직부원으로 활동하다가 동년 11
월 23일경 3당 합동으로 남로당에 편입되었고, 1947년 6월
경에는 조선농민동맹 충남도동맹 조직부원 겸 민전 충남도
사무국원으로 임명되어 동년 7월 27일경까지 걸쳐 매일 대
전시에 소재하는 도 농민회관에서

　① 조직 강화

　② 국내외정세

　③ 미·소공위에 좌익진영의 주장 관철

　④ 미·소공위에 제출할 연판장 작성

　등에 관한 활동을 하였고,

　1948년 4월 하순경 남로당 충남 광천읍당 부책으로 임명
되어 작업반 편성, 풍물패 조직 활동을 하였고, 맹비로 정
조正粗 5승升을 납입하는 등의 활동을 하였고,

　남로당 외곽단체인 거리 민주애국청년동맹에 가입하여
평맹원으로 자파세력 확장에 긍긍하여 오던 자로서,

　1948년 5월 30일 총선거를 실시하여 대한민국 정부가 수
립되자 용약 대한민국 정부를 전복하고 인민공화국을 수립
할 목적으로

———

- **인간노리개** 부잣집 아이 노리개노릇 하던 가난한 집 아이, 그 대가로 곡
  농穀農, 농사 지을 곡식을 받았음.
- **요강담살이** 요강 닦는 일을 도맡아 하던 종.
- **막서리** 남의 집에서 막일을 해주며 사는 사람.
- **연비를 맺다** 이리저리 사귐을 갖다.

(1) 1948년 9월 초순 오후 6시경 당시 거리 좌파 거두 최길갑, 김명진 등과 김명진가에서 회합하여 좌익세력을 확장하기 위한 인민공화국 만세를 부를 것을 결의하고 동일 야 6시 반경 거리동지 8명을 소집하여 계 11명으로서 전시 김명진의 주동으로 거읍 신곡리 백교상白橋上에서 약 10분간 인민공화국 만세를 고창한 후 동지투쟁의 승세를 선전함에 참가하고,

(2) 동년 9월 중순 오후 6시경 읍내 상이리 좌익거두 최각종가에서 최각종, 김명진, 김석진 등 4명이 회합하여 동리 우익인사인 국민회 부회장 권관영을 살해할 것을 결의하고, 동일 오후 7시경 살해도구로서 소제 수류탄 1개를 최각종이가 소지하고 외 3명은 파수의 임무를 수하고 동가에 임하여 3명은 동가 윗방 서편문 쪽에서 파수를 보고 최각종이 동 방문을 열고 투탄 약 1분간 후에 폭발함을 목격하여 살해당했을 것을 인식하고 도주하였으나, 전시 권관영은 타처에 은신하였으므로 기 목적을 달성하지 못하고, 오서산 중에 은닉하여 있던 중 식량 등을 약탈할 목적으로 동읍 벽걸리 소재 읍장댁에 침입 도중 동부락 전측(배우내)에서 잠복 중인 경찰에 체포당한 자임.

(3) 검찰처분

피의자 방귀남은 1948년 9월 17일 대전지방검찰청에서 비상사태하의 범죄 처벌에 관한 특별조치령 위반 등으로 기소되어 동년 10월 16일 다음과 같이 구형되었다.

방귀남:무기징역

(4) 선고

피의자 방귀남은 1948년 11월 10일 대전지방법원에서 다음과 같이 선고되었다.

방귀남: 무기징역

(방귀녀는 오라버니 방귀남 선고일을 모르고 있었다.)

새댁이 대바구니가 얹혀 있는 시렁에서 무엇인가를 내렸는데, 마분지로 맨 공책과 몽당연필이었다. 사내가 밤 잔 몸채 뒤 닷곱방•에는 옷가지를 걸어두는 의걸이와 사과궤짝 같은 것에 종이를 발라 쓰는 책상 위로 남조선노동당 중앙위원회 기관지인 〈노력인민〉과 〈앞길〉, 〈전진〉, 〈노력자〉 같은 책자와 남로당 외곽단체인 조선민주애국청년동맹 기관지인 〈애국청년의 벗〉이 석벌의집처럼 놓여 있었다. 새댁이 공책을 펼치고 연필심에 침을 묻히는 것을 본 사내는 말을 이었는데, 딱떨어지는 도회지말투였다.

"전에도 말했다시피 이 우주는 물질로서 구성되어 있습니다. 그런데 우주에 있는 모든 사물은 자체 내에 모순을 내포하고 있지요. 따라서 모든 모순을 타개하고 발전시킴으로서 우주는 발전되는 것입니다. 동무는 아직 잘 모르겠지만 이것이 이른바 변증법이라는 것입니다. 사회주의 철학의 첫 걸음이지요.

_____

• 닷곱방 여느 방 반쯤 되는 작은 방.

인간이 점차로 두뇌가 발달해감에 따라 욕심이 생겨 사유재산제도가 발생하게 되었는데, 목축사회에서 모권사회로 발달되었을 때에는 우리 여성이 모든 권리를 장악하여 여성을 중심으로 생활이 유지되었던 것입니다. 그러다가 농노사회, 봉건사회, 자본사회로 오면서 우리 여성은 압박과 착취를 받으며 남성의 오락물로 희생되어 왔던 것이지요. 그러나 해방된 오늘에 있어서 우리 모든 여성은 본연의 여성주권을 되찾기 위해 여성동맹으로 뭉쳐야 합니다."

새댁은 몽당연필심에 침을 묻혀가며 사내가 하는 말을 공책에 받아 적고 있었는데, 사내가 새 궐련에 불을 붙였다.

"시방 북조선에서는 여성에게 여남동등권을 부여했습니다. 따라서 남성의 축첩제도가 없어졌고, 여성도 얼마든지 자격만 있으면 사회의 어느 부문에서도 남성과 똑같이 대우받으며 일할 수 있게 되었습니다. 북조선에는 시방 도처에 탁아소가 있어 자유스럽게 일할 수 있을 뿐만 아니라 임금도 남성과 같아 여성의 인권은 완전히 보장되어 있는데, 미군이 진주한 남조선에서는 남성은 여전히 축첩을 하고 남성의 오락물로서 압박과 착취를 당하고 있습니다그려. 그러므로 우리는 여성의 권익을 보호해주는 북조선과 같은 정부를," 하는데, 새댁이 "망지막 말은 저두 오일 수 있슈." 하며 뱅시레 웃더니 "일, 전죄선여성언 여성뎡맹이 가입혜라! 이, 죄선믠쥐여성뎡맹원언 무산대중얼 위혜서 튀쟁혜라! 삼, 활뎡얼 칭실히 혜라! 사, 븨밀얼 음수혜라! 오, 생활얼 뵈장헐 것이니 즉시사항얼 칭실히 이행혜라!"

부르쥔 주먹으로 허공을 내지르며 여맹 구호를 외친 다음 몸을 일으켰다. 그리고 여간 여낙낙하고 야나친 새댁답지 않게 여짓거렸다.

"저어 슨상님."

"예에?"

"저 인저 학상훈두 오일 수 있슈. 오여 보까유?" 하더니, 대답도 듣지 않고 콤콤 목을 고르고 나서 손길재배* 마주 잡았다.

"일, 우리넌 죄선민쥐지이 인민꽁하국 학상임이루 이 증권얼 받들구 죄국에 일툉과 됙립얼 쟁취허구 퉈쟁에 슨빙대가 될 것이다!"

또랑또랑한 목소리로 말하는데, "몸두 븨편허신디 그냥 안저서 허시잔쿠."

사내가 앉으라는 손짓을 하였다. 새댁은 그러나 선생님 앞에서 책을 읽는 국민학생처럼 또박또박 공산주의 학생훈學生訓을 외워나가는 것이었다.

"이, 우리덜언 흐이생적이루 이으웅적이루 국내 반뒹분자덜과 퉈쟁헌다! 삼, 우리넌 죄국과 인민얼 위허여 흐이생적 증신이루 무장헌다! 사, 우리넌 반뒹분자덜과 퉈쟁허기 위허여 부단히 훈련헌다! 오, 우리덜언 규율얼 음수허구 븨밀얼 음수헌다! 육, 우리덜언 남죄선괴뢰단중에 군대 겅찰

___

* **손길재배** 절할 때처럼 두 손을 마주잡는 일.

언 믜제에 주구,"까지 외워 섬기던 새댁은 말을 중동무이었다.

힐끗 사내를 바라보던 애동대동한 그 여자사람은 회부대종이로 두텁게 봉해둔 밀문 지도리에 귀를 대보더니, 문을 밀었다. 사내가 새 궐련에 불을 붙였을 때 방으로 들어온 것은 새댁과 그 남편인 변서방이었다. 거방진 엄장에 둥그넓적 꺼머무트름한 얼굴인데 화등잔만하게 큰 눈이 덩두렷한 것이 여간 선량해보이지 않는 젊은이였다. 청년이 사내를 보고 허리를 곱송•하였다.

"아침진지 잡수셨지유?"

"달게 먹었소이다. 쥔 아줌니 건건이 솜씨가 똑 옛살라비 집 엄니가 헤주시던 것 같어서⋯⋯."

"종이딱지•넌 무더리•장터 즌보산대•이다 붙였구, 부탁허신 건 준븨허구 있으니께 림려마시구유."

변서방이 말하는 것은 야산대 유격투쟁에 필요한 짚신, 장갑, 버선, 모포, 의복 따위를 낱낱 동네마다 노느매기해서 뒤대는 것과 함께 만들어야 할 것들이었다.

① 광천지서 직원 조사표.

② 광천지서 병장기 조사표.

③ 광천읍 직원 조사표.

④ 해방투사 경력 조사표.

⑤ 구장 조사표.

⑥ 민보단 조사표.

⑦ 반동분자 조사표.

⑧ 반동단체 조사표.

"애 많이 쓰셨소."

"애는 뭔 애를 써유."

주객 사이에 투쟁 보고와 밤 잔 인사를 닦는데, 새댁이 사내 빈 잔에 병을 기울였다.

"데시기셨넌지 강다짐헌 진지두 반 늠어 냉긔시구……. 저 흠헌 열두고갤 늠으실 으른이 식전 아츰버텀 뙤헌 약주만 잡수시니……."

"허허. 괜치않다니께 대이구 그러시네."

손을 들어 새댁 사살낱•을 밀막은 사내가 변서방을 바라보며

"뫽맹동무덜두 다덜 무고허지유?"

하고 묻는데, 변서방 대꾸가 힘담없다.•

"웬걸유. 구장터 사넌 증서방이 지서루 끌려갔구먼유."

"어엉?"

_____

• **곱송하다** 굽신하다.
• **종이딱지** 그때 시골 사람들이 '삐라'를 보고 하던 말.
• **무더리** 사람들이 많이 모이는 곳.
• **즌보산대** 전보산대. 전봇대. '전신주' 충청도 내포內浦말.
• **사살낱** 잔소리.
• **힘담없다** 말소리에 풀이 죽고 기운이 없다.

"검정가히덜• 독살 올러 있으니 양중이 허자구 그렇긔 말려
두 워너니 갱충 즉은 사람이라 갈비 휘넌 초라떨더니먼•……
빅보투쟁얼 허다가 여마릿꾼 퇴왜늠덜•이 찔러박넌 바람이
그만."

광천읍내 목수동맹 선전부장인 정삼석鄭三錫은 약산若山
김원봉金元鳳 장군을 숭배하는 사람으로 약산이 세운 인민
공화당 광천읍당 위원장이던 아버지 정용수鄭龍守가 5·10
총선거 반대투쟁을 벌이다 3년 징역형을 받아 대전형무소
에 수감된 다음부터 무장 더 열렬히 목맹투쟁을 해오던 중,
광천지서 앞 게시판에 걸려 있는 대한민국 정부수립 축하
문구와 제주도 반란군 토벌 촉진 문구가 적힌 매판지주 정
당인 한민당 선전문을 떼어낸 다음, '애국자 정용수를 잡아
간 악질 경찰관을 숙청하라!' '리승만·김성수를 미국으로 보
내라!' '리승만은 양첩을 데리고 미국으로 물러가라!' '노동
자 농민의 위대한 지도자 박헌영 선생 만세!' '조병옥·장택
상 계열의 악질 친왜경관을 숙청하라!' ' 토지는 무상몰수하
여 무상분배하라!' '정권을 인민위원회로 넘겨라!' '미군 물
러가라!' '리승만 괴뢰정부 타도!' '인민유격대 만세!' '쌀 3홉
이상을 배급하라!' '인민공화국 만세!'를 홍연필紅鉛筆로 적
어 붙였던 것이다.

"에헤 참……."

몇 번 혀를 차고 난 사내는 잔을 뒤집은 다음 새 무궁화에
불을 당기었다. 깊숙하게 연기를 빨아들이는 그의 홀쭉해진
양 볼이 꺼칠하였다.

"어제도 말했지만 시방 남조선 전체는 마치 화산과 같소이다. 이 화산의 일각이 터져나온 것은 저 남쪽 바다 건너에 있는 제주도올시다. 일엽편주 제주도에서 터져나온 불길은 시방 남선땅 전체로 올라오고 있습니다."

사내 말은 또랑또랑한 도회지 말씨였는데, 옛살라비 쪽 사람들과 여늬 이야기를 할 때는 옛살라비 말투를 썼고, 당 사업에 관계된 공적 이야기를 할 때는 이른바 표준말을 쓰는 것 같았다.

"전남 여수에서 구국투쟁의 불길이 당겨진 것은 지난 10월 20일 새벽 2시였다고 합니다. 동족상잔의 피의 희생에 제공하려고 제주도에서 일떠선 인민군 토벌대로 파견당하게 된 소위 국군 제14연대 우국애족의 젊은 병정 7백 명은 제주도 동족 학살을 단연 거부했던 것입니다. 분노의 그 총부리를 매국노와 그 도살자들에게 돌려졌던 겁니다. 애국우족 병정들은 리승만 매국단정 타도의 횃불을 높이 치켜올렸던 것입니다. 인민학살과 착취와 수탈의 소굴이었던 경찰서, 군청, 면소 등에는 조선인민의 빛나는 눈동자인 인민공화국 깃발이 펄펄 날리고 있습니다. 해방의 노래와 인민항쟁가 소리는 산천을 뒤흔들었습니다."

———

● **검정가히덜** 검정개들. 해방 뒤 좌익 운동가들이 검정 제복을 한 '경찰관'을 일컫던 말.
● **초라떨다** 경솔하게 굴다.
● **퇴왜늠덜** 토왜土倭놈들, 바닥친왜파들.

"인믠해방군은 시방 워디루 올러온다구 허셨쥬?"

변서방이 물었고, 사내가 말하였다.

"인민해방군은 세 길로 나뉘어 무쩍무쩍* 진격하고 있으
니, 한 세력은 전북 남원을 향하여, 한 세력은 전남 광주를 향
하여, 또 한 세력은 전남 광양과 경남 하동을 향하여 조수와
같이, 서울과 광주를 향하여 전진하고 있소이다."

잠깐 말을 중동무이고 담배연기를 길게 내뿜고 난 사내가
"10월 25일 현재로 여수, 순천, 화순탄광 20리 지점인 능주,
벌교, 보성, 곡성, 구례, 영광, 고흥, 거문도를 인민군이 점령
하고 인민공화국 깃발을 하늘 높이 휘날렸습니다."하는데,
콤콤 밭은기침을 하고 난 새댁이 "여긔 광천까장은 원제쯤
올러올라나유?" 하며 사내를 바라보았고, 변서방이 각시를
보며 눈을 흘겼다.

"원 사람두. 아, 해방군이 싸게싸게 서울버텀 두려빼야지*
이런 촌귀석인 뭣 줏어먹으러 온댜?"

"빈서방!"

"예에?"

"긔념튀쟁은 드팀읎이* 치뤄져얍니다. 이왕 달포 늦게 늦
어졌으니, 본때 있게 헤내야지유."

"륌려 마세유. 뫽맹 동무덜이랑 늘찬* 일솜씨루 단단히 차
븨허구 있으니께유."

"만사는 불여튼튼입니다."

사내는 꺼두었던 장초에 불을 붙였다. 그리고 길게 연기를
내뿜은 다음 도당을 떠나 광천까지 오는 동안 들른 몇 군데

지구당에서 했던 말들을 「해방의 노래」 후렴처럼 되풀이하였는데, 남조선노동당 중앙위원회 기관지인 〈노력인민〉 제1면을 꽉 채우고 있는 「주장」이었다. 군당이나 면당 또는 리당과 농맹이며 목맹 맹원들을 만날 때마다 글강 외듯 하다 보니, 눈을 감고도 외울 수 있었다. "위대한 10월혁명 제31주년 기념만세!"라고 외친 다음, 한복판에 도림쳐•놓은 고갱이였다.

十月革命이날은 傳大한쏘베트同盟은 우리朝鮮人民을解放하고 그民主發展과民族의獨立을 援助하였으며 完全撤兵을 決定하고 우리朝鮮民主主義人民共和國政府를 承認하여 그 高貴한 民族平等政策을 全世界에 또한번 表示하였다 우리 朝鮮人民은 쏘베트同盟이 끼친 이 偉大한 業績에 깊이 感謝하며 米軍을 몰아내기위하여 朝鮮民主主義人民共和國政府 기빨밑에 한사람과같이 團結하자!

- **무쩍무쩍** ① 한쪽에서부터 있는 대로 차례로 몰아서 ② 차차 개먹어 들어가는 꼴.
- **두려빼다** 함락시키다. 무너뜨리다.
- **드팀읎이** 틈이 생기거나 틀리는 일이 없이. 틀림없이.
- **늘찬** 능란하고 재빠른.
- **도림치다** 괄호치다.

"단결허자! 단결허자! 단결허자!"

부르쥔 바른손 주먹으로 허공을 내지르며 소리치는 젊은 내외를 바라보던 사내가 "어제는 워너니 늦게 오넌 바람이……" 하는데, 변서방이 말하였다.

"예수쟁이덜이 워치게 알었넌지 뷩흰지 뭔 지랄벙인지럴 연다구 사람덜을 예빅당이루 빼돌릴 모냥인듸…… 귀물자루 꾀송꾀송 헤대넌 바람이……."

동안 뜨게* 담배만 피우던 사내가 입을 열었다.

"사람들은 예수가 누구인지 잘 모르고 있습니다. 예수는 본디 유대인 독립운동가였지요. 그런데 로마제국주의자들이 예수한테 종교의 틀을 씌워버렸던 것입니다. 예수가 물질을 배척하고 정신을 강조했다는 것은 그때 유대인들 본성이 더럽혀져 있었다는 말이 됩니다. 다시 말해서 로마제국주의에 억눌려 비인간화 되었다는 것을 말해줍니다. 한마디로 예수는 훌륭한 유대독립운동가였는데 오늘의 기독교는 그것을 없애버리고 종교인으로만 보고 있는 것이지요. 일찍이 맑스 선생은 말했습니다. 종교는 인민의 아편이라고."

뒤를 꾹꾹 눌러 다지는 힘찬 말투였는데 약관 나이에 물장수 혁명가한테 받았던 교양이었다. 물장수는 낯빛이 검은 리관술°선생 별명으로, 사내를 혁명가 길로 길라잡이 하여 준 인물이었다. '조선정판사 위폐사건'이라는 미군정이 쳐놓은 올무에 걸려 대전형무소에 갇혀 있는 지 이태가 넘는 리관술 선생 생각을 하던 사내는 힘껏 도머리를 쳤다.*

사내는 이윽한* 눈빛으로 변서방 내외를 바라보았다.

"아줌니 오일쳥이 뵈퉝이 아니십니다. 올깨끼• 노당원 동무덜두 잘뭇 오이넌 남노당원 학상훈얼 퇴씨 하나 안 틀리구 오이시니······."

"아이 참 슨상님두······."

새댁 고개가 외로 꼬이는데, 사내가 헛기침을 하였다.

"거듭 말하지만 우주는 물질로서 구성되어 있습니다. 우주에 있는 모든 사물은 자체 내에 모순을 내포하고 있지요. 따라서 모든 모순을 변증법적으로 타개하고 발전시킴으로써 우주는 발전된다고 하였습니다. 시방 중국 대륙에서는 모택동 인민해방군이 연전연승하고 있소이다. 만주 일대는 완전히 팔로군 수중에 들어갔으며 장개석 국부군은 장강 이남으로 밀려 내려갔답니다. 바다 건너 대만으로 뺑소니쳤다는 말도 있고······. 중국 공산당은 연안이라는 협소지역에서 근거지를 잡고 열렬히 활동하여 오던 중, 전 중국인민의 지지를 받게 되어 오늘날과 같은 성과를 얻게 된 것이외다. 그러므로 우리들도 남조선에서 적극적으로 투쟁할 것 같으면 남조선 인민의 지지를 획득해야 할 것이니, 괴뢰단정을 타도하고 인민공화국이 수립될 때까지 투쟁해야 하는 것입니다."

사내는 변서방을 바라보았다.

• **동안** 뜨게 사이가 있게. 틈을 두고.
• **도머리 치다** '부否'를 나타내는 뜻으로 머리를 좌우로 흔들다.
• **이윽하다** 느낌이 은근하다. 또는 뜻이나 생각이 깊다.
• **올깨끼** 올깨끼. 일찍 중이 된 사람. 또는 무엇에 일찍 손붙인 사람.

"뫽맹 동무덜과년 단합이 잘되구 있지유?"

밤새도록 인공기 게양투쟁과 봉홧불투쟁하느라 지쳤는지 조숙조숙• 하던 변서방은 찔긋하더니, 쥐고 있던 술잔을 얼른 입에 털어넣었다.

"모두덜 사긔충천유우. 전번이 주신 청년을 위헌 세계이윽사와 자본쥐이 한계 돌려 읽으며 학습튀쟁이 매진허구 있지유. 삐라튀쟁, 빅보튀쟁, 뵝화튀쟁, 낙서튀쟁두 열심히 허구 있구유."

"가열차게 투쟁하십시오. 우덜은 조선의 앞날을 짊어지구 나가야 헐 조선의 청년으루서 뭣버덤두 먼첨 국제정세를 알어야 청년다운 활동을 헐 수 있습넨다."

사내는 말투를 바꾸었다.

"현재의 국제정세는 우리들 남로당원들에게 승리를 언약하고 있습니다. 그리고 우리들은 리승만도의 괴뢰정부를 전복시키고 인민공화국을 수립하는 것이 우리들 남로당원의 사명이며 또한 조선청년의 사명인 것입니다. 그러므로 우리들은 좀더 주체적이고 적극적이며 조직적인 활동을 하기 위하여 특별 행동대인 선봉대를 조직하게 되었던 바, 요번 시월혁명과 시월항쟁 기념투쟁이 그 첫 번째 사업이 될 것입니다. 우리들은 오늘부터 남조선노동당 충남도당 선봉대원으로서 활동해야 할 것입니다. 국제정세를 보더라도 이태리와 불란서는 자국 내 투쟁이 성공하여 현재는 전 인민의 단결로서 반동세력을 물리치고 있으니, 우리들도 이태리와 불란서 동무들에게 뒤떨어지지 않도록 투쟁해야 합니다.

불란서 공산당 당수가 한 말이 있습니다. 만일 불소전쟁이 발생해서 소련군이 불란서에 진주해 온다고 할지라도 우리들은 소련군을 침략자로 인정하지 않고 해방군으로 인정해서 제반 편의를 제공할 것이며 적극 협력할 것이다. 변서방!"

"예에."

"그러니 우리들도 소련군을 신뢰하고 협력해야지요. 목맹 동무들이 모두 몇이지요?"

"안즉 이을띵이 채 뭇되지먼……. 죄 일당백이루 사긔충천이 올습니다유."

목맹은 목수동맹 약칭이니, 소반이나 책상 같은 것을 만드는 소목小木 중심으로 짜여진 남로당 산하 결사체였다. 남로당 충남도당에는 조직부·선전부·농민부·노동부·부녀부·청년부·연락부·재정부·문화부 같은 부서들이 있었는데, 목맹은 노동부에 딸려 있었다.

사내는 목맹에 남다른 관심과 애정을 갖고 있었으니, 옛살라비에서 아버지와 아우들이 소목일을 해서 연명하였던 것이다. 사내 또한 이력서를 쓸 때면 직업란에 꼭 목수라고 썼는데, 당사업으로 바삐 돌다가 몇 달에 한번씩 들러 아우들이 대패질할 때 양판이나 붙잡아 주고 바쁠 때 막대패질이나 하고 부레풀 끓이는 화덕에 풍구질이나 해 주는 어정잡이였지만, 그래도 가장 손에 익은 것이 목수일 결시중이었

• 조숙조숙 기운 없이 꾸벅꾸벅 조는 꼴.

던 것이다. 사내가 광천읍내에서 소목일 하는 변서방을 처음 만났을 때 한 말이었다. 소반 만드는 데 쓰일 행자목杏子木 구하는 일로 변서방 부친을 만나면서 알게 된 것이었다.

"우리는 노동자 농민의 아들입니다. 우리는 노동자 농민의 복리를 위하여 싸워야 합니다. 현재 남조선에는 미제국주의자의 책동으로 대한민국이라는 대한제국을 이어받은 국호로서 미제국주의 국가의 위성국인 자본주의적 남조선 단독정부를 수립하였습니다. 고로 우리들은 이를 결사반대하고 북조선과 보조를 같이 하여 공산주의인민공화국을 수립하여야 할 것이며, 오직 이것만이 조선청년들에게 부과된 사명이므로 우리들은 생명을 바쳐 이를 완수하여야 합니다."

사내가 변서방을 바라보며 "삐라넌 잘 간수헷지유?" 하는데, 새댁이 일어섰다.

"종이딱지 것두 오일 수 있슈. 오여 보까유?"

새댁은 두 손으로 물 빠진 반물빛 소창 치맛자락을 모아 잡더니, 콤콤 밭은기침으로 목을 골랐다.

"일, 퇴지넌 농민에 것이다! 이, 남로당 슨봉대 심이루 퇴지럴 무상몰수헤서 무상분배헌다! 삼, 공출 급 세금얼 일체 납부허지 말자! 사, 뇌동자 농민에 위대헌 지도자 박흔옝 슨상 만서이! 오, 위대헌 쏘베뜨련방굉하구욱 수립 삼십일주년 긔념 만서이! 육, 위대헌 대구시월항쟁 이주년 긔념 만서이! 칠, 려순항쟁이루 인헌 제쥐도 애국인민에 학살반대! 팔, 리승만 짐승수럴 북믜합중국이루 보내라! 구, 인민에 향복에 복무허넌 인민유격대 만서이! 십, 붉은 긔빨 아래루 뭉쳐라!"

쌍시월 기념투쟁 때 뿌려질 삐라에 쓰여진 구호들을 외친
새댁이 남편 곁에 앉았다. 그 여자가 사내 잔에 병을 기울이
려는데, "아." 하며 "됐소이다. 그만 일어서야지요."

손을 들어 막는 사내에게 명토박힌 직책은 없었다. 그저
'도당 오르그•' 또는 '도당 야체이카'와 '도당 문화부장'이
라는 이름으로 중앙당과 직접 통하는 '권위 있는 선'이어서
도당 위원장 이하 간부들도 어려워하는 그는, 말하자면 박
동무 복심비선이었던 김제술°과 같은 인물이었다. 그 사내
는 배낭끈을 잡았다.

"다시 한 번 말하지만……. 남조선은 인민대중의 총의를
무시하고 일부 악질도배들이 남조선을 미제의 식민지로 만
들고자 암약하고 있을 뿐 아니라 미국에서는 불필요한 과자
부스러기나 잡화 따위를 남조선에 강매하고 그 대가로서 조
선에서 생산되는 양질의 백미 등을 강탈하여 가는 관계상
남조선 경제상태는 혼란하여 인민대중은 도탄에 빠져 있고
반면 무기 대여와 반동군은 강제징병 훈련을 실시하고 있는
데, 이런 식민지화 또는 노예화를 기도하고 있는데도 불구하
고 남조선 리승만괴뢰 단독정권은 이를 감수협력하는 매국
노이므로 삼천만 인민은 전력을 다하여 현물세 공출로써 남
조선괴뢰 단독정권을 타도하지 않으면 안됩니다."

• 오르그 조직자.

줄글을 읽듯이 내리다지로 말하고 나서 사립을 나서던 사내가

"몸조심덜 허시우. 남녘땅이서 해방군이 일떠선 이래 검정가희덜이 개쏘대덧 허구 있으니······."

당부를 한 다음 열두고개 쪽을 바라보며 진동걸음˙치는데, "슨상니임!" 소리치며 새댁이 자축거리는 걸음으로 진둥한둥 쫓아왔다. 그 애동대동한 여자사람이 "찬바람머리에 믄질 가실라믄 글력 팽긔실 텐디······. 재몬다외˙늠으시다가 출출허실 때 볼가심이나 허시라구 뙨˙쬐끔 늫슈. 그러구 슨뵝대 됭무 만나시거던 즌혜주시구." 하며 배낭에 찔러주는 빛낡은 반물보퉁이에는, 쑥버무리 두 덩어리와 여자용 내복 한 벌이 들어 있었다.

3

저만큼 시커멓게 물들인 남자용 반오바를 걸친 사람이 다가오고 있었다. 오른쪽 어깨에 메고 있는 것은 구구식 장총이었는데, 총구가 땅에 닿을 만큼 작은 키에 앳된 얼굴 계집사람이었다. 사내가 배낭끈을 잡은 손에 힘을 주었고, 잇꽃빛˙ 헝겊으로 감태 같은 제물엣머리칼˙을 뒤로 질끈 묶은 꽃두레˙가 "내포." 하고 말하자 사내가 "더기." 하고 맞받았다.

주의자들이 쓰는 군호였다. 우익에서는 왜인들 따라 '암호'라 하였고 좌익에서는 예전 식으로 '군호'라 하였으니 '산천'

하면 '초목' 하고 '팔도' 하면 '강산'하는 식으로 말귀를 맞추던 것이 예전 조선식이라면, '합덕' 하면 '방죽' 대신 '산맥'이라 하고 '내포' 하면 '평야'라 하지 않고 산속 언덕 너머에 있는 펀펀한 땅을 가리키는 높게더기에서 앞가지 뗀 '더기'라고 하는 따위로 서로 어긋매끼게 하는 것이 해방 뒤 생겨난 군호체계였다. 대구 10월항쟁 뒤부터 일떠서기 비롯한 빨치산 싸울아비어미•들은 '비상선'이라고 불렀다.

"백줴 슨상님 그간 픵안허셨남유?"

뻘때추니•같은 꽃두레가 꾸벅 고개를 숙여 보였고, 사내가 맞받아 고개를 숙였다.

"림려지덕이루 잘 지냈소만, 달님동무두 빌고 읎었지유? 대장동무 이하 유격대 동무덜두?"

_____

- **진동걸음** 매우 바쁘게 서둘러 걷는 걸음.
- **재몬다외** 영마루.
- **펜** '떡'을 가리키는'편'충청도 내폿말.
- **잇꽃빛** 분홍빛.
- **제물엣머리칼** '파마' 따위를 하지 않은 자연 그대로 머리칼.
- **꽃두레** 큰아기. 숫색시. '처녀處女' 본딧말. 시집갈 나이 찬 숫색시는 몸에 꽃다발을 두른 것처럼 아름답다고 해서 붙여진 이름으로 휴전협정 때까지 쓰였음.
- **빨치산 싸울아비어미** 전사戰士 남녀.
- **뻘때추니** 멋대로 쌸쌸거리며 쏘다니기를 좋아하는 계집아이. 효종孝宗이 북벌北伐을 위해 만주 호마胡馬를 사다 강화도에서 길렀는데. 갈기를 휘날리며 바닷가를 달리던 데서 나온 말. 대국을 치러 갈 때 타고 갈 말이라는 뜻에서 '벌대총伐大驄'을 말한다.

"대장동무년 개산쪽 유격대장 만난다구 덕산 가셨구, 다른 동무덜은 시방 죄 보투•나가서 트•엔 시방 저허구 햇님 동무만 있구먼유."

"원제 돌어오신다구 헷소?"

"예에?"

"대장동무 말유."

"메칠 걸릴 거라구 허셨넌듀우. 오늘 새북이 하산허시먼 서."

"가는 날이 장날이라더니……."

사내 이맛전에 그늘이 깔렸으나 꽃두레는 반가움에 못 견 뎌 연신 벙글거렸는데 , 백제와 햇님과 달님은 이들이 쓰는 당호黨號였다. 당호라는 것이 본디는 당성이 충만한 남조선 노동당 당원으로 각종 현장에서 싸우는 싸울아비어미들에 게 도당 문화부에서 철저한 당성심사를 거쳐 내려주는 것이 었으나, 아직 정식당원이 못 되는 도령아가씨 같은 후보당 원들 사이에도 애칭처럼 불려지는 것이었다.

"불질헐 중은 아우?"

꽃두레를 따라가며 사내가 물었고, 여간 당알져• 보이지 않는 야산대 꽃두레는 헛웃음을 터뜨렸다.

"빈손이룬 깐빌 거 같어 공중 들구 댕기지먼…… 헛칭인 걸유 뭐."

"허."

"대장동무 들오시면 지서를 쳐서 칭알얼 장만허넌 화긔 보투럴 헌다구 헷구먼유. 개산쪽 유긱대헌티서 은을 수 있으면 은어오구."

두 사람이 덩거친 높게더기 지나 칡덩굴 다래넌출 더위잡아 오르는데, 너덜경을 극터듬어 오를 때면 꽃두레가 메고 가는 장총 끝이 바윗전에 스치면서 파란 불꽃이 일었다. 아지트에 도착했을 때 사내가 "학습에 앞서 긴급 소식이 있는데⋯⋯ 햇님동무는 어디갔나?" 하는데, "슨상님 오셨구먼유. 긔간 빌고 읗으셨지유?" 하며 죽창 쥔 꽃두루•가 나타났고, 뚜께머리에는 낙엽이 붙어 있었다. 사내가 살푸슴하며 "아깐 똑 오소리나 날다람쥔 중 알었구먼. 잘 지냈소?" 하자, 손티 있는 낯으로 싱긋 웃는 해동무였다.

"슨벵대덜 을 때까장 아즈뜨끼뻐넌 저니께유."

달님동무 안동받아 찾아든 광천읍당 선봉대 곧 읍당유격대 아지트는 외자욱산길도 끊어진 바위너덜을 안돌이 지돌이로 비틀배틀 담배 한 대는 태울 동안이 착실한 곳에 있었다. 사내는 두 번째 길이었는데 접때는 덤부렁듬쑥하게 초목이 우거진 산길이어서 그랬던지 낙엽지는 늦가을에 와보니 생게맹게하고 어리뻥뻥한 것이 여기가 저기 같고 저기는 또 여기만 같아서 영 갈피를 잡을 수 없었다. 사내는 푸장나

• **보투** 보급투쟁.
• **트** 아지트.
• **당알지다** 마음이 당차고 다부지다.
• **꽃두루** '총각' 본딧말.

무•로 에멜무지해 놓은 드날목•을 바라보았다.

"지난달 20일 새벽 2시 전남 여수에 주둔하고 있던 소위 국방군 제14연대 7백여 애국병정들이 일떠섰구먼."

"애국빙정덜이 일떠섰으먼…… 거시기 발란이 일어났다넌 말씸인가유?"

책상으로 쓰는 달밑•에 앉아 있던 해동무가 눈을 빛내는데, 백제가 바른손을 조금 들어올렸다.

"아아, 반란은 반동지배계급에서 쓰는 봉건시대 말투고…… 의거지. 인민대중들 지지를 받지 못하는 친왜친미 민족반역도배들이 세운 괴뢰정권을 뒤집어엎자고 일떠선 정의로운 애국애족 병정들이니, 혁명군이지. 암, 위대한 혁명군이고 말고."

"아, 예에."

"혁명군은 시방 서울로 짓쳐 올라가고 있어."

허공을 할퀴며 지나가는 메마른 바람소리에 귀를 기울이던 사내는 쳇다벙거지를 벗어 부채질을 하였다. 이마에 파이는 깊은 골과 눈자위에 어리는 검은 그늘로 봐서 언뜻 마흔 살 이쪽저쪽으로 보이나 참으로는 이제 겨우 서른두 살에 지나지 않는 사내였다. 그런 사내와 스물 안쪽으로 보이는 애빨치• 명색들이 솥발처럼 둘러앉아 있는 곳은 왜제 때 땅이 없어 농투산이가 못 되고 밑천이 없어 장사치도 될 수 없는 애옥한 바치쟁이들이 쓰던 목기막木器幕자리였다. 멍석 한 닢 깔만한 민틋한 풀밭인데 충청남도에서도 계룡산 다음가는 장산壯山인 오서산烏棲山 마루 밑으로, 햇귀 날 때

짐승붙기 좋을 만큼 잔풍한 곳이었다. 나무그릇을 만들어 팔던 목기쟁이들이 흙구덩이를 파고 나뭇가지로 지붕을 씌웠던 곳이었는데, 그러께 대구에서 일어난 10월항쟁 물결이 밀려 올라오면서 읍당 직속으로 만들어진 야산대가 머무는 아지트였다.

메워졌던 흙구덩이를 다시 파내고 여맹원들이 대바느질로 누벼 만든 차일로 지붕을 씌운 다음 밤에는 움불을 피웠다. 땅바닥 한가운데를 움푹 들어가게 판 다음 목침 만큼씩 한 돌멩이들을 넣은 위에 나뭇단을 쌓고 불을 붙이는 것이다. 연기가 나지 않는 맨감나무나 바짝 말린 대나무 조각 아니면 말라죽어 또한 연기가 나지 않는 싸리나무 같은 것들로 서로 겹치는 데가 적게 우물 정[井] 자로 쌓거나 가운데다 말뚝을 박고 세로지게 세운다. 그런 다음 피운 움불에 달은 돌멩이들 위로 발을 올려놓고 빙 둘러 누워 이불때기를 덮으면 밤에도 그런대로 지낼 만하였다.

"이거 올케 동무가 전해주라구."

배낭에서 새댁이 찔러주던 빛낡은 반물보퉁이를 꺼내 든 사내가 내복을 달동무에게 준 다음 쑥버무리를 애빨들 앞

● **푸장나무** 잎새 달린 푸른 나무.
● **드날목** 드나드는 곳.
● **달밑** 소나무를 잘라낸 밑둥.
● **애빨치** 스무 살이 못 되는 도령아가씨 빨치산.

에 밀어놓았다.

"즘심이루덜 먹지."

"슨상님두 잡수셔야지유."

"난 안즉 시장허지가 않으니, 다다* 많이덜 잡숴. 돌팍두 색일 나인듸……."

"그레두 슨상님이 믄저 잡숴야……."

"증 그러면 세뚜리루 허지."

쑥버무리 한 자밤을 떼어 입에 넣은 사내가 담배를 꺼내었다.

"접때는 해방백제 얘길 헷구, 오늘은 뭐 헤주까?"

길게 연기를 내뿜고 난 사내가 말했고, 중다버지 해동무가 눈을 반짝였다.

"갓쉰둥이 얘기 헤주신다구 헷쥬. 고구려 망지막을 비다듬었다던 갓쉰둥이."하는데 "잠깐!" 사내가 해동무 말을 잘랐다.

"고구려가 아니구 고구리라고 했잖아. 아름다울 려가 아니라 나라이름 리로 읽어야 맞으니, 고구리지. 고려가 아니고 고리고."

"아, 지가 그만 까그매괴기럴 삶어먹어서……."

해동무가 뒷목을 훔쳤고, 사내가 발치에 있는 돌멩이에 담배를 눌러 껐다.

"고구리 천년 이래 하늘이 낸 영웅이 있었으니, 연개소문이라. 연국혜라는 재상이 갓 쉰 살 되던 해에 낳았다고 해서 갓쉰동이라고 불리었다는 연개소문이 바로 그 사람이야. 어

머니가 갓 쉰에 낳았기 때문에 갓쉰동이가 됐다는 말도 있
는데, 하여튼 갓쉰동이가 중국말로는 캐쉰이라. 캐쉰! 캐쉰
라이러!라고 하면 울던 애가 딱 그쳐. 캐쉰 라이러는 래료來
了, 그러니까 '갓쉰동이가 왔다!'지. 일창一槍에 자삼장 刺三
將이라. 창질 한 번에 당장唐將 세 명을 꿰뚫는 범 같은 맹
장이었지.

　고구리가 천 년 넘게 이어오던 왕과 대신과 유력가문, 그
러니까 요즘 말로 하면 정치가와 지주와 자본가들 중심으
로 지배하던 부르죠와공화제를 타파하고, 막리지가 직접 인
민을 다스리는 사회주의공화제로 정권을 일통하여 서수남
진西守南進정책을 남수서진南守西進정책으로 바꿔 서토西
土로 진격해서 리세민李世民이 눈을 뽑고 서토를 휘저은 우
리 민족사상 최대 영걸이었는데, 삼국사기 김유신전에 딱 한
줄만 나와. '개금•이 김춘추를 객관에 머무르게 했다.'"

　처음 듣는 역사 이야기에 침 삼키는 소리만 들리는데, 리
현상李鉉相선생한테서 들었던 교양이었다. 화산火山이라는
아호를 갖고 있던 선생은 혁명에 대한 열정이 화산처럼 뜨
거워 무장투쟁에 관심이 많은 어른이었다.

　'인간은 절대자에 의해서 창조된 것이 아니고, '아메바'라
는 단순세포가 진화해서 오늘의 인간이 된 것이다. 처음에는
짐승처럼 야생을 하다가 집단생활을 하게 된 것이 사회생활

• **다다** 아무쪼록 힘 미치는 데까지. 될 수 있는 대로 가장.
• **개금**蓋金 연개소문.

의 시초로서, 우리 인류의 사회생활, 곧 모둠살이는 고루살이•인 것이다. 따라서 사회발전 층층대는 원시공산시대, 노예시대, 봉건시대, 자본주의시대, 사회주의시대로 발전되어가는 것이다. 그러므로 언제나 당당한 태도로서 투쟁하여야 인민의 지도자가 될 수 있은즉, 낮에는 대로를 걷되 좌측으로 통행할 것! 야간에도 소로로 통행하지 말라! 혁명에 대한 궁구를 하라!'면서 들려주던 연개소문 이야기였던 것이다.

"안시성싸움에서 양만춘 장군한테 한쪽 눈을 살 맞아 잃은 당태종 리세민이가 20만 병정을 무주고혼시킨 다음 2백 리 진흙밭인 요택遼澤에 이르러 나머지 장졸마저 죄 잃고, 수렁에 몰아넣은 말을 다리 삼아 밟고 건너갔다지. 화살독에 마침내 죽고 만 것을 『구당서』 태종본기와 『신당서』와 『자치통감』에 내종과 학질과 이질로 죽었다고 써놓았으니, 고구리 사람 독화살에 죽은 치욕을 숨기려다 보니 이같이 모순된 기록을 남기게 된 것이지. 이것이 역사적 사실인 것을 사대주의 사학자들이 우리나라가 승리한 기록을 죄 빼버리고, 『삼국사기』나 『동국통감』 같은 사서에는 당서에서 뽑은 기록만 남기게 된 것이지.

더 기막힌 사실이 있는데…… 연개소문이 중국에 들어간 기록이 이 나라 사대주의 역사책에는 보이지 않으나, 산해관 넘어 중원땅까지 휘저었던 게 사실이야. 북경 조양문 밖에서부터 산해관까지 황량대謊糧臺라는 지명이 10여 군데인데, 황량대란 리세민이가 모래를 쌓아 양식 저장 해놓은 노적가리라고 속여, 고구리 사람들이 쳐들어오면 매복으로 버티던 곳이라 하니, 이것이야말로 연개소문이 당태종을 북경까지 추격했던 유적 아닌가? 뿐인가. 산동 직예 등지에 드문드문 '고리' 두 글자를 앞에 붙인 지명이 있으니, 연개소문이 점령했던 곳이라는 거야. 북경 안정문 밖 60리쯤에 있는 고리진과 하간현 서북쪽 12리쯤에 있는 고리성이 그곳이야.

또한 당나라 시인들 시를 보면 연개소문이 당나라 땅에 드나들며 성을 쌓고 고구리 인민들을 이주시켜 북소리가 구름 밖에까지 울려퍼지고, 땅은 온통 꽃밭인데, 거리가 번화하고 음악소리 아름다우며 비취와 보옥 등이 넘쳐난다고 읊었으니, 새로 두려뺀 땅의 풍성함을 자랑하던 것을 알 수 있지. 그랬는데 신라 때는 연개소문을 백제 원조자라 해서, 뒤에는 그를 유교 윤리상 임금을 죽인 사람으로, 소위 작은 것이 큰 것을 치는 불파천不怕天 불외지不畏地를 저질렀대서, 그에 관한 전설과 사적을 죄 없애버렸던 거야. 오직 도교 수입과 천리장성 축조라는 말도 안 되는 소리를 하지만, 그것은 거짓 기록이지 사실이 아니야.

고구리 영류왕이 도교 곧 노자교老子敎를 수입할 때 연개소문은 겨우 여덟 살이었고, 천리장성은 공격용이 아니라 방어용인데, 서토진공을 부르짖은 연개소문이 그런 성을 쌓았을 까닭이 있는가? 연개소문이 백제와 동맹하여 신라를 없애려고 했으므로 신라가 연개소문을 극구 헐뜯고 욕하는 판

● **고루살이** 평등한 삶. 화백和白.

이었는데, 김부식이 신라 쪽 자손이므로 『삼국사기』를 지을 때 당서를 끌어다가 연개소문을 악인으로 만들었던 거지."

사내는 목이 타는지 달동무한테 물을 달라더니 석간수 받아놓은 것을 바가지째로 들이켰다. 사내는 주먹으로 입을 씻었다.

"연개소문은 본디 자字가 금해金海이고 병법이 고금에 뛰어났던 영걸이라. 그가 지은 금해병서金海兵書가 있어 송도 때까지도 무인들 필독서였는데, 시방은 아주 없어졌구면. 이정李靖이란 이가 금해병서로 당나라 최고 명장이 되어 이위공병서라고 무경칠서 가운데 첫손 꼽히는 책을 지었는데, 연개소문 같은 동이족東夷族을 스승으로 하여 명장이 된 것이 수치라 해서 그 병법을 없애버렸고, 아조까지 유행한 이위공병서는 후세인이 위조한 것이기 때문에, 그 첫머리에서부터 막리지莫離支는 스스로 병법을 안다하였다는 연개소문을 헐뜯는 말로 시작하고 있으니, 이것이 원본이 아니라는 증좌인 것이지."

사내는 긴 한숨을 내쉬었으니, 박동무·물장수 혁명가·화산 선생……. 그리운 선생님들 목소리와 얼굴이 빗살처럼 스치고 지나갔던 것이다. 사내가 구슬픈 목소리로 부르짖었다.

"아, 용렬쿠나! 사대事大의 종이 된 역사가들이여! 신사군이충臣事君以忠, 신하는 충성으로 임금을 섬긴다는 봉건시대 도덕률로 그를 규탄하고, 이소사대외천以小事大畏天, 작은 것이 큰 것을 섬기는 것은 하늘을 두려워하기 때문이다라는 노예적 태도로 위대한 영걸의 업적을 부인하니, 이 나라 조선의 명운이 어디서부터 비롯되었는가 알 만한 노릇 인저!"

해동무와 달동무는 몽당연필심에 침을 발라가며 공책에 받아 적느라고 말이 없는데, 사내가 배낭을 짊어졌다. 트를 벗어나던 사내가 두 애빨치를 바라보더니, 되마중•와 두 손을 나눠 잡았다.

"우리 조선이 외세한테 침략을 당한 것이 9백31회라누만. 『삼국사기』와 『고리사』 그리고 『조선실록』 같은 책에 기록된 외국 침략, 곧 외압은 조선왕조 때만 보더라도 3백60회가 넘는다는 거야. 동무들은 이 사실을 어떻게 생각하나?

그렇게 수많은 침략을 당했지만 우리 겨레는, 동이족은 쓰러지지 않았어. 그들이 죄 쓰러졌지. 저 고구리 때 대수제국과 대당제국 , 고리 때 대료제국, 대금제국, 대송제국, 대원제국, 조선왕조 때 대명제국, 대청제국, 대일본제국, 그리고 시방 대미제국…… 문제는 시방 대미제국이야. 대미제국을 어떻게 할 것인가? 들찬• 조선의 아들딸로 살아가야 하니, 잘 징거두라구."

갓쉰동이 이야기를 하다보니 나절가웃쯤 되었는가. 외자욱산길을 걸어 내려가는 사내 귀에 노랫소리가 들려왔다. 꽃두레 꽃두루들이 모뽀리•하는 그 소리는 민족주체세력 쪽

• **되마중** 마중받던 사람이 되려 마중나가는 것.
• **들차다** 뜻이 굳세고 몸이 튼튼하다.
• **모뽀리** 모두뽑기. 합창.

사람들이 모이면 조국해방투쟁 제삿상에 모셔진 님들을 추념하는 묵념과 함께 반드시 불려지고는 하는 '혁명가요'였다.

"그 질•은 진리에 질, 헥멩에 질
용광로 속이서두 번치 않넌 질
한번 먹은 그 마음 굽히지 말구
용감허게 나가세 핵멩에 질루."

4

"꼭 곁방살이 하러 가셔야 되겠는지요?"

"곁방살이?"

"곁방살이지요. 비록 외세 치하에서 배메기농사를 짓는 지팡사리• 처지올습니다만, 그래도 어엿한 내 집을 두고 북조선으로 올라가신다면, 북로당 사람들이 지은 집에 방 한 칸 빌려 들어가는 것과 무엇이 다르겠는지요?"

젊은이가 조심스럽게 말했을 때였다. 돗수 높은 안경을 낀 중년 사내는 웃었는데, 얼굴 살갗이 조금도 움직이지 않고 소리도 나지 않는 야릇한 살푸슴이었다. 중년이 젊은이를 바라보았다.

"김군은 역사에 관심이 많지?"

"……"

"그렇다면 리괄이 꽹과리라는 말을 알겠지? 장만이 볼만이고."

"알지요."

"먹뱅이는 어딘가?"

"예에?"

"무슨 뜻인가?"

"운수가 막혀버리면 할 수 없다는 말이지요."

"그런데 광주 먹뱅이라면?"

"무슨 말씀이신지?"

"진퇴유곡이요 간어제초로세. 독 틈에 탕관이야."

중년이 혼잣말처럼 말했는데, 남조선노동당 당수실이었다. 처음에는 당수실이었으나 되들고 되나는 당수실을 피해 옆 부속실로 옮겼을 때였다. 부속실 주인택은 해방일보 주필 겸 정치부장 정태식鄭泰植이었다. 충북 진천 출신으로 청주고보 거쳐 경성제대 법문학부를 나온 사람이었다. 리우적李友荻·조두원趙斗元과 함께 조선공산당 3대 이론가로 꼽히는 맹장으로, 해방 1주년 기념투쟁 일로 전평 지도부와 의논하느라 자리에 없었다. 미군정이 쳐놓은 올가미에 걸려 근택빌딩에서 쫓겨나 숭례문 앞에 있는 일화빌딩으로 당사를 옮겼을 때였다. 법적으로 등록된 당수는 허 헌許憲이었으나, 당수실을 쓰는 실질적 당수는 부당수인 박동무였다. 농민동맹

● 질 길.
● 지팡사리 소작인. 소작농.

일로 한밭에서 올라온 충남 야체이카가 말했다.

"남조선에서 버티셔야지요. 모로미 호왈 백만당원이 받쳐주는 내 땅에서 싸우셔야지요. 우리 당엔 그리고 시방 리현상 선생님이 거느리는 무장력이 있지 않습니까?"

옛살라비 후래로 해방 전 조선공산당 때부터 비선秘線인 그 젊은이는 안타까운 눈길로 박동무를 바라보았는데, 뒷말은 입 안으로 삼키었다.

"조선반도를 대소 방파제로 만들려는 미군정과 그 주구인 극우반동 한민당 무리에게 죽임을 당하시겠지만, 그것이 옳은 노선이 아닐까요. 그들과 멱치기*를 벌이는 것이. 평양으로 간다한들 토지개혁으로 이미 토대를 닦은 북로당 사람들, 그러니까 청년장군을 비롯한 동만 빨치산 사람들이 조공 법통을 쥐고 계신 선생님을 부담스러워하지 않겠는지요? 번버스름해진 지 이미 오래인 남로와 북로 사이에서……."

사내한테 풀리지 않는 숙제가 있었으니, 북로사람들 혁명철학은 무엇일까?

무엇보다도 먼저 전광석화처럼 토지개혁을 이룬 것을 보면 그들 혁명철학이 발 딛고 선 자리가 인민의 행복에 있다는 것은 알겠는데, 모르겠는 것이 남로에 대한 생각이었다. 종파주의라는 칼로 내려치면서 조공법통을 인정하지 않는다는 것은 그 뒷몸인 남로 존재를 인정하지 않는다는 것이 되는데, 그렇다면 그 도꼭지*인 선생님 살매*는 어떻게 되는가? 리승만이 세운 남조선단정에 맞서 북조선단정을 세우면서 선생님한테 3명 부수상 가운데 한 자리와 외무상 갓이 씌워졌다지만, 인민민주주의 체제에서 2인자라는 것이 무슨 의미가 있는가? 인민민주주의만이 아니라 인류가 만들어낸 모든 정치체제에서 2인자 자리라는 것이야말로 바람 앞에 등불과 같은 것이 아닌가?

상부 잠야 박선생 上覆潛冶朴先生.

사내가 약관에 옛살라비 전배 혁명가한테 보냈던 글월이었다. 인조仁祖 때 성리철학에 깊이 들어갔던 잠야 박지계朴知誡 선생한테 초야 어떤 선비가 거듭 보냈던 글월로, 사람은 과연 무엇인데 왜 살며 그리고 또 어떻게 살아야 할 것인가를 유가철학에 바탕하여 묻고 있는 것이었다. 굳이 무토백이 순진서純眞書로 된 그 글을 베껴 보냈던 것은 박동무 혁명철학에 대해서 알고 싶었던 때문이었다. 경성콤그룹이라는 한 점 등불만이 깜박이던 시절이었다. 여러 사람 거쳐 보냈고 또한 여러 달만에 여러 사람 다리 거쳐 받아본 박동무 답장이었는데, 딱 한자만 적혀 있었다. 眞.

그런데…… 새꼽빠지게● 무슨 리괄이고 장만이며 또 먹뱅이라는 말인가? 먹뱅이라면 더구나 아조我朝 5백년에 서울을 두려뺏던 유일한 사람인 리 괄 장군이 손아래 장수인 인

● 멱치기 목숨을 건 싸움.
● 도꼭지 어떤 방면에서 가장 으뜸이 되는 사람. 우두머리.
● 살매 운명.
● 새꼽빠지게 '새삼스럽게' 내폿말. 없는 새 배꼽이 빠진다는 말이니, '터무니없이'라는 뜻.

숭무레기 기익헌과 리수백한테 목이 잘리던 데가 아닌가?

……그리고 무언가 이상하다. 딱 집어 말할 수는 없지만, 평소 선생님 같지가 않다. 1백65센티쯤 되실까. 보통 키에 다부져 보이는 체수였는데, 표범처럼 쏘는 것 같은 눈빛과 쇳소리 나는 성음은 여전했으나, 이제까지 보아오던 것과는 다른 것 같았다. 무엇보다도 차분하게 가라앉은 첫소리로 냉철하게 논리적으로 당신 뜻을 펼쳐나가는 어른이었는데……. 뼛속까지 공산주의자인 선생님 입에서, 왜노들 그 무서운 족대기질에도 양광佯狂으로 넘어서던 어른 입에서 진퇴유곡이요 간어제초며 독 틈에 탕관이라는 봉건시대 비과학적 넉자배기인 나약한 말씀이 나오다니…….

"아아!"

사내는 힘껏 도머리를 치고 나서 배낭끈을 잡은 손에 힘을 주었다.

'갑오년 농군봉기와 3·1 혁명과 아울러 우리 조선민족 해방운동사에 길이 빛날 불멸의 3대투쟁'이라고 하였다. 지난해 끝 무렵 나온 『동학란과 그 교훈』이라는 박동무가 쓴 좀 책•에 나온다.

노·농·병 동맹으로 밑에서부터 벌떼처럼 일어서는 러시아 10월혁명을 본받아야 된다고 생각하는 박동무였다. 과거 관서에서 일떠섰던 홍경래봉기와 호남에서 일떠섰던 갑오년 농군봉기가 좌절

한 까닭은 무엇인가? 문제는 시간이다. 중국과 같이 땅이 넓고 물자가 풍부한 나라에서는 10년 20년을 두고 싸워도 되지만, 우리나라처럼 땅이 좁고 후원해줄 뒷배 없어 물러설 데 없는 조건에서는, 전광석화만이 살길이다. 그 많던 반란 사건 가운데 서울을 두려뺏던 유일한 경우였던 괄련适連의 란이 그것을 웅변해 주고 있지 않은가?

"조선인민들의 인민의 나라를 세우려는 간절한 욕구와 희망은 북미합중국 병대가 진주한 남조선에서는 여지없이, 그야말로 추풍낙엽처럼 짓밟혔지."

리현상 선생이 한 말이 있다.

"저 갑오난리 때 세웠던 농촌쏘비에뜨인 농군평의회, 곧 인민자치기관인 집강소執綱所를 반세기 만에 다시 세운 바 있으니, 곧 남조선 7도, 12시, 131군에 하나도 빠짐없이 결성된 것이 인민위원회 아닌가? 인위에서는 우선 적산이 된 왜인 소유 재산을 관리하고 왜식으로 바뀐 마을 이름을 조선 본디 이름으로 다시 고치는 등 민족적 인민적 행정을 펴나가기 시작했지. 인민공화국을 선포하고 나서 모든 것을 인위 중심으로 바로잡고 다시 세워나가는데 남조선에 쳐들어온 미군 자신이 인위를 없애버린 다음 친왜파 민족반역자를 등용해서, 그러니까 사냥개 앞잡이로 내세워 식민지로 만들

● **좁책** 작은 책. 소책자小冊子.

기 시작한 거지. 그 결과 왜제 때 이상으로 정치적 무권리와 경제적 파탄과 문화적 암흑 속에 민생이 도탄에 빠져 신음하게 된 거야."

차분한 목소리로 혁명가의 올바른 자세와 조선 현실이며 제국주의로서 미국 본질을 말해주던 이정而丁 선생도, 정연한 논리로 조선운명 현층층대를 짚어주던 화산 선생도 이제는 뵐 수가 없다. 조선공산당에 들어가 한밭에서 야체이카로 움직이던 약관 나이 때부터 리관술 선생과 함께 혁명 스승으로 모시던 리현상 선생님은 시방 려수순천서 일떠선 인민해방군과 함께 지리산으로 들어가셨다는 풍문만 들었다. 아아, 박동무 미좇아 평양으로 갈까? 화산 선생 조좇아 지리산으로 갈까? 사내 입에서 나오는 것은 그런데 신라어였다. 또한 평양으로 갔다는 남령 조영은°이 지은 「대불大佛」이라는 시조.

모롱이 돌아서서 발길 멈추오이다
어둔 굴에서 노려보시난 대불여
어러곰• 저온맘• 뒤고• 님을 좇니노이다

사내는 두 주먹을 부르쥐었다. 박동무와 리현상 선생 생각에 더하여 조남령 시인 「대불」까지 읊다 보니 재몬다외는 얼추 다 내려온 것 같았다. 이제 긴짐승 꼬리처럼 휘감긴 산 모롱이를 한 구비만 돌고 보면 산자락 밑으로 펼쳐진 논밭이 보일 것이었다. 잦은 길군악처럼 흥겨웁게 흘러가던 산길이 문득 멈추는 곳이었는데, 철 그른 늦가을비가 오시려는 가. 저 멀리 하늘신폭* 가득 매지구름 떴다. 달이 뜨고 별이 총총한 밤이라도 평상과 나뭇잎을 만져봐서 뽀송뽀송하면 다음 날 영락없이 비가 오는 법이지만, 별꼴. 어젯밤 늦게 변 서방네서 말말 끝에 내일 재몬다외 넘을 일이 걱정되어 만 져본 평상과 나뭇잎은 뽀송뽀송하지 않았던 것이다. 사내는 배낭끈을 잡은 손에 다시 힘을 주었다.

　북소리 울리고 징소리 나더니
　어데야 농군아 비맞이 가느냐
　에헤 에헤하아 비맞이 가느냐

　눈에 익은 길이었다. 대전에서 기차를 타고 천안까지 가 서 장항선 갈아타고 한내에서 내려 정강말 타고 중보를 지 나고, 독정이를 지나고, 복병이를 지나고, 서원말을 지나고, 구슬내를 지나고, 그릇점을 지나고, 용머리를 지나고, 아래 윗장밭을 지나면, 울틔였다. 태어나서 서른두 해를 두고 보 통학교를 다니고, 장을 보러 다니고, 소반이나 책상을 팔러 다니고, 주재소를 다니고, 헌병대를 다니고, 경찰서를 다니

● **어러곰** 우러러.
● **저온맘** 두려워하는 마음.
● **뒤고** 뒤로 두고
● **하늘신폭** 하늘 한끝에서 다른 한끝까지.

던 길이었으므로 한내 쪽에서 가는 것이 훨씬 발씨 익은 길이었으나, 그 길에는 경찰관들이 지키고 있는 것이었다. 왜제 때와 똑같은 그 경찰관들이었다. 지난 팔월 보름 저희들 말로 광복절에 맞춰 세워졌다는 남조선단독정부에서 보낸 경찰관들이 목쟁이목쟁이마다 지키고 서서 참빗으로 서캐 훑듯이 짯짯이• 부릅떠빨고•있는 것이다. 그래서 잡게 된 광천에서 오서산 재몬다외 열두고개를 넘어오던 길이었는데, 아! 사내 눈자위가 간잔조롬하여졌다•. 새악시와 하냥 넘던 산길이었다. 홍성군 홍동면 개여울에 있는 처가에 가려고 새악시를 조랑말 태워 넘던 자양길•이었다.

"하이구, 곱기두 헤라."

날옥수수를 박아놓은 듯 똑고른 잇바디를 보이며 조개볼 짓는 새악시 귀밑머리에 녹백색으로 활짝 핀 애기나리꽃 한 송이를 꽂아주는 새서방이었다.

"꽃버덤 새악시가 더 곱소."

"아이, 물러유우."

귀밑을 붉히며 고개를 외로 꼬는 새악시는 기품 있는 얼굴이었다. 어글하니• 총민한 눈빛에 톡 찬 이마가 서늘하게 넓어 잘생긴 얼굴이었고 늘씬하게 고운 몸매였으니, 일색—色이었다. 그러나 꽃처럼 어여쁘다기보다는 끼끗한 기상으로 잘생긴 얼굴과 몸매여서 함부로 범접하기 어려운 위엄이 있다고나 할까.

"워워!"

견마줄 당겨 조랑말 세운 새서방이 "그래 월매나 아팠

소?"

갖춰 신은 새악시 옥색고무신 벗긴 새서방은 버선발을 주
물렀고, "아아, 아아……" 한 걸음 한 걸음 옮길 때마다 새하얀
버선에 고무신 갖춰 신고 오이씨 같은 발이 보일 듯 말 듯 해
야 된다는 시속時俗이었다. 발이 아파 네 방구석을 바자울•만
큼 꼭 끼게 신어야 하였고, 살이 보이지 않게끔 옷깃을 여미
고 또 여며야 되는 홍색짜리였다.

"그래 월매나 아팠소?"

두 손으로 새악시 버선발 주무르는데,

"참어야지 워척헌대유? 워떤 경우에두 그저 다다 참구 또
참어얀다구 허셨거던유."

"누가 말이우?"

"엄니 아부지가유."

"허."

아직 하삼삼•이 아닌데도 무럭무럭 김 솟는 새악시 한줌
허리 보며 눈 감는 새서방이었으니, 다홍색 겉치마 속 속치

———

- **짯짯이** 빈틈없이 세밀하게.
- **부릅떠빨다** 눈을 부릅뜨며 흘기다.
- **간잔조롬하다** 어떤 일에 긴장하거나 추억에 잠겨 눈시울을 가늘게 좁히다.
- **자양길** 혼인한 뒤 신랑이 처음으로 처가에 가는 길. '재행再行길' 내폿말.
- **어글하다** 얼굴 구멍새가 널찍하다.
- **바자위다** 헤매다.
- **하삼삼**夏三三 음력 5·6·7월 한여름.

마, 풀먹여 빳빳이 다려 밟다듬이 한 속치마 속 단속곳, 단속
곳 속 고쟁이, 고쟁이 속 속속곳이었던 것이다. 뿐인가. 다다
펀펀해 보이게끔 꽉꽉 동여맨 치마허리 속 앞가슴은 또 얼
마나 숨막힐 것인가. 능금처럼 발그스레 익은 새악시 고운
밤볼에 하마 닿을까 무서워 훨씬 고개 돌려 담배연기 내뿜
고 난 새서방이 견마줄을 좨치었다.

"우리 조선사람한테는 소용도 없는 말먹이 강냉이며 썩
은 밀가루와 미국 병대가 먹다 남은 통조림 따위, 미군이 전
쟁에 쓰다 남은 찌끄레기들을 강제로 갖다 안기고 6천만 달
러라는 차관을 저희들 마음대로 설정하여 왜제 때 수탈기관
인 동양척식회사를 신한공사로 개편확장하여 경제착취 총
본영으로 삼은 것과 아울러, 미국이 우리 조선을 저희들 식
민지로 만들고 동양침략의 군사기지로 만들려는 것이 노골
화 되었소그려."

새악시한테 학습시키던 이 말은 한밭시내에 있는 농민회
관에서 농민동맹 사람들 모아놓고 한 말이기도 하였다.

"이러한 미제국주의 본질을 밝혀내는 해방일보, 청년해
방일보, 노력인민, 조선인민보, 독립신보, 중외신보, 현대일
보, 중앙신문, 광명일보, 문화일보, 국제일보, 신민일보, 우리
신문 같은 민주주의 언론기관들을 탄압 폐쇄시켰던 것이지
요. 한마디로 조선인민들을 청맹과니로 만들자는 것입니다.

정권을 인민위원회에 넘기라며 노동자들이 선두에서 총
파공 투쟁을 전개하자 학생과 인테리겐챠가 이에 가담하고
또 도시 소시민과 농민대중이 이를 지지하고 호응하는 형태

로 일대 인민항쟁이 벌어진 것은 조선민주주의 운동사에 가장 위대한 의의를 준 것이니, 위대한 레닌 선생은 이렇게 말씀하셨습니다.

'민주주의를 위한 철저한 투사는 노농계급만이 될 수 있다. 노동자가 민주주의를 위한 승리적 투사가 될 수 있는 것은 오직 농민대중이 그 혁명투쟁에 참가하는 데서만 가능하다.' 한마디로 노농연대를 말한 것이외다.

…… 10월인민항쟁은 미제의 조선식민지화정책에 항거해 조선인민들이 완전민주독립을 위한 반제인민항쟁이었으며 미제의 침략정책이 여지없이 폭로되어 그 실체가 전 세계 인민대중 앞에 까밝혀진 데 그 중대한 의미가 있습니다.

미군정은 강제공출령을 발동하여 8백50만 석 쌀을 농민으로부터 강탈하여 미제 동방침략 미끼로 삼고자 왜국 등지에 반출하려 하고 있습니다. 그리하여 패전국인 왜국에서도 2홉 7작 쌀을 보장하고 있는데, 대곡창 남조선에서 식량배급을 2홉으로 줄였습니다.

위대한 10월인민항쟁 2주년을 맞이하는 우리 남조선노동당 당원동무들은 리승만 단독정권의 매국성, 괴뢰성, 반역성과 아울러 그 상전 미제국주의의 침략성, 반동성을 전체 인민대중에게 여지없이 폭로하는 광범한 인민운동을 전개하지 않으면 안 됩니다. 그러기 위해서는 남조선 방방곡곡에서 진정한 인민의 정권기관인 인민위원회를 재조직하는 투쟁을 주저없이 전개해야만 하는 것입니다.

여기서 우리가 분명히 알아야 할 것이 있으니, 10월인민항쟁은 갑오농군봉기와 3·1 혁명 때와 같은 낡은 부르죠아 민주주의를 위한 투쟁이 아니라, 인민민주주의를 위한 투쟁이었다는 것입니다. '조국의 일통과 독립 달성에 대한 우리의 전망은 크고도 빛난다'라는 박동무 말씀은 우리에게 무한한 힘과 광명을 주고 있습니다."

사내한테는 이제도 그때 생각이 옳았다고 믿는 것이 있었으니, 해주대회였다. 도당에서만이 아니라 그를 아는 중앙당 긴한이•들도 그가 해주에서 열리는 남조선인민대표자대회에 들어가는 것으로 알았고, 그 또한 많은 갈등이 있었다. 무엇보다도 선생님을 뵙고 싶었다. 리괄이 꽹과리라는 말을 아느냐며 사위스럽게도 똑 무슨 언참言識으로만 들리게 광주 먹뱅이를 아느냐시던 선생님한테 무장력에 대한 말씀을 드리고 싶었다. 리현상 선생님이 거느리는 만큼 무장력이 아니라, 청년장군이 거느리고 왔다는 88여단과 무정장군이 거느렸으나 평양 입국을 거부당한 조선의용군을 넘어설 수 있는 무장력을 갖추는 일에 대해서, 좀 더 속속들이 저 담양 가마골에 있는 병기창을 확대개편하는 문제를 놓고 말씀을 나눠 보고 싶었다.

해주로 갈 수 있는 길도 알고 있었다. 천안으로 가면 되었다. 부산에서 올라오는 '해방자호' 열차를 타고 서울역에서 내리면 되었다. 역전에 사람이 나와 있을 것이었다. 귓등에 무궁화담배를 꽂고 수건을 목에 두른, 윤치영尹致暎이라는 배소종미排蘇從米주의자가 하는 극우단체 기관지 〈신태평양〉을 말아쥐고 있는 이를 보고, "충남에서 왔다"고 하면 접선이 되는 것이다.

사내가 첫째로 가보고 싶은 곳은 평양 근교에 있다는 강동정치학원이었다. 그곳 교수진과 강좌과목도 알고 있었다. 1946년 말쯤 북으로 올라간 남로당 지도부는 1947년 9월쯤 평안남도 강동군에 간부양성학교인 강동정치학원을 세웠는데, 박동무에게 절대적 충성을 바치는 남조선 구빨치 출신 학원생들이 교훈처럼 외치는 것이 있다고 하니, "박헌영 선생 만세!" 청년 장군에게 도전했던 것이 아니라, 떠나온 남조선을 되찾자는 것이라고 한다. 학원생들이 공들여 배우는 것이 군사훈련인데, 청년장군과 동만항일련군 빨치산 활동을 같이한 서철徐哲이 채잡는다고 한다.

현덕玄德이 「소련혁명사」를 가르치는 교무주임이며, 경성제대 철학과 출신 박치우朴致祐가 철학 담당이고, 홍삼달洪三達이 「해방 후의 조선」을 가르치고, 안 군이라는 이가 「조선사」를 맡고 있고, 성명을 알 수 없는 이가 「신민주주의사」를 가르친다는 것을 알고 있었다. 서울역에서 만나는 이 안동받아 동두천→철원→평강→원산→평양으로 가서 해방 바로 뒤 경상북도 인민위원회 선전부장이었던 황태성黃泰成이 채잡는다는 사동 정치학원에 들어가 「소련공산당사」·「인민항쟁사」·「세계정치지리」·「인류의 역사」 같은 소정과

● 긴한이 중요한 사람. 요인要人.

목을 이수하는 길도 안다.

그러나 곗술에 낯내기를 할 수는 없는 일이었고, 무엇보다도 두려웠던 것은 외로운 선생님 곁에서 방자房子 노릇을 해드리고 싶다는 마음이었다. 얼락배락한 역사 흐름 속에서 선생님 한 발가락이라도 잡아드리고 싶다는 마음이었다. 그러나 겨린잡혀가 졸경을 치르게 될 주변 사람들이 떠올랐던 것이다. 그 가운데서도 첫째로 눈에 밟히는 것이 옛살라비에 계신 부모님이었다.

이것은 그러나 대외용 명분이었고, 사내는 무엇보다도 비선秘線이었던 것이다. 해주대회에 들고 보면 북조선 신문과 방송에 나올 것이며, 그리고 그것으로 비선은 공선公線이 되고마는 것이다.

그래서 찾아낸 풀쳐생각이 있었으니, 입처개진立處皆眞이었다. 서 있는 데가 참된 곳이니, 선 자리에서 바로 진리를 찾으라던 옛 스님들 말씀을 어머니가 보시던 불교 서책에서 보았던 듯 하였다. 그래서 그러하였던 것일까.

해주나 평양으로 가는 대신 사내가 한 일은 인민공화국을 세우는 데 기둥이 될 최고인민회의 남조선 대표 3백60명을 뽑을 3배수, 곧 1천80명을 뽑는 세상에서 말하는 바 지하선거에 도장을 받는 일이었다. 가로 10센티미터에 세로 5센티미터쯤 되는 용지에 10명씩 이름과 도장을 받아 길게 이어 풀로 붙인 다음 돌돌 말아 배편으로 해주에 있는 남로당 지도부로 보내는 일이었다. 그리고 농맹 기관지인 〈농민깃발〉에 「8·15 해방 3주년 기념일을 맞으면서」라는 원고를 쓴 것과 「전국농민동맹의 규약과 강령」, 「농지개혁 등 투쟁목표」, 「리승만괴뢰정부 비판」 등이 기재된 삐라와 「쌀을 강제공출하고 세금을 많이 징수하며 아들을 강제징병하는 리승만 괴뢰정부를 타도하자」는 벽보를 필두로 ① 침략자 미군철퇴를 반대하는 망국국민대회를 분쇄하자! ② 소군은 물러간다 미군도 무조건 철퇴 하라! ③ 미제국주의 앞잡이 유엔위원단은 즉시 철퇴하라! ④ 노동자농민의 다정한 벗 박헌영 선생 만세! ⑤ 조국일통 민주주의 전선결성 만세! 같은 구호가 적힌 삐라를 만들어 남조선노동당 보령군당에서 올라온 농맹 관계자에게 전해주는 것이었다. 그것만이 아니라 별도로 특별히 당부하는 것이 있었다. "한라산과 지리산·백운산에서 투쟁하는 동무들에게 위문품 및 위문금을 모아 도당에 납부하라." "삐라투쟁, 낙서투쟁, 벽보투쟁, 봉화전을 감행하라." "학교 운동장에 인공기를 게양한 후 부근에 「애국자들이여, 미군은 물러 간다. 인민대중의 편이 되자」, 「쌀을 왜놈에게 주지 말고 가난한 농민에게 배급하라」, 「공출한 쌀을 미국에 보내지 말고 가난한 농민에게 배급하라」는 삐라를 살포하라", "리승만역도의 주구인 독립촉성회 보령회장 안춘섭安春燮 집에 반드시 투입하라"는 것이었다. 그것만이 아니었다. 보령군당에서 올라온 농맹 관계자 손등에 손바닥을 얹은 다음, "상부로부터 비밀문서가 전달될 때에 소량의 문서는 손가방을 이용하고, 다량의 문서는 자전거를 이용하라"고 말하였다. 그러면서 "지금 중국에서는 공산당의 인민해방군이 승리하고 있다. 그러므로 조선도 결국에는 미국이

원조를 중단할 것이니 인민군이 승리할 것이다. 그러므로 더욱더 열렬히 투쟁하기 바란다"고 교양을 주며 공작비로 100원권 지폐 40장인 4,000원을 주었다. 학습투쟁에 교재로 쓸 남로당 중앙위원회 기관지인〈노력인민〉과 함께 여러 매체들인〈싸우자〉,〈애국자〉,〈노동자〉,〈조국〉,〈봉화〉,〈전진〉과 함께였는데, 덧붙이는 말이었다.

"삐라와 낙서는 대중집결 장소 또는 대중이 많이 통행하는 도로에 살포하세요! 꼭!"

다옥한 솔수펑이 끼고 돌자 좌우로 펼쳐진 논이 보였는데, 10월항쟁 기념투쟁 준비 관계로 늦어졌는가. 여기저기 엎드려 뒤늦은 가을걷이를 하는 농군들이었다.

허리 숙여 일하는 농군들을 보자 사내는 어떤 시가 떠올랐다. 해방 다음 해인 1946년 2월 13일치〈해방일보〉에 실렸던 이상운異霜雲이라는 이가 쓴「農民의 소리」였다.

가물에타고 시들은 풀잎
비를만나 파라케 고개들듯

쇠사슬 끈허지는「八月」에
우리는 일어낫다! 아우성치며

生活의 意慾 마을에 높아
끼니를 눗는 오막사리에서도
『죽지못해 산다……』는

기매킨 탄식은 사러젓다

小作人의 아들로 태여낫기에
小作人의 애비로 늘거야하는
그따위 세상은 아예실타!
빵을 다고! 빵을다고!
우리도 배부르게 살아야겟다

우리는 굳세게 단결햇다
보라! 씩씩한 農民組合을
여기서는 政治와 生活이
한자리에서 이야기된다!

엎늘린 사람도 허리를 펴고
自由와 權利를 저마다누리는
참된 人民의 나라를 세우자!
이를 방해하는者 누구냐?

人民의 핏땀을 탐내는者 누구냐?
물리치라! 당장
그들「팟쑈」의 무리를
우리도 사람답게 살아를보자!

가물에 타고 시들은 풀잎

비를 만나 파라케 고개들듯
쇠사슬 끈허지는 「八月」에
우리는 일어낫다! 아우성치며

　　　　　　　　　　　　－ 異霜雲

두리둥둥 꽹매꽹 어널널럴 상사뒤여 어－여－루 상사뒤여.

베잠방이에 목수건 두른 농군들 풍물소리 대신 귀를 물어
뜯는 재넘이 소리였는데, 보름치라도 한줄금 하려는가. 맞
은바라기 미륵봉 위로 비묻어온다*. 알 만한 옛살라비 불알
동무들 이름 부르며 달려가려던 사내는 힘껏 도머리를 치
고 나서 배낭끈을 잡은 손에 힘을 주었다. 그리고 미제 침
탈정책으로 옥토가 일로 황폐해지고 있는 남조선과 토지개
혁으로 생산이 비약적으로 발전하여 농민생활이 급속 향상
되고 있는 북조선을 생각하며 다시 한 번 세굴차게 도머리
를 쳤다.

옛살라비 농맹원들 앞에서 했던 말이었다.

"왜제와 미제가 조선에서 행하는 농업정책이란 것은 식
민지농업정책이란 점에서는 완전히 똑같지만, 형태에 있어
서는 팔팔결로 다른 차이가 있습니다. 그 차이란 것은 그들
제국주의 자체 경제적 특수성에 의하여 결정되는 것이지요.
먼저 왜제는 그들 자신의 부족한 식량을 보충하고, 공업원료
특히 방적공업 원료를 빼앗아가는 원칙 위에 조선농업 정책
을 세웠던 것입니다. 반면 미제는 첫째, 저희들 공업생산품
판매시장으로 조선을 보는 것이지요. 아울러 저희들이 생산

한 과잉농산물 판매시장으로 조선을, 남조선을 평가하고 있는 것입니다. 미제가 첫째로 범보다도 더 무서워하고 있는 것이 무엇인지 아십니까?"

사내는 잠깐 말을 끊고 사람들을 바라보았다. 그리고 말했다.

"남조선 토지개혁이올시다."

사람들이 고개를 끄덕였고, 사내가 말하였다.

"왜인고 하면, 봉건적 토지관계가 청산되면 농민에게 기생하면서 농민을 압박하고 있는 친왜파와 민족반역자의 물질적 기반이 무너진다는 것을 잘 알기 때문이지요. 농민들이 잘살게 되면 잉여농산물 판매시장인 남조선을 상실하게 된다는 것을 잘 알기 때문이에요. 미제가 우리 농맹 토지개혁안을 완강하게 거부하고 북조선 토지개혁을 파렴치하게 중상모략하는 까닭이 다 여기에 있는 것입니다. 미제가 농민들한테서 농산물을 몰수약탈하지 않고서는 저희들의 과잉생산된 밀가루와 썩은 콩가루와 목화 따위를 팔아먹을 수 없는 고로 전대미문의 대규모 살인적 강도행위가 백주에 공공연하게 범행되고 있는 것입니다. 그래서 미곡생산비에 3분의 1도 안 되는 가격으로 뺏어가는 것입니다."

사내는 한 모금 물을 마셨다.

• **비묻어오다** 많지 않은 비가 멀리서부터 다가오다.

"비료 문제만 해도 그렇습니다. 조선 토질에 맞는 비료가 북조선 인민공장에서 풍부하게 생산되는 데도 불구하고 토질에 맞지않는 미국비료가 오늘날 남조선에 자꾸자꾸 들어오고 있지 않습니까? 미제 승냥이들은 농민에 대한 대중적 탄압과 야만적 구타와 학살, 가산도구와 가옥을 악마적 파괴로, 총칼과 몽둥이로 남조선 농업을 파괴하고 있습니다.

보십시오!

경작력이 가장 왕성한 남조선 농촌 청년들은 대부분 경찰서와 감옥에 유폐되어 있거나 타지방으로 산중으로 피란하고 있거나 또 그렇지 않으면 침략자 미제와 그 앞잡이 사냥개인 경찰들과 싸우다 불구자가 되고 있습니다. 오늘날 우리 일천사백만 농민들은 대중적 기아와 유리개걸에 내몰리고 있습니다."

사내는 잠깐 말을 끊더니 저고리 안주머니에서 비망록을 꺼내었다. 마분지로 잘라 만든 손바닥만 한 수첩이었는데, 민족주체세력 쪽에서 펴내는 신문과 잡지와 외국에서 들여온 서책에서 옮겨 적어둔 통계숫자들이 철필로 꾹꾹 눌러 적혀 있었다. 사내는 비망록을 들여다보았다.

"해방 다음 해, 그러니까 1946년 1월 25일부터 1948년 2월 15일까지 3회에 걸쳐 9백45만 석 미곡과 2회에 걸쳐 4백31만여 석 하곡을 강제공출하였습니다. 그런데 미군정 당국이 배급한 양곡은 3백81만 석에 불과합니다. 나머지 5백46만여 석 미곡은 어디로 간 것일까요? 기아에 빠지게 된 농민을 구제한답시고 미국에서 수입한 쌀이 4천2백69만 석이올시다.

뿐인가요. 가축사료로도 쓰지 못할 썩은 콩가루며 강냉이와 우리에게 필요치 아니한 칠면조 통조림과 사탕 나부랭이들이 식량이라고 수입해서 배급된 것이올시다."

제가 말하는 숫자를 수첩에 받아 적는 것을 보며 사내는 마른기침을 하였다.

"그렇다면 북조선은 어떠한가? 사회경제 발전 질곡이었던 토지 소유의 봉건적 관계를 청산함으로써 새 세상이 되었습니다. 왜제와 민족반역자 및 악질지주 토지를 무상으로 몰수해서 낫과 쇠스랑 든 농민에게 무상으로 분배함으로써 새 나라 건설 토대를 닦았던 것입니다.

여러분!

우리 민족의 영명한 지도자인 청년장군 지도 아래 북조선에서 토지혁명이 일어난 것이 해방 다음 해인 1946년, 그러니까 해방된 지 6개월 만인 1946년 3월 5일에 첫코 떼서• 25일 만인 3월 말에 토지혁명을 이뤄냈습니다.

그야말로 전광석화 같은 토지혁명이었지요. 이것을 역사적으로 보자면 6백여 년 전 이루어졌던 고리 말 신돈개혁 이후 처음 이루어진 것으로, 조선역사 5천년 만에 처음 맞게 된 일대 위관이었습니다. 북조선 토지개혁이 더욱 빛나는 것은 지주들이 저항할 시간을 주지 않은 그 빠르기에 있었습니다.

———

• **첫코 떼다** 처음 비롯하다.

신돈개혁 때는 개경은 15일, 외방은 40일 안에 신고하라는
것이었는데, 북조선개혁 때는 평양이나 지방을 막론하고 몰
밀어 10일 안에 신고하라는 것이었습니다. 도대체 저항하고
자시고 할 틈이 없게 만드는 것이었으니, 왈 혁명이란 이런
것이다라는 본때를 보여준 것이었지요."

사내는 다시 물을 마셨다.

"이렇게 토지개혁이 이루어짐으로써 북조선 인민경제의
물질적 토대와 민족경제 발전 기초가 이루어졌던 것입니다.
이처럼 조선인민 모두가 쌍수를 들어 환영해야 할 민족사적
위업을, 남조선 친왜파 민족반역자 및 그 추종자들은 외래
반동분자들과 결탁하여 북조선 토지개혁을 가리켜 공산주
의자들 소행이라거나 조선에 공산주의를 실시하려는 첫 개
혁이라는 등 천박한 허위선전으로 북조선의 민족적 토지개
혁을 거부하려는 도구로 이용하였던 것입니다."

사내는 목이 타는지 다시 또 물을 마셨다.

"자진신고 대상은 5정보 이상 소유자였습니다. 1정보는 3
천 평이니, 한 1만5천 평이지요. 5정보 이상 소유한 지주는
토지뿐 아니라 모든 재산을 몰수당한 후 다른 지역으로 이
주되었구요. 소작농들과 분쟁을 피하기 위해서였습니다. 다
만 그 경우에도 직접 농사짓는 토지는 몰수되지 않았습니
다. 종교단체 경우에도 5정보가 넘거나 소작을 주었으면 몰
수되었구요."

사내는 물잔을 손에 잡았다.

"이로써 어시호 북조선 인민들은 가구당, 아니 집마다

1.35정보, 그러니까 한 4천 평 땅을 분배받았던 것입니다. 송 곳 꽂을 땅 한뼘 없던 농민들이 하루아침에 4천 평 이상 제 땅을 갖게 됨으로써, 혁명 주체세력이 되었습니다. 지주와 지주소작제는 뿌리째 뽑혀버렸어요. 불교와 천주교 재정기 반이 약화되고, 기독교를 기반으로 하던 황해도와 평안남도 평야지대 지주와 이른바 민족주의 세력기반이 송두리째 없 어졌습니다. 지주와 자본가와 기독교도들이 월남하게 된 까 닭이며, 그 행렬은 이제도 이어지고 있습니다.

여러분!

공산주의라는 것은 아직 책 속에만 있는 말이올시다. 인 류가 마침내 가닿아야 될 저 언덕으로, 지상낙원인 것이지 요. 따라서 북조선에서 이뤄낸 토지개혁은 공산주의로 가기 위해서는 반드시 거쳐야 될 사회주의 앞 층층대, 그러니까 소위 인민민주주의를 이루기 위하여 닦게 된 신작로에 지나 지 않는 것입니다.

여러분!

남북정당사회단체 대표자 연석회의 석상에서 청년장군 이 한 보고 가운데 특히 우리가 주목할 점은— 토지개혁과 주요산업 국유화, 진보적 노동명령, 사회보장제 실시, 여남 동등권 선포 등— 농업과 공업과 인권의 비약적 발전상이며, 근로대중들 생활향상입니다. 이러한 모든 민주적 발전상의 주춧돌이 된 것이 토지개혁이올시다. 왜제시대 50~90퍼센 트에 달하던 살인적 소작료에 의한 봉건적 착취가 사라지고, 농민이 토지 주인공이 되어 전수확고에서 10퍼센트부터 27

퍼센트 현물세만을 조국을 위하여 바치게 된 결과입니다. 이리하여 북조선 식량문제는 완전히 해결되었습니다. 이상과 같은 북조선 농촌현상은 이번에 북행하고 온 여러 인사들이 이구동성으로 부르짖고 있는 바올시다.

지난봄, 그러니까 4월 19일부터 24일까지 닷새 동안 평양 모란봉 극장에서 열린 남북조선 정당사회단체 대표자 연석회의에는 박헌영, 허 헌, 김원봉, 백남운, 김규식, 김 구, 조소앙, 엄항섭 선생 등 6백95명이 참석하셨습니다. 친왜파 민족반역자를 제외하고 애국자는 죄 모였으며 각계각층 대표들이 죄 참석하셨는데, 그분들이 옥살이 한 총 햇수가 8백79년3개월이올시다.”

사내는 잠깐 말을 끊더니, 눈길게 좌중을 둘러보았다.

“여러분 가운데는 호남 수부며 조선왕조 발상지인 전주와 서해 항구도시인 군산에 가보신 분이 계실 것입니다. 이른바 전군가도라고 하지요. 우리 조선에서 맨 처음 생긴 2차선 포장도로로서, 신작로라는 말이 여기서부터 생겨났습니다. 새로 닦은 길이라는 이 말이 생겨난 것은 1908년이올시다. 왜노들이 우리 조선을 완전히, 이른바 법적으로 빼앗는 서류가 완성되기 이태 전에 그 신작로가 뚫렸다는 것은 무엇을 말해주고 있습니까? 조선을 삼켜버린 첫 번째 목적이 바로 식량수탈이었음을 적나라하게 보여주는 것이지요. 그 신작로가 뚫린 이듬해인 1909년에 벌써 전체 조선쌀 30퍼센트 이상이, 조선농군들이 우마차와 지게로 실어 나른 쌀가마니가 빠져나갔던 것입니다. 가마니라는 것이 이때 처음 생겨났습니다. 우리 조선사람들은 섬이라고 했지요. 쌀섬이라고 했지 쌀가마니라고 하지 않았습니다. 조선쌀을 실어 가기 위해서 소학교, 보통학교, 국민학교 아이들까지 동원해서 만들어 낸 튼실한 쌀자루가 바로 가마니였던 것입니다. 왜말 가마쓰. 어찌 또 그곳뿐이겠습니까? 이른바 징게맹개외애밋들• 쌀을 실어내던 전군가도는 그 대표적 상징이 되는 것이지요.

보릿고개가 되면 농촌인구 중 80퍼센트가 넘는 소작인들 가운데 굶어죽는 이들이 속출하던 때 최고 9할에 이르던 살인강도적 소작료와 각종 고리대로 죄 빼앗기던 시대였습니다. 김정한이란 소설가는 「사하촌」에서, 리태준 소설가는 「꽃나무를 심어 놓고」라는 소설에서 죽음의 벼랑 끝에 내몰린 농민들 참상을 사실적으로 그려놓았지요. 이게 무슨 말이냐하면, 왜제 때 했던 해방투쟁은 쌀을 찾기 위한 투쟁이었고, 8·15 해방은 쌀을 되찾은 해방이었다 이런 말씀이올시다. 인류역사는, 우리 조선을 필두로 한 동북아시아 역사는, 쌀역사였던 것입니다.

그런데 해방은 왔으나 쌀은 오지 않았습니다. 왜군 대신들어온 미군은, 미군정은 푸른 눈에 해행문자•를 쓰는 새로운 총독부였습니다. 독립운동으로 피를 흘리던 우리 애국자들이, 조선인이 자주적으로 선언하고 결성한 자주국가인 인

• 징게맹개외애밋들 김제만경 너른 들.
• 해행문자蟹行文字 영어.

민공화국을 세우고 나서 제일 먼저 손붙인 것이 인민위원회였다는 것을 여러분은 잘 아시지요? 남조선 7도 12시 1백31군 방방곡곡 짜여진 인위에서 농민들에게 나눠줬던 땅을 다시 빼앗아 간 것이 누구입니까? 미군정에서는 왜제 때 동양척식회사를 이름만 바꾼 신한공사를 내세워 왜제 때와 다름없는 살인적 고율 소작료로 농민들 피땀을 빨았습니다. 지난해 12월 22일치 독립신보에 실린 동요가 있습니다. 서울 삼청국민학교 5학년인 안병숙 어린이가 지은 것입니다.

엄마 엄마
양력설은 죽물먹고
이번설만 고대고대
압빠 압빠
이번설도 죽물이니
색동조고리 고흔치마
언제입고 세배할가

매일같이 네댓 명씩 죽어나가고, 쌀이 떨어진 가장이 안해와 아이들을 죽이고 자결하는 전대미문 참상이 일어나는 판국에 미군정은 "쌀이 없으면 고기를 먹으면 되지 왜 굶느냐?"고 하니, 이게 사람이 할 수 있는 말인가요? 불란서혁명 발단이 되었다는 뭐라는 왕비 말이 떠오르는군요. 이처럼 호랑이가 물러가니 늑대가 오더라고 왜제 때와 다름없는 쌀 강제공출이 불러온 것이 그렇게 대구에서 일어나 전

국으로 번져나간 10월항쟁이었습니다. 그리고 야산대가 일
떠섰지요.

　지난 8 · 15에 리승만이가 남조선 단독정부를 세웠습니
다. 그리고 그들이 한 일은 고작 미국에서 생산된 잉여농산
물 수입이었던 것입니다. 미국인들이 새로 얻은 식민지인 조
선에서 수백만석 어마어마한 쌀을 왜국에다 팔아먹고 자기
들 묵은쌀을 식민지 백성들에게 비싸게 팔아먹는 야바위장
사를 하는 것입니다. 야산대 또는 들대라는 이름의 인민유
격대가 생겨나게 된 까닭이올시다. 반세기도 전인 저 갑오
년에 일어난 농군 봉기는 여태도 끝나지 않은 것입니다. 더
욱더 치열해지고 있는 것이지요. 미군정은 그리고 소위 적
산이라는 이름으로 남조선 전체 재산 거의 모두, 그러니까 8
할이 넘는 재산을 빼앗아 갔습니다. 적산이라면 곧 왜제 것
이라는 말인데, 그렇다면 전에 왜국땅이었던 조선이 이제
는 미국땅이 되었다는 말 아닌가요? 무엇보다도 먼저 토지
개혁을 하지 않고서는 진보, 곧 한발짝도 앞으로 나갈 수 없
기 때문입니다.

　더 끔찍한 사실은 이른바 전군가도라는 그 식민지 수탈로
인 신작로 가에 왜제 상징인 벗나무를 심는다는 것입니다.
어떤 재왜교포가 보냈다는 그 벗나무 뒤에 숨은 왜제들 속
뜻이 무엇이겠습니까? 이상으로 변변찮은 현시국상황에 대
한 보고를 마치겠습니다. 고맙습니다.”

　꾸벅 고개를 숙여 시국보고가 끝났음을 알린 사내는 잠
깐 무엇을 생각하는 듯하더니, 다시 마이크를 잡았다. 그리

고 요마적 남조선에서 유행하는 민요民謠를 읊조리는 것이
었다.

　"들락날락 군정청
　먹고보자 수도청
　내일와라 서울시청
　돈이나 내라 학교"

　해설피 해가 넘어가고 있었다. 저만치 울틔로 접어드는
삼사미 드날목에 다옥한 삼푸리•가 보였고, 사내는 걸음을
멈추었다. 그리고 서낭당 돌담불에서 주운 헝겊으로 당감
잇줄 삼아 헐렁해진 '지까다비'•를 들메하고 나서 비슥맞은
편• 삼푸리 속 돌엄마•한테 외 붓듯 가지 붓듯 도담도담 아
들딸 잘 자라게 해 달라고 합장삼배한 다음 잰걸음을 쳤다.
　산속에 푸줏간이 없으므로 맷고기• 한 칼 못끊었으나. 어
머니 아버지께 드릴 겨울내복과, 아우들에게 줄 양말과, 안
해에게 줄 박가분 한 통과, 제 얼굴과 똑 빼쏜꼴인 다섯 살 났
을 딸따니와 아직 돌이 못 된 아들내미에게 줄 눈깔사탕 한
봉지가 든 배낭을 다시 한 번 추슬렀다. 그리고 걸음을 재촉
했는데 무슨 까닭으로 영 무겁기만 한 발걸음이었으니, 집이
가까워올수록 눈에 밟히는 것이 들피진 어머니 아버지와 아
우들 얼굴이었던 것이다. 더구나 갈빗대 밑이 시린 것이 사
립문 앞에 우두커니 서 계시던 삼베 옷 입은 쌍그런 어머니
고비 늙은 모습이었다. 돈이 없는 것도 아니었다. 경찰들 눈

이 무서웠지만 광천읍내서 새댁한테 부탁했으면 될 일이었
다. 맷고기가 아니라 가리고기•를 몇 짝이라도 떼어갈 수 있
었다. 사내가 입고 있는 속곳 속 주머니지킴에는 돈머릿수•
큰 소절수•가 들어 있었지만, 그것은 당사업에 쓸 군자금이
었다. 사내는 충남도당 밑에 무장대를 꾸려볼 작정이었던 것
이다. 아직 그 쌈에 지나지 않는 오서산 들대•를 찾아봤던 것
도 무장대를 꾸리는데 어떤 도움을 받아보자는 생각에서였
다. 그래서 담양 가마골에도 들러볼 생각인 것이다.

———

- **삼푸리** 소나무·잣나무·대나무가 가장 푸른 빛을 띠고 있으므로 '삼푸리'
  라고 한다. 통감권이나 읽은 진서세대에는 '삼청三靑'이라고 하였다.
- **지까다비** 왜인들이 신던 작업화, 지하족대地下足袋. 버선신.
- **비슥맞은편** 맞바로에서 벗어난 맞은편.
- **돌엄마** 아들딸이 탈없이 잘 자라도록 돌에 치성을 드리던 것으로, 그 돌
  을 어머니 삼아 부르던 말.
- **맷고기** 고기를 짝으로 사가는 부자들과 달리 서민들과 친숙하던 고기로,
  조금씩 떼어놓고 푼어치로 팔던 쇠고기. 예전에는 명절에도 쇠고기 한칼
  구경하기 힘든 서민들 삶이었음, <농가월령가>에 보면 '새댁이 신행갈
  때에도 개고기를 싸가지고 갔다'고 함.
- **가리고기** '갈비'는 동물 늑골을, '가리'는 식용 갈비를 뜻하여 가름하였
  음. "날고기 보고 침 안 뱉는 사람 없고 익은 고기 보고 침 안 삼키는 사
  람 없다"고 비위에 거슬리는 씨뻘건 갈비 생김새를 피해보고자 하는 옛
  사람들 슬기였음.
- **돈머릿수** 액수.
- **소절수**小切手 어음이나 수표.
- **들대** 야산대野山隊.

사내한테는 아무도 모르는 물잇구럭이 있었다. 리승만단정에서 이른바 민의원을 하는 고모부가 있었는데, 고모부의 첩 그러니까 고모 시앗인 여자였다. 왜제 때부터 유명짜한 해어화•로 장안 오입장이들 살림을 여럿 툭수리차게 한 일색이었다. 솥장사를 하겠다는 명목으로 거금 50만 원을 빌렸던 것이다. 작은고모라고 부르는 그 해어화한테 목돈을 얻었던 것은 이번만이 아니었다. 사내가 스물여덟 살 나던 해, 그러니까 해방 전 해인 1944년 끝 무렵 서울 어떤 여자전문학교에 선생으로 이름을 올렸던 적이 있었다. 독궁구로 깨친 수학강사 자리였는데, 그 학교를 머리지은 몇몇 전문학교에 독서회라는 이름을 단 반제국주의동맹을 얽어내는 데 드는 군자금이었다. 청주 어떤 곳에 몸을 숨기고 있던 박동무와 김삼룡金三龍 선생 다리노릇을 하며 경성콤그룹을 얽어나갔던 것이다. 그리고 해방이 되면서 농민동맹 쪽으로 옮기게 된 것이었다. 세상물정에 밝은 그 여자는 본마누라 친정 조카인 사내가 똑똑하고 공골차기•가 마른건천에 돌팍 같은 '주의자'라는 것을 알고 있었지만, 두말없이 큰돈을 내주었던 것이다. 곁빈 친정 쪽에 잘난 사내가 없어 늘 뒤가 추웠던 그 여자는 끌밋한 사내를 볼 때마다 친조카였다면 얼마나 좋을까 싶어 불보살 명호를 불렀던 것이다.

사내는 소절수가 든 속곳을 한번 만져본 다음 배낭 아래쪽을 만져보았다. 사내가 소중하게 받쳐드는 배낭 밑바닥에는 어디서고 나라 안팎 새소식과 나갈 길에 목마른 인민대중에게 알려줄 이야기와 선전선동 문건들을 박아낼 등사

판과 인쇄도구에 프린트판이며 잉크와 솔과 롤라 원지 같
은 인쇄도구들이 질기고 튼튼한 미국 낙하산천에 쌓여 있었
으니, 물장수 혁명가를 본받은 것이었다. 독 오른 살모사 같
은 왜경 눈길 피하여 대전으로 가고 대구로 가고 함흥으로
가고 전라도로 가고 경상도로 가고 함경도로 가고 경기도
로 솥땜쟁이, 엿장수, 풍각쟁이, 동냥아치로 차림만 다르게
한 것만이 아니라 진짜로 그런 이들과 한몸이 되어 돌아다
니며 노동자 농민 얼개를 만들고 트로이카•식으로 작은 동
아리를 만들어 반제반전 사상을 널리 퍼뜨렸던 것을 되새기
며 장만한 것들이었다. 리관술 선생 활약상 가운데서도 사
내 가슴을 뛰게 한 것은, 해방 10여 년 전 리재유° 선생과 함
께 위장농군 생활을 하며 조선공산당재건준비그룹 기관지
〈적기赤旗〉를 '가리방긁어' 박아낸 일이었다.

쇠코잠방이에 등거리• 걸치고 밀대모자 쓴 장삼이사張三
李四로 동지를 만나러 다니며, 곤경에 처한 동지에게는 당신
이 입은 옷도 벗어주고 지갑에 있는 돈도 덜어주기를 주저
하지 않았으며, 이웃집이 밥을 굶으면 당신 밥을 주고 당신
은 굶는 분이었지. 활동하던 북선에서 서울로 연락을 취하

- **해어화解語花** '말을 알아듣는 꽃'이라는 뜻에서 '기생'을 말함.
- **공골차다** 야무지고 빈틈없다.
- **트로이카** '세 마리 말이 끄는 마차'라는 러시아말.
- **쇠코잠방이 등거리** 농군이 여름에 입던 굵은 베로 올이 성기게 짠 가랑이
  짧은 홑고의사발잠방이와 소매 없는 웃옷.

러 왔다가 약조했던 김삼룡 선생이 검거된 것을 알고 여러 날 동안 불식불면不食不眠하던 선생은 언제나 말씀하셨지. 우리 공산주의자는 조선독립의 주인공이다. 조선독립을 전취戰取함에 자기희생을 두려워해서는 독립은 불가능하다. 우리 공산주의자는 자기 행동을 결백하게 가져야 한다. 한 사람이라도 부정한 행동이 있다면 공산주의자 전체가 비난을 받게 되고 따라서 조직을 파괴시키는 것이니 자기행동은 민중의 귀감이 되어야 한다던 선생님한테 한밭은 어떤 인연의 땅이란 말인가? 이 하늘 밑에 벌레는 또 무슨 전생의 인연으로 엿장수로 몸을 바꾸었던 선생과 만나게 되었다는 말인가? 그리고 무엇보다도 선생의 배다른 누이 되는 철혈鐵血 여성 혁명가 리순금李順今 선생은 어디서 무엇을 하신다는 말인가? 한밭역 앞 연문서점硏文書店에 들러 홍연필로 'X'자를 쓴 백원 권을 서점 주인에게 제시하고 〈신천지〉 대금으로 가져왔다고 하면 '레포'와 접선할 수 있었고, 레포 안동받아 중동 어떤 집에 가면 만날 수 있었던 리순금 선생이었는데, 작년부터 당신 몸 받았다는 이를 보내더니, 리승만역도가 단정을 세운 다음에는 숫제 선이 끊어지고 말았구나. 어서 후딱 가서 자식놈 얼굴이나 한번 본 다음 연문서점 들러봐야지.

오서산 속 어느 절에서인가 석쇠 치는•소리가 들려왔고, 휘휘한 산길을 달음박질쳐 가는 사내 입에서는 노랫소리가 흘러나오는 것이었다. 천재시인 림 화°가 노랫말을 짓고 세계적 천재작곡가인 김순남°이 곡을 붙인 「해방의 노래」였다.

   어둠의 쇠사슬 풀리고
   자유의 종이 울린 날
   삼천만 가슴에 눈물이 샘솟고
   삼천리 강산에 새봄이 오던 날
   아 아 동무여! 그날을 잊으랴
   우리의 생명을 약속한 그날을
   8월 15일
   8월 15일

   뭉치세 삼천만 동포여
   찾으세 삼천리 강토를
   지고온 쓰라린 멍에를 버리고
   새로운 만년의 역사를 세우세
   아 아 동무여! 그날을 잊으랴
   우리의 영광을 약속한 그날을
   8월 15일
   8월 15일

● **석쇠 치다** 절에서 조석예불 때 종을 치다.

5

"캬아!"

잔뜩 눈살을 찌푸리며 술잔으로 쓰는 간장종재기를 뒤집고 난 청년이 뜯다 만 닭다리를 집었다.

"거 톤술이라구 우습게 볼 게 아닙네다레. 세 끝이 다 얼얼한걸."

성냥개비로 이 사이에 낀 닭살을 후벼 실퇴 밑으로 뱉은 사내가 담배에 불을 붙였다.

"산골물이 쏜다잖는가베. 거 달구새끼 다리 한번 딜기구만기래."

왼쪽 광대뼈 위로 칼자국이 뚜렷한 서른 너머로 보이는 사내가 피우던 담배를 개다리소반 가에 올려놓더니 뜯다 만 닭다리를 집어 들었다. 턱에 엽전만 한 푸른점이 박힌 청년이 길게 연기를 내뿜었는데, 붉은색으로 동그라미가 쳐진 곽에서 꺼낸 것은 칼자국과 같은 미제 럭키스트라익이었다.

검정물을 들인 미군 작업복 차림인 두 사내 앞 개다리소반에 놓인 목예반 위에는 닭갈비가 수북하였는데, 구장네서 제삿날 쓰려고 담가둔 쌀알이 동동 뜨는 맑은술을 거르고 씨암탉 한 마리를 삶아다 바친 것이었다. 서울서 내려온 귀한 양반들이니 잘 모셔야 한다며 다짐을 두던 보령경찰서 사찰과장 당부를 모른 체할 수 없는 구장이었다. 리승만 단정 지역 후원자인 국민회장단이며 우익 청년단체인 민보단장에 애국부녀회장단들이 돌림추렴을 한다지만, 장근 석 달이 되게 묵새기고 있는 경찰관리들을 장님 손보듯 할 수도 없는 구장으로서는 여간 부담스러운 일이 아닐 수 없었다.

작업복 두 사람이 술상을 마주하고 앉아 있는 뒤란 뙤창 밖 실퇴 벽에는 카빈총 두 자루가 세워져 있었다. 남조선단독정부가 세워진 두어 달 전부터 남조선노동당 충청남도당 야체이카로 문화부장을 맡고 있으며 아울러 당수 비선이기도 한 이 집 주인 아들을 잡기 위하여 거미줄을 느리우고 있는 참이었다. 서북청년단 출신 가운데서 용맹이 사나운 사람들, 그러니까 북조선에서 세운 조선민주주의인민공화국 정권에 원한이 깊은 이들로 골라 제주도 빨치산 토벌에 내세웠다가 공을 세운 이들을 서울시 경찰국 특별경찰대로 채용한 사람들이었다. 특경대가 내려와 진을 치고부터 낮이면 식구들이 죄 밖으로 도는 집 안은 쥐 죽은 듯하였다.

"이 딥 택호가설라무네 딘사댁이라디요? 유명따한 냥반이라구."

점백이가 물었고 귀에 꽂았던 꽁초를 펴 입에 물려던 칼자국이 콧방귀를 뀌었다.

"냥반인디 두반인디 띠끄레기 단반인디…… 녜전 고리딱에 딘사를 했다던가?"

"합방 때 다딘한 튱신렬사라던데……."

"튱신렬사는 머이가 얼어듁을 튱신렬사."

칼자국은 다시 콧방귀를 뀌었는데, 고향인 평안남도 순안에서 아버지가 마름노릇 하던 집 택호가 진사댁이었던 것이다. 토지개혁을 맞아 툭수리차게 된 진사댁이었고, 후림불에 떨거둥방아가 된 칼자국네였다. 칼자국이 조그맣게 말하였다.

"하라반 손댜 말캉 대그빡 하나는 텬대라드만."

"이 딥 아들내미가 박허녕이 부관이라는 거이 맞습네까?"

"부관인디 탐시인디는 모르디만 남노당 악딜 발강이루 농맹이서두 엄디가락이래드만."

"이 간나루 댭아가믄 승딘은 틀림없갔디요?"

"박허녕이와 뭐이 연락이 있넌 모냥이니깐두루 틀림없갔디. 고럼. 고럼."

"뎌 남쪽 려순가 있던 십사련대 간나덜이 반란을 쌔렸다던데 디금 어캐 되구 있대요? 궁금해 똑 둑갔구만."

"그거이야 경비대 아덜한테 매끼구설라무네 우리 특경댄 기저 공산당만 쌔려답으믄 된다니. 알가서?"

"이 딥 갓난아새끼래 돌이 다되두룩 울디 안넌대디요?"

"버버리새낀가 부디. 애비넌 공산역도구 다식새끼넌 버버리구. 거 탐 달나가넌 딥이구만기래."

"버버리 에미나이도 인물 한번 둅다요. 아까 달구새끼 삶아 온 구당딥 간나도 삼삼하구. 눈가생이가 파르둑둑하니 방티가 딱 벌어져갔구설라무네."

"뻘대투이 가튼 에미네르 각시 삼으람둥?"

"각시는 무슨……."

"거 껄떡거리디 둠 말라. 요버이 이 김딘사딥 아들내미 댭아바티구 상금 타믄 댱개나 가라우. 밤낮 되없넌 에미나르덜만 댭아먹디말구."

"성님은 맨날. 삼팔따라디가 어카가시요. 이번에 포상금 타구 승딘하믄 이몸두 댱개들구 남됴선서 다리답갔시요."

제주도 토벌대로 있으면서 겪었던 여러 가지 좋았던 일―반란군 잡는다는 명목으로 반반한 섬 부녀자들을 마구 겁탈하였던 일이며, 곤경에 처한 식구들 살려보려고 비대발괄하는 이들 겁박하여 금품을 울궈냈던―을 떠올리며 점백이가 혀끝으로 입술을 핥는데, 칼자국이 하품을 하였다.

"아함―. 데듀도 토벌 때가 됴왔디. 아, 데듀도 비바리 에미 나이덜 생각하믄 듁갔구나야. 듁가서."

시커먼 눈자위가 간잔조롬하여지던 칼자국이 손가락 한 개를 들어 입에 세웠다.

"쉬잇!"

두 사내는 똑같이 카빈을 잡았는데, 앞마당 쪽에서 인기척이 났던 것이다. 특경대 청년 두 명은 마치 잠자리 잡으려는 아이들처럼 살금살금 소리 나지 않게 뒤란 돌아 앞마당 쪽으로 갔다.

"어머니!"

소리치며 첨곗돌 밟고 흙마루 올라서던 사내는 무춤하며 배낭끈을 잡았다. 입속에 침이 말라옴을 느낀 사내 손등에 푸른 힘줄이 돋는데, "손들라!" 소리와 함께 카빈 총구 두 개가 사내 등짝에 매달린 배낭에 박혔던 것이다.

칼자국과 점백이가 모뽀리하듯 소리치는 바람에 놀랐는

가. 무슨 날것 한 마리가 포르르 날아올랐다. 애빨치 싸울어미를 만나던 오서산 재몬다외서부터 사내 어깨 위에 앉아 있던 고추잠자리였다. 저 멀리 한내로 가는 신작로 너머로 해가 넘어가고 있었다.

『황해문화』 2016년 겨울호

멧새 한 마리

제망모가祭亡母歌

    청주淸州 후인後人 한희전韓熙傳은 이 중생 어머니이니, '칸요시코 한선자韓善子'가 왜식이름이며, 련희蓮姬는 아버지가 지어준 아호 겸 당호黨號이다.

    내 선비先妣께서는 옛살라비에서 보통학교를 마치고 부모 무릎 아래 새악시 궁구를 하며 자라났으니, 우리 배달겨레 내림줄기 이어받은 꽃두레였어라. 스물한 살 나던 해 늦가을 월하노인月下老人 중신 좇아 스물여섯 이웃고을 꽃두루 만나 다음 해 찔레꽃머리에 백년가약百年佳約을 맺음으로 평생동무가 되었음인저.

    새댁은 새서방님 가는 길 좇아 조선공산당에 들어갔고 뒤이은 남조선노동당원이 되었으니 신작로길 마다하고 가시덤불 우거진 외자욱길로 들어섰음이어라. 가짜 해방이었던 8·15를 만나 묵돌불가금墨突不暇黔으로 신 벗을 사이 없는 남편 뜻 좇아 조선부녀총동맹에 들어갔고, 뒤 이어 남조선 민주여성동맹원이 되었는데, 우리 배달겨레 살매에 깊은 눈길을 주게 되었던 것은 오로지 '독서투쟁'과 함께 남편과 어깨 겯는 '학습투쟁' 덕분이었어라.

"인물은 다시 없으나…… 그 사상이 골칫거리올시다."

"사상이라면……?"

"뼛속까지 보루세빗긔다 이런 말씀이외다."

월하노인과 친정아버지가 나누는 말씀 듣던 꽃두레가 했다는 말인즉,

"누가 세상과 혼인허남유. 인격이 훌늉헌 츤재먼 그만이쥬우."

새서방님이 체 잡아 보내주는 헌 신문지가 까매지도록 습자習字해서 배운 글씨는 방정方正하였고, 맹원과 아이들 가르치고자 '창가투쟁'으로 익힌 노래 솜씨 또한 사람들 귀를 모으게 하였는데, 어글하니 총민한 눈빛에 톡 찬 이마가 서늘하게 넓어 잘생긴 얼굴이었고 늘씬하게 고운 몸매였으니, 첫눈에 사내들 눈길을 확 끌어당겨 오금을 못 쓰게 만들 만큼 빼어나게 아릿다운 자태로, 왈 일색一色이었어라. 곳처럼 어여쁘고 끼끗한 기상으로 잘생긴 얼굴과 몸매여서, 장 수수한 옷차림과 민낯으로 사람들 눈길을 피하였어라.

인공세상이 왔을 때 남조선민주여성동맹 청라면맹 위원장이 된 선비께서는 더구나 옷깃을 여미었으니, 하늘같이 믿고 따르던 남편 이름에 한낱 먼지라도 앉을까 두려워하는 마음에서였고녀. 칠흑처럼 까만 벨벳치마에 깨끗이 빨아 다

려 눈처럼 흰 옥양목저고리 받쳐 입고 흰고무신 뀐 아낙은
바른팔을 어깨 위로 들어올렸어라.

"우리나라 어머니 품을 떠나서
헤매이는 형제들 어서 뭉치세
백설단심 끓는피 깨끗이 받아
한을 풀고 찾으세 화려 삼천리"

「우리나라 어머니」 부르던 아낙이 '도망꾼의 봇짐'•을 쌌
던 것은 '9·28사변'이 난 지 한 달소수가 지났을 때였어라.
1950년 11월 중순으로, 자식놈 낯이라도 보고자 들렀던 옛살
라비집에서 남편이 서청 출신 서울시경 특경대한테 잡혀간
이태 뒤였구나. 어제 들렀던 소재지면 인민위원회 지붕에는
인공기 대신 태극기가 펄럭이고 있었는데, 시집인 울틔 사
립문에는 인공기가 휘날리고 있었으니—류진산柳珍山이 이
끄는 대한청년단 사람들이 인공기를 뽑고 태극기를 달아놓
은 것을 오밤중에 내려온 오서산유격대가 다시 인공기로 바
꿔놓았던 것이었구나.
〈패주하는 인민군을 따라갈 작정으로 오서산 넘어 홍성
군 광천읍에서 북쪽으로 40리 가량 도주하다가 민보단원들
한테 붙잡혔던······〉

————

• **도망꾼의 봇짐** 크고 어수선하게 꾸린 봇짐을 흉보아 비꼬는 말.

공소장에 적바림 된 대문인데, 말없이 살푸슴하는 어머니였고녀. 한번은 어머니한테 큰절 저쑤며 용서를 구한 적 있으니—'아버지 빽'으로 위원장동무를 했다고 생각하며 어머니를 낮춰보는 마음이었던 이 중생은, 어마뜨거라! 장군죽비로 뒷통수를 맞은 것 같았으니, 혁명서책들을 몰송하시는 것이었어라. 머리말 또는 서장만이었으나 한줄로 꿰인 염주알처럼 주르륵 꿰고 있는것이었고녀.

이른바 '운동가들'을 만날 때마다 장 하는 소리가 있으니, "왜 피어린 현대사의 생생한 체험과 말을 안들어보느냐?" 어떤 대학교수와 환경운동가와 생태인문잡지 주간과 춘천 마을 밖 사는 후래 소설가를 찾아갔던 때였는데, 곡차일배하는 자리에서 그런 말을 했던가. 얼마 뒤 환경운동을 한다는 글쟁이한테서 전화가 왔는데— 녹취를 딸 팀을 짰으니 언제 찾아뵈면 좋겠냐는 것이었고, 아! 덧없는 인간사런가. 전화가 온 바로 전날 쓰러져버리신 망백望百 어머니인 것이었고녀. 모자간에야 어떻게 의사소통이 된다지만 '역사를 증언'하기에는 어림없는 성음이었어라. 노노봉양이 바드럽다는 사람들 걱정 좇아 정양원으로 모시게 된 어머니 좇아 여기 용문산 자락까지 오게 된 까닭이고녀.

'살아남은 자의 슬픔'이었던가. 징역복이 터진 어머니였으니, 50년 11월 중순 다음부터 모두 10년 위로 살게 된 징역이었고녀. 왜제 때부터 끌려다녔던 예비검속은 수에 넣지 않는다고 하더라도 끝없이 끌려가야만 하는 경찰서 와 형무소였어라. 삼칠일이 넘는 단식투쟁 끝에 지켜낸 동무였으니, '민들

레꽃반지'였고녀. 다비茶毗 저쑙고 나서 신문지상에 올렸던 글이다. 〈잊지 않겠나이다.〉

　〈새 세상을 그리워하며 '민들레꽃반지'를 닦던 어머니 열반에 향을 사뤄주신 어른들께 엎드려 큰절 올리나이다.〉

　이제도 귀를 물어뜯는 소리가 있으니, '오카모토 미노루와 그 딸내미 욕을 하지 말라'는 것이었어라.

　"죽으면 다 소용읎넌겨. 늬 애븨를 봐라. 서른 저우 넹겨 저생 간 애븨를 봐. 살어야지. 살어서 새 시상 봐야지. 암, 새 시상 봐야허구 말구."

　아, 슬프다. 향수 97에 눈 감으신 선비 소상小祥을 맞아 변변찮은 제물을 베풀어 놓았으니, 아! 어머니시여. 앎이 있으시거든 못난 자식이 올리는 이 깨끗한 술잔을 흠향하소서.

　　　　　　　僊紀 9289년 음 정월 스무여드레
　　　　　　　불효자 聖東 분향재배

1

물떠러지• 소리를 내며 거세차게 쏟아져 내리던 오줌발이 무춤멎으며, 흡. 그 애동대동한• 아낙은 옆에 놓았던 베보자 기를 끌어당기며 솔푸데기 틈바구니 밑으로 머리를 낮추었 다. 방금 내려온 재몬다외 쪽 회똘회똘•한 외자욱길•에서 두 런거리는 소리가 났던 것이다.

"두목짜 되년 화상이 트에 있다구 혰것다?"

"그류."

"틀림 읎으렷다!"

"그렇다니께유. 븬판대 이으펀네랑 꽃두레 빨찌산…… 그 러니께 시누올케가 짬짜믜• 허년 소릴 이 두 구이루 뙥뙥이 들었다니께 대이구 그러신댜, 그러시길."

중다버지•가 내는 밤 문 소리• 뒤를 이어 무엇으로 땅을 찍는 소리가 났다.

"요오시이•! 이느믜 오수산빨찌산늠덜두 오늘이 지삿날 이다!"

수리목•진 소리로 씹어뱉는 중년 사내 팔뚝에는 〈대한청 년단 감찰부〉 완장이 채워져 있었다. 중년사내 이마에 잔주 름이 잡히었다.

"그란듸 이 사람덜 됭작이 왜 이렇긔 굼뗘•? 빨찌산 쌔려 잡구나서 뫽맹 것덜 쫙쳐야년듸……."

살그미• 고개를 들어 내다보는 아낙 눈에 들어오는 것은 예닐곱은 되어 보이는 장정들이었다. 왜병들이 입던 달걀빛

국민복 차림인 그들은 저마다 대창이며 실팍한 몽둥이, 그리고 구구식 장총 같은 것을 들었는데, 민보단원들일 것이었다. 마을에서 방귀깨나 뀌는 집 자식들, 그러니까 우익 청년들로 짜여진 민간보안대였다. 「민보단」은 해방이 되면서 좌익 인사들이 세운 인민위원회 무장력인 「치안대」에 맞서 생겨난 우익 쪽 민간 무장력이었다. 저 갑오봉기 때 세워졌던 농촌자치조직, 곧 농촌쏘비에뜨인 집강소執綱所 내림줄기• 이어받은 「인민위원회」 세에 눌려 찍짹 소리도 못하다가, 미군정이 쳐놓은 올가미인 「조선정판사사건」으로 좌익이 땅 밑으로 스며들자, 살그미 고개를 내어밀었던 것이다. 미군정 뒷배 받아• 큰소리치다가 리승만단독정부가 세워지

- 물떠러지 폭포. 작은 것은 '쏠'.
- 애동대동하다 매우 젊다.
- 회똘회똘 길이 이리저리 구부러진 꼴.
- 외자욱길 한쪽으로만 사람이 지나간 자취가 있는 길.
- 짬짜미 남몰래 둘이서만 짜고 하는 언약言約. '약속約束'은 왜말임.
- 중다버지 길게 자라 더펄더펄한 아이들 머리. 또는 그런 아이.
- 밤 문 소리 마음에 차지 않아서 입에 밤을 물었을 때처럼 올곧지 않게 나오는 소리.
- 요오시이 '좋다!'라고 다짐하는 왜말.
- 수리목 목청이 곰삭아서 조금 쉰듯하게 나는 목소리.
- 굼뜨다 움직이는 것이 느려 일하는 것이 재빠르지 못하다.
- 살그미 남몰래 살며시. 살그니. 살그머니. 살그래.
- 내림줄기 예로부터 이어받아 지켜가는 것.
- 뒷배 받다 겉으로 드러나지 않게 뒤에서 보살펴 줌을 받다.

면서 흰목을 잦혔°는데, 6·25사변이 터져 인공세상이 되면서 가뭇없이° 사라지더니, 9·28사변이 터지면서 다시 세를 얻게 된 것이었다.

민보단이 짜여진 것은 시집이 있는 마을에서도 마찬가지였다. 맥아더라는 자가 거느린다는 북미합중국 침략군이 인천에 올라온 것은 양력으로 구월 십오일이라는데, 시집이 있는 청라면 장현리 얼안 모두는 여전히 인민공화국 세상이었다. 울틔가 있는 장현리만이 아니라 삼동네 이웃이 그랬고 군맹이 있는 한내° 쪽도 마찬가지였다.

그러나 알음알음°으로 들려오는 풍김새만큼은 전과 달랐으니, 면맹에서 만나본 이들 낯빛이 그러하였다. 여맹이 짜여져 활기차게 돌아가던 칠팔구월과는 다르게 어딘지 풀이 죽어 있었다. 군맹에서 연락이 온 것은 시월에 접어들었을 때였다. 조선인민의 철천지 원쑤인 미제국주의 병대한테 수도 서울을 빼앗긴 것이 구월 말쯤이니, 청라면 소재지에 주둔하고 있는 인민군대도 철퇴투쟁을 전개해야 된다는 것이었다. 한내에 있는 인민군대도 채비하고 있다고 하였다.

그러나 네둘레°는 여전히 인공세상이었다. 아낙이 사는 민주부락인 울틔며 장밭은 그만두고 면맹이 있는 청라며 군맹이 있는 보령군 언저리는 여전한 인공치하였고, 아낙 또한 여전히 '견결한 혁명전사'였다. 남조선민주여성동맹 면맹위원장.

그래서 나락 석 섬을 펴놓고도 오히려 귀가 남는 구장네 너른 마당에 모인 아낙네와 아이들 앞에서 조선민주주의인

민공화국 정치이념인 녀남평등권 법령 실시 및 노동법령 해
설, 그리고 미제 식민지인 남조선 부패타락상을 지적하여 해
방군인 인민군에게 물질적 원조를 할 것을 역설·선전하고,
아이들 모아놓고 김일성 장군 찬가

장백산 줄기줄기 피어린 자욱
압록강 굽이굽이 피어린 자욱
오늘도 자유조선 꽃다발 위에
역력히 비춰주는 거룩한 자욱
아아 그 이름도 그리운 우리의 장군
아아 그 이름도 빛나는 김일성 장군

을 고창高唱케 하였으니, 매일같이 되풀이 되는 일이었다.
민주선전실이 들어선 것은 팔월 초순이었는데, 구장네 사
랑방이었다. 혁명을 상징하는 붉은색과 해방을 상징하는 푸
른색 바탕 속에 반짝이는 붉은별이 박혀 있는 인민공화국기
가 나부끼는 구장네 대문이며 담벼락에는 붉은 페인트로 씌
어지고 베천에 쓰여진 표어들이 걸려 있었으니―

- **흰목을 잦히다** 터무니 없이 제 힘을 뽐내다. 흰목 재끼다.
- **가뭇없이** 어디로 간 자취가 없이.
- **한내** '대천大川'
- **알음알음** ①서로 아는 사이. ②서로 가진 친분親分.
- **네둘레** 곳곳. 여러 곳. 여기저기. 네 쪽. 동서남북. 사방四方.

"우리의 영명한 지도자 김일성장군 만세!"

"조선민주주의인민공화국 만세!"

"조선의 우수한 아들딸들인 영용한 인민군 만세!"

표어가 씌어지고 걸려 있는 것은 구장네만이 아니었다. 마을 드날목에 있는 주막집 담벽에도 물방앗간 곳집*에도 두레우물*가 고목나무에도 걸려 있었으니—

"쓰딸린대원수 만세!"

"세계민주진영의 성벽인 쏘비에뜨 만세!"

"만고역적 리승만도당의 괴뢰집단 전면적 궤멸!"

"리완용이 졸개인 매국노 리승만 타도!"

"만고역적 괴수 리승만 생포!"

봉화전을 감행하고, '독립만세'라고 수놓은 손수건을 만들고, 된장, 간장, 고추장, 마늘·고추·호박·가지·오이·감자 같은 찬거리들을 모아 한내에 있는 조선로동당 충청남도당 보령군당 산하 외곽단체인 남조선민주여성동맹 충청남도맹 산하 보령군맹 본부에 조달납부하며, 의용군이 지나갈 때마다 여맹원들 다그쳐 끼니를 제공한 것은 물론이며. 그리고 밤도와 민주선전실에 모여 『볼셰비끼혁명사』를 놓고 학습투쟁을 전개하였다.

서울을 두려뺀 북미합중국 병대와 그 주구인 리승만괴뢰정부 병대인 국방군이 조치원을 지나 대전을 뚫고 그 아래로 내려민다는 소식이 들려온 것은 십일월 초순이었다. 그러고도 한 열흘쯤 지난 뒤였다. 오서산 상봉에 오르던 봉홧불도 끊어졌고, 삐라투쟁도 끊겼으며, 창가투쟁도 할 수 없으니, 학습투쟁 또한 경자년 가을보리 되듯 하였다. 저녁마다 시집 골방에 모이던 여맹원들 발길 또한 시나브로● 끊어져버린 것이었다.

인민군이 들어오기 전 저고리 한닢에 맏자식 혼백을 담아온 시아버지는 개짖는 소리도 끊어진 깊은 밤 지붕에 올라 그것을 구천九泉으로 날려보냈지만, 아낙은 믿고 싶지가 않은 것이었다. 믿을 수가 없었다. 밤을 패어● 가면서 꾸민 도망꾼의 봇짐 속에 들어 있는 신문이다. 『조선인민보』 1950년 7월 27일목요일치 2면 기사.

麗水順天事件愛國者등
　七千餘名을虐殺
　　每日八十臺트럭 動員錦山街頭서 焚殺
　米鬼들의大田虐殺眞相
　[대전에서김영룡특파원발]
미제국주의자들은 패주하는 곳곳에서 무고한 인민들을 학살하며 도살마의 본색을 드러내놓았다

이미 수원등지에서 소위 「주한미국대사」 「무쵸」의 지시

─────

● 곳집 헛간. 광. 갈무리광. '창고倉庫'는 왜말임.
● 두레우물 여러 집에서 함께 쓰는 우물, 공동우물.
● 시나브로 모르는 틈에 조금씩 조금씩.
● 패어 밝혀.

에의하여 수다한 애국자들이 학살당하였었다 최근 해방된
대전시를 비롯하여 금강—대전방어라인 관내에서의 학살은
실로전고미문의 잔학성을 말하고있다

미제국주의자들은 인민군대가 추격하는 포성이 은은히
울려오자 발광적발작으로 인민들을 학살하였다 그들이 감
행한 대학살은 과거 어디에서도 보지못한 것이며 하의도 독
도사건을 체험한 남반부인민들에게조차 상상하기 어려운
것이다 즉 七월七, 八량일간 금강좌안 공주시부근은 미군지
휘하에 교통차단하고 미군이 직접경계망을 펼쳐놓았다 이
량일밤 비단결같이 금강이구비쳐흐르는 고무래산에는 요
란한 총성이 밤새도록 그치지않고 마지막 힘을모두어 부르
는 인민들의 『조선민주주의인민공화국 만세!』 소리가간간
이들려왔다

이리하여 형무소에서 직장에서 농촌에서 학교에서 결박
당하고 눈을 가리워트럭十三대로 운반된 애국인민들 임봉
수씨(공주군 반포면 공담리 수실동) 외八백—九백명은 조국
을 사랑하였다고하여 고무래산 사과밭에 파묻혔다 이들중
에는 하순계양을 비롯한 수다한 녀성들과 더욱이 가련한 녀
학생들이 수다히 섞여있었다.

한편 七월八일 밤늦게 공주군반포면마암리 로병오씨와
배병환씨는 미군이 호송하는 트럭三대에 남자, 二대에는 녀
성의 눈을 가리우고 대전으로 전속력으로 달리는것을 보았다

뿐만 아니라 야수 미제들은 七월十六일 마암리에서 인민
들을 강제피난시키고 ——이 다리에서 학살하였으며 심지

어는 로병선씨의 딸(三세)이 어머니를 찾는것을 저격하여 즉사케하였다

미제국주의자들은 이와같이 우리들의 겨레를 야수적만행을 시험하는 한개의 흥취를 삼고있는 것이다

대전시에서도 七월三,四일경부터 련五일간 미군의 지휘아래 인민들을 대량학살하였다

주지하는 바와같이 대전형무소에는 제주도 려수 순천 태백산사건등의 우수한 조국의 아들딸들이 수감되어있었다

이들을 비롯한 七천여명의 인민들을 야수들은 뒤로결박하여 명태같이 트럭에높혀놓고 최고―일 八十대까지동원하여 대덕군사(산)내면 랑울월리로 운반하여 가소린을 퍼붓고 불질러 방공호로 몰아넣어 참살하였다

나무하나없는 돌박산줄기우솔 둘러선 금산가도에서 우리들의 겨레는 참살당하였다 부근농민들은 문을 닫아매고 치를떨었다또야수들은 트럭으로 운반하는 것을 목격한 사람까지 참살하였다

일부인민들은 결박하여 높혀 놓고 발로짓밟아학살하였다

이와같이 그들이 잔혹하고 악독할수록 인민들은조국의 통일을 렴원하여 『조선민주주의인민공화국만세!』『김일성장군만세!』를 부르며 죽음의 길을 택하였다

인류력사에서 찾아볼수없는 참혹한 학살을 미제국주의자들은 우리강토에서조작하고 있다

세기적야수「히트러」무리를 단죄하는「뉴―른베르그」에서도 아세아적고문의 지휘자였던「도―죠」도당을 처단하는 동

경재판에서도 우리는 이이상의 참살사건을 보지못하였다 더욱이 오늘 미제국주의자들은 리승만도당을 사수하는 단계를 넘어서 직접교통을 차단하고 트럭으로학살장소까지운반하는등 살인의하수인不手人으로등장하였다 소위문명한 「아메리카」들이란 이러한것이라고 그들의 본색을 여지없이 드러내놓고 있다

이곳 인민들은 해방의기쁨과더불어 원쑤미제에 대한 적개심으로 가득차 무차별폭격을 무릅쓰고 인민군대의 진격로를 보장하여 새로운 건설에 노력하는 새생활의길에 들어섰다

2

산잘림• 밑 외주물구석•을 내려다 보는 아낙 눈가에 파뿌리 같은 잔주름이 잡히었다. 외주물구석에서도 산잘림쪽으로 동떨어진 외주물집• 비트•에 눈길을 주던 아낙은 보자기에서 개떡을 꺼내었다. 그리고 왜군 병정들이 쓰던 군용 물통에 담긴 물 한 모금으로 목을 축인 다음 개떡을 입에 물었다.

"천정天聽이 적무음寂無音이니 창천蒼天 하처심何處尋고? 븨고역븨원非高亦非遠이니 도지재인심都只在人心이니라."

혼잣말처럼 중얼거리는 시아버지였고, 아낙은 입술을 꼭 옥물었다. 세상일이 답답할 때마다 입에 올리는 말씀이었고,

아낙도 잘 알고 있는 소강절° 선생 어록語錄이었다. 하늘은 들음이 고요하여 소리가 없다. 푸르고 또 푸르기만 하니 어느 곳에 서 찾으리오. 높지도 않고 멀지도 않으니 다만 사람 마음에만 있구나.

"사장 으르신 내오이분•께 안부 즌헤디리구, 시상이 아무리 즌패•된다지면…… 안즉은 무고허다구. 워딜 가던 다다 몸조심 허구. 이응븍이두 인저 입을 뗐으니 걱정헐 것 읎구."

장죽을 뽑아쥐고 보꾹•을 올려다 보는 시아버지 성음은 가느다랗게 떨려나왔고, 아낙은 보따리를 잡은 손에 힘을 주었다.

"림려 마셔유, 아번님. 친정만 가면 뭣버덤두 민장허넌 오

- 산잘림 산줄기가 끊어진 곳.
- 외주물구석 외주물집들만 옹기종기 모여 있는 곳.
- 외주물집 마당이 없고 안이 길 밖에서 들여다보이는 보잘 것 없는 집.
- 비트 비밀 아지트. 6·25 앞뒤 인민유격대들이 쓰던 말로, 지하운동자 비밀 집회소나 지하본부를 가리키는 말. 왜제 때부터 독립운동가들이 써왔던 말임.
- 내오이분 내외분. 한솔. 안팎. 가시버시. 남진계집. 남편과 안해. '부부夫婦는 왜말임.
- 즌패 전패顚沛. 엎드러지고 자빠짐.
- 보꾹 방이나 마루 천장을 펀펀하게 만들어 놓은 차림. 천장天障.
- 풀솜할머니 제 딸이 낳은 자식이라 느끼는 정이 풀솜처럼 따스하다고 해서 외할머니를 일컫던 말임.
- 풀솜할아버지 '풀솜할머니'와 같은 뜻, 외할아버지를 일컫던 말임.

라버니두 지시구…… 믠국증부쪽 사람덜두 잘 아니께 걱정 읎슈. 이옹복이 순복이 풀솜할머니• 풀솜할아부지• 두 안즉 증정허시니께."

시아버지를 안심시켜 드리는 아낙 말소리에는 그러나 힘이 없었으니, 오라버니는 하마• 이승 사람이 아닌 것이었다. 상년• 그끄께, 그러니까 해방된 3년 뒤 남조선단독정부가 세워지면서 오라버니는 친정곳 면장을 하였는데, 6·25사변이 터지면서 저뉘•로 가게 된 것이었다. 인민공화국 자치대 완장을 찬 청년 둘이가 집에 왔는데, 면장님을 모시러 왔다고 하더라는 것이다. 마침 공일•이어서 늦은 아침을 먹고 아버지와 바둑을 두고 있던 오라버니가 무슨 일이냐니까 가보시면 안다며 면인민위원회까지 가기를 욱권•하는 그들한테 친정어머니는 씨암탉을 잡아 이른 점심 대접까지 해서 보냈는데, 돌아오지 않는 오라버니였다고 한다. 면인민위원회에서는 면장을 리승만이 졸개라며 인민재판에 걸었고, 대창에 꿰인 그 시신이 면사무소 뒤란 우물 속에서 뜬 것은 그로부터 달소수•나 지나서였다고 하였다.

"부시수不是水면 븬시석便是石이니…… 야불답백夜不踏白이니라." 물 아니면 돌멩이니 밤길에는 희게 보이는 것을 밟지 말라고 일러주시는 시아버지는, 토지분배위원장이었다.

8·15 해방 5주년 기념일 다음 날 면인민위원 선거와 토지분배위원장과 남조선민주여성동맹위원장과 남조선민주애국청년동맹위원장을 뽑는 선거를 하였는데, 다음은 『해방일보』 보령군 통신원인 허철동 기자가 본사에 송고하였던 기

사 애벌글*이다. 기사로 가려 잡힌다면 제목이야 본사 편집
국 책임 일꾼 동무들이 정하겠지만, 이마에 깊은 골을 파면
서 제가 쓴 기사 제목을 뽑아보는 허철동 기자이다.

해방된 조국을 위해 무엇을 할 것인가?
친왜민족반역자를 몰아내고
행복한 인민낙원으로 돌진하자
당선된 위원장들 필승의 결의 토로!
보령군 청라면 각급 위원장 선거
생생한 현지보도!
[보령군 청라면에서 허철동 통신원발]
신생공화국의 강력한정치적 토대가되는지방주권기관을
일층 공고화하며 일층민주주의화 하기 위하여 각리인민위
원 선거를 지난 八月十四일에 성공적으로끝마친 보령군에
서는 계속하여 十五일 十六일에는 군내 十二개면에 대한 면

● **하마** 벌써.
● **상년**上年 지난해. '작년昨年'은 왜말임.
● **저뉘** 저세상. 저승. 저생.
● **공일**空日 기독교가 들어와 '주일主日날' 이라는 일요일이 생겨나면서 관공
  서가 쉰다고 해서 생겼던 말임. '토요일'은 한나절만 일한다고 해서 '반공
  일半空日'이라고 하였음.
● **욱권** 우락부락하게 우겨대어 권하는 것.
● **달소수** 한 달이 조금 지나는 동안.
● **애벌글** 글초. 아시글. 초고草稿.

인민위원회 선거를 실시하였다

이리하여 보령군 청라면에서는 八·一五해방기념 五주년
기념을 의의깊게 맞이하며 또 면인민위원선거와 면토지분
배위원장선거와 면민주여성동맹위원장선거와 면민주애국
청년동맹위원장선거를 성공적으로 실시하기 위하여 이날
하오 一시부터 옥계리 옥계국민학교강당에서 十一개리 대표
九三명이 출석한가운데 청라면림시인민위원회위원장이며
고 김일봉선생의 부친이신 김석진동무의 사회로 력사적인
이날의 회의는 시작되였다 먼저 사회자로부터 금번 이선거
는 미제국주의 침략강도배와 그의주구 리승만 역적들이 우
리남반부인민들을 놈들의 노예로 맨들기위하여 박탈하였
던 모든권리를 도로찾어 진정한인민의정권기관인 인민위
원회를 복구강화하기위한 선거이니만치 여러분들은 우리
들의진정한 대표를 선출해주기바란다는 것과 또한 일통•된
조선인민으로서 그들의감격 깊은 八·一五해방五주년을 맞
이하기위하여 조선인민들은 피어린투쟁을 하여왔으며 하
고있다는 뜻깊은해설이있었다

순서에따라 주석단추대에들어가 윤철현동무의 동의로
김석진 리명수 김형순 박철동 정진룡 송태영 로정순(녀자)
七대표가 주석단에 선증되였다

이어 박철동 동무로부터 대표자九五명의 심사보고와 정진
룡대표의 선거규정랑독이있은다음 면위원추천에 들어갔다

九五명의 대표자들로부터 김석진 조정순(녀자) 최숙현(녀
자) 박일민 리영호 류세민 리 혁 림학규 조자영 성규동 한달

현 리병로 현기철 양순득 기정철외 五명 계二十명이 추천되였다 다음으로 추천된 대표자들의 략력보고와 립후보자등록에대한 토의가 있었는데 이들 추천된동무들의대부분은 매국역적 리승만의괴뢰정권을타도분쇄하며 조국의일통과 독립을 쟁취하기위하여 굳센 투쟁을 계속하여온 열렬한애국자 농민들이었다

토의결과 五명은 제외되고 우에련명한 十五명의 립후보자 전원이 만장일치로 청라면 전체인민을대표하는 면인민위원으로 선출되었다

선출된일꾼들의 장래와굳센투쟁을 고무격려하기 위하여 꽃다발증정이 우렁찬 박수가운데 진행되였다

회순에따라 군인민위원을 선거하기위한 면대표자선거에 들어가 기정철대표로부터 주석단의 의견발표제의가 있게 되자 이의없이 통과되어 사회자로부터 十분휴회를 선언하였다

주석단대표들의 신중한토의가 거듭된후 사회자로부터 회의계속을 선언하고 토의된의견을 발표한결과 만장일치로 통과되였다

끝으로 제一차 면인민위원회가 十五분동안 계속된후 대표자들앞에서 면상무위원 발표가있었는데 위원장에 김석

● **일통**─統 '해방8년사'가 끝나는 1953년 7월 27일까지 썼던 말로, '통일'은 왜말임.

진씨 부위원장에 정진화씨 서기장에 송태영씨들이 선출되여 면토지분배위원장에 김석진씨, 면민주여성동맹위원장에 한전희씨, 면민주애국청년동맹위원장에 김이봉씨가 선출되여 우렁찬 박수와더불어 조선민주주의인민공화국 만세와 김일성장군 만세 삼창으로 이날의 력사적회의는 원만히 폐회되였다

二十분 휴식한후 계속하여 대표자들은 장현리옥계리 전체인민들과 함께 같은 자리에서 하오五시부터 八·一五해방기념경축및 면인민위원회지지대회를 개최하였다

이대회에서 새로선거된 면민주애국청년동맹위원장 김이봉씨는 조국이처하는 내외정세와 조선인민의 정의의전쟁을승리로이끄는데있어서 면전체인민과 청년대중들의 새로운 각오를 열렬히 토로하는 보고가있은다음 면인민위원인 송태영(四五)씨는 자기의 토론에서 인민군대의힘으로 해방이된오늘날 나는한시간이라도 거저앉아있을수없습니다

우리조선인민은 五천년력사를 가졌다고하여도 오늘처럼 자기의군대와 진정한민주주의국가를 건설하여본일이 있었습니까 이와같은 시기에 조선사람으로서 애국심에 불타서 궐기하지 않고 언제 조국을위하여 뜻깊은일을하여 보겠습니까

우리들은 하루바삐 전쟁에 승리하기위하여 아들 딸 손자 청년들을 전선에 보내고 후방에 남아있는사람들은 전선을 강화하기위한 온갖사업에 전력을 기울여야되겠습니다 라고 애국심에불타는 토론을 전개하자 만장대중의 감격은 우

렁찬 박수로 표현되였다

토론이끝난후 쓰딸린대원수께 드리는 편지와 김일성장
군께 드리는편지를 각각열렬한 박수로써 채택하였다

대회는 하오十一시에 폐회되였다

그러나 군중들은 헤여질생각도없이 밤늦도록 교정에서
풍물패를중심으로 무등춤 승무등을 북 징 장구 새납• 등의
반주에맞추어 뜻깊은 이날을 마음껏 경축하였다

끝으로 도림 속에 작은 글씨로 씌어진 글이 있었다.

(고 김일봉선생 집안에서는 四명의위원장이 배출되였으
니-전국농민동맹충청남도본부위원장 김일봉씨, 남조선토
지분배위원회 충청남도 보령군 청라면위원장 김석진씨, 남
조선민주여성동맹 충청남도 보령군 청라면위원장 한전희
씨, 남조선민주애국청년동맹 충청남도 보령군 청라면 위원
장 김이봉씨가 그들이다 한집안에서 위원장 四명이 배출되
는것은 민주주의분산자율원칙에 위배되지 않느냐는 이의
제기가 있었으나 민주애국렬사인 고 김일봉선생에 대한 마
땅한 예우와도리라는 만장의박수갈채에 묻혀 버리고 말았
다 김석진 한전희 김이봉동무들의 완강한 손사래가 있었음)

• **새납** 날라리. 태평소太平簫. 호적胡笛. 나무로 만든 관에 여덟 구멍이 뚫리
  어 있고, 아래 끝에는 깔때기 꼴 놋쇠를 대고, 윗 부리에는 갈대로 만든
  혀를 끼웠는데, 그 곳에 입을 대고 붊, 병자호란 때 여진족이 들여왔음.

다시 커진 글씨로 이렇게 씌어 있었다.

김석진 림시인민위원장 선창에따라 일제히 입모아 소리
쳤으니 강당 내 바람벽마다 둘러쳐진 八·一五해방 五주년
기념표어들이었다.

"一. 위대한 쏘련군대의 무력에 의하여 왜국제국주의 식
민지통치로부터 조선해방 八·一五 五주년기념 만세!"

"二.조선인민의 해방자이며 우리조국의 일통독립과 민주
발전을 위한 투쟁에서 조선인민에게 진정한 원조를 주는 위
대한 쏘련만세!"

"三.위대한 쏘련인민과 조선인민의 영원불멸의 친선만
세!"

"四.쏘련인민의 위대한 수령이시며 조선인민의 친근한 벗
이며 해방의 구성이신 위대한 쓰딸린대원수 만세!"

"五.우리 조국과 우리 민족을 악독한 왜국제국주의 식민
통치로부터 해방시킨 위대한 쏘련군대에 영원불멸의 영광
이 있으라!"

"六.미제의 무장침범자들과 리승만매국역도들의 침해로부
터 우리 조국의 독립과 자유와 영예를 수호하는 조선인민의
무장력인 영웅적 인민군대에 영원불멸의 영광이 있으라!"

"七.영웅적 인민군장병들이여! 적과의 가혹한 전투에서
당신들은 조국의 독립과 자유와 영예를 사수한다!

적을 소탕하는 전공의 기세를 더욱 높이라!

부산과 진해는 지척에 있다!

앞으로! 앞으로!"

"八.영웅적 인민군 장병들이여! 적들을 일층 무자비하게 소탕하라! 원쑤들에게 숨쉴 여유를 주지말고 돌격하라! 승리의 기빨 높이들고 부산으로! 진해로!"

3

굴뚝에 비표祕標는 없었다.

기역자집 모퉁이 초가지붕 위로 세워진 질옹동이• 곁에 꽂힌 대막대기에 헝겊을 매달아 놓게 되어 있었다. 붉은색 헝겊이면 주인이 집에 있으며 아무 일도 없다는 표시이고, 푸른색 헝겊이면 조직 안위에 어떤 문제가 있다는 말이며, 아무것도 매달려 있지 않으면 주인이 출타중이라는 뜻이었다. 그런데 아무런 헝겊도 매달려 있지 않으니 주인이 없다는 말이었고, 아낙은 다문 입술에 힘을 주었다.

남조선민주여성동맹 광천읍맹 위원장인 방귀녀方貴女 시누이는 오서산 인민유격대원으로 유격대장인 박철진동무 오른팔이었다. 정식 명칭은 오서산인민유격대 선전선동부장이었으나, 대장동무가 없을 때면 유격대 모두를 이끌고

• **질옹동이** 질로 만든 아가리가 좁고 몸통이 긴 항아리.
• **다기차다** 매우 담차고 야무지다.

나갔으니, 유격대장 맞침이었다. 이십대 초반 꽃두레였으나 다기차고* 공골차기가 똑 마른건천에 돌팍같은 사람이어서 어지간한 남성대원들은 겨뤄볼 생각도 못할 만큼 견결한 꽃두레빨치산이었다.

빨치산을 때려잡겠다고 오서산 재몬다외길을 톺아오르던* 민보단 장정들을 본 아낙은 자꾸 입술에 침칠을 하였다. 무슨 수를 쓰던지 이 발등에 떨어진 불을 꺼야 할 터인데, 방귀녀위원장 동무는 어디로 갔다는 말인가. 그리고 요강담살이였던 방씨녀를 싸데려 갔던 남편 변판대卞判大는?

사립문은 재쳐 있었다. 잰걸음*쳐 방위원장집에 이른 아낙은 에멜무지로* 재쳐놓은 사립문을 흔들어보았다. 삽짝 위에 매단 쇠방울이 요란한 소리를 내었으나 아무런 기척이 없었고, 아낙은 서둘러 그곳을 떠났다.

'동무넌 참 복인*유. 그렇긔 도저허게 핵식 높은 슨상님헌티 맨날맨날 핵습받을 테니 월매나 좋을겨어.'

짜장* 부러워 죽겠다는 눈빛으로 바라보던 방씨녀였으나, 내외간에 친정어머니가 해준 이불 속에서 하냥 지낸 것은 두 달 남짓이었다. 남편이 진득하게* 집에 붙어 있었던 것은 혼례를 치른 두어 달 남짓이었고, 언제나 밖으로만 돌았다. 언젠가 해준 남편 말마따나 묵돌불가금*으로 신 벗을 틈이 없었던 것이다. 혼례를 치른 것은 해방 그르께 봄이었는데, 한밭°이 남편 운동마당이었다. 도청 무슨 양정과糧政課라는 데 이름을 걸고 있다 하였으니, 이른바 '가장취업'이었다. 남편이 집에 들른 것은 해방이 되고도 서너 달이 지난 뒤였는데, 옛살라비 전배*이기도 한 박동무 견마잡이*를 하는 것 같았다.

"이정*댁과는 담배 반 대 전거리두 안됐더니라."

시아버지 말씀이었는데, 정작으로 남편이 가르침 받는 것

- **톺아오르다** 가파른 데를 오르려고 발걸음을 매우 힘들게 더듬어 오르다.
- **잰걸음** 재빠르게 걷는 걸음.
- **에멜무지로** ① 뒤 끝을 바라지 않고 헛일하는 셈으로 해보아. ② 묶은물건을 단단히 묶지 않은 채로.
- **복인**福人 복 많은 사람.
- **짜장** 과연果然. 정말로.
- **진득하다** ① 몸가짐이 의젓하고 참을성이 있다. ② 잘 들어붙도록 눅진하고 차지다.
- **묵돌불가금**墨突不暇黔 중국 춘추전국시대 노魯나라 철인으로, 형식·계급·사욕을 깨트려 꿈나라를 만들자는 '겸애설兼愛說'을 내대었던, 맑스보다 큰 손윗사람이었던 묵적墨翟, 곧 묵자墨子라는 이가 천하를 널리 돌아다니며 그 사상을 펴느라 그 집 굴뚝이 검어질 겨를이 없었다는 말로서, 바쁘게 자주 왔다갔다 함을 이름.
- **전배**前輩 나이·학예·자리 따위가 저보다 많거나 나은 사람. 또는 제 출신 학교를 먼저 나온 사람. '선배先輩'는 왜말임.
- **견마잡이** 조선왕조 때 말을 다루던 사복시司僕寺 하례下隷로 긴경마, 또는 경마를 잡던 거덜. '신부름꾼'이라고 스스로를 낮추는 말임.
- **이정**而丁 압박과 착취와 온갖 불평등한 구조로 꽉 막혀 있는 식민지 조국 불구덩이를 뚫어내는 '고무래'가 되겠다는 다짐에서 스스로 지었던 박헌영 선생 호였음.
- **물장수** 1946년 5월 미제가 쳐놓은 올무인 '조선정판사사건'으로 7월에 잡혀 대전형무소에 수감되어 있다가 6·25 직후 대전 언저리 뼈잿골에서 학살당하신 민족혁명가 리관술선생 별명. 얼굴빛이 검어서 붙여졌던 딴 이름이었다고 함.

은 물장수•라고 하였다. 집에도 몇 차례 들른 적 있는 그 혁명가는 엿장수 차림이었다. 박동무라고 불리우던 어른은 뵌 적이 없지만 엿장수 말고도 집에 들렀던 이로는 이진사•라는 어른이 있었다. 전주이씨 왕손이라서 이진사로 불리우던 그 어른은 전라도 금산사람이라고 하였는데, 다부진 얼굴이면서 눈매가 여간 매서운 것이 아니었다. 몇 달에 한 번, 어떤 때는 해가 지도록 한 두어 차례나 집에 들렀는데, 그때도 골방에 틀어박혀 무슨 서류뭉치를 뒤적이며 서울과 한밭에서 내려오는 무슨 레뽀•들과 만나느라 내외간 정분을 나눌 수도 없었다. 한번은 공주사범에 다닌다는 여학생이 찾아온 적이 있었다. 남편과 골방에 틀어박힌 두 남녀는 나올 줄을 몰랐고, 새댁은 여간 가슴이 두근반 세근반하는 것이 아니었다. 그 여학생이 '하이칼라'•인 것은 그만두고, 촌간에서는 볼 수 없는 일색•이었던 것이다. 물을 디밀어 준다는 말막음으로 골방문을 열었는데, 힐끗 한번 쳐다본 두 사람은 하던 일을 계속하는 것이었다. 낮은 목소리로 무엇인가를 불러주는 남편이었고, 앉은뱅이 책상에 엎드려 손바닥만 한 수첩에 받아 적는 여학생이었다. 공중 남편을 의심한 꼴이 된 그 여자는 지금도 그때 생각만 하면 낯이 붉어지는데, 한 달에 한 번은 꼭 편지를 보내주는 남편이었다. 이른바 서신학습이었다.

련희•!

내 목숨이나 달음업시 그대를 사랑하오. 이 世上 모ㅡ든 것이 다 貴치 안이하고, 모ー든 사람이다ー木石과 같이 차고쓸々할지라도 오즉 蓮姬만을 貴重히 永遠히 사랑하려오. 내 精力이 잘아는 곳까지, 내 壽命이 다할ㅆㅐ까지 그대를 사랑하려오.

蓮姬

남편을 사랑하랴면 우선 外人을 사랑하고, 남편의게 사랑을 받으랴면 먼저 外人의 사랑을 받어야하오. 父母同氣를 비롯하여 其外 여러사람의게 사랑을 밧게되자면 비록 남편 된 자 어리석다할지라도 그 안해•를 안이 사랑할슈 없을 것이오. 남편만을 사랑하고 外人의 憎惡(미움)를 받은 사람이

• **이진사**李進士 민족혁명가로 지리산 두리에서 항미투쟁을 벌이다 전사하신 리현상 선생이 전주이씨 왕손이었대서 아낙 시아버지가 대접 삼아 불러주던 이름이었음.

• **레뽀** 정보통신원이나 연락원을 뜻하는 러시아말로, 조직 지도부와 하부조직 사이 연락을 맡거나 하부조직 셈평을 상부에 보고하는 구실을 해내었음.

• **하이칼라** 서양식 또는 유행을 좇는 일이나 그런 사람을 뜻하나, 여기서는 '신여성'을 말함.

• **일색**一色 빼어나게 아름다운 사람으로 거의 여자사람을 가리켜 쓰던 말임. '미인美人'은 왜말임.

• **련희**蓮姬 연꽃을 좋아하였던 남편이 각시한테 지어주었던 이름으로 '당호'였음.

• **안해** '안에 뜨는 해'라는 말로 '해방8년사'가 끝나는 1953년 7월 27일까지 쓰여졌던 말임.

라면 그사랑이 眞實로 아름다운 사랑이 못될 것이니 그 男便의 사랑도 따라서 굿고길게 받을슈 업을것인 줄노 알어요.

蓮姬! 사랑하는 나의 안해여! 내 그대를 사랑함은 젊은 血氣로 輕薄히 사랑함이 안인줄을 理解하여야 하오. 사랑을 더듯터이 하고서 당신의게 勸하는 바 잇스니, 人格을 向上케 하고 知識을 넓이고 過去의 不充分한 点을 現實에 업시하고 現時보다 未來를 아름답게 하기를 努力하여야하오. 過去를 不願하는 사람은 未來前程에 發展性이 업는 법인즉 七十을 살어도 終是 일반일것이오.

'天은 自己스사로 自己를 도읍는 사람이 안이면 이를 도와주지 안이한다'는 말이 잇다오.

비록 짧은 一生이라하나, 이一生을 넘기자면, 그波浪이 極히 험하고 可히 두려울 点이 만코많은 것이나 하날이 配定하신 分福으로 알어 天命을 順從하고 自身을 修練하지 안이하면 오즉 自己의 害만을 助長식힐뿐, 달은 아무런 所益이 업슬 것으로 알어야하오.

'배우지 안이하면 사람이 안이라'는 말이 잇습니다. 이는 비단非但 學問만을 일음이 안이오, 모─든 것을 恒常向上케 努力함을 일는말이니 一生이 다하는 날까지 힘써 배우는 것이 사람의 사람다운 職責인가하오.

"神이여!

사랑하는 나의 안해 젊은 蓮姬에게 加護하심을 앗기지 말으시고, 蓮姬여! 萬里前程•에 四時長春•의 幸福을 辭讓하지 말어주오."

읽어볼冊

『당건설』『해방후조선』『쏘련 볼셰비끼당사』『변증법적
유물론』 레닌의『제국주의론』『정치경제학의 기초』

이것은 강동정치학원에서 배우는 것이니 꼭 구해 보시오.
『세계정치지리』『인류의 역사』

쏘련 과학아까데미에서 나온 것으로, 모스끄바에서 나온
조선어판이 있고, 평양 과학아까데미에서 나온 번역본이 있
으니 구할슈 잇슬것이오. 이봉이 시키던지 開月 妻男사게 부
탁하시오.(理解가 안되드라도 자꾸자꾸 읽어보시오! 눈이떠질
것이오..)

사람이 사람일 수 있는 근본도리를 일깨워 주는 절절한
가르침 말은 꽃밤• 직후 딱 한 번 뿐이었고, 죄 당사업에 연
관된 것이었으니─ 아낙 또한 당원이었던 것이다. 초례를 치
른 1943년 봄에는 새서방님 욱권 미좇아• 들어가게 된 것이
조선공산당이었고, 해방 다음해 11월 23일 조선공산당·조선
인민당·남조선신민당 삼당이 합뜨려 남조선노동당이 되었
을 때는 자동적으로 남조선노동당원이었다. 이음줄을 맺은

• **만리전정**萬里前程 '만리나 되게 먼 앞길이 열려있다'함이니, 젊은이들 앞날
  을 북돋워 줄 때 쓰던 말임.
• **사시장춘**四時長春 '네 철이 모두 봄처럼'이라는 말임.
• **꽃밤** 첫날밤.
• **미좇다** 뒤미쳐 좇다. 뒤따르다.

사회단체로는 조선공산당 외곽단체인 부총, 곧 조선부녀총동맹원이었고, 남조선노동당원이 되면서는 여맹, 곧 조선민주여성동맹원이었다. 그러다가 평양 빨치산 사람들이 조선로동당을 세우면서 '조선'이라는 통국°적 이름 대신 남녘땅에 국한되는 남조선민주여성동맹원이 된 것이었다. 남편이 말하는 것은 언제나 똑같았으니—

"아름다운 조국을 건설하기 위하여 친왜파 민족반역자들을 엄중히 단죄하고, 땀흘려 일하는 노동자 농민을 머리로 한 모든 인민대중이 똑고르게 잘살 수 있는 새 세상이 되어야 합니다."

무엇보다도 먼저 남북일통이 되어야 한다는 것이었다. 외세의 압력에서 벗어나지 못하는 만큼 우리나라는 진정한 독립국가가 아니다. 조국이 찢겨진 것은 리승만매국역도 탓이다. 아니, 리승만이는 꼭두각시에 지나지 않고 국토분렬 원흉은 미국이다. 미국이라는 나라 제국주의자들. 남조선을 대쏘방파제로 만들고자하는 미제국주의이다. 미제는 리승만이라는 사냥개를 하수인으로 내세웠고, 친왜민족반역도배를 등에 업은 리승만이는 제국주의 미국에 앙버티는° 여운형 선생을 암살하였다.

여기서 똑똑하게 알아두어야 할 것이 있으니, 여운형 선생 암살에 대한 진상이다. 사람들은 그냥 리승만이가 정적인 몽양°을 없이한 것으로 아는데, 우남°이라는 자는 미제가 풀어놓은 사냥개에 지나지 않는다.

「신간회」°가 없어진 것은 1931년이었다. 좌우합작체인 신간회가 뜯어 헤쳐지면서 조선독립운동을 하였던 것은 오로지 공산주의자들만이었다. 그리고 그들이 해방을 맞아 「조선인민공화국」을 세운 것이 9월 6일이었다.

「조선인민공화국」이라는 것은 정치단체에 지나지 않지만 '나라'를 표방한 데는 까닭이 있으니, 이틀 뒤 올라오는 미군에 대처하자는 것이었다. 자주적으로 나라를 세울 수 있다는 힘을 보여주자는 것이었다.

그때 몽양과 박동무가 새로 세울 나라 이름을 놓고 다투게 된다. 몽양은 자꾸 박동무더러 먼저 말하라고 하였으니, 박동무를 존중하기 때문이었다. 나이로야 14년 후래後來이지만 왜제폭압 아래서 가장 뜨겁게 그리고 올곧게 싸워온 해방투사라는 것을 알고 있었던 때문이었다.

"인민공화국이 좋겠습니다. 조선인민공화국."

몽양은 담배를 입에 물었고, 이정이 안경테를 만졌다

"선생님께서는 어떻게 생각하시는지요?"

"이 사람은 좀 과격하다고 생각하외다. 그 '인민'이라는 말이 걸리오. 인민 뒤에 따라붙는 말이 뭐외까? 지주와 자본가들한테 두려움을 줘서는 안된다는 말씀이외다."

"그럼 뭐가 좋겠는지요?"

- **통국通國** 온 나라. '갑오왜란'때까지 두루 쓰이던 말로, '전국全國'은 왜말임.
- **앙버티다** 기를 쓰고 고집하여 끝까지 덤벼들다. 저항하다. 대들다.

"민주라는 말이 어떨까 하오. 조선민주공화국."

옥신각신이 있었으나 결국 「조선인민공화국」으로 낙착되었으니, 조선공산당 쇠귀•를 잡고 있는 것은 경성콤그룹•이었는데, 경성콤그룹 목대잡이•는 박동무였던 것이다.

「조선인민공화국」을 세운 조선공산당 사람들이 가장 먼저 손붙였던• 일이 있다. 남조선 7도 12시 131군에 하나도 빠짐없이 농촌쏘비에뜨인 농군평의회, 곧 「인민위원회」를 세운 것이었다. 51년만이었다. 1894년 갑오농군혁명 때 호남 쉰여섯 고을에 세웠던 인민자치기관인 집강소執綱所를 다시 살려낸 것이었다.

이때 미군정 군정장관인 육군소장 아놀드라는 자가 몽양과 만난다. 그리고 미군정이 실시되는 남조선정권을 넘기겠다는 놀라운 제안을 한다. 남조선 일대 인민위원회 조직을 끝낸 것이 10월 말쯤이니, 두 달 반만이었다. 진정한 민주주의나라를 세우려는 인민대중 열기에 공포를 먹은 미군정이었다. 공포를 먹은 것은 왜제도 마찬가지였다. 왜제가 군대를 보내 갑오봉기를 무질렀던 것은 집강소 설립으로 드러난 조선농군들 민주주의 싹을 잘라버리자는 것이었다. 제국주의자들이 민주주의를 이루고자 하는 인민대중을 억누르는 것은 미국이나 왜국이나 똑같은 것이다.

미군정에서 나치가 썼던 의사당방화사건을 슬갑도적•질해서 조선공산당을 없애버린 것이 이른바 「조선정판사사건」이다. 조선공산당을 불법단체로 금쳐버린• 미군정에서 1946년 7월 한 여론조사에서도 사회주의 공산주의를 좋아

하는 사람들이 80퍼센트였다. 좌익매체에서 「조선정판사사
건」 전에 했던 여론조사에서는 90퍼센트 위로 절대적 지지
를 받았던 조선공산당이다. 우익 여론조사기관에서 한 조사
에서도 대통령감으로 몽양과 이정이 압도적 일이위를 하는
남조선 좌익을 깨뜨리고자 미군정에서 쓴 엄펑소니*가 「조
선정판사사건」이니, 여덟 달 만에 좌익들은 캄캄한 땅 밑으
로 들어가게 되었던 것이다.

　이때부터 좌익에서는 미국이라는 나라를 침략자로 금치
게 되고, 세상에서 말하는 바 '신전술'에 따른 항미투쟁 층층
대로 접어들게 되는 것이다. 들대나 야산대野山隊라고 불리
우던 항미빨치산, 곧 인민유격대가 일떠서게 되고 남조선 얼
안 모두는 살륙의 도가니가 된다. 미군정에서 주겠다던 정권
을 한마디로 자빡놓는* 몽양이었으니, 미제 앞잡이 심부름

- **쇠귀** 우이牛耳. 주도권.
- **경성콤그룹** 모든 사상운동과 정당사회단체운동이 금지되었던 1939년 4
  월쯤 리관술·김삼룡선생이 만든 얼개로, 6년 복역 끝에 1939년 만기 출
  옥한 박헌영 선생을 지도자로 받들었음.
- **목대잡이** 여러 사람을 도맡아 거느리고 일을 시키는 이.
- **손붙이다** ① 무슨 일을 비롯하다. ② 힘을 들여 일하다.
- **슬갑도적질** 남 시문詩文 글귀를 몰래 훔쳐서 그것을 그릇 쓰는 사람을 웃
  는 말. 슬갑膝甲: 겨울에 추위를 막으려고 바지 위로 무릎에 껴입던 옷.
- **금치다** ① 무엇을 하지 못하게끔 막다. ② 몬 값을 어림쳐서 부르다.
- **엄펑소니** 의뭉스럽게 남을 후리는 솜씨나 짓. 계략. 책략.
- **자빡놓다** 못 박아 딱지놓다.

꾼은 될 수 없다는 것이었다. 몽양이 했다는 말이다.

"우리 조선인민대중 힘으로 자주정권을 세우겠다."

인민공화국을 두루 알린 조선공산당에서는 노동자·농민을 사북°으로 공산주의로 가기 위한 사회주의 첫 층층대인 인민민주주의를 펼쳐나가는데, 9월 8일 하지 중장이 거느리는 미24군단이 인천에 올라선다. 그들 북미합중국 병대는 성조기와 태극기를 흔들며 맞조이°나온 인천보안대원과 조선노조원들한테 무차별로 총을 갈겨 여남은 명 사상자를 내게 하였다. 미군들은 조선인민들이 저희들을 해치려고 달려들어 부득이 발포를 하였다고 하였으나, 환영 나온 사람들과 해코지하려 덤벼드는 사람들을 몰라볼 만큼 어리석지 않으니, 맛보기를 보인 것이었다. 점령군으로 왔으므로 이제부터 말을 듣지 않는 자들은 죄 죽여버리겠다는 선언이었던 것이다. 해방정국에서는 몇 차례 암살사건이 있었는데, 겉으로 드러난 것과 달리 그 배후에는 미제 그림자가 드리워 있으니─ 미국 본질을 알고 신탁통치를 찬성하다가 죽임당한 고하°가 그렇고, 미국 정책에 반대하다 죽임당한 설산°이 그러하며, 미제 졸개인 리승만이 손발노릇을 하다가 뒤늦게 척을 진 리승만이한테 죽은 백범°이 그들이다.

리승만역도는 저를 따르는 친왜 지주와 매판자본가들을 거느리고 미제국주의 군사력에 기대어 항왜 민족진영 인사들에게 무자비한 야수적 탄압을 가하고 있다. 리승만역도들은 해방 여섯달만에 무상몰수 무상분배 원칙으로 토지개혁을 이루고, 녀남평등권을 보장하고, 노동자·농민을 머리로 한 인민대중 행복을 최우선으로 하는 북조선정부 민주정책을 지지하는 남조선의 양심적이고 양식 있는 사람들을 '빨갱이'로 몰아부치며 야수적 탄압을 하고 있다. 남녘땅 대구에서 쌀폭동인 「시월항쟁」이 일어나고, 제주도에서 「4·3항쟁」을 일으킨 동족을 학살하라는 명령에 저항하여 려수14연대가 일떠섰으며, 지리산을 두리•로 인민유격대가 총을 잡게 된 까닭이다.

남편한테서 소포가 왔는데, 무엇인지 한보따리였다. 뉴똥 치마나 벨벳치맛감 또는 대처에서 유행한다는 무슨 나일론 블라우스 같은 것이 들어 있나 가슴 두근거려하던 그 새악시짜리는, 애개개! 헌신문지다발이었던 것이다. 좌익지인 『해방일보』『조선인민보』『독립신보』『현대일보』『중외신보』『노력인민』『우리신문』『조선중앙일보』와, 중립지인 『서울신문』『자유신문』『신조선보』『조선일보』『경향신문』『중앙신문』과, 우익지인 『동아일보』『대동신문』『민중일보』『한성일보』 같은 것들이었으니, 두루 읽어 시쳇일을 익혀두라는 뜻

- **사북** 중심中心. ① 가장 대수로운 어섯. 한가운데. 가운데. 복판. 한복판. 줏대. 고갱이. 뼈대. 안. 속마음. 알맹이. 알속. 알짜. 사자어금니. 범어금니. 노른자. 한허리. 한바닥. '중앙中央'은 왜말임. ② 부챗살이나 가위다리 어긋매끼는 곳에 꽂는 못과 같은 몬.
- **맞조이** 환영歡迎. 마중.
- **두리** 하나로 뭉치게 되는 복판 둘레.

이었다. 신문지 사이사이에 붓과 먹이 끼워져 있는 것으로
봐서 글씨 궁구를 하라는 뜻은 알겠는데, 아지못게라* 신문
기사를 읽고 난마처럼 얽혀 있는 조국이 놓인 자리를 올곧
게 읽어내기란 여간 힘에 부치는 것이 아니었다. 공맹지도孔
孟之道만 찾는 시아버지는 어렵기만 한데, 큰시동생 또한 임
의롭지가 않았다. 남편이 곁에 있었던 꽃잠초였다면 잠긴 문
에 쇳대*로 모르는 것이 없는 사람이었으므로 문제가 없었
으나, 낙화인미귀*였다. 일송삼백*하는 천재로 높게 꿇아매
기던* 맏자식이 서청 출신 서울시경 특경대원들한테 잡혀
간 그러께 늦가을부터 시아버지 입에서 떨어지지 않는 탄
식이었다.

"좌익은 뭣이구 우익은 뭣일까유?"

새서방님이 물었고, 새악시짜리는 귓볼만 붉히었다.

"지가 그렇긔 어려운 말을 워치게 안대유. 높은 겡구헌 잘
난 사람덜이나 알지."

"아닙니다. 그렇지 않습니다. 시방버텀 내가 허넌 말을 잘
들어보셔유. 그러구 틈틈이 굉책두 보시구."

새서방님이 말하였다. 그리고 입으로 말한 것을 욧점만 간
추려서 마분지로 맨 잡기장에 적어주는 것이었다.

"흔히 급진적이구, 사회주의적이구, 무정부주의적이며,
또 공산주의적 쏠림 인물을 가리켜 허넌 말이지유. 이른바
시상에서 말허넌 좌익 말입니다. 우익은 반대루 보수적이
구……."

하다가 새서방님은 고개를 내저었다.

"보수적이란, 그러니께 보수란 옛것 가운디서두 가치 있어 아름다운 것덜은 지키구 가꿔나가자넌 것이지유. 이른바 온고이지신•이지유. 그리구 당장은 알어듣기 어렵드래두 그냥 들어두세유. 꽝책이다 적어줄 테니께 양중이 찬찬히 읽어보시구… 의심나넌 딘 따루 물어보시 구… 우선은 그냥 들어두서유."

새서방님은 잠깐 방을 나갔다가 들어왔는데, 냄새가 나는 것으로 봐서 담배를 태우고 온 것 같았다. 남편은 꼭 밖에 나가서 담배를 태웠는데 반드시 양치를 하고 들어왔다. 그날도 그랬지만 시간이 없을 때는 뒤란 장독대 곁에 섰는 소나무잎을 한줌 씹는 것으로 대신하였다.

"우익은 그러니께 좌익과 반대루 보수적이구 국수주의적이며 또 팟쇼적인 인물이나 무리를 가리키넌 말이지유. 같은 증당이나 모임 안이서 좌우가 서루 맞섰을 때넌 좌익은 좌파라 허구 우익은 우파라구 부를 적이 많습니다. 모두가 저 유럽에 있넌 불란서라넌 나라이서 일어난 대획명 때버

• **아지못게라** '알 수 없다'라는 뜻으로, 무릎을 치는 말.
• **잠긴 문에 쇳대** 어떤 자물쇠도 죄 딸 수 있는 만능열쇠.
• **낙화인미귀**落花人未歸 '꽃은 져도 님은 오지 않는다'는 말로 세월이 가도 그리운 이가 오지 않을 때 쓰던 말임.
• **일송삼백**日誦三百 하루에 3백자, 그러니까 사흘에 책 한 권을 떼는 천재를 일컬을 때 쓰던 말이었음.
• **꿇아매기다** 값쳐주다. 평가評價하다.
• **온고이지신**溫故而知新 '옛걸 익힌 다음에 새 것을 받아들인다'는 말.

텀 비롯된 말들입니다. 서긔 1792년 9월 인민협의회이서 앞
자리 의장석을 보구 워느쪽이 앉었너냐루 잣대삼었던 말이
지유. 온건즘진파였던 지룅드파가 오른편이 앉었구, 가운디
중간파가 앉었으며, 급진좌파인 자코뱅파가 오여손편이 앉
었습니다그려."

새서방님은 빙긋 웃었다.

"이건 다 책, 그러니께 양인덜 책이 나와 있던 사전적 중의
이구…… 우덜 동양이선 예전버텀 좌익사상이란 것이 있었
소이다 그려. 좌편우위사상이란 건듸, 그러니께 바른편버텀
오여손편이 더 높단 말이니, 바른손이룬 소마•를 볼 때 거시
긔럴 손이루 잡게 된다구 헤서 불길허다넌 거지유."

식어버린 숭늉 한 모금으루 입을 축인 새서방님이 말하
였다.

"한마디루 좌익과 우익이란 말은 시재문제, 그러니께 시
방 여긔서 일어나구 있던 골칫거리를 워치게 볼 것이냐 허
넌 디서 갈러집니다. 사회생활, 그러니께 우덜이 살구 있넌
모둠살이틀거리를 워떤 뫼냥이루 볼 것인가를 놓구 보넌 눈
이 서루 다른 디서 비롯됩니다. 모든 게 삶의 골칫거리에서
생겨나넌 것이지유. 워떤 삶을 아름답구 훌륭헌 삶이루 볼
것이냐 허넌. 새덜은 반다시 좌우 두 쪽 날개가 파닥여야만
앞이루 나갑니다. 외짝 날개루넌 날수가 읎지유."

좌익이나 우익 같은 이른바 이데올로기적 이야기만 하는
것이 아니었다. 누구나 알아들을 수 있는 이야기를 아주 쉽
고 재미있게 들려주는 새서방님이었다. 새악시짜리가 더듬

거리었다.

"저어 거시긔……."

"말씀 허시오."

"그란듸…… 소리 내긔가 점 거시긔혀서……."

"긔헐 게 뭐 있소. 괜치않으니 말씀허시오."

"조지루 왜목친다넌 게 뭔 말인지?"

새악시짜리가 사람들이 수근거리는 말 뜻을 물었을 때, 웃지도 않고 풀어 말해주던 새서방님이었다.

"조지루 朝支露넌 그러니께 조선과 지나 곧 중국과 로서아가 힘을 모두어 왜적을 물리치자넌 것이루, 인믠대중덜 바램이 댕긴 말이지유. 이 믠요가 나온 디가 바루 보천교°였습니다. 보천교란 전라도 정읍땅이서 일어난 민족종교루 한때 6백만 교도를 자랑했던 굉장헌 새종교였지유."

보천교는 20년대 조선 인구가 2천만쯤 되었을 때 6백만 교도라면 인민 세 사람 가운데 한사람이 보천교도였을 만큼 엄청난 교세를 자랑했으니, 사이또[齋藤實]라는 왜제 총독과 아사요시[淺利]라는 총독부 경무국장이 정읍으로 가 보천교 본당인 십일전°에 참배를 할 만큼이었다는 것이다. 열

- 소마 오줌을 점잖게 이르는 말. 소피所避. '소변小便'은 왜말임.
- 십일전十一殿 백두산에서 벤 미인송美人松을 뗏목 엮어 황해바다로 내려다 지은 보천교 성전聖殿으로 십일十一은 흙토土 자를 나타내니, 세상 중심을 말함. 근정전勤政殿보다 두 곱이나 크고 화려했음. 왜제는 보천교 전각들을 죄 경매에 붙였음.

다섯 때 아버지 차치구°따라 갑오봉기에 들었다는 차경석°
은 7척에 가까운 키에 눈에서 불을 뿜는 왈 장수재목이었는
데, 독립운동자들 뒷배를 봐주던 애국자였다고 하였다. 왜
제 손에 박살이 나면서 피를 토하고 죽은 차경석 나이 쉰일
곱이었다고 하였다. 차천자車天子로 불리었던 차경석이 옥
좌玉座에 앉았던 십일전은 왜제가 뜯어 경매에 붙였는데, 서
울 견지동에 있는 태고사• 대웅전이 십일전을 옮겨놓은 것
이라고 하였다.

 "중국에서는 예로부터 황제를 가리켜 천자라구 헸습니다
그려. 저 하늘에 밍을 받어서 백성을 다스린다넌 것이었지
유. 천자가 입넌 증뵉이 황색이었습니다. 제후 또는 작은나
라 왕덜은 황색옷을 입을 수 읎었지유. 우덜 조선 왕덜은 이
성계 이래루 황색옷을 뭇 입구 청색 곤룡포를 입어야 헸습
니다. 중국에서는 스스로를 가리 킬 때 중원中原이라구 헸습
니다. 천하에 한가운디라넌 뜻이었지유. 이 말이 안되넌 오
만무쌍한 말에 불가불•을 걸었던 것이 다산°이었습니다그
려. 천하에 증복판이란 게 워째 중국만일 것이냐구 말이지
유. 아니, 한족漢族들이 스스로를 넢여 쓰넌 '중국'이라는 것
두 말이 안되지유. 워째서 즤덜만이 이 시상이서 증가운디
냐 이말이지유. 지가 서 있넌 자리가 바루 증복판이 되니, 따
루 한가운디가 읎다넌 거지유. 한족만이 중국이 아니라 모
든 나라가 죄 중국이 되넌 것입니다. 이게 바루 중화주입니
다그려. 동이東夷 서륭西戎 남만南蠻 북적北狄 네 오랑캐라
구 얕잡어 봤던 한족덜이었습니다. 지난 수천 년 세월이 그

렸구, 시방두 크게 달러지지 않었습니다. 이건 사상철학과 두 관계 읎넌 것입니다. 무서운 중화이데올로기지유. 각설 허구 천하 한가운디 땅이서 하늘 뜻을 받어 천하를 다스리 넌 사람이 황제라구 봤습니다그려. 그레서 증복판색을 황색 이루 헸습니다. 중국사람덜이 황색을 가장 귀하게 여겻던 디넌 까닭이 있습니다. 중원을 가루질러 흐르넌 황하黃河색 이기 때문이었지유. 황하 물빛은 싯누렇습니다. 황하가 흐르 넌 네둘레 흙바탕 빛깔이 본디 싯누렇습니다그려."

다시 숭늉 한 모금으루 입가심을 하고 난 새서방님이 말 하였다.

"사람을 보구 뭐라구 허넌지 아세유?"

"예에? 사람유우우?"

"예, 사람."

"글씨유우."

"하늘 밑에 벌레라구 헙니다. 숨탄것•이라넌 말인디, 하늘 과 따헌티서 숨이 불어넣어졌다구 헤서 허넌 말이지유. 이 누리에 꽉 차 있넌 만물만상萬物萬像 가운디 사람만이 오직 그 긔운을 오롯허게 받었다구 혀서 만물에 영장이라구두 허

- **태고사**太古寺 이제 조계사曹溪寺.
- **불가불**不可不 어떤 일을 놓고 옳은가 그른가를 따져보는 것. '시비是非'는 왜말임.
- **숨탄것** 하늘과 땅한테서 숨이 불어넣어진 목숨붙이라고 해서, '동물'을 말함.

지유. 그런디 홀로 있어 낳음이 있넌 이치가 읎습니다그려.
이른바 음양지리陰陽之理지유."

"음양지리넌 아번님께서 장 허시넌 말씸이니 저두 알 거
같기두 헌듀. 음양지리 버덤두 새상이란 게 뭐이래유? 사
람덜이 서방님더러 새상운동허넌 냥반이라구덜 허잔남유."

"사상이란 다른 게 아닙니다. 사람이라는 숨탄것이 다른
미적이•들과 다른 점이 뭣이것습니까? 여러가지가 있것지
먼 가장 크게 다른 점은 그러니께 그리움이란 감정에 있을
겁니다. 뭣인가를 그리워헐 수 있넌 글력이 있구 때문이지
유. 뭣인가를 그리워허기 위헤서넌 뭣버덤두 먼저 생각헐 수
있넌 글력이 있어얍니다. 이 생각을 뚜렷헌 질 따러 일매지
게• 봐낼 수 있넌 글력을 가리켜 사상이라구 허지유.

뭣이 옳구 뭣이 그른가? 뭣을 일러 아름답다구 허구, 뭣을
일러 드럽다구 허넌가? 사람이란 뭣인가? 워치게 살어가넌
삶을 가장 아름답구 훌륭헌 삶이라구 허넌가?

사상이루버텀 정치체제가 나오구, 긩제구조가 짜여지며,
모둠살이 횡태가 맨들어지게 됩니다. 예술이 나오구 죙교가
생겨나게 된다 이런 말이올시다. 슨악시비럴 나눌 수 있구,
아름답구 추헌 것을 가려낼 수 있넌 눈이 생겨나게 됩니다.
소위 세계관이라넌 것이 생겨나게 된다 이런 말씀이지유."

새서방님은 새악시 손을 잡았다.

"사상이 같은 사람은 금방 친헤질 수 있습니다. 세세생생
같은 길을 하냥 손잡구 가넌 됭지가 될 수 있지유. 나랑 당
신처럼 말이지유."

새서방님은 막사발 바닥에 깔린 숭늉을 비웠다.

"생각헐 수 있으므루 헤서 사람입니다. 생각은 증신을 말허며, 이 증신이 사상을 이룹니다. 사상은 삶에서 나옵니다. 워떤 땅이서 워떤 삶의 조건 아래 살어왔너냐에 따러 사상이 나오게 되넌 것이지유. 우리 조선을 필두루 헌 동양이서 말허넌 음양오행사상 또한 마찬가지구유."

새서방님은 새악시짜리를 바라보았다.

"사람을 진서루 워치게 쓰넌구 허면, 사긔삿자 볼람자를 씁니다. 사긔는 저 한족 역사가 사마천°이 쓴 역사책을 말헙니다. 역사를 똑바루 볼 수 있을 때만이 마침내 사람이라구, 사람일 수 있다구 했던 것이지유."

4

"미제국주의 괴뢰인 리승만역도의 폭압통치 밑에서 고통받는 남조선 인민대중을 해방시킴으로써 국토완정•을 이룰 수 있는 이 쌈은 그러므로 조국해방전쟁인 것입니다. 이 성

• 미적이 살아 숨 쉬는 '동식물 모두'를 말함.
• 일매지다 모두 다 고르고 가지런하다.
• 국토완정國土完定 나라 땅덩어리 살피(경계)를 똑똑히 못박는다는 것으로,
  6·25 때 내려온 조선민주주의인민공화국 사람들이 썼던 말임.

스러운 과업을 성공적으로 완수하기 위해서는 남조선 인민의 열성적이고도 애국적인 동참이 있어야만 합니다."

국대안 반대투쟁을 벌이다가 경성제국대학 후신인 경성대학에서 쫓겨나 평양으로 올라갔다는 그 젊은 정치군관은 주먹을 부르쥐었다. 붉은별이 달린 군모에 긴 가죽장화를 신은 그 젊은이는 깨끗한 녹색 군복차림이었다. 정치군관이 말하였다.

"청라면 여맹사업은 위원장동무만 믿습니다. 청라면 주둔 인민군 식량보급과 부식보급에 만전을 기해주시오."

인민군이 진주한 8월 초순 청라면여맹위원장에 임명된 아낙은 그때부터 각종 선전「슬로우건」을 부락민들에게 고취하고, 대한민국 정부의 부패타락상을 지적하여 인민군에게 물질적 원조 등을 역설 선전함과 동시에 부녀자와 학생 아동들로 하여금 「김일성장군 노래」「해방의 노래」「진군가」「추도가」「붉은별 노래」 같은 인민가요를 합창하게 하였다. 미제 군대와 국방군과 싸우기 위하여 금강 방어선으로 내리닫고 치닫는 인민군대와 의용군들에게 끼니를 지어 날랐으며 부상병들을 돌봐주기도 하였다. 나중, 그러니까 1951년 9월 21일 대전지방검찰청에서 국가보안법 제1조 2호, 동법 제3호, 동법 제4호 및 비상사태하의 범죄처벌에 관한 특별조치령 제4조 위반 등으로 기소되었을 때 적시된 것들이다.

가, 관련자 인적사항

피의자 한전희韓傳熙 당29세, 女

본적: 충남 홍성군 홍동면 월현리 번지불상

주소: 충남 보령군 청라면 장현리 335번지

직업: 공업(소목)

가입정당 및 사회단체: 조선공산당. 남조선로동당. 조선부녀총동맹. 남조선민주여성동맹(면당위원장).

나, 범죄사실

피의자 한전희는 평소에 적색사상을 포지하고 암암리에 지하공작을 기도하던 자인바 6·25사변이 돌발함을 기화로 남편 김일봉(金壹鳳당34세)가 일제때부터 조선공산당 경성 콤그룹 충남대전 야체이까로 공산세상의 도래를 위하여 암약하여 오다가 8·15를 맞아 남조선로동당 충남도당 문화부장과 대변인 및 전조선농민동맹 충청남도총본부 위원장으로 공산당 수괴인 박헌영°·리관술·리현상° 등과 합류 만행타가 군경에 총살당한 원한을 복수코자 당지에 침공한 북한 괴뢰군과 호응하여

(1) 1950년 8월 15일경일자불상 거주면 장현리 제각祭閣에 설치된 동면 여성동맹사무실에서 동군맹위원장인 동면 옥계리 거주(현기피) 정말순(鄭末順당38세)의 권유에 의하여 대한민국 국헌을 위배하고 정부를 전복할 목적으로 결사된 불법단체임을 지실함에도 불구하고 동 여성동맹위원장으로 피임되어 적극활약한 사실이 있고, 범의를 계속하여

(2) 동년 9월 27일 상피의자 鄭末順, 金判禮(32세,기피중) 등과 시동생인 민주애국청년동맹위원장 金貳鳳(당21세) 外

十여명 민애청원을 데리고 烏樓山으로 도주, 入山하였다가 翌日 再次 保寧郡 靑羅面 長峴里에 復歸하여 울티부락 前 一帶 畓中 또는 堤坊 等에 土壙 8個所를 構築 所謂 靑羅面 黨部라 呼稱하고 同 「아지트」에서 每日같이 密議하여 中共軍이 南下를 開始하여 戰局이 有利하고 平澤, 原州 等 地區를 解放하였는데 生命만을 保存하기 위하여 隱居할 것이 아니라 當地를 解放시킨 後에는 黨的으로 面目이 있으니 女盟, 民愛靑의 細胞 等을 組織하여 靑羅面黨을 再建한 後 早速한 時日內에 人民政權을 復舊하자는 것과 中共軍이 南下함에 民心이 騷亂한 것을 契機로 自首者 또는 地下에 隱居한 者 等을 莫論하고 全部가 連絡線을 가져 黨을 再建하자는 것 等 討議를 遂行할 目的으로,

(3) 1950년 10월 초순경(일자불상) 면민애청위원장인 시동생 김이봉이 거느리는 민애청원 겸 자위대원 배구진裵九鎭 外 8명과 共謀하여 미군과 군경 진주를 방해할 목적으로 大川과 化城간을 관통하는 居面 長山里 前 道路 長 8尺, 深 7尺 假量을 破壞하여서 利敵行爲를 敢行하였고,(女盟員들은 韓傳熙위원장 指揮下에 호미와 竹片으로 道路를 破壞하였음. 그리고 인공기를 휘두르며 만세삼창을 하였던 惡質 赤色分子임.)

동월 일자불상일에 상 피의자는 오서산 마루에서 홍성군 광천읍 여맹위원장인 방귀녀(方貴女, 당32세)와 密會하여 오서산빨치산 衣服修理와 食糧副食 調達 等을 補調함과 아울너 빨치산들이 쓸 지까다비, 毛布, 煙草 等을 自進納付하였으며, 범의를 계속하여(인공직후 있었던 일)

(4) 동년 9월 2일경 동군 여맹위원장 정말순의 지시를 수하여 동면 각 부락에 여맹 선전책 등에게 지시하여 괴뢰군의 식량 보급에 충당케 할 목적으로 각 부락민으로부터 부식물인 된장 3승가량 시가 약 900원, 고추장 3승가량 시가약 900원, 대근大根 약 30개 시가 약 600원, 고추 2승가량 시가 약 8백원 등을 징수하여 보령군 여성동맹 본부에 조달납부하였고,

(5) 동년 9월 12일경 동군 여맹위원장 정말순의 지시를 수하여 동 여맹 선전부원(기피 사살) 박성순(朴成順당29세)에게지시하여 전술한 (4)항과 동일한 목적으로 동면 신산리新山里 부락민으로부터 부식물 된장, 고추장, 대근, 생고추 등 시가 약 5,500원을 할당 징수하여 전술 보령군 여맹본부에 조달납부한 사실이 있고, 범의를 계속하여

(6) 동년 9월 18일경 군여맹위원장 정말순의 지시를 수하여 동면 18개 부락 여맹위원장 등에게 지시하여 괴뢰군 등에게 제공할 목적으로 면포제 국방색 군복(상하) 1착씩을 제작납부토록 할당 군복 18착(시가 약 9만원)을 징수하여 전술 보령군 여맹본부에 조달납부한 사실이 있고, 범의를 계속하여

(7) ① 미제 앞잡이 리승만을 타도하자

② 미제국주의 절대반대 등 불온벽보를 작성 첩부하였고, 범의를 계속하여

(8) 동년 9월 28일 오전 10시경 군경이 대전에 진주함을 계기로 계속 지하운동을 감행할 목적으로 거주면 명대리鳴袋里 후산後山에 설치된 소위 청라면 노동당 「아지트」에 기

피 입산하여 동년 10월 5일경 전술한 1항과 동일한 목적으로 자진 청라면 노동당원으로 가입한 사실이 있고, 범의를 계속하여

(9) 동년 11월 8일 오후 10시경 전술 기피처인 명대리 후산에 비설된 청라면당 「아지트」에서 잠거중인 동면당책 최대진(崔大珍당39세)의 지휘하에 동원된 성명불상자 10명과 동 여맹위원장 정말순 등 피의자들과 공히 13명이 동면 내현리 부락에 침입하여 동부락민들을 협박 백미 1두 시가 약 8천원 상당을 약탈한 사실이 있고, 범의를 계속하여

(10) 동년 11월 9일 하오 9시경 전술한 동면당책 최대진의 지휘하에 동당원 10명과 동여맹위원장 정말순, 피의자 등 공히 13명이 동면 의평리 부락에 침입하여 동부락민 등을 협박하여 백미 5승시가 약 1,200원, 부식물 장유, 된장시가 약 1,400원을 약탈한 사실이 있고, 범의를 계속하여

(11) 동년 11월 4일 오후 10시경 전술 동면당책 최대진의 지휘하에 동당원 10명과 동여맹위원장 정말순, 피의자등 공히 13명이 동면 향천리 불무골 부락에 침입하여 동부락에 남녀 약 20명을 동원 동부락 회관에 집합시켜 놓고 약 10시간에 걸쳐 동부락민 등에 대한 감언이설로서 대한민국을 빙자하며 각종 악선전을 감행 민심을 교란케 한 사실이 있고, 범의를 계속하여

(12) 동년 11월 6일 오후 12시경 전술 동면당책 최대진의 지휘하에 동원된 10명과 동 여맹위원장정말순, 피의자등 공히 13명이 동면 향천리 불무골 부락에 침입하여 동부락민 등

을 협박하고 농우 1두(시가 약 30만원), 백미 5승, 부식물 된장 2승, 장유 2승(합계 시가 약 1,200원) 상당을 약탈한 사실이 유하고,

(13) 동년 11월 10일 오후 9시경 전술 동면당책 최대진 지휘하에 동단원 10명과 동군 여맹위원장 정말순, 피의자 등과 공히 13명이 동면 유현리 부락에 침입하여 동부락민 등을 협박하여 백미 20승(시가 약 10만원), 부식물 된장, 장유, 각 1승(시가 약 1,200원)을 약탈한 사실이 유한 자로서 계속 식량 등을 약탈할 목적으로 각부락에 침입하다가 보령군에 미군과 국방군이 들어온다는 소문을 듣고 퇴각하는 인민군 뒤를 쫓아갈 목적으로 오서산 넘어 홍성군 광천읍까지 갔으나 광천여맹위원장 방귀녀(方貴女 32세), 목수동맹위원장 변판대(卞判大, 당44세)를 못만나자(내외지간인 두 사람은 도피 중) 천안쪽으로 도주하던 중 북녘으로 가는 도중에 있는 친정곳인 홍성군 홍동면 월현리 개월開月에 침입도중 동부락 전측상낭골에서 잠복중인 민보단에게 체포당한 자임.

다. 검찰처분

被疑者 韓傳熙는 1951年 3月 14日 大田地方檢察廳에서 國家保安法 및 非常事態下의 犯罪處罰에 關한 特別措置令 第1條 1號, 4條 5號 違反等으로 起訴되어 同年 4月 8日 다음과 같이 求刑되었다.

韓傳熙: 懲役15年

5

  광천읍 목수동맹 사무실이 있는 구장터로 가던 아낙은 무
춤 서버리었다. 저만치 구장터다리가 보이는 곳이었는데, 얼
라? 웅긋쫑긋•한 사람들 모습이 눈에 들어왔던 것이다.

  오서산 재몬다외를 넘을 때 보게 되었던 민보단사람들이
떠올랐고, 그 여자는 부르르 진저리를 쳤다. 방씨녀 서방인
변판대를 만나려면 목맹이 있는 구장터로 가야 했는데, 구장
터로 가려면 반드시 그 앞으로 흐르는 개울을 가로지른 구
장터다리를 건너야 하는 것이었다. 소마를 보고자 찾아든 솔
수펑이• 덕분에 범 아가리를 벗어나게 되었다고 생각한 아
낙은, 다시 또 진저리를 쳤다. 민보단원들일 것이 틀림없는
사내들이 쥐고 있는 것은 오서산 재몬다외서 보았던 것처럼
날카롭게 끝을 쳐낸 죽창과 쇠몽둥이보다도 더 강퍅한 물푸
레나무로 깎아 오줌독에 담궈 벼린 몽둥이, 그리고 왜병들
이 버리고 간 구구식장총 같은 것들일 터였고, 아낙은 보따
리를 갈마들었다.•

  여맹 본부가 그렇고 목맹 또한 그렇다면 들러볼 곳은 한
군데밖에 없다. 철맹. 철맹으로 가려면 광천역 뒷녘에 있는
벌말로 가야 했는데, 광천역으로 가려면 사람들 눈이 많은
저자거리를 지나야 했으므로, 그 여자는 저자거리 옆댕이를
끼고 도는 개울을 에둘러 가기로 하였다.

  철맹은 철공동맹 줄임말로 철공소며 풀무간 같이 쇠를 다
루는 바치쟁이들이 짠 직업동맹 가운데 하나였다. 철맹원들

을 만나보지는 않았지만 성냥일•과 지위•일은 이웃사촌인
듯 여간 자별하게 지내는 것이 아니었다.

철맹위원장이라는 성냥바치•만 만나고 보면 변판대 소식
을 알 수 있으리라 생각한 아낙은 갈마들던 보따리를 숫제
머리에 얹었다. 그리고 두 팔을 힘차게 내저으며 잰걸음을
쳤는데, 목달이가 긴 장화를 신고 있었다. 검정고무신에 버
리는 옷에서 떼어낸 천을 달아 해방 전 왜병 장교짜리들이
신던 장화처럼 만든 것이었다. 고무신 바닥에는 가죽잠바 떨
어진 것을 얻어다 둘러쌓은 다음 가죽끈으로 단단히 감발을
쳐 놓고 보니—맨고무신을 신었을 때처럼 잘 벗겨지지 않아
산길을 걸어가기 더구나 편하고 달음박질치기에도 맞춤하
였다. 짚신감발을 하던 오서산 인민유격대한테 농구화를 신
게 한 것은 남편이었다. 그러께 늦가을 남편이 잡혀간 다음
뒤늦게 인편으로 받아 본 편지를 읽고 아낙이 장만한 것이
었다. 마을에 있을 때 아낙은 겨울이면 털 돗친 겨울운동화
를 신었는데, 또한 새서방이던 남편이 서울에서 부쳐준 것

• **웅긋쫑긋** 굵고 잔 여럿이 군데군데 고르지 않게 머리가 쑥쑥 불거진 꼴.
• **솔수펑이** 솔숲이 있는 곳.
• **갈마들다** ① 서로 대신해서 번갈아 들다. ② 뒤숭숭한 생각이나 느낌이
  엇갈려 일어나다.
• **성냥일** 대장일. 대장장이가 하는 일.
• **지위** '목수木手'를 점잖게 이르는 말.
• **성냥바치** 대장장이.

이었다. 옛살라비 하늘 같은 전배인 이정 선생 복심비선•으
로 한밭에서 야체이카로 있을 적이었다. 남편 운동마당은 한
밭을 두리로 한 충청남도 얼안이었으나, 이정 선생을 만나러
자주 서울엘 드나드는 눈치였다. 남편이 한밭에서 그렇게 큰
일을 하고있다는 것은 남편이 잡혀간 다음에야 알았고, 그
전에는 그냥 대처에서 무슨 돈벌이를 하는 것으로 알았다.

　蓮姬!
　싸나든날은 제법 더웁습디다 化城나와서 約한시간가량
기다려서 자동차를 타고 大川나와서 점심을 먹고 열두시
반 차로 天安驛에서 나리니 下午다섯시, 大田行列車는 다
섯시십오분인데 즉시 차표를 사가지고 홈으로 오랴닛가 바
로車가 드러오니 잠시도 지체안이하고 定刻에 發車하야 下
午일곱시십오분에 大田驛에서 下車하야 下宿으로 드러오
니 저녁먹기 쏙맛드군요. 나제는 모심고 밤에는 알으실터히
지요 마음노히지 안습니다. 촌에서 살면 일하기는 어려워
도 배급 물건 사기에는 고생은안이하니 오히려 촌살림이 나
슬것갓어요. 大田에서는 배급제도가 점々 더심하야저서 무
슨물건이고 배급안이고는 사지를 못하게 되는군요 몃달전
싸지도 그럿치안이 하든 것이 지금은 외, 배차, 호박갓흔것
도 전부 배급제도로되며, 폭양에 한나절가량이나 「나라베」
를 하엿다가 겨오 두서너식구가 두서너씩 먹을것을 사게되
니 그노릇못하겠드군요. 그럿케 한나절 기다리다가도 중간
에서 賣切이 되면 헛탕을 치고 도러스게된다함니다. 차라리

일을 좀 어려웁게하는것이 나흘것이 안임닛가. 여러가지를 생각하야 보건대 살림이라고 시작할 렴의가업서 다시 노력 하엿스니 련희도 그리아르시고 다시생각 말으시요 여긔에 비교하면 촌살림은 편하기가 태고적이라할슈있습니다 다만 모심고밧매기에 힘드는 것이 험이라하겟스나 식구가 여럿이니 번갈어서 일을하면 과히 못견될정도에 일으지안이 할듯, 임신중에 무리한일을 하면 좃치못하고 태아의게 해 가되는 것이니 주의하시고, 마음이 명랑하지안이하야도 해로운 것이니 아무조록 여러가지를 너그럽게 생각하고 편협한성질을 쓰지안토록 하시요. 쌔나든 전날 내가 일으든 여러가지 말슴을명심한다면 긔필코 훌늉한 안해와 훌늉한 어머니가 될 것이니 범연히 알지 말으시기를 간절히바라나이다. 말슴안이하드래도 잘알으실 터히지만 우리 내외의 책임은 실노 가벼웁지 안슴니다. 여러대의 종손이되는 관게로 우흐로 祭祀를 밧들고 한집의 웃듬이되여 家事를 處理하고 이외 兄弟를거나려가라면, 인격도 업서〃는 안이되고 수단도잇서야하고 덕의도 잇서야 하고 모든 것이 우리내외의 게 달렷슨즉 그책임이 중한 것을 ○○○○○○○○(여덟 자가 떨어져 나갔음)게 갓지안이하면 안이됨니다 이만 주림니다 종〃편지하시기 바라압 홍성편지 곳붓치섯나요? 七月十日 夫 金壹鳳

● **복심비선**腹心秘線 마음 속 깊은 뜻을 주고받을 수 있는 심복 손발.

大田府春日町三丁目一○二 魚林連海方 ○○○○殿 이 주
소로 편지 붓치시오

닐거볼册

李泰俊 · 韓雪野 · 李箕永 · 姜敬愛 · 白信愛小說. 林 和 ·
權 換 · 兪鎭五詩.

영복이 놈이 아버지를 부른 것은 다저녁 때였다. 양력으
로 칠월 초순이었다. 모깃불이 매캐한 연기를 뿜어주는 마
당 한복판 멍석 위에 줄남생이• 늘어안듯 한 식구들이었다.
저마다 두 해가 다 되도록 돌아오지 않는 자식과 돌아오지
않는 언니와 돌아오지 않는 오라버니 걱정을 하며 저녁상을
기다리고 있었다. 풀떼기죽•이 놓여진 늦은 저녁상을 든 아
낙이 막 부엌 문지방을 넘을 때였다. 멍석가를 기어다니며
개아미며 땅강아지며 풀무치며 여치며 장칼내비•며 노린재
같은 벌레들과 동무하여 놀던 아이가 어슨듯• 고개를 잦히
며 부르짖었던 것이다.

"아부지!"

네 살이라지만 설은살•이어서 태어난 지 꼭 2년 7개월 된
그 아이는 타는 듯 붉은 새털구름이 덮여 있는 한밭 쪽 허공
을 바라보며 두 번 더 부르짖었다.

"아부지! 아부지!"

그렇게 또렷한 발음으로 세 차례나 소리 쳐 아버지를 부
르고 난 그 어린아이는 발딱 잦혔던 고개를 꺾으며 으앙! 하
고 울음을 터뜨리었다. 어마지두•에 밥상을 떨어뜨려 박살

을 낸 아낙이 구르듯 달음박질쳐 와 아이를 끌어안으며 젖꼭지를 물렸다. 아이는 받아들일 생각은 하지 않고 자꾸 깨물기만 하는 것이어서 여간 아픈 게 아닌 젖꼭지였으나 입을 뗀 것이 고마워 깨물리는 젖꼭지가 아픈 줄도 몰랐는데, 식구들은 벙어리인 줄 알고 한걱정•을 하던 아이가 입을 뗀 것만이 다만 신통해서 저녁을 생으로 굶고도 배고픈 줄을 몰랐다. 그러니까 그때 아이가 아버지를 부르던 때 아이 아버지 되는 이 염통에는 총알이 박혔던 것이었다.

　도망꾼의 봇짐을 꾸려 쥔 아낙이 떨어지지 않는 발길로 다시 또 고개를 돌렸을 때였다. 할머니품에 안긴 아이는 잠이 들었는지 눈을 감고 있었고, 할아버지나 삼촌들 심부름을 갔는지 일곱 살짜리 계집아이는 보이지 않았다. 돌림자좇아 지은 호적이름이야 따로 있었지만 사내아이는 집에서 영복永福이라고 불렸고 계집아이는 순복順福이라고 불리었

- **줄남생이** 크고작은 것이 줄대어 있는 것을 가리키는 말. 남생이 : 거북이와 비슷한 남생이과 민물동물.
- **풀떼기죽** ① 잡곡 가루로 묽게 풀처럼 쑨 죽. ② 범벅보다 묽고 죽보다 된 죽.
- **장칼내비** 도마뱀.
- **어슨듯** 문득. 갑자기.
- **설은살** 덜 익은 나이. 꽉 차지 않은 나이.
- **어마지두** 무섭고 놀라와서 정신이 얼떨떨한 판.
- **한걱정** 큰걱정.
- **도담도담** 어린아이가 탈없이 잘 자라는 꼴.

으니, 오래오래 도담도담• 순탄하고 행복하게 살아주기 바라는 아버지 뜻이 담긴 것이었다.

해방이 되고 나서는 더구나 보기 어려운 남편이었다. 시아버지가 잘 쓰는 문자로 '묵돌불가금'이었다. 새 나라 건설에 바빠 그야말로 신 벗을 사이가 없는 것이었다.

한밭·충남 야체이카로 있을 적에는 그래도 글씨 궁구를 하라며 체잡은 헌 신문지 속에 훌륭한 안해, 훌륭한 며느리, 훌륭한 딸, 훌륭한 어머니, 훌륭한 형수가 되기 바라는 편지글이 들어 있었는데, 해방이 되고는 당사업과 농맹건설 일로 눈코뜰 사이가 없는 듯하였다. 엄숙한 일이나 말도 우스개처럼 슬쩍슬쩍 들려주는 사람이었으니 – "명치明治 끝에 대정大正을 박으니 소화昭和가 될 리 없다." 강도 왜제가 조선이라는 날고기를 입에 집어넣었지만 끝내 소화를 못하고 게워낼 수밖에 없으니 곧 해방이 된다는 말이라고 왜제 끝무렵 떠돌던 참요讖謠를 풀어주던 남편이었다.

『볼셰비끼혁명소사』『레닌주의의 기초』『자본주의의 한계』『역사의 제문제』 같은 책들을 읽어보라고 하였다. 철학의 근본문제를 알려주는 수준 높은 사상책들만을 읽어보라는 것이 아니었다. 『신흥』°이며 『별건곤』°이며 『삼천리』°에 『과학전선』° 같은 잡지들도 열심히 읽어보라고 하였다. 꼭 좌익 쪽에서 내는 책과 잡지만을 읽으라는 것이 아니었다. 우익 쪽에서 내는 것들도 읽어 그네들 생각이 무엇인지를 알아두어야 한다는 것이었다. 중도계열 또한 마찬가지라고 하였다. 그런데 이렇게 말은 쉽게 하지만 무엇이 좌익이고 무엇이 우익이며 무엇이 그리고 중도인지를 알아내는 것이 그렇게 쉬운 일이 아니라는 것이다. 그 책 성격을 똑바르게 알아내기 위해서도 책을 읽는 수밖에 없으니, 책 속에 모든 길이 들어 있다는 것이었다.

『佛陀の教說』이라는 삼성당三省堂에서 나온 책을 펼치면 끼워져있는 광고지가 있다. 1931년 개조사改造社에서 박아낸 『資本論』인데 河上肇· 宮川 實譯이다. 「자본론의 생명은 萬古不易이다」「이제 萬人 모두 資本論으로 돌아가서 다시 읽어야겠다.」 제1장 '상품'에서부터 제12장 '분업의 기본형태'까지를 설명하고 있는데, 재미있는 것이 '勞働'이란 글자이다. 우리는 움직일 동動자를 쓰는데 왜인들은 굼닐 동働자를 쓰는 것이다. 담배를 쌓던 은박지 안쪽에 적힌 시가 있다. 〈현대일보〉°에 실렸던 유진오° 시 「횃불─8·15의 노래」

웅성깊은 수풀처럼
조용대는 깃발 깃발
부랑캇트 환히 하늘을 뚫어
ㅇ이 달은 심장心臟이 아퍼

피와눈물이 뒤섞인
까아만 얼굴 우에 주름을 잡고
끝없는 부르짖음이
ㅇ성 ㅇ聲처럼 지축地軸을 흔들어

거대한 생명이 대열을 지으면
염염炎炎히 타는 불길되어
거리마다 인민의 마음 속속드리
아! 조선은 야만野蠻이 아니다

풍장치며 가는 농민도
어머니 손에 매달려 가는 어린 아해도
한결같이 외치는
'정의의 손으로 탈환하여라'
앞에서 들려온다
뒤에서도 들려온다
바다와 같이 고함치며
바다와 같이 깊은 마음들이

써근 강냉이와 밀가루에
쫓기고 밀려나온 겨레들이
여기 모다 한데들 모여
군정軍政을 인민에게 넘겨달라고
동무여 너도 나도 목이 쉬였다

파랑이며 나부끼든 깃발 깃발
우리들 각지끼고 뛰여들 때엔
너는 모든 산허리에 꼽혀서
활활 횃불처럼 타라

1935년 5월에 나온 『신흥』이라는 철학잡지 8호에는 경성제국대학 출신 조선인 청년들이 낸 잡지였는데, 연필로 줄이 쳐져있었다. 조벽암°이 쓴 「참된 영예榮譽」란 시 첫련이었다.

飛躍은 歷史의 마디
辨證法의 수래바퀴다
참은 비약의 기름
삶과 죽음의 차디찬 理性이다

잡지 여백에 달필로 적혀 있는 남편 철필글씨이다.

易에 대한拙見

野蠻時代에서 文明時代로, 母權社會에서 父權社會로, 原始共産制에서 奴隷制로 進出하는 時代의 勞作이다. 惱좋은 먹물, 곧 識字層에서 만들어 낸 呪文에 지나지 않는다. 巫女의 비나리°같은 말이지만, 한가지 취할 점이 있으니, 바로 辨證法이다. 변증법적, 그러니까 否定의 눈으로 事物과 現象을 보는 것은 좋은데, 그렇게 본 視覺이 가 닿게 되는 언덕이 支配階級의 이해관계라는 점이다. 한마디로 易 또한 지배계급을 지켜주는 護衛兵인 것이다. 冊을 어떻게 읽

• 비나리 앞날 흐뭇한 삶을 비는 말.

을 것인가?

남편이 읽어보라는 책들은 거지반 남편 책장에 꽂혀 있었다. 서청 출신 서울시경 특별경찰대가 거미줄 느리•면서 시아버지가 몰래 땅에 파묻고 덮잡기•해 가 그렇지 책방에 골방에 사랑방에 수박씨처럼 촘촘히 박혀 있던 책들이었다. 조선책도 있고 진서책도 있고 왜서책도 있고 양서책도 있었다.

밤을 패어가며 읽어 봤는데, 알 것도 같고 모를 것도 같았다. 앎 바탕이 되는 사회과학이며 역사과학 그리고 일반지각에 대한 다져진 지식이 없는 탓이었다. 그러나 시집 와서 두어 달 동안, 그리고 남편 말을 따르자면 '서신투쟁'으로 익히게 된 사회과학이며 역사적 여러 문제에 대한 배움이 큰 밑천이 되어 기본적인 사상철학책들을 읽어낼 수 있었다. 남편이 읽어보라고 한 책 가운데는 러시아 글지• 톨스토이가 지은 『부활』과 볼셰비끼• 여성글지라는 콜론타이°가 쓴 『붉은 사랑』이라는 소설책이 있었는데, 그 여자가 부르짖는 여성해방이라는 것이 무엇인지 영 아리송하기만 하였다.

〈그 여자는 다른 여자들에게 공산주의 방식으로 애를 어떻게 키우는지 보여주고 싶었다. 부엌도 필요없고, 가정생활도 필요없다. 그런 것은 쓸데없다. 반드시 해야 할 일은 탁아소를 조직하고 자영공동주택을 설립하는 것이었다. 실천은 설교보다 더 좋은 것이다.〉

"신랑짜리는 인격적이룬 그저 다시 읗이 좋은사람입니

다만……."

"허, 뭔 하자가 있넌 사람이외까?"

"하자라기 버덤두……."

"허, 답답하외다."

"저 거싀기 사상적이룬 그러니께 뵌뵈기* 보루세빗구다 이런 말씸입니다유. 그쪽 보령 을안이선 호가 난……."

중신아비 되는 이와 친정아버지가 말하는데, 규수짜리가 한 말이었다.

"누가 새상과 혼인허남유. 인긕이 훌늉헌 츤재면 그만이쥬우."

보령군에서는 남편 김일봉이 태어나서 자란 곳이라 하여 청라면을 민주면民主面이라 하고, 청라면에서는 장현리長峴里 가운데서도 울틔를 민주촌民主村이라 하였으니, 동네사람들로서는 그지없이 영광스러운 일이었다. 그래서 을틔사람들은 비록 오서산 밑 깊은 산골짜기에 사는 촌무지렝이일망정 삼동네 이웃사람들 앞에서도 흰목을 잦히며 뽐을 낼 수 있었던 것이다. 그러던 사람들이 맥아더 미제 침략군한

----

* **거미줄 늘이다** 비상경계망을 치다.
* **덮잡기** 빼앗음. 뺏아둠. 잡아둠. 거둠. '압수押收'는 왜말임.
* **글지** 세종대왕이 훈민정음을 만들었을 적부터 썼던 말로, 글 짓는 사람을 말함. 대한제국 때까지 쓰였음. '작가'는 왜말임. 글지이.
* **볼셰비끼** 모범적인 공산주의자. 과격한 혁명주의자. 또는 과격파. 러시아 혁명에서 정권을 잡은 레닌주의를 좇던 다수파를 말함.
* **뵌뵈기** 본보기. 본. 본때. 거울. '모범'은 왜말임.

테 서울을 빼앗겼다는 소식이 돌면서 입을 다물기 비롯하더
니, 천안과 조치원을 빼앗기고 대전까지 내어주게 되었다는
흉흉한 말이 돌고부터는 숫제 발길을 끊었던 것이다. 시아
버지는 토지분배위원장이었고, 당자는 전국농민동맹 충남
본부위원장이었으며, 큰시동생은 남조선민주애국청년동맹
위원장에, 아낙이 남조선민주여성동맹위원장을 하는 그 집
은 하나밖에 없는 목숨을 성스러운 민주제단에 바친 혁명렬
사 유가족이었다.

"만고역적 리승만도당의 괴뢰집단 전면적 궤멸!"

"리완용의 정신적 후예인 매국노 리승만 타도!"

"역적괴수 리승만 생포!"

"우리의 영명한 청년지도자 김일성장군 만세!"

"조선민주주의인민공화국 만세!"

"쓰딸린대원수 만세!"

"세계민주진영의 성벽인 쏘련만세!"

"조선민족의 친애하는 벗이시며 세계약소민족의 해방자
이신 쓰딸린대원수 만세!"

붉은 페인트로 더께더께• 칠하여 놓은 여러가지 베간판
표어들이 집집마다 담벼락마다 붙어 있었다. 그 밑에 웅긋
쭝긋 늘어선 사람들은 입에 거품을 물었다. 이북과 이남 어
느 쪽에서, 그러니까 공산주의와 자본주의 가운데 누가 먼
저 선손•을 걸었느냐를 가지고 다투는 모양이다. 그러나 문
제는 누가 먼저가 아니라 왜?가 먼저가 아닐까 생각하는 아
낙이다. 이른바 '애치슨라인'이라는 낚싯밥을 던졌던 미제

가 아닌가. 그리고 아낙한테는 풀리지 않는 의문이 있었다. 아낙만이 아니라 누구나 품고 있는 의문이었으니, 유월 이십팔일날 새벽에 수도서울을 두려 뺀 인민군이 왜 사흘 동안이나 서울에서 묵새기질˙을 쳤느냐는 것이다. 그때는 양키병대가 들어오기 전이었으므로 꼭두군사˙ 나부랑이에 지나지 않는 남조선 국방군이야 부산 앞바다로 밀어넣을 수 있었기 때문이었다.

마을에는 붉은완장을 차고 다니 는 사람들이 많아졌다. 무어라고 글씨를 쓴, 그러니까 훈민정음으로 「자치대」라고 쓰고 진서眞書로 「自治隊」라고 서당 훈장이 써 준 것 같은 붉은완장을 찬 우락부락하게 생긴 청년들이었다. 머슴 출신도 있고, 소작농 출신도 있었으며, 난데서 들어온 사바공산주의자˙도 있었는데, 하나같이 밤 문 얼굴들이었다. 그들은 어디서 났는지 구구식소총과는 다른 낯선 총을 메고 다니면서

- **더께더께** 어떤 물기 같은 것이 덕지덕지 덧쌓여 쳐발라진 꼴.
- **선손** ① 남이 하기 앞서 하는 일. ② 먼저 한 손찌검. 선先손 쓰다.
- **묵새기질** ① 따로 하는 일 없이 한군데 오래 묵으며 날을 보냄. ② 애써 참으며 잊어버리거나, 별것 아니라는 듯 슬쩍 넘겨버림.
- **꼭두군사** ① 꼭두각시 놀음에 나오는 군사軍士. ② 기동성이 없는 군졸軍卒에 빗댄 말.
- **사바공산주의자** '사바娑婆'라는 말은 왜제 때 군대·감옥·유곽 같은 데서 자유로운 바깥세상을 가리키는 변말로, 감옥맛을 본 공산주의자들이 그렇지못한 공산주의자들을 나지리 여기는 속된 말이었음. 출가승려들이 재가신도들을 가리켜 '속인俗人'이라고 하는 것과 비슷함.

집마다 얼마쯤 양식을 지니고 있는지를 따지는 식량보유량을 조사해갔다. 더러는 그저 아무런 글자도 씌어 있지 않은 붉은헝겊 조각을 팔뚝에 감고 다니는 사람도 있었다.

집집마다 인민공화국기가 나부꼈다. 이른바 혁명과 해방을 속 뜻으로 한다는 붉고 푸른 바탕 속 흰 동그라미 안에 반짝이는 붉은별. 이 깃폭이 얼마나 많은 이 나라 사람, 이 나라 사람 가운데서도 피끓는 젊은이들 동경 표적이었던가. 얼마나 많은 젊은이들이 죽어갔던가. 또 한줌도 못 되는 친왜친미 민족반역배들한테 두려움 표적이었던가.

마을사람들이 갑자기 아낙이 사는 김진사댁으로 몰려들었다. 공화국기를 그리기 위해서였다. 공화국기를 그리려면 잉크나 물감이 있어야 하는데, 붉고푸른 잉크를 쓰는 집은 혁명렬사 유가족이 사는 김진사댁밖에 없었던 것이다.

아낙네 집이 '진사댁'으로 불리우는 데는 까닭이 있으니, 아낙 시할아버지, 그러니까 남편 김일봉씨 할아버지가 조선왕조 마지막 과거시험인 저 갑오년 생진회시生進會試에서 진사입격을 했던 것이다. 열다섯 살 때였다. 갑오왜란을 맞아 그때까지 궁구했던 시문詩文이 뒷간• 수지• 쪽 만도 못하게 된 김도령은 부담농• 놓여진 조랑말 타고 집으로 왔는데, 그때부터 입에 넣는 것은 밥이 아니라 술이었다. 을사늑약乙巳勒約을 당하자 별채 글방에서 목을 매었다가 식구들한테 들켰는데, 낱알기 끊기 달소수 만에 이뉘를 떠난 것은 그로부터 꼭 다섯 해 뒤였다. 경술국치庚戌國恥를 당했을 때였다. 맏손자를 깍듯이 괴이던• 시할머니가 돌아가신 것은 아낙이 시집온 다음 해, 그러니까 해방 전해였다.

일장기日章旗를 끌어내리고 걸었던 태극기太極旗를 끌어
내린 사람들은 조선민주주의인민공화국기朝鮮民主主義人民
共和國旗를 걸었다. 그리고 두 팔 높이 치켜올리며 목이 찢
어지라고 소리쳤다.

"죄선민주쥐이인믜인꿩하구욱 만서이!"

"충청도땅이서 태어난 인믜인대중에 이응원한 붓 박흔옝
슨상만서이!"

"조선에 빌인 긔밀셍 청년장군 만서이!"

"세계약소믠족에 붓 쓸딸린대원수 만서이!"

마을마다 인민위원장이 뽑히면서 『해방일보』와 『조선인
민보』를 교재로 학습투쟁을 하고 궐기대회를 하는데, 낯선
사람들이 단 위로 올라갔다. 왜제 끝무렵과 리승만단독정부
에서 선이 끊어졌다가 인공세상이 되면서 다시 잇게 된 세
포위원들이었다. 텁수룩한 차림에 광대뼈가 드러난 얼굴이
었는데 눈빛만 날카로왔다.

"조국과 민족을 위하여 우리는 이 악독한 미제국주의와

- **뒷간** 똥오줌을 누는 곳. 측간廁間. '변소便所'는 왜말이고, '화장실化粧室'은
  양말임. 절집에서는 '정랑淨廊'이나 '해우소解憂所'라고 함.
- **수지** '밑씻개'로 쓰던 못 쓰게 된 종이. '휴지休紙'는 왜말이고, '화장지化
  粧紙'는 양말임.
- **부담농**負擔籠 옷이나 책 같은 것을 담아 말 등에 싣던 농짝. 부담.
- **괴이다** 괴다. 굄. 고임. 총애寵愛.

그 주구인 리승만 매국도당들을 쳐부셔야 합니다.”

"우리 조국의 완전자주독립을 전취하려는 이 성스러운 대
열에서 낙오하려는 비겁한 자는 적어도 우리 면에는 한놈도
없을 것입니다!”

"옳소! 옳소!”

"우리는 먼저 그러한 반동분자와 가열차고도 무자비한 투
쟁을 하여야 할 것이오!”

부르쥔 주먹을 휘두르는 세위들이었다. 세위들 목울대에
핏대가 섰다.

"강도미제 사주로 말미암아 육이오를 기하여 강도 미제국
주의, 흡혈귀 미제 사주를 받은 리승만 매국도당이 동족상잔
불집을 터뜨려서 평화를 애호하는 우리 인민공화국으로서
도 마침내 이를 반격하지 않을 수 없어서…… 우리 인민의
가장 우수한 아들딸들인 영용한 우리 인민군은 영웅적 반격
을 시작한지 불과 육십시간 만에 수도 서울을 완전 해방하
여 리승만도당의 야만적인 압제하에 신음하던 백오십만 서
울시민을 구출하고 계속 남진하여 한달 미만에 적 최대 거
점인 대전을 해방시키고 경기도와 충청도를 완전 제압하였
으며, 이제 전라도를 석권하고 경상도로 밀고들어가 귀축
미영•과 그 주구인 리승만반역도당 졸개들을 낙동강 밑으
로 내리밀었으니, 저 파렴치한 흡혈귀 침략자 미제와 그 졸
개들을 남해바닷 속으로 몰아넣을 날도 멀지 않았습니다.”

도당에서 내려온 무슨 부장동무 말이다. 해방 다음 해 여
름 미군정청에서 여기저기 흩어져 있던 단과대학들을 한군

데로 모아서 국립서울대학교를 만들었다. 이른바 '국대안'을 추진했을 때 거세차게 반대했던 상당수 교수와 학생들이 있었는데, 식민지 지배층을 양성하고자 경성제국대학을 세웠던 것처럼 미제 또한 후식민지 지배 하수인으로 양성하고자 만든 국립서울대학교였고, 미제 뜻이 관철되면서 평양으로 올라가 교수 부족에 허덕이던 김일성대학교 교수가 되었던 3백여 명 경성대학 교수 가운데 한이*라고 하였다.

"만고역적 리승만괴뢰도당이 저들 상전인 강도미제 사주를 받아서 무모하게도 일으킨 육이오 불법침공에 대하여 영용무쌍한 우리 인민군이 정의의 칼을 잡고 일어서서 손쉽게 이를 물리치고 도주하는 적을 추격하여 단시일 내에 일통조국의 성스러운 국토완정 과업을 완수하려던 찰라에 흡혈귀 미제의 야만적인 무력간섭으로 말미암아 필요 이상 고귀한 피를 흘리게 되었소이다.

그러나 이미 적 최대 거점으로 완강히 버티던 대전이 함락되고 적은 대구부산이라는 묘액*안으로 쫓겨가고 있어서 이들을 완전히 남해바닷 속으로 몰아넣는 것도 이제는 시간

- **귀축미영**鬼畜米英 귀신과 짐승이고, 잔인한 짓을 하는 자이며, 하는 짓이 아담하거나 단정하지 못하여 더럽다는 뜻에서— 왜제가 미국과 영국을 일컫던 말임.
- **한이** 사람을 헤아릴 때는 반드시 '한이' '둘이' '서이'…… 해야지 '하나' '둘' '셋'이라고 해서는 안됨.
- **묘액**猫額 '고양이 낯짝'이라는 말로, 매우 좁은 땅을 가리킬 때 쓰던 말임.

문제로 되고 있소이다.”

김대 교수는 보리차를 한 모금 마셨다.

“한편 해방지구에선 력사적인 각급 인민위원회와, 력사적이고도 세기적 과업인 토지개혁이 급속도로 진행되어 가고 있습니다.”

김대 교수는 목이 타는지 다시 보리차를 마셨다.

“이 토지개혁에 대해서는 할 말이 있습니다. 저 고리• 공민왕 십오년 때이니, 꼭 584년 전이올시다. 영도첨의사사로 정권을 잡은 변조스님 신돈이 토지개혁을 합니다. 자진신고를 받는 데 수도인 개경은 보름 외방인 각도에는 40일 말미를 줍니다. 각설하고, 불철저하나마 한 두 달만에 토지개혁을 해냅니다. 그때 개경사람들이 땅을 차고 솟구쳐 오르며 소리쳤으니, 성인이 나오셨다!였습니다. 진사辰巳에 성인출聖人出이라는 비기秘記가 맞았다는 것이었지요. 토지개혁을 이루기 전 해와 전전 해가 바로 갑진년甲辰年과 을사년乙巳年이었거든요. 신돈이 이제로 말하면 수상首相인 영도첨의사사사領都僉議使司事가 된 것이 개혁이 이루어지기 전 해인 을사년이었거든요. 제가 새삼스럽게 신돈개혁을 들먹이는 데는 까닭이 있습니다. 청년장군이 단 열흘만에 이룬 토지개혁이야말로 신돈개혁 이후 육백년만에, 아니, 단군 개국 이래 맨 처음 이뤄낸 인민혁명이기 때문입니다. 조선인민공화국 사람 가운데 농사 지을 힘이 있는 농군들은 집집마다 평균 1.35정보, 약 4천평까지 제땅을 가질 수 있게 되었습니다. 송곳 꽂을 땅 한뼘 없던 농군들이 하루아침에 4천평

이상 땅을 갖게 됨으로써 혁명 주체세력이 되었습니다. 지주와 자본가는 뿌리채 뽑혀 버렸지요. 불교와 천주교의 재정기반이 약화되고, 기독교를 기반으로 하던 황해도와 평안남북도 평야지대의 지주와 자본가, 이른바 민족주의 세력기반이 송두리째 없어졌습니다. 뿐인가요. 진보적 로동법령과 녀남평등권, 주요 산업시설의 국유화가 이루어졌습니다.

북조선림시인민위원회에서 공포한 3월 5일자 토지개혁법령 공포는 3월말까지 참으로는 3월 15일까지 5정보 이상 소유자는 자진신고하라는 것이었는데, 1정보는 3천평이니 약 1만5천평이 됩니다. 5정보 이상 소유한 지주는 토지뿐 아니라 모든 재산을 몰수당한 후 다른 지역으로 이주되었습니다. 소작농들과 분쟁을 피하기 위해서였지요. 다만 그 경우에도 직접 농사짓는 토지는 국유화하지 않았습니다. 종교단체 경우에도 5정보가 넘으며 소작주였으면 몰수되 었구요.

이 세계에서 공화국정권 농군들보다 행복한 농군은 없습니다. 어서 빨리 일통조국이 되어 남반부 농군들도 행복하게 살아야 합니다. 서울에 내려와 계신 우리 공화국 농림상 박문규°동지 지휘하에 해방지구에서 토지개혁이 진행되고 있습니다. 여태껏 간악한 제국주의자 및 악덕지주와 자본가들

• **고리** '高句麗'와 '高麗'라고 쓰고 읽을 때 '麗'자는 '고울 려'가 아니고, '나라이름 리'로 읽고 써야 함으로, '고구려'가 아니라, '고구리' 이고, '고려'가 아니고 '고리'임.

압제와 착취에 신음하던 인민들이 비로소 진정한 해방을 맞이하여 얼마나 기뻐하고 있는가는 해방이 된 지 한달도 못되는 동안에 서울시 및 부근 해방지구에서 이미 54만 녀남학생과 청년들이 솔선자진하여 의용군의 성스러운 대열에 가담하였음을 보아서도 알 수 있습니다.

우리는 하루바삐 타파해야 할 봉건유제인 옛 허울을 벗어버리고 새 시대 맑은 공기를 호흡하여야 할 것이외다. 이 가열무비한 조국해방전쟁에 있어서 우리만이, 우리 충청남도만이 낙오되었다 하면 앞으로 우리는 과연 우리 위대한 공화국 공민으로 존치될 수 있을 것인가? 우리 위대하고 자랑스런 공화국 공민인 충청남도 보령군 청라면 여러 동무들은 깊은 생각이 있어야 할 것입니다. 두서없는 말씀 들어주셔서 감사합니다. 조국해방전쟁 승리 만세! 위대한 청라인민 만세!"

「민주선전실」이라는 것이 생겼다. 마을 몇 군데에 집회실을 마련하여 두고 아침저녁으로 동네사람들을 모아 시국에 대한 이야기를 들려주고, 해방일보며 조선인민보 같은 신문에 난 "8월을 해방의 달로 하여야 한다"는 주먹만 한 5호 활자를 읽어 들려주며 아낙네와 아이들을 모아놓고

"아침은 빛나라 이 강산

은금에 자원도 가득한

·····················."

같은 '인민가요'를 가르쳤다. 아낙이 사는 울틔에서는 구장네 사랑방과 방앗간집 육손이네 매조밋간*이 민주선전실

이 되었다.

　여맹위원장을 맡은 8월에 들어서면서는 신문을 보기가 두려워지는 아낙이었으니— 서울에서 대전으로, 대전에서 보령읍내로, 보령읍내에서 청라면으로, 청라면에서 리맹 사무실이 있는 장밭 황학병네로, 황학병네서 위원장동무가 사는 울틔까지 예전 역말에 딸렸던 기급 단 벙거지•처럼 기차편과 자동차편과 그리고 인편으로 전해졌으므로 사나흘씩 어떤 때는 일여드레씩 걸리는 구문이었지만— 고양이랑 수원이랑 대전이랑 영동이랑 순창이랑 고창이랑 남원이랑 함평이랑 영광이랑 문경이랑 거창이랑 산청이랑 여러 도 여러 군에서 기관포로 엠원으로 카빈으로 수류탄으로 일본도로 대창으로 쏘아죽이고 터뜨려 죽이고 찔러죽였다. 리승만이 개들이 저지른 학살만행은 어느 것 하나 눈을 뜨고 볼 수 없고 귀를 열고 들을 수 없는 것들이지 만, 더구나 차마 끔찍해서 눈이 감겨지고 귀가 닫쳐지는 이야기가 있으니, 전라북도 남원군 대강면 강석마을이다. 북미합중국 병대가 인천에 올라오면서 전세를 역전시킨 미군은 국군한테 명을 내렸는데, 강석마을로 들이닥친 11사단 전차대 소속 군인들이 새벽에 들이닥쳐 100여 가구 500여 명이 살던 70여 채 집에 불을

• **매조밋간** 벼를 매통에 갈아서 매조미쌀을 만드는 방앗간. 매조미쌀: 왕겨만 벗기고 속겨는 벗기지 아니한 쌀. 곧 '현미玄米'를 말함.
• **기급急急 단 벙거지** 예전 역졸驛卒 같은 하례下隸들이 급한 소식을 알리러 갈 때 '急急'이라고 쓰인 쓰개를 하고 달렸던 데서 온 말임.

질렀고, 끌고 간 마을 청장년 90여 명을 쏘아죽여 논구렁과 그 곁 순창으로 가는 골짜기에 떨어졌다. 그러기 전 몸에 핏종발이나 있어 보이는 19명을 마을회관 앞으로 끌고 가 한 명씩 일본도로 목을 내려쳤는데, 헝겊으로 눈을 가리고 목을 친 다음 소금을 뿌렸다고 한다. 비린내가 나지 않게 하기 위해서였다는 것이다. 치떨리는 이야기는 또 있으니, 신원이 없는 사망자를 '아기'라고 표기했다는 점이다. 세상에 태어난지 얼마 되지 않아 이름도 정해지지 않은 채 학살당한 그 생명들은 '김아기'·'이아기'이거나 막내인 경우 '박막동', 그렇지 않으면 '최언년'·'정끝순'·'류동이'식으로 이름이 매겨진다. 군인들은 일본도에 목이 잘렸으나 채 죽지 않고 신음하는 사람이 있으면 떡메로 머리를 쳐서 죽였다고 한다. 그리고 일본도로 목을 쳐 죽이는 것은 왜제시대 왜병들이 독립지사들을 잡아 죽일 때 그랬던 것처럼 공포감을 주기 위해서였다고 한다. 사람이라는 동물은 총알이 몸에 박히는 것보다 '날이 선 연장'이 신체에 닿을 때 훨씬 더 큰 공포를 먹게 마련이다. 저 불란서대혁명 때 있었다는 길로틴, 곧 단두대斷頭臺란 것이 그렇고, 조선왕조 때 있었던 망나니 칼춤이란 게 다 그렇지 않은가.

남조선 일대에서 저질러지는 것은 군경만행만이 아니었으니 리승만이를 사냥개로 부리는 미제 침략군이 여러 도 여러 군에서 무고한 인민을 수없이 학살하였다고 하였다. 지리산 두리 8백리 안에서 결사항전하는 남부군 인민유격대를 몰살시키고자 한 발만 떨어뜨려도 사방 50미터 안에 있는 미적이들은 섭씨 2천도가 넘는 쇳조각 하나만 스쳐도 그 자리에서 까만 숯덩이가 되어버려 원자탄 버금간다는 '네이팜'이라는 신형 폭탄을 터뜨리는 것과 함께 무수히 부녀자들을 능욕하고 말리는 사람들을 그 자리에서 죽여버린다는 것이었다.

36년 동안, 아니, 남편 말을 따르자면 1876년 쳐들어 온 강화왜란부터 꼽아 69년 동안 왜제한테 갖은 착취와 닦달을 받고 나서 뼈만 앙상하게 남은 가엾고 불쌍한 조선사람들인데 – 같은 겨레끼리 서로 아껴주어도 시원찮을 것을, 사상이 다르다는 이유만으로 동족을 그렇게 무참히 학살한단 말인가.

원흉은 미제이다. 남편 말을 따르자면 미제가 이 땅에 들어온 것은 1945년 9월 8일이 아니다. 제너럴셔먼이라는 해적선을 끌고 들어왔던 대동강에서 평양인민들한테 불태워지며 해적 24명이 죽임당한 병인년丙寅年, 그러니까 1866년 7월 24일부터 꼽자면 꼭 79년이 되니, 미제는 왜제 대전배가된다.

"육이오사변 불집을 먼저 일으킨 것은 리승만 남반부 괴뢰정권이요, 그것을 뒤에서 부추기고 뒷배를 봐주는 것은 승냥이 같은 흡혈귀 양키놈들이다. 양키제국주의. 따라서 동족상잔 책임은 마땅히 양키와 그 앞잡이 사냥개인 리승만 괴뢰도당이 져야할 것이다."

민주선전실 앞에서 아낙이 한 말이었는데, 신문과 라디오에서도 밤낮 되풀이해서 거듭 강조하는 말이었다. 미제 국무장관 덜레스란 자가 3·8선을 보러 왔던 것은 3·8선 산자락에 피어 있던 개나리곳 진달래곳을 구경하기 위한 것이 아니었다고 김효석°이라는 자가 증언하였다는 것이다.

8·15해방 5주년 기념 표어들을 민주선전실 담벼락에 써붙이게 한 아낙은 제니스라디오를 틀었다. 등에 거북이 같은 건전지를 고무줄로 친친 동여맨 그 낡은 라디오에서는 애동대동한 여성 방송원 쌩쌩한 쇳소리가 흘러나오고 있었다.

영용무쌍한 조선인민군이 낙동강 도하 작전에 성공하였다는 것이다. 동으로 포항을 확보하여 경주와 울산에 육박하고, 서으론 진주와 마산까지 나아갔으므로, 대구와 부산도 이제는 풍전등화와 같은 운명에 놓여 있다는 것이었으니ㅡ

인민병대 이런 가공할 힘은 도대체 어디에 그 뿌리를 두고 있는 것일까. 양키 승냥이들 무차별 폭격이 날로 격심해지는 가운데서도 양키 포로들을 끝없이 잡아들이고 있는 것을 보면, 놀랍기만하다. "덴노헤이까 반자이!"를 목이 찢어져라 외치던 대왜제국 병대를 원자탄 한 방으로 일패도지시킨 북미합중국 병대와 겨뤄 자꾸만 이겨나간다는 사실은 정녕 무엇을 말해주고 있는가. 이것은 바로 대고구리 내림줄기 이어받은 조선민주주의인민공화국의 영용무쌍하고 탁발한 창발성을 보여주는 것이라. 무엇보다도 먼저 커다란 민족적 자부심과 긍지를 갖게 하는 산 증좌인 것이었다.

역사에 밝은 남편 말을 따르자면ㅡ 세계최강 병대와 싸워 이긴 고구리요 그 후예인 것이었으니ㅡ 대수제국과 대당제국과 대료제국과 대금제국과 대원제국과 대명제국과 대청제국과 대왜제국과 대미제국이 바로 우리 강토를 집어삼키려고 쳐들어 온 외적들인 것이다. 아낙은 그리고 또 아련한 눈빛이 되는 것이었으니, 이북에는 무엇보다도 앞서 탐관오리가 없고 따라서 정부에 부정부패가 없다고 한다. 저 갑오년에 농군들이 일떠서게 된 까닭인즉 탐관오리들이 저지른 부정부패에 있었는데, 이북에는 그럴 수 있는 눈꼽만한 터무니도 없다고 한다. 인민대중들 피를 빨아먹던 지주와 자본가가 없으므로 망치 든 노동자와 낫 쥔 농민이 잘 사는 극락세상이라는 것이다. 지상락원. 노동자와 농민사이에는 그리고 양심적이고도 양식있는 먹물들이 있어 모든 이해관계를 조절해 내니, 낫과 망치 사이에 붓이 서 있는 상징그림이 생겨나게 된 까닭이라고 하였다.

"결국은 자본주의와 인민민주주의 사이 싸움이다."

남편이 장•하던 말이었다. 아낙은 생각한다. 인류의 종국적 꿈인 공산주의세상을 이루기 위하여 반드시 거쳐야만 하는 앞 층층대인 사회주의, 그 사회주의로 가기 위한 앞 층층대인 인민민주주의를 말하는 것이다. 대쏘 전진기지, 그러니까 다시 말해서 남조선에 저 볼셰비끼 시월혁명을 이룸으로써 지상락원이 된 쏘비에뜨련방 남진을 막아내기 위한 자본주의 철벽으로 만들고자하는 미제 야욕에 온몸을 던져 앙버티다 곳잎처럼 날아가버린 것이다. 남편이 죽임당한 까닭

• **장** 늘. 언제나.

을 알 것만 같았다.

　"용진 용진 어서 나가세

　한손에 총을 들고 한손에 사랑

　……………."

　'진군가'를 부르며 더욱 가열차게 여맹일을 다그쳐나가
는 아낙 곁에는 민애청이 있었다. 여맹과 민애청은 표리일
체 관계였다. 보성전문 철학과 출신 리호제李昊濟 동무가 위
원장이던 민청, 곧 조선민주청년동맹이 미군정한테 두 달만
에 불법단체로 불도장 찍혔을 때 곧바로 이름 바꿔 움직인
민애청, 곧 조선민주애국청년동맹 청년들이었다. 여맹이 가
는 곳에 민애청 청년들이 보호해줬고, 민애청이 가는 곳에
여맹원들이 도와주었다. 여맹원과 민애청 동무들은 입을 모
아 소리쳤다.

　"양키 승냥이늠덜만 손 대지 않구 내버려 뒀다면 발써 전
이 일퉁남북을 완수혜서 우리 조선사람덜찌리 오순도순 새
살림을 채릴 수 있었을 것을…… 흡혈귀 같은 하앵이• 양키
백정늠덜 등쌀이 이게 뭔꼴이냐?"

　인민군이 밀고 내려와 세상이 뒤집여졌을 때였다. 김진사
댁 식구들은 '혁명렬사유가족'이 되었는데, 조선민주애국청
년동맹 청라면맹 위원장이 된 맏시동생이 맨 먼저 한 일은
면인민위원회 알림판과 마을 공회당에 체지•를 붙이는 것
이었다. 백로지에 먹물로 씌었으되,

　〈애도 민족해방혁명렬사 김일봉선생 만세!!〉

6

철맹 일터로 쓰는 벚말 성냥간*에는 문에 철장이 질려*
있었다. 아낙은 머리에 이고 있던 보따리를 내리며 목덜미
를 주물렀다.

그란듸 이 냥반덜이 조이 워디루 갔댜아? 인믜인빙대가
철퇴튀쟁이 들어가구 양킈군과 괵방군이 쳐들온다넌 소문
듣구 조이*덜 유긕대루 나갔단 말?

아낙은 철장지른 성냥간 뒤로 돌아 토담벽에 등을 기대었
다. 그리고 보따리를 끌렀다. 시장기가 몰려와서 견딜 수가
없었던 것이다. 단단히 쳐매어 둔 보따리 끈을 푸는데 핑 하
는 어지럼증이 일면서 꼭 금계랍을 먹었을 때와도 같았고,

- **하양이** 리승만단정이 서면서 극우파들이 평양 쪽 민주정책을 지지하는
  이들을 가리켜 '빨갱이'라는 반민족적이고 범죄적인 낮춤말을 쓸 때 거
  기에 맞서는 뜻에서 썼던 말로, '극우파'를 가리킴. 곧 '하얀얼굴인 양킈
  침략자 하수인'이라는 말임. 좌익 독립운동가들한테는 죽어도 쓸 수 없
  는 말이 '빨갱이'임.
- **체지**帖紙 예전 관아官衙에서 아진과 노비를 들이던 서면, 곧 사령辭令을 말
  하나, 여기서는 널리 두루 알리는 글을 말함. 요즈막 '대자보大字報'와 같음.
- **성냥간** 대장간.
- **철장 지르다** 문에 막대기를 어긋매끼게 질러놓다.
- **조이** 죄. 모두.

눈 앞에 파뿌리 같은 빗살이 스치고 지나갔다.

생각하니 도망꾼의 봇짐을 싸면서 새벽에 뜨거운 물 부어 장물* 찍어 삼켰던 찬밥 한덩어리가 전부였던 것이다. 오서산 넘어 광천까지 오는 동안 지체했던 때라고 해봐야 딱 두 차례였으니, 소마를 보러 솔수펑이를 찾았던 것과 돌엄마한테 삼배三拜를 드렸던 것이 전부였다. 광천읍내서 했던 것이라고는 사람들 눈을 기하여* 방귀녀 여맹위원장 집에 갔던 것과 방귀녀 서방이 위원장으로 있는 곳을 찾아가던 것이 전부였다. 변판대가 위원장으로 있는 목수동맹 일터로 가는 구장터다릿목에서 웅긋쭝긋하던 민보단원들에 놀라 몸돌렸던 아낙이었다. 저잣거리 무서워 광천역을 옆댕이로 끼고 도는 개울길 따라 벚골까지 오는 동안 꼴깍 져버린 해였고, 갈가마귀 우짖는 서녘 하늘에는 붉게 물든 새털구름이 깔리고 있었다. 서둘러 개떡 한 조각을 베어문 아낙은 수통 마개를 벗기었다. 물 한 모금을 삼킨 아낙이 다시 개떡을 입에 무는데, 인기척이 났다. 깜짝 놀란 아낙이 보따리를 끌어당기는데, 밭은기침 소리가 났다.

"워디 가넌 새댁이슈?"

히뭇이* 웃는 사람이 허리가 착 꼬부라진 버커리*여서 먼저 안도의 한숨을 삼킨 아낙은 꿀꺽 소리가 나게 입 안엣 것을 삼키었다.

"동무집이 놀러가넌디유."

"동무우? 그 동무집이 워딘구우?"

멱통에 갈*을 들이대듯 다구쳐 물어오는 버커리였고, 아낙은 오줌이 마려웠다. 오줌을 누려고 솔수펑이를 찾는 바람에 민보단원들 눈길을 피할 수 있었던 새재 두몬다외에서 일을 떠올리며 아낙은 입술에 침을 발랐는데, 버커리가 히뭇이 웃었다.

"동무라아? 동무란 말을 쓰넌 걸 보니 당신 불겡이군먼."

"야아?"

"왜 내 말이 틀렸남? 불겡이란 말이 왜 이렇긔 놀랜댜, 놀래길."

찬찬히 얼굴을 뜯어보며 연방 히뭇이 웃는 늙은여자 합죽한 입을 멍하니 바라보던 아낙은 생각난 듯 보따리를 여미었다. 그리고 성냥간 앞쪽으로 돌아가는 늙은여자 누덕누덕 기워진 뉴똥치맛자락을 바라보다가 뒷쪽길로 접어들었다.

저만치 짐대*가 보이는 데 이르렀을 때 아낙은 걸음발을 죽이지않은 채 보따리 틈으로 손을 찔러 개떡 한 조각을 떼어내었다. 마악 개떡 한조각을 삼키다 말고 버커리를 만났으므로 견딜 수 없게 배가 고팠던 것이다. 꿀꺽 소리가 나게 개떡을 삼킨 그 애동대동한 아낙은 잰걸음을 쳤는데, 친정이

- **장물** 간장이나 소금물.
- **기릅하다** 피하다.
- **히뭇이** 히죽이.
- **버커리** 허리 굽은 늙은여자.
- **짐대** 예전 절이 있음을 알리려고 깃발을 달아매고자 돌이나 쇠로 만들었던 당간幢竿.

있는 개월로 가는 길이었다. 영복이 순복이 남매 풀솜할머니 풀솜할아버지 생각을 하던 아낙은 치맛귀를 집어올려 코를 닦았다. 말로 하려면 울음이 터져 말소리가 나오지 못하고 글을 쓰려해도 가슴이 막히고 손끝이 흔들려서 글자가 되지 못하나, 생각만큼은 어제인 듯 새록새록한* 것이었으니─

더불어 함께 일해서 더불어 함께 먹고살자는 좌익사상이 왜 잘못이라는 말인가. 부자도 없고 가난뱅이도 없이 모두가 똑고르게 살 수 있는 고루살이세상을 만들자는 공산주의 사상이 왜 잘못이라는 말인가. 8·15해방을 맞아 한 여론조사에서 90퍼센트 위로 절대적 지지를 받았던 조선공산당이었다. 여덟 달 뒤 나치가 썼던 「의사당방화사건」을 슬갑도 적질한 「조선정판사사건」이라는 덤터기*를 만들어 씌워 조선공산당을 불법단체로 만든 미군정이 그 두 달 뒤 한 여론조사에서도 70퍼센트가 사회주의 사상을 지지하였고, 자본주의 지지자는 13퍼센트에 지나지 않았다. 공산주의 사상을 좋아하는 사람은 10퍼센트였으니, 80퍼센트가 좌익사상을 좋아했던 것이 아닌가. 미군정 장교가 미군정 공보기구에 올렸다는 보고서이다.

"남조선에는 공산주의적 이상에 공감하는 사람들이 여전히 더 많고, 남조선의 정치적 성향은 의심할 나위 없이 좌익적이다."

1940~46년 쏘련 부영사 부인으로 서울에 거주했던 역사가 샤브쉬나*가 적었던 일기 한 대목이다. 남편이 쓰던 비망록*에 적혀 있었다.

〈농민들은 새벽 4~5시에 일어나서 밤 8~9시까지 들판에서 일했다. 그 들판으로 먹을 것도 없는 점심을 날랐다. 주로 닭똥이나 재로 거름을 했다. 논을 써레질•한 후 수로나 작은 도랑을 통해 물을 댄다. 허리도 펴지 않고 무릎까지 빠지는 무논•에 볍씨를 뿌린다. 바로 그와 함께 모내기를 할 또 다른 논을 준비한다. 일정한 간격으로 모를 심는 일은 매우 중요하다. 바로 그것을 위해 간격표시가 되어 있는 긴 줄이 사용된다. 그 줄은 논을 가로질러 쳐진다.

추수기가 오면 실망도 함께 시작된다. 소작료와 빚, 세금, 관개 및 다른 경비를 납부해야 되기 때문이다. 추수를 해도 농민들에게는 아주 적은 몫만 남게 되는 것이다. 다시 빚을 얻기 위하여 지주나 고리대금업자한테 사정을 해야 되고 또다시 생활은 반 기아상태로 돌아가며, 농민들의 생활을 조금도 변화시키지 못하는 새로운 추수기를 기다리게 되는 것이다.

(…………)

조선인의 거대한 자본과 일본 재벌들의 연합은 여섯 명의

• **새록새록하다** 일어나는 일 따위가 새롭다.
• **덤터기** 남한테 넘겨씌우거나 남한테서 애꿎게 넘겨 맡는 걱정거리.
• **비망록**備忘錄 잊어버리지 않고자 적어두는 책자. 총명기聰明記.
• **써레질** 써레로 논바닥을 고르거나 흙덩이를 깨는 일. 써레: 갈아놓은 논바닥을 고르거나 흙덩이를 잘게 하는 데 쓰는 농구.
• **무논** 물이 있는 논.

조선인 대자본가를 배출했다. 방직공업, 전기 및 여타 경제 분야에서 활동했던 김성수°와 김년수°형제, 보험회사와 단체를 한 손에 거머쥔 한상룡° 집단, 은행재정과 공업분야 및 농업분야에서 대자본을 굴렸던 민규식°과 민대식°, 견직물 공업에서 크게 성공한 현준호° 집단, 전력회사와 은행을 운영했던 장직상° 집단 등이다. 전쟁시기에 조선인 대자본가 중에서 수위를 차지하던 사람 중 하나가 박흥식°이었다. 그는 기름과 제지산업, 석유 자동차 연합체, 은행과 신용회사의 주식을 대규모로 소유하고 있었고 일-조 비행기 합작회사 대표였다.

어느날 나는 미스 부딴의 자그마한 살롱에서 박흥식 아내 중 한 명을 만나게 되었다. 유럽식으로 매우 세련되게 옷을 입고 젊고 눈부시게 아름다운, 조선인 대자본가의 부인은 도쿄에서 호화로운 제 생활과 서울에서 무위도식에 대해, 또 음악을 사랑하여 오페라 가수가 될 수도 있었지만 상황이 허락하지 않았다는 것 등에 대해 끊임없이 이야기했다. 당시 서울에는 일본 공연단이 '까르멘'을 공연하고 있었는데, 내가 보기에 박흥식 아내는 그것에 대해 이야기하면서, 음악과 연극에 대한 자신의 상당한 조예를 펼쳐 보이는 것 같았다. 나중에 미스 부딴이 나한테 이야기해 주었는데 그 여자는 박흥식의 여섯 명 아내 중 마지막이라고 했다. 말이 난 김에, 당시 조선에서는 실질적인 일부다처제가 존재했다는 것을 밝혀야겠다. 결혼식은 첫 번째 부인과만 할 수 있었고 그 여자한테서 낳은 자식만 적법한 자식으로 인정되었다. 다처제는 눈물겨운 비극과 소동을 불러일으켰다. 그러나 내가 새로 알게 되었던 그 여자는 그런 것과는 무관한 것 같아 보였다. 얼마 전까지만 해도 박홍식한테는 단지 세 명 아내만 있었는데 곧 그 두 곱이 되었다고 미스 부딴이 말해 주었다. 그리고 모두한테 근심걱정이 없는 생활이 보장되었다고 했다.〉

"증이파의甑已破矣니 고지하익顧之何益이리오. 시루가 이믜 깨졌던 것을 돌아본덜 뭣허것녀냐만서두……."

시아버지는 파리똥이 더뎅이져 있는 보꾹을 올려다 보시었다.

"저것이 뭣이냐? 한번은 해를 보구 물었것다. 그랬더니 즉 허구 허년 대답이 불이지유 그러넌구나. 호오, 워찌혀서 해를 보구 불이라구 허넌구? 즉답 왈 어둔 것을 밝혀주넌 것이 불백긔 더 있것습니까. 이응복이 애븨 다섯 살 적이었더니라."

시아버지 눈길은 벌써부터 며느리를 보고 있지 않았다.

"한번은 이응복이 증조할머니께서 애븨더러 뒷방이 가서 대접을 가져오라구 허셨더구나. 칠흑같은 오밤중인듸 워쩌나 보자시넌 것이었지. 뒷방 정가운듸 놔둔 대접이는 물이 톡 차 있었으니, 워치게 허넌지 보자넌 것이었구나. 물 한 방울두 안 흘리구 대접을 갖구 왔으니, 열 살 전이었더니라."

시아버지 목소리는 가느다랗게 떨려나왔다.

"애통쿠나. 하날은 그 재조를 투긔허야 츤재넌 일찍 데려

가시구…… 무지렁이덜만 남어서 난세를 더욱 에지럽히넌 고여."

16살에 보통학교를 마치고 3년 동안 죽재竹齋 선생이라는 예산문장한테서 사서삼경四書三經을 익힌 다음,

"승현의 글을 읽은 자루서 난세가 된 시상을 구허려넌 뜻을 픠지 않넌다먼 이는 가짜 선븨"라며 조선공산당에 들었으니, 스무 살 때였다. 1936년 겨울. 백정기° 선생이 나가사끼[長峰]형무소에서 순국殉國하시고, 단재丹齋 신채호° 선생이 만주 려순旅順 감옥에서 순국하셨다는 소식을 들은 다음이었다.

'억압으로부터 해방'을 기치로 내건 '볼셰비끼혁명'을 위하여 밤을 낮삼았다. 대전·충남 야체이카로 농민동맹 건설을 위하여 싸웠는데 왜제 강점이 끝날 때까지였다.

어려서부터 산학算學에 관심이 깊었던 남편이었으니, 하나에 둘을 보태면 셋이 되고 셋에서 둘을 빼면 하나가 남는 셈본 세계야 말로 가장 똑고르게 평등한 공산세상이라는 것이었다. 『산학계몽』부터 비롯하여 『묵사집산법』과 『구일집』『산학본원』을 거쳐 아조我朝 탁월한 수학자인 경선징, 홍정하, 리상혁, 최석정, 황윤석, 남병철·남병길 동기들 저술을 바탕삼은 순전한 독궁구였다. 그렇게 익힌 산학실력으로 당중앙 방침 따라 숙명여자전문학교에 수학 강사로 가게 되었으니, 해방 전 해 가을이었다. 그러나 세 철, 그러니까 아홉달만에 그만두었으니, 또한 당중앙 지시에 따른 것이었다. 그래도 그때가 가장 행복한 때였으니, 또박또박 부쳐주던 강

사료 모아 벨벳치맛감을 끊었던가. 그때에 남편은 숙전을 머리지어 이화여자전문학교며 연희전문학교 그리고 여러 고등보통학교에 독서회라는 이름 반제반팟쇼동맹을 묻는 것 같았는데, 당사업에 더 급박한일이 있었던가.

남편이 갔던 곳은 평안도 정주定州였다. 오산학교 출신으로 관서와 만주에서 조국해방투쟁을 벌이는 전배가 있었다. 명륜동에 있는 김해균°씨 집이었다. 붉은 벽돌로 된 으리으리한 이층집이었는데, 8월 20일 밤이었다. 김일봉씨가 날자까지 똑똑히 기억하는 것은 그날 미군 B29가 서울 상공에 나타나 9월 3일부터 북위 38도선 이남 남조선 지역에 미군이 진주할 것이라는 예고를 하였기 때문이었다.

평서대원수 홍경래 장군을 존숭하던 그 전배 독립운동가와 무장투쟁 방법론을 놓고 많은 이야기를 나누었는데, 조공 본부가 있던 근택빌딩 3층에서였다. 이정 선생이 내댄 '8월테제'를 영 못마땅해 하였으니, 노농동맹을 바탕으로 한 프롤레타리아 직접혁명으로 가야 된다는 것이었다. 장안파 이론가인 창해° 선생을 따르던 그 전배가 산문山門 속으로 사라졌다는 말을 들은 것은 「조선정판사사건」이 터진 다음이었다.

학벌에 대한 목마름이 있는 남편이었다. 실력으로야 조금도 꿀릴 것이 없었지만, 모든 것이 '쫑'으로 돌아가는 세상이었다. 나중에 레닌학교를 나왔다지만 당수인 이정 선생은 고보만 나왔고 부당수인 김삼룡° 선생은 보통학교만 마쳤지만, 조선공산당 핵심들이 모인 자리에 가 보면 죄 대학 출신들이었다.

"러시아만 가면 돈 없어도 궁구할 수 있다"라는 말이 떠돌던 때였다. 제국주의를 물리치고 혁명의 꿈을 이룬 위대한 사회주의 국가 로시아소비에뜨. 그 쏘비에뜨를 조선에서는 51년 전인 1894년 갑오혁명 때 농촌쏘비에뜨였던 「집강소執剛所」로 보여준 바 있다는 남편 말이었다.

박치우°라는 철학자 이름을 알게 된 것도 남편을 통해서였다. 그그러께• 여름이었다. 농맹 일로 한내에 들렀던 길이었다. 만삭으로 부른 배에 귀를 대어보던 남편이었는데, 그 바람처럼 짧게 스쳐지나가던 순간에도 손에 쥐고 있던 책이었다. 『사상과 현실』 지은이 박치우를 다시 만나게 된 것은 상년 초겨울이었다. 맹비 거두러 들렀던 구장댁에서였다. 동아일보 12월 4일치. 딱 한 줄이었다.

〈약 2주일 전 태백산 전투에서 적의 괴수 박치우를 사살하였다.〉

1949년 11월 20일쯤이었다고 한다. 강동정치학원에서 만나뵈었다고 하였다. 남조선노동당 간부를 양성하고자 세운 학교 철학담당 교수인데, 터지게 난 사람이었다고 했다. 경성제국대학 철학과를 나왔는데 해방이 되면서 서울에서 『현대일보』라는 일간지를 내다가 우익들한테 테러를 당하던 끝에 해주로 올라갔다고 하였다. 1948년 8월 21 일부터 황해도 해주에서 열린 남조선인민대표자대회 때였다고 한다. 비밀투표용지를 차떼기로 올려보냈던 남편이 인민대표가 아니라 그냥 참관인으로 갔던 것은 박동무와 이음줄을 끊지 않기 위해서였다고 한다. 인민대표로 가면 북조선 매체에 그 이름이 실리게 마련이고, 그것으로 '비선구실'은 끝나기 때문이었다.

홍동면 쪽으로 잰걸음 치던 아낙 이마에 그늘이 지는 것이었으니―

〈대구 완전해방!〉벽보가 면인위 담벽에 나붙고, 군맹에서는 '몇 사람 여맹선발대가 대구로 떠났다'는 말도 있었고…… 조선민주주의인민공화국 인민군총사령부 보도는 "적의 유생역량•전투에 참여한 모든 것에 심대한 타격을 주었다"고 하는데…… 짜장 그러한 것인지. 떠도는 말로는 왜군이 부산에 올라왔다고도 한다. 좌익에서야 "죽어도 게다짝 소리는 다시 듣고 싶지 않다"고 왼고개를 치지•만 우익에서는 "왜군이건 청군이건 설사 그보다 더한 것이라도 와서 우리를 구원해 주어야 한다"고 학수고대를 한다. 만약 왜병이 다시 들어온다면, 그리고 양키병대한테 우리 인민군이 홀딱 밀려난다면…… 아낙은 절레절레 고개를 흔든다.

신작로에서 한참 떨어진 산모롱이•여서 그랬겠지만 시집이 있는 울틔에서는 그런 일이 없었다. 그러나 소재지에서는 덜 좋은 일들이 있었다고 한다. 피란나선 가엾은 꽃두레

• 그그러께 3년 전.
• 유생역량有生力量 스스로 제 목숨을 지켜낼 수 있는 힘.
• 왼고개 치다 거부하다. 아니라고 고개를 내젖다.
• 산모롱이 산모퉁이 빙 둘린 곳. 산기슭이 나와서 휘어져 돌아가는 곳.

들을 오열* 혐의가 있다며 끌고 가 능욕한 것은 양키군인이라고 하였다. 양키군인만이 아니라 양키부대 씨아이씨 밀세다리*라고 하였고, 전 재산인 소를 끌고 피란나선 숫진* 농군 소를 헐값으로 빼앗아 간 국방군이 있다니, 그런 짐승같은 군인을 미좇아 가며 그 소를 사서 큰 이문을 남겨 먹은 쇠거간꾼*들이 있었다고 하였다. 이불보따리에 솥단지를 쇠등에 싣고 왔다가 소를 빼앗겨버린 채 울고있는 농군들이었다는 것이다. 선발대로 몰래 들어온 국방군이었다고 하였다. 아낙은 절레절레 고개를 흔든다.

시동생들이 있다지만 이십소년 큰시동생이 민애청을 맡고 있으니 하양이들이 그냥 놔두지 않을 것이고, 그 밑 세 사람 시동생은 아직 떠꺼머리 꽃두루이라, 늙으신 시아버지 내외분이 양식이랑 시탄柴炭이랑 어떻게 이 삼동三冬을 나실런지…… 철없는 어린 남매는 또 얼마나 어른들 애를 먹일 것인가.

생각하던 아낙은 저도 모르게 귓볼을 붉히었으니, 해방 전해던가. 꿈에 떡맛 보기로 집에 들른 새서방님이 새꼼빠지게도 도화지와 심 굵은 연필을 챙겨드는 것이었다. 그리고 뒷동산 묵뫼*로 가자고 하더니, 별꼴. 홀딱 벗은 알몸뚱이로 묵뫼 앞에 앉아보라는 것이었다. 처가집 뒤란 대밭에서 꺾어 온 댓조각을 입에 대면 멧새가 날아와 춤을 추었고, 붓을 들어 늙은소나무를 그려놓으면 큰사슴*이 뛰어와 춤을 췄으니, 왈 출천지재出天之材였다. 시아버지가 장 하시는 말씀이었다. "일송삼백日誦三百이었더니라." 하루에 삼백자를 외웠으니, 사흘만에 책 한 권을 떼었다는 것이다.

"만리장천반공중에 비행기뜨고
오대양한복판에 군함이떴다
육대주에울리는 대포소리에
여자해방찾는소리 우렁찰때에
너를따라우리들도 함께싸우리……"

남편한테 배운 「녀자해방가」를 읊조리며 잰걸음 치는 아
낙이었는데,
"손들엇!"
귓청을 찢는 쇳소리와 함께 무엇인가 아낙 등짝을 찔렀다.
날카롭게 끝을 쳐낸 죽창이었다. 광천읍내를 벗어나 홍성군
홍동면으로 접어드는 삼사미*였다.
그 애동대동한 아낙은 깜짝 놀라 두 손을 치켜들었는데,

———

- **오열** 제오열第五列. 적군에 내응하는 자. 내통자. 제오부대. 스페인 내란 대
  네 개 부대를 이끌고 마드리드를 공격한 프랑코 장군이 시내에도 우리한
  테 호응하는 일 개 부대가 있다고 말한 데서 말미암음.
- **밀세다리** 끄나풀. 밀정密偵.
- **숫지다** 순박하고 인정이 두텁다.
- **쇠거간꾼** 소를 사고팔려는 이를 다리놓아 주고 품삯을 받는 사람.
- **묵뫼** 오래도록 거두지 않고 내버려두어서 거칠어진 무덤. 묵무덤.
- **큰사슴** 고라니.
- **삼사미** 세갈랫길. '삼거리'는 왜말임.

무슨 소리가 났다. 보따리 떨어지는 소리와 무엇인지 날아오르는 소리였다. 오서산 재몬다윗길 솔수펑이에서 속속곳*을 내렸다가 민보단사람들 이 가는 소리에 놀라 오줌발이 끊겼을 때, 어깨에 날아와 앉았던 멧새 한 마리였다.

『문학의 오늘』 2019년 봄호

부록

인명 및 고유명사 풀이

갈

훈민정음이 만들어졌을 때는 '꽃'을 '곳'이라 하였고 '칼'을 '갈'이라고 하였음. 그러던 것이 임병양란을 겪으면서 삶이 고달파지고 먹고 사는 일이 숨가빠지면서 사람들 마음도 급하고 사납게 되어 '곳'을 '꽃'으로 부르고 '갈'을 '칼'로 일컫는 따위로 된발음을 쓰게 되었음. 그러나 많은 이들이 순하고 약한 발음을 하던 것이 갑오왜란을 겪으며 급속도로 무너지게 되었음. 그러나 이제도 '갈까마귀'라고 하지 않고 '갈가마귀'라고 하며 편지글 끝에 "이만 끄치나이다" 하지 않고 "이만 그치나이다"라고 하니, 임병양란으로 무너지기 전 조선사람들 마음을 엿볼 수 있어, 가슴이 아려움. 여기에 덧붙여 왜말만 해도 숨가쁜데 눈 위에 서리치기로 양말까지 덧씌워 오고 있으니, 뜻 있는 이들이 한걱정을 하는 까닭임.

고하古下

동아일보 사장을 지내고 해방 뒤 지주와 자본가를 대변하는 한국민주당 총무를 지냈던 우익 지도자 송진우宋鎭禹, 1890~1945 호.

『과학전선科學戰線**』**

「조선과학자동맹」에서 1946년 2월 창간했던 과학전문 기관지였음. 〈조선의학 건설에 관하여〉를 썼던 경성대학 의학부 교수 최응석崔應錫, 1914~?은 '국대안반대투쟁'을 벌이던 끝에 평양으로 가 김일성대학 의학부 부장 겸 병원장을 맡아 북조선사회 의료체계 기틀을 다지게 됨. 지주계급이며 남로당 출신이라는 이유로 반혁명분자로 몰려 숙청될 뻔하였으나 김일성수상이 직접 나서서 구명했다는 말이 있음.

김년수金秊洙, 1896~1979

경기도 관선 도회의원, 만주국명예총영사, 중추원 칙임참의, 국민총력연맹 후생부장. 임전보국단 간부, 학병 권유 같은 반민족행위를 한 혐의로 1949년 1월 「반민특위」에 구속되었으나 '증거불충분'으로 두 달만에 풀려난 김년수는 김성수 아우임. 2천정보가 넘는 대토지를 바탕삼아 「삼수사三水社」와 「경성직뉴」를 세워 이른바 '경성방직신화'를 만들어 나갔고, 그 신화는 이제까지 「동아일보」와 「고리대학」 그리고 「삼양사」라는 꼴로 이어지고 있음. 다음은 역사학자 윤해동이 쓴 글 가운데 한 어섯임.

〈1931년 삼수사를 삼양사로 이름을 바꾼 후에 김년수는 함평에서 대규모 간척사업에 착수하였다. 이것이 완성되어 1933년에는 손불농장을, 1936년에는 일인의 간척사업을 인수하여 해리농장을 조성하게 되었다. 이 해리농장이 농지개혁 때 농토의 용도변경으로 분배대상에서 제외되는 바람에 아직까지도 분쟁의 와중에 있는 바로 그 농장이다. 또한 강원도의 옥계금광과 공주의 계룡금광을 인수하기도 하였다.〉

김년수는 친형 김성수와 더불어 학병권유와 「채권가두유격대」라는 것을 만들어 여러 형태의 「전쟁채권」을 사들이라고 강연하고 다녔는데, 이러한 왜제 때 자본축적이 해방 뒤 남조선경제가 세워지는 기반이 되었다는 '역사적 사실'을 알아야 함.

김삼룡 金三龍, 1910~1950

충청북도 충주군(이제 중원군) 엄정면 용산리에서 지팡사리(소작인) 아들로 태어났음. 보통학교를 마치고 서울로 올라가 「칼토페」라는 고학당苦學堂에 들어갔음. 1930년 11월 사회주의 독서회를 짠 혐의로 붙잡혀 있던 이듬해 여름 서대문형무소에서 '불꽃같은 경성트로이카' 리재유李載裕, 1905~1944 선생을 만나 올곧은 볼셰비끼가 됨. 옛살라비로 내려가 농사를 지으며 농군들을 의식화시키던 1934년 인천에서 적색노동조합을 만들다 붙잡혔음. 1939년 4월쯤 리관술 선생과 함께 「경성콤그룹」을 결성하고 형무소에서 나온 박헌영 선생을 지도자로 모셨음. 해방을 맞아 11월 열린 「전국인민위원회 대표자대회」에서 조선공산당을 대표해서 축사를 했는데, 이때 박힌 넥타이를 맨 모습이 오직 하나뿐인 사진임. 남조선로동당 조직부장으로 박헌영 선생 월북 다음 남로당을 이끌다가, 1950년 3월 리승만경찰대에게 붙잡혀 '원산의 별'이었던 리주하李舟河, 1905~1950 선생과 함께 남산 숲속에서 총 맞아 돌아가신 것이 1950년 6월 28일 하오 3시였음.

김성수金性株, 1891~1955

전라북도 고창 출신 대지주로, 호 인촌仁村. 1929년 동아일보를 창립하고 1932년 보성전문학교를 꾸려 갔음. 해방이 되면서 미군정이 들어서 친일관료들을 중용하는 것을 보고 지주와 자본가를 대변하기 위한 '한국민주당'을 세웠고, 1950년 5월 제2대 부통령을 지낸 남조선 수구우익 대표였음. 한겨레 2018년 12월 20일치 기사임.

〈'친일 반민족 행위'가 인정된 인촌 김성수의 이름을 딴 서울 성북구 '인촌로'의 이름이 '고려대로'로 바뀐다. 인촌로에 실거주하는 주민 약 60%가 동의해 도로명이 변경된 것이다.〉

김순남金順男, 1917~1982?

서울 낙원동에서 태어났고, 본이름 현명顯明. 경성제일고등보통학교와 경성사범학교 두 군데에 합격하였으나 경성사범을 나와 동경 구니다치음악학교와 제국음악학원 작곡과를 나왔음. 1944년 귀국하여 프롤레타리아 음악운동 목대를 잡았고, 해방이 되면서 가곡집 『산유화』와 『자장가』를 펴내었음. '인민의 노래' 100곡을 넘게 썼고, 1952년 모스크바 차이코프스키음악원에서 궁구하던 중 남로당 숙청으로 끌려와 창작금지령을 받고 음악을 빼앗긴 삶을 살다가 10년 동안 폐결핵을 앓다 돌아가셨다고 함.

김제술金濟述, 생몰년 미상

박헌영 선생 복심비선으로 한산寒山 스님 행세하며 박선생 아들 원경圓鏡을 몰래 도와주었던 경성콤그룹 긴한이로, 1968년 사라졌음. 남로당 물잇구럭이었던 명월관 주인 여장부가 낳은 김정진金小山 오라버니였다고 함.

김해균金海均, 1910~?

전라북도 함열咸悅 만석꾼 아들로 이정 선생 추종자였음. 보성전문 영문과 교수로 있다가 이정 선생 미좇아 평양으로 갔음. 해방 직후 명륜동에 있던 으리으리한 김해균 집이 조선공산당 조각본부였음. 김해균은 1910년 9월 전북 익산군 함라咸羅에서 출생했다. 김진사로 불리는 토호 아들인 그는 동경유학 후 보성전문학교 교수로 있었는데 그는 해방 전부터 공산주의자들에게 많은 재정적 지원을 해 왔다. 부잣집 아들인 그는 고향의 고대광실 못지않은 서울의 큰집에 살고 있었다. 붉은 벽돌의 한·양 절충식인 그의 저택을 주위 사람들은 '아방궁'이라고 불렀으니 그의 집이 얼마만한 호화 주택이었는가를 쉽사리 집작할 만하다. 51년부터 시작된 정전담판 때는 인민군 대좌로 북한 측의 영어 통역이었으며 55년 박헌영 재판에서는 박과의 친분 때문에 법정에서 증인 진술을 해야만 했다. 박헌영의 종파활동에는 관련이 없어 숙청을 면했다. 오히려 그는 김일성의 호감을 사 장녀는 원산농대를, 2녀는 개성송도정치대학을 졸업시킬 수 있었다.

　　　　　　　　　　　　　　　　－ 김남식『남로당 연구』에서

김효석金孝錫, 1895~?

1949년 내무부장관을 지내다가 6·25 때 납북되었음.

다산茶山

정약용丁若鏞, 1762~1836 호. 다른 호로 사암俟菴이 있음.

리관술李寬述, 1902~1950

경상남도 울산 지주집안 출신 혁명가로 맹렬한 여성운동
가였던 리순금李順今, 1912~? 1955년 있었던 '박헌영재판'에 검
찰측 증인으로 나왔었고, 1980년대까지 살아 있었다고 함. 배다
른 오라버니였음.

리재유李載裕. 1905~1944

함경남도 삼수군 빈농집안 출신으로, 보성고등보통학교
를 중퇴하고 송도고보에 편입했다가 동맹휴학 주동으로 퇴
학당함. 니혼대학 전문부 사회과에 들어갔으나 학자금 부족
으로 학업을 중단하고, 고려공청 일본총국 선전부 책임자가
되었다가 3년 6월 징역을 살았음. 1933년 만기출옥하여 경
성뜨로이까를 짜고 최고 책임자가 되어 각급 공장 파공을
지도했음. 왜경에게 붙잡혔으나 2번에 걸쳐 '신화적 탈출'을
하며 12년 징역을 살았으나 전향을 하지 않았다는 까닭으로
청주보호감호소에서 족대기질 뒷덧으로 눈을 감으셨으니.
해방 10달 전이었음.

리현상李鉉相, 1905~1953

전라북도 금산에서 대지주 다섯째 아들로 태어났음. 고창
고등보통학교를 다니다가 서울 중앙고보로 옮겼을 때 6·10

만세운동을 채잡아 경찰에 붙잡혔음. 1927년 보성전문학교 법과에 들어갔다가 중국 상해로 가서 「한인청년회」에 들어갔음. 1928년 9월 「제4차조공사건」으로 붙잡혀 4년 징역을 살았음. 1933년 「리재유李載裕그룹사건」으로 붙잡혀 7년 징역을 살았음. 1940년 「경성콤그룹」에 들어 2년간 미결에 있다가 병보석으로 나와 지하활동을 했음. 해방을 맞아 「조선공산당」과 다음 해 「민주주의민족전선」에 들었음. 1948년 려순항쟁 때 14련대 군인들을 데리고 지리산으로 들어가 빨치산활동을 벌였음. 지리산 얼안 빨치산 총책임자인 남부군 사령관이 되어 미제국주의 병대와 싸우던 끝인 1953년 9월 지리산 빗점골에서 남조선군경 토벌대와 싸우다 돌아가셨음. 조선민주주의인민공화국 혁명렬사릉에 헛무덤이 있음.

림 화林和, 1908~1953/1955?

본이름 림인식林仁植으로 서울 창신동에서 태어났음. 보성고등보통학교를 나온 1928년 사회주의사실주의에 바탕한 「젊은 순라의 편지」와 이듬해 「우리오빠와 화로」를 선보이며 조선시문학계 샛별로 떠올랐음. 잘 짜여진 단편소설 같은 단편 서사시 「네거리의 순이」로 높은 손뼉을 받다가 해방이 되면서 조선문화총동맹을 얽고 프롤레타리아문학 목대를 잡았음. 박헌영 선생한테서 "우리 조선에서 세계에 내놓을 수 있는 천재시인"이라는 기림을 받으며 남조선로동당 문화정책을 세우다가 '남로당숙청'으로 돌아가셨음.

몽양夢陽

민족운동가 여운형呂運亨, 1886~1947 선생 호.

민규식 閔奎植, 1888~?

민영휘 3남. 영국 캠브리지 대학교 경제과 졸업. 1943년 8월 조흥은행 취체역회장이 됨. 1945년 6월 조선총독부 자문기구인 중추원 주임관 대우 참의를 하였음. 1946년 9월 조선은행 총재. 1950년 7월 납북되었음.

민대식閔大植, 1882~1952

민영휘 둘째아들로 미국 오하이오주 웨슬리언대학 졸업. 박흥식·한상룡·김년수와 애국경기호 4대 구입비 1,000원 헌납. 미영격멸 결의로 왜국 육해군에 각 2천원씩 총 4천원을 국방헌금으로 헌납. 1945년 12월 대한민국 임시정부에 건국기금 300만원 헌납. 1949년 8월 반민특위에 붙잡혔으나 '무혐의'로 풀려났음.

박동무朴同務

해방 바로 뒤 "노동자 농민의 벗 박헌영 선생 만세!" "조선의 레닌 박헌영 동지 만세!"같은 벽글이 나붙었을 때 '선생'이나 '동지'라는 말을 절대로 못 쓰게 하는 박헌영 조선공산당 당수였음. "그러면 호칭을 어떻게 해야 되냐?"고 했을 때 박당수가 한 말이었으니, "동무라고 해라. 우리는 모두 똑같은 마음으로 똑같은 길을 가는 동무이다."

박문규朴文圭, 1906~1971

경상북도 경산군에서 대지주 둘째아들로 태어났음. 대구고등보통학교를 나와 경성제국대학 법문학부에 들어가면서, 리강국·최용달崔容達, 1903~?과 함께 '성대트로이카'로 불리며 조선청년 기개를 드높였음. 왜인 성대 교수들 논문 뒤에 덧두리(부록)처럼 실린 「농촌사회분화의 깃점으로서 토지조사사업에 관하야」를 1933년 발표하였을 때는 경성과 동경에서 매긴 값보다 수십 배로도 구하기 어려울 만큼 '낙양의 지가'를 올린 '베스트셀러'였음. 8·15를 맞아 「건국준비위원회」 기획부장이 되었고, 1946년 2월 「민주주의민족전선」 사무총장과 「남조선로동당」 중앙위원이 되어 「조선노동조합전국평의회」가 목대잡은 24시간 총파업을 이끌다가 미군정 헌병대에 붙잡혔음. 1946년 3월에 있었던 북조선 토지개혁에 참여했고, 1948년 8월 평양으로 올라가 제1기 최고인민회의 대의원이 되면서 조선민주주의인민공화국 초대 농림상이 되었음. 6·25 때 서울에 와서 남반부 토지개혁지도위원장이 되어 '해방지구'에서 무상몰수·무상분배 원칙 아래 토지개혁을 하였음. 박문규는 홍명희와 함께 천수를 누린 드문 남조선 출신이었는데, 끝까지 정치가 길을 마다하고 농업경제학자 길을 걸었기 때문이었음.

박치우 朴致祐, 1909~1949

함경남도 단천端川에서 태어났음. 1928년 20살에 경성제국대학 문과에 들어가 1933년 25살 때 철학과를 제5회로 마쳤음. 26살인 1934년 평양 숭의실업전문학교 교수가 됨. 8·15 해방을 맞아 10월 중순쯤 중국에서 돌아옴. 박헌영 선생 3차에 걸친 평양방문 때 모시고 다녔음. 1946년 3월 25일 『현대일보』를 창간하여 편집 겸 발행인이 됨. 9월 7일 실질적 폐간인 무기한 정간처분을 당함. 10월 1일 대구에서 인민항쟁이 일어나면서 지명수배됨. 11월 20일 유일한 저서인 『사상과 현실』이 백양당에서 나옴. 1946년 가을이나 겨울에 월북한 것으로 보이며, 해주에 있던 제1인쇄소에서 활동. 평안남도 강동군 입석리 탄광촌에 세워진 「강동정치학원」에서 정치부 원장으로 사상교육을 맡아보았음. 1948년 박헌영 선생이 해주에서 연 「남조선인민대표자대회」 서기국원으로 일함. 41살 된 1949년 9월 남조선빨찌산들을 추스르기

위한 제1병단 유격대 360명이 태백산지구에 들어감. 군단장
은 리호제李昊濟, 참모장은 서 철徐哲, 박치우는 정치위원이
었음. 11월 잔류대원과 함께 김달삼金達三 부대에 들어갔다
가 태백산전투에서 돌아가셨음.

박헌영 朴憲永, 1900~1956

충남 예산군 신양면 서초정리에서 태어남. 1919년 3·1혁
명에 들었다가 이제 경기고등학교인 경성제일고등보통학
교 15회를 나와, 다음 해 왜국 동경을 거쳐 중국 상해로 가
사회주의운동에 들어갔음. 1925년 4월 17일 열린 조선공산
당 창립대회에 들어 다음 날 열린 고려공산청년동맹 위원
장이 됨. 동아일보와 조선일보 기자로 있으며 사회주의운
동을 하다가 종로경찰서에 붙잡혀 간 그는 1년 6개월 징역
을 살다가 미친척하는 속임수로 형무소를 벗어나 안해 주
세죽朱世竹, 1901~1953과 함께 모스끄바로 가 국제레닌대학
을 마쳤음. 상해에서 국내운동자들과 손잡고 독립운동을 하
던 1934년 붙잡혀 6년 동안 서대문형무소와 대전형무소에
서 징역을 살았음. 경성콤그룹 지도자 겸 기관지「꼬뮤니
스트」책임자가 되어 뜨겁게 움직이다가 왜경 끈질긴 추적
을 피하여 전라남도 광주로 갔음. 그곳 백운동에 있는 벽
돌공장에 김성삼金成三이란 거짓이름으로 일하다가 해방을
맞아 짐차에 끼겨들어 전주형무소를 나오는 김삼룡을 맞고
대전에서 리현상과 김봉한金鳳漢, 1917~1950을 만나 서울로
올라옴. 1945년 9월 조선공산당을 재건하고 총비서가 되었

음. 1946년 5월 미군정이 쳐놓은 덫인 「조선정판사사건」으로 지하에 들어갔다가 평양으로 올라갔고, 조선민주주의인 민공화국 초대 내각에서 부수상 겸 외무상이 되었음. 1952년 말 6·25사변 책임을 씌우는 빨치산파에 밀려 '미제의 첩자'라는 덤터기를 쓰고 1956년 7월 19일 처형당하였음. 그를 미좇아 올라갔던 남로당원들과 북조선에 있던 지지자들 거의 모두가 역사에서 사라져갔음. 광주로 가기 전 숨어 있던 청주 아지트에서 지하운동을 할 때 아지트키퍼였던 정순년鄭順年과 사이에 태어난 박병삼朴秉三, 1941~이 경기도 평택 만기사萬奇寺 주지 원경圓鏡으로 있음.

박흥식 朴興植, 1903~1994

평안남도 용강군 소농 집안에서 태어났음. 박흥식 자본축적 과정은 매판적 상업자본 전형이었음. 총독부 지배권력과 발맞춘 것이 매판성 자본축적 본질이었기 때문임. 1942년 5월 30일치 『매일신보』에 「영원히 못 잊을 자부 慈夫」라고 총독 미나미[南次郎] 업적을 찬양함으로써 '조선말 하는 왜놈'임을 뚜렷이 밝혔음. 1949년 「반민특위」 제1호로 잡혀간 박흥식은 103일 만인 4월 20일 '병보석'으로 풀려났고, 담당 검찰관인 특검차장 노일환盧鎰煥이 리승만정권이 쳐놓은 덫인 이른바 '국회프락치사건'으로 전격 구속됨으로써, 9월 26일 무죄판결로 막을 내렸음. 해방된 뒤에도 「흥한비스코스공장」을 운영하며 재기를 노렸으나 결국 몰락하게 되니, 제국주의에서나 통했던 낡은 매판자본가적 자본운동이 한계를 맞았던 때문이었음.

『별건곤別乾坤』

1926년 11월 1일 "비열한 정서를 조장하는 취미를 박멸하기 위해서 이 취미잡지를 시작하였다"라며 창간되었던 대중교양지. 1934년 통권 74호로 종간되었음.

백범白凡

'친왜파가 만든 독립영웅'인 김 구金九, 1875~1949 호로, 그 바탕을 낱낱이 밝힌 김상구金尙九 지음 『김구청문회』를 비춰볼 것.

백정기白貞基, 1896~1935

전라북도 정읍에서 태어남. 서울에 올라갔다가 3·1 혁명이 일어나자 독립선언문과 알림쪽지(전단)를 가지고 귀향하여 만세운동을 벌였음. 1924년 왜왕을 죽이려고 동경에 갔으나 그르치고 중국 북경으로 갔다가 다음 해 상해로 내려가 무정부주의에 관심을 갖고 고향에서 농민운동을 하다가 1928년 중국 남경에서 열린 「동방무정부주의자동맹」에 조선 대표로 나갔음. 1933년 상해 홍구虹口에서 주중왜국대사 아리요시[有吉]를 죽이려다 잡혀 나가사키[長崎] 재판소에서 무기징역을 받아 복역 중 돌아가셨음.

보천교普天教

차천자車天子로 불리었던 본이름 윤홍輪洪인 월곡月谷 차경석이었음. 『시경詩經』 '보천솔토 普天率土' 곧 '온 하늘 밑은 왕 땅 아닌 데가 없고, 땅 닿는 데 사는 사람으로 왕 신하 아닌 사람은 없다普天地下 莫非王土 率土之濱 莫非王臣'로 평등사상에서 나온 것이었음. 하늘 원리가 이 땅에 두루 퍼져 미친다는 말이 '보천普天'이었던 것임.

"몸은 뚱뚱하고 큰 상투에 대갓을 쓰고 얼굴은 구리빛으로 까만 수염이 보기 좋게 나 있었다. 그 풍채가 과연 만인의 장 같았다."

"비록 현대사의 지식은 결여했다 하더라도 구시대의 지식은 상당한 소양이 있다. 그 외 엄격한 태도와 정중한 언론은 능히 사람을 놀라게 할 만하다. 그는 한갓 미신가가 아니오, 상당한 식견이 있다.…… 그의 여러 가지 용사用事하는 것을 보면 제왕될 야심이 만만한 것을 추측하겠다. 왜 야소교도들이 단발하고 양복 입는 것은 좋다고 하고, 조선사람이 상투 틀고 조선옷 입는 것을 싫어하는가?"

15살에 이미 '아기장수' 소리를 들을 만큼 장대한 기골에 효용이 절륜하였던 차윤홍은 아버지 차치구 좇아 갑오봉기에 들었음. 기골이 장대하고 장정 여남은 이를 짚단인 듯 집어 던지는 장사였던 차치구 장군은 농군 5천을 거느리고 익산, 진안 거쳐 흥덕興德까지 짓쳐나갔다가, 흥덕군수 아랫것한테 잡혔는데, 왜병이 넘겨받아 죽였음. 그런데 이때 죽이는 방법이 얼마나 끔찍했느냐 하면 짚주저리라 불리우던 짚둥우리에 석유기름 발라 머리에 뒤집어씌운 다음 불붙이는 것이었으니, 차경석이 왜노倭奴라면 이를 갈게 된 까닭이었음.

강증산姜甑山, 1871~1909 뒤를 이어 '흠치교'를 '태을교太乙敎'에서 '보천교'로 바꾼 차경석은 새 세상을 뜻하는 '시국時國'을 선포하며 '의열단義烈團'과 '상해임정'에 독립자금을 대기에 이름. 3·1혁명에 놀란 왜제는 1919년 8월 12일 사이토 마코토라는 새 총독을 보내 '문치교화文治敎化'에 나서니, 무력이 아닌 문文, 곧 교육과 선전을 통해 조선사람들 머릿속을 바꿔 왜인으로 만들자는 것이었음. 그리고 여기에 걸려든 먹잇감이 바로 보천교였음. 1925년 남산에 '조선신궁'을 세워 조선종교를 없애버리려는 왜제한테 조선인들 정신적 귀의처인 보천교는 용납될 수가 없는 것이었음.

사마천司馬遷, B.C. 135~84?

중국 전한前漢 때 역사가. 『사기史記』는 만리장성 밖 몽골 쪽 유목민족인 흉노를 치러갔다 사로잡힌 이릉李陵을 두둔하다 불알을 까발리는 치욕을 참고, 중국 역사 첫한이로 일컬어지는 황제黃帝에서 한무제漢武帝까지 역사자취를 기전체紀傳體로 적은 역사책 130권을 말함.

『삼천리三千里』

김동환金東煥,1901~?이 펴내었던 취미 중심 교양 잡지. 1929년 6월 창간되어 월간·격주간으로 발간되던 초기에는 대중의 호기심을 끌만한 '고십란'에 치중하여 과장과 공상이 지나치고 제목에 비하여 내용이 빈약한 것이 큰 흠이라는 비난을 받았는데, 1937년 뒤로는 차츰 친왜적으로 기울어 마침내는 친왜파·민족반역자를 등장시켜서 반민족적 잡지가 되었고, 끝내는 노골적인 친왜잡지 『대동아大東亞』로 이름까지 바꾸었음.

샤브쉬나1906~1998

왜제시대 서울 정동에 있던 주일본 소련총영사관 부영사였던 샤브쉰 부인으로, 『노조露朝사전』을 엮어내었던 조선 문제 전문가였음.

설산雪山

1919년 12월 몽양 여운형이 적도敵都 제국호텔에서 조선 독립을 내대는 사자후를 토할 때 통변을 하는 등 독립운동을 하였으나 다음 해 동아일보 주필 및 부사장을 지내며 친왜로 돌아섰던 장덕수張德秀, 1896~1946 호.

소강절邵康節,1011~1077

중국 송나라 때 철학자로 이름은 옹雍. 자는 요부 堯夫. 강절은 시호임. 편파가 없는 중정中正 길에서 세상을 다스려야 된다는 『황극경세서皇極經世書』를 지은 실천철학자였음. 그 가르침을 따르는 이들을 「강절일파康節一派」라며 내려 깎았는데, 아조我朝에는 동고東皐, 남명南溟, 하서河西, 고청孤靑, 화담花潭, 북창北窓 같은 선비들이었음.

「신간회新幹會」

1927년 좌우합작으로 짜여졌던 항왜운동 단체. 월남月南 리상재李商在, 1850~1927선생을 회장으로 내세운 벽초碧初 홍명희洪命熹, 1888~1968 선생이 '죽은 나무에서 새 줄기가 나온다'는 『역경易經』 '고목어출신간姑木於出新幹'에서 따온 이름이었음.

신채호申采浩, 1880~1936

충청남도 대덕군 산내면에서 태어나 충청북도 청원군에서 자랐음. 신동神童 소리를 듣던 천재로 1905년 2월 성균박사成均博士가 되었으나 관직 뜻을 버리고 〈대한매일신보〉 주필이 되어 민족의식을 북돋움. 1919년 4월 상해임시정부에 들었으나 리승만의 굴욕적 '위임통치로선'에 반대하여 북경으로 갔음. 의열단 의백 김원봉金元鳳 청을 받아 폭력으로 인민직접혁명을 내대는 〈조선혁명선언〉을 썼음. 「무정부주의동방동맹」에 들어가 뜨겁게 움직이다가 1928년 5월 대만에서 붙잡혀 10년형을 받고 대련大連에 있는 려순감옥에서 복역하던 중인 1936년 돌아가셨음. 남긴 논문과 책에는 『독사신론讀史新論』 『동국거걸최도통전』 『리순신전』 『을 지문덕전』과 소설『꿈하늘』·『용과 용의 대혈투』같은 것들이 있음. "왜노倭奴가 만든 호적에 들 수 없다"는 까닭에서 호적을 만들지 않았으므로, 그 뒷자손들은 이제도 무국적자로 있음.

『신흥新興』

1929년 7월 경성제국대학 출신들인 리강국李康國, 1906~1953? 들이 목대잡아 만들었던 사회과학 잡지. 1937년 1월 통권 9 호로 종간되었음.

우남雩南

남조선 단독정부인 대한민국 초대 대통령 리승만李承晩, 1875~1965 호.

유진오俞鎭五, 1922~1950

전라북도 완주에서 태어나 중동고등보통학교와 왜국 동 경 문화학원대학을 나왔음. 학병 출신으로 해방되던 해『민 중조선』11월호에 「피릿소리」를 선보이면서 시단에 나왔음. 1946년 9월 1일 훈련원 운동장에서 열린 「국제청년데이」에 서 〈누구를 위한 벅차는 우리의 젊음이냐?〉라는 시를 읊어, 10만이 넘는 사람들 피를 끓어오르게 하는 '스타시인'이었음. 조선문학가동맹에서 온나라 인민대중에게 문화예술의 꽃다발을 걸어드리고자 벌였던 「문화공작대」에서 경상남 북도반을 맡아 부산과 진주를 거쳐 하동에서 지리산으로 올라가 항미빨치산투쟁을 벌이고 있는 인민유격대원들을 쓰다듬어 주는 〈싸우다 쓰러진 용사〉라는 한닢 시나 읊조려 주고 산을 내려오는 수밖에 없는 '하얀 낯빛에 가느다란 손목의 시인'이었으니, 바람처럼 빠르게 움직이는 빨찌산들 발걸음을 미좇아 갈 수가 없는 것이었음. 전라북도 남원 어느 마을을 지나다가 주민자경 조직인 「민보단」한테 붙잡히게 된 것이 1949년 3월 29일이었음. 사형선고를 받은 유진오는 서대문형무소에서 전주형무소로 옮겨졌음. 넘쳐나는 좌익수들이어서 태어나 자란 곳 따라 흩어 가두게 된 것이었는데, 그것이 유진오 살매운명를 갈랐음. 6·25가 터지면서 서울형무소에 있던 좌익수는 '해방'되었고, 지역 형무소에 있던 좌익수는 '학살'당하였음. 갓난아이를 업은 '몹시 귀티 나는 부인'으로 서울 혜화국민학교 선생이었던 새악시와 늙은 어머니가 전주형무소와 그 언저리를 살살이 뒤졌으나 유진오 주검은 찾을 수가 없었음. 이제까지 나온 여러 적바림에 유진오가 처형당한 곳이 '알 수 없음'으로 나옴. 대전형무소만이 아니라 충남북과 전북, 경북, 그리고 춘천형무소에 있던 이들까지 대덕군 산내면 낭월리에 있는 뼈잿골에 끌어다 마구 죽여 버렸다는 것을 알 속절이 없었던 것이니, 그때가 1950년 7월 첫 무렵이었음. 향수享壽 스물아홉.

장직상張稷相, 1883~1959

창씨명 장원직상張元稷相. 구한말 경북관찰사를 지낸 장
승원張承遠,1853~1917 둘째아들로 경상북도 칠곡군 인동면
에서 태어났음. 장승원은 경상도에서 첫째가는 부자로 장길
상張吉相, 장직상, 장택상張澤相 같은 아들을 두었는데, 독립
운동자금을 내기로 했다가 왜경한테 찔러박는 바람에 돈을
받으러 갔던 대한광복회원이 붙잡히게 되자, 박상진朴尙鎭
대한광복회장 손에 처단되었음. 합방 뒤 왜제 충실한 개가
된 장직상은 신녕·하양·선산 군수를 지내다가 독립운동가
들 눈을 피하여 대구로 옮겨, 토지자본을 금융자본으로 바꾸
었음. 그리고 왜제 끝무렵 전쟁수행을 목적으로 조직된 단체
인「대화동맹大和同盟」심의원이 되어 물질적 원조를 하던 '하
리모토'는 박흥식과 함께 예속자본가 대표였음. 그 형 장길
상 또한 악덕지주로서 소작인들한테 원성 대상이었음. 해방
뒤 장직상은「남선전기」사장이었고, 그 동생 장택상은 미
군정 아래 수도경찰청장으로 있으면서 민족해방운동가들
을 탄압하는 데 앞장섰던 친왜경찰들을 그대로 '해방된 나
라' 경찰로 만들었음. 리승만정부에서 외무부장관과 국무총
리를 지낸 장택상은 국립묘지에 묻혀있음.

조벽암趙碧巖, 1908~1985

『낙동강』 작가 포석抱石 조명희趙明熙 조카인 시인 조중흡趙重洽.

조영은曺泳恩, 1920~?

호 남령南嶺. 전남 영광 출신으로 1939년 『문장』으로 등단. 6·25사변 때 월북했다고 함.

차경석車京錫, 1880~1936

갑오년 좌절 뒤 영국인 선교사가 하는 기독교 강좌모임임을 내세워 왜제 눈을 가렸던 영학당英學堂에 들었다가, 1898년 여름에서 1899년 여름까지 흥덕(고창)에서 일어났던 봉기에 들어 정읍고을을 들이치는 선봉장이 되었다가 붙잡힘. 교도들한테서 소위 도술道術을 심득心得하여 초인간적 행위를 하며 축지법, 차력술, 호풍환우술, 둔갑장신술遁甲藏身術을 행한다는 소리를 듣던 그는 1917년 4월 24일 '갑종요시찰인'으로 편입됨. 조선총독부 경무국 눈으로 봐서 사상불온하고 총독정치에 불찬성 의사를 가지던가 또는 그러한 행동을 취하는 인물을 '요시찰인'이라고 하였는데, 1919년 당시에는 한 1천 명 안팎이었음.

차치구車致九, 1851~1894

동학당 간부로 갑오봉기 때 정읍 접주였던 차경석 아버지.

창해滄海

『실학파와 정다산』을 쓴 ML주의 한학자이며 열혈 혁명
가였던 최익한崔益翰, 1899~? 선생 호.

콜론타이1872~1952

러시아 여성혁명가. 시월혁명 성공 뒤 여러 나라 공사를
지내었고, 『위대한 사랑』과 『붉은 사랑』 같은 공산주의적사
실주의를 바탕으로 한 장편소설들을 썼음.

한밭

'태전太田'을 우리말로 일컫던 것임. 대전은 왜제가 조선
에서 나는 쌀을 내어가고자 깔았던 경부선과 호남선이 갈라
지는 곳에 만들었던 새 도시로, '대전大田'이란 이름은 1905

년 경부선 개통 때 초대통감 이등박문이 시승하고 가다가 '大田'이란 말을 듣고 시마네현에 있는 '오다시大田'로 고치라고 한데서 말미암음.

한상룡韓相龍, 1880~1947

3·1혁명이 일어난 지 한 달 뒤인 1919년 4월 우쓰 노미야[字都宮] 조선군사령관을 용산 관저로 찾아가 "조선인한테도 일본인과 같은 성씨를 쓸 수 있도록 해달라"라는 청원을 했음. "이제야 그 실현을 보게 된 것은 매우 유쾌한 일"이라고 회고록에 적었던 것이 1940년 8월 창씨개명이 끝났을 때였음. 서울 수표동에서 태어난 한상룡은 매국노 리완용李完用, 창씨명 李家完用, 1858-1926 생질로 리완용 형인 리윤용李允用, 1854~? 뒤를 이어 한성은행 두취가 됨. 왜제한테 받은 이른바 '은사공채恩賜公債'로 세워졌던 한성은행이었으므로 '조선귀족들 은행'이라는 비꼼을 받았음. 그러나 1928년 3월 조선식산은행 지배밑으로 들어가게 되니, 왜제 자본에 강탈당할 수밖에 없는 조선 토착자본 한계였음. 왜제 자본 지속적인 이익을 보장하고 제국주의 침략전쟁을 방조하며 부귀영화를 누렸던 그 평생은 왜제한테 철저하게 예속되고 굴종했던 댓가였음.

『현대일보』

1946년 3월 25일 경성제국대학 철학과를 나온 박치우가 소설가 리태준李泰俊, 1904~?을 주필로, 문학비평가 리

원조李源朝, 1909~1955를 편집국장으로 해서 창간하였던 좌익신문 하나였음. 자본주의 전령사인 미군정을 반대하다가 1946년 9월 7일치로 실질적 폐간인 무기정간을 당하였음. 그때 박치우는 오직 하나뿐인 저서 『사상과 현실』을 펴내었는데, 소설가 김남천金南天, 1911~1953이 쓴 서평임.

〈철학은 설명하는 데 그쳐서는 아니된다 세계를 변혁해야 한다는 명구는 이제 유명해져서 누구나 지꺼리는 말이다 그러나 대학과 대학원에서 철학을 전공한 아카데미시앙이 쩌-너리즘과 가두에 진출하여 현실과 싸우며 새것을 위하여 세계를 변혁하려든 분은 한분도 없었다 박치우씨가 처음인 것이다

신생하려는 조선을 아직도 나치스철학으로 설명하려 드는 라만챠의 봉건신사도 없지 않은 우리 철학계다 활짝 벗어붓치고 항쟁하는 인민과 함께 세계를 변혁하려는 철학자가 그다지 손쉽게 나타날리 없지만 박치우씨는 이런 의미에서도 그 놀라운 「센스」와 「가두적인 술어」와 만만한 투지와 계몽적인 노력과 함께 희귀한 단 하나의 존재다 현대일보 주필로 있을 때 사무실이 같아서 나는 테로를 맞는 박씨를 먼발로 보았다 그 불굴한 신념과 초탈한 면모가 가위 현대의 쏘크라테스였다

이 『사상과 현실』은 3부로 되었는데 제1부는 왜정시대에 쓴 것으로 아카데믹한 냄새를 풍기면서도 새 시대를 위한 준비관념이 투철히 나타난 논구들이오 제2부는 해방후 신조선의 민주주의의 철학적 해명과 문화건설의 이념을 주로

취급하였고 제3부는 새나라 건설을 위하여 남조선의 민주
주의적 투쟁을 위한 계몽적이오 정론적 색채가 강한 제론책
들이다 이 한권을 읽으면 조선이 어떻게 변혁되어야할까가
충분히 해득될 것이다 필자 자신도 많이 계몽되었다 양질의
종이와 미본이다 해방 이후에 나온 책중 최량의 서적이다(종
로 백양당판)〉

현준호玄俊鎬, 1889~1950

왜제 가혹한 식민지배체제에서 조선민족이 독자적으로
실력을 길러 독립한다는 것이 근본적으로 불가능하다는 것
을 몰랐던 이른바 '실력양성론자'들은 왜제와 타협하며 자
치운동을 추진한다는 식으로 자주독립 길과는 멀어져 갔음.
훗날 저희들이 친왜활동을 하였던 것은 왜제 강요와 위협
아래에서 '학교'나 '회사'를 지키기 위한 부득이한 일이었다
고 하니, 김성수와 쌍벽을 이룰 만큼 호남 최대 부호로서 「호
남은행」을 거느렸던 현준호가 그 대표적인 사람이었음. 전
라남도 영암군 학산면에서 3천석 대지주인 학파鶴坡 현기
봉玄基奉 아들로 태어난 현준호는 을사늑약에 앙버텨 일떠
선 의병봉기를 피해 목포로 부자리(삶터)를 옮겼음. 1906년
담양 창평에 김성수 장인이 세운 창평영학숙昌平英學塾에
서 송진우·김성수·김병로들과 함께 궁구하였음. 그리고 서
울로 가 휘문의숙에서 신학문을 배웠음. 1912년 동경으로 가
메이지대 법과에 들었으며, 같은 곳에 있던 김성수·송진우·
장덕수·현상윤·최두선·김병로·백관수·신익희·김준연들과

교유를 나눈 바 있으니, 뒷날 이들과 거의 같은 인생행로를 걸어가게 됨. 해방이 되면서 전라남도 광주 호남동 집에서 바둑으로 소일하던 현준호는 1949년 5월 7일 광주에 설치된 전남반민특위로 붙잡혀 감. 그러나 "일본인들과 합법적으로 투쟁하면서 고유한 민족혼을 순간도 망각한 일이 없으며 현재까지 고투한 것은 본인의 일생애를 통하여 일대 혁혁한 역사였다."고 주장하여 불구속 처리되었음. 6·25가 터지면서 광주에서 인민군한테 잡혔던 현준호는 9·28을 당해 '철퇴투쟁'을 벌이던 인민군한테 처단당하였음. 이제 「현대그룹」 회장인 현정은玄貞恩, 1955~은 현준호 손녀이고, 현씨집안과 자유한국당 김무성金武星, 1951~ 의원 집안은 사돈관계임.

핏빛 역사의 복원과 치유

김영호 문학평론가

1. 잊힌 그러나 현재진행형인 한국전쟁

한국전쟁 70주년을 눈앞에 두고, 문재인 대통령과 김정은 위원장의 남북정상회담 이후 유지되던 평화와 화해 협력 기조가 악의적이고 호전적인 대북 전단 살포를 빌미로 날 선 긴장과 적대적 대립 관계로 급선회하고 있다. 급기야 '작은 통일'의 상징으로 평가받던 개성공단 내 남북연락사무소가 거친 폭음과 검은 연기 속에 무너져 내리는 처참한 광경을 목도하면서, 냉전의 마지막 섬이자 세계 유일의 분단국인 우리 한반도의 험난한 숙명을 되새기게 된다.

우리가 흔히 지칭하는 6 · 25 전쟁은 남북의 극한적 이념 대립이 빚은 참혹한 동족상잔을 언제 어느 쪽이 먼저 시작했는가를 말해 줄 뿐, 이 전쟁의 성격과 진행 과정 그리고 임시적 결말 등 미국과 소련 두 강대국 간 체제 경쟁의 대리전이라는 정체성을 간과하게 만든다. 6 · 25 전쟁은 어느 날 돌출적으로 발생한 무력 충돌인 사변事變이라기보다는 일제의 압제에서 해방된 시점부터 지속된 한반도의 정치 · 사회적 갈등이 아주 극단적으로 폭발한 것으로, 이는 철두철미하게 국제정치적 역학 관계와 강대국 간 세계 전략에서 비롯되고 진행된 국제전이다. 미국과 연합군 그리고 소련과 중국, 양 진영의 강퍅한 패권 경쟁과 남북 정권의 정치적 선택이 결합되었기에 이 전쟁에 대한 남북의 성격 규정 또한 다르다. 우리는 '북한의 침략전쟁'으로 부르는데, 북한은 '조국해방전쟁'이라고 한다. 하지만 남북을 포함해 총 25개 국이 참여한 국제전의 공식 명칭은 '한국전쟁'이다.

한국전쟁이 실질적으로는 미국의 세계 전략에 따른 미국 주도의 전쟁이었지만 정작 지금 미국 정치가나 역사학자들에게는 '잊힌 전쟁'으로 불린다. 하지만 한반도 내에서는 잠시 전쟁을 멈춘 휴전 상태로 휴전선을 경계로 벌어지는 크고 작은 전투나 위협 등의 적대 행위가 간헐적으로 발생하는 등 전쟁은 아직 끝나지 않은 현재진행형이다. 여전히 강고한 휴전 체제, 남북한의 막대한 군비 지출, 주한미군의 주둔, 남북한 군사형 사회의 지속 등이 이를 입증한다. 특히 전쟁에 대한 남북 정부의 이념 편향적이고 냉전적인 인식이 공식적으로 통용되다 보니, 남북 화해와 통일을 지향하는 노력은 물론 다양한 복지사회정책에 대한 논의까지 많은 사회 갈등을 유발하는 것도 바로 냉전적 인식 때문이다.

사실 한국전쟁은 제2차 세계대전 말기에 맺어진 미국과 소련의 동맹 관계가 와해되면서 새로운 전후 질서에 합의하지 못한 데서 비롯된 것이다. 우리 한반도의 분할 점령은 이미 1945년 얄타회담에서 소련의 동아시아 지역 참전의 대가로 약속되었다. 2

차 세계대전 종전 이후 드러난 미국과 소련의 갈등은 1947년 공산주의 세력 저지를 공식화한 '트루먼 독트린'에 대한 스탈린의 불가피한 투쟁 표명으로 최고조에 이르면서 이른바 '냉전'이 시작되었고 이는 1991년 소련의 붕괴로 막을 내린다. 이런 세계적인 냉전 와중에 수많은 나라가 관여한 뜨거운 전쟁이 바로 한국전쟁이다. 그래서 한국전쟁은 '냉전 시대 최초의 열전熱戰'으로 불린다. 무엇보다도 한국전쟁으로 약 450만 명이 희생되었는데 그중 3분의 2가 민간인으로, 이 전쟁의 잔혹함을 알 수 있다.

냉전이 막을 내린 지 20년이 지났는데도 우리는 분단국가로서 전쟁이 내면화된 사회구조 속에 살고 있다. 나와 다른 의견이나 생각을 용납하지 못하고 적대시하는 태도는 그런 내면화의 결과인데 우리의 언어생활과 대인관계 속에 고스란히 담겨 있다. '같다'의 반대말은 '다르다'이고, '맞다'의 반대말은 '틀리다'인데, 절대다수가 나와 다른 생각이나 의견을 '틀리다'고 한다. '공산주의'의 반대말은 '자본주의'이고, '민주주의'의 반대말은 '전제주의專制主義'인데, 절대다수가 북한 공산주의의 반대말을 남한 민주주의라고 말한다. 이는 경제 체제와 정치 체제를 구분하지 않는 반공주의 교육의 결과라 할 수 있다. 평등권이나 사회적 약자와 소수자의 권리 보장에 대한 알레르기 반응 또한 좌익 정책에 대한 무의식적 공포에 기인하고 있다. 러시아나 중국 등 과거 공산권 국가와 외교 관계가 정상화되면서 아무 두려움 없이 그 나라를 자유롭게 여행을 하는데도 유독 남북 관계에서 막히는 것도 다 전쟁에 대한 공포 때문이다.

우리 사회에 국가가 통제하는 반공주의 관점이나 냉전적 시각만 공식적으로 통용되는 것은 사실 해방 직후 미군의 중앙집권적 직접 통치 3년 동안에 형성된 것이라 할 수 있다. 1945년 2월 얄타회담에서 소련과 남북 분할통치를 약속하고 해방 직후 미소 양군의 한반도 점령을 통해, 미군이든 소련군이든 다 자기 나라에 유리한 분단 정권을 만든 게 사실이다. 그러나 다른 점도 많다. 소련군은 군정을 설치하지 않고 북한 자치조직을 앞세운 간접 통치로 좌익 중심의 사회 개혁을 통해 대중적 지지 기반을 다졌다. 미군은 미군정청을 설치해 중앙집권식 직접 통치로 남한 사회의 전면적 협조를 얻는 데 실패했다. 특히 친일 경찰이나 군대 등 조선총독부 통치기구를 그대로 흡수하고 각 지역의 자치조직을 좌익으로 판단하여 해체해 우익 중심으로 재편하면서 친일파 청산이나 토지개혁 등 사회개혁에 소극적이었다. 미 군정의 이런 정치적, 사회적 실책에 대한 민중적 저항이 표면화된 것이 바로 대구 10월 항쟁이었다. 미군이 이렇게 친일 친미 반공주의자들을 우군으로 한국을 반공 진영의 최전선으로 삼아 이데올로기적 대립을 심화시킨 것이 한국전쟁을 촉발한 면도 있다.

사실 북한의 전면적 남침은 사전에 충분히 예견되었다. 미국의 각종 정보기구는 물론 우리 국군 정보국 박정희 보고서에도 예상 남침 시기와 경로, 소련과 중국의 개입 가능성 등에 대한 매우 정밀한 판단이 제시되었고, 일부 관료는 민간 첩보원을 동원하여 북한의 전쟁 준비 경과를 확인하는 등 당시 핵심 권력층은 이런 정보를 공유하고 있었다. 더구나 남한 군사력의 상대적 열세를 충분히 알면서도 미국은 남한 군대가 무장하는 것을 용인하지 않았다. 또한 남한을 미국의 방어선에서 제외하는 등 38선국경에 힘의 공백이 발생할 때 북한과 그 동맹국들의 반응을 시험하겠다는 등 미소 관계에서 핵을 보유한 미국의 압도적 우위를 통해 한반도 전체를 지배하려는 의도를 당시 미 군사고문단과 국무부 등이 암묵적으로 드러내곤 했다. 김일성도 1950년 신년사에서 남한의 유격대 활동과 연계해 전쟁 의지를 드러냈고, 신성모 국방장관도 임박한 북한의 남침을 공개적으로 발언한 바 있다. 이렇게 임박한 전쟁의 조짐이 분명한데도 이승만 대통령은 미국의 지원에만 전적으로 의지하며 어떠한 방어 준비도 하지 않는 등 불가사의한 점이 많다. 그래서 일부 학자들은 미국의 패권주의와 이승만의 사전교감설을 제기하기도 한다. 이런 의문은 작가가 어머니의 삶을 그린 「멧새 한 마리」에도 드러난다.

  붉은 페인트로 더께더께 칠하여 놓은 여러가지 베간판 표어들이 집집마다 담벼락마다 붙어 있었다. 그 밑에 웅긋쫑긋 늘어선 사람들은 입에 거품을 물었다. 이북과 이남 어느 쪽에서, 그러니까 공산주의와 자본주의 가운데 누가 먼저 선손을 걸었느냐를 가지고 다투는 모양이다. 그러나 문제는 누가 먼저가 아니라 왜?가 먼저가 아닐까 생각하는 아낙이다. 이른바 '애치슨라인'이라는 낚싯밥을 던졌던 미제가 아닌가.

  초강대국의 세계 전략에 따른 이데올로기 전쟁으로서 우리 민족이 겪은 동족상잔의 참혹함은 결국 민족 스스로의 힘으로 독립을 쟁취하지 못한 데서 비롯된 것이고, 민족의 운명을 오로지 미국의 지원에만 의존한 채 전쟁을 자신의 정치적 기반을 다지는 기회로 활용해 반대파를 모조리 공산당으로 몰아 학살하려 한 그 위험한 지도자 이승만의 선택을 한국전쟁 70주년을 앞두고 반성적으로 되돌아볼 때, 현재진행형인 전쟁 상태 종식과 자주적이고 평화적인 민족국가 수립의 전망이 가능해질 것이다.

2. 전쟁의 악령, 두억시니

작가 김성동이 스스로 '방황하는 젊은이의 잿빛 노트'로 규정한 출세작 『만다라』 이후 처음 쓴 단편이 바로 「엄마와 개구리」다. 가슴에 맺힌 가족의 한을 어린이의 눈으로 풀어낸 작품인데, 당시 '6.25의 참혹한 참상을 순진한 어린이의 눈으로 전혀 새롭게 접근해 6.25를 재해석했다.'라는 평가를 받아 작가 생활에 큰 힘을 얻었다고 한 인터뷰에서 고백한 바 있다. 좌익 애국자의 유가족이 겪는 여러 차별과 학대 그리고 고문 후유증으로 미쳐버린 어머니에 대한 어린 소년의 순박한 의구심이 전쟁의 참혹함을 역설적으로 드러내는 작품이다. 이번 소설집에 수록된 작품들을 죽 일관하는 '나'의 가족사와 굳이 견줘보면, 전쟁 발발 직후 예비검속으로 붙잡혀 처형되는 아버지의 모습과 소년이 이미 학교에 다니는 학생인 점이 조금 다르다. 물론 이런 시간의 차이가 중요한 것은 아니며, 좌익 독립운동가인 아버지와 전쟁 직후 인민공화국 시절 잠깐 애국자 유가족으로 조선민주여성동맹 면위원장을 지낸 어머니의 이력 등 가족이 처한 상황은 유사하다. 전쟁 상황의 변화에 따라 세상이 바뀌고 처지가 달라지면서 겪게 되는 유가족들의 오랜 고통은 맨정신으로는 견디기 힘든 것이다. 이런 정신적 공황 상태에 빠진 유가족에게 가해지는 가해자의 잔인한 고문과 학대는 인간의 모습에서 벗어난 야차나 사나운 귀신인 두억시니의 모습일 수밖에 없다.

　영복이 아부지. 영복이 아부지.
　뜻밖에도 엄마는 두억시니 모가지를 끊어져라 끌어당기며 숨넘어가는 소리로 부르짖는 것이었다. 엄마 배 위에 엎드려 가래 끓는 소리를 내고 있는 두억시니는 병득이 아버지 같기도 하고 지서에서 봤던 사내 같기도 하고 또 어떻게 보면 도리우찌를 썼던 사내 같기도 했는데, 어쨌든 우리 아버지가 아닌 것만은 뚜렷했다. 나는 갈라 터지는 입술에 급하게 침 칠을 해가며 소리쳤다.
　아부지가 아녀. 우라부지가 아니란 말여.
(「엄마와 개구리」)

　이는 동서고금의 잔혹한 학살극에서 드러나는 일반적인 모습이다. 2,000여 년 전 로마제국의 식민지였던 유대 땅에서 식민지 백성이 로마군에게 겪는 혹독함도 귀신들림으로 나타난다.

　이는 예수께서 이미 그에게 이르시기를 더러운 귀신아 그 사람에게서 나오라 하셨음이라. 이에 물으시되 네 이름이 무엇이냐. 이르되 내 이름은 군대니 우리가 많음이니이다 하고, 자기를 그 지방에서 내보내지 마시기를 간구하더니 마침 거기 돼지의 큰 떼가 산 곁에서 먹고 있는지라. 이에 간구하여 이르되 우리를 돼지에게로 보내어 들어가게 하소서 하니 허락하신대, 더러운 귀신들이 나와서 돼지에게로 들어가매 거의 이천 마리 되는 떼가 바다를 향하여 비탈로 내리달아 바다에서 몰사하거늘, 치던 자들이 도망하여 읍내와 여러 마을에 말하니 사람들이 어떻게 되었는지를 보러 와서 예수께 이르러, 그 귀신 들렸던 자 곧 군대 귀신 지폈던 자가 옷을 입고 정신이 온전하여 앉은 것을 보고 두려워하더라.

(마가 5:8-15)

예수가 귀신 들린 자를 치유하는 방법은 그 귀신의 정체를 드러내는 것이다. 식민지 백성의 몸을 가혹하게 학대하는 로마군이 바로 귀신의 실체임을 알게 될 때, 그는 비로소 그 실체에 맞서거나 피하거나 할 수 있다. 마찬가지로 「엄마와 개구리」에서 소년의 어머니가 겪는 미친 상태는 광적인 반공주의자들이 좌익 가족에게 가하는 비인간적이며 잔혹한 고문과 모멸에서 온 것이다. 이렇게 가해자들의 야수 같은 모습이 소년의 어머니를 몽유병자처럼 미치게 한 것인데, 피해의 고통이 심하면 심할수록 순수한 이상과 신념을 죽음으로 지킨 남편의 사랑과 위로가 간절해진다. 이런 간절한 바람이 어머니로 하여금 밤마다 상여집에 가서 남편을 기다리게 하는 것인데, 순박한 소년의 눈에 비친 귀신의 모습은 아버지가 아니라 사나운 두억시니의 모습을 한 전쟁의 악령이다.

「비 내리는 아침」에서 평등하고 자유롭게 사는 새로운 세상을 만들겠다는 사상과 이념 때문에 행방불명이 된 남편을 아들과 함께 애타게 기다리는 아낙은, 아들이 아버지 뒤를 이어 새로운 세상을 만드는 공부를 해 훌륭한 사람이 되겠다는 다짐에 놀라 제발 생목숨 끊어지는 사상 공부는 하지 말라고 말리다가 비를 맞고 찾아온 한 임산부를 만난다. 그 임산부는 실성을 해서 자신의 좌익 행적을 고백하고 용서를 빌다가 또 우익 단체와 지도자를 칭송하다가 오락가락한다. 그녀의 민주여성동맹 활동과 남로당 가입 경력 등이 아낙의 경우와 비슷해 어려운 살림에 먹을 것과 입을 것을 주며 마을로 내려가 살 것을 권유하지만 그 임산부는 산길을 택한다. 서울에서 여자전문학교를 다니다 좌익 조직책인 애인의 권유로 남로당에 가입하고 민주여성동맹원으로 활동한 젊은 여성이 실성한 것도, 결국은 초강대국의 체제 경쟁의 대리전에 휘둘린 조국에서 적과 동지의 양자택일을 강요하는 전쟁의 악령 두억시니가 몸에 남긴 생채기라 할 수 있다.

급살옘빙이나 맞다 거우러나질 늠덜. 찢어 육포를 뜰 늠덜. 마른 하늘이 베락이나 맞구 뒈질 늠덜. 이 지집사람이 무신 조이를 월마침이나 졌넌지는 물르지먼 월매나 주리를 틀었으먼 실성까지 했을꾸…… 들어보니 실성까지 허두룩 닥달질을 당헐 만침 몹쓸 조이를 진 것두 아니구먼…… 아 온 시상 인민대중덜이 한 식구마냥 펭등허게 살자넌 것이 무신 죽을 조이란 말여. 무신 죽을 조이를 졌다구 이 지경을 맨드너냔 말여. 워떤 급살맞을 늠이 실성한 아낙헌티……."

(「비 내리는 아침」)

3. 이들이 사는 법

김성동의 이번 소설집은 그의 가족이 한국전쟁을 전후해 극한적 이념 대립으로 풍비박산이 난 아픈 이야기를 모은 것이다. 특히 일제강점기의 좌익 독립운동가였던 아버지 김봉한과 남편의 순수한 이상에 동조해 남로당에 가입하고 인민공화국 시절 조선민주여성동맹 위원장을 했던 어머니가 겪은 감옥살이와 고문후유증을 중심으로, 인민공화국 시절 애국자의 유가족으로 고향에서 토지분배위원장을 맡았던 조선 왕조 마지막 선비셨던 할아버지, 조선민주애국청년동맹위원장을 했던 큰삼촌 그리고 고향에서 면장을 하다가 좌익에게 처형당한 외삼촌을 곁가지로, 전쟁의 광기로 친가와 외가가 함께 몰락해, 남은 가족이 평생을 찰가난 속에 살아야 했던 이야기들을 약간의 허구 또는 현실과 환상의 경계를 자유롭게 넘나드는 '환상적 사실주의'로 풀어내고 있다. 특히 연재하다 중단당한 「풍적風笛」의 경우, 라틴아메리카 작가 마르케스 류의 '마술적 리얼리즘'이라며 주목을 받았지만, 지주가 9할을 그리고 소작농이 1할을 먹는 토지 문제를 비판하며 조선공산당 정강정책에 담긴 소작농 7 지주 3을 담았다는 이유로 연재가 중단되기도 했다. 이 작품은 총살당한 아버지의 영혼이 삼도천과 흑백강을 건너 가족과 고향을 찾아가는 이야기로 환상과 현실을 자유롭게 오간다. 그러나 환상적 기법을 쓰고 있지만 작가의 아버지가 살았던 삶과 끝까지 지켰던 신념에 그 바탕을 두고 있다. 김성동은 자신의 소설을 사실상 문학성을 가미한 다큐라고 부른다. 마치 마르케스가 "내 책에 쓰인 것

가운데 실제로 일어난 사건에서 비롯되지 않는 것은 단 한 줄도 없다."라고 말한 것과 유사하다.

좌익 활동을 했다는 이유로 대전형무소에 수감됐던 김성동의 부친이 한국전쟁 발발 직후인 7월 초 희생당한 곳이 바로 대전 산내 뼈잿골이다. 그는 남로당 부위원장을 지낸 박헌영의 비선으로 경성콤그룹 가운데서도 이관술 선생 동아리로 활동했으며 전국농민동맹 충남본부위원장을 지냈다.

선고는 박동무 비선秘線으로 한밭을 두리로 한 충청남도 얼안 '야체이카'였으니, 어육이 되어가는 농군들 삶을 똑바로 세우고자 두 주먹 부르쥐고 일떠섰던 것으로, 조선공산당 강령 좇아 3·7제를 이뤄내자는 것이었다. 뿐인가. 독궁구로 깨친 속힘으로 숙명여자전문학교에서 수학강사를 하였는데, 그 학교를 머리지은 몇몇 학교에서 독서회라는 이름으로 반제국주의동맹을 얽어냈던 것은 애오라지 경성콤그룹 얼개를 넓혀나가자는 것이었어라.

「고추잠자리」)

이곳에서 벌어진 민간인 학살을 세계에 최초로 알렸다가 고국인 영국으로 돌아가지 못하고 가족과 떨어져 살아야 했던 고통을 겪은 영국 기자 위닝턴도 공산당원이었다. 한국전쟁 전후 남한 지역 내 단일 장소로는 최대 규모인 대전 산내학살사건을 세계에 알린 영국 일간지 '데일리워커Daily Worker'의 편집자이자 특파원이었던 앨런 위닝턴Alan Winnington 기자는 자신의 영혼을 걸고 부당한 권력의 행태를 증언했다가 평생을 고통 속에 힘겹게 보냈다. 그는 1950년 7월 학살 직후 대전 산내 골령골 현장을 이렇게 묘사했다. "커다란 죽음의 구덩이를 따라 창백한 손, 발, 무릎, 팔꿈치 그리고 일그러진 얼굴, 총알에 맞아 깨진 머리들이 땅 위로 삐죽이 드러나 있었다……." 위닝턴 기자는 당시 쓰레기처럼 아무렇게나 묻혀 있던 시쳇더미를 보고서 "예전에 나치 살인수용소에 관한 글을 읽으며 그곳이 어떠했을까를 상상해본 적이 있다. 그때의 내 상상이 어처구니없었다는 사실을 이제야 깨닫는다."라고 그 충격을 전했다. 그는 9월 '나는 한국에서 진실을 보았다I saw the truth in Korea'는 제목의 소책자를 통해 대전형무소에 수감된 좌익 정치범과 보도연맹원 등 7,000여 명이 한국 군경에 의해 집단 학살된 후 암매장됐다고 보도했다.

위닝턴은 기사를 통해 "총질, 구타, 그리고 목을 자르는 일들은 남한 경찰이 했지만, 이것은 미국의 범죄"라며 "(학살이) 미군 장교들이 지켜보는 가운데 이루어졌고 운전자 몇 명은 미국인"이라고 보도했다. 당시 딘 애치슨 미국 국무장관은 주한 미 대사에게 산내학살을 전적으로 부정하고, 한국군 고위층으로부터 산내학살을 전적으로 부인하는 성명서를 받아 보내 달라고 지시했다. 미국과의 정치적 대립을 꺼린 영국은 공산당원인 위닝턴 기자의 여권을 무효화시켜 그는 20년이나 고국에 돌아가지 못하고 중국과 동독에서 가족과 떨어져 홀로 외롭게 지내야 했다. 그의 생각에 공감했던 부인 에스타 위닝턴Esther Winnington, 87세 여사가 작년 6월 말 3일 동안 한국을 방문하여 산내 골령골을 찾아 희생자 위령제에 참석해 유족들과 만나고 산내 골령골을 주제로 한 심포지엄에도 참석했다. 에스타 위닝턴 여사의 방한 일정을 카메라에 담은 미니 다큐 <70년 만의 나들이>는 작년 8월 일반에 공개됐다.

20세기 최고의 화가로 평가받는 피카소도 국제기자단이 작성한 황해도 신천 대학살 기사를 읽고 이를 인류의 양심에 고발한 그림 '조선에서의 학살Massacre in Korea'을 그렸다. 2002년 4월에 MBC에서 방영된 <이제는 말할 수 있다 : 망각의 전쟁 - 황해도 신천 사건>에 따르면, 신천 대학살은 중공군 참전 이후 유엔군이 남쪽으로 후퇴하기 직전 우익에 의한 마지막 학살로, 극한적 좌우 대립의 결과로 일어난 비극적 사건으로 규정했다. 산내와 신천 사건은, 미군의 민간인 학살이든 동족 간의 비극적 학살이든 전쟁의 광기가 부른 야만적 학살이란 점에서는 동일하다. 즉 좌익 혁명가 김봉한이든 위닝턴 기자든 화가 피카소든 잔혹한 학살의 아픔을 치유하는 길은, 모두가 고루 자유롭고 평등하게 살아가며 전쟁 없이 평화롭게 공존공영하는 데 있음을 증언한다. 이것이 이들이 사는 법이다.

한때 민간인 학살 사건을 양민 학살로 부른 적이 있다. 그러나 이제는 민간인 학살로 고쳐 부르고 있다. 양민 학살은 좌익 활동을 한 사람은 희생돼도 된다는 구분법이 작동하기에 부적절하다. 좌익 활동이 불법적이거나 폭력적인 방법으로 주민의 재산과 목숨에 해를 끼치지 않았다면 합법적이고 공정한 재판을 거치지 않은 자의적 처벌은 부당하기 때문이다.

한국전쟁 70주년은 산내 학살 희생자들이 희생된 지 70년이 되는 해이다. 하지만 50년을 숨죽이며 살던 유족들이 용기를 내어 이곳에서 산화한 희생자들의 넋을 함께 기리는 합동위령제는 이번이 21회다. 산내 희생자 유족인 작가 김성동은 합동위령제에 공식적으로는 딱 한 번 참석했다. 2016년 그의 선고先考의 탄생 100년이 되던 해에 아버지께 올리는 제문인 제망부가祭亡父歌와 함께 덧붙여 쓴 중편소설「고추잠자리」를 헌정했다. 이번엔 피맺힌 한국 현대사를 온몸으로 겪은 그의 가족사를 그린 작품들을 모은 소설집『눈물의 골짜기』를 70년 만에 희생된 영령들께 올려드리니 그 의미가 자못 크다.

4. 핏빛 역사의 복원과 문학적 신원

소설집『눈물의 골짜기』엔 김성동 가족이 겪은 피맺힌 현대사 이야기가 담겨 있다. 하지만 이는 단순한 가족사에 그치지 않고 그의 아버지나 할아버지 세대가 보여준 '넉넉하고 너그러운 세상'에 대한 순수한 꿈과 일제나 봉건의 억압에서 벗어나 '고루 평등하고 자유롭게 살아가는 새 세상'을 이루려는 헌걸찬 정신의 기록이다. 작가가 당당하게 내세우는 가족사는 "삼절오장"이다. '삼절三節'은 나라의 안녕과 인민대중의 행복한 삶을 위하여 기꺼이 자신을 희생한 중시조 선원 김상용, 증조부 김창규, 아버지 김봉한이 보여준 곧은 절개이고, '오장五長'은 인민공화국 시절 토지분배위원장이었던 할아버지, 전국농민동맹 충남본부 위원장이었던 아버지, 조선민주여성동맹 위원장이었던 어머니,

조선민주애국청년동맹위원장이었던 큰삼촌, 진보 문인 동아리인 <민족문학작가회의>에서 소설분과위원장이었던 작가 자신을 말한다.

김성동의 선친 김봉한은 남로당 지도자인 박헌영의 복심비선腹心秘線으로 대전·충남의 야체이카세포로 활동했다. 남로당 외곽 단체를 대상으로 당면 과제를 제시하고 투쟁 지침을 하달하거나 무장대 조직을 준비하는 등 비공식적 문화부장 구실을 하던 중견 간부였다. 그는 풍채가 뛰어나고 도량이 넓었으며, 겉으로는 부드러우나 안으로는 굳센 외유내강의 조직운동가였다. 특히 타고난 명민함으로 보통학교를 마친 후, 일본 대학 강의록으로 독학하여 숙명여전 수학 강사를 역임했다.

김봉한은 경성콤그룹 가운데서도 이관술 선생 동아리로 활동했는데, 이관술은 그를 혁명가의 길로 길라잡이 해 준 인물이다. 울산 출신 좌익 항일운동가인 이관술은 미 군정기에 이른바 '정판사 위조지폐 사건'으로 대전형무소에 수감되었다가 한국전쟁 발발 직후인 1950년 7월 초에 산내 골령골에서 총살당했다. 이관술은 해방 직후 잡지 <선구>의 최초 정치 여론조사에서 여운형, 이승만, 김구, 박헌영에 이어 "가장 양심적이고 역량 있는 정치지도자" 5위에 선정됐는데, 김일성, 김규식은 2% 지지밖에 얻지 못했다 하니 그의 정치적 위상을 알 만하다. 최근에 공개된 미 군정청 자료에 의하면, 미군정에서도 정판사 사건의 재심을 요구하는 설명서를 작성했던 것으로 드러났는데, 실질적 증거 없이 정치적 고려에 따른 재판부의 편파적 판결임을 지적하고 있다. 냉전의 한국적 신호탄이 된 이 사건으로 무기형을 선고받은 이관술이 '사법 절차를 거치지 않고 처형된 것'에 대해 그의 막내딸이 국가를 상대로 손해 배상을 청구한 재판에서 승소함으로 해서 사형 65년 만에 일부 명예 회복을 했다. 「멧새 한 마리」에도 이에 대한 평가가 나온다.

미군정에서 나치가 썼던 의사당방화사건을 슬갑도적질해서 조선공산당을 없애버린 것이 이른바 「조선정판사사건」이다. 조선공산당을 불법단체로 금쳐버린 미군정에서 1946년 7월 한 여론조사에서도 사회주의 공산주의를 좋아하는 사람들이 80퍼센트였다. 좌익매체에서 「조선정판사사건」 전에 했던 여론조사에서는 90퍼센트 위로 절대적 지지를 받았던 조선공산당이다. 우익 여론조사기관에서 한 조사에서도 대통령감으로 몽양과 이정이 압도적 일이위를 하는 남조선 좌익을 깨뜨리고자 미군정에서 쓴 엄펑소니가 「조선정판사사건」이니, 여덟 달 만에 좌익들은 캄캄한 땅 밑으로 들어가게 되었던 것이다.

작가 김성동은 아버지의 행적을 그린 중편소설 「고추잠자리」와 인민공화국 시절 어머니 이야기를 리얼하게 복원한 중편 「멧새 한 마리」로 부모의 한 많은 삶을 문학적으로 형상화함으로써 부모의 역사적 신원伸寃을 하고 있다.

김성동의 선친 김봉한은 박헌영과 동향 출신이고, 부모 세대부터 오랜 교분을 다져온 인연으로 박헌영의 복심비선腹心秘線으로 활동했다. 박헌영은 조선공산당의 실질적인 지도자로 굽히지 않는 견결함으로 일제의 억압에 맞섰으며, 계급혁명을 통한 민족해방운동을 펼쳤다. 박헌영과 동료들은 조국을 위해 헌신적인 활동을 했으나 민족보다 혁명을 우선시하고 자주적 국가수립이 국제노선에 따라 자연스럽게 해결될 것으로 낙관하면서도, 극좌적 모험주의로 미군정과 우익세력의 극심한 탄압을 초래하는 등 좌익의 입지를 좁히는 활동을 했다. 특히 소련에 대한 지나친 믿음으로 남북 양쪽에서 철저히 외면당했다. 박헌영의 복심비선인 김봉한은 남로당 지도부의 북한행을 걱정스레 바라본다. 순결한 이상과 헌신적 활동에도 불구하고 권력의지의 부족으로 북로당에 예속될 것을 우려하는 것이다.

옛살라비 후래로 해방 전 조선공산당 때부터 비선秘線인 그 젊은이는 안타까운 눈길로 박동무를 바라보았는데, 뒷말은 입안으로 삼키었다.

"조선반도를 대소 방파제로 만들려는 미군정과 그 주구인 극우반동 한민당 무리에게 죽임을 당하시겠지만, 그것이 옳은 노선이 아닐까요. 그들과 며치기를 벌이는 것이. 평양으로 간다한들 토지개혁으로 이미 토대를 닦은 북로당 사람들, 그러니까 청년장군을 비롯한 동만 빨치산 사람들이 조공 법통을 쥐고 계신 선생님을 부담스러워하지 않겠는지요? 번버스름해진 지 이미 오래인 남로와 북로 사이에서……."

(「고추잠자리」)

이런 우려는 한국전쟁 이후 전쟁책임론과 미제 앞잡이란 모함으로 남로당 출신이 모두 숙청됨으로 해서 박헌영과 그 동료들은 남북 역사에서 철저히 외면당하고 왜곡당한다.

산내학살지는 행정안전부에서 평화공원 조성지로 선정되었으나 구체적인 사업 추진은 지지부진하다. 지난 5월 20일 제20대 국회 마지막 본회의에서 '진실·화해를 위한 과거사 정리 기본법과거사법' 개정안이 의결되었다. 이로써 2010년 기간 만료로 해산했던 진실화해위의 활동을 재개해 '한국전쟁 민간인 학살사건' 등과 같이 조사가 완료되지 못했거나 미진했던 사건에 대한 진실 규명의 길이 열리게 됐다. 이에 따라 대전 골령골 민간인 학살사건 진실 규명에 대한 관심도 높아지고 있다. 대전 동구청도 영국인 데이비드 밀러 박사를 국제특보로 채용하고 '산내 평화공원' 조성을 위한 해외 교류 업무와 진상 규명 업무를 시작했다.

굴곡진 역사 속에서 우리 국토 어디인들 아픔 없는 곳이 있으랴만, 지금도 우리 민족사와 강산을 관통하는 한恨으로 한국전쟁 전후 겪은 '학살의 상처'를 들 수 있다. 정확하진 않지만 민간인 집단 학살 희생자가 어림잡아 100만 명은 될 것이라 하니, 이를 기억하고 기록하여 진상을 밝히고 원혼들의 억울함을 달랜 뒤 유가족들의 아픔을 진심으로 위로하고 적절한 배상을 하며, 이런 만행이 되풀이되지 않도록 학살 현장을 평화 교육의 장으로 승화시키는 일이 필요하다. 물론 이런 학살의 기억을 문학으로 형상화하는 작업은 화석화된 역사를 육화肉化된 현실로 복원해내는 작업이어야 할 것이다. 김성동의 이번 소설집 출간이 이런 복원과 치유 작업의 큰 계기가 되기를 기대한다.

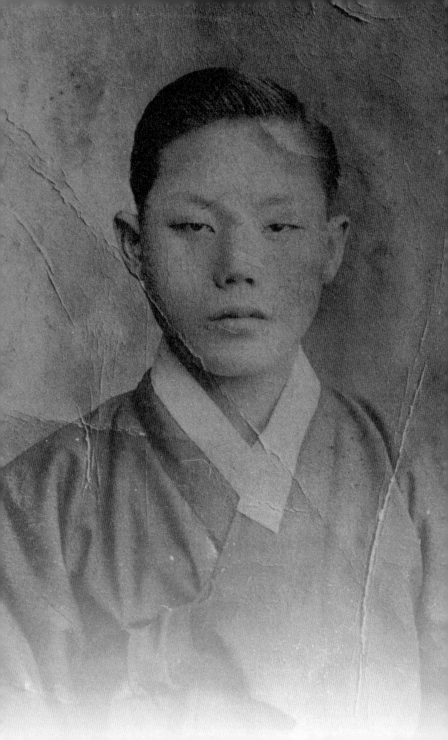